U0661810

时光之轮 The Wheel of Time

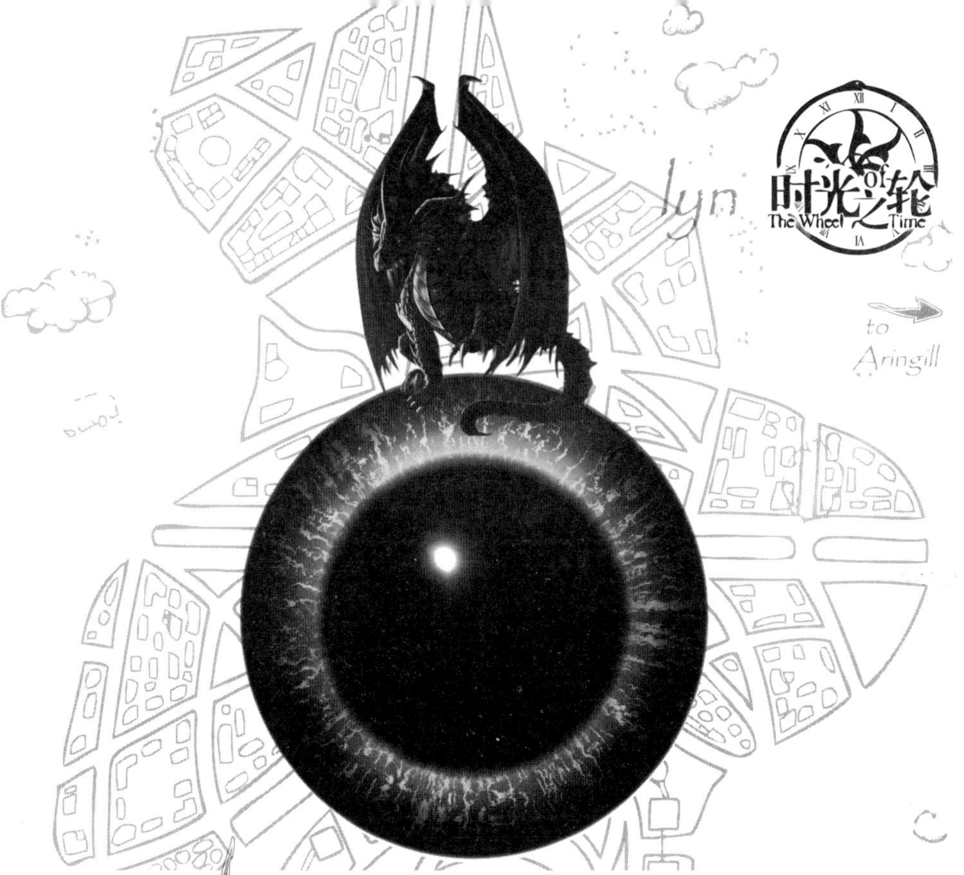

The EYE of the WORLD

世界之眼 1

[美]罗伯特·乔丹 著 李镭 译

東方出版中心

图书在版编目（CIP）数据

世界之眼1. / (美)乔丹（Jordan,R.）著；李镭译.
—上海：东方出版中心，2015.9（2020.5 重印）
(时光之轮系列）
ISBN 978-7-5473-0824-0

Ⅰ. ①世… Ⅱ. ①罗…②李… Ⅲ. ①长篇小说—美
国—现代 Ⅳ. ①I712.45

中国版本图书馆CIP数据核字（2015）第177907号

世界之眼 1

出版发行 东方出版中心
地　　址 上海市仙霞路345号
邮政编码 200336
电　　话 021-62417400
印 刷 者 三河市德鑫印刷有限公司

开　　本 890mm×1240mm 1/32
印　　张 12.875
字　　数 361千字
版　　次 2015年9月第2版
印　　次 2020 年 5 月第 2 次印刷
定　　价 35.00元

各界赞誉

甫一出版即登上纽约时报畅销排行榜冠军。《时光之轮》系列不仅在销售成绩上获得肯定，作者罗伯特·乔丹恢弘的笔触更让全球四千万读者为之疯狂。

“气势恢弘，波澜壮阔的《时光之轮》重新定义了奇幻文学，开启了无数通向不可思议的幻想世界的大门。”

——马丁（《冰与火之歌》作者）

“《时光之轮》……在英语世界，极少有其他的奇幻传说能与它相提并论，能超越它的就更是微乎其微了。”

——芝加哥太阳报

“宏大的、令人敬畏的、丰富多彩的故事情节，让人不由得想起托尔金的作品。”

——出版人周刊

“罗伯特·乔丹开始统治由托尔金一手开创的世界。”

——纽约时报

“《时光之轮》系列是惟一一部我致以崇高敬意的作品，与之相比，几乎每一部我读过的其他奇幻作品都黯然失色……这个系列有可能会成为有史以来最伟大的奇幻著作，时间将会说明一切。”

——Abby Goldsmith（评论家）

“罗伯特·乔丹写下了关于光明和黑暗的鲜明形象，有时又有孩子气的惊奇，这里面虽然有着淡淡的托尔金风味，但他也创造了鲜明的自我写作风格。”

——Pittsburgh Press

“《时光之轮》兼具文字的优美和情节的丰富，其中包含着格林兄弟的天真与魅力；赫胥黎的《勇敢新世界》的社会道德精神。这一切，再加上有血有肉的人物、隐秘晦涩的譬喻、趣味性的调剂、生动优美的自然风景，还有那种关于永恒的迷人感觉。作者借助一种语言创造了一个文学世界和这个世界可能具有的一切真实性。”

——布鲁斯特·米尔顿·罗伯森，默特尔海滩太阳报

“全方位感觉的史实。”

——星期日时报

“一场幻梦般的景象。”

——SFX（英国著名大型幻想综合网站）

“那些读奇幻的人可以欣喜若狂了，这是真正的艺术！”

——John Lee（奇幻作家）

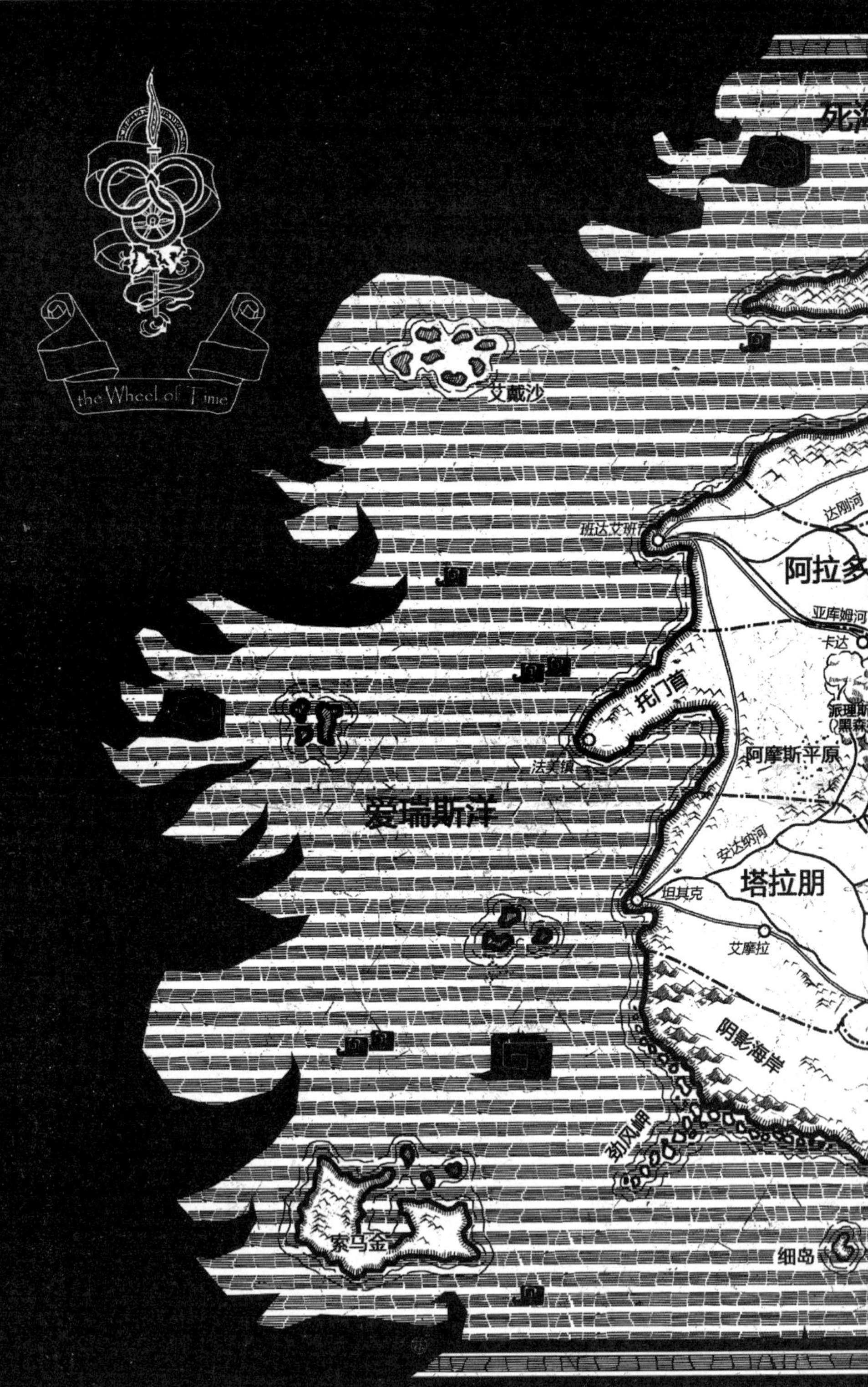

the Wheel of Time
死海
艾戴沙
达刚河
班达艾班
阿拉多
亚库姆河
卡达
托门首
派理斯
黑森
阿摩斯平原
法美镇
爱瑞斯洋
安达纳河
塔拉朋
坦其克
艾摩拉
阴影海岸
劲风岬
索马金
细岛

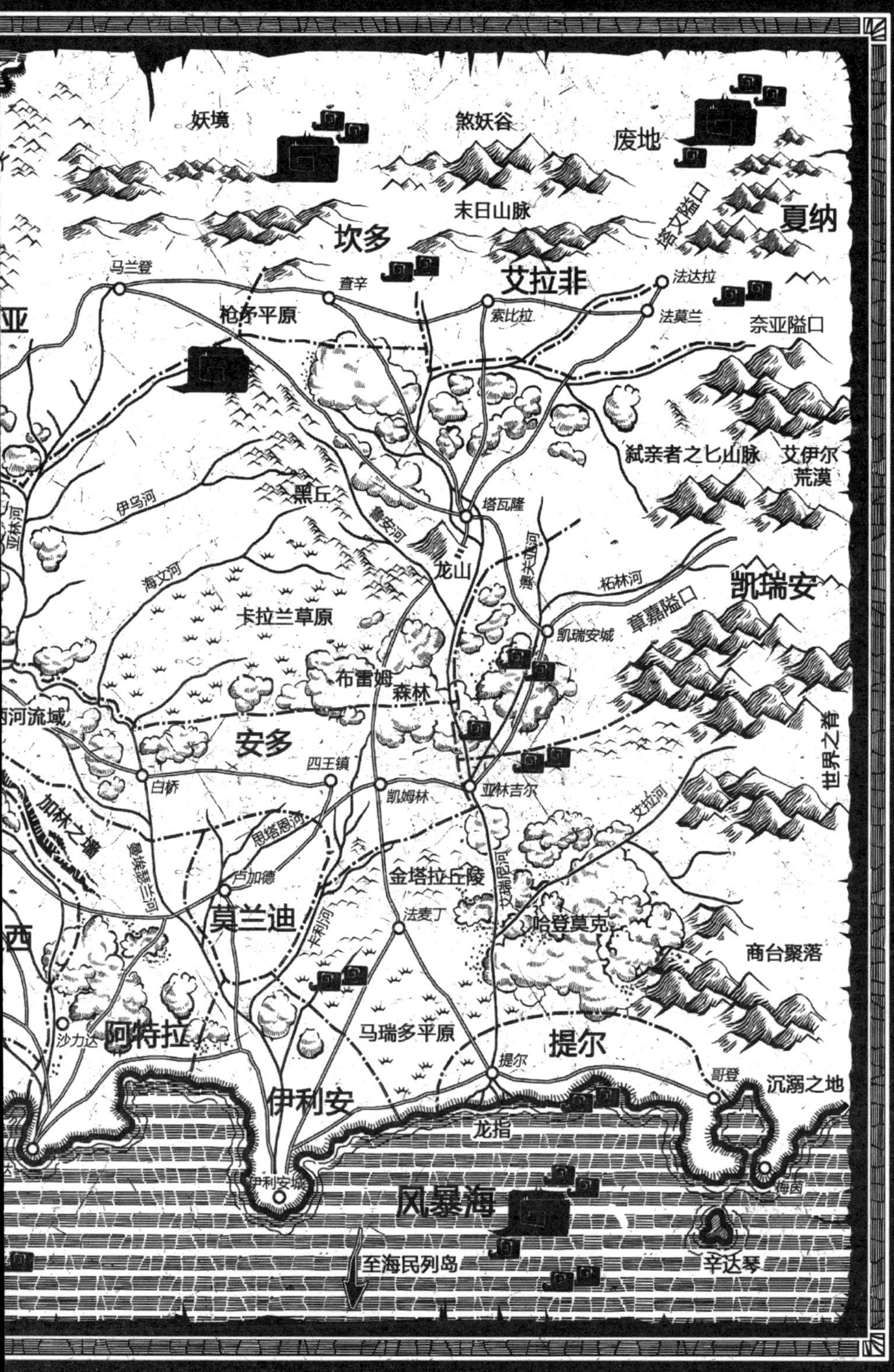
妖境
煞妖谷
废地
末日山脉
坎多
塔文隘口
夏纳
马兰登
查辛
艾拉非
法达拉
法莫兰
索比拉
奈亚隘口
枪矛平原
弑亲者之匕山脉
艾伊尔
荒漠
伊乌河
黑丘
塔瓦隆
亚林河
鲁安河
龙山
海文河
澳夫林河
柘林河
凯瑞安
章嘉隘口
凯瑞安城
卡拉兰草原
布雷姆
森林
河流域
安多
四王镇
白桥
凯姆林
亚林吉尔
世界之脊
艾拉河
加林之墙
思塔思河
曼埃瑟兰河
卢加德
金塔拉丘陵
艾瑞尼河
莫兰迪
卡利河
法麦丁
哈登莫克
商台聚落
沙力达
阿特拉
马瑞多平原
提尔
提尔
哥登
沉溺之地
伊利安
龙指
伊利安城
风暴海
梅茵
至海民列岛
辛达琴

主要人物表

路斯·瑟林·特拉蒙： 造成世界崩毁的疯狂男性两仪师。
暗帝： 他是邪恶的根源，在创世那天被封印在煞妖谷中。
兰德·亚瑟： 来自两河流域伊蒙村的牧羊少年。
麦特·考索恩： 来自两河流域伊蒙村的少年，是兰德的好友。
佩林·艾巴亚： 来自两河流域伊蒙村的少年，原是铁匠的学徒，是兰德的好友。
艾雯·艾威尔： 来自两河流域伊蒙村的少女，和兰德是一对恋人。
奈妮薇·爱米拉： 来自两河流域伊蒙村的女子，亦是伊蒙村的乡贤。
沐瑞： 一名蓝宗两仪师。
岚： 约缚于沐瑞的护法战士。
汤姆·梅里林： 一名走唱人。
帕登·范： 一名卖货郎，亦是一名暗黑之友。
谭姆·亚瑟： 兰德·亚瑟的父亲。
魔德斯： 使爱瑞荷城毁灭，并成了暗影之城的人，被束缚在此城中，等待重生。
摩格丝： 安多的女王。
伊兰： 摩格丝女王的女儿，安多的王女。
盖温： 摩格丝女王的儿子，伊兰的兄弟。
艾莱斯·马奇拉： 具有与狼沟通的能力。
林： 图亚桑，匠民，队伍首领。
霭拉： 图亚桑，匠民，林的妻子。
亚蓝： 图亚桑，匠民，林与霭拉的孙子。
杰夫拉·伯恩哈： 圣光之子的战斗指挥官。
洛根： 一名伪龙。
加雷斯·布伦： 摩格丝女王卫兵的元帅。
爱格马： 夏纳贾盖德家族成员，边境国法达拉领主。
印塔： 一名夏纳的战士，他的徽记是灰色猫头鹰。
罗亚尔： 一名来自商台聚落的巨森灵，喜欢读书，酷爱森林。
明： 一名拥有判读人类周遭灵光能力的少女。
爱莉达： 一名红宗两仪师，担任安多的摩格丝女王的咨政。

CONTENTS

目 录

大 事 记

时间之初

创世主创世：

同一瞬间，暗帝撒丹被封印在煞妖谷，他是所有邪恶的源泉。他许诺谁若帮助他获得自由，他将给予曾服侍他的人难以想象的力量和财富，以及永生。

此时，在这个世界上，还有极少数能够操控至上力的人，他们可以利用至上力施行常人仅能够想象的巨大能力和奇迹，这些人被称作两仪师。他们成立了自己的组织，分为男性两仪师和女性两仪师。

两仪师中有些人因为追求永生和力量，成为暗帝撒丹的崇拜者，试图将暗帝从牢狱中拯救出来，他们和暗帝的其他追随者被称为暗黑之友。

传说纪元时期（起始时间不详，结束于世界崩毁之后）

大约三千年甚至更久以前，暗影战争爆发：

这是暗黑之友为拯救暗帝撒丹而发动的，又称作至上力之战。暗黑之友中最强大的十三个叫做背弃者。

同时，暗帝创造出兽魔人——一种人类跟野兽混血的扭曲种族，它们和暗黑之友一起进攻人类。

就在暗黑之友几乎快要成功时，男性两仪师路斯·瑟林·特拉蒙带领一百位男性两仪师（百盟团，传说纪元中力量最强大的战士），到煞妖谷重新封印了暗帝和那些背弃者，并制造了七片心灵之石，放置在暗帝囚禁之处的七处焦点上，一旦毁坏了这些心灵之石，暗帝就能被重新释放。

暗影战争结束之后，疯狂之年代开始：

在暗影战争中，当暗帝被路斯·瑟林·特拉蒙等男性两仪师封印时，他也发出了还击，用邪恶污染了真源男性的那一半，使得所有从真源获取力量的男性引导者都变得疯狂。

被称为“真龙”的两仪师路斯·瑟林就找出了他所有的亲属，一个不留地全部杀死了，因此他得到了“弑亲者”的称呼。他最后毁灭了自己，但根据真龙预言，真龙将会在人类最危急的时刻转生，以拯救人类，不过转生真龙将会再度造成世界的崩毁。这段时间就被称为疯狂之年代，其确实长度无人知晓，但据信几乎延续了将近一百年，直至最后一名男性两仪师死亡。

疯狂之年代结束时，世界崩毁：

在疯狂之年代中，男性两仪师因为陷入疯狂而开始了毁灭世界的举动，这个世界的许多疆域因此而不宜人居，幸存者如同风中的沙砾一般四散飘零。这段大毁灭的经过被以"世界崩毁"之名记载于故事、历史和传说中。

世界崩毁之后，传说纪元结束。

灭后纪元时期（元年不详，大约是世界崩毁之后数百年，结束于兽魔人战争之后）

灭纪 300 年左右，十国联盟形成：

这是在世界崩毁、国家再度形成后所组成的联盟，他们的目的是摧毁暗帝。

灭纪 335—336 年，出现伪龙罗林·灭暗者。

灭纪 1000—1300 年左右，兽魔人战争期间：

这是持续了超过 300 年的一连串战争，在这段时间里，兽魔人的军队在全世界到处肆虐，他们的领袖是魔达奥，也是暗帝创造的生物。最后，大多数兽魔人都被消灭或者赶回妖境中。

在这漫长的战争中，有许多国家被彻底破坏，甚至还有些国家的疆域完全变得不宜人居。十国联盟也在兽魔人战争中被破坏，曼埃瑟兰就是在这场战争中灭亡的。

这段时间的历史都毁于战火，剩下的只有断简残篇。

灭纪 1300—1308 年，出现伪龙尤瑞安·石弓。

自由纪元时期（始自兽魔人大战之后，至百年战争结束）

自由纪 351 年，出现伪龙达维安。

自由纪 939—943 年，第二次龙之战争：

这是一场对抗伪龙桂尔·亚玛拉桑的战争。在这场战争中，一位名叫亚图的年轻国王有着非常突出的表现，即后来的亚图·鹰翼。

自由纪 943—994 年，亚图·鹰翼统治时期：

这名传奇君王的帝国包括了世界之脊西方的全部疆域，甚至远达艾伊尔荒漠以外的一些区域。他还于自由纪 992 年派出大军横渡爱瑞斯洋，期冀完成世界与民族的统一。但在他过世之后，这些远征军的联系就全都断绝了，而因为他的过世造成的权力虚悬，则直接引起了随后的百年战争。

自由纪 994—1117 年，百年战争：

这一连串战争的起源都是由于亚图·鹰翼的去世所造成的权力结构转移和变动所致。它们造成了巨大的破坏，爱瑞斯洋和艾伊尔荒漠之间的土地大都荒废，从暴风海到妖境之间的人群几乎全都被牵扯进去，历史纪录几乎全部被毁灭。亚图·鹰翼的帝国也在战争中分崩离析，之后，近代各国才陆续建立。

百年战争期间，圣光之子组织建立：

其目的是对抗日益猖獗的暗黑之友，它在随后的战争期间演化成一个完全的军事组织，痛恨两仪师，并且将所有支持或是与两仪师友好的人们视作暗黑之友。

新纪元时期（百年战争后直至目前）

新纪 976—978 年，艾伊尔战争：

新纪 972 年，安多王女提格兰的兄弟路克消失于妖境之后，提格兰随即也跟着失踪，这一意外引发了安多的继承之争，从而间接导致了艾伊尔战争。凯瑞安的国王雷芒死于这场战争中。

新纪 997 年，出现伪龙洛根。

新纪 998 年，出现伪龙马瑞姆·泰姆。

新纪 998 年，真龙现世：

在两河流域的小乡村伊蒙村，三名年轻人——兰德、麦特和佩林——遭到黑骑士和兽魔人的追杀，开始了对抗暗帝、拯救世界的旅程。真龙现世，究竟是谁？本书的故事，就从这里正式开始……

暗影降临大地，世界被撕成碎片。洋流四溢，山脉倾颓，诸国碎裂，分散至四面八方。月光如血，日光如灰。海水沸腾如汤。生者羡慕死者。一切都已残破。除了记忆，一切都已失落。而一切记忆中，有一个记忆在所有人心中烙下最深的痕迹——那个带来暗影、崩毁世界之人，他被称为龙。

——摘自《亚莱斯·宁·塔尔林·奥塔·卡莫拉，世界崩毁》
著者佚名，第四纪元

在那些日子里，就像曾经发生过、未来会再度降临的一样，暗影压迫着世界和人们的心。生灵涂炭，希望破灭。人们向造物主哭号、祷告。哦，天堂之光，世界之光，让被允诺者生在那高山之上。那是预言中记载的定数，正如他诞生在过往的世代中，诞生在将至的世代中。让晨光的王子向大地歌唱，草木由此得以生长，我们得到新的羔羊。让黎明君主的臂膀守护我们，为我们抵挡黑暗。正义之剑是我们永远的屏障。让真龙再度乘着时光之风飞翔。

——摘自《卡拉·迪安纳兰·德·卡拉蒙，真龙轮回》
著者佚名，第四纪元

序言　龙山

大地仍然在发出一阵阵沉闷的呻吟，仿佛在拼命逃避刚刚发生的一切。几束阳光从墙壁的裂缝中射进来，照亮了仍然弥漫在空气中的尘埃。曾经光洁华丽的墙壁、地面和天花板上布满了烧焦的瘢痕。精美壁画本是金漆彩绘，栩栩如生，现在却如同蟾蜍的皮肤一样鼓起了气泡，大片大片变成黑色，从墙面上剥落下来。到处都是尸体，其中有男人、女人，还有孩子。杀死他们的是闪电的罗网、火焰的洪流和如同活着的猛兽一般择人而噬的岩石。但现在，一切都已经平寂下来。一些织锦绘画和镶嵌着黄金象牙的精美家具却在劫难中幸存下来，完整无缺，在原来的位置上丝毫未动。这些出自大师之手的精美艺术品被废墟环绕着，形成一副怪异的场景。

路斯·瑟林·特拉蒙在宫殿中四处逡巡，步伐灵活。“伊琳娜！我的爱，你在哪里？”他抬腿迈过一名女子的身体，浅灰色的披风沾染上了她的鲜血。她有一头金色长发，姿容秀丽无俦，但对死亡的恐惧扭曲了她的面容，难以置信的神情冻结在她依旧大睁着的双眼里。“你在哪里，我的妻子？大家都到哪里去了？”

倾倒的大理石墙壁上，一面斜挂的镜子映出路斯·瑟林·特拉蒙的样子。他的王家衣饰原本由华贵的灰色、红色和金色搭配而成，精致的布料来自世界之海的另一侧，现在却都破烂脏污，覆盖着厚厚的尘土，连他的头发和皮肤上也都布满了灰尘。他的手指抚过披风上的徽记——一个半黑半白的圆形，中间由一条蜿蜒曲折的界线分开。这个徽记一定有着某种含意。不过他的注意力并没有在徽记上停留太久。他的目光又带着同样的好奇落在镜子里自己的影像上。一个身材高挑的中年男人，曾经是个美男子，但现在褐色的头发已经大半发白，脸上出现了许多紧张和忧虑的皱纹，黑眼睛因看过太多不该看到的东西而变得阴沉。路斯·瑟林笑了，先是吃吃地笑，继而仰起头，一阵大笑在死寂的厅堂中回荡。

“伊琳娜，我的爱！到我身边来，我的妻子。你一定要看看这个。”

在他身后，空气一阵波动，光芒闪烁，凝结成一个男人的形体。那个男人向四周看了几眼，嘴角嫌恶地抽搐着。他比路斯·瑟林矮许多，除了衣领的雪白缎带和高筒靴下翻靴口上的银饰外，一身漆黑。他小心地走过仍然在微微颤动的地板，以骄矜的姿态提着斗篷，以免它蹭到尸体上。但他的注意力始终集中在盯着镜子狂笑的路斯·瑟林身上。

“黎明君主，”他说，“我是为你而来的。”

笑声中断了，路斯·瑟林仿佛从没有笑过一样，转过身，脸上没有一丝吃惊的表情。“啊，一位客人。你有歌喉吗，陌生人？诵唱很快就要开始了，我们欢迎所有人参加。伊琳娜，我的爱，我们有客人了。你在哪里？”

黑衣男人睁大眼睛，向那名金发女子瞥了一眼，然后又转向路斯·瑟林。“以撒丹之名哪，你的污染已经如此严重，它已经如此牢固地控制了你吗？”

“那个名字，撒……”路斯·瑟林颤抖着抬起一只手，仿佛要阻挡什么东西，“不能说出那个名字，这太危险了。”

“看来你至少还记得这个。对于你是危险的，傻瓜，而不是我。你还记得什么？回忆吧，你这个被光明照瞎的白痴！我不会让你躲在无知的襁褓里！快回忆啊！”

片刻之间，路斯·瑟林盯着自己抬起的手，出神地看着上面的脏污，然后，他将手在更脏的外衣上擦了擦，目光转回到黑衣男人身上。“你是谁？你想干什么？”

黑衣男人傲慢地挺起胸，“我曾经被称作伊兰·莫林·特东奈，但现在……”

“背弃希望之人。”路斯·瑟林低声说道。记忆在搅动，但他转过头，躲避着记忆。

“那么你确实是回忆起一些事了。是的，背弃希望之人。是有些人这样叫我，就像他们称你为龙。但和你不同，我拥抱这个名字。他们用这个名字辱骂我，但我还是会让他们跪下来膜拜这个名字。而你对你的名字做了什么？今天之后，人们会称你为弑亲者。你要怎么做?”

路斯·瑟林皱紧眉头，望向周围的废墟。“伊琳娜应该到这里来欢迎客人的。”他心不在焉地嘟囔着，然后又提高了声音，“伊琳娜，你在哪里?”地面颤抖着，那名金发女子的身体随之动了一下，仿佛是在回应他的召唤。他却没有看到。

伊兰·莫林扭曲了面孔。“看看你，”他轻蔑地说道，“你曾经位列众使者之首。你曾经佩戴泰米尔林之戒，坐在至高王位上。你曾经召集统驭九杖。现在，看看你自己！一个痛苦、衰颓、可怜的家伙。但这还不够。你在使者殿堂羞辱我，你在帕兰迪森门击败我，但现在我比你更强，我不会让你在无知中死掉。你死的时候，你最后的意识里将充满关于你失败的一切细节，你会知道你是如何彻底而无可挽回地被打败了。那时我才会让你死。”

“真不知道是什么耽搁了伊琳娜。如果她认为我把客人藏了起来，她一定会教训我的。希望你喜欢和她交谈，她就很喜欢和别人交谈。不过我要提醒你，伊琳娜会问你许多问题，多到也许你会把你知道的一切都告诉她。”

伊兰·莫林将斗篷甩到身后，摊开双手，若有所思地说道：“真可惜，你的姐妹不在这里。我一直都不很擅长医疗，而且我已经追随了另一种力量。不过，即使是你的姐妹也只能让你有片刻的清醒，而且前提是事先你没有摧毁她。当然，我的能力也足以实现我的目的了。”他忽然露出残忍的微笑，“但恐怕撒丹的医疗和你所知道的那种不同。接受治疗吧，路斯·瑟林!”他伸出双手，周围立刻阴暗下来，仿佛太阳被罩上了一层暗影。

痛苦烧灼着路斯·瑟林，他尖叫着。这是发自内心深处的尖叫，他无法阻止的尖叫。火焰烤焦了他的骨髓，酸液冲刷着他的神经。他向后栽倒在大理石地面上，头颅撞击石板，又反弹起来。他的心脏剧烈地跳动着，仿佛要跃出胸腔。每一次心跳都让一股新的火焰灼烧全身。他无助地抽搐着、挣扎着，剧痛要将他的头颅炸裂。沙哑的尖叫声在宫殿中回荡。

缓慢地，如此缓慢地，疼痛减弱下去。这个过程似乎持续了千年之久。路斯·瑟林虚弱地颤抖着，拼命将空气吸进干裂的喉咙。似乎又过了一千年，他才能够用双手和膝盖撑起身体。但他的肌肉仍然像水一样软弱无力。他的目光落在那名金发女子身上，随之而起的尖叫声彻底压倒了他刚才发出的一切声音。他摇晃着爬过杂乱的地面，好几次差点中途跌倒。终于，他爬到了她的身边，用尽自己最后一点力气将她搂在自己的臂弯里。他的手颤抖着抚去了粘在她脸上的发丝。

"伊琳娜！光明救我，伊琳娜！"他将她紧紧抱在怀里，痛哭失声。男人只有在失去了一切的时候才会这样痛哭。 "伊琳娜，不！不！"

"你可以重新拥有她，弑亲者。至尊暗主能够让她重生，只要你愿意侍奉他，只要你愿意侍奉我。"

路斯·瑟林抬起头。黑衣男人下意识地向后退了一步。"十年了，叛徒！"路斯·瑟林轻声说道，如同剑刃出鞘一般轻微的声音。"你那肮脏的主人肆虐这个世界已经十年。而现在，我要……"

"十年！你这个可怜的傻瓜！这场战争并非仅仅持续了十年，而是从时间之初就开始了。随着时光之轮的转动，你和我已经战斗了千万次，亿万次，我们会一直战斗下去，直到时间死亡，暗影获得胜利！"他挥舞着拳头喊道。这一次，路斯·瑟林向后退去。这名叛徒的瞪视让他感到窒息。

他小心地将伊琳娜放在地上，手指温柔地抚过她的发丝。他站起身，眼眶中充满了泪水，但他的声音如同钢铁一般冰冷，"你犯下的罪行让你无可饶恕，叛徒。而为了伊琳娜的死，我要彻底摧毁你，直到你的主人再无法将你复原。准备……"

"回忆吧，傻瓜！回忆起你对至尊暗主渺小的攻击！回忆起他的反击！回忆吧！就在现在，百盟团正将世界撕碎，每一天，都有另外一百个男人加入他们。是谁杀死了伊琳娜，弑亲者？不是我，不是我。是谁杀死了所有与你血脉相连的人，所有爱你的人，所有你爱的人？不是我，弑亲者。不是我。回忆吧，你要明白反抗撒丹的代价！”

突然间，汗水从路斯·瑟林满是尘土的脸上渗出来。他在回忆。那就像是被乌云包裹的梦中之梦。但他知道，那是真的。

他的吼叫撞击着墙壁。因为他知道，他的灵魂已经被自己的双手玷污了。他抓扯着自己的面孔，仿佛要将他所做的一切撕去。无论他的视线移到何处，映入眼帘的都是一具具尸体——被撕碎、斩断、烧焦，或者被吞入岩石的尸体。所有这些失去了生命的面孔都是他认识的，都是他所深爱的：童年时就和他在一起的老仆人与朋友，在漫长的岁月中与他并肩作战的忠实战友，还有他的孩子——他的亲生儿女。他们都躺倒在地上，如同被毁坏的木偶，永远不会再动一下。他们全都是被他杀死的。孩子们的脸在向他发出控告，空洞的眼睛仍然在问着为什么。而他的泪水无法回答他们。叛徒的笑声如同鞭子一样抽打着他，淹没了他的嚎叫。他无法再去看这些脸，承担这样的痛苦。他绝望地向真源伸展，碰到被污染的阳极力。他开始穿行。

他周围的地面平坦空旷。一条大河从他身旁流过，河道笔直宽阔。他能感觉到，方圆百里内荒无人烟。只有他一个人还活着，孑然一身的男人，没有任何活着的人比他现在的处境更孤单了。但他逃不开回忆。那些眼睛从他意识的空洞中涌出来，紧盯着他。他躲不开它们：他的孩子们的眼睛、伊琳娜的眼睛。泪水在他的面颊上闪光，他抬头仰望天空。

“光明啊，原谅我！”他不相信真的会得到原谅。但他还是向天空高喊着，乞求着他不相信自己能够得到的东西。“光明啊，原谅我！”

他仍然接触着阳极力，那推动宇宙、让时光之轮转动的男性力量。他能感觉到污染漂浮在阳极力的表面。那是暗影在反击中造成的污染，是毁灭世界的污染。这都是因为他。因为他傲慢地相信男人能够与创世主比肩，能够修复被破坏了的创世主的造物。他的傲慢让他有了这种结局。

他深深地汲取真源，绝无停顿，就好像一个干渴欲死的人。很快，他就导引了超越自己极限的至上力。他感觉到自己的皮肤仿佛已经燃起火焰。但他强迫自己汲取更多，似乎是要把所有至上力都汲取进来。

“光明啊，原谅我！伊琳娜！”

空气变成了火焰，火焰变成了液体的强光。从天堂上倾泻而下的光会烧焦所有看到它的眼珠。它淹没了路斯·瑟林·特拉蒙，穿透了地壳。被它碰到的岩石瞬间变成了蒸汽。大地抖动着，如同一头痛苦至极的巨兽。只是一次心跳的时间，那道连接天地的光柱消失了。地面却如同风暴中的海洋一样剧烈翻涌。熔岩一直喷到离地五百尺的高空，大地在呻吟中隆起，将熔岩喷泉推得越来越高。从北到南，从东向西，飓风咆哮而至，将树干如同枯枝一样折断。隆起的山脉在自然的尖叫与嗥吼声中向天空直冲而去。

最后，狂风停寂，大地仍然在一阵阵颤抖。路斯·瑟林·特拉蒙没有留下任何痕迹。原先他站立的地方现在变成了几里**（注：“里”是时光之轮世界中的长度单位，一里等于一千幅）**高的巨峰，熔岩仍然从峰顶的裂口中汩汩流出。宽阔、笔直的河道被推向旁边，形成弯曲，河道一分为二，中央出现了一座长形岛屿。高山的倒影几乎就要碰到那座岛。黑色的影子跨过大地，如同一个险恶的预兆。片刻之间，一切归于沉寂，只有大地仍不时沉闷地隆隆作响。

岛屿上空气波动，一团光芒逐渐凝聚。黑衣男人出现在那里，盯着直冲天际的火山。他的面孔因为恼怒和轻蔑而扭曲着。“你逃不过的，龙。我们之间还没有结束，直到时间的尽头也不会结束。”

然后，他消失了，只剩下那座高山和那个岛，在等待着。

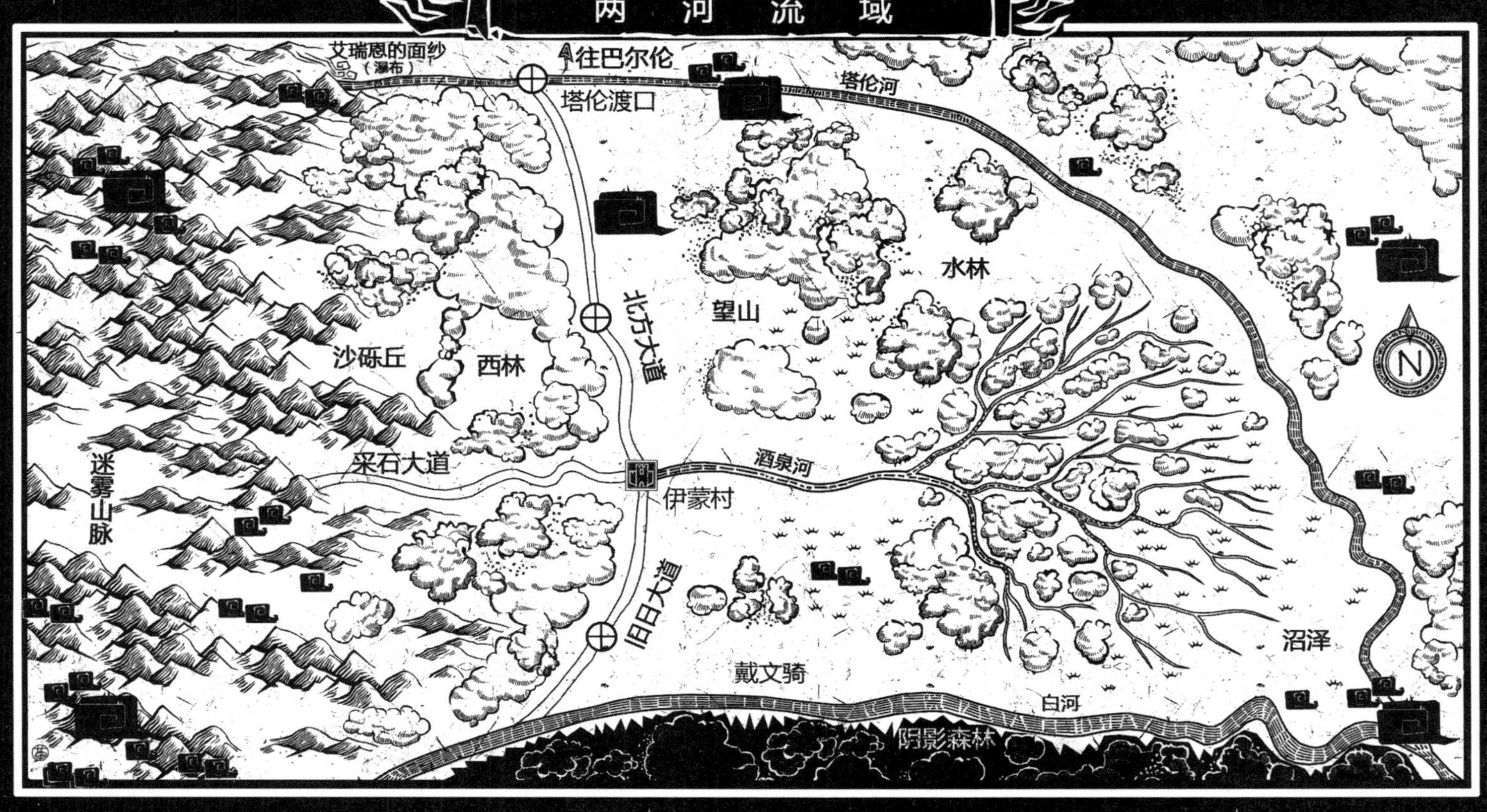
两河流域
艾瑞恩的面纱
（瀑布）
往巴尔伦
塔伦渡口
塔伦河
水林
望山
北方大道
沙砾丘
西林
迷雾山脉
采石大道
酒泉河
伊蒙村
旧日大道
戴文骑
沼泽
白河
阴影森林

第1章 空　路

时光之轮旋转不息，岁月来去如风，世代更替只留下回忆；时间流淌，残留的回忆变为传说，传说又慢慢成为神话，而当同一纪元轮回再临时，神话也早已烟消云散。在某个被称为第三纪元的时代，新的纪元尚未到来，而旧的纪元早已逝去。一阵风在末日山脉刮起。这阵风并非开始，时光之轮的旋转既无开始，也无结束。但它确实也是一个开始……

风起于永远被云雾缭绕的高山之间。这些高山也因这片云海而得名。风向东吹去，越过沙砾丘。这里曾经是一片大洋的海岸，那已是世界崩毁前的往事。风吹进两河，穿行在被称作西林的茂密丛林中，从两个人身边掠过。这两个人照看着一辆马拉的大车，沿一条被称作采石大道的路向前走着。春天本应该在一个月以前就到来了，但这阵风仍然挟带着刺骨的寒冷，仿佛天上就要飘下雪花的样子。

风吹起了兰德·亚瑟的斗篷，又翻卷过他的褐色羊毛长裤，将斗篷吹得在他身后飞扬起来。兰德希望自己的外衣能更厚实一些，或者出门时多穿一件衬衫。有一半的时间，当他竭力想用斗篷裹住身体的时候，斗篷都会钩住他腰间的箭囊。用一只手拉住斗篷起不了什么作用，但他的另一只手还要拿着长弓，弓弦上扣了一支随时准备射出的箭。

一阵强风将斗篷从他手里吹走，他看了一眼走在褐色长毛母马另一侧的父亲。看到谭姆仍然在那里，他感到一阵安心，却又立刻觉得自己这样实在有些愚蠢。只是今天实在与其他日子有些不同，寒风一阵阵地吼着，除此之外，大地却仿佛覆压了一种沉重的寂静。车轴轻微的“吱吱”声也显得刺耳。没有鸟雀在林间歌唱，没有松鼠在枝头蹿闪。虽然兰德也不相信会有——这个春天实在是太寒冷了。

只有经冬不凋的常青乔木还保留了一些绿意。树干之间，经年的荆棘缠绕成一团团棕色的罗网。所剩不多的野草丛中大多是一片片荨麻，或者是其他生有尖刺的植物，还有一些臭甘菊，如果不小心踩上去，就会闻到一股刺鼻的臭气。树冠的阴影中仍然残留着片片积雪。惨白的太阳悬挂在东边的树梢上，光线暗淡，仿佛被混进了阴影。这是一个沉郁的早晨，只能让人有不好的念头。

兰德下意识地摸着扣在弓上的箭。只需一眨眼的时间，他就能将这支箭的箭羽拉至腮边，把它射向目标。这是谭姆教他的技艺。这场严冬非常可怕，即使是最年长的村民也不记得以前有过这样的冬天。而山里的冬天一定更加严酷，狼如果忍受不住严冬，就会潜入到村里来，咬穿羊圈和畜棚，叼走羊和牛马。熊也会来抢羊吃。村民们已经有几年时间没有见过熊了，但现在的夜晚已经不再安全。人和羊同样会成为猎物，甚至太阳还在地平线上的时候也会有危险发生。

谭姆以稳定的步伐走在贝拉的另一侧，将长矛当作行路手杖，完全不在乎冷风将他的斗篷吹得像旗帜一样飘扬起来。他不时会轻拍一下贝拉的肋侧，催促它加紧脚程。谭姆有一张宽脸和厚实的胸膛，在这样凛冽的寒风中，他就像是漂浮在梦境中一根岿然不动的石柱，是这个虚幻的早晨中的惟一真实。他的脸已经被日晒风吹刻上了许多皱纹，头发也变成了灰色，只剩下星星点点的青丝，但任何激流仍然无法让他的脚步紊乱分毫。现在他漠然地向前走着，那种神情仿佛是在说：熊也好，狼也好，养羊的人自然会知道该怎么对付它们，而且它们最好不要挡住谭姆·亚瑟去伊蒙村的路。

兰德心虚地向自己那一侧的森林中观望了一阵。谭姆的态度让他想起了自己的责任。他比自己的父亲要高一头。实际上，他在两河个子可能是最高的。除了肩胸宽阔以外，他和父亲几乎没有任何相像的地方。他的灰眼睛和略带红色的头发是遗传自母亲，这是谭姆告诉他的。兰德的母亲不是两河人，除了微笑的面容之外，兰德对母亲几乎没有什么记忆。但他仍然会在每年的立春日和阳之日将鲜花摆放在母亲的坟前。

大车上放着八大桶苹果酒和同样是苹果酿制的两小桶白兰地，经过一冬天的储藏，它们变得更浓烈了一点。每天，谭姆都会将同样分量的酒送到酒泉旅店，供立春节使用。今年春天，他早就答应，即使是野狼和严冬也照送不误。不过他们的确已经有几个星期没有去过村里了。在这样的日子里，即使是谭姆也很少远离自己的家园。但谭姆已经承诺过要送酒到村里，虽然他不得不等到立春节前夕才兑现诺言。遵守诺言对于谭姆非常重要。不过兰德很喜欢离开农场，几乎像参加立春节一样高兴。

当兰德向树林中观望的时候，那种被监视的感觉又油然而生。他耸耸肩，想把这个念头甩掉。树林间没有任何动静，只有风声。但那种感觉反而越发强烈。兰德感觉到手臂上的毛发在一阵阵颤栗，仿佛皮肤下面生出了荨麻。

他焦躁地揉搓着胳膊，命令自己停止胡思乱想。林子里什么都没有，否则谭姆一定会知道并告诉他的。他回头瞥了一眼……立刻眨眨眼睛。就在后面百来尺的地方，一个穿斗篷的骑马人正跟着他们，人和马都是黑色的，阴郁、沉重，令人心生不快。

兰德一边张望着，双腿一边跟着大车向前迈动。

那个骑马人的斗篷一直盖到靴子上。他的头脸也被兜帽遮住，全身没有任何地方暴露在外面。兰德模糊地感觉到这个人有些古怪，虽然他只能看见兜帽下的黑影。那里面依稀有一张脸的轮廓，但兰德觉得自己正盯着这个人的眼睛，而且他没办法把目光移开。他有一种恶心的感觉。他只能看见黑影，却感应到对方强烈的恨意，仿佛那是一张被憎恨扭曲的脸，憎恨一切生命，而这憎恨的焦点就是他——兰德·亚瑟。

突然间，他踢到一块石头，踉跄了一下，这让他的目光离开了那个骑马人。他的弓落在路面上。他急忙伸手抓住贝拉的马缰，才没有栽倒在地上。贝拉打了个响鼻，停住脚步，转过头来看是什么抓住了它。

谭姆皱起眉望向兰德。“你还好么，小子？”

“一个骑马的人，”兰德喘息着说，站直身子，“一个陌生人，正在跟踪我们。”

“哪里？”谭姆举起宽刃长矛，警惕地向身后望去。

“那里，就在……”兰德回身去指，话音却弱了下去，后方的路面已经空了。他难以置信地向路两旁的林地望去。那些光秃秃的枝干中间藏不住任何人，但他却看不到任何人与马的踪影。他回头看着满脸疑问的父亲。“他就在那里。一个穿黑斗篷的男人，骑在一匹黑马上。”

“我不会怀疑你的话，小子，但他去哪儿了？”

“我不知道，但他刚才就在那里。”兰德抓起掉落的弓箭，匆匆检查了一下箭羽，重新将箭扣上弓弦，甚至将弓弦稍稍拉开，然后又松了手。确实没有任何值得警惕的目标。“他确实在那里。”

谭姆摇摇头。“好吧，如果你真的这么觉得，小子。跟我来，即使在这样的地面上，一匹马也会留下足迹。”他向马车后面走去，斗篷在风中猎猎作响。“如果我们找到足迹，我们就会知道他确实存在。如果没有……嗯，这样的日子里，想象自己看到些什么也不奇怪。”

兰德突然意识到那个骑马人怪异的地方。将他和谭姆的斗篷高高吹起的强风却完全没有吹动过那个人的黑斗篷。兰德突然感到口干舌燥。那一定是他想象出来的。父亲是对的，这是个会让人出现妄想的早晨。想了很久，他还是没办法让自己相信那其实是不存在的。但他又该怎样向父亲解释那里确实曾经有一个在强风中纹丝不动，又突然凭空消失的黑衣人？

兰德担忧地向周围瞟了一眼，森林似乎也和刚才不一样了。几乎从刚刚能走路开始，他就一直在这片森林中四处嬉戏。在伊蒙村东边最偏僻的农场外，水林中的池塘和溪流是他学会游泳的地方。他去沙砾丘探险，虽然许多两河人都说那里是不祥之地。有一次，他甚至到了迷雾山脉脚下。当时和他同行的有他的两个最亲密的朋友，麦特·考索恩和佩林·艾巴亚。这样的旅程对于绝大多数伊蒙村人来说都是不可想象的长途跋涉。他们即使去一趟望山或戴文骑都是件大事。这里的任何地方都不会令他害怕。但今天，西林不再是他记忆中那个地方了。一个能够如此突然消失的人，也一定能突然出现，也许会出现在他们身边。

“不，爸爸，没关系。”谭姆已经不再惊讶。兰德拽起兜帽，遮住了自己涨红的脸。“您也许是对的，没有必要去寻找不存在的东西。我们还是快些赶路，到村里去避避风吧。”

“那时我就能抽口烟，”谭姆慢慢地说，“还可以在温暖的地方享受一杯啤酒。”他忽然咧嘴一笑，“我想，你也很希望见到艾雯吧。”

兰德虚弱地笑了笑。在他的脑子里，村长的女儿绝对不是他现在要考虑的事情之一。他不想让自己的思维变得更加混乱了。从去年开始，他们在一起的时候，她只能让他的神经越来越紧张。更糟糕的是，她甚至没有察觉到这一点。不，他肯定不希望现在去想艾雯。

兰德希望父亲没有注意到自己在因为他的话而感到忧虑。这时谭姆又说道，“记住那点火焰，小子，还有虚空。”

谭姆教他的这项技艺非常奇怪。将注意力集中在一点火苗上，并将自己的全部激情灌注于其中——恐惧，痛恨，愤怒——让火焰烧光它们，直到思想空空荡荡。谭姆说，与虚空融为一体，那样你就能做到一切。除了谭姆之外，伊蒙村的任何人都没有说过这样的话。谭姆在每年的立春节上都依靠着他的火焰与虚空成为射箭比赛的冠军。兰德相信如果自己能掌握虚空，也许今年同样能获得冠军。谭姆这时提起这件事，大概是注意到了兰德的不安，但他没有再多说什么。

谭姆又开始催赶贝拉，他们重新开始前进。他的步伐稳健依旧，仿佛没有任何不好的事发生，将来也不会发生。兰德希望自己能效仿父亲。他竭力在脑海中构筑虚空，但虚空总是不停地滑出他的脑海，取而代之的是那个穿黑斗篷的骑马人。

兰德想要相信谭姆是正确的，那名骑马人只是出于他的想象。但他清晰地记得那种憎恨。那里一定出现过什么人，而且那个人想要伤害他。兰德一直在回头观望，直到伊蒙村的尖脊茅草屋将他环绕于其间。

伊蒙村就在西林的旁边。树林在村子附近逐渐稀疏，但直到村子边缘的几座茅草屋旁边，仍然立着几棵树。村东地势低洼，农场遍布，被树篱环绕的田地和牧场一直延伸到水林——那里溪流和池塘错综分布。村西的土地一样肥沃，那里的草场在大多数季节里都很茂盛。但西林中的农场屈指可数。而那几座农场甚至距离沙砾丘都很远，更不要说迷雾山脉了。那些巨大的山峰高高矗立在西林的树梢之上，即使在伊蒙村也能清晰地看到。有人说西边的岩石太多。实际上，两河到处都有很多岩石。其他人说那里是个厄运之地。一些人总是在私下里说，如果没有必要，最好离那里远一些。无论真正的原因是什么，只有最大胆的人才会在西林中建立家园。

谭姆的大车进入村中的时候，小孩子和狗立刻围上来大声欢呼。贝拉耐心地缓步前行着，并不在意那些在它鼻子底下喊嚷嬉笑、捉迷藏、滚铁环的孩子们。最近这几个月里，孩子们已经少了许多欢笑和游戏，即使严寒已经过去，可以走出家门时，大人们也因为担心狼群出没而把孩子们都锁在家里。看样子，立春节的到来终于让他们重新知道了该怎样玩耍。

节日同样影响着成年人。宽百叶窗都被打开了，主妇们系着围裙，用方巾扎住长发辫，在窗台上抖动着床单，或者晾晒被褥。不管树梢上是否长出了嫩芽，任何女人都不会让立春节在她完成春季扫除之前到来。每家的院子里都铺开了成排的地毯。还不能去街上乱跑的小孩子们都在用柳条拍打着地毯以发泄自己的怒气。男人们纷纷爬上屋顶，检查茅草屋顶在一个冬天的风吹雪压之后是否需要茅屋匠森布来进行修理。

谭姆不时会停下来，和某个人简单地交谈几句。他和兰德已经在农场里闭门不出几个星期了。村里的人都想知道那里的情形。从西林来的人很少。谭姆谈到了一场比一场剧烈的冬季风暴，母羊产下死的羊羔，应该萌芽返绿的农田和草场都还是枯黄色的。早春的鸣禽至今也还没出现，取而代之的是一群群大乌鸦。虽然大家都在为立春节做准备，但谈论的话题都让人提不起兴致。有许多人说话的时候都在不停地摇头。

不过，大多数人都一边拍着彼此的肩膀一边说：“如光明所愿，我们会活下去的。”有些人还笑着说：“如果光明不愿意，我们也会活下去的。”

这就是两河人的处世风格。他们看惯了庄稼在冰雹下绝收，羊羔被饿狼吃掉。他们会从头再来，绝不轻言放弃。无论那要用掉多少年，哪怕是整整一代人的时间。

这时，维特·康加走到街中央，为了不让贝拉踩到他，谭姆只得拉住了马缰。实际上，谭姆并不想搭理他。康加和科普林家（这两家因为频繁的近亲婚配，已经没有人能真正理清他们的血缘关系了）的名声一直传到了望山和戴文骑，甚至也许传到了塔伦渡口。每个人都知道他们是埋怨和麻烦的制造者。

“我必须先把这些送到布朗·艾威尔那里去，维特。”谭姆向大车上的酒桶点了一下头，但瘦骨嶙峋的维特仍然站在原地未动，脸上还带着一副尖酸的表情。他刚才一直懒洋洋地坐在家门口的台阶上，虽然他家的屋顶看上去急需森布师傅来整理一番。很可能他家的屋顶就从未整修过。大多数科普林和康加家的人都是这样，如果不是更糟糕的话。

“谭姆，我们该怎么对付奈妮薇？”维特问，“伊蒙村不能有这样一位乡贤。”

谭姆重重地叹了口气，“这不是我们的事，维特。乡贤是女人们的事。”

“嗯，我们最好做些什么，谭姆。去年她说，我们会有一个温和的冬天，来年会有丰收。现在如果你去问她从风中听到了什么，她只会瞪你一眼，然后跺着脚走人。”

“如果以你的方式去问，”谭姆耐心地说，“她没有用棍子揍你就是你的运气了。如果你不介意，这些酒……”

“奈妮薇·爱米拉太年轻了，还当不了乡贤，谭姆。如果妇议团不采取行动，那么村议会就应该插手。”

“乡贤和你有什么关系，维特·康加？”一个女人怒气冲冲地喊道。维特哆嗦了一下。黛斯·康加的身量足有维特的两倍宽，是一个面孔方硬、全身没有一点赘肉的女人。她叉腰瞪着维特。“你来管妇议团的事啊，那就看看你怎样享受自己煮饭的乐趣吧！但你休想在我的厨房里煮。然后你也可以自己去洗衣服和铺床，但也不要在我的屋顶下做这些事。”

“但，黛斯，”维特哀怨地说，“我只是……”

“请原谅，我先走一步了，”谭姆说，“维特，光明照耀你们两个。”他说着，赶紧牵着贝拉，绕过了维特。现在黛斯的全部注意力都在她的丈夫身上，但她随时都有可能发觉是谁在和她的丈夫说话。

也正因为如此，谭姆和兰德没有接受任何邀请，去谁家吃些东西，或者喝些热饮。伊蒙村的主妇们看见谭姆的时候，都像是发现了兔子的猎犬。她们全都为这个拥有一座优良农场的鳏夫选定了合适的续弦对象，即便他的农场是在西林中。

兰德的脚步像谭姆一样快，甚至更快。当谭姆不在身边时，他有时就会沦为那些主妇们的猎物。他会被赶到厨房的炉火旁，被勒令吃下甜饼、蜂蜜蛋糕或者是肉馅饼。某位主妇会不停地打量他，那副样子像极了商人用天平和尺子称量自己的货物。那位主妇还会告诉他，她寡居的姐妹或表姐妹能够做出更好吃的甜饼、蜂蜜蛋糕和肉馅饼。而且谭姆肯定已经不年轻了，他爱自己的妻子当然是好事，他这样的人一定也会非常爱护自己生命中的第二个女人，但他哀悼的时间已经够长久了。谭姆需要一个好女人，这是一个显而易见的事实——男人只有得到女人的照顾，才能有美满的生活，并且远离一切麻烦。最糟糕的是，还有些主妇在阐明了这个事实之后，还会巧妙地伪装成漫不经心的样子，询问兰德现在有多大了。

像大多数两河人一样，兰德有着很顽固的脾气。外地人都说这是两河人最大的特点。顽固的两河人能给骡子上课，还能教训石头。这些主妇们在大多数时候都是善良和蔼的女人，但兰德不喜欢被逼着做任何事。而他总是觉得她们在用鞭子催赶自己。所以现在他正用最快的步伐前进，一边希望谭姆能催促贝拉再走快一点。

很快，他们就到了村中央的绿坪。这是一片宽阔的场地，通常都会覆盖着一层厚厚的绿草。但这个春天，绿坪上只有星星点点的绿色，其余都是黄色的枯草和黑色的裸露土地。几只鹅来回晃荡，瞪着眼睛，却找不到什么可以啄食的东西。一头被拴着的奶牛无聊地啃食着稀疏的青草。

在绿坪的最西端，酒泉从低洼的石板缝隙中涌出。这股清泉从未有丝毫衰竭，它的水流强得足以将一个男人冲倒，甜美得更胜过它的名字十倍。以这股泉水为源头，迅速变宽的酒泉河一直向东方流去，河岸上点缀着几株柳树和赛恩师傅的磨坊。最后这条河会分散成几十股溪流，注入水林深处的沼泽。绿坪上一共有三座桥跨过这条河，其中两座是有栏杆的人行小桥，第三座更加宽阔坚固，足以让马车通行。这座马车桥是北方大道的终点，它从塔伦渡口、望山一直延伸到此；又是旧大道的起点，它通向戴文骑。外地人一直都觉得这很有趣——一条路向北和向南各有一个名字。但它一直都是这样，所有伊蒙村人从生下来就知道——对于两河人而言，这个理由就非常足够了。

在远离桥梁的地方，人们已经为立春节精心搭建起三座房子一样大的柴堆。当然，这三座柴堆是搭建在经过清理的空地上，而不是绿坪上。绿坪是举办庆典和筵席的地方。

靠近酒泉的地方，二十名年长的妇人一边轻声地歌唱着，一边立起春日柱。这是一根被修剪去所有枝丫的冷杉树干。除去埋在地下的部分，它在地面以上的部分还有十尺高。一群还没有到结辫子年龄的女孩盘腿坐在旁边，羡慕地看着她们，偶尔她们的歌声还会压过那些妇人们的。

谭姆冲贝拉吆喝了一声，似乎是要让它走快一些，但贝拉没有理会。兰德故意不去看那些女人们。在立春节的早晨，男人们会故作惊讶地发现春日柱。等到中午，没有结婚的女子就会围绕春日柱跳舞，将彩色的长缎带缠绕在上面。没有结婚的男子则在一旁唱歌。没有人知道这样的习俗是从什么时候开始，怎样开始的。不过人们都很喜欢这个尽情歌舞的机会，毕竟没有任何两河人会想拒绝唱歌跳舞的机会。

立春节的一整天将充满了歌舞、筵庆和竞技。人们会在快跑、弓箭、掷石索和棍术比赛中一较高低。其他的比赛还有解谜、拔河、举抛重石的游戏。最好的歌唱、舞蹈、乐器演奏，最快的剪羊毛手，甚至是最准确的掷球和飞镖也能获得锦标。

每年的立春日，春天都已经到来，第一批羊羔出生，春小麦也萌芽了。只有今年，冬日的寒冷仍然没有褪去的迹象，但任何人都没有要延后这个节庆的想法。大家都在期待着欢乐的歌舞。最重要的是，据说绿坪上将有一场盛大的焰火表演——当然，这需要今年的第一个卖货郎能够及时出现。大家都在谈论这个，上次的焰火表演还是十年前的事，直到现在它都是人们谈论的话题。

酒泉旅店位于绿坪的最东端，马车桥的旁边。旅店的第一层是用河床上取来的石头建成的，但它的地基非常古老，有人说打地基的岩块是迷雾山脉中的山岩。被粉刷成白色的第二层凸出在第一层的外面。旅店老板和伊蒙村二十年来的村长——布朗·艾威尔以及他的妻子女儿们居住在第二层后面的房间里。酒泉旅店的屋顶铺着红色的屋瓦，这是全伊蒙村惟一的红色屋顶。它在微弱的阳光下闪耀着淡淡的光泽。旅店的十二座高烟囱里现在正有三座冒出烟来。

旅店并没有占据全部岩石地基。实际上，裸露在旅店南边（就是远离溪流的一侧）的地基比旅店本身更大。不过那片岩块的正中央却有着一株巨大的老橡树。橡树的树干环围足有九十尺，向四外伸展的树枝也有成年人的身体那么粗。到了夏天，布朗·艾威尔会在树下摆放桌子和长凳。人们可以在树阴下喝一杯，在凉风的吹拂中聊聊天，下盘棋。

“到了，小子。”谭姆伸手去抓贝拉的马缰，不过贝拉不等自己被他拽住，已经在旅店前停住了脚步。“它比我还认路。”谭姆笑着说。

车轴声还没有完全消失，满面笑容的布朗·艾威尔已经出现在旅店门前。他的腰围几乎是村中所有其他男人的两倍，但他的步伐却总是轻快得不可思议。旅店老板头顶的灰发已经所剩不多了。虽然天气仍然寒冷，但他只穿着衬衫，腰间系着一条洁白如雪的围裙。一枚雕刻成天平形状的银徽章挂在他的胸前。

这枚徽章是伊蒙村村长职务的象征。当巴尔伦的商人来这里收购羊毛和烟草的时候，布朗就用一架和徽章形状完全相同的天平称量他们付给的钱币。只有在商人来访、节日、庆典和结婚的时候，他才会戴上这枚徽章。这一次他提前一天就把徽章戴上了。不过今晚是冬日告别夜，立春节的前一夜。所有人都会整晚互相拜访，交换小礼物，在每一户人家中吃一点东西，喝一点酒。**但经历过这样的冬天后，**兰德想，**他也许觉得今年的冬日告别夜也像迎春一样重要了吧。**

“谭姆，”村长高声喊着向他们跑了过来，“光明照耀我，你终于来了，实在是太好了。还有你，兰德。最近怎么样，我的孩子?”

“还好，艾威尔师傅，”兰德说，“您还好吗?”但布朗的注意力已经转回到了谭姆身上。

“我几乎要以为你今年不会送你的白兰地过来了。以前你从没有这么晚到的。”

“这些日子里我不喜欢离开农场，布朗，”谭姆回答，“狼群很猖獗，天气也不好。”

布朗喷了一声鼻息。“真希望有人想谈谈天气以外的事情，大家都在抱怨这个。应该有人明白，我也管不了这件事。我刚刚用了二十分钟时间向亚东尼太太解释了我没办法让那些鹳出现。她却想让我……”布朗摇了摇头。

“这是凶兆，”一个沙哑刺耳的声音说道，“立春节的时候，却还没有鹳在房顶上筑巢。”像老树根一样黝黑多瘤的森布走到谭姆和布朗面前，靠在那根像他一样高，也像他一样多瘤的手杖上，用一双珠子一样的眼睛瞪着面前的两个男人。“你们记住我的话吧，还会有更糟的事情呢。”

“你什么时候变成占卜师，能够看出凶兆了?”谭姆带着点冷嘲的语气说，“或者你像乡贤一样，会听风了？这里倒是有不少风，有些风大概就是从我们身边吹起来的。”

“尽情嘲笑吧，”森布嘟囔着，“但如果天气还不暖和到让庄稼发芽，那么就不止一间地窖会在第一茬收成之前被吃空。等到下一个冬天的时候，两河除了狼和乌鸦之外可能就没有活物了。如果真的撑得到下一个冬天。说不定就是这一个冬天。”

“那么，你到底想说些什么呢？”布朗有些气恼地问。

森布尖刻地看了他们一眼。“我对奈妮薇·爱米拉没什么好看法，这你们知道。第一，她太年轻了……不管怎么样，妇议团甚至禁止村议会谈一下她们的事情，而她们却总是干涉我们的一切。总是这样，就好像——”

“森布，”谭姆插话说，“说了这么多，你到底想要表达什么？”

“我要表达的是这个，谭姆。每次我们问那个乡贤什么时候冬天能结束，她立刻就会走开。也许她不想告诉我们她在风中听到了什么。也许她听到了冬天不会结束。也许直到时光之轮转到纪元终结的时候，也还会是冬天。就是这样。”

“也许羊还会飞呢！”谭姆不以为然地说。布朗摊开双手，“光明保佑我不要变成傻瓜吧。森布，你也是村议会的一员，现在你却在散布科普林家的谣言。听我说，我们已经有许多问题需要……”

兰德的袖子被人拽了一下，他听到有人以只有他听得到的音量在对他耳语，“来啊，兰德，别等着他们吵完了再给你找活干。”

兰德低头瞥了一眼，不由得咧嘴笑了起来。麦特·考索恩正蜷缩在大车的角落里，避开了谭姆、布朗和森布的视线。他像鹳一样细瘦的身子几乎蜷成了一团。

像往常一样，麦特的褐色眼睛闪动着调皮的光彩。“戴维和我捉住了一只大个子的老獾。它因为被从巢里拖出来，现在很生气。我们想把它放到绿坪上去，让那些女孩们落荒而逃。”

兰德的笑容更灿烂了一点。不过，这样的事情已经不像一两年以前那样让他兴奋不已了，麦特却仿佛永远都长不大一样。兰德飞快地看了一眼父亲。那些男人已经把脑袋顶在一起，争先恐后地说着话。于是他放低声音，“我答应过要帮着卸车的。不过再等一会儿我就过去。”

麦特翻起了白眼。“扛那些酒桶！烧了我吧，我宁愿和我的小妹妹下棋也不干这个。嗯，我知道有比那只獾更好的事情。有外地人到两河来了。昨天晚上——”

片刻之间，兰德的呼吸停滞了。“一个骑在马背上的人?”他专注地问，“一个穿着黑斗篷、骑在一匹黑马上的人？而且他的斗篷即使被风吹也不会动一下?”

麦特的笑容消失了，他的声音也变得更加低哑。“你也看见他了?我还以为我是惟一一个看到的。不要笑，兰德，他真把我吓坏了。”

“我没有笑。他也把我吓坏了。我发誓，他非常恨我，他想要杀我。”兰德打了个哆嗦。在此之前，他从没有想过会有谁要杀他。这样的事情不会在两河发生。这里有斗殴，有摔跤，但没有谋杀。

“我不知道他恨不恨我，兰德，但他真够可怕的。他只是坐在马背上看着我——就在村子外面——但我一辈子都没有这么害怕过。嗯，那时我向旁边看了一眼，就一眼。要知道，那样做可真不容易。等我再看回去的时候，他已经消失了。该死的！那是三天前的事情了，但我没办法不让自己想到他，弄得我总是想要去看背后。”麦特想要笑一声，却只是发出一阵嘶哑的咳嗽。“想到自己竟然会这么害怕，这也挺有趣的。而且这总是让人胡思乱想。有那么一段时间，当然，只是很短的一段时间，我真的以为那就是暗帝。”他又想要笑，但这一次他没有发出任何声音。

兰德深吸了一口气，让自己镇定下来，也是让自己能清楚地背出以前学过的知识。“暗帝和所有弃光魔使都被封印在大妖境外的煞妖谷。创世主在创世之时就已将暗帝封印，这封印会一直持续到时间的尽头。创世主的手庇护着世界，光明照耀着我们所有的人。”他又吸了一口气，才继续说道，“而且，如果牧夜者已经脱离了封印，那他为什么要到两河来看乡下男孩?”

“我不知道。但我知道那个骑马的人……很邪恶。不要笑。我可以发誓。或者，也许那就是龙。”

“你的脑子里总是充满了各种惊人的念头，不是吗?”兰德嘟囔着，“你的话听起来比森布的还要离谱。”

“我妈妈总是说，如果我不好好做人，弃光魔使就会来找我。我现在很怀疑我看到的就是伊煞梅尔，或者是阿极罗。”

“所有人的妈妈都会用弃光魔使来吓唬自己的孩子。”兰德干巴巴地说，“但孩子们长大了就不会害怕这个了。为什么你不说那就是影人?”

麦特瞪了兰德一眼。“我从没有这么害怕过，除了……不，我从没有这样害怕过，而且承认这一点我也不觉得羞愧。”

“我也是。我爸爸以为我只是草木皆兵。”

麦特闷闷不乐地点点头，靠在了大车轮子上。“我爸爸也是。我告诉过戴维和伊莱姆·多提，他们的眼睛都像鹰一样锐利，但他们什么都没有看见。现在，伊莱姆以为我在戏弄他。戴维以为那是一个来自塔伦渡口的偷羊贼或者偷鸡贼!”他闭上了嘴，似乎是在为自己受到的误解而感到忿忿不平。

沉默了一段时间，兰德说道：“也许这真的只是个无聊的误会。也许他只是个偷羊的。”他想要将那个黑衣人想象成一个偷羊贼，但那就像是要把一匹狼想象成一只小猫一样荒谬。

“嗯，我不喜欢他看我的样子，你也不喜欢，看你刚才在我面前那副惊恐的模样就知道了。既然你也见到过那个人，也许这不是巧合。我们应该和别人谈谈这件事。”

“我们两个都已经试过了，麦特，但没人相信我们。你能让艾威尔师傅相信这种事么？如果他亲眼看到的话，那也许还有可能。否则他一定会让我们去奈妮薇那里，看看我们都得了什么病。”

“现在我们有两个人了。没有人会认为我们都看错了同样的东西。”

兰德飞快地挠了挠头，想着该说些什么。麦特几乎是一个闹剧的源头，村子里很少有人没被他捉弄过。现在甚至所有的妇人只要发现晒衣绳松落，使得刚洗净的衣服掉在地上，或者男人因为马鞍松开而从马背上摔下时，都会立刻怀疑到麦特的头上。即使那些事故与麦特完全无关。麦特的支持也许只会让兰德的立场更糟。

过了一会儿，兰德说道，“你父亲也许会认为是你让我这样想的，而我父亲……”他向仍然在大车另一边争论着的谭姆、布朗和森布看了一眼，结果正巧和父亲的目光相对。村长还在对森布高声说着什么，森布只是满面阴沉地听着。

“你好，麦特。”谭姆轻快地说着，将一桶白兰地抬到大车边上，“你来帮兰德卸车啦，好孩子。”

麦特立刻跳起身，向后退去。“你好，亚瑟师傅，还有艾威尔师傅和森布师傅，愿光明照耀你们。我爸爸让我……”

“当然，当然，”谭姆说，“你当然应该帮你爸爸干活。不过，你一定已经把活干完了。好吧，你们越快把酒搬到艾威尔师傅的地窖去，你们就越早能看到走唱人。”

“走唱人!”麦特喊道，而且立刻不再后退了。与此同时，兰德问：“他什么时候能到?”

兰德出生以来只有两位走唱人来过两河。其中第二位到来的时候，兰德年纪小得可以坐在谭姆的肩膀上看他的表演。真的会有一位走唱人在立春节来伊蒙村，演奏竖琴和长笛，诵唱英雄传说……即使没有焰火，这次立春节也会被人们谈论十年以上。

“愚蠢!”森布发着牢骚，但布朗的目光让他再次陷入了沉默。

谭姆靠在大车边上，用手臂搭住酒桶。“是的，一名走唱人，已经到这里了。艾威尔师傅说，他现在就在旅店里。”

“是的，他三更半夜到的，”旅店老板不高兴地摇摇头，“他一直用力敲门，直到把我全家都敲起来为止。如果不是为了节日，我会让他和他的马都睡到马厩里去，不管他是不是走唱人。谁让他那么晚来的。”

兰德好奇地看着布朗。这些日子里，没有人会在入夜的荒野中旅行，况且那位走唱人还是孤身一人。森布又低声唠叨了几句，兰德只能从他的话音里听出“疯子”和“不正常”。

“他没有穿黑斗篷，对不对?”麦特突然问。

布朗的肚子随着他的笑声不停地颤动。“黑色！他的斗篷就像我见过的所有走唱人斗篷一样，几乎整个都是布片补缀而成的，每一片布都是一种颜色，那些颜色比你能想象出来的还要多。”

兰德大笑起来，但这笑声吓了他自己一跳，这是松了一口气之后的笑声。那个危险的黑衣骑马人会是走唱人，这个想法真荒谬，但……他困窘地用手捂住了嘴。

“你知道，谭姆，”布朗说，“自从冬天到来之后，村子里已经很少有笑声了。现在，就连走唱人的斗篷都能带来笑声。光是这一点，把他从巴尔伦请来的花费就物超所值了。”

“随你怎么说吧，”森布突然说道，“我仍然要说，花这种钱是愚蠢的。你要的那些焰火也应该全部取消。”

“那么，这次也会有焰火了！”麦特喊道。但这并没有打断森布的发言。

“一个月之前，第一名卖货郎就应该把焰火带来了，但现在还没有卖货郎出现，对不对？如果他们明天还不来，我们又该怎样处理那些焰火？等到下一个节日再放？当然，也许到那时候他们也来不了。”

“森布，”谭姆叹了口气，“你就像塔伦渡口的人一样喜欢胡乱猜疑。”

“那么，卖货郎又在哪里？告诉我，谭姆。”

“为什么你们不告诉我们？”麦特忿忿不平地问，“整个村子都会高兴地盼望焰火的，就像盼望走唱人一样。只要这个消息一传开，你们就能看见大家是怎样兴高采烈了。”

“我知道，”布朗一边说，一边瞥了一眼茅屋匠，“如果我知道这种谣言是怎么传出去的……或者说，如果我相信有人在别人面前抱怨浪费钱财之类的事情，不顾这件事的机密性……”

森布清了清喉咙，“我的老骨头受不了这种冷风。村长、谭姆，如果你们不介意，我要去看看艾威尔太太是否能为我调一些御寒的热酒。”他话没说完就向旅店里面走去，当旅店大门在他身后关上的时候，布朗叹了口气。

“有时候，我觉得奈妮薇是对的……嗯，现在这不重要。你们这些年轻人也要多想一想。确实，所有人都会为焰火感到高兴，即使还只是传闻。在这样的天气里，如果大家知道卖货郎要来，兴奋的程度一定是见到走唱人的五十倍。但想一想，如果卖货郎真的没有及时到来，又会怎样？尤其是在这样的天气里，谁知道他会什么时候到呢！”

“如果卖货郎没有来，大家的沮丧也会是五十倍，”兰德缓缓地说，“那样的话，即使是立春节也没办法让大家高兴起来了。”

“你的肩膀上还是有脑子的，当然，你还要经常使用它。”布朗说，“谭姆，总有一天，他会接替你在村议会中的位置。记住我的话，就算是现在，他不能比另外某个人表现得更糟。”

“现在要做的是卸货，”谭姆轻快地说着，将第一桶白兰地递给了村长，“我想早些烤烤火，抽一管烟，喝一杯你的好啤酒。”他将第二桶白兰地扛到自己的肩上。“麦特，我相信兰德一定会感谢你的帮助。记住，酒桶越早被放进地窖……”

当谭姆和布朗消失在旅店里时，兰德看着自己的友人。“你不必帮忙。戴维不可能将那只獾抓住太长时间。”

“哦，为什么不帮？”麦特有些无奈地说。“就像你爸爸说的那样，越早把这一堆送进地窖……”他用双臂抱起一桶苹果酒，几乎是小跑着向旅店走去。“也许艾雯就在附近。你可不要像发情的公牛一样盯着她，那样就和我们放出一只獾的效果没什么两样了。”

兰德正将长弓和箭囊放在大车上，他的动作一下子停住了。他的确忘记了艾雯，这很不正常。当然，艾雯很可能就在旅店里，他大概没什么机会避开她。虽然距离他们上次见面已经有几个星期的时间了。

“嗯？”麦特在前面喊道，“我可没有说我会一个人把这活干完。你还不是村议会的成员呢！”

兰德回过神来，急忙扛起一桶酒跟了上去。**也许艾雯不会在这里。**奇怪的是，这么想并不能让他的心情有丝毫改善。

第2章 陌生人

当兰德和麦特走进大堂的时候，艾威尔师傅已经往两只酒杯里倒满了他最好的黑啤酒。这是他自己酿制的。盛着黑啤酒的木桶摆满了大堂的一面墙壁。旅店的黄猫爪爪蜷在那些木桶上，闭着眼睛，用尾巴绕住身子。谭姆站在河石砌成的大壁炉前，将长杆烟斗探进壁炉台上的一只抛光小罐里（那只小罐永远都在壁炉台上），舀出满满一烟斗的烟叶。这座壁炉占据了方形大堂另一面墙壁的一半，足有一个人的肩膀那么高。在炉膛中跃动的火焰除去了屋子里的所有寒意。

在节日前的忙碌中，兰德本以为仍然待在大堂里的只会是布朗和自己的父亲，还有那只猫。但他看到了另外四名村议会的成员坐在炉火前的高背椅里，其中也包括森布。他们都拿着啤酒杯，从烟斗中喷出的蓝色烟雾缭绕在他们的头顶上。不过，他们没有下棋，而且布朗的全部书籍也都码放在壁炉对面的书架上。这些人甚至没有说话，只是静静地盯着他们的啤酒，或者不耐烦地咬着烟斗嘴，等待着谭姆和布朗加入他们。

忧虑在这些日子里已经成了村议会的家常便饭，不只是在伊蒙村，望山和戴文骑大致也是一样；甚至塔伦渡口也不例外。但又有谁真正知道塔伦渡口的人在想些什么？

当两个男孩走进来的时候，炉火前的男人们之中只有铁匠哈兰·卢汉和磨坊主琼·赛恩瞥了他们一眼。实际上，卢汉师傅看他们的眼神要认真得多。这位铁匠的手臂像大多数男人的腿一样粗，上面缠绕着刚硬的肌肉。他还穿着皮制长围裙，仿佛是刚从铁砧旁赶过来一样。他皱起眉看着兰德和麦特，然后似乎是故意在椅子里坐正身体，重新专注地用拇指按着烟斗中已经塞得很紧实的烟叶。

兰德好奇地放慢脚步，却被麦特踢了一下脚踝，痛得几乎喊了出来。麦特用力向大堂内侧的门口点了一下头，就匆匆走了过去。兰德有些跛地急忙跟在后面。

“你干什么？”兰德一走进通向厨房的走廊里就问道，“你几乎踢断了我的……”

“是老卢汉，”麦特冲兰德背后的大堂里探头探脑。“我想，他在怀疑我是那个……”他的话音突然中断了。艾威尔太太从厨房里快步走了出来，身上还散发着新鲜烤面包的香气。

她手中的托盘里放着大块硬壳面包。艾威尔太太烘烤的硬壳面包是全伊蒙村最好吃的。另外还有盛在碟子里的腌菜和奶酪。这些食物突然让兰德回想起自己一大早离开农场时只吃了一个面包头。他的肚子里响起一阵尴尬的“咕噜”声。

艾威尔太太尽管上了年纪，身材却仍然苗条轻盈，灰色的发辫从她肩头的一侧垂下来。她冲两个男孩露出亲切的笑容，“厨房里还有，大概你们两个都饿了，像你们这个年纪的男孩子没有不饿的时候。不过，其他年纪的男人其实和你们也没什么两样。如果你们想来点别的东西，今天早晨我还烤了蜂蜜蛋糕。”

艾威尔太太是这一地区的已婚女人中极少几个没有为谭姆做媒的特例之一。对于兰德，她总是会报以温暖的微笑，用一些小食物招待他，就像对待这里的每一个年轻人一样。如果艾威尔太太偶尔会用一种不一样的目光看着兰德，仿佛想要为他多做些事，至少她只会将这种意愿表现在目光上。这让兰德非常感激。

没有等待兰德和麦特回答，艾威尔太太已经转过身，走进了大堂。大堂里立刻传出椅子剐蹭地板和男人们起身的声音，然后是赞扬面包美味的谈笑声。艾威尔太太绝对是伊蒙村最好的厨师，方圆数里内没有哪个男人不想坐在她的餐桌前。

“蜂蜜蛋糕。”麦特咂着嘴说。

“等卸了货再说，”兰德坚定地对麦特说，“否则我们就永远也干不完了。”

厨房门旁就是通向地窖的梯子，梯子旁边挂着一盏油灯，地窖里还有另一盏灯，照亮了这个石砌的房间，只在最偏僻的角落里留下了一点影子。地窖里排列着一排排木架，上面横放着成桶的白兰地、苹果酒，还有更大桶的啤酒和葡萄酒。有些酒桶已经被打进了龙头。许多葡萄酒桶上都有布朗·艾威尔用粉笔做的记号，标明了它们的出产年份，是哪一名卖货郎运来的，以及哪一座城市酿造。而所有的啤酒和白兰地都是两河农夫或布朗亲手酿制的。卖货郎和商队有时候也会带来外地的白兰地和啤酒，但那些酒的味道完全比不上两河酒，价钱也要更贵。那种酒绝不会有人想喝第二次。

“那么，”兰德一边说着，一边将酒桶放到架子上，“你干了什么，要这样躲着卢汉师傅？”

麦特耸耸肩，“没什么，真的。我只是告诉了亚丹·艾卡尔和他那些还在流鼻涕的朋友——伊文·芬加和戴格·科普林，有一些农夫看见了幽灵一样的猎犬喷吐着火焰从树林间跑过。然后他们都被吓得好像是冻硬的奶油。”

“卢汉师傅就为了这个冲你发火了？”兰德怀疑地说。

“严格来说，不完全是这样。”麦特停了一下，然后摇摇头，“我把面粉涂在了他的两条狗身上，让它们全都变成了白色，然后我把它们牵到戴格家旁边。我又怎么能知道它们会径直跑回家去？这真不是我的错。如果卢汉大妈没有让房门敞开着，它们就不会跑进去了。我不是故意要把她家的地板弄得到处都是面粉的。”他发出短促的笑声，“我听说她拿起扫帚，把老卢汉和那两条狗通通都赶了出去。”

兰德一边打着冷战，一边却又笑出了声。“如果我是你，我现在担心的就不会是铁匠，而是奥波特·卢汉。她几乎和她的丈夫一样强壮，而且脾气更糟。不过没关系，如果你走得够快，也许她就注意不到你。”但麦特的表情似乎是认为兰德的话一点儿也不好笑。

不过当他们回到大堂里的时候，麦特已经不需要偷偷摸摸了。那六个男人在炉火前聚成了一堆。谭姆背对着炉火，正在低声说话。其他人身子前倾，很仔细地听着。看样子，即使有人从他们中间赶过一群羊，他们也根本注意不到。兰德想要靠近一些，听听他们在说些什么，但麦特拽了拽他的袖子，烦恼地看了他一眼。兰德只好叹口气，跟着麦特走了出去。

当他们回到走廊里的时候，发现通向地窖的楼梯顶端多了个盘子。蜂蜜蛋糕的香气充满了整条走廊。盘子旁边还有两个杯子和一个壶，壶里飘出热苹果酒的芬芳。兰德虽然警告自己要干完活以后再吃东西，但最后两趟搬酒桶进来时，他还是禁不住抓起蜂蜜蛋糕塞进了嘴里。

将最后一只酒桶放下以后，兰德擦着嘴角的蛋糕屑，麦特也卸下酒桶说："现在该是看看走唱……"

楼梯上突然传来一阵脚步声，伊文·芬加几乎是半跌着跑进了地窖。他的圆脸上闪耀着兴奋的神情。"有陌生人到村里来了。"看到麦特，他止住呼吸，眼睛里流露出难看的神色。"我没有看到什么幽灵狗，但我听说有人把卢汉师傅家的狗身上涂满面粉。而且我还听说卢汉大妈对做这件事的人是谁，心里已经有数了。"

伊文还只有十四岁，所以兰德和麦特一直都不曾把他说的话当回事。这一次，兰德和麦特交换了一个惊讶的眼神，然后同时说道。

"在村里？"兰德问，"不是在林子里？"

麦特也在问，"他的斗篷是黑色的？你能看到他的脸吗？"

伊文不确定地看着他们两个。麦特带着威胁的神情向前迈出一步，他立刻就说道，"当然我看见他的脸了。他的斗篷是绿色的，或许是灰色的。斗篷的颜色一直在变。他站立不动时，那斗篷就会融入四周的背景。除非他有动作，否则有时候就算你瞪大眼睛也看不到他。那位女士的斗篷是蓝色的，就像天空一样，而且比任何节日盛装都要美上十倍。她也比任何其他女人更美丽十倍。她是一位身份高贵的女士，就像故事里说的那样。一定是。"

"她？"兰德问，"你在说什么？"他转头望着麦特，麦特已经将两只手按在头顶，用力闭上了眼睛。

“先前我正要和你说这两个人的事，”麦特嘟囔着，“但还没等我说，你就把话题带到……”他又睁开眼睛，狠狠地瞪了伊文一下。“他们是昨晚到的。”过了一会儿，麦特才继续说道，“他们在旅店里住了下来。我看见他们骑马进了村。兰德，我从没有见过那么高大和那么纤细的马。它们看上去就像能永远奔跑下去一样。我想那个男人是替那个女人工作的。”

“是效忠于她的。”伊文插嘴说，“故事里都说这叫效忠。”

麦特继续说下去，完全没有管伊文，“他总是跟在她身边，无论她说什么，他都会去做。不过他看上去不像是个受雇的人，也许是一名士兵。他佩着剑，那把剑就像他身体的一部分，就像他的手和脚一样。和他相比，商人的保镖就像是一群杂种狗。还有那位女士，兰德，我从没有想象过还会有那样的女人。她一定是从走唱人的故事里走出来的。她就像……就像……”麦特停了一下，没好气地瞪了一眼伊文。“……就像一位身份高贵的女士。”最后，麦特叹息了一声。

“但他们是谁?”兰德问。除了一年一度前来两河购买烟草和羊毛的商人，以及来这里贩售生活用品的卖货郎以外，陌生人从不会进入两河。也许会有人去塔伦渡口，但绝对不会再向南走了。大多数商人和卖货郎都是经年累月和两河人交易的，所以也算不上是陌生人。上一次有陌生人来伊蒙村还是五年以前的事情，而那个人似乎是为了躲避某些麻烦而从巴尔伦逃出来的，不过真实情形没人知道。他也没有在伊蒙村待很久。

“他们想干什么?”麦特喊道，“我不在乎他们想干什么。陌生人，兰德，你做梦也想象不到的陌生人。真让人吃惊呢!”

兰德张开嘴，却没有说话。那个黑衣人让他紧张得好像跑进狗群里的猫。这似乎只是一个糟糕的巧合，三名陌生人同时出现在这个地方。当然，他希望那个斗篷颜色会发生变化的人不会变出一袭黑斗篷。

“那位女士的名字是沐瑞，”伊文在兰德和麦特沉默的瞬间抢着说道，“我是听他这样说的，他称她为沐瑞，沐瑞女士。他的名字是岚。也许乡贤不喜欢她，但是我喜欢。”

"为什么你会觉得奈妮薇不喜欢她?"兰德问。

"今天早晨那位女士向乡贤问路,"伊文说,"她称呼乡贤'孩子'。"兰德和麦特都轻轻吹了声口哨。伊文急忙向他们解释,以至于都有些结巴了。"沐瑞女士不知道她是乡贤,她知道以后立刻就道歉了。她真的道歉了。她还向乡贤询问了一些草药的问题,还有村民们的情况。她很尊敬乡贤,就像村里的其他妇女一样,甚至比村里的一些妇女更尊敬。她一直在问问题,村民们的年纪,他们在这里居住了多久,还有……哦,我也不明白到底是为什么。奈妮薇回答她的时候就好像吃了一颗绿梅子。等沐瑞女士走开的时候,奈妮薇一直瞪着她的背影,就像,就像……嗯,那应该不算是友善的表现,这一点我肯定。"

"就是这样?"兰德说,"你知道奈妮薇的脾气。去年森布喊了她一声孩子,她就用棍子打了森布的头。森布的年纪都能当她祖父了。什么小事都能让她发火,不过她的火气转眼就会过去的。"

"我觉得她这次的坏脾气还没过去呢。"伊文嘟囔着。

"我才不在乎奈妮薇会揍谁,"麦特咯咯地笑着说,"只要不是我就行。这次的立春节一定会是最好的一次。有走唱人,还有女士,谁还能要求更多?有谁会需要焰火?"

"走唱人?"伊文的声音立刻提高了。

"来吧,兰德,"麦特没有理会那个年轻男孩。"这里已经完事了。你一定要去看看那家伙。"

麦特已经跳上了阶梯,伊文在他后面,一边爬楼梯一边叫喊,"真的有走唱人么,麦特?这回和上次的幽灵狗还有上上次的青蛙不一样了吧,对不对?"

兰德熄了地窖中的油灯,也急匆匆地跟了出去。

在大堂里,壁炉前的男人群中又多了罗恩·赫恩和萨姆·克劳。这样整个村议会的成员就聚齐了。现在说话的是布朗·艾威尔,平时语音洪亮的他现在极力压低了声音,结果变成一阵阵沉闷的"隆隆"声不停地从那些挤在一起的男人们中间传出来。村长一边说话,一边用一只食指敲着另一只手掌来强调他正在说的事情,眼睛依次注视着面前的男人们。他们全都点头表示赞同，只有森布显得有些不情愿。

这些男人这样聚在一起比任何公告牌都更能说明伊蒙村出了大事，而且是只有村议会能讨论的大事，至少现在是如此。如果兰德想听清他们在说些什么，他们肯定不会高兴的，兰德不情愿地走开了。毕竟他还要去看走唱人，还有那些陌生人。

在旅店外，贝拉和大车已经消失了，应该是被马夫胡或泰德牵走了。麦特和伊文站在旅店大门前不远，彼此瞪着。他们的斗篷都被风吹了起来。

“再说最后一次，”麦特吼道，“我没有在戏弄你，确实有一个走唱人。现在闪一边去。兰德，你能不能告诉这个羊毛脑袋，我说的是实话，好让他放过我。”

兰德将斗篷收紧，走过去打算为麦特辩护，但还没有等他将话说出口，他颈后的毛发忽然竖了起来。他又有了那种被监视的感觉。这种感觉和黑衣人给他的那种很不一样，但同样让他感到不舒服，特别是他在这么短的时间里连续遭遇了这两种感觉之后。

兰德飞快地看了一眼绿坪，一切都和他先前看到的景象一样——孩子们在玩耍，人们在为节日做准备，没有人在看他。春日柱孤零零地立着，等待着。周围的街道中也只有匆匆忙忙的村民和叫嚷着的孩子们。一切都是伊蒙村应有的样子。但他还是被监视着。

下意识地，兰德转过身，抬起眼睛。在旅店的屋顶上立着一只大乌鸦。来自迷雾山脉的冷风将它吹得微微晃动。它将头侧向一边，黑珠子一样的眼睛盯在……他身上。这就是他的感觉。兰德咽了口唾沫，突然间，愤怒涌上他的心头，灼热而又锋利。

“吃腐肉的脏东西！”他嘟囔着。

“我已经厌倦被盯着的感觉了！”麦特低声说道。兰德这才发觉麦特已经走到自己身旁，同样紧皱眉头望着那只乌鸦。

他们交换了一个眼神，不约而同地伸手去捡石头。

两枚石子飞了出去，乌鸦向旁边挪了一步，石子带着风声飞过乌鸦刚才站着的地方。乌鸦抖动了一下翅膀，继续歪着头，用死黑色的眼睛盯着他们，没有任何害怕的样子，仿佛什么事都没有发生过一样。

兰德惊愕地望着那只鸟，低声问，“你有没有见过乌鸦这样过?”

麦特摇摇头，目光却一直没有离开乌鸦。“从没有，也没有见过其他鸟这样过。”

“一只污秽的鸟，”一个女人的说话声从他们身后传来，虽然带着嫌恶的语气，但那声音本身如同音乐一样优美，“永远都是凶兆。”

那只乌鸦尖叫一声，猛地飞向空中，两根黑羽毛沿着屋瓦滑落下来。

兰德和麦特惊讶地随着乌鸦的飞起转过身。乌鸦飞过绿坪，向浓云重锁的迷雾山脉飞去，最后在西方变成一个黑点，消失了。

兰德的目光落在那名刚才说话的女子身上，她也在望着那只飞走的乌鸦。现在，她已经转过了头，恰好和兰德的目光相对。兰德有些呆住了，这一定就是沐瑞女士。麦特和伊文说的一点也不错，不对，他们完全没有形容出她的优雅仪容，绰约风姿。

兰德本以为，既然她会称奈妮薇为孩子，那么她一定是一位老妇人。但她并不老，至少，兰德完全判断不出她实际的年龄。一开始兰德以为她像奈妮薇一样年轻，但看得越久，她越让兰德有成熟的感觉。她黑色的大眼睛里积累着岁月的沧桑，那绝不是年轻人能有的印痕。片刻之间，兰德觉得那是两泓要将他吞没的深潭。怪不得麦特和伊文会把她说成是走唱人故事中的女士。她的典雅和高贵让兰德觉得自己只是个蹩脚的白痴。她的头顶几乎还不到兰德的胸口，但兰德却觉得自己只能仰视她，而自己的身高只是让自己显得更加粗笨。

兰德以前从未见过沐瑞这样的女人。她将斗篷的宽兜帽戴在头上，兜帽的缝隙间垂下了柔软的黑色鬈发。在兰德的印象里，所有成年女子都是结辫子的。两河所有的女孩都在迫不及待地期望着妇议团承认她们已经成年，可以结辫子了。沐瑞的衣服也很奇特。她的斗篷是用天蓝色的天鹅绒制成，沿着斗篷的边缘用银线绣着纹路繁复的叶片、藤蔓和花朵。她的裙装是比斗篷更深一些的蓝色，装饰着乳白色的条纹，当她走动的时候会闪出点点微光。一条沉重的金项链挂在她的脖颈上。另一根纤细精巧的金链绕住她的头发，上面还挂着一枚光润的蓝宝石，恰好垂在她的前额正中。一条宽织金腰带裹住她的纤腰。在她左手的中指上有一枚金戒指，戒指的形状是一条叼着自己尾巴的蛇。兰德没有见过这样的戒指，但他知道这是巨蛇戒。叼着自己尾巴的蛇代表着永恒，是比时光之轮更古老的象征。

伊文说，沐瑞女士的衣着比任何节日盛装更加华贵，他说得没错。两河没有人曾经穿过这样的衣服，绝对没有。

“早上好，沐瑞夫……呃……女士。”兰德为自己笨拙的舌头感到脸红。

“早上好，沐瑞女士。”麦特的表现比兰德好一点，但仅仅是一点而已。

沐瑞微笑着。兰德觉得自己应该为这位女士做些什么，至少这能让他有理由待在她身边。他知道沐瑞在冲他们微笑，但感觉仿佛这个微笑是给他一个人的。一切都好像走唱人的故事成为了现实。麦特脸上的笑容真是傻透了。

“你们知道我的名字，”沐瑞的语气愉快又随和。但这样高贵的女士，即使只是在伊蒙村逗留一天，也会让村民们谈论整整一年！“不过请叫我沐瑞就好了，不要称我为女士。你们叫什么名字？”

伊文迫不及待地开口回答，“我叫伊文・芬加，女士。是我把您的名字告诉他们的，所以他们才会知道。我是听岚这样称呼您的，但我那时候不是在偷听。伊蒙村从没有来过像您这样的人。这次立春节也来了一位走唱人。今晚是冬日告别夜，您会来我家吗？我妈妈已经做好了苹果蛋糕。”

“我不太确定，”沐瑞将一只手按在伊文的肩头，眼光里闪动着一丝逗趣，除此，她的面容镇定从容，没有丝毫情绪。“大概我是竞争不过一位走唱人的，伊文。不过请你一定要叫我沐瑞。”她用期待的眼神看着兰德和麦特。

“我是麦特・考索恩，沐瑞女……呃。”麦特说道。他僵硬而急促地鞠了一躬，当他站起身的时候，脸都红透了。

兰德一直在想着现在自己能做些什么，就像故事中的男人们做的那样。但看到麦特失败的例子，他就只说了自己的名字。至少这一次他的舌头没有打结。

沐瑞的目光从兰德身上又转回到麦特身上。兰德觉得她在微笑。她的嘴角微微上扬，就像艾雯心里藏了秘密时那样。“我在伊蒙村有一点小任务要完成，”沐瑞说，“也许你们愿意帮助我？”兰德和麦特立刻抢着应声，让她开怀地笑了起来。接着，让兰德感到惊讶的是，沐瑞说了一声，“给你，”将一枚硬币放进他的掌心，又用两只小手将他的手掌合成拳头，并紧紧地握了一下。

“不需要这样，”兰德急忙说，但沐瑞只是冲他摆摆手，又给了伊文一枚硬币，然后用对兰德一样的方式将一枚硬币放在麦特手中。

“当然需要，”她继续说道，“你们不能白做工。把这当作我的一份心意吧，把它留在身边，这样你们就会记得，当我请求你们的时候，你们允诺回应我的召唤。现在我们之间就有了约定。”

“我绝不会忘记。”伊文脱口而出。

“过一会儿我们必须谈一谈，”沐瑞说，“你们一定要把你们的一切都告诉我。”

“女士……我是说，沐瑞？”兰德犹豫地问道。沐瑞转头望向他，让他不得不咽下一口唾沫，才能继续说下去。“为什么您要来伊蒙村？”沐瑞的表情没有变化，但兰德突然希望自己没有这样问过，虽然他说不清这是为什么。他急忙为自己进行解释，“我不是要冒犯您，我很抱歉。因为只有商人和卖货郎才会在雪融之后从巴尔伦来这里。除了他们，就没有人会来两河了。肯定不会有像您这样的人来两河。商人的保镖们有时会说，这里永远都是世界的尽头。我想，外面的人应该都是这样看这里的，所以您来这里让我有些好奇。”

沐瑞的微笑慢慢褪去了，仿佛她在心中想起什么事情一样。她看了兰德一会儿，然后说：“我是一个研究历史的人，一个古老传说的搜集者。被你们称作两河的这个地方一直吸引着我。我曾经研究过这里的古代历史，这里的和其他地方的。”

“传说？”兰德说，“两河怎么可能会吸引像您这样……我是说，这里能发生过什么事？”

“除了两河以外，您还能叫这里什么名字？”麦特插嘴道，“这里一直都是这个名字。”

“随着时光之轮的旋转，”沐瑞的眼睛望着远方，半是自言自语地说道，“一个地方会有许多名字；一个人会有许多名字，许多面孔。但永远都会是那个人。没有人能明白时光之轮编织的历史因缘，甚至是一个纪元的因缘。我们只能观察、研究，以及盼望。”

兰德望着沐瑞，一句话也说不出来，甚至没办法张口问她这段话是什么意思。他不确定沐瑞的这段话是不是说给他们听的。他注意到麦特和伊文一样张口结舌。伊文的下巴一直是垮在那里。

沐瑞的目光又落回到他们身上。三个男孩全都打了个冷战，仿佛刚刚醒过来一样。“我们稍后再谈，”她说道。三个男孩一声也没有吭，“稍后。”她向马车桥走去，那姿态不像是走路，更像是在云端飘浮，她的斗篷在身侧展开，如同两片羽翼。

当沐瑞离开时，兰德一直没注意到的一名高大男子忽然出现在她身后，跟随她一同离去。他的一只手始终不离腰间的剑柄。他的衣服是一种很容易与树木和阴影融合在一起的深灰绿色。他的斗篷随着风的吹拂不停地变成灰色、绿色和棕色，有时甚至让他完全融入周围的景色中，无从分辨。他的一头长发用一根皮制系绳绑在脑后，额角处的头发都已经灰白。他的面孔如同用岩石雕刻而成，上面满是风霜的印记，却没有一丝显示老态的皱纹，和他鬓角的灰发显得很不相称。他的步伐只能让兰德想到穿行于林间的狼。

这时，那名男子的目光扫过三个男孩，那双冰蓝色的眼睛如同仲冬入夜的天空。他似乎是在暗自估量他们的能力，但他的脸上没有显示出对他们的评价。他加快步伐，迅速走到沐瑞身边，然后一边缓步和沐瑞同行，一边弯腰和她说话。兰德呼出一口气。这时他才意识到自己刚才一直憋着气。

“那是岚，”伊文的声音有些哑，似乎他也屏住了呼吸。一定是刚才那个男人的目光导致的。“我打赌，他是一名护法。”

“别傻了！”麦特笑了两声，不过那笑声显得很无力。“护法只是在传说里才有的。不管怎样，护法都有镶嵌着黄金和宝石的长剑盔甲，而且他们都在北方，在大妖境与兽魔人之类的怪物打仗呢。”

"他应该就是护法。"伊文坚持说。

"你在他身上看到黄金和宝石了吗?"麦特嘲弄地说,"我们两河有兽魔人出没吗?我们只有绵羊。真不知道这里到底有什么事会让她感兴趣。"

"也许真有这样的事,"兰德缓缓地回答,"大家都说这座旅店实际上一千年前就已经在这里了,也许更久。"

"绵羊也在这里繁衍一千年了。"麦特说。

"一枚银角子!"伊文冲口喊道,"她给了我一枚银角子!想一想,等到卖货郎来了,我能用它买些什么!"

兰德张开手掌,看到自己得到的硬币,差点惊讶地把它掉落在地上。在这枚银币上铸着一副浮雕图案——一个女人单手高举着一团火焰。兰德不认识这个图案,但他曾经见过布朗·艾威尔称量商人们从许多地方带来的钱币,所以他知道这枚银币的价值。这么多银子能在两河的任何地方买一匹好马,也许还用不完。

兰德抬眼去看麦特,发现麦特的脸上也有同样吃惊的表情。他侧过手,这样麦特能看见他手中的银币,伊文却不能。然后他询问地挑起一侧眉弓。麦特点点头。相当长一段时间里,他们只是困惑而又好奇地彼此盯着。

"她到底要我们帮她做什么?"兰德最后问。

"不知道,"麦特坚定地说,"不过我不在乎。我不会花掉它的,即使卖货郎来的时候也不会。"他用力将银币塞进了口袋。

兰德点点头,也缓缓地将手中的银币放进口袋里。他不知道为什么,只是觉得麦特所说的似乎是对的。这枚银币不应该被花掉,因为是她给他的。他想不出银子除了用来买东西以外还能干什么,但……

"你们认为我也应该保留我的这一个吗?"伊文的脸上露出苦恼的神色。

"不必,除非你自己想这样。"麦特说。

"我想她给你那个就是要让你花的。"兰德说。

伊文看着自己的银角子,然后摇摇头,将它塞进口袋里。"我会留着它的。"他悲哀地说。

“还有走唱人呢!”兰德说。伊文的眼睛立刻又亮了起来。

“如果他已经醒过来的话。”麦特说。

“兰德,”伊文问,“真的有走唱人吗?”

“你看着吧。”兰德笑着回答。很显然,除非是亲眼看见走唱人,否则伊文是不会相信的。“他迟早会来的。”

喊声从马车桥那里飘过来,兰德向那里望去,立刻发出衷心的欢快笑声。一群村民正从河对岸向马车桥走过来,其中有灰发老者,也有刚刚会走路的小孩。人群簇拥着一辆八匹马拉的大马车。马车拱形帆布篷的边上也挂满了各种口袋,好像一串串葡萄。卖货郎终于来了。陌生人、走唱人、焰火、卖货郎。这次一定会是历史上最好的立春节。

第3章 卖货郎

这时，卖货郎的马车“隆隆”地驶过马车桥厚重的桥板，挂在帆布篷上的锅碗壶罐也发出一连串碰撞的声音。在村民们和来庆祝立春节的农夫们的围绕欢呼中，卖货郎拽紧了缰绳，让马车停在旅店门前。人们从四面八方涌来，使得聚集在马车周围的人群越来越多。马车的车轮比所有人的头顶都要高，人们都仰着头望着坐在车上的卖货郎。

这名卖货郎的名字是帕登·范。他是个面色苍白、骨瘦如柴的人，有一双细长的手臂和一只大鼻子。他总是挂着笑意，仿佛心里有一个其他人都不知道的笑话。从兰德有记忆时开始，他每年春天都会赶着马车来伊蒙村。

拉车的八匹马还没有停稳，旅店的门已经打开，村议会成员从里面走了出来，领头的是艾威尔师傅和谭姆。他们有意结成了整齐的队伍，就连森布也不例外，虽然他的注意力早已转到了那辆马车上。大概他也和那些围绕着马车的人们一样，开始满心期待马车里的那些针线、缎带、书籍和其他货物了。拥挤的人群不情愿地为村议会成员让开一条道路，然后又毫不耽搁地挤回到马车前面，叫嚷着各种货品的名称。不过更多的村民是在向卖货郎询问外界的消息。

对村民们而言，针和茶叶之类的，只是卖货郎重要性的一部分，另一个重要部分是带来外面世界的消息。有些卖货郎只会不经筛选地说些他们自己亲眼见过的事情，从他们的嘴里只会抛出一堆无用的垃圾。另外一些卖货郎则得经过百般诘问之后，才会勉强说出一些东西，而且他们的态度往往很差。帕登不同，他总是滔滔不绝地说出一大堆趣事，几乎能和走唱人媲美了。他喜欢成为人们注意的中心，就像鸡群里的雄鸡，让每一道视线都固定在他身上。兰德忽然想到，如果帕登知道有一位真正的走唱人来到伊蒙村，他也许会不高兴的。

卖货郎一边忙着系紧缰绳，一边有些心不在焉地看着村民们和村议会成员。他一直没有说话，脸上仍然带着那种古怪的微笑。偶尔他会随意地冲某个人点点头，向和他关系友好的人挥挥手。但实际上，他在这里没有任何真正的朋友，他和所有人都保持着若即若离的关系。

人们的呼喊声越来越高，但帕登仍然只是坐在车夫的位置上等待着。也许他还在等着更多人聚拢过来，等待人们的热情继续膨胀。只有村议会成员保持着沉默。他们维持着村议会的尊严，但越来越浓厚的白烟从他们的烟斗中升腾起来，盘绕在他们的头顶，说明他们的内心并不像外表那么平静。

兰德和麦特挤进人群，尽量挤到靠近马车的位置。兰德本想在半路上就停下，但麦特一直在背后推他，直到他们站到村议会成员的背后。

“我还以为你会一直留在农场呢!”佩林·艾巴亚在喧嚷的人群中冲兰德喊道。这名鬈发的铁匠学徒比兰德矮半头，宽阔的胸膛是普通男人的一倍半，粗大的手臂和肩膀丝毫不比卢汉师傅逊色。佩林可以轻松地推开众人走过来，但这不是他的风格。他小心地寻找着人群之中的空隙，一边不停地向被自己碰到的人道歉，虽然那些人全都专注地望着马车和卖货郎。在费了很大力气之后，他终于蹭到了兰德和麦特身边。“真是难以想象，立春节和卖货郎一齐到了。我打赌，今年我们真的会看到焰火呢。”

“远不止这些呢。”麦特笑着说。

佩林怀疑地看了他一眼，然后又带着疑问的神情看着兰德。

“的确，”兰德一边在喧闹的人群中喊着，一边打着手势，“等一会儿，等一会我再告诉你!"

这时候，帕登·范从车夫的位置上站起了身，人群立刻平静了下来。卖货郎抬起手，准备向人群讲话。但就在此时，兰德还在喊着他要说的最后几个字，结果人们的目光立刻都转移到他身上。瘦削矮小的卖货郎站在马车上，狠狠地瞪了他一眼。兰德的脸立刻红了。他希望自己能像伊文那么矮，那样他在人群中就不会显得如此突出了。他的朋友们也显得窘迫不堪。一年前，帕登才开始真正注意到他们，把他们当作男人看待。帕登从来不去理睬那些不怎么跟他买东西的小孩子。兰德只希望自己不会在这名卖货郎的眼里重新变成小孩。

帕登响亮地哼了一声，拽了拽身上的厚斗篷。"我来得不算晚，"卖货郎又一次煞有其事地举起双手，"我要告诉你们，"他挥舞着双手，似乎是要将自己的话抛进人群，"你们以为只有两河人遇到了麻烦，对吗？实际上，全世界都陷入了麻烦。从北方的大妖境到南方的风暴海，从西方的爱瑞斯洋到东方的艾伊尔荒漠，甚至是更遥远的地方。你们以为只有你们的冬天是如此罕见的严酷，会凝结你们的血液，冻裂你们的骨骼？哈！所有地方的冬天都是这样残酷凛冽的。在边境国，他们会管你们的冬天叫做春天。但春天的确没有到来，不是吗？狼群是不是吃光了你们的绵羊？也许狼群已经在攻击人类了？是不是这样？春天还没有到达世界上的任何地方。到处都有狼群肆虐。它们全都在疯狂地找寻能吞下肚的东西，不管是羊、牛，还是人。但无论是狼群还是严冬，都不是最可怕的。有许多人正在羡慕你们，只遇到这样一点小麻烦。"帕登有意地停顿了一下。

"有什么能比狼杀羊和狼杀人更坏的？"森布问。其他人也都低声附和。

"人杀人。"卖货郎用威吓一般的声音回答。人群中立刻传出一阵惊骇的窃窃私语声。"我说的是战争。在海丹已经发生了战争，疯狂的战争。玳凌森林的雪被鲜血染成了红色。空中充满了乌鸦和它们的厉嚎。许多军队都在向海丹进发。各个国家、贵族王室、豪强军阀都在向那里派遣士兵，相互厮杀。"

"战争？"艾威尔师傅有些笨拙地说出这个词。两河没有过任何与战争相关的事情。“为什么他们要发动战争?”

帕登咧开嘴。兰德觉得他是在嘲笑这个村子的与世隔绝和愚昧无知。卖货郎向前倾过身子，仿佛是要和村长分享一个秘密。但他说话的声音却刻意要让所有人听见，“真龙的旗帜已经被举起，人们或者追随它，或者在拼命反抗它。”

所有人都重重地吸了口气。兰德不由得哆嗦了一下。

“真龙!”有人发出呻吟。“暗帝已经降临在海丹了吗?”

“不是暗帝，”哈兰·卢汉吼了一声，“真龙不是暗帝。而且海丹的肯定只是伪龙。”

“让我们继续听帕登先生说话。”村长说道。但人群并没有立刻平静下来，人们的喊嚷声越来越大。

“就像暗帝一样坏!”

“是龙毁灭了世界，不是吗?”

“灾难都是因他而起的！是他造成了疯狂之年代!”

“你知道预言！当真龙转生时，过去世界上最可怕的噩梦和现实相比也会如同美梦一样甘甜!”

“那只不过是另一个伪龙而已。一定是!”

“这又有什么分别?你难道忘记上一个伪龙了?他也发动了战争，死了成千上万的人，对不对，帕登?他甚至攻打过伊利安城。”

“这是个邪恶的时代！以前二十几年里都没有人宣称自己是转生真龙，最近五年里却出来了三个。邪恶的时代！看看天气就知道了!”

兰德、麦特和佩林相互交换了一个眼神。麦特的眼睛里闪动着兴奋的光芒。佩林却担忧地皱起了眉。兰德清楚地记得所有那些伪龙的故事，虽然他们最终都以死亡或失踪结束，没有实现任何预言中的功业，但他们造成的灾难非常可怕。整个国家都被战争撕裂，城市村镇陷入战火，人命如同秋风中的落叶纷纷陨落，难民如同羊群一般拥塞道路。卖货郎和商人们都是这样说的，两河人对此并不怀疑。许多人都说，当真龙转生时，世界就会终结。

“停下来!”村长喊道，“安静！不要被自己的胡乱猜疑吓倒。让帕登师傅告诉我们关于那个伪龙的事。”人群开始安静下来，但森布仍然拒绝闭嘴。

“那真的是伪龙吗?”茅屋匠不带好气地问。

布朗眨眨眼，仿佛有些吃惊。然后他大喝一声，“别傻了，森布!”但森布还在煽动群众。

“他不可能是转生真龙！光明救我，他不可能是!”

“森布你这个老傻瓜！你想要倒霉，对不对?”

“你这样和呼喊暗帝的名字有什么不同！你被龙附身了吗，森布！你想要伤害我们所有人吗?”

森布带着挑衅的神情看着周围，似乎是想要用目光封住众人的口。他提高了声音：“我没有听到帕登说这一个是伪龙，你们听见了吗?用你们的眼睛好好看看！应该已经齐膝高的庄稼在哪?往年春天在一个月前就来了，为什么今年却迟迟不来?”几个人怒气冲冲地大喝着让森布住口。“我不会沉默的！我也不喜欢谈论这种话题，但我不会把头埋在毯子下面，等待塔伦渡口的人过来割开我的喉咙。当然，我不会听任帕登的摆布，这次不会。说话啊，卖货郎。你都听到了什么样的消息?嗯?这次是伪龙吗?”

对于这些可怕的消息和人们的恐慌，帕登并没有表现出任何不安的神情。他只是耸耸肩，将一根皮包骨的手指按在鼻侧。“在这一切都结束之前，又有谁能知道?”他停了一下，脸上又露出那种诡异的微笑。他的视线扫过人群，仿佛正在估量人们会怎样反应，而且觉得这样很有趣。“不过，我知道，他能使用至上力。有些伪龙不能，但他可以。在战场上，地面会在他敌人的脚下爆裂；只要他喊一声，厚重的墙壁就会倒塌。闪电会落在他手指点中的地方。告诉我消息的那些人都是很可信的。”

人群一片死寂。兰德望向自己的朋友。佩林似乎正在看着某种他所厌恶的东西。只有麦特仍然显出一副兴致勃勃的样子。

谭姆脸上的表情并不比平时多多少，他将村长拉到身边，但还没有等他说话，伊文·芬加已经抢着说道：“他会发狂，然后死掉！在传说里，能够导引至上力的男人最终一定会发狂，然后渐渐虚弱，自己也死掉。只有女人能碰触至上力。他不知道这个吗?”森布挥手抽他的嘴巴，被他一弯腰躲了过去。

“够了，男孩，”森布冲着伊文的面孔摇晃他满是筋瘤的拳头，“你应该知道尊重长辈。这些事情是应该由长辈们谈论的。立刻滚开！”

“镇定，森布，”谭姆说道，“这孩子只是好奇。你不需要有这种愚蠢的表现。”

“不要忘了你的年纪，”布朗也说道，“也不要忘了你是村议会的一员。”

森布满是皱纹的脸变得越来越黑，最后几乎变成了紫色。“你们知道那小子说的是哪种女人。不要冲我皱眉，卢汉，还有你，克劳。这是个讲品行的村庄，住在这里的是有品行的人。让帕登在这里谈论操纵至上力的伪龙已经够糟糕了，不要再让一个对龙着魔的蠢小子胡说什么两仪师的事了。有些事情是不应该拿出来讨论的。无论你们让那个蠢走唱人表演什么故事都可以，我不在乎。但讨论这种事情不是正经人应该做的。”

“我没有看到、听到或嗅闻到任何不能谈论的事，”谭姆说。而帕登还一副话没说完的样子。

“两仪师已经介入了这场战争，”卖货郎说，“一队两仪师已经从塔瓦隆出发，赶往南方。因为那个龙能使用至上力，所以只有两仪师能击败他，并将他处理掉——如果他真的能被击败的话。”

人群中有人发出大声的呻吟，就连谭姆和布朗也皱起眉头，交换了一个不安的眼神。村民们彼此挤得更紧，有些人用斗篷裹紧了身子，虽然风力减弱了。

“当然，他会被击败的。”有人喊道。

“伪龙到最后总会被击败的。”

“他一定会被击败，不是吗？”

“如果他没有被……？”

谭姆终于能低声向村长耳语了一些什么，布朗不时点点头，同时竭力躲避着周围的喧哗。等到谭姆说完，布朗向村民们大声说道：“所有人都听着。安静下来，听我说！”人们的喊声变成微弱的嘟囔。

“这已经不再是简单的外界资讯了。村议会一定要对此事进行讨论。帕登先生，希望你能和我们一同到旅店去。我们有问题要问你。”

“一杯上好的葡萄酒也许正是我现在想要的。”卖货郎一边回答，一边发出呵呵的笑声。他从马车上跳下来，在外衣上蹭蹭手掌，带着愉悦的神情拉直了斗篷。“能否照看一下我的马匹？”

“我想听听他要说些什么！”不止一个声音在表示反对。

“你们不能带走他！我的妻子让我来向他买针线呢！”说话的是维特·康加。立刻有几道目光转到他身上，他急忙缩起了肩膀。

“我们也有权力问他问题。”人群中还有人在喊，“我……”

“安静！”村长大吼一声，“等村议会问过之后，帕登先生就会回来告诉你们他的全部消息，也把他的锅和针线卖给你们。胡！泰德！把帕登先生的马牵到马厩去。”

谭姆和布朗走到卖货郎两旁，村议会的其余成员聚在他们身后。这一队人很快就走进了酒泉旅店。旅店的大门在那些试图跟着挤进去的村民面前被重重地关上。人们在门上敲打，换来的是村长最后一声大喝：

“回家去！”

人们仍然聚集在旅店前面，议论着刚才卖货郎说的那些话，探究着那些话的含意，以及村议会要问卖货郎什么样的问题，为自己无法旁听并亲自提问而感到忿忿。有些人从旅店的前窗向里面窥望。有几个人想要从胡和泰德那里打听出一些消息，最终却仍是一头雾水。这两名头脑迟钝的马夫只是含混不清地应了两声，就跑去给帕登的马卸马具了。等到最后一匹马被牵走之后，他们就再也没露过面。

兰德没有加入到熙攘的人群中。他坐到古老地基的边上，收紧斗篷，双眼盯着旅店的大门。海丹、塔瓦隆，这些名字陌生而又令人兴奋。这些地方只有在卖货郎带来的消息和商人保镖的故事中才会出现。两仪师、战争、伪龙——这些都应该是晚上壁炉前故事里的素材。兰德相信自己更能接受的还是暴风雪和狼。但在两河以外的那个世界一定会有些不同，就像走唱人故事里的那个样子。一场探险。一场长久的探险。一生的探险。

渐渐地，村民终于散开了。每个人都在低声嘟囔着，一边不停地摇着头。维特·康加又盯着那辆马车发了一阵愣，仿佛是想要从里面再找出一个卖货郎来。最后，旅店门前只剩下了几个年轻人。麦特和佩林都坐到了兰德身边。

“真不知道走唱人会怎样传诵这段历史，”麦特兴奋地说，“也许我们真的应该去看一眼那个伪龙？”

佩林摇摇满是鬈发的头，“我不想看到他。也许去别的地方看看还可以，但他绝不要出现在两河，那将意味着战争。”

“而且两仪师也会尾随而至，”兰德说，“难道你们真的忘了是谁毁灭了世界？也许那场劫难是龙引发的，但真正毁灭世界的是两仪师。”

“我曾经听过一个故事，”麦特缓缓地说，“是一名羊毛商的保镖说的。他说，龙会在人类最需要的时候转生，并且拯救我们所有的人。”

“嗯，如果那个保镖相信这种故事，他就是个傻瓜，”佩林坚定地说，“你会相信这种故事，那你也是个傻瓜。”佩林的声音里没有怒意，他不是那种容易发火的人。只是麦特的奇思怪想有时的确会让他生气，所以他的声音也难免变得严厉了一点。“我想，那个保镖大概也认为在这一切之后，我们会生活在一个新纪元里吧？”

“我没有说我相信他的话，”麦特表示反对，“我只是听他这样说过。奈妮薇当时也在场。那时我还以为她会剥掉我和那个保镖的皮。那个保镖说有好多人都信这个故事，只是他们不敢说出来。他们害怕两仪师和圣光之子。奈妮薇发火之后，他就没有再说任何话了。后来奈妮薇警告了那名羊毛商，羊毛商说以后再也不会带那个保镖来了。”

“这样做是应该的，”佩林说，“龙会拯救我们？听起来像是科普林式的胡说。”

“我们会有什么样的危难，竟然要龙来拯救？”兰德喃喃地说道，“这和向暗帝求助有什么区别。”

“保镖没有说，”麦特闷闷不乐地回答，“他也没有说什么新纪元之类的话。他只是说，世界会因为真龙的到来而破裂。”

“我们肯定需要拯救，”佩林干巴巴地说，“再一次世界崩毁。”

“烧了我吧！”麦特吼道，“我只是告诉你们那个保镖说的话。”

佩林摇摇头。“我只是希望两仪师和那个不管是真的还是假的龙会留在他们应该在的地方。也许那样两河能躲开一场灾难。”

“你认为她们真的是暗黑之友吗？”麦特若有所思地皱起眉头。

“谁？”兰德问。

“两仪师。”

兰德瞥了佩林一眼，后者耸耸肩。“那些故事——”兰德刚一开口，就被麦特打断了。

“并非所有故事都说她们是暗帝的奴仆，兰德。”

“光明啊，麦特，”兰德说，“两仪师毁灭了世界。你还想确认什么？”

“大概是吧。”麦特叹了口气。但笑容很快又浮现在他的嘴角。“老比力·康加说两仪师和暗黑之友根本就不存在。他说他们只是人们的传说。他还说他也不相信有暗帝。”

佩林哼了一声，“不是科普林就是康加，你认为他还说得出什么好话？”

“老比力说了暗帝的名字。我打赌你们不知道这个。”

“光明啊！”兰德大喘了一口气。

麦特的嘴咧得更开了。“那是去年春天的事。那以后不久，他的田里就生了土蚕，但别人家的却没有。他们家的人也都得了黄眼热。不过我只是听说他说了那个名字。他现在仍然说他不相信暗帝存在，但我要他说出暗帝名讳的时候，他就拿东西扔我。”

“你竟然愚蠢得会做这种事？麦特·考索恩。”奈妮薇·爱米拉走到他们面前。她的黑辫子从肩头垂挂下来，辫梢仿佛已经因为生气而炸了开来。兰德急忙站起身。伊蒙村的乡贤年轻貌美，身材苗条，头顶几乎不超过麦特的肩膀。但她此时却仿佛比这三个男孩更高，让他们有着十足的压迫感。

“我不怀疑比力·康加会干出这种蠢事，但我本以为至少你还有一点理智，不会拿这种事情开玩笑。你已经到了可以结婚的年纪了，麦特·考索恩，但看起来你还离不开妈妈的围裙。下一次，你大概要亲口说出暗帝的名字了。”

“不，乡贤，”麦特想要反驳，但他的样子仿佛是很想找个地缝钻进去，“那是老比力，我是说，是康加师傅说的，不是我！该死的，我……”

“管住你的舌头，麦特！”

兰德站得更直了一些，虽然奈妮薇的眼睛并没有瞪着他。佩林同样显得非常困窘。以后他们肯定会抱怨自己竟然会俯首帖耳地听从一名如此年轻的女子的教训。但站在奈妮薇面前的时候，他们总是会不由自主地将奈妮薇当长辈对待，特别是当她生气的时候。实际上，几乎所有伊蒙村人都会有这样的抱怨，只是没有人敢让这种抱怨传进奈妮薇的耳朵。奈妮薇手中的棍子一端是大棒，一端是藤条，她有义务抽打任何傻瓜的脑袋、手臂和腿，无论他们有着怎样的年纪和地位。

乡贤的震慑力让兰德一开始甚至没有注意到她身边那个人。当兰德发现自己的疏忽时，他开始考虑尽快溜走，无论奈妮薇会对他的失礼有什么样的反应。

艾雯站在乡贤身后几步远的地方，正专注地看着兰德。她和奈妮薇的身高相仿。现在她将双臂抱在胸前，嘴唇紧紧地抿着，和奈妮薇的表情一样充满了不赞同。在灰色软斗篷兜帽的阴影里，她一双褐色的大眼睛中没有丝毫笑意。

兰德比艾雯年长两岁，这应该能让他在两个人的关系上取得一些优势，只是事实并非如此。兰德不像佩林那样，能够流畅自若地和女孩们交谈。而当艾雯用这种专注的神情看着他，仿佛她的所有注意力都集中在他身上时，他甚至连一句合适的话都说不出来了。也许他应该等奈妮薇一说完话就立刻逃开。但他知道自己做不到，虽然他完全不明白这是为什么。

这时奈妮薇说道：“兰德·亚瑟，如果你能不像木头脑子的羊羔一样只盯着我的背后，也许你能告诉我，为什么你们这三头大牛会糊涂到谈论这种事情?”

兰德哆嗦了一下，急忙将目光从艾雯身上移开。乡贤说话的时候，艾雯的脸上露出令人不安的微笑。奈妮薇的语气仍然很严厉，但脸上却同样露出某种仿佛洞悉隐情的微笑。最后就连麦特也笑出了声。一听到麦特的笑声，乡贤立刻绷起了脸，随后狠狠地瞪了一眼麦特，让麦特把后面的笑声都噎回到了喉咙里。

“嗯，兰德？”奈妮薇说。

兰德从眼角里看见艾雯仍然在笑。**她到底觉得什么事那么好笑？**“我们谈及这样的事情也是自然的，乡贤，”兰德急忙说道，“那名卖货郎……帕登·范……啊……帕登先生带来了海丹出现伪龙的消息，还有战争和两仪师的消息。村议会甚至认为需要和他单独谈一谈。所以，我们怎么可能还会谈论其他事情呢？”

奈妮薇摇摇头：“所以卖货郎的马车就被扔在这里了。因为艾玲太太一直没有退烧，所以我到现在才能过来。村议会在询问卖货郎海丹发生的事情？当然，他们只会乱问一通，根本提不出关键的问题。只有妇议团才知道什么是有用的。”她用力抻了抻肩头的斗篷，走进酒泉旅店。

艾雯没有跟随乡贤进去。当旅店大门在奈妮薇身后关闭时，她已经站到了兰德面前。她的表情不再阴沉了，但她一眨不眨的双眼仍然让兰德感到不安。兰德向自己的朋友们看过去，但他们却远远地躲开了，嬉笑着抛弃了他。

“你不应该让蠢麦特把你也搞糊涂，兰德，”艾雯的神情就像他们的乡贤一样严肃。但她又突然笑了起来，“自从你十岁那时，森布在他的苹果园里抓住你和麦特那次以后，我就没见到过你这副模样了。”

兰德不安地挪动着双脚，又瞥了一眼他的朋友。他们就站在不远的地方，麦特一边说着话，一边还在兴奋地打着手势。

“明天你会和我跳舞吗？”这不是兰德要说的话，但他现在满心只有尴尬和局促，也不知道该说些什么。

艾雯的嘴角微微向上翘了翘。“下午吧，上午我会很忙。”

远处忽然传来佩林的惊呼声，“走唱人！”

艾雯朝那两个人转过身，但兰德伸手捉住了她的胳膊，“要忙什么？”

尽管天气很冷，艾雯还是放下斗篷的兜帽，装作若无其事的样子将头发捋到肩膀前面。上次兰德看见她的时候，她的头发还如同黑色的波浪一样垂在背后，只用一根红色的头带系住，现在这一头秀发已经被结成了一根长长的辫子。

兰德盯着那根辫子，仿佛盯着一条毒蛇，然后他偷偷瞥了一眼春日柱。现在那根柱子孤零零地立在绿坪上，正等待着明天的到来。明天上午，已经进入婚龄的未婚女子会围绕春日柱跳舞。兰德艰难地咽了口唾沫。他以前还从没有想过他和她会同时进入适婚年纪。

“只是到了结婚的年纪，”兰德低声嘟囔着，“又不代表就要结婚，不是说立刻就要结婚。”

“当然不是。或者永远都不。”

兰德眨眨眼，“永远？”

“乡贤几乎是不会结婚的。你知道，奈妮薇正在教导我。她说我有这样的潜质，我能学会听风。奈妮薇说并非所有乡贤都能听风，即使她们自称有这样的能力。”

“乡贤！”兰德叫了一声。他疏忽了艾雯眼睛里闪烁着警告的光芒。“至少再过五十年，奈妮薇还会是这里的乡贤。你要一辈子都当她的学徒吗？”

“还有别的村子，”艾雯激动地回答，“奈妮薇说，塔伦渡口北边的村子总是从外面选择乡贤。他们认为外地人会公平地对待他们村中的每一个人。”

兰德搞笑的心情立刻消失得无影无踪。“离开两河？那样我就永远都见不到你了。”

“你不喜欢这样吗？反正你也根本不关心我要做什么。”

“没有人会离开两河，”兰德继续说道，“也许塔伦渡口会有人离开，但那里的人本来就很奇怪。他们根本就不像两河人。”

艾雯气恼地叹了口气，“好吧，也许我也很奇怪。也许我想去看看那些故事中描述的地方。你有过这样的想法吗？”

“当然有。我也会做白日梦，但我知道白日梦和事实之间的区别。”

“难道我就分不清吗?”艾雯怒不可遏地说着，转过身，将后背朝向兰德。

“我不是这个意思，我说的是我。艾雯?”

艾雯用斗篷裹紧身体，仿佛那是一道将兰德挡在外面的墙壁。然后她僵硬地向远处走了几步。兰德用力抓了抓头发。该怎样向她解释?这不是艾雯第一次误解他的话了。看艾雯现在的样子，兰德知道自己只要说错一句话就会很糟糕，但他又觉得自己现在无论说什么都是错的。

这时麦特和佩林又走到了兰德身边，艾雯完全没有理会他们。他们犹豫地看着艾雯，然后挤到了兰德身边。

“沐瑞也给了佩林一枚硬币，”麦特说，“和我们的一样。”他停了一下，才又说道，“佩林也看见了那个黑衣人。”

“在哪里?”兰德问，“什么时候?有没有其他人也看到他了?你有没有告诉别人?”

佩林缓缓地抬起一双大手，示意他们说慢一些，“一次问一个问题就好。我是在村子边上看见他的。就在昨天黄昏的时候，那时他正打量着铁匠铺。他让我直打哆嗦。我告诉了卢汉师傅，但是当卢汉师傅去看的时候，那里已经没人了。卢汉师傅说我看到的是影子。但等我们封起炉火，收拾好工具回家的时候，他却带上了他最好的铁锤。以前他从没有这样做过。”

“那就表明，卢汉师傅相信你，”兰德说，但佩林耸了耸肩。

“我不知道。我问了他为什么要带上铁锤，他只是说也许会有狼闯进村子。也许他认为我看见的就是狼，但他应该知道，不管光线怎么昏暗，我也能辨别出是狼还是骑在马背上的人。我知道我看见了什么，没有人能让我改变我的想法。”

“我相信你，”兰德说，“记住，我也看见了。”佩林满意地应了一声，似乎他原本对此并不是很有信心。

“你们在说什么?”艾雯突然问。

兰德很后悔自己没有把说话的声音压得更低。他应该意识到艾雯既有耳朵，又有好奇心。麦特和佩林只是像两个傻瓜一样地笑着，忙不迭地把遭遇黑衣骑士的事情向艾雯描述，只有兰德保持着沉默。他知道麦特和佩林讲述完之后，艾雯会说些什么。

“奈妮薇是对的，”等到两个男孩安静下来之后，艾雯翻着眼睛说道，“你们根本还没有到能离开妈妈的年纪。你们知道，总有人会骑马，但骑马的人不是怪物。那种怪物只会出现在走唱人的故事里。”兰德自顾自地点了点头——一切都和他预料中的一样。艾雯又转向了兰德，“而你也在散播这种故事。有时候你真是没脑子，兰德·亚瑟。这个冬天已经很可怕了，不需要你再来吓唬小孩子们了。”

兰德酸涩地咧咧嘴。“我什么都没有散播，艾雯。但我确实看见了，那绝对不是出来找牛的农夫。”

艾雯深吸了一口气，再次张开口，但没有等她说出一个字，旅店的大门突然被打开了，一个满头白发的男人急匆匆地跑了出来，仿佛背后有什么在追他一样。

第4章 走唱人

旅店的大门又被狠狠地撞上。那名白发男人转过身，瞪着那扇门。他的身材相当瘦削，如果腰不是有些弓，他本来应该是个很高的人。但他灵活的步伐充分掩饰了岁月对他身体的侵蚀。他的斗篷是用许多块碎布拼成的，颜色足有上百种，样式也很奇特。随着走唱人的动作，这件斗篷如同波浪般不停地上下起伏。不过兰德很快就发现，这件斗篷实际上相当厚实，那些碎布只是缀在斗篷表面的装饰。

“走唱人!”艾雯兴奋地悄声说道。

白发男人转过身，斗篷随之飘起。他的长外衣也很奇怪，有着口袋一样的蓬松袖子和宽大的衣袋。他有一部浓密的胡子，像他的头发一样雪白。现在这些白胡子正簌簌抖动着。他的面孔就像是一株经历过无数风霜的老树干。他不容置疑地向兰德他们挥了挥手中的长烟斗。那只烟斗上装饰着精巧细腻的雕花，烟锅中还飘散着一缕轻烟。一双蓝眼睛在又长又密的白眉毛下面盯着他们，里面射出的目光似乎能在这些孩子们的脑壳上钻出个窟窿。

兰德像其他人一样愣愣地盯着那个人的眼睛。所有两河人的眼睛都是黑褐色的，商人们和他们的保镖，以及兰德以前见过的其他所有人都一样。康加和科普林家的人以前总是取笑兰德的一双灰眼睛，直到有一天，兰德一拳揍在埃沃·科普林的鼻子上。乡贤还为此重重地惩罚了兰德。兰德一直在想，有没有一个地方，那里人的眼睛都不是黑褐色。**也许岚是从那个地方来的。**

“这里到底是个什么样的地方？”走唱人用一种非常浑厚的声音问。一般人很难有这种嗓音。即使是在这样的空旷地带，他的声音仍然如同在有穹顶的大房间里一样，充满了共鸣。“山丘那边村子里的人告诉我可以在天黑之前赶到这里，却没有告诉我，前提是我必须在正午之前出发才行。等我终于到了这里，骨头都被冻得僵硬，只想要一张暖和的床铺，你们的旅店老板却咕哝着说什么时候太晚了。难道我只是一个流浪汉，而不是被你们的村议会殷切请来，在节日中表演的走唱人吗？那个旅店老板甚至没有告诉我他就是村长。”走唱人停下来喘了口气，把他们所有人都瞪了一眼，又开始说道，“今天我下楼来，想在壁炉前抽口烟，喝上一杯啤酒。大堂里的那些人却全都瞪着我，仿佛我是来找他们借钱的讨厌鬼。一名老爷爷向我吼叫，说我不该乱讲故事。还有个小女孩叫嚷着让我出去，我的动作不够快，她就用一根大棒子威胁我。有谁听说过走唱人会这样被对待的？”

艾雯的表情很值得玩味，她睁大了双眼，眼神中充满了惊喜和期待，却又夹杂着想要为奈妮薇辩护的迫切心情。

“请原谅，走唱人先生，”兰德开口道。他知道自己的笑容很傻。“那是我们的乡贤，还有——”

“那个漂亮的小姑娘？”走唱人喊道，“一名乡贤？这怎么可能，在她这样的年纪，她应该和年轻男人们玩玩爱情游戏，而不是预测天气，治疗病人。”

兰德不安地改换了一下站姿。他希望奈妮薇不会听到这位走唱人的观点，至少在他表演结束之前不要。佩林也是一副不安的样子，麦特则轻吹了一声口哨。他们两个似乎也和他有着同样的想法。

“那些人都是村议会的成员，”兰德继续说道，“我相信他们不是要故意冒犯您。我们刚刚才知道海丹爆发了战争，有人在那里自称为转生真龙。当然，那是伪龙。塔瓦隆的两仪师正赶往那里。村议会在确定我们现在的状况是否危险。”

“早就是过时的消息了。即使是在巴尔伦，这也不是新闻了。”走唱人不屑地说，“无论世界上发生什么事，那里大概都是最后一个知道的。”他向周围望了一眼，又冷冷地说，“几乎是最后一个知道的。”然后他的视线落在旅店前的马车上。现在那辆马车周围已经没有人了，一副空车辕支在地上。“果然，我想我刚才在里面认出了帕登·范。”他的声音仍然浑厚圆润，但其中共鸣的感觉已经消失了，取而代之的是一种轻蔑。“帕登总是第一个报告坏消息的人，越可怕的，他传得越快。与其说他是个人，不如说他是一只乌鸦。”

“帕登先生经常来伊蒙村，走唱人先生，”艾雯欢快的语气中终于还是流露出一丝不悦，“他总是能让人欢笑，而且他带来的好消息远比坏消息多。”

走唱人看了她一会儿，然后笑了起来。“你真是个可爱的姑娘，真应该在你的发间插上玫瑰花。但我不能凭空变出玫瑰花来，至少今年不行，这实在是很不幸，不过明天你是否愿意在我身边，帮助我进行表演？你可以把长笛或者其他乐器递给我。我总是会选择最漂亮的女孩当我的助手。”

佩林和麦特都偷笑了起来。当然，麦特刚才就一直在笑，只是现在他直接笑出了声。兰德惊讶地眨眨眼——艾雯正在瞪着他，但他脸上实在是连半点笑容都没有啊！艾雯挺直身子，用显得过于镇定的声音说：

“感谢您，走唱人先生。我很高兴当您的助手。”

“汤姆·梅里林，”走唱人说道。年轻人们都愣了一下。“我的名字是汤姆·梅里林，不是走唱人先生。”他用力振了一下肩头的彩色斗篷，声音也在转瞬间又出现了厅堂中的那种洪亮的感觉。“我曾经是宫廷吟游诗人，现在真正地晋升到走唱人的行列，但我的名字仍然是汤姆·梅里林。走唱人只是我感到光荣的头衔。”说完，他以优雅的姿势鞠了一躬，将斗篷在背后甩出一个花样。麦特鼓起了掌，艾雯钦羡地低声嘟囔了些什么。

“走唱……啊……汤姆先生，”麦特有些不确定该以何种方式和汤姆·梅里林对话，“海丹出了什么事？你知道那是个伪龙吗？还有两仪师？”

“我看起来像是个卖货郎吗，孩子？”走唱人用那种带着回音的声音说着，将烟斗在掌缘磕了磕，随后那根烟斗就在他的双手之间消失了。“我是一名走唱人，不是饶舌汉。而且我绝对不想知道任何关于两仪师的事情，这样会安全得多。”

“但战争呢?”麦特急切地问。汤姆先生并没有让他等很久。

“至于战争，孩子，那只是蠢蛋为了愚蠢的目的而去杀另一些蠢蛋，知道这点就够了。我来这里是为了我的表演。”突然间，他伸手指着兰德：“你，小子，你是个高个子。你大概还会继续长高，但我想，这个地方已经没有第二个人像你这样高的，也不会有人的眼睛颜色和你一样。我可以打赌。你像艾伊尔人一样高，身材也是难得的健美。你叫什么名字，小子?”

兰德犹豫了一下才报出自己的名字。他还不确定走唱人是否要开他的玩笑时，走唱人却已经将注意力转向了佩林。“你的身材几乎能和巨森灵媲美了。你叫什么?”

“如果我能站在自己的肩膀上，大概才会和巨森灵差不多吧。”佩林笑着说，“恐怕兰德和我的身材也只是普通，我们并不是您故事里凭空想象出来的生物，汤姆先生。我是佩林·艾巴亚。”

梅里林拈着一缕胡须。“嗯，这样啊！我故事里凭空想象出来的生物。他们真的是想象出来的吗?看来，你们真的是见多识广。”

兰德仍然紧闭着嘴，走唱人现在肯定把他们当笑话了。不过佩林还在说话。

“我们最远只去过望山和戴文骑。这里的人很少去过比这更远的地方。”兰德知道，佩林不是在炫耀，他总是在陈述事实。

“我们也全都去过沼泽地，”和佩林不同，麦特显得很得意，“那片沼泽是水林的尽头。除了我们，其他人都不会去那里。那里全都是流沙和泥沼。也没有人去过迷雾山脉，但我们去过。至少，我们走到了山脚。”

“那么远?”走唱人喃喃地说着，不停地捋着胡子。兰德觉得他是在用手遮掩嘴角的笑意。佩林也皱起了眉。

“进入迷雾山脉会带来坏运气，”麦特仿佛是在为自己没有继续向山中深入而辩护，“所有人都知道的。”

"那是在做傻事，麦特·考索恩，"艾雯生气地打断了他，"奈妮薇说……"她的话说到一半时突然停了下来，她的脸颊变成了粉红色，看着汤姆·梅里林的眼神也不像刚才那样友善了。"这样做是不对的……这不是……"她的脸颊更红了，声音也小到听不见。麦特眨眨眼，满脸都是狐疑的样子。

"你是对的，孩子，"走唱人仿佛有些懊悔，"我郑重地道歉。我到这里来是为了娱乐人群的，啊，我的舌头总是让我陷入麻烦。"

"也许我们不像您一样去过那么多地方，"佩林淡淡地说，"但兰德的身高又有什么特别呢?"

"这个嘛，小子，等一会儿我会让你试试把我举起来，但你将没办法让我哪怕是一只脚离地。你不行，你的高个子朋友——他是叫兰德，是吗？——他和其他人也做不到。你觉得如何?"

佩林笑着哼了一声："我想我现在就能把你举起来。"但是当他迈步要走过来的时候，汤姆·梅里林示意他停在原地。

"等一会儿，小子，等一会儿，等到有更多人来看的时候。表演家需要观众。"

从走唱人出现在旅店门前开始，人们就三三两两地聚集在绿坪上。大多是年轻人，还有一些孩子从他们身后探出头来。他们全都睁大了眼睛，一言不发，仿佛正在等待某种奇迹发生在走唱人身上。白发走唱人看着他们，似乎是在计算人数，然后，他微微摇头，叹了口气。

"我想，我最好让你们看个小示范，这样你们就会去叫其他人来看了，对吧？当然，真正的重头戏还要等到明天。"

他向后退了一步，突然跳到空中，凌空翻了一个筋斗，稳稳地落在旅店旁的古老地基上。还在空中没有落下的时候，三颗红、白、黑的圆球已经开始在他的手中来回飞舞。

观众们发出一阵又惊又喜的轻声赞叹，就连兰德也忘记了刚才的气恼。他冲艾雯笑了笑，艾雯也向他还报以一个愉快的笑容。然后两个人就都毫无羞怯地盯着走唱人了。

"你们想听故事吗?"汤姆·梅里林高声说道，"我有许多故事可以讲给你们听。我会让那些故事在你们眼前活起来。”他的手中又出现了第四颗蓝色球，然后又是一颗绿色的，一颗黄色的。“关于伟大的战争和伟大的英雄们的故事，为男人和男孩们讲的故事，为女人和女孩们讲的故事。完整的雅塔金传说。亚图·潘恩崔·塔瑞奥，也就是亚图·鹰翼大帝的故事。他曾经统治着从艾伊尔荒漠直到爱瑞斯洋的所有土地，他的帝国版图甚至比这个还要辽阔。还有奇异国土上奇异族群的故事；绿巨人的故事；护法和兽魔人的故事；巨森灵和艾伊尔的故事；睿智顾问安莱的上千个故事；巨人杀手杰姆的故事；苏莎调教简·法斯崔德的故事；还有玛拉和三个傻国王的故事。”

“讲林恩的故事，”艾雯喊道，“讲他是怎样藏在一只火鹰的肚子里飞到月球上去的，讲他的女儿赛娅是怎样在群星间漫步的。”

兰德依旧用眼角的余光看着艾雯，但艾雯的注意力似乎全在走唱人身上。艾雯原先并不喜欢关于冒险和旅行的故事，她喜欢的是诙谐有趣的故事，或者是讲述女人的智慧胜过聪明男人的故事。而现在她竟然会想要听林恩和赛娅的故事，这一定是为了让兰德有种如芒在背的感觉。艾雯应该明白，外面的世界不是属于两河人的。听听冒险故事，做做白日梦是一回事；真正去冒险就绝对是另一回事了。

“那些都是很古老的故事，”汤姆·梅里林说着，一瞬间，他已经开始两只手各抛三个球。“有人说，那是纪元之前的纪元里的故事，也许还要更古老。不过提醒你们，我有各种各样的故事，既有以前各个纪元的，也有以后各个纪元的。在一些纪元里，人类统治了天空和群星；另一些纪元里，人类和野兽亲如兄弟。有充满了奇迹的纪元，也有充满了恐怖的纪元。有些纪元因天空降下的大火而终结。有些纪元的末日里冰雪覆盖了海洋和大地。我能讲出所有这些故事。巨人莫索科的故事，他的火焰长枪能够刺到这个世界的任何角落，他与万物女皇奥波特之间进行了无数场战争。医愈者玛蒂瑞丝，令人惊异的印地之母的故事。”

六个彩球又在汤姆手中变成了两个交叉在一起的圆环。他的声音像颂歌一样洪亮悠扬。他一边说话，一边还在缓缓转动身子，仿佛是想从观众的反应上评价自己表演的效果。“我要向你们讲述传说纪元末日的传说，龙的传说。就是他想要将暗帝释放到这个世界上。我会向你们讲述疯狂之年代，那时两仪师粉碎了世界；在兽魔人战争中，人类与兽魔人殊死鏖战，争夺对这个世界的统治权；到了百年战争的时候，人类开始和人类作战，今天我们所知道的诸国才开始产生。我会让你们知道许多冒险者，那些男人和女人们，他们的富有与贫穷，他们的伟大与渺小，高傲与谦卑。还有对高天群柱的进攻；主妇卡芮尔怎样治愈了丈夫的打鼾症；失落的达里斯王和……"

突然间，汤姆的话音和动作都停了下来。他抓住六颗球，嘴也紧紧地闭上了。兰德这才注意到，沐瑞已经加入到观众之中。岚就站在她身旁——兰德认真地看了好几眼，才确认了这个男人的存在。片刻之间，汤姆只是侧眼看着沐瑞，他的表情和身体都是僵硬的，只有那些彩球不知何时消失在他宽大的袖子里。然后他展开斗篷，向沐瑞鞠了一躬。"请原谅，但您应该不是这个地方的居民吧？"

"女士！"伊文有些生气地低声说，"沐瑞女士。"

汤姆眨眨眼，然后更深地鞠了一躬。"再一次请求原谅……啊，女士。我无意冒犯。"

沐瑞轻轻挥了一下手，"你没有任何失礼，吟游诗人。我叫沐瑞。我的确不是这里的人。像你一样，我是一名远离家乡的孤身行旅者。对于身处异地的人而言，这个世界总是危险的。"

"沐瑞女士在搜集故事，"伊文插嘴说，"在两河发生的故事。虽然我不知道这里怎么可能发生过什么故事。"

"我相信您也会喜欢我的故事……沐瑞。"汤姆带着显而易见的警觉看着她。看样子，走唱人非常不喜欢遇到这名女子。兰德忽然开始想象在巴尔伦或凯姆林这样的城市里，像沐瑞这样的女士都会有什么样的娱乐节目，当然，那些节目中最好的肯定包括走唱人的表演。

"这是个人品位的问题，吟游诗人，"沐瑞回答，"有些故事我喜欢，有些故事我不喜欢。"

汤姆又深深地鞠了一躬，他修长的上身几乎要与地面平行了。"我向您保证，我的故事没有不让人喜爱的，我所有的故事都很让人享受。您给了我莫大的光荣，我只是一名走唱人，仅此而已。"

沐瑞优雅地向汤姆一点头作为回礼。这一刻，她仿佛正如伊文所认为的那种女士一样高贵典雅，庄重地接受了臣民的效忠。然后她转过身。岚仍然跟随在她身后，如同一匹狼在忠心守护着一只天鹅。汤姆盯着那两个人的背影，抚着胡子，刷子般的眉毛低垂下来。直到那两个人走到了绿坪的另一边，汤姆才将目光从他们身上移开。兰德觉得汤姆一点也不高兴。

"你还能再抛几下球吗，嗯?"伊文问。

"吞火，"麦特喊道，"我想看你吞火。"

"弹竖琴!"人群中传来另一个声音，"演奏竖琴吧!"另一些人则高喊着要听长笛。

就在此时，旅店的大门打开了，村议会成员从里面走了出来，奈妮薇也和他们在一起。兰德没有在他们之中看到帕登·范，显然这个卖货郎决定留在温暖的大堂里品尝热葡萄酒。

汤姆·梅里林嘟囔了一句："来一杯有劲的白兰地才好。"随后就跳下地基，没有再去理会那些观众，径直从还没有完全走出旅店的村议会成员中间挤进了旅店。

"他到底是个走唱人还是国王?"森布气恼地说，"要我说，请他来就是在浪费钱。"

布朗·艾威尔看了走唱人的背影一眼，摇摇头，"这个人制造的麻烦也许会比他的价值更大。"

奈妮薇匆忙用斗篷裹住身体，重重哼了一声。"如果你愿意，就去担心那个走唱人吧，布朗·艾威尔。至少他是在伊蒙村，你对他的发言权会比对伪龙的大一些。但应该还有许多事值得你去担心呢。"

"请原谅，乡贤，"布朗僵硬地说，"但还是请让我自己决定该担心什么吧。沐瑞女士和岚先生是我的旅店的客人，而且我觉得他们都是行事得体、值得尊敬的人。他们没有在全体村议会面前喊我傻瓜，也没有指斥说村议会成员里没有一个是神志健全的。"

"看起来我对你们的评价还是太高了。"奈妮薇回应道。说完她就大步离开了，甚至没有回头瞥上一眼。只剩下布朗撇着嘴，还在想着该怎样反驳她。

艾雯看着兰德，似乎是想说些什么的样子，但最后还是一言不发地追赶乡贤去了。兰德知道，他可以阻止艾雯离开两河，但他还没有准备好让自己想到的惟一办法成为现实。而且艾雯也一定要愿意才可以。而艾雯明显是不愿意的，就差直接说出口了，这让兰德的感觉更加糟糕。

“那个年轻女孩需要个丈夫！”森布跳着脚吼道。他的脸已经变成了紫黑色。“她缺乏起码的修养。我们是村议会，不是溜进她院子的男孩，而且……”

村长重重地喷着鼻息，突然转向茅屋匠。“安静，森布！不要像个戴面纱的艾伊尔人一样！”干瘦的老茅屋匠停在原地，脸上满是困惑。村长以前从不会如此失态。布朗依旧瞪着森布说道，“烧了我吧，但我们还有更重要的事情要关心。或者你想用自己的行动证明奈妮薇是正确的？”他说完就大步走回了旅店，并将店门在背后狠狠地关上。

村议会成员们都瞥了森布一眼，就四散离开了，只有哈兰·卢汉仍然和面色铁青的茅屋匠说了些什么。这位铁匠是惟一能让森布明白道理的人。

兰德向自己的父亲走去，他的朋友们依然跟着他。

“我从没见艾威尔师傅这么生气过。”这是兰德对父亲说的第一句话。结果这句话招来麦特气恼的瞪视。

“村长和乡贤很少会达成一致，”谭姆说，“今天他们的分歧更大。其实，在所有村子里都是这样的。”

“伪龙呢？”麦特问。佩林也着急地嘟囔着，“两仪师的事情呢？”

谭姆缓缓地摇摇头，“帕登先生知道的差不多都已经在外面说了，剩下的一点讯息都不让人感兴趣。战争的输赢，城市的争夺，感谢光明，这些事都只是发生在海丹，还没有扩散开来，至少帕登先生还不知道它是不是已经扩散到了别的地方。”

“我觉得战争很有趣。”麦特说。佩林则继续问道：“他是怎样形容那些战争的？”

“我对战争不感兴趣，麦特，”谭姆说，“不过我相信帕登会很高兴地向你描述那些战争的事。我感兴趣的是，那些战争应该还不会发生在这里。村议会的成员们都是这样认为的。这样的话，两仪师也就没理由来到这个地方。虽然她们已经到了南方，但她们在返回时也不会想要穿过阴影森林，游过白河吧。”

谭姆的这句话让兰德他们都笑了起来。因为自然条件的限制，想要进入两河的人只能通过北方的塔伦渡口。迷雾山脉挡住了两河的西侧；东边是深不可测的沼泽地；南边则横着白河。白河这个名字的由来是因为激流撞在河道中的岩石上，让河面呈现出一片白色泡沫。而白河南岸就是阴影森林了。很少有两河人渡过白河，能够返回来的人就更少。阴影森林覆盖了方圆百里之地，其间没有一条道路，一个村庄，却有许多狼和熊。

“所以我们就不必担心什么了。”麦特的声音里还是有一点失望。

“不一定，”谭姆说，“后天我们会派人去戴文骑、望山和塔伦渡口，持续注意那些地方的情况。我们还会派人骑马去白河与塔伦河沿岸，并在附近巡逻。本来这些事情在今天就应该做好的，但只有村长同意我的意见。其他人都不认为应该让任何人错过立春节的欢庆。”

“但我还以为你的意思是说，我们没有需要担忧的事情。”佩林说。谭姆摇了摇头。

“我说的是应该不用，不是绝对不需要担心。有备无患，孩子。我见过人们因为坚信某些事绝不会发生而送掉性命。而且，战争会改变所有人的生活。大多数人会竭力寻找安全，但也有相当数量的人会希望从混乱中渔利。我们会对第一种人施以援手，但一定要准备好对付第二种人。”

麦特忽然说道：“我们也可以参加巡逻任务吗？我想参加。我的骑术不比任何人差。”

“你想连续几个星期疲惫不堪地睡在粗硬冰冷的地面上？”谭姆笑了一声，“也许我们的防备不会有任何用处，我希望如此。我们这里实在太偏僻了，即使是难民也很难来到这个地方。但如果你已经打定主意，你可以去和艾威尔师傅谈谈。兰德，该回农场了。”

兰德惊讶地眨眨眼，“我还以为我们会在这里度过冬日告别夜。”

“农场需要照料，我需要你帮忙。”

“即使是这样，我们也还可以再待上几个小时。我也想参加巡逻。”

“我们现在就要走了，”谭姆用不容置疑的语气说道。然后他又让声音和缓了一些，“我们明天还会来。那时你有足够的时间和村长说话，也有足够的时间参加狂欢。现在给你五分钟，然后去马厩那里找我。”

“你会跟我和兰德一起参加巡逻吗?”麦特问佩林，“我打赌，两河以前从没有过这样的事。如果去塔伦，也许我们还能看见士兵，也许还会有别的新鲜东西，甚至是匠民呢。”

“我想我会的，”佩林缓缓地说，“不过，就是不知道卢汉师傅是不是需要我。”

“战争是在海丹，”兰德没好气地斥责道，他用力压低声音，“战争是在海丹爆发的。只有光明知道两仪师在什么地方。当然，她们都不在这里。在这里的是那个穿黑斗篷的人，你们忘记他了吗?”佩林和麦特交换了一个窘迫的眼神。

“抱歉，兰德，”麦特低声说道，“但至少这样我能做一些除了给父亲的奶牛挤奶以外的事情，这样的机会并不多。”看着兰德和佩林惊讶的表情，他挺直了身子，“是啊，我确实要给它们挤奶，而且每天都要干。”

“那个黑骑士，”兰德提醒他们，“如果他出手伤人该怎么办?”

“也许他只是从战争中逃出来的难民。”佩林怀疑地说。

“无论他是谁，”麦特说，“巡逻的人一定会看见他的。”

“也许，”兰德说，“但他似乎随时都能消失无踪。如果巡逻的人能够在事先就注意这样的人也许会好些。”

“我们参加巡逻的时候会告诉艾威尔师傅，”麦特说，“他会告诉村议会，然后村议会就会让巡逻的人注意。”

“村议会?”佩林怀疑地说，“如果村长不大声笑话我们，我们就算是走运了。卢汉师傅和兰德的父亲也只是认为我们是在捕风捉影而已。”

兰德叹了口气，“如果我们要告诉艾威尔师傅，最好现在就做。

今天他的笑声绝不会比明天更响亮。”

“也许，”佩林瞥了一眼麦特，“我们应该再找出更多见过那个黑骑士的人。反正今晚所有人都会聚到村子里来。”麦特皱起眉头，但他一句话都没有说。他们全都明白，佩林的意思是要找到比麦特更可靠的见证人。“明天他也不会笑更大声的。”看到兰德在犹豫，佩林又说道，“我们去见艾威尔师傅时，我希望能有另一些见证人跟我们一起，也许半个村子的人都见过他呢。”

兰德缓缓地点点头，他已经能听到艾威尔师傅的笑声了，更多的证人肯定不会有坏处。如果他们三个都见过他，那么肯定也会有其他人见过，一定会有。“那就明天。你们两个今晚去找证人，明天我们去找村长。然后……”麦特和佩林一言不发地看着他。没有人提出如果他们找不到其他见过那名黑骑士的人该怎么办。但这个问题清楚地在他们的眼神中闪动着，只是兰德对此没有答案。他重重地叹了口气：“现在我要走了。我爸爸会担心我是不是掉进了某个洞里。”

和朋友们道别之后，兰德小跑着绕过马厩院子，和那辆支在空车辕上的高轮大马车。

马厩是一座窄长的建筑，上面覆盖着高高的茅草尖顶，里面沿着两侧墙壁排列着铺满稻草的畜栏。两侧墙壁上各有一道双扇大门，从中透进来的阳光是这里惟一的光源。卖货郎的马队正在八个畜栏中咀嚼着燕麦。艾威尔师傅高大的杜兰马占据了另外六个畜栏。当农夫们的马匹不够用的时候，他就把这些马借给他们。除此之外，还有另外三个畜栏中有马。兰德觉得他能毫不费力地认出这三匹马是属于哪几个主人的。兰德一走进马厩，那匹胸廓宽大、高骏异常的公马立刻就扬起了头。那一定是岚的坐骑。另一匹白色母马皮毛光润，有着曲长的脖颈，即使在马厩里，它的优雅身姿仍然让人联想到灵巧的少女在舞蹈。它肯定是沐瑞的马。第三匹陌生的马肢体纤细，一身褐色的皮毛显得风尘仆仆。那应该是汤姆·梅里林的。

谭姆站在马厩最末端，正牵着贝拉的缰绳，与胡和泰德低声交谈着。兰德只向里面走了两步，他的父亲就冲两名马夫点点头，牵着贝拉走了出来。父子二人一言未发地走出了马厩。

他们在沉默中为长毛的贝拉戴上马具。谭姆深陷在自己的思绪里，兰德也保持着缄默。他并不认为自己能让父亲相信那名黑衣骑士，他也同样无法说服村长。明天应该有足够的时间。麦特和佩林会找到其他证人吗？

当大车的车轮开始向前滚动时，兰德从车上拿起长弓和箭囊，一边小跑着跟在大车旁边，一边有些笨拙地将箭囊系在腰带上。他们很快就来到了村子边缘。兰德在弓弦上扣住一支箭，半举起长弓，并稍微拉开了一些。除了光秃秃的树枝以外，周围看不到任何东西，但兰德仍然觉得双肩紧绷。黑骑士能够在他们毫无察觉的时候出现在他们身边。如果他不保持现在这种警戒的姿势，也许到时候他根本就没时间把箭射出去。

兰德知道自己不能将弓弦拉紧太久。这张弓是他自己做的，伊蒙村除了他和谭姆之外，能够把这张弓完全拉开的人并不多。他向周围望去，想找些东西让自己的思绪离开那名黑骑士。在森林的围绕中，他和谭姆的斗篷被冷风吹得猎猎作响，想要在这种环境里安心下来真是不容易。

“爸爸，”最后他说道，“我不明白为什么村议会要特别质询帕登·范。”他努力地将目光从树林中移开，望向贝拉另一侧的谭姆。“在我看来，你们的决议在外面时就可以做出了。村长的行动把每个人都吓得六神无主，现在大家都在谈论两仪师和伪龙会不会出现在两河了。”

“人是很有趣的，兰德，这大概是人类最好的地方。比如说哈兰·卢汉吧，卢汉师傅是一名强壮的男人，非常勇敢，但他一看到屠宰牲畜那种事情，他的脸就会变得像床单一样苍白。”

“这跟我问的事有什么关系？所有人都知道卢汉师傅见不得血。除了科普林和康加家的人以外，也没有人认为这算什么。”

“有关系的，小子，人们并不总像你以为的那样去思考或者行动。生活在这里的这些人……即使冰雹将他们的庄稼砸进泥浆，强风吹走了所有的房顶，狼群杀死了大半牲畜，他们也会卷起袖子，从头再来。他们会发牢骚，但他们不会把时间浪费在牢骚上。现在大家都知道两仪师和伪龙在海丹。如果只是任凭大家自己猜测，也许会有许多人认为海丹就在距离这里不远的阴影森林另一侧，所以两仪师有可能选择经由这里前往海丹，而不是走凯姆林到卢加德的大道；所以那场战争也会落在我们头上。到时候，也许会有半数村民陷入恐慌，那就要用好几个星期的时间去消除这种恐慌。当然，一个好好的立春节也浪费了。所以布朗在人们开始有自己的猜测之前，就已经让他们有了主意。”

“他们看到了村议会郑重讨论这个问题，现在他们也将听到村议会的决定。我想，他们选择我们组成村议会，是因为他们信任我们能够针对每件事做出对村子最有利的决定。不管怎样，他们会知道没有什么值得担忧的事情，而且他们会相信这一点。当然，村民们自己也能得出这个结论，但我们不能毁掉我们的节日，也不应该让任何人为不太可能的事情担心几个星期。即使真有万一……嗯，巡逻队会让我们及时得到警报，虽然我并不相信会有这样的警报出现。”

兰德鼓起双颊，喷出一口气。很显然，村议会的工作远比他想象的更复杂。大车轮在采石大道的路面上滚动着，辚辚作响。

“除了佩林之外，还有人见到那名骑马的陌生人吗？”谭姆问。

“麦特见到了，但……”兰德眨眨眼，再次望向父亲，“你相信我？我必须回去，我必须告诉他们。”谭姆的喊声阻止了已经转回身的兰德。

“停下，小子，停下！你认为我等了这么久才提到这件事，是没有原因的吗？”

兰德不情愿地继续走在静静拉车的贝拉旁边，“是什么让你改变主意的？为什么我不能告诉其他人？”

“他们会知道的。至少佩林会的。至于麦特，我还不确定。再过一个小时，伊蒙村所有十六岁以上的人——也就是能为自己行为负责的人，都会知道有一名陌生人正潜伏在村子附近，不是那种能够被邀请来参加节日欢庆的陌生人。只是这个消息被传到农场去的时候不应该显得那么可怕。冬天本身已经很可怕了，特别是对年轻人而言。”

“参加欢庆？”兰德说，“如果你看见他，你就会希望他在十里之内都不要出现，也许应该是一百里之内。”

“也许，”谭姆平静地说，“他也许只是来自海丹的一名难民，或者更有可能是一个认为这里比巴尔伦或塔伦渡口有更多油水可捞的盗贼。但我们没有什么财产，承受不了盗窃的损失。如果那个人只是想逃避战争……嗯，没有道理为了这个就让人们害怕。等巡逻队组建完毕之后，就可以找到他，或者是把他吓走了。”

“我希望能把他吓走。但为什么你早晨不信我，现在却信了？”

“那时我必须相信我的眼睛，小子，而我什么都没看见。”谭姆摇摇头。“看样子，只有年轻人看到了那家伙。当哈兰·卢汉提到佩林被影子吓到的时候，我就觉得这不是一般的错觉。琼·赛恩的大儿子也看见他了，还有萨姆·克劳的儿子班迪。嗯，你们四个都是诚实的小伙子，所以我们开始考虑也许真的有些不寻常的人物，不管我们是否看见了。当然，只有森布仍然不相信。不管怎样，这就是我急着回家的原因。如果我们两个不在，那个陌生人很可能在我们家为非作歹。如果不是为了节日，明天我都不会进村来的。但我们不能只是因为那样一个人，就让自己成为家中的囚犯。”

“我不知道班迪和勒姆看到了什么，”兰德说，“明天我们就要去把这件事告诉村长，但我们也在担心他不会相信我们。”

“头发变灰不代表我们的脑浆也凝固了，”谭姆的话里带着一点揶揄，“所以你最好提高警觉。也许我也能看见他，如果他再次现身的话。”

兰德立刻听从了谭姆的话。他惊讶地发现，自己的脚步轻快了许多，肩膀上的紧绷感也消失了。他仍然感到害怕，但和刚才的心情已经截然不同。谭姆和他就像早晨一样在采石大道上行进着，但他觉得仿佛整个村子都和他在一起。其他人理解并相信他，这让一切都不一样了。只要伊蒙村人齐心协力，那个穿着黑斗篷的家伙必定搅不起任何风浪。

第5章 冬日告别夜

大车到达农场时，太阳已经降至西方的半天上。他们在农场上的房屋并不大。在东边的许多农场中，房屋经过数代的修缮，都扩展到了相当大的面积，可以容下为数众多的家庭成员。在两河，一个屋顶下经常会有三四代人聚居在一起。每个人都有自己的姑妈、叔伯、堂兄妹和侄子侄女。像谭姆和兰德这样只有两个男人在西林共同经营一座农场的绝对是个异数。

这是一幢长方形的房子，没有侧翼的配楼，也没有任何附属建筑，大多数房间都在一楼。在二楼的茅草屋斜顶下面只有两间卧室和一间当储藏室用的阁楼。虽然圆木墙壁上的白漆在冬季暴风的刮蚀下已经斑驳零落，但整幢房子因为得到了妥善的维修，看不见有任何缺损。茅草屋顶仍然紧密牢固，屋门和百叶窗都牢固地镶嵌在门框和窗框里。

房屋、畜栏和石砌的羊圈形成了围绕农场的一个三角形。几只鸡正在冰冻的土地上刨食。羊圈旁边是敞着门的剪羊毛棚和一具石马槽。在农场和森林之间的田地上能看见有高高的圆锥形顶棚和围墙的通风棚，那是用来干燥烟叶的。两河的农场都必须依靠向商人们出售烟草和羊毛来维持。

兰德看了一眼羊圈，那些大角公羊也在看他。而大多数黑脸绵羊都平静地伏卧在地上，或者在食槽中寻食。它们的卷毛已经非常厚实了，但现在天气还太过寒冷，不适宜剪羊毛。

“那个黑衣人应该没有来过，”兰德对父亲喊道。后者正手持着长矛，缓步绕过房屋，专注地检查着地面，“如果那个人出现，羊们不会这样平静的。”

谭姆点点头，但并没有停下脚步。当他绕过房屋一圈之后，又同样绕过了畜栏和羊圈。他甚至检查了熏肉房和烟叶棚。然后他从井中提起一桶水，倒在手中闻了闻，小心地用舌尖舔了一下。突然间，他大笑一声，将手掌中的水一饮而尽。

“我也认为他没有来，”谭姆对兰德说着，将手掌在衣襟上擦干。“这件有关我看不见的人或者马的传闻，真让我神经紧张。”他将水桶中的井水倒在另一只桶中，单手提着那只桶，另一只手拿着长矛向房子走去。“我要煮晚饭了。既然回来了，就应该干些活。”

兰德只能苦着一张脸。他又开始后悔没有在伊蒙村度过冬日告别夜了。但谭姆是对的。农场的工作永远不会有结束的时候，而且往往是做完了一件事，又会有两件事要去做。兰德犹豫了一下，还是没有放开长弓。如果黑骑士出现，他不想只拿着一把锄头去对付。

第一项工作是将贝拉安顿好。卸下贝拉的马具，将它牵到畜栏中奶牛旁边的马厩里之后，兰德将自己的斗篷放到一旁，开始用干草为贝拉擦拭皮毛，然后再用两只马梳梳理。接着他要爬上阁楼，为贝拉铲下作为食物的干草，其中还要加上满满一勺燕麦。他们的燕麦已经不多了，除非天气快些转暖，否则剩余的一点存粮支持不了很久。奶牛在黎明时就已经挤了奶，但产出的奶量只有平时的四分之一。如果冬天持续下去，奶牛的乳房也许就要彻底干瘪了。

羊圈里还有两天的食料。往年羊群应该已经被放到牧场上去了，但现在到处还都是光秃秃的。兰德现在要做的是为羊圈添好净水。他在院子里只找到了三枚鸡蛋，母鸡们藏蛋的本领似乎变得更高明了。

接着兰德拿着锄头去了房子后面的菜园。谭姆这时正在畜栏前面的长凳上修理马具。长矛就倚在长凳上。而兰德的长弓也和他的斗篷一起放在他身边不到一步的地方。

菜园里最多的也只是野草。甘蓝都很矮小，扁豆和豌豆藤上几乎看不到嫩芽，甜菜地里简直什么都没有。当然，只有一部分菜地被撒了种。谭姆希望寒冷能及时过去，地窖在彻底空掉之前能有一些新菜补充进去。松土除草的工作很快就完成了，如果是过去几年，兰德会对这样的效率感到高兴。但现在他开始怀疑，如果今年无法收成，他们该怎么办。这不是一个令人愉快的想法。不过他还有劈柴的工作要烦恼呢。

兰德觉得过去几年自己仿佛一直在劈柴，但抱怨并不能让房间暖和起来。所以他将弓和箭囊放到劈柴桩旁边，拿起斧子。松木烧得很快，火焰旺；橡木则烧得久。没多久，他感到身子开始发热，便脱下外衣。当木柴堆叠得够高时，他就把木柴堆放到房子旁的柴堆旁边，柴堆一直顶到了屋檐。往年这个时候柴堆已经很小了，只有今年不同。劈柴，堆柴，劈柴，堆柴，兰德在斧子起落和堆砌木块的节律中忘记了自己。直到谭姆的手落在他的肩头，才让他回想起自己身在何处，他不由得惊讶地眨了眨眼。

天空已经变成了深灰色，夜幕很快就要彻底落下了。满月立在树梢上，如同一颗释放着苍白光线的圆球，仿佛就要落在他们的头顶上。不知不觉间，风变得更冷了，几团残破的云絮在迅速变黑的天空中急急地飘浮着。

“洗一洗，小子，该吃晚饭了。我已经在烧热水了，可以在睡前洗个澡。”

“只要是热的东西就好。”兰德一边说，一边抓起斗篷披在肩上。汗水浸透了他的衬衫。刚才在他卖力抡斧时被遗忘的冷风，现在则全力要将他冻僵。他咽下一个哈欠，却抑制不住身子的颤抖。他觉得自己全身仿佛都收紧了。“还要好好睡一觉，也许我能一直睡过立春节。”

“要打个赌吗?”谭姆笑着说。兰德也禁不住笑了起来。即使一个星期不睡，他也不会错过立春节的。没有人会错过这个节日。

今晚谭姆几乎是放纵地使用着蜡烛。火焰在石砌的大壁炉中“噼啪”作响，房子的大厅里萦绕着温暖、欢快的气氛。除了壁炉之外，一张宽大的橡木长桌是这间大厅里的主要家具。这张桌子旁边足以坐下十几个人，但自从兰德的母亲死后，就很少有这么多人来到这座农场了。桌子周围是一圈高背椅，沿墙壁排列着一些橱柜和箱子。这些做工精细的家具大多都是谭姆亲手打造的。被谭姆称作阅读椅的软垫椅子放在壁炉前面。兰德则更喜欢躺在炉火前的小地毯上看书。门旁边的书架不像酒泉旅店里的那么长，不过书籍实在是很难得的东西。卖货郎们一般只会带来几本书，而想要读书的人却许多。

这幢房子内部不像一般有主妇打理的房屋那样一尘不染，井井有条。谭姆的烟斗架和《简·法斯崔德游记》还放在桌上，另一本木框书躺在阅读椅上面，壁炉旁的长凳上还有一件待修理的马具，一些需要织补的衬衫在椅子上堆成了山。不过房间整体上还算整洁，充满了生活气息，在炉火的掩映中显得温暖而舒适。在这里，任何人都会忘记墙外的严寒。这里没有伪龙，没有战争和两仪师，没有披黑斗篷的骑马人。大炖锅挂在火上，从里面飘出来的香气弥漫在房间里，也让兰德感觉一阵饥肠辘辘。

谭姆用一只长柄木勺搅动着炖锅，舀起一点尝尝味道。“再等一会儿。”

兰德急忙在门旁的盥洗架上洗了脸和手。他现在就想洗热水澡，换下浸透了冰冷汗水的衬衫，但后屋的大水罐不是那么快就能完全被加热的。

谭姆在橱柜里翻检着，找出一把像他的手掌一样长的大钥匙，然后用这把钥匙锁住了房门上的大铁锁。看着兰德疑问的眼神，他说道：“注意一下安全没坏处。也许是我胡思乱想，或者是这个天气搞乱了我的脑子，但……”他叹了口气，在手掌上敲着那把钥匙。“我去看看后门。”说完他就消失在通向后门的走廊里了。

兰德从不曾记得家里的房门被锁起来过。在两河没有人会锁门。这是不需要的，至少直到现在都是这样。

这时，兰德听到头顶上谭姆的房间里有声音传出来。那是剐蹭地板的声音，很像是某件重物被拖了出来。兰德皱起眉。父亲不应该是突然来了兴致要重新布置屋里的家具，那么剩下的惟一可能就是他正在将旧箱子从床底下拖出来。这又是一件兰德记忆中从未出现过的事情。

兰德在一只小壶中装满沏茶用的水，将它挂在炉火上方的钩子上，然后开始在桌上铺摆餐具。这些碗和勺子都是他雕刻出来的。房子前面的百叶窗还没有关闭，兰德不时会向窗外看一眼。但外面已经是夜幕重重，兰德能看见的只有模糊的月影。黑骑士可以轻松地出现在这里而不被察觉——兰德竭力抹去了这个想法。

当谭姆回来的时候，兰德不由得惊讶地睁大了眼。一条宽腰带围绕在谭姆腰间，腰带上挂着一把剑。黑色的剑鞘和长剑柄上各镶着一只青铜苍鹭。兰德以前只见过商人的保镖们佩剑，还有今天见到的岚也是佩剑的。他从没有想过自己的父亲也会有一把剑。除了多出的苍鹭嵌饰之外，这把剑和岚的那一把很像。

"这是从哪里来的?"兰德问，"你从卖货郎那里买来的？它值多少钱?"

谭姆缓缓地抽出那件武器，炉火的光芒在剑刃上跃动着。兰德见过那些保镖们的剑，但那些粗糙灰暗的剑刃根本无法和这件武器相比。即使是黄金宝石也不会有如此犀利的光辉。这把剑的剑刃稍有些弯曲，只有一侧开了刃，上面同样雕刻着一只苍鹭。它的剑锷很短，螺旋绞缠着，一直绕过整个剑柄。和保镖们的剑相比，这把剑显得轻薄纤细。那些剑都是双侧开刃，厚重得足以劈开一棵树。

"我得到它是很早以前的事了，"谭姆说，"那时我在距离这里很远的地方。为它我付出不小的代价——用两枚铜币来换这个已经有点太多了。你母亲不赞成这笔交易。她总是比我睿智。那时我很年轻，觉得它值得我这样付出。她总是想让我丢掉它，不止一次，我相信她是正确的，我应该丢掉它。"

剑刃反射着火光，仿佛正在燃烧一般。兰德吃惊地看着这把剑。他经常梦想能拥有一把剑，"丢掉它？你怎么能丢掉这样一把剑?"

谭姆哼了一声："对放羊来说没什么用处，不是吗？也不能用它来犁地和收割。"很长一段时间里，他盯着这把剑，仿佛是在思考能用这东西做些什么。最后，他重重地叹了口气："希望这只是我一时阴郁的幻想，希望我们的运气不会那么糟；但如果真的有什么事情发生了，或许接下来的几天我们会很高兴我把它收在那只旧箱子里，没把它卖掉。”谭姆以熟练的动作将剑收回鞘内，在衬衫上擦擦手，表情扭曲了一下。“炖菜应该好了，你沏茶的时候，我会把菜盛出来。”

兰德点点头，转身去拿茶罐，但他的心里还是充满了好奇。为什么父亲会买一把剑？他是在哪里买到的？离这里有多远？没有人会离开两河。至少，极少有人这样做。兰德一直模糊地觉得父亲一定去过外面的世界，他的母亲就是一名外地人。但一把剑……等他们在桌边坐定的时候，他一定要问父亲许多问题。

沏茶的水已经滚开了。兰德用一块布包住水壶的提把，将它从钩子上摘下来。热量立刻透过布传到了他的掌心。当他从火炉旁站起身时，门锁上传来一记沉重的撞击声。一切关于剑和热水壶的念头都从他的脑子里飘走了。

“是邻居，”他不确定地说，“多提师傅来借……”多提的农场是距离他们最近的邻居，但即使在白天，他们之间也有一个小时的路程。奥伦·多提在借东西的时候倒是从不知羞耻，但他不会在晚上出门。

谭姆轻轻地将盛满炖菜的碗放到桌上，双手握住剑柄，缓步从桌边移开。“我不认为……”他刚一开口，房门已经崩飞开来，铁锁的碎片飞散了一地。

一个人影充满了整个大门的门框，比兰德见过的任何人都更加巨大。他穿着一直垂到膝盖的黑色铁甲，在手腕、臂肘和肩头上立着锋利的长钉。他的一只手里抓着一柄镰刀形的沉重巨剑，另一只手遮在脸前，似乎是要挡住屋内的光亮。

兰德反倒莫名地松了一口气。无论来的是什么，毕竟不是那个穿黑衣的骑马人。这时他才看清撞开大门的这个人头顶长了一双羊角，在应该是嘴和鼻子的地方却生着毛发纠结、向前凸出的兽口。兰德恐惧地大叫起来，没有多想便将热水壶向那个非人类的头颅扔去。

沸水洒在那头怪物的脸上，它大吼一声，半像是人类痛苦的尖叫，半像是动物的嘶嗥。水壶还未落地，谭姆的剑刃已如闪电般射出。震耳欲聋的吼叫声霎时变成了一阵窒息的咳嗽，巨大的身影向后倒去。但立刻又有同样巨大的身影向门口冲进来。兰德看见了另一颗形状怪异的头颅。这颗头上生着矛尖一样笔直的长角。谭姆再次发起攻击。大门口被两个巨大的身影堵死了。兰德发觉他的父亲在喊他。

“跑啊，小子！藏到林子里去!”挡在门口的怪物尸体抽搐着，而外面的怪物正伸手把它们从门口拽开。谭姆翻过大桌，用肩膀将桌面顶翻在大门前。“它们数量太多了！从后门走！快！快！我随后就过去!”

兰德转回身。自己的行动让他感到羞愧不已。他想要留下来帮助父亲，但他不知道该怎么做。恐惧一直哽到他的喉头，他的两条腿不由自主地向前迈动着。他向后门跑去，出生以来他从未跑得这么快，从大门处传来的叫喊和撞击声一直紧追着他。

当兰德用双手抓住后门的门闩时，他的视线落在铁制门锁上。以前这把锁从未被锁住过，只有今晚例外。兰德没有再去动门闩，而是向另一面墙壁上的窗户冲过去。他抬起护窗板，拉开百叶窗，外面已经彻底漆黑一片。满月和浮云相互追逐着，在农场上洒下斑斑点点的影子。

是影子——兰德这样告诉自己，**只是影子而已**。这时后门开始吱嘎作响。外面有人，有某些东西正努力想要推开门进来。兰德感到口干舌燥。房门又被重重地撞了一下，这让兰德加快了速度。他像野兔一样蹿出窗口，落在地上，然后迅速蜷缩在房子的阴影里。房间里传来雷鸣般的木材碎裂声。

兰德强迫自己贴着墙站起身，偷偷用一只眼从窗角向屋中望去。在黑暗中，他很难看清任何东西，但也够他胆战心惊了。房门歪歪斜斜地挂在门框上，黑色的身影小心地向房间深处移动，同时用粗嘎的声音低声交谈着。兰德完全不明白它们在说什么。它们的笑声沙哑刺耳，完全不像是人类能发出来的。它们手中握着大斧和长矛。这些武器和它们身上的长钉反射着暗淡的月光。屋中的地板上既有沉重的撞击声，也有有节律的敲击声——依照兰德的判断，只有蹄子会发出那种声音。

兰德竭力想让自己的口腔湿润一些。他打着哆嗦，深深地吸了口气，然后用最大的力气高声喊道，“它们从后门进来了！”这句话嘶哑得也不像人声了。但至少兰德将它们喊出了口，在此之前，他甚至没有信心能够发出声音。“我已经出来了！爸爸快跑啊！”喊完最后一个字，他已经向农场外飞奔而去。

靠近后门的房间里立刻响起了可怕的咆哮声和窗板破碎的震响。兰德的身后传来了重物落地的声音，至少有一个怪物已经从窗户跳出来了。兰德没有回头去看。他像一只从猎狗群中逃命的狐狸一样飞奔过空旷的场院，一直向森林冲去，但当他跑进离他最近的一片黑影中时，他立刻趴下身，匍匐回身向谷仓的影子里爬去。有什么东西落在他的肩膀上。他挣扎着，不知道是要战斗还是要逃跑，直到他发觉自己抓住的只是谭姆新做好的锄头柄。

白痴！片刻之间，兰德只是趴在原地，竭力要控制住自己的呼吸。**像科普林家一样的白痴**！他终于爬到了畜栏后面，手中还拽着那把锄头柄。这东西很难被当作武器，但也总比没有好。他的眼睛一直在警惕地搜索着场院里的每一个角落。

刚刚跳出来追赶他的怪物已经不见了踪影。它有可能在任何地方，甚至也许正潜伏在兰德背后，准备好要偷袭他。

在兰德左侧，羊圈里充满了惊恐的咩咩声。羊群来回乱窜，仿佛要找一个洞逃出来。透过窗口能看见黑影在房里不停地闪动，伴随着金属撞击的声音在黑暗中激荡。突然间，一扇窗户向外爆裂开来，谭姆跳出窗口，手中仍然擎着那把剑。他没有向远处逃跑，反而朝房子后面奔去。身躯庞大的怪物纷纷从打破的门口和窗口中挤出来，追在他身后。

兰德难以置信地盯着父亲跑去的方向。为什么他不快些逃走？但他立刻就明白了。因为他是在房子后面时向父亲叫喊的。“爸爸！”他高喊道，“我在这里！”

谭姆猛转过身，不是跑向兰德，而是朝远离他的方向跑去。“跑啊，小子！”他一边跑一边喊，同时挥舞着手中的剑，仿佛有什么人正在他前面跑着。“藏起来！”十几个巨大的黑影紧跟在他身后，吼叫和尖号声让空气仿佛也在不停地颤栗。

兰德退回到畜栏的阴影里。即使房子里还有怪物，从那边也看不到他。至少他在这里是安全的。但谭姆就不然了，谭姆要把这些怪物从他身旁引开。兰德两只手紧握住那把锄头柄，紧咬牙关以避免牙齿打战。用一把锄头柄对抗那种怪物和用硬头棒与佩林对打应该不是一回事。但他不能让谭姆孤身去对抗那些怪物。

“如果我像猎兔子时那样移动，”他悄声对自己说，“它们绝对不会听到我，也不会看到我。”鬼怪一般的吼叫声仍然充斥在黑暗中。兰德用力咽了口唾沫。“虽然它们更像是一群饿狼。”他无声地离开畜栏，向森林中溜过去。他的双手紧握着那把锄头柄，连手都握疼了。

当兰德终于走进了树丛，他感觉轻松了许多。那些怪物想要在树林中找到他绝不是一件容易的事。但是当他蹑足潜踪地在林间行走时，月光照出的影子也在不停地移动，仿佛森林中的黑暗也在不停地变化、移动。树木也在渗透出凶恶的气氛，树枝如同一根根向他伸出的利爪。它们真的只是树枝吗？兰德几乎能听到一阵阵凶狠的笑声被压抑在喉咙中，似乎有无数怪兽就潜藏在这片黑暗里，等待着他落入陷阱。追赶谭姆的怪物们发出的吼声已经渐渐远去，但在随之而来的寂静中，每一阵从他身旁掠过的微风都会让他不禁瑟缩一下。他把身子伏得越来越低，移动的速度也越来越慢。因为害怕被听到，他几乎不敢呼吸了。

突然间，一只手从后面捂住他的嘴，另一支铁铸一样的胳膊搂住了他的腰。他拼命地伸手到背后抓挠着，想要抓住攻击他的怪物。

“别扭断我的脖子，小子。”耳边传来父亲沙哑的耳语。

松弛的感觉如同洪水般涌遍兰德全身，他觉得自己的肌肉仿佛都化成了水。父亲一放开手，他就倒伏在地上，大口喘息着，仿佛跑了好几里路一样。谭姆倒在他身边，用一只手肘撑着身体。

“我要是想到你这几年长得这么快，我就不会像刚才那样试着抓住你了。”谭姆轻声说。他一边说，一边还在警惕地观察周围。“不过我必须确保你不会开口说话。有些兽魔人的耳朵像狗一样灵敏，也许比狗的还要好。”

“但兽魔人只在……”兰德的声音低弱了下去。今晚之后，兽魔人再也不只是传说了。那些应该是兽魔人，甚至即使是暗帝现身他也不应该觉得奇怪了。“你确定是……兽魔人?”兰德悄声说。

“确定。但，是什么把它们带到两河来的……以前我从没有见过兽魔人。但见过兽魔人的人向我描述过它们的样子，所以我知道一点有关它们的事。也许我们能靠这一点皮毛活下来。仔细听着，兽魔人在黑夜中比人类看得更清楚，但光亮会让它们暂时失明。也许就是靠这个我们才能从那么多兽魔人中逃脱。有些兽魔人能够依靠气味和声音追踪，但它们据说非常懒惰，如果我们能和它们周旋足够长的时间，也许它们就会放弃。”

兰德的感觉并没有因此好多少，“在那些故事里，兽魔人都憎恨人类，为暗帝效忠。”

“兽魔人毫无疑问属于牧夜者的羊群，小子。它们为了杀戮的快感而杀戮。它们绝对无法信任，只有恐惧才能控制它们。我只知道这么多了。”

兰德打了个哆嗦。他不认为自己想要遇见会让兽魔人感到恐惧的东西。“你认为它们仍然在找我们?”

“也许，但也许它们已经放弃了。它们似乎不是很聪明。只要我们进入森林，我就能让那些追我的兽魔人向山上跑。这不会很困难。”谭姆摸索着右侧肋部，然后将手掌伸到面前。“但我们应该做最坏的打算，不能心存侥幸。”

“你受伤了。”

“声音放低，小子。只是小伤，现在没时间去管它。至少，天气比原先暖和一点了。”谭姆躺在地上，重重地吁了口气，“也许在外面露宿一晚还不算太糟。”

实际上，兰德一直在思念自己的外衣和斗篷。树枝挡住了强风，但吹在身上的冷风仍然像刀割一样。他犹豫地碰了一下谭姆的脸，立刻缩回手指：“你发烧了。我必须带你去奈妮薇那里。”

“没关系，小子。”

“我们没有时间可以浪费了。夜里走这段路要用的时间更多。”兰德爬起身，想要将父亲也扶起来。谭姆咬紧的牙关中发出一声微弱的呻吟，兰德急忙将他放回地上。

“让我休息一下，孩子。我累了。”

兰德将手在自己的大腿上重重一拍。如果是在房子里，有炉火和毯子取暖，有足够的清水和柳树皮降温，也许他愿意等到天亮，再为贝拉架好车，将谭姆送到村里去。但是这里没有火，没有毯子，没有大车，也没有贝拉。这些全都在家那边。他不能移动谭姆，但他至少能将那些东西中的一部分弄到谭姆身边来。也许兽魔人已经走了。它们迟早要走的。

兰德将锄头柄扔在地上，抽出了谭姆的剑。剑刃在暗淡的月光中闪动着依稀可见的光芒。他不太适应这把剑的长柄，它的重心也显得有些怪。兰德将它空挥了几次，叹了口气，只是砍砍空气当然很容易。但如果他真的遇到兽魔人，也许他只会逃跑，或者是僵立在原地，直到兽魔人用巨剑劈开他……**不要再想了！这一点用都没有！**

当兰德站起身时，谭姆抓住了他的胳膊。“你要去哪里？”

“我们需要大车，”兰德低声说，“还有一些毯子。”他没费任何力气就将父亲的手拉开了，这让他大吃一惊，“好好休息，我会回来的。”

“小心。”谭姆喘息着说。

在昏暗的月光中，兰德看不见父亲的脸，但他能感觉到父亲正盯着自己。“我会的。”**我会像溜进鹰巢的老鼠一样小心，**他心里想。

兰德像影子般无声地溜进黑暗里。他想起了小时候和朋友们在树林中捉迷藏时，无声无息地走到另一个人背后，在他毫无察觉的时候伸手按住他的肩头。但他没办法让自己的心情像那时一样镇定。

从一株树下溜到另一株树下，兰德竭力要想出一个计划。当他到达树林边缘时，他已经换了十个计划。一切都取决于兽魔人是否还在那里。如果它们走了，他只需要进入房间，拿走所需的一切就可以。如果它们还在……那他就只能回谭姆那里去。他不喜欢那样，但如果丢掉性命，他就更救不了谭姆了。

兰德朝农场上望过去。在月光下，畜栏和羊圈在月光下只是两团黑色的影子。房子的前窗和敞开的大门里仍然有灯光透出。**房间里只**

剩下父亲点亮的蜡烛了吗？或者那是兽魔人为他设下的圈套？

夜鹰的一阵尖叫让兰德打了个冷战。他紧靠在树上，浑身颤抖不已。必须采取行动。他趴伏下身子，向前爬行，一只手还笨拙地握着那把剑。就这样一直爬到羊圈后面，他才让下巴离开了地面。

靠在羊圈的石墙上，他仔细地倾听着。黑夜中听不到丝毫声音。他小心地抬起头，越过石墙向场院中观望。没有任何动静，窗户中也没有影子晃动。**是先去取贝拉和大车，还是先去拿毯子？**最后他决定去有光的地方。畜栏很黑，如果有伏兵在里面，他完全无法察觉。至少他能看见屋子里有些什么。

当兰德再次放低身子的时候，他忽然停了下来。**没有声音。**也许羊们已经重新入睡了，但这种情形并不正常。即使是在深夜，也总会有几只羊醒着，发出一些很小的声音。他几乎看不清蜷伏在圈里的羊，不过他面前就躺着一只。

竭力不发出任何声音，他伸出一只手摸索着那只羊。他的手指碰到了卷曲的羊毛，然后是一片湿润，那只羊完全没有动。他喘息着撤回了手，跌坐在羊圈外面，甚至连手中的剑都差一点丢掉。**它们为了杀戮的快感而杀戮。**他颤抖着在泥土中擦掉了手上那应该是血的东西。

他严厉地告诫自己，一切正常，兽魔人屠杀之后就离开了。他一边在心中重复着这样的话，一边爬过农场，尽量压低身子，同时注意四周的情况。他从没有想到过自己竟然会羡慕蚯蚓。

到了房子前面，他靠到墙上，就在那扇破碎的窗户下面，仔细倾听里面的动静。但他能听到的只有血液在耳膜中激荡的声音。他缓缓站起身，向窗子里望去。

炖菜锅倒扣在炉灰上，屋中到处都是破碎的木片，没有任何一件家具是完整的。被掀翻的桌子断了两条腿；橱柜的抽屉全被抽了出来，砸得粉碎；大大小小的柜门都被拉开，斜挂在铰链上，里面的东西被散乱地扔在地板上；所有物品上都蒙了一层白色，兰德判断那应该是面粉和盐，装放这两种食物的口袋全被扔到了壁炉前。四具躯体倒在这一片狼藉中，全都是兽魔人。

兰德认出了其中一个长山羊角的兽魔人。另外三具躯体也和这一个一样——巨大的人形身体上生着獠牙、利角、羽毛和刚鬣，看上去凶恶丑陋。只有他们的手无一例外是人形的，但这只是让它们看起来更加可憎。两具躯体上穿有靴子；另外两具只是蹄子。兰德望着这一切，直到眼睛疼痛，才发觉自己一直没有眨眼。这些兽魔人一直没有任何动作，它们一定已经死了。谭姆还在等着他。

兰德从前门跑进房子，立刻又停住脚步。房间中的恶臭让他感到窒息。就算是几个月没有清理粪便的马厩也不可能有这样的气味。污秽的气息玷污了房间里的一切。兰德勉强用嘴呼吸着，开始在家具残骸中翻找。之前橱柜里应该有一个水囊。

背后的地板上传来一阵响声，让兰德背脊泛出一阵寒意。他猛转过身，几乎绊倒在倾倒的桌子上。他稳住身子，紧咬牙关，把呻吟的欲望吞了回去。

一名兽魔人正慢慢地站起来。在它深陷的双眼下长着狼嘴，两颗眼珠闪动着冰冷的光泽，太像人类的眼睛了。两只生满硬毛的尖耳朵不住地抽搐着。它跨着羊蹄迈过另一个兽魔人，黑色甲叶在它的皮裤上剐蹭着，发出令人牙龈发酸的声音。它的腰侧挂着一把镰刀状的巨剑。

兽魔人的嘴里发出一些沙哑的喃喃自语，然后它说道，“其他的都跑了，纳嘎留下了，纳嘎聪明。”它的话音含混扭曲，难以辨别，绝不是人类的嘴能说出来的。兰德怀疑它的语气中有安抚的意思，但他的视线始终无法离开那些肮脏而又锋利的长牙。随着这头怪物的话语，它们不停地在它一开一合的嘴里闪现。“纳嘎知道有人会回来，纳嘎会等。你不需要剑，放下剑。”

听到兽魔人所说的，兰德才意识到自己一直双手紧握着父亲的剑，高举在面前指着那头怪物。那头怪物的肩膀超过了他的头顶，胸口和手臂远比卢汉师傅的更加壮硕。

“纳嘎不会伤你，”怪物向前迈了一步，手中还在比划着，“放下剑。”他的手背上立着一簇簇黑毛，仿佛钢针一样。

“停下，”兰德希望自己的声音能显得更坚定一些，“你们为什么这么做？为什么？”

“*Vija daeg voghda*！”兽魔人吼了一声，却又立刻龇起尖牙，露出一个笑容，“放下剑，纳嘎不伤你。魔达奥想和你说话。”它的面孔突然扭曲了一下，仿佛是恐惧的表情。“它们会来，你和魔达奥说话。”它又迈出一步，一只巨手落在腰间的剑柄上。“你放下剑。”

兰德舔了舔嘴唇，魔达奥！也就是隐妖！故事中最可怕的生物也在今晚出现了。兽魔人和隐妖相比根本就不算什么，他必须逃走。但如果兽魔人抽出那把巨剑，他就没有任何机会了。兰德强迫自己露出一个颤抖的微笑。“好吧，”他将剑柄攥得更紧，放低双手，“我会谈谈。”

那野狼般的微笑瞬间化为一声狂吼，接着兽魔人向兰德扑了过来。兰德绝对想象不到如此巨大的怪物竟然有这么快的动作。他只能拼命将手中的长剑捅了出去。兽魔人一下子将他撞在墙壁上。他觉得肺里的空气全部被挤了出去。他努力想要呼吸。而此时兽魔人已经将他压倒在地。兰德在沉重的压迫下疯狂地挣扎着，竭力要躲开那双伸向他喉咙的巨手，还有那两排锋利的牙齿。

突然间，兽魔人一阵痉挛，不再动了。兰德已经满身淤青和擦伤，沉重的怪物躯体压在他身上，让他几乎无法呼吸。片刻之间，兰德只能惊愕地躺在地上。但他很快就恢复理智，从兽魔人身下爬了出来。父亲的剑穿透了兽魔人的身体，直立在它背后。兰德这才确信自己毕竟是做到了。污血沾染在剑刃和兰德的手掌上，将他衬衫胸前的部分也浸成了黑色。兰德感到自己的胃在抽搐。他费力地咽了口唾沫，压抑住恶心的感觉。他从未有过这么强烈的恐惧，从未这样剧烈地颤抖，也从未因能够活下来而感到如此庆幸。

狼头兽魔人说过，它们会回来，而且还有一名魔达奥——隐妖。在故事里，隐妖都有二十尺高，双眼会喷出火焰，骑着暗影，就像骑马一样。隐妖一侧身就会消失，能够穿过任何墙壁。他必须尽快拿到需要的东西，尽快离开。

兰德又费力地翻过兽魔人的尸体，想拔出父亲的剑。看到兽魔人的一双眼睛仍然大睁着，他差点转头就逃。过了好一会儿，他才确信这个兽魔人的确是死了。

兰德在一块烂布上擦了擦双手（这块烂布在今天早晨还是谭姆的一件衬衫），随后才从兽魔人的尸体上抽出那把剑。擦净剑刃后，他不情愿地将那块布放在地上。**没有时间整理房间了。**这个念头让他笑了起来，但他不得不立刻咬紧牙齿，以免它们打颤。他完全不知道在这件事过后该怎样清理这幢房子，才让它能够重新成为他和父亲的居所。那可怕的臭气也许已经渗进房屋的木材里。但现在不是想这些的时候。**没有时间清理，也许也不会有时间做任何事了。**

兰德想不清楚自己到底要拿些什么，但谭姆在等他，兽魔人随时会回来。他匆忙搜集了一些他能想到的物品。楼上卧室中的毯子，能够给父亲当绷带的干净布外衣，他们的斗篷，放牧时用的水囊，和一件干净衬衫。他不知道自己何时能换上这件衬衫，但他希望一有机会就可以换去身上这件沾满血污的衣物。盛柳树皮的小袋和其他药品都被扔到一个黑暗的角落里，被蹂躏得仿佛是一堆烂泥，让兰德无从分辨。

火炉旁仍然有一桶谭姆打进来的水，而且奇迹般地没有洒，也没有被污染。兰德用那只桶里的水装满了水囊，又匆匆洗了一下手。最后他迅速地环顾一下房间，确认还有没有什么东西忘记了。他在废物堆中找到了自己的长弓，但弓背在最粗的地方被撅断了。他打了个哆嗦，长弓从他的手中落到地上。找到的这些东西应该已经够用了——兰德做出了这样的决定。他用最快的速度把这一切堆到了门外。

离开房子之前，兰德又在地板上找出了一盏破掉的油灯。幸好里面还有油。他用蜡烛将灯点燃，关闭了灯罩上的百叶窗——部分原因是防止风把灯吹灭，但更重要的还是为避免暴露行踪。就这样，他一手提灯、一手握剑地跑出了房子。他不确定自己能在畜栏里找到什么。羊圈中的情况让他不敢有太多奢望。但他需要贝拉和大车将父亲送到伊蒙村，他必须抱着希望。

畜栏的大门敞开着，一扇门板挂在铰链上，在风中来回摇晃。乍看上去，畜栏里面的情形和平时没有什么不同。但他的视线落在空旷的厩里，厩门的门板都被扯掉了，贝拉和奶牛都不见了踪影。兰德急忙跑到畜栏里面，大车侧翻在那里，半数轮辐都折断了，一根车辕只剩下一尺长，断掉的车辕掉在一旁。

兰德心中充满了绝望。他不确定自己是否有体力将父亲背到伊蒙村，而且父亲也未必能经受这样的颠簸，或许这会比高烧更致命。但这是惟一的机会了。他在这里已经做了能做的一切。当兰德转身准备离开的时候，他又看到了那辆破损的大车，他忽然笑了。

他将油灯和剑放在覆盖着干草的地板上，双手抓住大车，将它重新翻正过来。大车重重地落在地上，又有几根轮辐折断了。他将肩头顶在大车下面，把车前端扛起来，让大车剩下的一根完整的车辕斜立着，然后抓起剑，向这根粗硬的梣木车辕用力砍下去。让他惊喜的是，车辕很快就被劈开了，就算是一把好斧子也未必能砍得这么快。

车辕断落时，兰德惊讶地看着这把剑的剑刃。劈砍这么硬的老木头，即使是最锋利的斧子也难免会受损，但这把剑仍然寒光闪闪。兰德用拇指轻触一下剑刃，急忙将被割破的拇指塞进口中吮吸。这把剑像剃刀一样锋利。

但兰德没有时间惊讶了。他吹熄了油灯（现在如果不小心让畜栏着火就太糟了），他扛起地上的两根断车辕，向自己堆放在屋外的那些物品跑去。

这样奔跑让兰德感到很吃力。车辕加上那些毯子之类的东西并不算重，但想要掌握平衡却非常难。当他在犁松的田地中奋力前行的时候，车辕却总是左右摆动，仿佛在努力地挣脱他的手臂。进入林地之后，这种情形更加严重了。树根和树枝不停地绊他、扯他，甚至要把他撞倒在地。兰德可以将它们清理到一旁，但这样会在他身后留下清晰的痕迹，他要让这种痕迹尽可能不要出现。

谭姆还在刚才的地方，看上去像是睡着了。兰德希望父亲真的是睡着了。他怀着恐惧的心情放下肩扛的东西，伸手到父亲的脸上探了探。谭姆还有呼吸，只是体温更高了。

兰德的碰触让谭姆醒了过来，但他还是处在半昏迷的状态。“是你吗，孩子?”他喘息着说，“真担心你。光明的梦已经消失，只剩下了噩梦。”他呓语着，声音越来越轻。

“别担心，”兰德说。他将外衣和斗篷盖在父亲身上，“我会用最快的速度送你到奈妮薇那里去。”他一边向父亲和自己保证，一边匆匆脱下染血的衬衫，换上那件干净的。扔掉血污衬衫时，他觉得自己就像洗过了澡一样。“我们到村子里就安全了，乡贤会处理好一切的。别担心，一切都会好起来的。”

当兰德穿上外衣，俯身去检视父亲的伤口时，这个想法就像一座灯塔在他的脑海中闪烁着光亮。到村里就安全了，奈妮薇会治好父亲。他只要把父亲送到那里就行了。

第6章 西　林

在月光中，兰德并不能看得很清楚，不过谭姆的伤口似乎只是肋侧的一道小伤，伤口并不比他的手掌长。兰德难以置信地摇摇头，他曾经见过父亲受过比这个更严重的伤，而那时父亲只是将伤口清洗一下，甚至没有停止工作。他急忙在父亲的身上寻找更严重的伤口，结果却一无所获。

不过，虽然伤口很小，伤势却让人忧心。伤口周围的皮肤发烫，而身体其他地方的温度已经让兰德不由自主地咬紧牙关了。这种高烧足以杀死一个男人。兰德用水囊中的凉水浸透了一块布，将湿布敷在父亲的额头上。

随后他又尽量轻柔地洗涤包扎了父亲的伤口，但父亲低沉的呓语中仍然夹杂了几声微弱的呻吟。他们周围都是光秃秃的树枝，仿佛一只只在风中颤动的鬼爪。如果兽魔人找不到他们，返回农场时又发现那里的变化，很可能会循着他留下的痕迹跟过来——兰德一直在如此告诫自己。实际上，农场上那种无意义又杂乱无章的毁坏，说明兽魔人智力应该不高。但因此而相信它们会轻易放弃杀死他和父亲，这念头肯定是愚蠢的。现在他不能心存任何侥幸。

兽魔人，光明啊，兽魔人！走唱人故事里的怪物今晚打碎了他的家门。还有隐妖。光明照耀我，隐妖！

兰德忽然意识到自己正抓着绷带，僵在那里没有任何动作。**你简**

直就是一只看见老鹰影子就吓傻了的兔子，他轻蔑地想。然后他气恼地甩甩头，将绷带在谭姆的胸口处紧紧系在一起。

知道并肩负起自己的责任并没有让兰德停止害怕。兽魔人回来的时候肯定会搜索农场周围的树林，寻找逃跑者留下的足迹。被兰德杀死的那个兽魔人尸体会让它们知道，那两个人类并没有逃远。而且兰德更不知道那名隐妖会怎么做，有什么样的能力。不管怎样，父亲说过兽魔人有超强的听力。兰德心中一遍又一遍地重复着父亲的话，却发现自己正压抑着伸手捂住谭姆的嘴，制止他呻吟出声的冲动。**兽魔人也能够追踪气味。我能做什么？什么也做不了。**他不能浪费时间为自己无能为力的事情担忧。

“一定不能发出声音，”他在父亲的耳边悄声说，“兽魔人会回来的。”

谭姆却仍然用低微的声音说着：“你还是那么可爱，凯丽，就像你年轻时那样。”

兰德紧皱起眉头。母亲已经死去十五年了。看起来父亲的高烧比他所料想的更加严重。现在没办法阻止父亲说话，但任何声音都有可能给他们带来死亡。

“妈妈希望你安静下来。”兰德悄声说。他停下来，清了清突然绷紧的喉咙。妈妈有一双温柔的手，这是他对于妈妈极少的一点记忆之一。“凯丽想你安静。来，喝点水吧。”

谭姆急不可耐地咽下水囊中的清水。但只喝了几口，他就将头转向一旁，又开始了轻声呓语，只不过现在他的声音已经低到兰德也听不清了。兰德希望兽魔人同样不会听到这些呓语。

他又开始了匆忙的工作，将三条毯子缠在两根车辕上，做成了一个简陋的担架。他只能提着担架的一端，将另一端拖在地上。这样应该也可以了。然后他从最后一条毯子上割下一条，系在担架的两根棍上，作为挂在肩膀上的带子。

他尽量轻柔地将谭姆放到担架上，父亲的每一声呻吟都会让他瑟缩一下，父亲对他而言一直都是不可动摇的依靠。没有任何东西能伤害父亲，能阻止父亲，甚至对父亲造成影响。现在父亲变成这个样子，几乎让兰德又失去了勉强聚集起来的一点勇气。但兰德仍然要继续自己的工作，这是他的责任，这种责任感成了他现在惟一的动力。

当谭姆终于躺到担架上的时候，兰德犹豫一下，然后从父亲的腰间卸下剑带。他将剑带固定在自己的腰上，立刻有了一种奇怪的感觉。腰带、剑鞘和剑的重量一共不过几磅，但当他把剑系在腰上时，似乎有一种巨大的重量在拉扯他。

他只能愤怒地责备自己，现在不是胡思乱想的时候。这只是一把大刀。难道他不是无数次梦想着佩剑去冒险吗？他已经用这把剑杀死了一个兽魔人，他肯定也能击退任何其他怪物。不过他也很清楚，他们现在还能活下来纯粹是因为幸运。在他冒险生活的白日梦里，并不包括牙齿打战、在深夜中逃命，或者是父亲濒临死亡。

兰德以最快的速度用最后一条毯子将谭姆裹好，又将水囊和剩下的衣服也都放在担架上。然后他深吸一口气，跪在两根担架棍之间，将系在上面的带子挂在肩上，抓住担架棍站起了身，感觉上不是很重。他竭力迈着平稳的步伐，向伊蒙村走去，背后拖着父亲的担架。

兰德一开始沿着采石大道去村里。这肯定会有危险性，但如果在黑暗中迷路，也许就来不及挽救父亲的生命了。

因为光线昏黑，兰德几乎是在踏上采石大道的路面后，才发觉已经走上了大路。他的喉咙在一瞬间收紧了。他转过身，回到了路边的树林里，然后停下脚步，喘息着让心跳平缓下来，转向东方，朝伊蒙村走去。

在树林间穿行比走在大路上更困难，而夜晚更增加了这种困难。但在大道上行走肯定是不明智的举动。兰德希望不再看见任何兽魔人，至少不要让兽魔人发现他们。不能以为兽魔人会放弃，它们迟早会发现这两个人已经逃向伊蒙村了。那里是人类的避难所，而道路是人类最有可能采用的路线。实际上，兰德发现自己比自己所希望的更靠近采石大道。夜晚和树下的阴影很难完全遮住他和父亲。

从光秃树枝间透过的月光只能在兰德的眼睛里造成各种假象，让他产生更多恐惧。他每迈出一步，树根几乎都要将他绊倒，苍老的荆棘缠绕着他的双腿。崎岖不平的地面让他时而踩空，时而又会踢到坚硬的岩石。当担架在树根或石块上弹起时，不断呓语的谭姆往往会发出尖声的呻吟。

兰德竭力想要将周围看得更清楚一些，这让他的眼睛很快就感到火烧般刺痛。他的耳朵也在捕捉着任何一丝最细微的声音。树枝的摩擦声，针叶被风吹过时的窸窣声都会让他停下脚步，支起耳朵。因为害怕漏过任何声音，他几乎不敢呼吸。但他又害怕听到任何声音，虽然迄今为止他听到的只有风声。

渐渐地，疲倦侵入到他的手臂和双腿之中，冬日的冷风吹起他的外衣和斗篷，与疲倦绞缠在一起，刺入他的骨髓。担架的重量开始还感觉不到，现在却仿佛要将他拽倒在地。即使没有被树根绊住，他的脚步也开始变得踉跄了。为避免被绊倒而消耗的力气并不比拖动担架所消耗的更少。他从黎明时分开始就已经起床劳作了，白天时还去了一趟伊蒙村，之后一直没有停止工作。平时，他现在应该在壁炉前惬意地休息，阅读父亲收集的书籍，然后上床睡觉。凛冽的寒风啮噬着他的骨骼，他的肠胃一直在提醒他，自从艾威尔太太的蜂蜜蛋糕之后，他还没有吃过任何东西。

他低声嘟囔了几句，为忘记在农场中找些吃的出来而暗自懊恼。即使在房子里多耽搁几分钟也不会导致什么灾祸，只要几分钟时间，他一定能找出些面包和奶酪来。兽魔人不会在几分钟之内就回来，只要能有几片面包就好。当然，只要到了伊蒙村，艾威尔太太一定会为他做一份香喷喷的热饭，也许会是一盘汤汁浓郁的炖羊肉，还有她亲手烤的面包，还有许多许多茶。

“他们像洪水一样涌过龙墙，”谭姆突然用响亮而带着怒气的声音说，“鲜血染红大地，有多少人因雷芒的罪过而死？”

兰德惊讶得几乎跌倒在地。他小心地将担架放在地上，松开肩头的带子——原来被带子压住的部位已经出现了一道火烫的勒痕。他跪倒在谭姆身边，一边摸索水囊，一边向树丛中窥望，在昏暗的月光中，即使是朝路面上看，至多也只能看出二十步远。除影子之外，没有任何移动的东西。

“这里没有兽魔人的大军，父亲，至少现在没有。我们很快就到伊蒙村了，到那里就安全了，喝点水吧。”

谭姆伸手挡开了水囊，他的动作似乎跟以前一样有力。他抓住兰德的衣领，将兰德拽到自己面前，以至于兰德能感觉到父亲身体散发出的热气。“人们称他们为野蛮人，”谭姆急迫地说，“那些傻瓜说能够像对待垃圾一样把他们扫除干净。但，有多少场战役失败？多少座城市被焚毁？他们才最终明白真相，才知道诸国应该联合在一起抵抗他们。”他松开了抓住兰德的手，声音中充满了哀伤。“马拉斯的原野上铺满了尸体，能听到的只有乌鸦的啼嚎和苍蝇的嗡嗡声。凯瑞安的无尽高塔在夜晚熊熊燃烧，如同顶天的火炬。他们将一切烧杀殆尽，直到闪亮之墙才回头。直到……”

兰德伸手捂住父亲的嘴。那种声音又出现了——蹄子落地的声音。在树林中，兰德无从分辨声音传来的方向。随着风向的变化，蹄声时强时弱。兰德紧皱双眉，缓缓地转着头，竭力想要确定声音传来的方向。他的眼角忽然捕捉到一丝闪动，他立刻趴伏到父亲的身上，下意识地握紧了剑柄，全神贯注地盯着采石大道，仿佛那条路是这个世界上惟一真实的东西。

东方出现了隐约晃动的黑影，影子逐渐清晰，显现出一个骑在马背上的人形，还有一些魁伟的形体小跑着跟随在马后。长矛尖锋和斧刃在暗淡的月色中闪动着光泽。兰德当然不会认为他们是前来援救的村民。而且，兰德更能凭直觉感觉到，那个骑在马背上的形体带来的恐惧，正像沙砾般磨蚀着他的骨头。没多久，那个戴着兜帽的黑骑士已经清晰地显现在月光下，黑色的斗篷在风中纹丝不动。在夜色中，所有形体都是黑色的，那匹马的蹄声和其他马也没有不同，但兰德知道那不是一般的马。

现在兰德已经能看到黑骑士背后那些身影的长角、兽嘴和鹰喙了。那些兽魔人排成两列纵队，蹄子和靴子整齐划一地敲击着地面，仿佛指挥这些动作的只有一个思想。它们过去之后，兰德又一动不动地数了二十下。他思考着，究竟是什么样的人，竟敢背对着这么多兽魔人。当然，即使只有一个兽魔人，也不会有人敢背对着它。

那支队伍小跑着消失在西方，沉重的脚步声最终也在黑暗中消失了。但兰德仍然没有移动一块肌肉。他心中有个声音在向他发出警告，绝对的警告。但兽魔人的确是消失了。又过了很长一段时间，兰德深吸一口气，开始站直身子。

这一次，那匹马没有发出任何声音。在怪诞的寂静中，黑骑士返回来了。他的影子般的坐骑每走几步就会停一下。就这样，它沿着道路缓缓地走了回来。风吹得更强了，在树枝间发出一阵阵咆哮。黑骑士的斗篷却仍然一动不动地垂着，如死亡般静止。那匹马停下时，戴着兜帽的头就会向左右转动，搜寻林间的一切异动。最后那匹马停在了正对着兰德的地方，黑洞洞的兜帽开口转向了趴伏在父亲身上的兰德。

兰德的手痉挛地握紧剑柄。他感觉到了那种凝视，就像早晨时那样。即使他看不见对方的眼睛，那种憎恨仍然让他战栗不已。这个裹在黑影中的东西憎恨一切人，一切生灵。在寒风中，汗水从兰德脸上一滴滴渗出。

这时，那匹马又开始移动了，无声地移动几下之后停下来，直到兰德只能看见一个模糊的影子在夜色中逐渐消失。他一直死盯着那个影子，害怕一旦看不见了，转眼间黑骑士就会出现在他面前。

黑影就要消失的时候，突然转回头，无声地驰过兰德面前，以箭一般的速度刺入西方的夜幕中，冲向迷雾山脉，冲向农场的方向。

兰德瘫软了下来，大声喘息着，用袖子抹去脸上的冷汗。他已经不在乎兽魔人出现的原因了，就算他永远都不知道这个原因也无所谓，只要这一切赶快结束就好。

最后打了个哆嗦，兰德挺起身，迅速检查了一下父亲的状况。谭姆仍然在低声呓语，只是兰德听不清他在说的是什么。他想要让父亲喝些水，但水却流到了谭姆的下巴上。少量的一些水滴到谭姆嘴里，引得他连连咳嗽，但仍然在低声说着什么。

兰德又倒了一些水在谭姆前额的布上，将水囊放回担架上，才匆忙重新抬起了担架。

他向前走去，那精神奕奕的样子仿佛刚刚经过一夜的好眠。但这种气势并没有持续很久。一开始，恐惧掩盖了疲倦，没过多久，虽然恐惧仍在，疲倦却已经膨胀到无法掩饰的程度。很快，兰德又开始脚步踉跄。他努力忘记饥饿和肌肉的酸痛，只是将注意力集中在一步又一步的迈进上。

兰德在心中不断地描绘着伊蒙村的图景——百叶窗都敞开着，每一家都点燃了冬日告别夜的灯火。人们欢呼庆贺，挨家挨户地拜访。街道上飘扬着小提琴奏出的“贾姆的荒唐事”和“飞翔的苍鹭”。哈兰·卢汉在喝过太多白兰地之后，就会用牛蛙一样的嗓子高声唱起“大麦田里的轻风”，直到卢汉太太叫他闭嘴。森布会以行动证明他还能像年轻时一样跳舞。麦特又会有某些出人意表的计划，这些计划往往会有令人意外的发展，不过所有人都会知道是他干的，这一点不需要任何明确的证据。想到这些事情，兰德甚至有一种想要微笑的感觉。

过了一会儿，谭姆又开始说话了。

“爱凡德梭拉，人们说那是一株没有种子的树。他们从树上折下一根嫩枝送给凯瑞安人，那是一株幼苗，就算是国王也很难收到那么高贵的礼物。”兰德能听出父亲的声音带着怒意，虽然他几乎不明白父亲在说什么。呓语声夹杂在担架摩擦地面的声音里，兰德心不在焉地聆听着。“他们对外从没有约定过和平，从没有过。但他们带来了一株树苗，这是和平的讯号。树苗生长了五百年，从未有过和平的族群保持了五百年的和平。为什么他要将树砍倒？为什么？爱凡德拉狄拉让我们付出了血的代价。只因为雷芒的骄傲，我们付出了鲜血的代价。”父亲的声音又逐渐低弱了下去。

疲惫不堪的兰德寻思着高烧的父亲现在正做着怎样的一个梦。爱凡德梭拉——生命之树，那是一株充满了奇迹的树。但任何故事里都没有提到过它还有幼苗，或者跟“他们”有什么关系。生命之树只有一株，它是属于绿巨人的。

如果是今天早晨兰德听到有人谈论绿巨人和生命之树，他只会认为这是件蠢事。它们都只存在于故事里。**真的吗？兽魔人在今天早晨也只是传说。**也许所有走唱人的故事和晚上在壁炉前讲述的故事，都像卖货郎和商人们带来的讯息一样，是真实的。也许真的会遇到绿巨人，或者是巨森灵，或者是戴着黑面纱的、野蛮的艾伊尔人。

父亲的声音时断时续，有时会停下来喘息一阵，但呓语一直没有完全停止过。

“……激烈的战争，即使在下雪时也不会停止。汗是热的，血是热的，只有死亡是冰冷的。在山坡上……惟一没有弥漫着死亡气息的地方。从死亡中逃出来……惨不忍睹……听到了婴儿的哭声。他们的女人和男人一同战斗。但他们为什么会让她来。我不……孤身一人生下孩子，然后就因伤口而死……用斗篷盖住了孩子，但强风……吹走了斗篷……孩子，已经在严寒中冻得青紫……应该一样活不久……在雪中哭泣。我没办法丢下一个孩子……我们没有孩子……知道你想要孩子。我知道他已经成为了你的心肝，凯丽。是啊，我的爱。兰德是个好名字，好名字。”

兰德突然失去最后一点力气。他踉跄了一下，跪倒在地上。谭姆因为震动而呻吟了一声。担架的带子深深地勒进了兰德的肩膀。但对于这些他毫无知觉。即使兽魔人在此时此刻冲到他面前，也只能看到他失神的双眼。兰德转回头去看父亲，父亲的声音又变得低微难辨了。**一定是因为发烧而做的梦，**兰德忧心忡忡地想。发烧总是会引起噩梦。而在这样的晚上，即使没有发烧的人也一定会做噩梦的。

“你是我的父亲!”兰德大声说着，伸手去摸谭姆，“而我是……”父亲的体温更高了，高了许多。

兰德面色铁青，挣扎着站起来。谭姆又说了些什么，但兰德已经没有在听了。他将全身的重量压在担架带子上，心中只是想着将沉重的双脚向前迈出，到伊蒙村就安全了。但他没办法阻止那些话在自己的脑海中回响。**他是我的父亲。那只是高烧中的噩梦。他是我的父亲。那只是噩梦。光明啊，我是谁?**

第7章 走出森林

第一缕灰色的晨光透过树枝时，兰德还在森林中挣扎前进。觉察到夜幕正逐渐褪去，兰德的心中闪过一丝惊讶。他无法相信自己已经用了一整夜的时间，却仍然没能到达伊蒙村。当然，白天的采石大道，那岩石的路面和夜晚的森林绝对是不一样的两回事。黑骑士搜索采石大道仿佛已经是几天前的事情，而父亲准备晚餐则是几个星期以前的事情了。兰德已经感觉不到担架带子的紧勒，他的肩膀和双脚只剩下了麻木的感觉。他的喉咙和肺因为用力呼吸变得有如火烧一般疼痛，而呼吸对现在的他而言，变成了一件非常费力的事情。饥饿紧揪住他的肠胃，让他感到一阵阵恶心。

不知何时，谭姆已经不再发出声音了，但兰德现在不敢停下来检查父亲的状况。那样的话他有可能再也迈不动步子了。无论谭姆现在伤势如何，他能做的也只有尽快走完这一段路。惟一的希望在村子里。他虚弱地想要加大步伐，但木头般的双腿只能维持住僵硬不变的缓慢步调。他甚至已经注意不到风和寒冷了。

兰德模模糊糊地闻到了木柴燃烧的气味。他距离村子一定很近了。他脸上露出疲惫的微笑，但很快又皱起眉头。空气中的烟味太重了，在这样的天气里，每一家都会将炉火烧到最旺，但即使是那样也不会有这么浓重的烟气。兰德想到了出现在路上的那些兽魔人。兽魔人是从东边来的，那里是伊蒙村的方向。他向前望去，想要看到村子周边的房屋，想要向村子里的人呼救。哪怕是森布或科普林家的人也好。他的心中却有另一个小声音在呐喊着，希望村里还能有人给他帮助。

突然间，一座房子出现在最后一丛枯枝后面。兰德惟一能做的就是让两条腿继续迈动。希望变成了尖锐的绝望，他蹒跚着向村中走去。

伊蒙村半数的房屋都变成了一堆堆烧焦的木块。几根被烟灰熏黑的烟囱兀立在梁木的废墟上，如同肮脏的手指。空气中升腾着一缕缕黑烟，面色凝重的村民们在灰烬中搜寻着残存的锅碗壶罐，或者只是茫然地用棍子拨拉各种废物。他们有的人身上还穿着晚间的居家服。从火场中抢救出来的一点东西都放在街道上。立地镜，抛光的餐柜、橱柜，桌椅上摆放着被褥、烹调用具、几件衣服和一点私人物品。

村子中的毁坏状况看上去没有一定的规律。有五幢连在一起的房屋仍然完整无缺，另外一大片地方却已经被夷为平地。

在酒泉对面，三座巨大的立春篝火堆正喷发出熊熊的火焰，一些男人在那里来回忙碌着。粗壮的黑色烟柱随着风势弯向北方，中间裹挟着一团团火星，如同成群乱舞的飞萤。艾威尔师傅的一匹杜兰马正向马车桥拖曳东西，但因为距离过远和火焰的干扰，兰德看不清那是什么。

还没等兰德走出树林，满面烟黑的哈兰·卢汉已经向他跑了过来。他的一只大手紧握着伐木斧，身上脏污的长睡衣一直拖到靴子上，胸前有一道赤红色的烧伤。他单膝跪到担架旁边。谭姆紧闭着双眼，呼吸缓慢艰涩。

“兽魔人，孩子？”卢汉师傅用沙哑的嗓音问，“这里也是一样，一样啊。不过，也许我们还有一点运气。他需要乡贤。光明啊，乡贤在哪里？艾雯！”

艾雯跑了过来，她的双臂抱满了被撕成绷带的床单。她焦急地四处张望着，寻找着喊她的人。那双眼睛因为有了黑眼圈，显得更大了。终于她看见了兰德，便急忙停下脚步，一边喘息，一边颤抖着，“哦，不，兰德，你父亲怎么了？他不会……？快来，我带你们去找奈妮薇。”

兰德太累，太过震撼，已经没有了说话的力气。他用一整夜的时间来到这里，为的是能找到一个避难所，让父亲得到安全和照料。现在他能做的只有盯着艾雯被熏黑的裙子。他注意到了她身上的所有细节，就好像那些都是很重要的东西。她背后的一排扣子一定没有完全扣对位置。她的两只手很干净。兰德很奇怪，为什么她的面颊都已经了沾染烟尘，而两只手却那么干净。

卢汉师傅似乎很理解兰德现在的状态。他将斧子横放在担架末端，从后面抬起担架，轻轻往前一推，提醒兰德跟上艾雯。兰德蹒跚地走在艾雯后面，仿佛梦游一样。他心想，为什么卢汉师傅会知道那是兽魔人？但这个想法在他的脑海中转瞬即逝。如果谭姆能认得那些怪物，哈兰·卢汉也认识就一点也不奇怪。

“所有的故事都是真的。”兰德喃喃地说。

“看起来是，小子，”铁匠说道，“看起来是。”

兰德并没有认真去听卢汉师傅在说些什么，他的注意力全部集中在艾雯苗条的身影上。至少他还有余力希望艾雯动作再快一些。但实际上，艾雯一直在以这两个抬担架的男人所能达到的最快速度前进着。她领着他们走过绿坪，一直到了卡尔德的房子。这幢茅草顶的房子边缘也被熏黑了，白色的墙壁上满是烟灰。它两旁的房子只剩下了石头地基和两堆烧焦的木头。其中一幢是磨坊主的兄弟贝林·赛恩的，另一幢是亚贝·考索恩的。它们的烟囱都倒塌了。

“等在这里。”艾雯一边说，一边看了他们一眼，仿佛是想要得到回答。看到两个男人只是呆呆地站在原地，她咬着嘴唇嘟囔了几声，一步冲进门去。

“麦特，”兰德说，“他……”

“他还活着，”铁匠回答道。他放下担架，缓缓站直身体。“刚才我还看见他。我们都还活着，这简直是奇迹。它们偷袭我的房子和铁匠铺的样子就好像我在那里堆满了黄金。奥波特用平底锅打碎了一个兽魔人的脑袋。今天早晨她只看了一眼我们房子的灰烬，就拿起她从铁匠铺找出来的最大的锤子，走遍了村子去寻找没有逃走的兽魔人。

如果有哪个兽魔人被她找到了，我大概会同情它的。”他冲卡尔德家的房子点点头。“卡尔德太太和其他几个人把一些失去房屋的伤员安置在她的房子里。等乡贤照顾谭姆的时候，我们要给他找张床。也许旅店里还有。村长已经把旅店改成了医院。但奈妮薇不让我们把伤员集中在一起，她说那样不利于伤势恢复。”

兰德跪倒在地上，抖掉肩头的带子，又拖着疲倦的身子检查了谭姆盖着的毯子。谭姆完全没有挪动一下，也没有发出任何声音，但他至少还有呼吸。**我的父亲。那些一定只是他在高烧中的梦话。**“如果它们再回来呢？”兰德迟钝地问。

“时光之轮依照它的意愿转动，”卢汉师傅不安地说，“如果它们回来……嗯，现在它们已经走了，所以我们在疗救伤患，收拾残局。”他叹了口气，捶了捶后背，眼眉低垂下来。兰德这时才意识到，这名魁梧的男人像他一样累，甚至比他更累。铁匠看着村子，摇摇头。“我不认为今天会是个像样的立春节，但我们能挺过去的，一直都是这样。”他忽然拿起斧子，神情变得坚毅起来。“还有工作等着我。你别担心，小子，乡贤会照顾好他的，光明会保护我们。如果光明不在，我们自己也会保护好我们。记住，我们是两河人。”

铁匠离开的时候，兰德仍然跪着，看着伊蒙村，就好像第一次看到这个地方一样。**卢汉师傅是对的，**他心里想。眼前的一切并没有让他感到吃惊，这反倒让他惊讶。人们仍然在自家的废墟中搜寻着，但和他刚到村里时相比，他们已经多了一分镇定从容。兰德几乎能感觉到他们正在增长的决心。不过兰德有些怀疑，他们的确看见了兽魔人，但他们有没有看到那名黑袍骑士？有没有感觉到他的憎恨？

奈妮薇和艾雯从卡尔德的房子里走了出来。兰德立刻站起身，但他一个踉跄，差点又栽倒在地上。

乡贤甚至没有瞥兰德一眼，就径直跪在了担架旁边。她的面孔和衣服比艾雯的更脏，眼睛周围同样有黑眼圈，但她的手也像艾雯的一样干净。她用手抚摸谭姆的脸，用拇指拨开他的眼皮。她皱起眉头，又解开了谭姆肋侧的绷带，检视伤口。兰德也想看看伤口的状况，她却已经将绷带包了回去。奈妮薇叹了口气，轻轻地将毯子和斗篷重新给谭姆盖好，仿佛是在为睡熟的孩子盖好被子。

“我无能为力。”奈妮薇说道，她必须用双手撑住膝盖才能站起来，“我很抱歉，兰德。”

片刻之间，兰德站在原地，并不理解奈妮薇在说什么，但看到奈妮薇转头向屋里走去，他急忙追上她，将她拽了回来。“他会死吗?”他大喊道。

“就我所知是这样。”奈妮薇答道。不容置疑的声音立刻让兰德失去了所有的力气。

“您必须做些什么，一定要！您是乡贤。”

痛苦扭曲了奈妮薇的脸，但这种表情稍瞬即逝。她深陷的双眼中又闪耀着坚定的光芒，声音中除了坚决之外没有任何情绪。“没办法。我知道我能做些什么，我也知道什么是无可挽回的。难道你以为我会放弃任何希望？但我不能，我没办法，兰德。还有其他人也需要我，我能帮助他们。”

“我已经尽最快的速度带他来见您。”兰德喃喃地说。即使村庄化成了焦土，乡贤仍然代表着希望；而现在这个希望也没有了，兰德觉得自己彻底空了。

“我知道，”奈妮薇温柔地说，她伸手抚摸着兰德的面颊，“这不是你的错。任何人都不会比你做得更好。我很抱歉，兰德，但我还要去照顾其他人。恐怕，我们的麻烦才刚刚开始。”

兰德茫然地盯着奈妮薇的背影，直到房门在她身后关闭。现在兰德的脑子里只剩下了一个念头——乡贤救不了父亲。

突然间，艾雯猛扑到他身上，把他撞得向后退了一步。艾雯用双臂紧紧抱住了他。如果在平时，兰德至少会因为无法呼吸而哼一声。但现在他只是沉默着，盯着那扇让他的希望彻底消失的门。

“我很抱歉，兰德，”艾雯靠在他的胸口，“光明啊，我真希望能做点什么。”

兰德麻木地用双臂环抱住艾雯。“我知道。我……我必须做些什么，艾雯。我不知道能做什么，但我不能让他就这样……”他的声音中断了。艾雯将他抱得更紧。

"艾雯!"奈妮薇的喊声从屋子里传出来，艾雯被吓了一跳。"艾雯，我需要你！再把你的手洗一洗!"

艾雯挣开兰德的手臂，"她需要我的帮助，兰德。"

"艾雯!"

当艾雯转身跑走时，兰德觉得自己听到她在抽泣。但担架旁边很快就只剩下了他一个人。兰德低头看着谭姆，心中充满了无助和空虚。但他的面容很快又恢复了刚强。"村长会知道该做什么，"他又一次抬起担架，"村长会知道的。"布朗·艾威尔总是知道该做什么。虽然浑身疲惫欲死，但他还是顽固地向酒泉旅店走去。

另一匹杜兰马经过兰德身边，它身后拖着一块用肮脏毯子盖住的巨大东西，毯子后面挂着几件沾有粗糙毛发的武器，从毯子的一边还露出一根山羊角。两河不应该是恐怖故事成为现实的地方。兽魔人只应该存在于外面的世界，那个世界还有两仪师、伪龙和只有光明知道的走唱人传说中的那些怪物。两河不应该有这些。伊蒙村不应该有这些。

当兰德走进绿坪时，人们纷纷向他打招呼。有人站在自家的废墟中，问他是否需要帮助，有人说要为他去找奈妮薇。在兰德耳中，这些话听起来都像是身后的模糊低语，即使有人陪着他走了一段，也让他觉得朦胧而遥远。兰德勉强下意识地回应着，谢谢他们的帮助，告诉他们一切都好。他只是默默地承受着人们担忧的目光。他惟一知道的事情是布朗·艾威尔能够救谭姆。他做不到的事情，村长都能做到，村长一定有办法。

旅店几乎完全逃过了昨晚的劫难，虽然墙壁上有几道焦黑，但红色的屋瓦仍然像往日一样在阳光中闪耀。卖货郎的马车被烧成了一块黑炭，旁边倚着车轮的铁框，支撑帆布篷的几根弧形铁架被折得七扭八歪。

汤姆·梅里林盘腿坐在旅店的老地基上，小心地用一只小剪子剪掉他身上百衲斗篷被烧焦的边缘。他没有问兰德是否需要帮助，只是轻盈地跳下地基，抬起了担架后端。

"进去？当然，当然。别担心。你们的乡贤会照顾他的。昨晚我见识过她的能耐，她的手很巧，技艺也很精湛。如果没有她，有些人必死无疑。我可不想看到任何人死去。帕登失踪了，这是最糟糕的事。兽魔人什么都吃。应该感谢光明，你父亲还在这里，还能活着得到乡贤的治疗。”

兰德的脑子里却只是回荡着一个声音——**他是我父亲**！——直到这个声音越来越小，最后变得弱不可闻。他忍受不了任何同情，任何要让他振作的企图。现在不行。现在他只需要布朗·艾威尔告诉他该如何救活谭姆。

突然间，他发现在旅店大门上有一个潦草的痕迹——一个用木炭画成的、尖端朝下的扭曲的泪滴。已经出了这么多事，现在龙牙出现在酒泉旅店的门板上已经无法让兰德感到惊讶了。只是，为什么会有人想要指控旅店老板和他的家人是邪恶的？或者是要给他们带来厄运？兰德不明白，但昨夜教会了他一件事——任何事都是有可能的，任何事。

走唱人在后面推了一下，兰德推开门走了进去。

大堂里只有布朗·艾威尔一个人。因为没人顾得上生火，所以相当寒冷。村长坐在一张桌子旁边，正在将钢笔蘸进墨水瓶里。他双眉紧皱，神情专注地盯着桌上的一张羊皮纸。长睡衣的下摆被随意塞进裤子里，大肚子周围还拖着很长一段。偶尔他会用一只光脚趾挠挠另一只脚。两只脚都很脏，似乎他曾经赤脚出去过不止一次，在这样寒冷的天气里，这一点真令人难以想象。“你有什么麻烦？”他没有抬头便问道，“快一点。我现在还有二十件事要做，以后还不知道有多少事。我没有多少时间和耐心。嗯？快说！”

“艾威尔师傅？”兰德说，“这是我父亲。”

村长的头猛地抬了起来。“兰德？谭姆！”他扔下钢笔，站起来的时候又撞翻了椅子。“也许光明还没有彻底放弃我们。我一直在担心你们两个的安全。兽魔人离开后又过了一个小时，贝拉跑进了村子。那时它浑身流汗，气喘不停，看样子是从农场一直跑到这里来的。那时我还以为……现在没时间说这些了。我们把他抬到楼上去。”他挤开走唱人，抬起担架。“你去叫乡贤来，汤姆先生，告诉她我让她尽快赶来，否则就让我知道她耽搁的理由！放松，谭姆，我们很快就会把你放到最好的软床上。快去，走唱人，快去！”

还没有等兰德开口，汤姆·梅里林已经消失在门口。“奈妮薇没有采取任何措施，她说她帮不了我父亲。我知道……我希望你能有办法。”

艾威尔师傅更加仔细地看着谭姆，然后摇摇头。“看着吧，孩子，我们会救活他的。”但他的声音已经不那么有信心了。“先让我们把他抬到床上去，至少他能好好休息。”

兰德任由自己被担架顶着走向大堂后面的楼梯。他竭力让自己相信谭姆可以痊愈，但他意识到，这个信心已经越来越脆弱了。而村长声音中的疑虑更加动摇了他。

旅店第二层的前半部是六套设备齐全、保温良好、可以俯瞰绿坪的房间。它们最经常的住客是卖货郎和从望山和戴文骑来的人。每年来两河贸易的商人也常常会因为这些舒适的房间而感到惊讶。现在有三个房间已经被占用了，村长指引兰德匆匆向一套空房跑去。

他们以最快的速度掀起宽床上的羊毛毯和羊毛被，将谭姆放到羽绒软垫上，让他的头在鹅毛枕上枕好。谭姆被移动的时候只是呼吸声变得更粗哑了些，甚至没有发出一声呻吟。兰德刚要俯身去看父亲，村长却将他推到一旁，命令他去给壁炉生火，让屋子热起来。当兰德在壁炉和壁炉旁的木柴箱之间忙活时，布朗拉开窗帘，让早晨的阳光照进屋里，然后开始以非常轻柔的动作为谭姆洗脸。等到走唱人回来时，壁炉中的火焰正在逐渐温暖整个房间。

“她不来，”汤姆·梅里林一边走进来一边说道，他瞪了兰德一眼，刷子一样的白眉毛紧紧地皱着。“你没有告诉我你们的乡贤已经看过他了。她几乎扭断了我的脖子。”

“我本以为……我不知道……也许村长能做些什么，能让乡贤……”兰德将双手紧攥成拳头，从火炉前转身面对布朗。“艾威尔师傅，我能做什么？”身材圆胖的村长却只是无奈地摇摇头。他将蘸上清水的布巾敷在谭姆的额头上，眼睛始终不敢正视兰德。“我不能就这样看着他死去，艾威尔师傅，我必须做些什么。”走唱人仿佛是要说话的样子。兰德急忙转向他，“你有什么办法？我什么都愿意做。”

“我只是在想，”汤姆说着，用拇指将长柄烟斗中的烟叶压实。“村长知不知道是谁在他家的门上画了龙牙？”他觑了一眼烟锅，然后将烟斗柄在牙缝中挪了一下，叹了口气。“似乎有人不再喜欢他了，或者也许是因为他们不喜欢他的某位客人。”

兰德厌恶地看了走唱人一眼，将目光转到炉火上。他的心思就像那些火舌一样跳动不停，也像那些火焰一样，无论怎样跳动也总是固定在一个点上。他不会放弃，他不能眼看着谭姆死去却无所作为。**我的父亲，**这个意念如火一样烧灼着他。**我的父亲。**只要烧退了，病情就会好转。先要让父亲退烧，但该怎么办？

布朗·艾威尔看着兰德的后背，双唇紧绷。然后他的目光转向走唱人，那种眼神甚至能让一头熊却步。但汤姆只是像等待命令一样站在一旁，仿佛完全没有注意到村长的眼神。

“也许那是康加或科普林家的某个人干的。”村长最后说道，“但只有光明知道是哪一个。他们是一群庞大的乌合之众，总是散布毁谤他人的谣言。即使是森布的舌头和他们的相比，也像是抹了一层蜜。”

“就是昨天黄昏时坐着马车赶来的家伙？”走唱人问，“他们似乎仍然不知道有兽魔人存在，直到现在，他们还在问节庆什么时候开始，仿佛根本没有看见半个村子已经化成了灰烬。”

艾威尔师傅绷着脸点了点头：“那是他们家族的一部分，但他们也没什么不同。那个愚蠢的达奥·科普林用了半个晚上的时间要求我将沐瑞女士和岚先生赶出村子，完全不想一想，如果没有他们两位，我们的村子还能剩下什么？”

兰德一开始没有注意他们的对话，但村长的最后一句话引起了他的好奇。“他们做了什么？”

“沐瑞女士从晴朗的夜空中召唤来闪电，落在兽魔人的头上。”艾威尔师傅答道，“你见过大树被闪电劈裂的样子，兽魔人绝不比大树更坚固。”

“沐瑞？”兰德难以置信地说。村长点了点头。

“是沐瑞女士。岚先生将他的剑舞成了一团旋风。他本身就是一件武器，任何走进他十步以内的敌人都逃不过他致命的一击。烧了我吧，如果不是我亲眼见到，我真无法相信……”他用一只手揉搓着自己的光头，“冬日告别夜刚刚开始，我们的手里捧满了礼物和蜂蜜蛋糕，脑袋里灌满了葡萄酒。忽然狗开始叫了，沐瑞女士和岚先生冲出旅店，又跑遍全村，高喊着兽魔人来了。起先我还以为他们只是灌了太多的酒。毕竟……兽魔人？然后，还没等大家弄清楚发生了什么事，那些……那些怪物已经出现在街道上，用它们的巨剑挥砍村民，将火把扔到房顶上，又发出令人血液凝固的吼叫。”村长厌恶地咳了一声，“我们就像躲避狐狸的鸡一样到处乱窜，直到岚先生鼓起我们的勇气。”

“不需要那么自责，”汤姆说，“没有人能比你做得更好了，并非所有兽魔人的尸体都是他们两个人的功劳。”

“嗯……是，嗯。”艾威尔师傅摇了摇头，“简直令人难以置信。一位两仪师在伊蒙村，岚先生则是一名护法。”

“一位两仪师？”兰德低声说道，“不可能，我和她说过话，她不是……她没有……”

“你认为两仪师会有什么标记？”村长有些嘲讽地说，“两仪师难道会在背上写‘危险，请勿靠近’？”他忽然拍了一下前额。“两仪师！我这个老傻瓜！我真是把脑子丢掉了。我们还有机会，兰德，只要你愿意试。我不能命令你那样做。如果是我，我也不知道我自己是否有那种勇气。”

“机会？”兰德说，“我愿意尝试一切机会，如果能……”

“两仪师能治疗恶疾和重伤，兰德。烧了我吧。小子，你听过那些故事。她们拥有医药所无法相比的力量。走唱人，这一点你应该比我清楚，走唱人的故事里全都是两仪师。为什么你不提醒我，却只是让我这样不知所措？”

“我在这里是陌生人，”汤姆只是盯着牙齿间没有点燃的烟斗，“而且并非只有科普林家的人对两仪师有成见，这个主意最好还是由你想出来。”

“两仪师！”兰德喃喃地说着，竭力想将那位冲他微笑的女士和传说联系在一起。在许多故事里，两仪师的援助会比没有任何援助的结果更坏，就像是糕饼中的毒药。她们送出的一切礼物中都藏着钓钩。兰德忽然感觉口袋里沐瑞送他的那枚硬币就像一块燃烧的煤。他勉强控制住自己，没有让自己撕掉外衣，将它扔到窗外去。

“没有人想要和两仪师打交道，小子，”村长缓缓地说，“但这是我所知道的惟一希望。这不是一个轻松的决定，我不能为你下这个决定。但我看到沐瑞女士一直都在做好事……两仪师沐瑞，我想，我应该这样称呼她。有时候……”他意味深长地看了谭姆一眼，“……你不能轻易放弃任何机会，无论其中的希望有多么渺茫。”

“而且有些故事过于夸张了。”汤姆说道。看他的样子，这几个字仿佛是从他的喉咙里被硬拽出来的一样。“至少有一些故事是夸张的。除此之外，孩子，你还有什么选择？”

“没有，”兰德叹了口气。谭姆仍然没有一点动静，他的眼睛深陷进眼窝里，仿佛已经重病了一个星期。“我……我要去找她。”

“就在桥的另一端，”走唱人说，“在他们……处置兽魔人尸体的地方。但要小心，孩子。两仪师做任何事都有她们自己的理由，那并不总是别人认为的理由。”

兰德却已经闯出了门。他紧握住剑柄，以免剑鞘会绊腿。他没有时间把剑卸下。跑下楼梯的时候，他也丝毫没有减缓步伐，疲倦被彻底忘记。救活谭姆的机会，无论多么渺茫，也足以让没有睡眠的连夜奔波无法再影响到他的身体。至于这个机会与两仪师有关，要为此付出什么代价，他现在不想去考虑。他真的要面对一位两仪师了……兰德深吸一口气，竭力想要跑得更快一些。

篝火堆在村子以北相当远的地方，西林和通向望山大道之间。风将浓黑的油烟朝远离村子的方向吹去，即使这样，空气中仍然飘散着一股带着甜味的臭气，就好像烤肉在肉叉上被烧了几个小时。兰德因为这种气味而感到窒息。当他发现这股气味是什么时，不禁用力咽了口唾沫。立春节的篝火竟然起到了这种作用。在火堆旁忙碌的男人都用浸过醋的布包住了口鼻，但他们严峻的面容说明这样的防护并不够。他们仍然能感觉到臭气的存在，也仍然知道在做什么。

两个男人正在解下一匹杜兰马拖来的兽魔人尸体。岚蹲到这些尸体旁边，掀开毯子，露出兽魔人的肩膀和兽头。兰德跑过来的时候，护法正从一具尸体肩头的黑甲上摘下一枚金属徽章。它的样子是一柄三叉戟，上面镀了血红色的釉。

“寇拔，”护法将徽章扔到空中，伸手一把将它抓住，“已经有七个部落了。”

沐瑞盘腿坐在距离岚不远的地上，疲倦地摇了摇头。她的膝头放着一根行路杖，杖上覆满了藤蔓和花朵雕刻，她的衣裙显得有些凌乱。“七个部落。自从兽魔人战争以来，还没有过这么多部落合作的事情。恐怕，坏消息要接二连三了，岚。我本以为我们走在了前面，但也许我们比预料的要落后许多。”

兰德盯着她，一句话都说不出来。一位两仪师。他一直在努力让自己能以和昨天一样的目光去看待她。而让他惊讶的是，沐瑞的确不一样了，她卷曲的发丝有一些从额角处披散下来，一道淡淡的烟灰横抹在她的鼻梁上，但仔细看上去，她仿佛又没有任何真正的变化。她是两仪师，一定有什么与众不同的地方。但如果真的像故事里所说的那样，她的样子一定应该更像兽魔人，而不是坐在地上仍然能保持高贵仪容的俊雅女子。她能救活谭姆。无论要付出什么代价，这一点是最重要的。兰德深吸了一口气。

“沐瑞女士……我是说，两仪师沐瑞。”沐瑞和岚同时转头看着他。兰德在她的注视下不敢有丝毫动作，那不是兰德在绿坪时看到的平和微笑的眼神。她的面容流露出倦色，但她的黑眼睛如同鹰眼一样犀利。两仪师，让世界破灭的人，诸国只是被系在牵线上的木偶罢了，而操纵这些牵线的手段只有塔瓦隆的女人才知道。

“在黑暗中总算还有一点光明。”那位两仪师喃喃地说了这样一句话，才提高声音，“你的梦如何，兰德·亚瑟？”

兰德盯着她，“我的梦？”

“那样的一个夜晚会让人有可怕的梦，兰德。如果做了噩梦，你一定要告诉我。有时候，我能帮助别人解决梦魇。”

“我的梦没什么……需要帮助的是我的父亲，他受伤了。本来只是一道割伤，但他在发高烧。乡贤没有采取措施，她说她无能为力。但在传说里……”沐瑞抬起一侧眉弓。兰德立刻停下来，用力咽了口唾沫。**光明啊，有没有赞扬两仪师是好人的故事？**兰德的视线转向护法，但岚似乎只对兽魔人的尸体有兴趣。在沐瑞的注视下，兰德只能继续局促不安地说，“我……嗯……据说两仪师能治疗伤病。如果您能救他……无论您能对他做什么……无论什么代价……我是说……”他再次深吸了一口气，以最快的速度说道，“如果您救活他，我愿意付出任何代价，无论什么都可以。”

“任何代价，”沐瑞沉思着，半是自言自语，“我们以后再说代价的事，兰德，如果真的需要代价的话。我不能做出任何承诺。你们的乡贤是一位头脑清醒的人。我会尽力而为，但阻止时光之轮的转动不在我的能力范围以内。”

“死亡迟早会来拜访每一个人，”护法的声音显得冰冷，“除非是那些侍奉暗帝的人，只有傻瓜会付出那样的代价。”

沐瑞轻轻一咋舌，“不要说这种令人沮丧的话，岚。我们有理由庆祝一下胜利，虽然只是一个小胜利。”她拄着手杖站起了身，“带我去见你的父亲，兰德，我会竭尽全力帮助他。这里有太多人拒绝我的帮助了，他们也都听过那些故事。”说最后这两句话的时候，她的声音很干涩。

“他就在旅店里，”兰德说，“请跟我来，谢谢您，谢谢您！”他们跟随在兰德身后，但兰德很快就超出了他们很远。他不得不放慢步伐，等待他们追上来，然后又快步跑到了前面，又不得不慢下来等待他们。

“请快一点！”他不停地催促着沐瑞，关于两仪师的危险已经被抛到了九霄云外。“他的体温越来越高了。”

岚瞪了他一眼，“你就看不出来她已经很累了？即使有一件法器，昨晚她做的事情就像背着一麻袋石头不停地奔跑。我不知道你是否值得她这样做，牧羊人，不管她是怎样说的。”

兰德眨眨眼，咬住了舌头。

“温和一些，朋友。”沐瑞说。她伸手拍了拍护法的肩膀，步伐丝毫没有变缓。岚用高大的身体护住她，仿佛靠近她就能将身上的力气分给她。“你只是想要照顾我，为什么他不能同样为他的父亲着想?”岚皱起眉头，但没有再说话。“我会尽快赶过去的，兰德，我答应你。”

那双坚定的眼睛，以及平静的声音——不完全是平静，比较像是自持而带有威权——兰德不知道该相信哪一个。或许这两者本来就是相配的。两仪师。他已经无路可退了。他跟随在他们身边，竭力不去想他们以后将要谈论的代价是什么。

第8章 安全的地方

兰德走进屋门时，目光已经落在父亲身上——那是他的父亲，无论谁怎么说。跟他离开时一样，谭姆没有丝毫变化，他的眼睛仍然紧闭着，喘息声低沉沙哑，十分费力。白发走唱人停止和村长的交谈，不安地看了沐瑞一眼。村长俯下身去，再一次检查谭姆的状况。两仪师没有在意他们。实际上，她现在注意的只有谭姆一个人。她的眼里流露出专注的神情，双眉紧皱起来。

汤姆用牙齿咬着没有点燃的烟斗，然后又从嘴里把它拿出来，紧盯着它。“男人甚至想要安静地抽口烟都不行。”他喃喃地说着，“我最好去确定一下不会有农夫偷走我的斗篷去给他们的牛保暖。至少我在外面能抽一口烟。”说完他就匆匆地走了出去。

岚盯着走唱人的背影，棱角分明的脸上像石块般毫无表情，“我不喜欢那个人，他隐瞒着一些什么，让我无法信任他。昨晚我还没见过他。”

“那时他也在对抗兽魔人。”布朗一边说，一边不确定地看着沐瑞。“他的确是在对抗兽魔人，他的斗篷下摆可不是在壁炉上烤焦的。”

兰德并不在乎走唱人是不是整夜都躲在马厩里。“我父亲怎样了？”他乞求般地对沐瑞说。

布朗张开嘴，但还没等他发出声音，沐瑞已经说道：“让我单独照料他就好了，艾威尔师傅。你在这里除了碍事之外什么都做不了。”

布朗犹豫了一下，他显然不喜欢在自己的旅店里被别人命令，也不愿遵从一名两仪师。最后，他站直身体，拍拍兰德的肩膀：“来吧，孩子，我们离开一下，好让两仪师沐瑞专心进行她的……呃……她的……楼下有许多事需要你帮忙的。不等你把那些事忙完，谭姆就会喊叫着要他的烟斗和一杯啤酒了。”

“我能留下来吗？”兰德问沐瑞，但沐瑞只是一言不发地盯着谭姆。布朗的手握紧兰德的肩头。但兰德也没理会他，“求求你，我不会碍事的，你甚至不会察觉到我在这里。他是我父亲！”兰德对自己强烈的语气感到惊讶。村长也吃惊地睁大了眼睛。兰德希望别人会把他这种反应归咎于他的疲劳，或者是面对两仪师的紧张。

“好，好。”沐瑞不耐烦地说。她不在意地将斗篷和手杖扔到房间里惟一的一把椅子上，将裙装的袖子一直卷到手肘。即使在她说话时，她的注意力也一直没离开谭姆。“坐到那里去，你也是，岚。”她随意指了一下靠在墙边的长凳，而她的眼睛却将谭姆从头到脚缓缓地扫视着。兰德有一种不安的感觉，这位两仪师正在看着某些超越谭姆身体以外的东西。“如果愿意的话，你们可以交谈，”沐瑞继续心不在焉地说，“但一定要安静。现在请离开吧，艾威尔师傅。这里是病房，不是会议厅，请不要让任何人打扰我。”

村长低声嘟囔了几句。当然，他的声音很小，不会引起沐瑞的注意。然后他又按了一下兰德的肩头，带着显而易见的不情愿，默默地走出房间，关上房门。

两仪师一边喃喃地说着，一边跪到床边，轻柔地用双手按住谭姆的胸口，闭上眼睛，很长一段时间里，她既没有移动，也没发出任何声音。

在那些故事里，两仪师施行的奇迹总是伴随着耀眼的闪电、震耳的雷鸣，还有其他各种表现出巨大力量的现象。她们使用的是至上力，蕴涵至上力的真源是推动时光之轮的力量源泉。父亲的身体正处在至上力的作用中，而且这个作用就发生在他身边——但他不愿去想这些。如果有选择，他绝对不希望至上力出现在伊蒙村。但依照他的判断，沐瑞的样子很像是已经睡着了。没多久，谭姆的呼吸显得轻松了一些。沐瑞一定是做了什么。兰德专注地看着沐瑞和父亲，当听到岚低声对他说话时，他甚至吓了一跳。

“你的这件武器非常优秀，它的剑刃上也有苍鹭徽记吗?”

片刻之间，兰德只是望着那名护法，不明白他的话是什么意思。他已经完全忘记了父亲的剑，而这把剑似乎也不再那么沉了。“是的。她在做什么?”

“我从没想过竟然会在这里发现一把苍鹭徽剑。”岚说。

“它是我父亲的。”兰德瞥了岚的剑一眼，它的剑柄露出在护法斗篷外。这两把剑看起来很像，只是护法的剑上没有任何苍鹭的纹样。兰德将视线转回床上。谭姆的呼吸更加顺畅些，也不再有沙哑声。兰德相信自己没听错，“我父亲在很久以前买下了它。”

“一名牧羊人会买下这种武器实在很奇怪。”

兰德瞥了岚一眼。一个普通人对这把剑感到好奇也许是真的好奇，但如果是一名护法……但兰德还是觉得有必要说些什么。“就我所知，他从没使用过这把剑，他说这把剑没用，至少在昨晚之前都是这样。我甚至不知道他还有这样一把剑。”

“他说它没用？真的？他以前肯定不是这么想的。”岚用手指碰了一下兰德腰间的剑鞘。“在世界上的某些地方，苍鹭是剑技大师的标志。这把剑一定是经历过一段奇异的旅程，最终才会落入一名两河牧羊人的手里。”

兰德没理会护法未说出口的问题。沐瑞仍然没有动作。两仪师真的在做些什么吗？他打了个哆嗦，揉搓着手臂。他并不真的想知道沐瑞在做什么，她是一位两仪师。

兰德自己的一个问题这时忽然跳进了他的脑海里。他并不想提出这个问题，但他想知道答案。“村长……”他清了清嗓子，又深吸一口气，“村长说村子还能幸存，是因为有你和她在。”他强迫自己看着护法，“如果昨天有人告诉你，森林里有一个人……一个别人只要看一眼就会感到恐惧的人……你会有所警觉吗？那个人的马不会发出任何声音，风也吹不起他的斗篷？你是否知道这代表什么？如果你和两仪师沐瑞知道这个人，你们能阻止昨晚的灾难吗？”

“也许我们五六名姐妹在一起能做得到。”沐瑞说。兰德打了个寒战。两仪师仍然跪在床边，但她的手已经离开了谭姆，头也转向坐在长凳上的两个人。她的声音不高，眼中射出的目光却仿佛将兰德钉在墙上。“如果我在离开塔瓦隆时知道会在这里遭遇兽魔人和魔达奥，我一定会再带六名，或者是十二名姐妹来，即使我要抓住她们的脖子把她们拉过来也在所不惜。只有我一个人，即使是提前一个月有所警觉、进行准备，也起不了作用。即使能够借助至上力，一个人的能力仍然有限。昨晚有超过一百个兽魔人从各个方向袭击了这里。”

“但如果能提前知道仍然会有好处。”岚严厉地说。他严厉的语气是针对兰德的。“你是什么时候看见他的，在什么地方？确切地回答我。”

“这已经不重要了，”沐瑞说，“这个男孩不该因为他不需要担负的责任而受到责备。应该受到责备的是我。昨天那只受诅咒的乌鸦，我看到它时就应该要有所警觉了。还有你也是，老友。”她气恼地一咋舌。“我太自以为是了，我以为暗帝的碰触还无法扩展到如此偏远的地方。至少不会这么严重。”

兰德眨眨眼。“那只乌鸦？我不明白。”

“食腐肉的邪恶东西，”岚的嘴唇厌恶地扭曲了一下，“暗帝的奴才经常会将以死尸为食的生物作为间谍。主要是乌鸦，在城市里有时会是老鼠。”

兰德又打了个寒战。乌鸦是暗帝的间谍？现在这里到处都是乌鸦。沐瑞说，那是暗帝的碰触。兰德知道，暗帝一直存在，但只要你走在光明中，行为良善，并绝口不称他的名讳，他就不能伤害你。所有人都是这么相信的，这是人们从吃奶时起就已学会的知识，但沐瑞的意思却好像是……

兰德转头望向谭姆，一切杂念立刻离开他的脑海。父亲的脸明显比平时缺乏血色，不过呼吸听起来已经恢复了正常。如果不是被岚抓住，兰德大概会一步跳过去：“你做到了！”

沐瑞摇摇头，叹息一声：“还没有，希望它不会再恶化。兽魔人的武器都是在萨坎魁铸造的，那个地方就在煞妖谷的山坡上。那些武器中的一部分在铸造时被浸入了邪恶。这些被污染的武器造成的伤口，在没有外力辅助的情况下是无法愈合的，而且它会引起药石无灵的致命高烧或怪异疾病。我已经平息了你父亲的痛苦，但那种污染仍然在他体内。如果置之不理，它会重新扩散，最后吞噬掉你父亲。”

“但你不会对它置之不理的。”兰德的语气半是乞求，半是命令。他震惊地察觉到自己竟然如此对一位两仪师说话，沐瑞却仿佛完全没注意到。

“我不会的。”沐瑞向兰德表达了赞同。“现在我很累了，兰德，从昨晚到现在，我一直没机会休息。治疗一般的伤口并不难，但对于这种伤口……”她从口袋里拿出一个白色丝绸的小包裹，“……这是法器，”她看着兰德的反应，“你知道法器，很好。”

兰德下意识地向后靠去，想要躲开沐瑞和她手中的东西。他听到过的几个故事里提到过法器。那种东西是终结传说纪元的两仪师们用来施行各种伟大奇迹的工具。他看着沐瑞将丝绸包裹一层层打开，最后露出一只圆润的象牙雕像。它并不比沐瑞的手大，大概是因为年代久远的关系，雕像已经变成了深棕色。雕刻的是一名女子穿着曲线如水流般平滑的长袍，长长的头发披散在肩上。

“我们已经遗失了制作这些物品的方法，”沐瑞说，“有许多东西都遗失了，或许再也无法找回来。留下来的是那么少。玉座猊下几乎不允许我带上这个。她最后的许可对伊蒙村和你父亲都是个福音，但请不要抱太大的希望。现在，即使借助它，我的力量也不一定会比昨天只有我自己时更强。你父亲受到的污染很强，而且它已经在他的体内扩散开了。”

“你能救他，”兰德激动地说，“我知道你能。”

沐瑞的嘴唇向上扬了起来：“试试看！”她转身面对谭姆，一只手放到他的前额上，另一只手握住象牙雕像，然后她闭上眼睛，一脸专注的神情。兰德甚至觉得她已经停止了呼吸。

“你所说的那个骑马的人，”岚低声对兰德说，“那个让你感到恐惧的人，那肯定是魔达奥。”

“魔达奥！”兰德喊道，“但隐妖有二十尺高，而且……”护法给了他一个沉郁的笑容，让他的声音立刻低了下去。

“有时候，牧羊人，故事会将事实过分夸张。但相信我，事实中半人的可怕绝不逊于任何故事。半人、潜伏者、隐妖、影人，不同的地方对它有不同的称呼，但这些称呼所指的都是魔达奥。隐妖是从兽魔人衍生出来的。惊怖领主用人类制造出兽魔人，而隐妖的血统几乎又返溯回到它们最初的人类祖先那里去。人类的血统和黑暗的扭曲在隐妖身上同样被大幅度加强。半人拥有直接来自暗帝的力量。也许只有最弱小的两仪师会在一对一的战斗中输给半人，但许多强大的人类战士都死在半人的剑下。自从传说纪元结束，弃光魔使被封印之后，半人就成了兽魔人的大脑。在兽魔人战争中，半人听从惊怖领主的指挥，率领兽魔人投入所有的战场。”

“那个人让我害怕，”兰德虚弱地说，“那个人光是看着我，然后……”他打了个哆嗦。

“不需要羞愧，牧羊人。他们也让我害怕。我见过一生都在军旅和战场上度过的人在他们的注视下浑身僵硬，就好像被蛇盯住的小鸟。在北方，在阻遏大妖境的边境国有一句谚语，‘无眼者的目光就是恐惧’。”

“无眼者？”兰德问。岚点点头。

“无论是在黑暗里还是在光亮中，魔达奥的视觉都像鹰一样锐利，但他们没有眼睛。我想不出有什么情况是比面对魔达奥时更加危险的。两仪师沐瑞和我在昨晚曾经数次试图杀死那个魔达奥，但全都失败了。半人拥有暗帝本尊的运气。”

兰德吞了口口水，“一个兽魔人说魔达奥想要跟我说话，我不知道那是什么意思。”

岚猛地扬起了头，一双眼睛如同蓝宝石般烁烁放光：“你和兽魔人交谈过？”

“不是的。”兰德有些结巴。护法的目光仿佛套住他的铁锁。“它只是在对我说话。它说它不会伤我，魔达奥想要跟我说话。然后它就要杀死我。”兰德舔了舔嘴唇，在剑柄的裹皮上摩擦着手掌。他用最简洁的话叙述了回到农场以后的事情。“我杀死了它，”最后他说道，“只是碰巧的。它向我跳过来，而我的手里正握着这把剑。”

岚的表情微微松弛了一下，如果岩石能够松弛的话或许就是这种样子。“即使如此，这个经历还是值得一提，牧羊人。在昨晚以前，边境国以南很少有人见过兽魔人，更不可能有人杀死它们。”

“而且肯定不会有孤身杀死一个兽魔人的人类，”沐瑞疲倦地说，“结束了，兰德。岚，扶我起来。”

护法立刻走到沐瑞身边，但他的速度仍然赶不上一步蹿到床边的兰德。谭姆的体温已经降了下来，只是他的面容显得苍白憔悴，仿佛已经太久没见过阳光。他的眼睛仍然紧闭着，呼吸像平时熟睡中一样悠长缓慢。

“他现在没事了吗？”兰德焦急地问。

“现在他只需要充分的休息，”沐瑞说，“在床上躺一两个星期，他就会像以前一样健康。”说完，沐瑞扶住岚的手臂，迈着不稳定的步伐向椅子走去。岚伸手拿起椅子上的斗篷和手杖。沐瑞坐进椅子里，放松地叹了口气。她缓慢而仔细地重新包裹好那件法器，将它收回到衣袋里。

兰德的肩膀颤抖着，他咬紧嘴唇，压抑着自己的笑意，同时他又用手背抹去眼中流出的泪水，“谢谢你。”

“在传说纪元，”沐瑞继续说道，“一些两仪师能依靠最后一点生命的火花重新点燃熊熊的生命之火，但那些日子已经逝去，也许永远不会再回来了。我们失去了那么多，不只是制造法器，那么多我们甚至不敢梦想的奇迹。现在我们的人数也少了许多。一些异能失传了，继承下来的也变得日益虚弱。现在我们掌握的医疗异能必须同时依靠病患者的体力和精神力，否则即使拥有极强大的至上力也无可奈何。幸好你父亲在肉体和精神上都很强壮。即使是这样，他在争夺生命的抗争中也消耗了太多精力，幸好他还可以复原。这需要时间，但污染已经解除了。”

“我无论做什么也无法报答你，”兰德的双眼仍然注视着父亲，“但我会为你做任何事，我会的，任何事都可以。”他想起沐瑞说过要和他讨论他将付出什么代价，那是他的承诺。跪在谭姆身边，他认真地要履行这个承诺，但要转头去看沐瑞绝不是件容易的事。“任何事，只要不伤害到村子和我的朋友。”

沐瑞拒绝般地抬起一只手，“如果你认为有此必要，我会和你谈一谈。毫无疑问，你要跟我们一起离开，我们将会有许多时间可以交谈。”

“离开！”兰德惊呼一声，急忙站起身，“真的有这么糟吗？村里的每个人都准备着重建家园。我们是两河人，从来没有人离开过。”

“兰德——”

“而且我们要去哪里？帕登·范说其他地方的天气也跟这里一样糟。他是……他本来是……卖货郎。那些兽魔人……”兰德吞了口口水，心中希望着汤姆·梅里林没告诉过他兽魔人都吃些什么。“我认为我们最好的选择是留在属于我们的地方，留在两河，重建家园。我们在田地里还有庄稼，等到天气暖和起来我们就要剪羊毛了。我不知道是谁提议要离开——我打赌，那一定是科普林家的人。但无论是谁——”

“牧羊人，”岚打断他的话，“你现在应该做的是听，而不是说。”

兰德对他们两个眨眨眼，才意识到自己正在胡言乱语。当一位两仪师要说话的时候，他却毫无顾忌地东拉西扯。他不知道该怎样道歉，但沐瑞只是对他报以一个微笑。

“我明白你的感受，兰德。”两仪师说道。兰德有种不舒服的感觉——这位两仪师真的明白他的感受。“不要再想这个了。”她抿紧嘴唇，摇了摇头。“我明白，我处理得不好。我想我应该先休息一下。要离开的是你，兰德。你必须离开，为了你的村子。”

“我？”兰德清了清嗓子，又问了一遍，“我？”第二次听起来好了一点。“为什么我得离开？我完全不明白，我不想去任何地方。”

沐瑞看着岚，护法摊开双手。

护法的目光落在兰德身上。兰德觉得自己正被放在看不见的天秤上称量。“你是否知道，”岚突然问，“有些家庭没受到攻击。”

“半个村子都变成了灰烬。”兰德反对道。但护法摇了摇手。

“有些房子只是为了制造混乱才被扔上火把。兽魔人并没有真正理会它们，也没管从那里面逃出来的人，除非那些人刚好挡住它们的路。大多数来自外面农场的人根本没看到兽魔人的一根汗毛，而他们宿营的地方距离村子并不远。他们直到今天早晨看到村里的情况才知道有灾祸来袭。”

“我的确听说了达奥·科普林的反应，”兰德缓缓地说，“我想那只是因为他们不够靠近村子。”

“被袭击的农场有两座，”岚继续说，“你的和另外一座。因为立春节的关系，所有人都来到村子这里，但魔达奥不知道。冬日告别夜的庆祝让它的任务失败了，因为它并不知道这个两河传统。”

兰德看着沐瑞。沐瑞这时已经靠在椅背上，一根手指搭在唇边，一言不发地望着兰德。“我们的农场，还有谁的？”兰德最后问。

“艾巴亚家的农场，”岚答道。“在伊蒙村，它们先攻击了铁匠铺，然后是铁匠的房子，第三个是考索恩师傅家。”

兰德忽然感到口干舌燥。“这太疯狂了。”他努力地说道。这时沐瑞突然站起身，把他吓了一跳。

“不是疯狂，兰德，”两仪师说，“而是有目标的。兽魔人来到伊蒙村不是偶然的，它们在这里的烧杀不是为了获取快感，虽然它们昨晚肯定得到许多快乐。它们知道要找什么人。兽魔人来这里要杀死或抓住居住在伊蒙村及其附近的某个年龄的年轻人。”

“我这个年纪的？”兰德声音在颤抖，但他并不在意，“光明啊！麦特和佩林怎么样了？”

“全都好好地活着，”沐瑞安慰他，“虽然被熏黑了一点。”

“班迪·克劳和勒姆·赛恩呢？”

“没有任何危险，”岚说，“至少不比其他人更危险。”

“但他们也看见了黑骑士，就是那个隐妖。他们都跟我的年纪差不多。”

“克劳师傅的房子甚至没有任何损伤。”沐瑞说，“磨坊主和他的家人直到袭击开始很久之后还在睡觉，后来才被嘈杂声吵醒。班迪比你大十个月，勒姆比你小八个月。”看着兰德惊讶的样子，沐瑞又笑了笑，“我告诉过你，我问过他们一些问题。你和你的两个朋友年纪才相差几个星期。魔达奥找的是你们三个人，与其他人无关。”

兰德不安地动了动身子，心里希望沐瑞不会用那种目光看他，仿佛他脑海里的每一个角落都已经被这位两仪师一览无余。“它们找我们做什么？我们只是农夫、牧羊人。”

“这个问题在两河找不到答案，”沐瑞平静地说，“但答案非常重要。兽魔人已经有两千年没来过这里了，这加重了这个问题的严重性。”

“描述兽魔人袭击的故事有很多，”兰德固执地说，“我们这里只是从没有过兽魔人罢了。护法一直在和兽魔人作战。”

岚哼了一声，“孩子，我可以预期的是在妖境和兽魔人作战，而不是在这里，在妖境以南两千四百里的地方。昨晚那样激烈的突袭，应该只会在夏纳和其他边境国才会出现。”

“你们其中的一个，”沐瑞说，“或者是你们三个，拥有让暗帝感到恐惧的某些因素。”

“这……这不可能。”兰德脚步摇晃地走到窗前，望着窗外的村子。人们都在废墟中勤奋地工作着。“我不在乎出了什么事，但这是不可能的。”绿坪中的一样东西吸引了他的视线。他愣了一下，才意识到那是春日柱被烧焦的残桩。一个美好的立春节，有卖货郎，有走唱人，还有外地人。他哆嗦了一下，用力摇摇头。“不，不，我是牧羊人，暗帝不可能对我感兴趣。”

岚的表情冷峻严肃，“要从遥远的北方带来如此众多的兽魔人，却完全没有引起边境国和凯姆林的警觉，这是很困难的。我希望能知道它们是怎么做到的。你真的相信它们费这么大的力气到这里来，只是为了烧掉几栋房子？”

“它们还会回来。”沐瑞说。

兰德刚想开口和岚争辩，沐瑞的这句话却好像一根棒子狠狠地打在他的头上，他猛地向沐瑞转过身：“回来？你不能阻止它们吗？昨晚你就做到了，而那时你还没准备。现在你已经知道它们就在这里。”

“也许吧！”沐瑞答道，“我可以送信给塔瓦隆，要求一些姐妹来支持。但她们需要相当长的时间才能赶到这里，无法提供及时的援助。魔达奥也知道我在这里，它也许不会再发动公开的袭击，而是等待更多魔达奥和兽魔人增援。如果有足够的两仪师和护法，我们可以抵抗兽魔人的进攻，但我不知道还要进行多少场战斗。”

兰德想象着那些战争，伊蒙村化成一片焦土，所有农场都陷入熊熊烈火，望山、戴文骑和塔伦渡口也在劫难逃，到处都是鲜血和灰烬。“不，”他感到心中一阵抽搐，仿佛永远地失去了某样东西。“所以我必须离开，对不对？如果我不在这里，兽魔人就不会回来。”但最后的一点顽固又让他加了一句，“如果它们真的是在找我。”

沐瑞挑起眉弓，仿佛是在惊讶兰德直到现在还有这种坚持。岚这时说道，“你愿意用你的村子打这个赌吗，牧羊人？拿你们整个两河做赌注？”

兰德的顽固彻底消失了。“不。”他重复着这个字，感觉心中空空荡荡，无所依靠。“佩林和麦特也必须走，对不对？”离开两河，离开家和父亲。至少谭姆正在痊愈，至少他不必再去想父亲昨晚说的那些话。“我想，我们可以去巴尔伦，甚至是凯姆林。我早就听说过，住在凯姆林城里的人比整个两河的人还要多，我们到那里就会安全了。”他努力笑了一声，声音却虚弱无力：“我经常梦想去凯姆林看看，却从没想过会在这个时候去那里。”

屋中陷入一阵长久的寂静，然后岚说道：“我不指望会在凯姆林得到安全。如果魔达奥那么想得到你，它们肯定也会在那里采取行动。城墙无法阻挡半人。而如果你以为它们并非那么想得到你，那你就是个傻瓜。”

兰德觉得自己的情绪从不曾如此低落过，而且还在继续飞速地跌坠下去。

“有一个安全的地方，”沐瑞轻声说，兰德的耳朵立刻竖了起来。“在塔瓦隆，在两仪师和护法们中间。即使在兽魔人战争时，暗帝的军队也畏惧攻击闪亮之墙。对于塔瓦隆惟一的一次进攻尝试，造成了它们在那场战争中最大的一次失败。塔瓦隆拥有两仪师自从疯狂之年代以来搜集到的一切信息，其中一些纪录的残片甚至可以追溯到传说纪元。如果你想知道自己为什么成了魔达奥追踪的目标，为什么谎言之父想要你，塔瓦隆是最有可能告诉你答案的地方。这点我可以向你承诺。”

前往塔瓦隆，被两仪师环绕其中，这已经完全超出兰德的想象。当然，沐瑞救活了谭姆（或者至少看上去是如此），但兰德无法忘记从小听到现在的故事。和一位两仪师共处一室已经让他难以忍受了，更别说一座城市里全都是这样的人……沐瑞还没有要求他付出任何代价，但他总要付出的。故事里都是这么说的。

“我父亲会睡多久？”兰德最后问，“我……我必须告诉他。他不该在醒来时却发现我已经消失了。”兰德觉得自己听见岚发出一声放松的叹息。他好奇地望向护法，但岚的面孔仍然毫无表情。

“我们出发前他很可能无法醒过来，”沐瑞说，“我要在彻底天黑前启程。即使只耽搁一天也可能会是致命的。你最好留给他一封信。”

“晚上？”兰德怀疑地说。岚点点头。

“半人很快就会发现我们已经离开。我们不能为它提供任何机会。”

兰德整理着父亲身上的毯子。塔瓦隆是距离两河非常遥远的一个地方。“既然这样……既然这样，我最好去找麦特和佩林。”

“我会处理这件事。”沐瑞利落地站起身，仿佛是突然恢复精力似的披上斗篷。她伸手按在兰德的肩上，兰德只能努力克制自己不要颤抖。她并没有用力按下去，但那种难以摇撼的力量让兰德觉得自己就像一条被叉子叉住的蛇。“我们最好把这件事当成我们之间的秘密。你明白吗？那个将龙牙画在旅店门上的人如果知道这件事的话，也许会制造出更多的麻烦。”

“我明白。”沐瑞的手离开兰德的身体时，兰德大大地松了一口气。

“我会让艾威尔师傅给你拿些吃的来，”沐瑞仿佛并没察觉到兰德的反应，“你需要睡一觉。即使经过充分的休息，今晚的旅程也会相当辛苦。”

房门在沐瑞和岚背后关上时，兰德的眼睛望着谭姆，却没有真正在看任何东西。他意识到，伊蒙村是他的一部分，他是伊蒙村的一部分。他意识到这点是因为他知道他的这一部分已经被撕裂了。现在，他不再属于这个村子。牧夜者想要他，这不可能，他只是一名农夫，但兽魔人已经来了。岚至少在一件事上是正确的——他不能拿整个村子当赌注。他甚至不能把这件事告诉任何人。科普林家一定会制造麻烦的。他只能信任一位两仪师。

“现在不要叫醒他。”艾威尔太太的声音从背后传来。村长在他妻子的身后关上了门。艾威尔太太手上捧着一只用布罩住的托盘，里面传来阵阵温暖的香气。她将托盘放在靠墙的柜子上，然后不容置疑地将兰德从床边拉开。

“沐瑞女士告诉了我需要做些什么，”艾威尔太太轻声说，“其中并不包括让你精疲力竭地摔倒在他身上。我给你拿来一点吃的，别让它们凉了。”

“希望你不要那样称呼她，”布朗带着顽固的语气说，“两仪师沐瑞才是正确的称谓。她也许会生气的。”

艾威尔太太轻轻拍了拍丈夫的脸颊。“这种事我来担心就好。我和她谈了很久。而且注意小声一点，如果你吵醒谭姆，我和两仪师沐瑞都不会饶过你的。”她在沐瑞的头衔上刻意加重了语气，似乎是在讽刺布朗的坚持有多么愚蠢。“你们两个不要妨碍我做事。”最后她给了丈夫一个宠爱的微笑，就把身子转到床上的谭姆那边去了。

艾威尔师傅挫败地看了兰德一眼。“她是两仪师，村里半数的女人却把她当成妇议团的一员；另外半数则把她看成是兽魔人。她们没有一个人明白必须谨慎对待两仪师。男人也许会用白眼觑她，但至少我们不会做出任何惹恼她的事情。”

谨慎，兰德心想，**现在开始谨慎还不算太晚。**“艾威尔师傅，”他缓缓地说，“你知道有多少农场遭到袭击吗？”

“我现在只听说有两座，包括你和谭姆的。”村长停了一下，皱起眉头，然后耸耸肩。“照这里的情况看，应该不只是这么一点。当然，我应该为此感到高兴，但……嗯，也许我们在日落之前能得到更多讯息。”

兰德叹了口气。不需要再问是哪座农场了。“在村子里，它们……我是说，它们有没有表现出在寻找什么的样子?”

“寻找？我不知道它们想要什么，也许是我们所有人的命。就像我告诉过你的一样，先是狗叫；然后两仪师沐瑞和岚跑到街上；有人叫嚷着卢汉师傅的房子和铁匠铺着火了；亚贝·考索恩的屋子也烧了起来——这点很奇怪，亚贝的房子在村子正中央的位置。不管怎样，随后兽魔人就出现了。不，我不认为它们在刻意找什么。”他突兀地笑了一声，立刻又闭上嘴，警觉地看了妻子一眼。检查谭姆的艾威尔太太并没有转过头来。“说实话，”村长压低声音说，“它们看起来像我们一样困惑。我怀疑它们根本没想到在这里会碰到两仪师和护法。”

“它们应该想不到。”兰德的脸色凝重起来。

如果沐瑞在这些事上说的是真话，那么她所说的其他事情也可能是真的。兰德想征询村长的建议，但艾威尔师傅对于两仪师的了解显然并不比村里其他人更多。而且，兰德甚至不愿意告诉村长发生了什么事情——沐瑞所说的那些事情。他不知道自己是更害怕村长的嘲笑还是村长的信任。他用拇指摸索着父亲的长剑剑柄。他的父亲曾经离开两河，去过外面的世界，他一定比村长知道更多关于两仪师的事。但如果父亲真的离开过两河，那他在西林中说过的那些话……兰德用双手抓住头发，竭力想要理清思绪。

“你需要睡眠，小子。”村长说。

“是的，”艾威尔太太也在旁边说道，“你几乎要站不住了。”

兰德惊讶地朝她眨眨眼，他甚至没察觉到艾威尔太太已经离开了他的父亲。他的确需要睡眠了。想到这里，兰德不禁打了个哈欠。

“你可以睡在隔壁房间，”村长说，“那里已经生好火了。”

兰德看着父亲，父亲仍然沉沉地睡着。这让他又打了个哈欠。“如果你们不介意，我想留在这里，等他醒过来。”

病房里的事情全由艾威尔太太做主，村长已经彻底交权了。艾威尔太太只犹豫了一下，就点点头。“但你一定要让他自己醒来。如果你打扰了他的睡眠……”兰德想说他一定会听艾威尔太太的话，但另一个喊声却在他心中极力阻止着他。艾威尔太太微笑着摇摇头。“不过你肯定会一下子就睡着的。如果你执意要留下来，就躺在炉火旁吧！在闭眼之前先喝点牛肉汤。”

“我会的。”兰德说。只要能让他留在这个房间里，无论要他做什么都行。“我不会吵醒他的。”

“你得保证不会，”艾威尔太太严肃而不失亲切地对他说，“我去给你拿一个枕头和几条毯子来。”

当房门再次关上时，兰德将房里惟一的椅子放到床边，坐了下去。艾威尔太太是对的，他应该睡觉，他打哈欠打得下巴都酸了。但他还不能睡，谭姆随时都有可能醒过来，也许醒很短一段时间又会睡过去。他必须和父亲谈一下。

兰德面色凝重地在椅子里挪动身体，不经意地将顶住肋骨的剑柄移开。他仍然不知道该怎样告诉别人沐瑞对他说的一切，但这是他的父亲。他是……他下意识地咬紧了牙关。**我的父亲。我可以把一切事情都告诉我的父亲。**

他又在椅子里扭动了一下，将头靠在椅背上。谭姆是他的父亲，没有人能命令他该向父亲说什么，不该说什么。他必须等父亲醒来。他必须……

第9章 时光之轮所讲述的

兰德飞快地奔跑着，心脏剧烈地跳动。他惊惶地盯着这片包围他的荒凉丘陵。这里的荒凉不是因为春天的迟来，春天从没来过这里。冰冷的冻土在他的靴子底下碎裂，里面连一片苔藓都看不到。兰德爬过一块块有他两倍高的巨大砾石，黄土将它们覆盖，仿佛上面从未碰触过一点雨丝。血红色的太阳如同一个肿胀的圆球，比盛夏正午的太阳更加耀眼，放射出的阳光几乎要刺瞎他的眼睛。铅灰色的天空中，纯黑和亮银色的云团在剧烈地翻腾着，一直延伸到四周的地平线。但这些翻滚的云团中却透不出一丝微风吹过地面。而在如此强烈的阳光下，周围却仿佛深冬时一样冰寒刺骨。

兰德一边跑，一边回头望向身后，但他看不见追踪他的人。到处都只有荒凉的山丘和犬牙交错的断岩，许多岩石上冒起丝丝缕缕的黑烟，汇入到天空中翻滚的云团里。虽然他看不见那些猎杀自己的东西，但能听见背后传来的一阵阵嗥吼，吼声中充满了杀戮的兴奋和获取鲜血的喜悦。是兽魔人。它们距离他愈来愈近，而他的力气几乎已经耗尽。

在绝望的挣扎中，兰德爬上一座刀刃般的山脊顶端，随后便呻吟一声，跪倒在地上。在他面前是一片壁立千仞的悬崖，悬崖外是宽阔无际、深不见底的幽谷。烟雾覆盖着谷底，形成一道厚重的灰色湍流，缓慢而毫无停顿地撞击着山壁。这片灰色烟雾上不时会透出几块红色的亮斑，仿佛下面突然爆发了大火，又突然熄灭。谷底传来隐隐的雷鸣声，闪电在灰雾中穿行，有时会一直击入苍空。

但让兰德失去所有力量、只剩绝望的并不是这道深谷。在这片狂暴的气体中央，耸立着一座尖峰，比他在迷雾山脉见过的任何高山都更高。山峰的颜色是失去所有希望的黑，一根阴冷的岩石尖柱，一把刺入苍穹的匕首，那是他哀凄的源头。他从没见过它，但他认得它。关于它的回忆像水银般在他的脑海中流动，他想要碰触时，却又从他的指缝流走，向四周散去。但他知道，那些记忆是存在的。

看不见的手指碰触了他，抓住他的手臂和双腿，要将他朝那座山拖去。他的身体抽搐着，准备服从，他的手臂和双腿是僵硬的。他以为自己能用手指和脚趾抓住石缝，实际上却做不到。幽魂般的丝线缠绕在他的心上，拖着他，唤他前往那座尖峰。泪水流下他的脸颊，他瘫倒在地上，感觉自己的意志如同破桶中的水般汩汩外流。再过一会儿，他就会放弃所有反抗，去到他被召唤前往的那个地方。他会服从，就像他被命令的那样。突然间，他发现了另一种情绪：愤怒。推他，拉他，他不是要被赶进羊圈里的羊。愤怒打成了一个坚硬的结，他紧紧抓住那个结，如同在洪水中抓住一根救命的稻草。

侍奉我，一个声音在他沉寂的意识中响起。一个熟悉的声音。如果他竭尽全力去听，他应该能认出那个声音。**侍奉我，**他摇着头，想要将那个声音赶出脑海。**侍奉我**！他朝黑色的山峰挥舞拳头。

“光明扑灭你，撒丹!”

死亡的气息突然紧裹住他。一个人影出现在他面前，渐渐清晰。那个人身上的斗篷颜色如同干涸的血液。那张脸……兰德不想去看那张正在俯视他的脸。他不愿想到那张脸。那张脸烧灼着他的思绪，让他痛苦不堪。一只手向他伸过来。兰德不在乎自己是否会跌落悬崖，只是拼命地向远处退去。

他必须离开，远远地离开。他跌落下去，在空中翻滚着。他想要喊叫。为此，他用力地吸进空气，但他完全无法呼吸。

突然间，他已经不在那片死寂的土地上，不再向下跌落。他的靴子踩着冬日的枯草，他却觉得仿佛碰触到了柔软的花朵。看见零星立在周围的乔木和灌木，他几乎要欣喜得笑了起来。现在他所在的地方是一片有些起伏的平原。远处立着一座孤山，它的峰顶破碎尖峭，但并不让人感到害怕和绝望。那只是一座山，只是怪异地孤立在平原上，并不与其他任何山脉相连。

一条宽阔的河流从那座山边流过。在河中间的一座岛上矗立着一座城市——一座只应该出现在走唱人传说中的城市。高大的城墙在温暖的阳光下闪烁着白色和银色的光彩。兰德带着放松和喜悦的心情向那座城市走去。曾经有人告诉过他，他在那里能找到安全和平静。

随着和那座城市之间的距离缩短，他逐渐看清楚那些凌空高耸的尖塔，纤细精巧的步桥悬在半空，连接彼此。河两岸都有宽大的拱桥连接城市所在的岛屿。即使在很远的距离之外，兰德也能看到桥面上精致的石雕花纹。那些桥墩看起来是那么细巧，兰德甚至怀疑它们怎么能承受住如此湍急的河流。在桥的另一端就是安全，是庇护所。

一阵寒意突然袭过他的骨髓，他的皮肤上覆盖了一层冰冷的黏滞感，周围的空气变得恶臭阴寒。他没回头便跑了起来，要逃离那个用冰冷手指抓挠他的后背、扯拉他的衣服的追踪者，逃离那个吞噬光明的人，那张脸……他无法回忆起那张脸，留在他脑海中的只有恐惧。他不想回忆起那张脸。他奔跑着，地面在他脚下向后退去，起伏的丘陵，平坦的原野……他像一只发疯的狗般想要吠叫。那座城市离他愈来愈远。他跑得愈快，光亮的白墙就以更快的速度远离他。庇护所愈来愈小，直到只剩下地平线远方一个黑点。追踪者冰冷的手抓住了他的衣领。他知道，如果那些手指碰到自己的皮肤，自己一定会疯掉，甚至更糟，更可怕。就在可怕的结果即将到来时，他踉跄了一下，摔跌下去……

“不——!”他尖叫着……

……跌在石板路上，他痛得哼了一声，肺里的空气全被挤了出去。他满心狐疑地站起身，刚才他在远处看到的那些宏伟大桥，现在就在他的面前。面带微笑的人们不停地从他身边走过。那些人穿着色彩各异的服装，让他恍若身处于一片盛开着各色花朵的园圃中。他们之中有人在对他说话，他听不懂，却又觉得自己仿佛应该明白这些辞句。这些面孔都很友善，人们招手让他向前走，走过那座精美华丽的桥，朝那面有一道道银色斑纹的城墙走去，一直走到城墙里面，走向在那里等待他的安全庇护。

他加入川流不息的人潮中，跨过大桥，走进高大的城门。城门里简直是一片仙境，即使是最平庸的建筑也如同尘世间的宫殿一样华美。这些建筑物虽然是用石块砖瓦筑成，却仿佛同样拥有生命的气息。任何一幢房屋、一座纪念碑都会让他瞪大眼睛，吃惊不已。音乐沿着街道飘扬，它们由上百首不同的歌曲组成。乐声和城市里无数人发出的嘈杂声和谐地融为一体，形成一种盛大的、充满欢愉的气氛。空气中弥漫着芬芳的香水气味、刺鼻的香料味、甘美的食物香气和令人适意的花香，全世界所有美好的气息可能都聚集在这里了。

这座城市的街道宽阔异常，路面都用灰色的石板铺成，笔直的街道一直朝城市中心延伸而去。街道的尽头屹立着一座新雪般的白色高塔。那座塔就是安全所在之地，也是他寻求答案的地方。但这座城市是他做梦也没想过要拜访的。如果他耽搁一点时间，不那么急着奔向那座高塔，应该不会怎么样吧？他转向一条狭窄些的街道，那里有许多小贩在兜售各种奇异的水果，还有不少杂耍艺人在表演各种节目。

在他面前，街道尽头处是一座雪白的高塔。还是那座塔。等一会儿，他想道。随后他转过另一个街角，在街道的尽头同样是那座白塔。他又转过一个街角，再一个街角。每一次，那座美丽的高塔都会映入他的眼帘。他转身逃走……却突然停住脚步，白色的塔就在他面前。他不敢回头，害怕在那里看到同样的巨塔。

包围他的面孔仍然友善，但那些友善中充满着破碎的希望，被他摧毁的希望。人们仍然在招手让他向前，那些是恳切的招手——走向那座塔。他们的眼睛闪烁着极端的渴望，只有他能满足他们，只有他能拯救他们。

那好吧！他心想。毕竟那座塔正是他想去的地方。

他朝那座高塔迈出了第一步，失望的表情立刻从包围他的那些面孔上消失了。那些脸上洋溢着微笑。他们和他一同前行，小孩子们将花瓣撒在他的路上。他困惑地回头张望，想知道这些花瓣是为谁而撒的。但他身后只有更多微笑的人向他打着手势。**他们一定是为我这么做的，**他心想。这个念头刚出现，所有这些在他的眼中都不再奇怪了。这种变化甚至让他吃了一惊。但这种怪异感很快就消失了，一切都已经理所当然。

那些人之中有一个唱起了歌，然后另一个人也加入其中，渐渐地，所有人都放开歌喉，似乎是在齐声诵唱起一首辉煌的赞美诗。他仍然不懂得他们的辞句。但他知道，这首由十几个不同旋律融合在一起的动人歌曲，是在为喜悦和救赎发出的欢呼。乐手们加入流动的人群中，用大小各异的长笛、竖琴和小鼓为歌唱者们伴奏。他以前听到过的所有歌曲都完美无瑕地融入这首赞歌中。少女在他周围舞蹈，将散发着芬芳气息的花环挂在他的脖子上。她们对他微笑。每前进一步，她们就显得更加快乐。他不禁也朝她们报以微笑。他的双脚跃跃欲试地要加入她们的舞蹈之中。就在他这么想的时候，他已经开始起舞了。他的脚步完美地踏在节拍上，仿佛他从出生起就知道这些旋律。他仰起头，大声欢笑。他的脚步从未如此轻盈过，伴着……他记不起那个名字，但这并不重要。

这是你的命运。一个声音在他的脑海中悄悄响起，如同突然出现在这一片赞歌中的一根丝线。

仿佛巨浪顶端的一根树枝，他被人潮裹挟着走进城市中心一座巨大的广场。这时他才看清，那座白色高塔的基座是一座由白色大理石砌成的巨大宫殿，或者，看起来更像是从一整块白石中雕刻出来的，呈曲线形的墙壁和穹顶，纤巧的尖塔直指天空。盯着这座宏伟的建筑，他不由得张大了嘴，心中充满惊愕与敬畏。宽阔的石砌阶梯从广场通向这座宫殿。在阶梯底下，人们停住脚步，而他们的歌声更加高亢嘹亮。高涨的歌声托起他的脚步。**你的命运。**那个声音又在低响，只是更加坚持，充满渴望。

他不再舞蹈，也没有停步。他毫不犹豫地踏上阶梯，这里是他所属于的地方。

蔓草花纹覆盖在阶梯顶端的大门上，那些花纹是如此精致繁复。他无法想象是什么样的刀刃能刻出这样的花纹。大门向两旁洞开，他走了进去。随着雷鸣般的震响，大门在他的身后闭合。

“我们一直在等你。”魔达奥嘶声说道。

兰德猛地坐起身，大口喘着气，颤抖着，双眼瞪着前方。看见谭姆仍然安稳地睡在床上，他才渐渐平缓了呼吸。燃烧到一半的原木在壁炉中喷吐着火焰，炉膛里平整地铺着一层木炭，有人在他睡着时添过柴火。一条毯子堆在他的脚边，那一定是他醒来时落在地上的。那副简陋的担架也不见了。他和谭姆的斗篷都挂在门板的挂钩上。

兰德用仍然在颤抖的手擦去脸上的冷汗，一边思忖着，在梦中叫出暗帝的名字是不是会像在现实中称呼他的名讳一样引起他的注意。

窗外已是夜幕低垂，又圆又大的月亮出现在天边，星星在迷雾山脉上空闪烁着。他已经睡了一整个白天。他揉着肋侧的酸痛处，显然他熟睡时剑柄一直顶在那里。除了这个之外，他的胃到现在都还是空的，怪不得他会做噩梦。

听到肚子咕噜的响声，他立刻站起身，走到艾威尔太太留下的那只托盘旁，掀开白布。虽然他睡了那么久，牛肉汤却还是温的，硬壳面包也是。艾威尔太太一定换过了托盘。只要她认为你应该吃一顿热饭，她就不会放弃，直到暖热的食物进入你的口中为止。

兰德急忙喝下一些肉汤，在两片面包里夹了些肉和奶酪，就迫不及待地将手中这堆食物都塞进嘴里。他一边大口咀嚼着，一边又回到父亲身旁。

艾威尔太太显然也照顾过了谭姆。他的衣服已经被脱了下来，整齐地叠好，放在床边的桌子上，一条毯子一直盖到他的下巴。兰德摸了摸父亲的额头，谭姆睁开眼睛。

“是你啊，孩子。玛琳说你在这里，但我甚至没力气坐起来看看你。她说你太累了，不该吵醒你。她决定的事，就连布朗也得听。”

谭姆的声音很虚弱，但目光却清亮而坚定。兰德知道，两仪师是对的，只要经过足够的休息，父亲就能像以往一样健康。

“你能吃些东西吗？艾威尔太太在这里放了些吃的。”

“她已经喂过我了……如果那算是喂的话，只让我喝了一点汤。

如果一个男人的胃里只有一点汤，他又怎么能不做噩梦……”谭姆从毯子下面伸出一只手，碰了碰兰德腰上的剑。“看来，那并不是一个梦。玛琳说我生了重病，我那时还以为自己只是……但只要你没事就好。农场怎么样了？”

兰德深吸一口气。“兽魔人把羊都杀死了，牛可能被掳走了。房屋需要好好清理一下。”他虚弱地笑了笑，“我们比另一些人要幸运。它们烧光了半个村子。”

兰德把一切都告诉了父亲，或者至少是大部分情况。谭姆仔细听着，不放过儿子任何含糊的地方。兰德不得不讲述了从树林中返回农场，杀死兽魔人；奈妮薇确认谭姆必死无疑，依靠两仪师的力量才将他救活的所有细节。谭姆睁大了眼睛——伊蒙村有一位两仪师。不过兰德还是没说出从农场走到村里的过程、他的恐惧，以及路上的那名魔达奥，父亲在高烧中说的呓语和他在床边做的噩梦更是只字未提。现在还不行。但他不能回避沐瑞对他说过的那些话。

“现在这个故事已经足以让走唱人四处传诵了，”听完儿子的叙述后，谭姆喃喃地说道，“兽魔人想要你们这些男孩做什么？光明拯救我们，或者是暗帝想要你们？”

“你认为她在说谎？艾威尔师傅也证实了只有两座农场遭到攻击，还有卢汉师傅和考索恩师傅的房子首先遭到火焚的事。”

谭姆沉默了一段时间才说道，“把她向你说的话复述一遍，不要错过她说的每一个字。”

兰德只能努力照父亲的吩咐去做，谁能记得自己听到过的每一个字？他咬着嘴唇，搔着头，一点一点地把沐瑞说过的话背诵出来，竭力不漏掉任何一个字。最后他说，“我想不起来还有别的了。其中有一些我不太确定是她原本说的那样，但应该很接近。”

“应该可以了。我们必须这样。你要明白，小子，两仪师擅长各种诡谲伎俩。她们绝不说谎，但两仪师口中的事实并不总是你所想象的事实。你一定要小心。”

“这些我也知道，”兰德不服气地说，“我不是小孩。”

“你不是了，不是了。”谭姆重重地叹了口气，然后烦恼地一耸肩。“但我还是应该和你一起走的。两河外面的世界和伊蒙村并不一样。”

这是个好机会，可以向父亲询问外面的世界和他过去的事情。但兰德却没抓住这个机会，他吃惊地张大了嘴：“就这样？我还以为你会劝我不要跟她去。我以为你会用一百个理由说服我不应该离开。”他这才意识到自己一直希望谭姆能给他一百个这样的理由，或者只是一个也好。

“也许没有一百个，”谭姆喷了一下鼻息，“现成的理由的确有几个，只是它们都不算什么。如果兽魔人在追猎你们，你们在塔瓦隆肯定比在这里更安全。一定要记住，在那里要非常小心。两仪师只为了她们自己的理由而做事情，她们的理由和你所想的不会总是一样的。”

“走唱人也这么说。”兰德缓慢地说道。

“那么他就是个有理智的人。你要仔细听，认真想，紧紧管住你的舌头。这些是在两河以外的任何地方都要谨记的，尤其是在对付两仪师的时候，还有那些护法。无论告诉岚什么，沐瑞都会知道。护法和两仪师之间肯定有约缚，就像太阳肯定会升起一样。他不会向两仪师隐瞒多少秘密，或者根本就不会有任何隐瞒。”

兰德对于两仪师和护法之间的约缚所知甚少，但他听到过所有关于护法的故事里都有这种约缚，而且它通常都会在故事里起很大的作用。那是一种和至上力有关的东西，一件两仪师赠与护法的礼物，或者是他们之间的某种交换。故事里的护法都因为约缚而获得许多能力。他们的伤口愈合速度比普通人快；即使没有食物、饮水和睡眠，他们也能旅行很长一段路程；兽魔人和其他暗帝的生物和他们还有一段距离的时候，他们就能察觉到。大概因为这样，岚和沐瑞才会在兽魔人袭击之前就向村民们发出警告。至于两仪师从约缚中得到了什么，故事中完全没提到过，但兰德相信她们绝不会毫无所获。

“我会小心的，”兰德说，“我只是希望知道这一切是为什么，但至今我也理不出一个头绪。为什么是我？为什么是我们？”

“我也很想知道，孩子。该死的，真希望能知道答案。”谭姆重重地叹了口气。“嗯，破开的蛋无法再塞回到蛋壳里。你还能留在村里多久？我再过一两天就能站起来了。我们能再繁育出新的羊群。奥伦·多提有一些不错的羊愿意出让，他的牧草已经不多了。还有琼·赛恩也是。”

“沐瑞……两仪师说你必须卧床休息一两个星期。”谭姆开口要说话，但兰德继续说道，“她已经和艾威尔太太谈过了。”

“哦，嗯，也许我能说服玛琳。”但谭姆的语气显然没什么信心。他用锐利的目光盯着儿子。“你这么吞吞吐吐的，你是不是很快就要离开？明天？今晚？”

“今晚。”兰德平静地说。谭姆伤心地点点头。

“是的，如果一定要这样，最好不要耽搁。但你以后就知道我会不会真的躺上‘一两个星期’了。”他恼怒地拉了一下毯子，却没表现出多么有力的样子。“也许我在一两天之后就能追上你们，在大道上与你们会合。就让我们看看玛琳能不能把我捆在床上吧！”

一阵敲门声响起，随后门口出现岚的身影。“快点道别吧，牧羊人，然后赶快过来，下面有麻烦。”

“麻烦？”兰德说。护法只是不耐烦地说了一声。

“快点！”

兰德急忙抓起斗篷，又伸手去解剑带，但谭姆制止了他。

“留着这把剑，你比我更需要它。光明保佑，但愿我们两个都用不着它。小心点，小子，听见了吗？”

兰德不顾岚的催促，弯腰用力抱住父亲：“我会回来的，一定会。”

“你当然会。”谭姆笑着，他也虚弱地抱了一下兰德，又拍了拍儿子的背。“我知道，等你回来的时候，我会有两倍的羊要你去照顾。现在，走吧，不要让那家伙生气了。”

兰德竭力想再多留一会儿，想要寻找一些词汇，好说出那个他说不出口的问题。但岚已经走进房间，抓住他的手臂，把他向走廊里拖去。护法穿着一件灰绿色的鳞片甲，他的声音中满是怒意。

“我们必须加快速度，你不明白麻烦是什么意思吗？”

麦特正等在房间外面，他穿好了外衣和斗篷，拿着长弓，一只箭囊挂在他的腰间。他不安地在双脚之间来回移动着身体，一边用流露着不耐烦和畏惧神情的目光向楼梯瞥去。“这和故事里的不太一样，兰德，是不是?”他用有些沙哑的嗓音说道。

“什么样的麻烦?”兰德问。但护法已经跑在前面，一步两阶地下了楼梯。麦特紧跟在护法身后，一边还焦急地向兰德招着手。

兰德披上斗篷，跟随他们跑下楼梯。大堂里的光线很弱，半数蜡烛已经燃尽，其余的也所剩不多。除了他们三个之外看不到别人。麦特站在一扇前窗旁，向外面窥看着，仿佛是害怕被外面的人发现。岚将旅店大门打开一条缝，也向院子里望去。

兰德很好奇他们在看什么，便走到护法身边。护法压低声音提醒他小心，但还是将门缝开大一点，让兰德能看到外面的情形。

一开始，兰德还不确定外面到底发生了什么事。大约三十几个村中的男人聚集在被烧成焦壳的卖货郎马车旁边，其中有几个人手里举着火把，照亮了夜色。沐瑞面朝着他们，背对旅店，姿态轻盈地靠在手杖上。哈里·科普林和他的兄弟达奥，还有比力·康加一同站在最前面。森布也在人群中，一副很不自在的样子。兰德惊讶地看到哈里竟然在向沐瑞挥舞拳头。

“离开伊蒙村!”那名农夫气急败坏地喊道。人群中也传出几个应和他的喊声，只是显得有些犹豫，而且没有人向前踏出一步。他们也许更愿意聚在一起和两仪师交涉，而不是站出来和两仪师单独对峙。况且这位两仪师如果被他们的行为激怒，也是理所当然的。

“是你带来的那些怪物!”达奥吼道。他在头顶摇晃着一支火把。人群中也传来喊声，“你带它们来的!”、“这是你的错!”带头叫喊的正是他的表亲比力·康加。

哈里用手肘顶了顶森布。老茅屋匠咬住嘴唇，瞥了他一眼。“那些怪……那些兽魔人在你来之前根本就没出现过。”他嘟囔着，声音小得刚好能被听见。然后他就开始左顾右盼起来，仿佛是希望自己能待在别的什么地方，或者是正想这么做。“你是两仪师。我们不想让你这种人到两河来，两仪师的背后总是跟着灾祸。如果你留在这里，你只会带来更多灾祸。”

森布的演讲没有在村民中引起反应，哈里挫败地皱起眉。突然间，他抓起达奥手中的火把，用它指向沐瑞。“出去！”他喊道，“否则我们就烧了这里，把你逼出去！”

人群陷入一片死寂，惟一能听到的只有一些人后退时拖着脚步的声音。两河人在遭受攻击时会奋力反击，但暴力在这里并不被认可，威胁恐吓别人对两河人来说更无法接受。大家在气愤至极的时候顶多只是相互挥挥拳头。现在森布、比力·康加和科普林兄弟已经被丢在人群前面。比力看起来仿佛也想后退的样子。

哈里不安地看了一眼士气不足的人群，但他很快又恢复过来。“离开这里！”他继续喊道。达奥和他一起叫喊着，比力也加入其中，只是喊声弱一点。哈里瞪了其他人一眼，村民们却纷纷躲开他的目光。

布朗·艾威尔和哈兰·卢汉跑了过来，站在两仪师和人群之间。村长手里轻松地拎着他用来给酒桶敲上塞子的大木槌。“有人要烧我的旅店吗？”他轻声说道。

科普林家的两个人后退了一步，森布慢慢拉开和他们的距离，比力·康加则钻进人群里。“不是的，”达奥急忙说，“我们绝对没这么说过，布朗……呃……村长。”

布朗点点头。“那么也许我听到你说要伤害我旅店里的客人？”

“她是两仪师——”哈里气愤地说，但他看到哈兰·卢汉的动作，立刻闭上了嘴。

铁匠不过是伸懒腰般地举起双臂，将两只硕大的拳头握了一下，骨节中发出咯咯的响声。看哈里的样子，仿佛那双拳头已经来到他的鼻子下面了。哈兰将双臂抱在胸前。“请原谅，哈里，我不是要打断你的话，你要说什么？”

哈里只是缩起肩膀，一副要钻进空气里消失掉的样子，显然已经不想再说任何话了。

“你们让我很吃惊，”布朗仍旧用低沉的声音说道，“帕特·亚卡，你儿子昨晚腿断了，但我今天看到他在好好地走路。尤德·坎德文，昨晚你背后被砍了一刀，让你只能像死鱼一样趴着，直到她将双手放在你身上，现在这一切仿佛已经是一个月前的事情了，你背上几乎连一道伤疤都没有。还有你，森布。”正在往人群里钻的森布在布朗的瞪视下不得不停住脚步。“村议会的任何成员如果出现在这里都会让我大吃一惊，对于你尤其如此。如果不是她，你的手臂只能没用地挂着，你身上还会有一大堆烧伤和瘀伤。即使你不感激她，难道你没有一点羞耻心吗？”

森布半举起右手，又恼怒地将头转向一边。“我不能否认她所做的事，”他的确是有些惭愧地嘟囔着，“但她是两仪师，布朗，如果那些兽魔人不是因为她才来的，那还会是为了什么？我们不想让两仪师出现在两河，不要把她们的灾祸带给我们。”

一些躲在人群里的人这时喊道，“我们不要两仪师的灾难！”“让她走！”“赶走她！”“如果不是因为她，它们为什么会来这里？”

布朗的脸上显出怒容，但还没等他说话，沐瑞忽然将手杖高举过头，用双手将它飞快地旋转起来。兰德和村民们全都吃惊地盯着她。两束白色的火焰从手杖两端喷射而出，如同两枝雪亮的矛尖随手杖飞旋。就连布朗和哈兰也开始从沐瑞身前退开。沐瑞猛地将双臂在面前伸直，双手平端手杖，白色的火焰仍然在杖端喷射，比火炬还明亮。人们一边后退，一边抬手遮挡耀眼的白光。

“亚以蒙的血脉已经落到这般田地了吗？”两仪师的声音并不大，但压倒了所有其他声音，“只是吵嚷着要像兔子一样躲起来？你们已经忘记了你们是谁，忘记了你们的历史，但我希望你们至少还能继承一点祖先的血统，一些浸润在血液骨髓中的记忆。也许这点血统和回忆将支撑你们度过即将到来的长夜。”

没有人说话。科普林家的两个人已经失去任何开口的欲望。

布朗说：“忘记了我们的历史？我们一直都是这样，最诚实的农夫、牧羊人和工匠，两河人。”

“南方的那条大河，”沐瑞说，“这里的人称它为白河，但在远离这里的东方，人们仍然在用它原来的名字称呼它——曼埃瑟兰河。古语中，它的意思是高山家园中的水，那波光粼粼的水流曾经流淌在一片勇敢与美丽的土地上。两千年以前，曼埃瑟兰河边的高山上屹立着一座宝石般瑰丽的城市，即使是巨森灵石匠也会因为她的绝美而流连忘返。现在被你们称为阴影森林的地方，曾经遍布美好的庄园和肥沃的耕田。所有居住在那里的人都视自己为高山家园的子民，曼埃瑟兰人。

“他们的国王是亚以蒙·亚凯·亚索林，卡奥之子，索林之孙。艾瑞恩·爱伊莲·爱卡兰是他的王后。无畏的亚以蒙，任何赞颂的言辞都无法说尽他的勇气，即使在他的敌人之中，也会称赞勇士为拥有亚以蒙之心。美丽的艾瑞恩，鲜花会为了她的微笑而绽放。勇敢与美丽的人，他们的睿智赢得诸国的敬服，他们的爱即使是死亡也无法分隔。哭泣吧，如果你们还有心的话，你们应该为了失去他们而哭泣，为了失去对他们的回忆而哭泣。哭泣吧，为了他们血脉的失落。”

沐瑞恢复了沉默，但没有人再说话。兰德和其他人一样，仿佛陷入了她的魔法，当她再次开口时，兰德也和其他人一样，完全被她吸引住了。

“将近两百年的时间里，兽魔人的战火在诸国肆虐。但无论战争在哪里爆发，曼埃瑟兰的红鹰旗都会出现在战场的最前线。曼埃瑟兰人是暗帝足底的荆刺、手心的棘针。歌颂吧，为了曼埃瑟兰，永不向暗影低头；歌颂吧，为了曼埃瑟兰，不能折断的利剑。

“那时，曼埃瑟兰的战士还在遥远的战场上，在博卡平原，血之沃野。他们得知兽魔人的军队正在袭击他们的家乡，他们来不及回援，只能眼看着家乡沦亡。暗帝的军队要杀尽他们的亲人，要斩断这株参天巨木的根脉，彻底将其伐倒。远离家乡的他们，只能为亲人们哀悼。但他们是高山家园的子弟。

“没有犹豫，没有考虑漫长的路途，他们从胜利之地出发，身上还覆盖着尘泥血汗。他们见到过兽魔人施暴后的凄惨景象，所以他们夜以继日地行军，心中惦念着遭受威胁的家园，没有人能合眼打一个瞌睡。他们的脚上仿佛生出了翅膀，前进的速度超越了亲友的期望和敌人的畏惧。这次行军本身就是一场恢弘的颂歌。当暗帝的军队杀到曼埃瑟兰时，高山家园的战士们已经站在它们面前。战士们的背后就是塔伦蒂勒河。”

一些村民发出赞叹的惊呼，沐瑞却仿佛毫无知觉般地继续讲述着，“邪恶势力漫无际涯，即使是最勇敢的心也会因之而战栗。大乌鸦染黑了天空，兽魔人覆盖着大地，数十万暗黑之友作为兽魔人的帮凶，惊怖领主们指挥着这场杀戮。夜幕降临的时候，黑暗军队的营火让星辰暗淡无光，黎明的阳光被巴尔阿煞蒙的旗帜遮蔽。巴尔阿煞蒙——黑暗之心，谎言之父从远古时起就有了这个名字。暗帝逃不出煞妖谷的监牢，但他的力量却非人类所能匹敌。惊怖领主将邪恶注入他的旗帜，再经由那些旗帜散布到整个战场，阴毒的恨意侵蚀着战士们的心灵。

“但战士们知道自己的责任。他们的家乡就在河对岸。他们必须阻挡邪恶大军，使黑暗的力量不能进入高山家园。亚以蒙派出信使，盟军传回讯息，只要他们能在塔伦蒂勒坚守三日，救援就会到达。敌人的力量只需一小时就能淹没他们，但他们却要坚守整整三天。血战开始，战士们奋勇厮杀，他们坚持住第一个小时，第二个、第三个小时——三天时间，他们没有让敌人前进一步。大地浸透了鲜血，塔伦蒂勒却仍然清澈。第三个夜晚降临，援军却迟迟未至，甚至不见任何信使。他们只能孤军奋战。过去了六天，过去了九天，到第十天，亚以蒙清楚背叛的苦涩。没有援军会来，他们将无法守住家乡的河流。”

“他们要怎么做？”哈里问。火把的火焰在寒冷的冬夜中瑟缩着，但没有人想到要拉紧斗篷。

“亚以蒙渡过塔伦蒂勒，”沐瑞告诉他们，“毁掉河上的桥梁。他向国内传去命令，要国民离家逃亡，曼埃瑟兰终于难以保全。命令下达时，兽魔人已经开始渡河。曼埃瑟兰的战士们重新投入血战，用自己的生命为亲人争取时间。在曼埃瑟兰城，艾瑞恩率领老幼进入位于森林最深处、山峦环抱的要塞中。

“但并非所有人都加入逃亡的队伍。从每一个乡村，每一座城镇，人们如涓滴汇成溪流，溪流聚为洪涛，他们没有奔向安全的地方，而是要为自己的家园战斗。牧羊人举着长弓，农民扛着草叉，樵夫扛着板斧。女人们也和男人并肩前行，手里拿着她们能找到的各种武器。他们的心里全都清楚，这一次征途再也没有生还的可能。但这是他们的家园，这片土地属于他们的祖先，也将属于他们的子孙。守护她是他们的责任，任何一寸土地都不会被放弃，直到鲜血将它浸透。但到了最后，曼埃瑟兰的军队终被击退，一直退到这里，这个现在被你们称为伊蒙村的地方。在这里，兽魔人的军队包围了他们。”

沐瑞的声音里似乎流淌着冰冷的眼泪。“兽魔人死伤狼藉，人类叛徒的尸体堆积成山，但敌人仍然源源不绝地爬过一层层尸堆，如同永无休止的死亡浪潮。只能有一种结局。破晓时站立在红鹰旗下的男人和女人们，在夜晚将临时都已倒下。不能折断的利剑被粉碎了。

“在迷雾山脉中，空旷的曼埃瑟兰城里，艾瑞恩孤身一人，感觉到了亚以蒙的死亡。她的心已随亚以蒙而去。现在充斥在她体内的只有复仇的渴望，为了她的爱复仇，为了她的人民和家园复仇。极度的哀痛驱使她扑向真源，将至上力倾泻在兽魔人的头顶。惊怖领主——那些暗帝的将军们，无论是在它们的秘盟中会谈还是在部队中指挥作战，都在同一瞬间命丧当场。火焰吞噬了它们的身体，恐惧吞噬了它们刚刚得胜的军队。

“兽魔人像是在遍布森林的大火中奔逃的野兽一样，向北方和南方逃窜。没有了惊怖领主的力量，成千上万的兽魔人淹死在塔伦蒂勒河中。在曼埃瑟兰河，它们因为畏惧紧追在背后的死亡，毁了过河的桥梁。随后它们遭遇了人类，便又开始烧杀，但逃跑的欲望已经紧紧抓住它们的心。最后，曼埃瑟兰的土地上再没有剩下一个侵略军，它们像被风暴卷过的沙土般散落各处。最终的复仇来得很迟，但没有半点遗漏，诸国的军队将那些邪恶残余逐一肃清。曾经在亚以蒙之乡施暴的凶手们最终无一逃脱。

“但曼埃瑟兰付出的代价是惨重的，艾瑞恩吸收了任何人类都无法单独承受的至上力。当惊怖领主们全被杀死的时候，她也失去了生命。淹没她的大火吞噬了曼埃瑟兰城，就连筑城的大石也被烧毁，重新融入山岩之中。但这里的人民获得了拯救。

“他们失去了农田、村庄、宏伟的城市，也许有人会觉得他们已经一无所有，只能逃往他乡，另谋生路，但这不是他们的想法。他们已经为了他们的土地付出那么多鲜血和希望，现在他们和这片土地之间的联系比钢铁更加牢固。在今后的岁月中，还会有其他战争继续伤害他们，直到最后，世界的这个角落将会被遗忘，而他们也会忘记战争和战争的方式。曼埃瑟兰终于陷入沉寂。她高耸的尖塔和华美的喷泉成为她的人民脑海中渐渐褪色的梦，但这些人一代又一代继续耕耘着这块土地，就像他们的祖先一样。漫长的岁月洗去他们的记忆，却无法让他们离开自己的家园。直到今天，他们仍然在这里生息，那就是你们。哭泣吧，为曼埃瑟兰，为了永远失去的美好哭泣吧！”

沐瑞杖端的火焰一闪而逝，她将手杖收回身侧，仿佛那根手杖的重量有上百磅。很长一段时间里，寒风的呼啸是惟一的声音。然后，帕特·亚卡从科普林兄弟中间挤了出来。

“我不知道你的故事，”这名长下巴的农夫说，“我不是暗帝足底的荆刺，我也不想变成那样。但我的维尔是因为你才能重新行走的，所以我为自己站在这里而感到羞愧。我不知道你是否会原谅我，不管怎样，我要走了。对我而言，只要你愿意，就可以留在伊蒙村，随便多久都可以。”

他几乎像鞠躬一样飞快地点了一下头，随后便推开人群走掉了，其他人也纷纷嘟囔着表达了自己的惭愧和歉意，离开了人群。科普林兄弟只能阴沉着脸，紧皱眉头看着村民们一个个消失，甚至连话都不跟他们说一句。比力·康加甚至也从自己的表亲面前逃掉了。

岚将兰德拉回来，关上店门。“我们该出发了，孩子，”护法朝旅店后门望去，“你们两个跟我来，快！”

兰德犹豫着，和麦特交换了一个疑问的眼神。当沐瑞讲述那个故事时，即使是艾威尔师傅的杜兰马也不能将他拖走，而现在又有另外一些事情拖住了他。这将是真正的开始，离开旅店，跟随护法走进黑夜。兰德绷紧了肌肉，想要坚定自己的决心。他没有选择，只能离开这里，但他一定会回伊蒙村来，无论这次旅行要去多么远的地方。

“你们在等什么？”岚从大厅的后门问。麦特愣了一下，拔腿向他跑了过去。

兰德一边试图说服自己正在开始一场伟大的冒险，一边跟随在他们身后，走过黑漆漆的厨房，来到马厩院子里。

第10章 告　　别

马厩的柱子上挂着一盏油灯，灯的百叶窗半合着，洒下一点昏暗的光线。马厩里大部分地方都被笼罩在黑影之中。兰德紧随麦特和护法走进马厩时，佩林从一堆干草上跳起身，他的身上披着一袭厚重的斗篷。

岚几乎没有停下脚步便问道，“你有没有照我说的那样警戒周围的状况，铁匠？”

“我一直在仔细看着，”佩林答道，“这里除了我们之外就没有别人了。为什么会有人藏——”

“小心才能长命，铁匠。”护法飞快地看了一眼被阴影覆盖的马厩和干草棚，然后摇摇头。“没时间了。”他半是自言自语地说着，“她说了，一定要快。”

仿佛是要确切表达自己的意思，岚以极快的速度走到拴在一起的五匹马前面。借助昏暗的灯光，兰德看见这些马都已经备好马鞍，其中两匹是兰德昨天见过的雄壮黑马和清秀白马，其他的虽然不如前两匹，但肯定也是两河最好的骏马。岚飞快却又仔细地检查了马的肚带和系鞍囊的皮带、水囊，还有鞍囊后面的行李。

兰德和朋友们彼此虚弱地笑了笑，他们正在竭力装出渴望进行冒险的样子。

麦特这时才注意到兰德腰上的佩剑，便指着它说：“你成为护法了?”他笑了起来，瞥了岚一眼，立刻又把笑声咽了回去。不过护法显然没注意他们的交谈。“还是你变成了商队保镖?”麦特的脸上也带着笑容，只是显得有些勉强。他举起长弓。“一个正直人用的武器，就很够用了。”

兰德本想炫耀一下自己的剑，看见岚，他又打消了这个念头。护法甚至没有朝他的方向看一眼，但他确定岚知道身边发生的一切，所以兰德只是故作轻松地说：“它也许能有些用处。”仿佛佩一把剑对他而言只是很普通的事情。

佩林的样子总像是在斗篷下面藏了什么东西。兰德瞥到铁匠学徒的腰上围了一条宽皮腰带，一把斧柄被系在腰带的皮环上。

“你带了什么?”兰德问。

“这肯定是商队保镖了。”麦特煞有介事地说。

满头鬈发的佩林皱起眉看了麦特一眼，仿佛是在说麦特的玩笑开得太多了。然后他重重地叹了口气，掀开斗篷，露出腰间的斧头。那并不是普通的木工斧。一道宽阔的半月形斧刃，斧背是一根弯曲的长钉。对两河人而言，它和兰德的剑一样古怪。但是看佩林伸手握住斧柄的样子，他应该很熟悉这把斧头。

“卢汉师傅在两年前打造了它。原先订造它的人是一名羊毛商的保镖，但作品完工后，那个家伙付不出事先商定的价钱，卢汉师傅也绝不讲价。后来卢汉师傅就把它给了我，因为……”佩林清了清嗓子，然后用刚才看麦特的那种警告眼神看了兰德一眼，“因为他看见我在练习使用这把斧头。他说既然这把斧头留在他那里没什么用，不如就送给我。”

“练习。”麦特窃笑一声，佩林立刻扬起了头，麦特急忙安抚似的举起双手，“练习就练习吧，我们之中如果有人知道该怎样使用真正的武器绝不是坏事。”

“那张弓是一件真正的武器。”岚忽然说道，他一只手臂放在黑色坐骑的马鞍上，神情严肃地看着三个年轻人。“你们村里小孩玩的投石索也是。虽然你们只是使用它们猎捕兔子或赶走狼，但这不代表它们就不能当武器。任何东西都能成为武器，只要持有它的男人或女人有足够的胆量和意志让它成为武器。在路上阻挡我们的将不只是兽魔人，你们最好在离开两河、离开伊蒙村之前明白这点，如果你们想要活着到达塔瓦隆的话。”

他的面孔和建议仿佛是一块死冷的墓碑，让三名伊蒙村的年轻人褪去微笑，咬住了舌头。佩林困窘地重新用斗篷盖住斧头；麦特盯着双脚，用脚尖拨弄着地上的干草。护法哼了一声，继续检查马具。马厩中的沉默持续着。

“这和故事里的不太一样。”最后麦特说道。

“我不知道，”佩林沉闷地说，“兽魔人、护法、两仪师。你还能要求什么？”

“两仪师。”麦特悄声说道，那语气仿佛他突然感到一阵寒意。

“你相信她吗，兰德？”佩林问，“我是说，兽魔人为什么想捉我们？”

他们不约而同地朝护法望过去，岚只是专心地紧着白母马的肚带。但三个年轻人都向门口退了两步，聚拢在一起，说话的声音也压低许多。

兰德摇摇头，“我不知道，但她说过，只有两座农场被袭击，她是对的。还有卢汉师傅的房子和铁匠铺是村里首先被袭击的地方，我问过村长。现在我能想到的答案是，我们是那些兽魔人的目标。”突然间，兰德发现麦特和佩林都在盯着他。

“你问过村长了？”麦特难以置信地说，“她说过不能跟任何人提的。”

“我没有告诉村长为什么会那样问，”兰德反对道，“你们真的没有跟任何人说过？没有让任何人知道你们要离开？”

佩林防御般地耸耸肩：“两仪师沐瑞说不能告诉别人的。”

“我们留下字条了，”麦特说，“我们的家人到早晨就会看到那些字条。兰德，我妈妈一直都认为塔瓦隆和煞妖谷差不了多少。”他轻笑了一声，表明自己完全不同意母亲的观点，不过他的笑声中并没有多少信心。“如果她相信我有去塔瓦隆的念头，她一定会把我锁在地窖里。”

“卢汉师傅像石头一样顽固，”佩林又说道，“卢汉大妈更糟。如果你看见她一边在房子的废墟里翻找着，一边口中还说着希望兽魔人能回来，那时候就可以亲手把它们……”

“烧了我吧，兰德。”麦特说，“我知道她是两仪师，但兽魔人真的在这里。她说过，不能告诉其他人。如果两仪师不知道怎么处理这种事，还有谁会知道？”

“我不知道，”兰德揉搓着额头。他感到一阵头痛，那个梦怎么也不肯离开他的意识：“我父亲相信她。至少，父亲同意我们必须离开。”

沐瑞突然出现在门口。“你和你父亲谈过这次旅行？”她穿着一套深灰色上衣和骑马用的裙裤，巨蛇戒现在是她身上惟一的金色。

兰德看着两仪师的手杖，尽管刚刚喷出过那么炽烈的火焰，手杖的两端却丝毫没有烧焦的痕迹。“我不可能不让他知道就离开。”沐瑞咬住嘴唇，看了他一会儿，然后将目光转向其他人。“你们也都认为一封信还不够吗？”麦特和佩林急忙抢着向她保证，他们只是留下了纸条，就像她吩咐的那样。沐瑞挥手示意他们安静，又用锐利的目光看了兰德一眼。“做过的事情已经被编织进因缘了。岚？”

“马都准备好了。”护法说，“我们的食物足以支持我们到巴尔伦，也许还多一些。我们随时都可以离开，我建议现在出发。”

“不要丢下我。”艾雯一步跃进马厩，她的双臂间抱着一只用围巾裹住的包袱。兰德几乎一头栽倒在地上。

岚的佩剑已经从鞘中抽出了一半，看清楚来人是谁，他才把剑推了回去，他的目光瞬间变得冰冷。佩林和麦特开始争先恐后地向沐瑞解释他们没有告诉艾雯他们要离开的事情。两仪师没理会他们，只是注视着艾雯，一边若有所思地用手指敲着嘴唇。

艾雯披着一件深棕色的斗篷，戴着兜帽，但这并不能挡住她眼中挑衅般的目光。“我已经把路上要用的一切都带来了，也包括食物。我不要被丢下，也许我再没有机会去看看两河以外的世界了。”

“这不是前往西林的野餐旅行，艾雯。”麦特没好气地说。但艾雯只是皱紧眉头瞪了他一眼，就让他后退了一步。

“谢谢你，麦特，如果不是你的提醒，也许我还真不知道。但你以为只有你们三个想去外面看看吗？我一直像你们一样梦想着去外面冒险，我不要错过这个机会。”

“你是怎么发现我们要离开的？”兰德问，“不管怎样，你不能跟我们一起走。我们不是因为好玩才要离开两河，兽魔人正在追杀我们。”艾雯意味深长地看了他一眼。兰德的脸立刻红了，身上的肌肉也因气愤而绷紧。

“首先，”艾雯耐心地向他解释，“我看见麦特鬼鬼祟祟的，竭力装出一副若无其事的样子。然后我看见佩林努力用斗篷遮住那把大得不正常的斧头。我知道岚买了一匹马，我很奇怪为什么他需要多余的马。他能够买一匹马，当然也能买更多的马。再加上麦特和佩林那种公牛想装作狐狸的样子……嗯，我只能想出一个答案。兰德，我不知道在看见你时是不是觉得惊讶，你对我说过那番关于白日梦的话。既然麦特和佩林都已经参与其中，我想我早就应该知道你也会来的。”

“我不得不走，艾雯，”兰德说，“我们全都是被迫离开的，否则兽魔人就会回来。”

“兽魔人！”艾雯难以置信地笑着，“兰德，如果你们决定去看看这个世界，我没有异议，但请不要再对我说那些无聊的想象了。”

“这是真的，”佩林和麦特同时说道，“兽魔人……”

“够了。”沐瑞平静地说道，但她的声音像匕首般切断了他们的争论。“还有没有别人注意到这些？”她的声音很轻，艾雯却吞了口口水，并在回答前挺直了身子。

“经过昨晚的事情，大家所想的只是重建村庄，还有如果兽魔人再次来袭时该怎样应付，他们已经不会再注意别的事情了，除非那些事被塞到他们面前。我没有告诉任何人我所怀疑的事情，绝对没有。”

“很好，”过了一段时间，沐瑞说道，“你可以跟我们一起走。”

一丝惊讶的表情掠过岚的面孔。他的脸瞬间就恢复了冷峻，但他的言辞相当激烈。“不，沐瑞！”

“这已经是因缘的一部分了，岚。”

“这太荒谬了！”岚仍然在反驳，“她没理由跟随我们，所有的理由都表明了不该带上她。”

“是有一个理由，”沐瑞平静地说，“因缘的一部分，岚。”护法石头般的面孔没有任何变化，但他缓缓地点了点头。

“但，艾雯，”兰德说，“兽魔人会追杀我们，我们在到达塔瓦隆之前都不会安全。”

“不要想吓退我，”艾雯说，“我已经决定了。”

兰德知道这种语气，上一次听到艾雯这样说话的时候，他们还都只是小孩子，那时艾雯开始认为一心想要爬上最高的树不过是小孩子的游戏。他清晰地记得艾雯那时的样子。“如果你认为被兽魔人追很有趣的话——”兰德开口道。沐瑞打断了他的话。

“我们没时间讨论这些了，我们要在破晓时分尽量远离这里。兰德，如果她被留在这里，她会在我们走出不到一里路时就把全村人都叫起来，而这样肯定也会让魔达奥有所警觉。”

“我不会那样做的。”艾雯表示反对。

“她可以骑走唱人的马，”护法说，“我会给走唱人留下足够的钱，让他再买一匹。”

“这不可能。”汤姆·梅里林充满共鸣的声音从放干草的阁楼里传了出来。岚的剑这次完全出了鞘。当他注视着走唱人时，也完全没有收剑入鞘的意思。

汤姆从阁楼上扔下行李，将放长笛和竖琴的匣子背在背后，鞍袋扛在肩头。“这个村子现在对我来说已经没有意义了，而且我从来没有在塔瓦隆演出过。虽然我经常孤身旅行，但发生过昨晚的事情之后，我完全不反对结伴同行。”

护法严厉地瞪了佩林一眼。佩林不安地动了一下身子，嘴里嘟囔着，“我没想到要去看看阁楼里。”

当肢体修长的走唱人从阁楼的梯子上爬下来时，岚以僵硬的口吻说道，“这也是因缘的一部分吗，两仪师沐瑞？”

“一切都是因缘的一部分，老友，”沐瑞轻声回答，“选择不由我们，但我们可以见证。”

汤姆站到地板上，从梯子前面转过身，掸去百衲斗篷上的干草。

"实际上，"他用比较正常的语调说，"你们可以认为是我坚持要和你们同行。我已经用了许多小时和许多杯啤酒来思考该如何结束我的日子，但兽魔人的炖锅并不在我的考虑之列。"他觑了护法的剑一眼，"这里不需要这东西，我不是一块等着被切片的奶酪。"

"梅里林师傅，"沐瑞说，"我们必须迅速行动，而且时时都会遭遇巨大的危险，兽魔人仍然在村外潜伏，我们要趁夜色赶路。你确定你想和我们同行？"

汤姆带着有些质疑的微笑看着众人。"如果这对那女孩不算很危险，那么对我也就不会很危险。而且，想在塔瓦隆表演的走唱人，怎么可能不面对一点危险？"

沐瑞点点头。岚收起了佩剑。兰德突然有些好奇，如果汤姆改变了主意，或者是如果沐瑞没有点头，会发生什么事。走唱人开始给自己的坐骑备鞍，仿佛兰德的疑问并未出现在他的脑子里。不过兰德还是注意到，走唱人的视线不止一次扫过岚的佩剑。

"那么，"沐瑞说，"艾雯要骑哪匹马？"

"卖货郎的马和杜兰马一样不合适，"护法不悦地回答，"它们很强壮，但也很笨重。"

"贝拉。"兰德说道。护法看了他一眼，让他很希望自己没开口。但他知道自己没办法劝阻艾雯，那么他能做的就只有帮助她。"贝拉也许不像其他马那么快，但它很壮实，我有时也会骑它，它能跑很长的路。"

岚看着贝拉所在的那个厩房，低声嘟囔了几句，最后他说道："它也许比其他马好一点，我想我们也没有选择了。"

"那就这样吧！"沐瑞说，"兰德，为贝拉找一副马鞍。快！我们已经耽搁太久了。"

兰德急忙在后屋里挑了一副鞍具，又将贝拉从厩房里牵出来。这匹母马睡眼惺忪地看着兰德，当兰德将马鞍放在它背上时，它显然有些吃惊。兰德骑它时总是不用马鞍的，它并不习惯背着马鞍。兰德一边轻声安抚着它，一边系紧了肚带。贝拉只是抖抖鬃毛，便接受了这套怪异的装束。

随后兰德接过艾雯的包裹，将它系在马鞍后面，艾雯则坐上马背，整理好自己的裙子。艾雯穿的不是骑马用的裙裤，所以她的裙摆被提到膝盖以上，露出了长羊毛袜。艾雯的脚上穿着村中女孩常穿的软皮鞋，它们甚至不适合前往望山的旅行，更不要说去塔瓦隆了。

“我仍然认为你不该跟我们走，”兰德说，“我说的兽魔人不是假话。但我一定会照顾你的。”

“也许是我要照顾你。”艾雯轻快地回答。看着兰德生气的样子，艾雯微笑着，俯身用手指梳了一下兰德的头发。“我知道你会照顾我的，兰德，我们要互相关心。但现在你最好先照顾好自己骑上马背。”

兰德这才发现其他人这时都已经上了马，在等兰德了。留给兰德骑的马名叫飞云，是一匹高大的灰马，有着黑色的鬃毛和尾巴。它原先是属于琼·赛恩的。兰德爬上马鞍，将另一只脚也踏进马镫。飞云一直在甩着头，躲避着兰德，再加上剑鞘一直在绊腿，让兰德上马时格外困难。飞云并不是碰巧留给兰德的，如果他有机会先挑也不会要这匹马。赛恩师傅经常会骑着这匹马和商人们的马比赛，兰德从不记得它曾败阵过，但飞云也绝对不是一匹好骑的马。岚肯定是付了一大笔钱才让磨坊主让出这匹马。兰德刚刚在马鞍上坐稳，飞云的跃动更加厉害了，仿佛它迫不及待要奋蹄疾驰。兰德紧紧抓住缰绳，竭力告诉自己不会有事。也许如果他能说服自己，他就能说服这匹马。

一只猫头鹰在夜幕中发出啸声，伊蒙村的四名年轻人全都吓了一跳。当他们意识到那是什么声音时，他们一边紧张地笑着，一边交换着羞愧的眼神。

“下一次，也许一只田鼠就能把我们追到树上去了。”艾雯带着不稳定的笑意说。

岚摇摇头：“如果是狼嗥的话也许还好一些。”

“狼！”佩林惊呼了一声。护法冷峻的目光瞥了他一眼。

“狼不喜欢兽魔人，铁匠，兽魔人也不喜欢狼或狗。如果我听到狼叫声，我会确定外面没有兽魔人在等着我们。”他一催马走出马厩，在月影中缓缓前行。

沐瑞丝毫没有停顿就紧随在岚身后。艾雯竭力走在两仪师旁边，后面是麦特和佩林，兰德和走唱人殿后。

旅店背后是一片黑暗和寂静，马厩院子里只能看见斑驳的月光，轻微的蹄声很快就被黑夜吞没了。在黑暗中，护法的斗篷让他如同一片影子。伊蒙村的年轻人很想靠在他身边，但因为他要负责引路，所以只能让他单独走在前面。走出马厩大门时，兰德觉得就这样走出村子却又不被发觉一定是很困难的事。至少他们不能被村民们看见，但许多窗户里都闪动着昏暗的灯光，夜幕似乎把这些光团压得很小，在灯光的掩映下不时能看到人影晃动。村民们都保持着警戒，没有人想要再一次遭到夜袭了。

在旅店旁边深黑色的影子里，刚刚要离开马厩院子的地方，岚突然勒住马，用力一挥手，示意众人保持安静。

马车桥上传来靴子踢踏的声音，月光在那里反射出不止一处金属光泽，靴子声过了桥，又经过砾石路面，朝旅店靠近。兰德身边没有任何声响。兰德怀疑他的朋友们都已经害怕得发不出任何声音了，就像他一样。

脚步声停在旅店前面，恰好是大厅窗户透出的灯光照不到的地方。随后，琼·赛恩向前迈出一步，走进了光亮里。他壮实的肩膀上扛着一柄长矛，一件缀着许多钢片的旧马甲紧绷在他胸前。兰德逐渐看清他背后是十来个村中和周围农场的男人，有些人戴着头盔，穿着一两片甲胄。看那些盔甲的锈迹，它们一定已经在阁楼上被弃置若干个世代了。这些人手中有的拿着长矛，有的拿着伐木斧，有的拿着尖嘴锄。

磨坊主朝一扇大堂窗户中望呀望，然后转过身去，“看来这里没问题。”其他人在他身后排成两列纵队，继续在黑夜中进行巡逻，只是他们的步伐仿佛是听着三种不同的鼓点走出来的，并不整齐。

“两个达瓦兽魔人就足以把他们全做成早餐了。”等到靴子声逐渐远去后，岚嘟囔着说：“不过他们毕竟还是有所行动了。”他回头说了一声：“走吧！”

缓慢而又安静地，护法带领他们走出马厩院子，穿过柳树林，直接跨过了酒泉。冰冷的酒泉水飞快地流动着，在马腿周围留下一个个漩涡。骑在马背上的人鞋底也刚好碰到水面。

爬上另一侧的堤岸后，马队在护法的指引下快速地蜿蜒前行，绕过所有村民的房屋。岚一次又一次停下脚步，示意他们保持安静，不过没有任何村民察觉到他们。他们就这样又躲过了几支村民巡逻队，缓缓向村子北缘前进。

兰德在黑暗中盯着一幢幢尖顶房，竭力想把它们印在自己的记忆里。**我还真是一名优秀的冒险者，**他心想。他甚至还没走出村子，心中却已经有了思乡之情。不过他并没有忘记警戒周遭的状况。

他们终于走出村子边界，来到乡野之中，现在他们前进的方向与通往塔伦渡口的北方大道是平行的。兰德相信，别处夜晚的天空肯定不像两河的天空这样美丽，接近纯黑色的帐幕延伸到无限遥远的地方，无数闪烁的星星如同散布在一块水晶中的光点，接近满月的月亮仿佛伸手可及。如果他伸出手……

一片黑影缓缓滑过银色的月轮。兰德下意识地一拉缰绳，让飞云停了下来。也许只是一只蝙蝠，他有些无力地想，但他知道那不是。蝙蝠在日落后很常见，它们总是在暮色中追逐苍蝇和小虫。那只伸展翅膀的生物也许有蝙蝠的皮翼，但那种缓慢的、充满力道的扇动方式只有鸟类才做得出来。那是猛禽寻找猎物的姿势。那种大幅度的盘旋弧线更让兰德确认了这点。而最可怕的是它的大小。如果一只蝙蝠想在月亮中映出那样的影子，它必须近在咫尺。兰德竭力思考着它距离他们到底有多远，它有多么大。它的身子一定和一名成年人相当，而那双翅膀……它再次飞过月亮表面，又突然向下盘旋，融入夜色之中。

兰德的手臂突然被护法抓住。他才发觉岚已经返回到他身边。“你在看什么，孩子？我们不能耽搁。”其他人都等在岚身后。

兰德描述了他刚才看到的东西。他有一点期待岚告诉他是兽魔人把他吓糊涂了，那只是一只蝙蝠，或者是他眼花。

岚带着怒意说道：“人蝠。”那种语气就如同舌头尝到了某种糟糕的东西。其他两河的年轻人们都紧张地望着天空。走唱人微微呻吟了一声。

“是的，”沐瑞说，“不可能是其他东西。如果魔达奥控制着一只人蝠，它很快就会知道我们在哪里，或者它已经知道了。我们在荒野中的移动速度必须更快。我们还有可能抢在魔达奥之前赶到塔伦渡口，它和它的兽魔人想要过河绝对不像我们那般容易。”

“人蝠？”艾雯问，“那是什么？”

汤姆·梅里林哑着嗓子回答了她。“在传说纪元的战争末期，被创造出来的比兽魔人和半人更可怕的怪物。”

沐瑞猛地转过头盯着汤姆，即使是黑暗的夜色也无法遮蔽她凌厉的目光。

还没有人向走唱人继续追问，岚已经说道，“我们现在上北方大道，想要活下去，就跟着我，一定要聚在一起，不要脱队。”

他转过马头，其他人都一言不发地在他身后快跑起来。

第 11 章　前往塔伦渡口之路

在北方大道的硬土路面上，众人竭力催赶坐骑向北疾驰。马的鬃毛和尾巴在月光中飘扬，蹄子击地的声音形成了固定的节律。领路的是岚，黑色的战马和被影子覆盖的骑士，在寒冷的黑夜中几乎无法被看见。沐瑞的白马跟随在黑战马之后，仿佛一道穿过夜幕的寒光。其他人在后面排列成一道密集的纵队，如同被护法手中的一根绳子依次拴住一样。

兰德跑在队伍的末尾，他前面是汤姆·梅里林。走唱人始终盯着前方，没有回头。如果兽魔人出现在后面，或者是那个骑在马背上没有半点声息的隐妖，那个会飞的人蝠，那么负责警告的就只有兰德了。

每过几分钟，他都会回过头去看一眼，然后再趴回飞云的鬃毛上。人蝠……汤姆说，它比兽魔人和隐妖更可怕。天空中空荡荡的，地上也只有一片片黑影，能够隐藏一支军队的黑影。

飞云在全速奔驰，灰色的骏马如同风中的幽影掠过黑夜，丝毫不逊于岚的黑马。飞云显然还想更快一点，追上那匹黑马，远远地超过它，兰德不得不用力抓牢缰绳。飞云气恼地喷着鼻息，它大概也把这次奔跑当成一场竞赛了，每一步它都在和兰德争夺主导权。兰德低伏在马鞍上，用尽每一分力气勒着缰绳。他衷心希望自己的坐骑不会发觉他有多么不安，否则他就更加无法控制它了。

让兰德担心的不只是他自己，他一直在关注着贝拉和骑在它背上的人。他原来说这匹长毛母马能够跟得上其他马匹，但并不包括这种全速飞奔的情况。兰德根本没想过贝拉有可能跑到这种速度。岚并不想让艾雯跟着他们。如果贝拉跑不动了，护法会为艾雯减慢速度吗？还是他会借机将艾雯丢下？两仪师和护法认为兰德和他的朋友们是重要的，虽然沐瑞频频提到因缘，但他们眼中重要的人显然是不包括艾雯的。

兰德打定主意，如果贝拉落后了，他也就放慢速度。不管沐瑞和岚怎么说，不管隐妖、兽魔人和人蝠会不会追上来。他以全部的心意向贝拉发出呼喊，期盼它跑得像风一样快，他希望能将自己的意志灌注到贝拉的身体里，变成它的力量。**跑啊**！他的皮肤泛起阵阵刺痛，他的骨骼仿佛要冻僵、裂开一样。**光明助它，跑啊**！贝拉以前所未有的速度奔跑着。

在黑夜中，一行人箭一般向北方飙去，时间消退成模糊的概念。不时会有村舍的灯光如同流萤般从视线中一闪而过，高亢的狗吠声也在转瞬间便被抛到身后，或者戛然而止，那大概是狗以为他们已经被吓走了。淡白如水的月光和黑色的树丛交相出现昏黑的阴影将他们融为一体。一只夜鸟孤独的哀鸣伴随着一成不变的蹄声。

突然间，岚减慢速度，很快地整支队伍都停了下来。兰德不知道他们已经跑了多久，但他的两条腿已经因为长时间夹紧马鞍而隐隐作痛了。在他们前方的黑暗中有一片光点闪烁，仿佛一群萤火虫聚集在树丛中的某个地方。

兰德朝那片光点疑惑地皱起眉，然后又惊讶地张大了嘴。那些萤火虫是窗户里透出的灯光。那些窗户覆盖了一座小山，是望山。兰德几乎无法相信他们竟然已经跑了这么远，任何人都不可能做到比这个速度更快了。护法这时下了马，兰德和汤姆·梅里林也滑下马背。飞云低垂着头，肋侧剧烈地起伏着，冒起丝丝缕缕的白烟，汗水从它的脖子和肩膀上不停地流下来。兰德觉得它今晚已经不可能再驮载任何人赶路了。

“虽然我也急着离开这些村子，”汤姆说道，“但休息几个小时应该没什么问题。我们应该已经领先它们很长一段路了。”

兰德伸展着身体，一边用拳头捶着腰。“如果我们今晚要在望山歇宿，我们最好现在就上去。”

一阵风从北边吹来，带来村子里的歌声和烹煮食物的香气，兰德不由得流出了口水。望山的人们还在庆祝立春节，兽魔人没有骚扰他们。兰德转头去看艾雯，艾雯正靠在贝拉身上，显得极为疲惫。其他人也都下了马，一边叹息着，一边舒展筋骨。只有护法和两仪师没有表现出任何劳累的迹象。

“我可以在那里唱几首歌。”麦特有气无力地说，“也许能在白野猪吃一张热羊肉馅饼。”停了一下，他又说道，“我从没去过比望山更远的地方。白野猪也比不上酒泉。”

“白野猪不是那么糟，”佩林说，“我也想要一整张羊肉馅饼，还有许多热茶，好把我骨头里的寒气赶出去。”

“我们在渡过塔伦河之前不能歇息，”岚毫不容情地说，“几分钟也不行。”

“但这些马呢?”兰德表示反对，“它们会跑死的。我们今天已经竭尽全力了。两仪师沐瑞，你肯定……”

他刚才就看到沐瑞在马匹中间移动着，似乎是在做着什么，只是那时他没太注意。现在沐瑞从他身边走过，将双手放在飞云的脖子上，兰德一声不吭地看着。突然间，那匹马轻嘶一声，抬起了头，几乎把缰绳从兰德手中拉了出来。它欢快地侧踏了几步，仿佛已经在马厩里休养了一个星期。沐瑞又一言不发地向贝拉走去。

“我不知道她能做到这种事。”兰德低声对岚说。他感觉脸颊一阵发热。

“在所有人之中，你最应该想到这点。”护法答道，“你见过她治疗你的父亲。她能够将疲倦一扫而空，先是对马匹，然后对你们。”

“我们，你不需要吗?”

“我不需要，牧羊人，还不需要。但她对其他人做的事情，她不能对自己做，我们之中只有一个人会以疲倦之身赶路。你最好希望她在到达塔瓦隆之前不要累倒。”

“到时候会怎样？”兰德问护法。

“你对贝拉的评价是正确的，兰德。”沐瑞在长毛母马身边说，“它有一颗优秀的心，像你们两河人一样顽强。虽然奇怪，不过它疲劳的程度要比其他马弱许多。”

一声尖叫撕裂了黑夜，如同一个人被利刃刺穿身体，垂死时发出的呼喊。众人头顶上传来翅膀扑击的声音，一片黑影横扫而过，马匹都发出狂野的嘶鸣。

人蝠翅膀扇起的气流扑在兰德脸上，让兰德觉得自己仿佛陷入黏滑的沼泽，陷入一场阴冷的梦魇。兰德还没来得及感觉到恐惧，飞云发出一声震耳欲聋的吼叫，拼命地甩动身子，仿佛要摆脱什么黏在它身上的东西。紧抓着缰绳的兰德双脚被拖离地面，不由自主地倒了下去。飞云仍然在不停地嘶吼着，仿佛恶狼已经咬住它的后腿。

兰德一只手尽全力抓住缰绳，另一只手撑住地面，吃力地站了起来。他不得不来回挪动脚步，以免自己再次被拖倒。他剧烈地喘息着，好不容易伸出一只手扣住飞云的笼头。飞云抬起前蹄，再次把他拖到空中。兰德无助地挂在马身上，只能期望这匹马可以尽快安静下来。

随后他猛然落到地上，两排牙齿狠狠地撞在一起。飞云一下子就恢复了平静，它喷着鼻息，眼珠乱转，僵直的四条腿不住地颤抖。兰德同样在颤抖，一只手仍然紧紧地扣着马嚼。**这个蠢家伙也该被自己震了一下，**他心里想着，哆嗦着深吸了三四口气，然后才能去看其他人的状况。

混乱裹挟住这支队伍。大家都抓着缰绳，徒劳地想要让坐骑安静下来，不再踢蹬前蹄，把人拉得团团转。只有两个人的坐骑安然无恙。沐瑞平稳地坐在马鞍上，白色母马迈着小步躲避着周围的一团混乱，神态仿佛是任何不正常的事都没发生过一样。岚站在地上，双眼搜索着天空，一手握剑，另一只手握着马缰，壮硕的黑色战马镇定地站在他身后。

欢乐的声音已经不再从望山传来，那个村子里的人一定也听到刚才的尖嚎。兰德知道，望山的村民们也许会沉寂一会儿，也许还会派人调查出了什么事，但他们很快就会返回欢乐之中，忘记这件事。歌声、美食、舞蹈和欢笑将掩埋所有不愉快的事情，也许当他们听说伊蒙村的灾难时，会有一些人尖叫一声，并思考到底发生了什么事情。这时，一把小提琴被重新奏响，片刻之后，长笛的乐曲也加入进来。望山又开始欢庆。

“上马!”岚发出简短的命令，他将收剑回鞘，跳上马背。“人蝠不会轻易暴露行踪，除非它已经将我们的行踪报告给了魔达奥。”另一阵尖利的叫声从高空中传来，虽然因为距离遥远而微弱了许多，但凄厉的气势丝毫不减。望山的乐声又一次凌乱地安静下来。“它在追踪我们，将我们的位置时刻报告给半人。半人和我们之间的距离一定不远。”

他们的马现在既恢复了精神又感到害怕不安，狂乱地躲避着它们的主人。汤姆·梅里林一边咒骂着，第一个坐上了马鞍，其他人也很快就上了马。但还有一个人站在地上。

“快，兰德!”艾雯喊道。人蝠的嚎叫再次响起，贝拉跑了几步，才被艾雯费力地扯住。“快!”

兰德愣了一下，才意识到自己没有骑上飞云，而是站在地上，盯着天空，徒然地想要确定厉嚎的源头。而且，他已经不自觉地抽出了谭姆的剑，仿佛是要和那只飞翔的怪物作战。

兰德的脸立刻红了，他很高兴黑夜掩饰了他的表情。仍然用一只手抓着缰绳，他笨拙地将佩剑收回鞘内，又匆匆瞥了其他人一眼。沐瑞、岚和艾雯都在看着他，他不知道借助月光他们能看到些什么，其余人只是在专心地稳定着自己的坐骑，并没有留意他。兰德伸手抓住前鞍，一跃上了马背，仿佛这个动作他已经做了一辈子。如果他的朋友看到了他拔剑，以后一定会嘲笑他的。不过现在他还不必为这件事担心。

兰德上马之后，队伍立刻又开始向前飞驰，圆顶般的望山很快就被他们甩在身后。望山传来了狗吠声，他们的行动并非完全没有被察觉，那些狗也许是嗅到了兽魔人，兰德心想。但狗吠和灯光很快就在他们身后消失了。

这次他们更加紧密地聚拢在一起，马匹因彼此之间距离过近几乎要影响到前进的速度。岚命令众人展开队形，但没有人想在这样的黑夜中有哪怕稍微一点落单的感觉。头顶上的高空中再次传来尖啸，护法放弃了重整队伍的打算，任由众人以现在的队形继续赶路。

兰德紧跟在沐瑞和岚的身后，灰色骏马极力想冲到护法的黑马和两仪师的白马中间去。艾雯和走唱人跑在他两侧。麦特和佩林跟在后面。飞云似乎是受到人蝠的刺激，兰德用尽力气也无法让它减缓半步，而它身侧的两匹马也绝不比它慢一点。

人蝠的叫声在黑夜中远远地荡开来。

矮胖的贝拉伸直了脖子，尾巴和鬃毛在风中掀起层层波浪，它迈出的每一步都不亚于它的高大同伴们。两仪师刚才对它所做的一定不只是除去它的疲惫而已。

艾雯的脸在月光中散发着兴奋愉快的神采，她的辫子飘在脑后，如同飞扬的马鬃。兰德相信，闪烁在她眼中的光芒绝不仅是反射的月光。看到这种情景，兰德不禁吃惊地张开了嘴，直到一只小虫飞进他嘴里，呛得他猛地一阵咳嗽。

岚一定向沐瑞要求了些什么，沐瑞突然的喊声盖过了风声和马蹄声。“我不能！尤其不能在奔驰的马背上。它们很难被杀死，况且现在也看不见它。我们只能继续奔跑，并希望能够来得及。”

他们冲过一片雾气，雾很薄，高度不过马的膝盖。飞云两步就穿过了它。兰德眨眨眼，心中怀疑自己是不是看错了，在这么冷的夜晚是不可能起雾的。又一片灰色雾气从他们身边掠过，比前一片更大，仿佛雾气正在从地下冒出来一样。在天空中，人蝠的嚎叫明显带着怒意。浓雾包裹住马背上的人们，很快又消失掉，但很快又再次出现。兰德的脸上和手上都覆盖了一层冰冷潮湿的感觉。一面淡灰色的墙壁浮现在他们眼前，他们一下子便冲了进去，浓重的雾气让马蹄声变得沉闷模糊。头顶上传来的嚎叫声仿佛被阻隔在一面墙壁之外，兰德只能依稀分辨出身边艾雯和汤姆·梅里林的身影。

岚并没有放慢脚步。“我们只有一个地方能去。”他喊道，他的声音显得虚幻，分辨不出是从何处传来的。

“魔达奥很狡猾，”沐瑞答道，“我要利用它的狡猾对付它。”蹄声已经消失了。

石板一样的雾覆盖了天空和大地，骑在马背上的人也变成了影子，他们仿佛飘飞在云端，就连马腿似乎也消失了。

兰德在马鞍上动了动身体，想要摆脱冰冷雾气的缠绕。他知道沐瑞能做出许多超乎他想象的事情，但看着她做这些事是一回事，自己陷在其中又是另一回事了。他意识到自己屏住了呼吸，便自责地骂了一句，他又不可能直到塔伦渡口都不呼吸。沐瑞已经在谭姆身上使用过至上力，而那对谭姆显然只有好处，不过兰德还是用力克制住自己的心情，才开始重新吸进空气。空气显得很滞重，比平时更冷，但除此之外与任何其他的雾天并没有任何不同——他这样告诉自己，虽然他不知道自己能不能相信。

岚现在已经转而催促众人一定要紧靠在一起，不要待在别人看不见的浓雾里。但护法并没有让疾驰的速度减慢半分，他现在和沐瑞肩并肩地跑在最前面，仿佛他能够清晰地看见前面的状况。其余人只能跟在后面，信任他，希望一切平安。

尖利的嚎叫声逐渐减弱，最后消失了，但兰德并没有感觉舒服多少。森林、农舍、月亮和道路都已经消失不见。偶尔传来的狗吠声模糊不清，告诉他又有一座农场从他们身边滑过。除此之外，耳朵里只剩下沉闷虚弱的马蹄声。周围是一成不变的苍白雾气，只有大腿和后背上逐渐增加的酸痛在告诉他时间的流逝。

兰德相信，他们离开望山一定有几个小时了。他不知道自己还能不能放开握紧缰绳的双手，还能不能正常地走路。他只回过一次头。雾中的影子追在他身后，但他甚至无法确定影子的数量。当然，他更不知道那到底是不是他的友人。潮湿的寒意浸透了他的斗篷、外衣和衬衫，一直渗入他的骨髓里。只有吹过脸的空气和身下马匹的撼动让他知道自己还在前进。一定已经有几个小时了。

“减速！”岚突然喊道，“收缰！”

兰德吃了一惊，以至于飞云一直从岚和沐瑞之间蹿了出去，又向前跑了十几步，才被他费力地拉住。

仿佛从各个方向的迷雾中显现出来，这些房屋高得让兰德感到奇特。他以前从没到过这里，但他经常听人们描述这个地方。这里的房屋都被建筑在高高的红石地基上，以躲过迷雾山脉春天雪融时引发的塔伦河洪水。他们已经到了塔伦渡口。

岚的黑战马小跑到兰德身边，“不必这样急不可耐，牧羊人。”

心烦意乱的兰德没有做任何解释，只是随着队伍进了村。他感觉脸颊发烫，这时候他很高兴身边的浓雾。

一只狗突然从冰冷的雾气中跳出来，响亮地向他们吠了两声，又跑开了。到处都有灯光从窗户里透出来，那可能是早起的人家。除了那条狗之外，只剩下沉重的马蹄声打破了凌晨的寂静。

兰德很少能见到塔伦渡口的人，他竭力回忆着自己对这些人仅有的一点了解。这里的人不愿意去被他们称为“下村”的两河腹地村庄，每到那里，他们都会皱起鼻子，仿佛闻到了什么糟糕的气味。兰德见过的一些塔伦渡口人都有非常古怪的姓，比如山巅，或者石舟。塔伦渡口的人以狡诈和喜好欺骗而著称。人们都说，如果你向塔伦渡口的人挥手，那么之后你最好把手指数一遍。

岚和沐瑞停在一座高大的黑色房子前面，这个村子里都是这种房子。护法跳下马鞍，踏上通向屋门的台阶。雾气在他四周缭绕。这些房子的地基足有一人高。走到屋门前，岚开始用拳头敲门。

“我以为他是要我们保持安静。”麦特嘟囔着。

岚的敲门声还在继续。靠近屋门的窗口亮起了灯光，有人在屋里生气地喊叫着，但护法只是不停地敲门。

房门一下子被拉开了，门口站着一个穿长睡衣，露着两条光腿的男人，他的手里提着一盏油灯，让兰德能看见他的窄脸和尖下巴。他刚刚恼怒地张嘴要说话，却又转头望向弥漫的雾气，惊讶地瞪大了眼睛。“那是什么？”他问道，“那是什么？”带着寒意的灰雾如同触须般飘进屋里，他急忙向后退了一步，想要躲开它们。

“高塔师傅，”岚说，“我们希望你能载我们渡河。”

“他搞不好连一座‘高塔’都没见过。”麦特窃笑着说，兰德对他嘘了一声。那个窄脸的家伙将油灯举高，狐疑地向他们望了过来。

过了一会儿，那个人蛮横地说：“渡口只在白天开放，从没有在晚上走过船，更不要说这种雾天了。等太阳升起来，雾气散去再回来吧！”

他说完就转身要进屋，但岚抓住了他的手腕。渡船主面露怒容，但随着护法将一枚又一枚金币放进他的手心，高塔舔着嘴唇，慢慢向手心中金光闪烁的硬币低下了头，仿佛他无法相信自己眼中看到的东西。

“等我们到了对岸，再给你同样多的钱币，”岚说，“但我们现在就要过河。”

“现在？”渡船主咬着下唇，踮起脚望着雾气迷茫的黑夜，突然一点头，“那就现在。好吧，放开我的手腕。我必须把我的工人叫醒，你不会以为我能一个人把渡船拖过去吧？”

“我会在渡口等，”岚用刻板的语气说道，“不会等很久。”他松开抓住渡船主的手。

高塔师傅猛地将握满金币的手收到胸前，又向岚点了点头，随后就飞快地用屁股把门关上了。

第12章 渡过塔伦河

岚走下台阶，让众人下马，牵马跟着他穿过灰雾。众人只能信任这名护法的方向感。雾烟沉积在兰德膝盖的高度，让他看不见自己的双脚，三尺(**注：“尺”是时光之轮世界里的长度单位，一尺等于三手**)外的所有东西也都模糊不清。这场雾已经不像他们赶路时那样浓重了，但兰德依旧很难看清他的同伴们。

除了他们之外，街道上还看不见其他人，亮起灯光的窗子多了几个。雾气让它们变成一块块小光斑，而且往往这是房子惟一能够被看见的部分。能看到的房子都好像飘浮在一片云海之上，而且有些房子被淹没在浓雾之中，使得突出于雾气中的屋子看起来都像是方圆几里之内惟一的建筑。

兰德僵硬地移动着长时间骑乘后疼痛不堪的肢体，心里寻思着自己能不能用步行完成从这里到塔瓦隆的旅行。当然，走路应该不会比骑马更省力气，但现在他的双脚可能是全身惟一没那么酸痛的部位了。至少他更习惯于走路。

兰德惟一听到的话音是沐瑞回答岚时说的，“必须由你来应对他。他会记住太多信息，我无能为力。如果我在他的印象中太过突出……”

兰德厌烦地抖动着浸透了潮气的斗篷，尽量和同伴们靠在一起。麦特和佩林自顾自地嘟囔着，只有在不小心绊到什么东西时会惊呼一声。汤姆·梅里林也在低声叨念着，诸如“热饭”、“炉火”、“暖葡萄酒”之类的字眼不停飘进兰德的耳朵里。但护法和两仪师完全没理会这些人的反应。艾雯一言不发地走着，她挺直了背，高昂着头，她肯定是在强自压抑着身体的痛苦，兰德知道她的骑术绝对不比他更好。

她倒是在享受冒险生活了，兰德郁闷地想。他怀疑艾雯根本没注意到雾气、潮湿或寒冷这种小事。即使对同一种状况，寻求冒险的人和被迫逃命的人肯定也会有不同的感受。在走唱人的故事里，必定可以把在湿冷的浓雾中精疲力竭地狂奔、头顶有人蝠监视、背后有怪物追赶等等讲得非常刺激。兰德不知道艾雯是否感到刺激，他自己又冷又湿，而且很高兴能置身于一个村庄中，哪怕这是塔伦渡口。

突然间，兰德撞上某个巨大而温暖的黑东西，是岚的马。护法、沐瑞和其他人都已经停下了。他们都拍抚着自己的坐骑，与其说是在安慰那些马，倒更像是在安慰他们自己。雾气更薄了一些，足以让他们辨别出彼此的脸。他们的脚还隐藏在灰色的雾层中，那些村舍又全部都消失了。

兰德小心地牵着飞云向前走了一小步，便惊讶地听到自己的靴子踏在木板上的声音。他们已经在渡口码头上了。

他又小心地牵着灰马退了回去。他听说过，塔伦渡口的码头就像一座通往渡船的桥。塔伦河比酒泉河宽许多，而且非常深，河面以下暗伏着许多急流，足以淹死最强壮的泳者。在这样的雾中……当他重新感觉到土地时，心情才放松下来。

岚忽然重重地嘿了一声。他一边向他们打着手势，一边冲到佩林身边，掀起年轻人的斗篷，露出佩林腰间的斧头。兰德并不明白岚的目的，但也急忙将斗篷掀到肩膀上，露出佩剑。当岚快步走回到坐骑身边时，浓雾中出现了一点火光，然后是沉闷的脚步声。

六名穿着粗布衣服、表情木讷的男人跟随高塔走了过来。他们手中的火把驱散了四周的雾气。他们在伊蒙村人的面前停下，这群人仿佛被环绕在一堵灰墙之中。渡船主审视着船客们，窄脸侧向一旁，鼻子一下一下地抽动着，仿佛一只黄鼬在嗅着陷阱的气味。

岚带着悠闲的神情靠在马鞍旁，一只手却炫耀般按在长剑柄上，他流露出一种金属弹簧般的气势，随时等待着瞬间跃出。

兰德急忙模仿护法的姿势——他立刻就用手按住了剑柄，至于那种散发着死亡气息的懒散样子，他可以以后再学。**如果我现在摆出那种样子，也许他们会笑我的。**

佩林从腰带上解下斧头，有意地站直了身体。麦特一只手按在箭囊上，但兰德不知道在这种潮湿的天气里，他的弓弦是否还管用。汤姆·梅里林优雅地向前走了一步，缓缓转动着一只空手，突然，他的两根手指间出现了一把旋转的匕首，匕首柄最终落在他的手心里，他开始若无其事地清理指甲。

沐瑞发出一阵低微、愉快的笑声。艾雯拍着手，仿佛正在观看节日的表演，虽然她很快就停下来，脸上显出羞窘的样子，但她的嘴角还是带着一抹微笑。

高塔显然很缺乏幽默感。他盯着汤姆，大声清了清喉咙。“我们的人认为渡河只用这点钱是不够的。”他打量着这一行人，目光阴沉又狡诈。“你们刚刚给我的，我已经收到安全的地方了，但那点钱是不够的。”

“剩下的金子，”岚对他说，“等我们到了河对岸就给你。”他轻轻拍了一下腰间的皮囊，里面发出金属撞击的声音。

片刻之间，渡船主的眼睛亮了一下。然后，他点点头，“那让我们开始吧!”他一边嘀咕着，一边带领六名船工走上码头。灰雾在他们面前散开，又在他们的背后汇合在一起，充塞了他们留下的空间。兰德急忙跟了上去。

渡船是一艘平头驳船，船尾有一块木板，可以放下成为连接码头的步桥，或者提起成为船尾护板。渡船的两侧各挂着一根手腕粗的缆绳。缆绳一端固定在码头边粗大的立柱上，另一端消失在河对岸的夜色中。船工将火把插在渡船两边的铁架上，等待着船客牵着他们的马走上船，然后拉起了船尾的木板。船甲板在人马的重压下咯吱作响，渡船也晃动起来。

高塔不住地嘀咕着，偶尔又叫嚷着要船客管住马匹，注意站在渡船中间，不要挡了船工的路。然后他又向船工们叫喊，向他们下达各种各样的命令，但那些男人只是慢吞吞地、带着一脸不情愿的神色做着开船的准备。实际上高塔对这份工作也没什么热心。他经常会喊到一半时又闭上嘴，高举起火把向浓雾中张望两眼。最后，他彻底停止喊叫，走到船头，在那里望着被浓雾覆盖的河面。他就在那里呆呆地站着，直到一名船工碰了碰他的手臂，他仿佛被吓了一跳似的，转头盯着那名船工。

“怎么啦？哦，是你啊？准备好了？什么时候？喂，你还在等什么？”他毫不在意地挥舞着手臂，火把在他手中大幅度晃动，让马匹都惊悸地向后退去。“开船！快点！快点！”那名船工懒洋洋地服从了命令。高塔继续盯着前面的浓雾，同时不安地在外衣前襟上擦着手掌。

固定渡船的缆绳被松开，渡船在急流中震颤着，最终晃动了一下，被牵引缆绳拉住。船工们每三人一组站在渡船两边，抓住牵引缆绳上的固定绳，从船头向船尾走去，他们一边不高兴地嘟囔着，一边将渡船向灰色的河中推去。

很快他们就看不见河岸了，周围只有灰色的雾气。在摇曳的火光中，雾墙伸出一根根触须，从渡船上飘过，渡船在水流中迟缓地摇晃着。船工们迈着整齐划一的脚步从船头到船尾周而复始地走动着，一时间，他们仿佛是全世界惟一在移动的东西。没有人说话。伊蒙村的年轻人在渡船中间挤成一团。他们都听说过，塔伦河是一条非常宽的河，而浓雾更让这条河仿佛根本就没有边际。

过了一会儿，兰德走到岚身边。在此之前，兰德见过的最深最宽的水面只有水林中的池塘而已，这条让人无法涉过、无法游过，甚至是看不到对岸的河流难免会让他感到紧张。“他们真的会抢我们吗？”他低声说，“看他的样子，倒像是在害怕我们会抢他们。”

护法看着渡船主和那些船工，完全没表现出在听兰德说话的样子，但他用很低的声音回答，“躲藏在这片雾里……嗯，当隐身在别人看不见的地方时，人们对待陌生人的方式有时会发生变化。而会伤害陌生人的人也最容易认为陌生人要伤害自己。这个家伙……我相信如果价钱合适，他会把他的母亲卖给兽魔人做炖肉。我有些惊讶你为什么会这么问。我在伊蒙村时就听过人们都是这样说塔伦渡口人的。”

“是的，但……嗯，每个人都说他们……但我从没有想过他们真的会那样。实际上……”兰德决定最好不要再去想伊蒙村以外的人都是什么样子。“他也许会告诉隐妖我们过了河，”最后兰德说，“也许他也会把兽魔人载过来。”

岚冷笑一声，“劫掠陌生人是一回事，和半人交易又是另一回事了。你真的认为他会载兽魔人过河，特别是在这样的雾天里？他真的愿意和魔达奥谈话？如果他遇到这种事，他会花上一个月时间拼命逃跑。我不认为我们要担心塔伦渡口有暗黑之友，至少我们已经争取到一段安全的时间，袭击伊蒙村的那些兽魔人暂时追不上来了。但你还是要注意保持警戒。”

高塔已经不再向前方张望，而是转过了身，他高举着火炬，仰起尖下巴，盯着岚和兰德，仿佛刚刚看清他们俩一样。现在能听到的声音只有船板的摩擦声、船工的脚步声和偶尔马蹄踏动的声音。渡船主察觉到岚和兰德也在看着他时，便急忙扭过头去。他飞快地转过身，继续盯着船头前面，在雾中寻找着河岸或者是其他什么东西。

“别再说了。”岚的声音低到兰德几乎无法听清。“在不好的时候，在有外人的时候，谈论兽魔人、暗黑之友或者谎言之父，要比家门上被画了龙牙更糟糕。”

兰德也没有继续问下去的欲望，他的心情愈来愈沉重。暗黑之友！隐妖、兽魔人和人蝠还不够吗？至少兽魔人出现时能够立刻被认出来。

突然间，前面的雾中隐约出现了影子。渡船碰到了河岸，船工们匆忙将渡船固定好，放下船头上同样的一块护船板，让它搭在码头上。麦特和佩林故意大声谈论塔伦河还不到他们听说过的一半宽。岚牵着坐骑走下步桥，随后是沐瑞和其他人。当兰德牵着飞云，跟随贝拉最后一个向船下走去时，高塔愤怒地喊道。

“喂！我的金子呢？”

“会给你的。”沐瑞的声音从雾中传来。兰德的靴子踏在步桥上，发出咚咚的响声。“每个工人还有一枚银币，”两仪师又说道，“为了奖赏他们迅速地渡河。”

渡船主犹豫着，向前皱着鼻子，仿佛嗅到危险的气味，但一听到有银币拿，船工们都已经有了反应。还没等高塔开口，他们已经抓了火把就迫不及待地跑下了船。渡船主也只好面色阴沉地跟着他们走下船。

兰德这时已经走到码头上，飞云的蹄子敲击在码头木板上，发出空洞的声音，灰色的雾气在这里像河对岸一样浓重。在码头末端，护法已经拿出了钱币。高举火把的高塔和船工们都围着他。除了沐瑞之外，其他人聚在一旁焦急地等待着。两仪师注视着兰德背后的河面。兰德打了个哆嗦，拉紧了潮湿的斗篷。他真的离开两河了，那种距离感绝不只是这一条河的宽度。

“好了，”岚一边说，一边将最后一枚金币放进高塔手里。“一分不少。”他还没收起钱袋，那个生了一张黄鼬脸的家伙继续贪婪地看着它。

码头突然开始颤抖，发出刺耳的嘎吱声。高塔一下子跳了起来，朝浓雾紧锁的河面上望过去，还留在渡船上的两支火把成了两个暗淡的光点。码头发出一阵阵巨大的呻吟，随着一阵雷鸣般的碎裂声，那两个光点开始剧烈地摇晃，然后旋转了起来。艾雯惊惶地叫喊了一声。汤姆低声咒骂着。

“脱缆了！”高塔尖叫着抓住船工，将他们朝码头末端推去。“渡船脱缆了，傻瓜！拉住它！拉住它！”

船工们在高塔的催促下向前迈出几步，却又全都停住脚步。渡船上微弱的灯光旋转得愈来愈快，它们周围的雾气也随它们一同旋转，最终被一个漩涡吞了进去。码头颤抖着，伴随着震耳欲聋的碎裂声折断了。

“漩涡！”一名船工喊道，他的声音充满了敬畏。

“塔伦河不会有漩涡，”高塔茫然地说，“从没有过漩涡……”

“真是不幸。”沐瑞的声音在雾气中带着回音。她转身面向陆地，雾气中只能勉强看见她的身影。

“很不幸，”岚用冰冷的声音附和着沐瑞，“看来你在一段时间内没办法载人渡河了。在为我们服务时你失去了船只，这实在是很糟。”他又从钱袋里掏出一把钱，“这应该能补偿你的损失。”

片刻之间，高塔只是盯着岚手中闪闪发光的金子，然后他肩膀一缩，眼睛转向其他船客。伊蒙村的年轻人只是一言不发地站着，因为雾气的关系显得模糊不清。渡船主语无伦次地叫嚷了两句，语气充满恐惧，然后他从岚手中抓起钱币，跑进了浓雾里。他的船工紧跟在他身后也跑掉了。他们的火把很快就消失在上游方向。

“我们毋需在此地逗留了。”两仪师说道，仿佛没有任何异常的事情发生过一样。她牵着自己的白母马，走上了堤岸。

兰德盯着那条被隐藏在迷雾中的河流。那也许是一次意外。高塔说过，这里没有涡流，但……他突然意识到其他人都已经走了，就急忙爬上稍有些向上倾斜的堤岸。

在堤岸上三步以外的地方便没有了一丝雾气。兰德定住脚步，回头望去。沿着河岸是一堵灰色雾墙，而和雾墙一线相隔的地方就是晴朗的夜空，虽然还是夜晚，但模糊的月亮代表黎明已经不远了。

护法和两仪师面对面地站在距离雾墙不远的地方，其他人聚在一起，和他们保持着一段距离。即使在昏暗的月光中，他们的紧张也显而易见。所有眼睛都望着岚和沐瑞。除了艾雯之外，所有人都不停地挪动着身体，仿佛正在为与那两个人保持距离，还是凑到他们身边去而犹豫不决。兰德急忙牵着飞云跑到艾雯身边。艾雯对他笑了笑。兰德觉得她眼中的光芒并非都来自月光。

“它一直沿着河岸，就像用笔划出来一样整齐。”沐瑞满意地说，“塔瓦隆里能独力做到这样的不超过十个人，更别说我还是一直在飞驰的马背上。”

“我不是要抱怨，两仪师沐瑞，”汤姆说道。他的声音显得很没自信，这名走唱人还没遇过这种的情形。“但如果雾的覆盖范围更大些不是更好吗？比如说，直到塔瓦隆？如果河这一边也有人蝠监视，我们争取到的一切优势也就丧失殆尽了。”

“人蝠并不聪明，梅里林师傅，”两仪师冷冷地说，“它们令人恐惧，有致命的危险和锐利的眼睛，但它们的智力很可怜。它会向魔达奥报告说河的这一侧没有雾障，但河道本身却被遮蔽在雾中。魔达奥将不得不考虑我们是否在河道中或沿河道行进。这会减慢它的速度，它将不得不分散力量。这片雾还会持续一段时间，以确保魔达奥无法察知我们利用船只行进了多少路程。让雾气一直蔓延到巴尔伦费不了多少力气，但那样就无异于告诉魔达奥我们的目的地。人蝠也就不必花上几个小时的时间向塔伦河的上下游搜索了。”

汤姆吁了一口气，摇摇头，“我道歉，两仪师。我希望没冒犯你。”

“啊，沐……啊，两仪师，”麦特用响亮的声音吞了口口水，“那艘渡船……啊……你……我是说……我不明白为什么……”他的声音愈来愈弱，周围陷入一片沉寂，兰德现在只能听见自己的呼吸声了。

过了良久，沐瑞终于说话了，她的声音如刀刃般划开了寂静。“你们都要解释，但如果我要向你们解释我的每一个动作，我就没时间做其他事情了。”在月光下，两仪师的个子似乎更高了些，几乎是在俯视着他们。“记住，我要让你们平安到达塔瓦隆。这就是你们需要知道的。”

“如果我们一直站在这里，”岚说道，“人蝠就不需要再去搜寻河道了。如果记得没错……”他牵着马向远处走去。

兰德觉得护法的动作仿佛释放了他胸中的某些东西。他深吸一口气，同时听到别人也都在做这个动作，甚至汤姆也不例外。兰德记起一句老谚语——宁唾恶狼面，不惹两仪师。不过紧张的感觉确实因为岚而舒缓了。沐瑞不再有那种居高临下的压迫感，她只不过是一名头顶勉强到他胸口的小女人。

“我想，我们还是不能休息吧！”佩林的声音中带着希望，最后他还打了个哈欠。艾雯靠在贝拉身上，疲惫地叹了口气。

这是兰德第一次听到艾雯有接近于抱怨的表示，也许现在她终于意识到这不是一次伟大的冒险了，但他很快又愧疚地想起来，艾雯和他不一样，并没有大睡了一个白天。“我们的确需要休息，两仪师沐瑞，”他说道，“毕竟我们已经骑马跑了一整夜。”

“那么我建议去看看岚为我们准备了什么，”沐瑞说，“来吧！”

她带领大家走进河边的森林里。这是一片充满枯枝和黑影的森林。他们在林中又走了几百步，眼前出现一片空地和一个由枝干枯根堆成的小山，那应该是很久以前的一次洪水将许多羽叶木冲倒，堆积在一起造成的。沐瑞停下脚步，突然，一团火光从残树堆成的小山下亮了起来。

岚举着一支火把，从树山下面爬出来，站直身子。“没有不受欢迎的来访者，”他对沐瑞说，“我留下的柴仍然是干的，所以我点了一小堆火。我们可以暖和地休息一下了。”

“你之前就料到我们会在这里停下来？”艾雯惊讶地问。

“这里应该是个合适的地方，”岚答道，“我喜欢先做好准备，以防万一。”

沐瑞从岚手上接过火把，“你能照顾一下马匹吗？等你好了之后，我会处理大家的疲劳。现在我想和艾雯谈一谈。艾雯？”

兰德看着那两个女人俯下身，消失在那一堆枝干下面，那里有一个低矮的开口，勉强能让她们蜷着身子走进去。火把的光线消失了。

岚在准备行李时也备好饲料袋和少量燕麦，但他没有让众人解下马鞍，而是让马匹全副装备地套好同样是他事先准备的缚足。“没有马鞍的马能休息得更好，但如果我们必须尽快离开，也许我们不会有时间上鞍。”

“它们看起来根本不需要休息。”佩林一边说，一边将饲料袋套在坐骑的嘴下，那匹马用力摆了几下头，才让佩林将饲料袋固定好。兰德也连续试了三次，才将饲料袋挂在飞云的笼头上。

“它们需要休息。”岚对他们说，他在固定好坐骑的前足后站起身。“确实，它们还能跑，如果我们不加约束，它们能跑出它们最快的速度，直到最后一秒钟，它们会因为体力耗竭倒地死亡。在这之前它们甚至完全不会感觉到疲累。实际上，我希望两仪师沐瑞不必那样做，但那实在是必须的。”他拍了拍黑战马的脖子，那匹马低下头，仿佛在回应护法的抚慰。“在随后的几天里，我们都要让它们缓步慢行，直到它们恢复体力。也许会太慢，但如果运气好，这对我们而言也就足够了。”

“她……？”麦特用勉强能听见的声音缓缓地说，“她也要这样对我们吗？对于我们的疲劳？”

兰德拍着飞云的脖子，茫然地盯着前方，尽管沐瑞救活了谭姆，但他仍然不想让两仪师在他身上使用至上力。**光明啊，她几乎已经承认渡船就是她弄沉的。**

“差不多吧！”岚挖苦地笑了两声，“但你不必担心会一直跑到倒地为止，除非情况突然严重恶化。就把这当成是额外多睡了一晚吧！”

人蝠尖利的嚎叫突然从雾气覆盖的塔伦河上空传来，就连马匹都僵立在原地。又一次尖叫，正在朝他们靠近。又一次，兰德的颅骨仿佛被针刺穿了一样。然后嚎叫声逐渐减弱，又完全消失了。

“好运气，”岚吁了口气，“它正沿河道搜寻我们。”他快速地一耸肩，突然郑重其事地说，“我们进去吧！我想来点热茶和一些可以塞肚子的东西。”

兰德第一个手脚并用地钻进树山的开口，经过一小段隧道后，他停了下来。这里是个不规则的空间，一个枝干组成的宽大洞穴。只是这个洞太低了些，只有女人站立时才不会碰到洞顶。一个用河石围成的火池里燃着一小堆火，冒出的烟尘飘散进枝干的缝隙中，当然，厚重的枝干洞壁让火光绝对不可能透到外面去。沐瑞和艾雯都脱下了斗篷，面对面地盘腿坐在火堆另一边。

这时沐瑞正在说话，“至上力来自真源，是创生的动力，是创世主用以转动时光之轮的力量。”她将双手举在胸前，手心相对合在一起，“阳极力是真源男性的一半，阴极力是女性的一半，它们彼此对立，却又融为一体，提供了这股力量。”她抬起一只手，又让它落下，“阳极力因为暗帝的碰触而受到污染，如同水上漂浮着一层腐败的油脂，水仍然纯净，但碰触水就必须碰触这层污染。只有阴极力仍然可以被安全地使用。”艾雯背对着兰德。兰德看不到她的脸，但她显然正饥渴地向前倾着身子。

麦特在后面捅了捅兰德，嘀咕了些什么，兰德急忙从洞口爬开。沐瑞和艾雯并没有理会进来的兰德。其他男人们也逐一爬进来，解下潮湿的斗篷，围在火堆边坐下，伸手到火焰上取暖。岚是最后一个进来的，他从枯枝间拖出水囊和几只皮袋，又从皮袋中掏出壶来，开始煮茶。他并没有在意那两个女人的对话，但兰德和朋友们很快就停止了在火上翻转手掌，毫不掩饰地盯着那两个女人。汤姆装模作样地擦拭着自己纹饰华丽的长笛，但他靠向两个女人的坐姿出卖了他真正的兴趣所在。沐瑞和艾雯却好像洞里只有她们两个一样。

"不，"沐瑞说。兰德并没有听到艾雯问的是什么。"真源不会被用尽，就如同磨坊的水轮无法用尽河流的力量。真源是河流，两仪师是水轮。"

"你真的认为我能学会？"艾雯问，她的脸上闪动着渴望的光芒。兰德从没见过她的表情是如此美丽，如此遥远。"我能成为两仪师？"

兰德一下子跳了起来，头撞在洞顶的原木上。汤姆·梅里林抓住他的手臂，把他拉了回来。

"别傻了。"走唱人低声说道。他看着那两个女人（那两个女人根本没有看他们一眼），又用同情的目光看着兰德。"你无能为力了，男孩。"

"孩子，"沐瑞轻柔地说，"只有很少的人能学会碰触真源，使用至上力。有人能够达到的程度深一些，有的人浅一些。而你不需要学习就已经能碰触到真源，这样的人在全世界也是极为稀少的。不管你是否愿意，真源都会与你发生关系。但如果没有塔瓦隆的教导，你永远也不能充分地导引它，甚至有可能因它而失去生命。天生就能碰触阳极力的男人必死无疑，如果红宗没有找到并驯御他们……"

汤姆的喉咙中发出一阵低沉的吼声。兰德不安地动了动身体。两仪师提到的这种男人非常罕见，兰德以前只听说过三名这样的男人。感谢光明，他们都不是两河人。那三名男人在被两仪师找到前制造了各种巨大的破坏，比如战争、毁灭城市的地震。兰德不知道宗派到底指的是什么，在那些故事里，宗派好像是两仪师内部的一些组织，她们不但对外使用各种阴谋诡计，宗派间也彼此勾心斗角。不过所有的故事都很清晰地表达了一个信息——红宗的首要职责是防止再一次世界崩毁，所以这个宗派的成员一直在猎捕所有与至上力有关的男人，即使这个男人只是梦想过使用至上力。这时麦特和佩林的表情仿佛是希望他们还在家里，在他们的床上做着美梦。

“……但也有一些女人会因此而死。没有正确的指导很难掌握至上力。那些我们没有找到，却能够独自活下来的女人，经常会成为……嗯，在世界的这个角落里，她们也许会成为村中的乡贤。”两仪师若有所思地停了一下，“古老的血脉在伊蒙村非常强大。这些古老的血脉正在歌唱，我从看见你的第一眼开始就知道了。任何两仪师如果遇到能够导引的女人，或者即将蜕变出这种力量的女人，都会立刻感觉到。”她在腰间的包包中翻找着，找出她早先曾经用金链挂在额头上的那颗蓝色小宝石。“你已经非常接近了，你很快就会第一次碰触到它。最好由我指引你经历这次碰触。这样你可以避免一些……令人不舒服的效果。”

艾雯睁大眼睛看着那块宝石，不停地舔着嘴唇，“它……有至上力吗?”

“当然没有，”沐瑞确定地说，“物品不会有至上力，孩子，即使法器也只是工具。这只是一块漂亮的蓝宝石，但它可以发光。拿去。”

沐瑞将那颗宝石放在艾雯的指尖上，艾雯的手不停地颤抖着，她下意识地想将手抽回，但沐瑞一只手抓住了她的两只手，另一只手轻轻抚摸着艾雯的头侧。

“看着这块石头，”两仪师轻声说，“这样要比一个人独自摸索好得多。将一切思绪从头脑中清理出去，只剩下这块石头。清空一切杂念，让自己飘浮起来，只有这块石头和虚空。我会开启它。飘浮，让我指引你。没有任何思想，飘浮。”

兰德的手指深深地抓紧膝盖，他紧咬的牙关传来阵阵疼痛。艾雯一定要失败，她一定要。

蓝色的光芒在宝石中一闪即逝，仿佛一只小小的萤火虫骤然飞过。但兰德却全身战栗，如遭雷击。艾雯和沐瑞盯着那颗宝石，两人脸上都没有任何表情。又一道光芒闪过，又是一道，天蓝色的闪光如同心跳般脉动着。是两仪师干的，兰德绝望地想，一定是沐瑞干的，不是艾雯。

最后一道极为微弱的蓝光闪动了一下，宝石又恢复成原样。兰德屏住了呼吸。

片刻之间，艾雯仍然只是盯着那颗小宝石，然后她抬头望着沐瑞。“我……我觉得我感觉到了……什么，但……也许你对我的判断是错的。我很抱歉浪费了你的时间。”

“我什么也没浪费，孩子。”一个满意的微笑出现在沐瑞的嘴角。“最后这一点光是你独自做到的。”

“是吗?”艾雯喊道，随后又立刻显出沮丧的神情，“但它微弱得几乎和没有一样。”

“你真是和乡下傻女孩一样。大多数前往塔瓦隆的人必须在进行许多个月的学习后才能做到你刚才所做的事情。你有无限的资质。甚至也许有一天，你会成为玉座，只要你努力学习，努力工作。”

“你是说……”艾雯欢呼一声，张开双臂抱住两仪师。“哦，谢谢你。兰德，你听到了吗?我要成为两仪师了!”

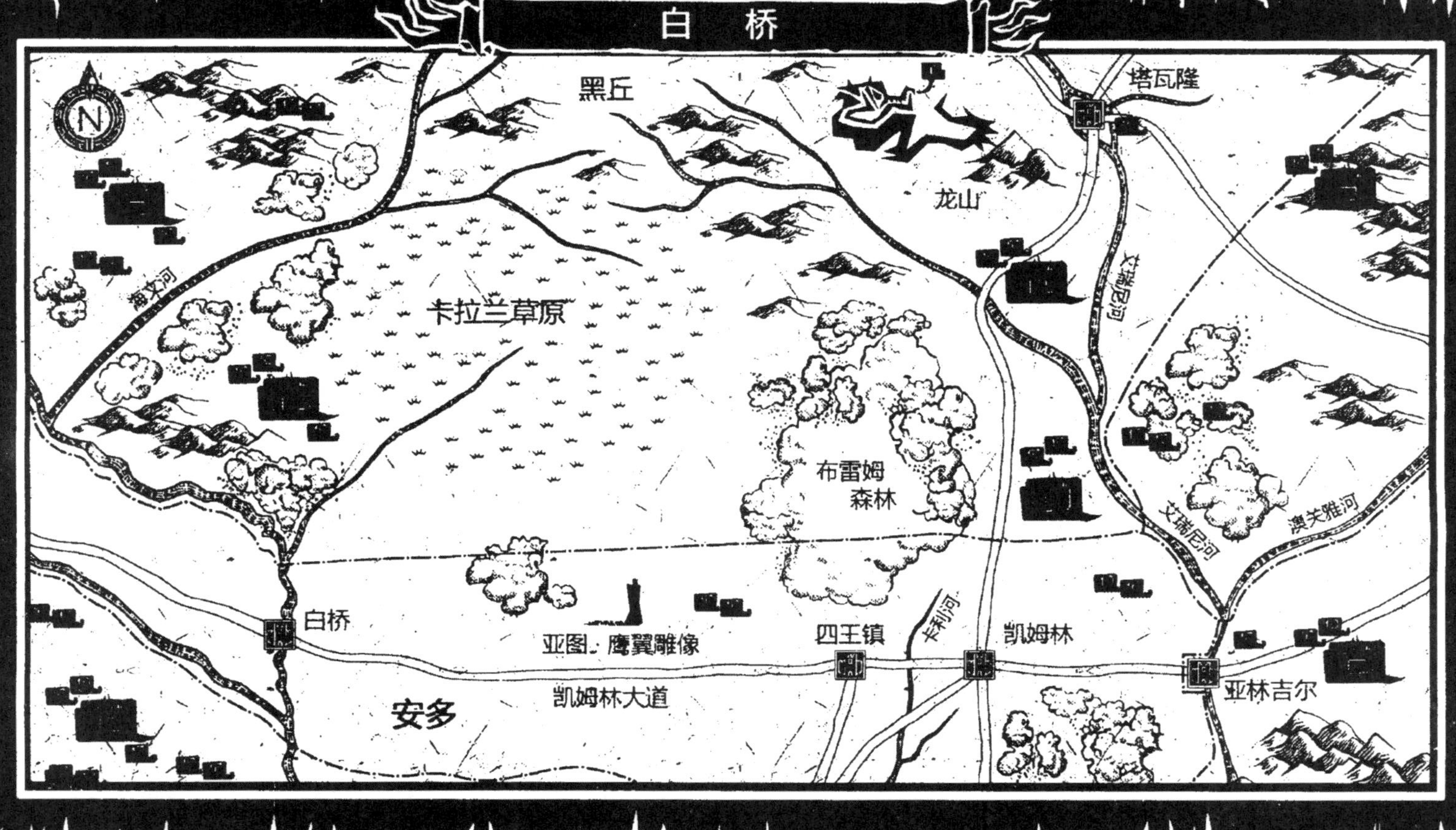
白桥
黑丘
塔瓦隆
龙山
艾瑞尼河
卡拉兰草原
海文河
布雷姆
森林
艾瑞尼河
澳关雅河
白桥
亚图．鹰翼雕像
四王镇
卡利河
凯姆林
亚林吉尔
凯姆林大道
安多

第13章　选　择

在入睡之前，沐瑞依次跪到每一个人身边，将双手放在他们的头上。岚拒绝了沐瑞，说他不需要，还嘟囔着说沐瑞不该浪费力量，但他并没有阻止沐瑞。艾雯迫不及待地要体验沐瑞的至上力。麦特和佩林则很害怕沐瑞对他们那么做，却又害怕拒绝沐瑞。汤姆躲避着两仪师的双手，但沐瑞用双手捉住他的脑袋，同时用眼神告诉汤姆不许胡闹。走唱人只得不停地低声埋怨。从汤姆头上拿开双手之后，沐瑞露出捉弄的微笑。汤姆只是更加紧皱眉头，但他确实是完全恢复了精神。他们的劳累真的都消失了。

兰德缩进洞壁的一个小凹坑里，希望两仪师会忘掉他。靠在枯枝上，他的眼皮不由自主地想合在一起，但他强迫自己睁眼看着。他用手捂住嘴，压抑住一个哈欠，只要小睡一会儿，一个小时或两个小时，他就能恢复过来。但沐瑞没有忘记他。

当两仪师冰凉的手指按在他脸上时，他打了个哆嗦，急忙说，“我不……”随后，他惊讶地睁大了眼睛，疲倦如同春天山中的积雪化成水流泻干净，疼痛和酸软也全都成了回忆。兰德张着嘴，盯着沐瑞，而沐瑞只是微笑着收回双手。

“可以了。”沐瑞站起身，叹息一声，神情中流露出倦意，这让兰德想起岚的话——两仪师不能对自己施行这样的护理。在随后进餐时，沐瑞只是喝了点茶，拒绝岚请她吃一点的面包和奶酪的苦苦恳求。然后她就蜷起身子躺在火旁，用斗篷盖好身体，接着在眨眼间她仿佛就陷入了沉睡。

其他人，除了岚之外，也都躺倒在地上，很快就睡着了。兰德不明白这是为什么，他觉得自己就好像刚刚在床上熟睡了一整夜一样，但他一靠在洞壁上，睡意就如潮涌般向他扑了过来。当岚在一个小时后将他叫醒时，他觉得自己仿佛已经睡了三天。

护法叫醒所有人，除了沐瑞。而且他严格禁止任何可能会吵醒沐瑞的声音。他又让众人在洞中歇了一会儿，便带领他们清除掉所有在这里歇宿的痕迹，备好马匹。当太阳升到地平线以上大约一根手指的高度时，这支队伍已经开始缓步向巴尔伦行进。两仪师睡眼惺忪地坐在马鞍上，但她的身子坐得笔直，稳稳地不见丝毫晃动。

浓重的雾气仍然覆盖着他们身后的河流，灰色的雾墙轻易便阻挡住虚弱的阳光，将两河隐藏于其中。兰德骑在马上回头望去，希望能看家乡最后一眼，哪怕是塔伦渡口也行。但最终消失在他视野里的只是一片灰蒙蒙的雾气。

“我从没想过会离家这么远。”当树木最终遮蔽了塔伦河边的浓雾后，他说道。“记得吗，以前我们觉得望山就够远了！”那是两天前的事情，现在却似乎是许久以前的历史了。

“再过一两个月我们就能回来了，”佩林用故作轻松的语气说，“想想那时我们能给他们说怎样的故事吧！”

“兽魔人不可能永远追逐我们，”麦特说，“烧了我吧，不可能的。”他挺直身体，重重地叹了口气，又在马鞍上软了下去，仿佛他并不相信自己的话。

“男人！”艾雯哼了一声，“你们不是一直在高谈阔论伟大的冒险吗？现在你们不是正在踏上征途吗？你们却又谈论起家乡来了。”她高昂起头。但兰德听出她声音中的颤抖。现在两河已经彻底看不见了。

沐瑞和岚并没有试图安慰他们，当然也没有说任何一句他们一定能回到家乡的话。兰德竭力不去想这代表着什么。虽然有了充分的休息，他的心里却充满疑虑，现在他不想让自己有更多担忧了。他躬身骑在马上，开始幻想自己和谭姆一起在青葱茂密的草原上放牧羊群，百灵鸟放声唱起春天的歌曲。他们在立春节来到伊蒙村，在草原上纵情舞蹈，完全不需要考虑跳错舞步或有什么失态的表现。他努力想让这个白日梦一直持续下去。

前往巴尔伦的旅程持续了几乎一个星期的时间。岚一直在说他们落后了，但正是他一直在压制他们的前进速度，并强制队伍频繁地休息。而他惟一不惮于肆意挥霍的就是他自己和他的黑色战马的体力（兰德现在知道这匹黑马的名字是“曼塔”，岚说这个词在古语中是“锋刃”之意）。护法总是跑在队伍前面进行侦察，或是留在队伍后面确认是否有人跟踪，他一次又一次地从众人身边飞驰而过，变色斗篷飘扬在他背后，这让他每一天都要跑出比别人多一倍的路。但只要其他人的前进速度超过了马匹走步的程度，立刻就会被他训斥要顾惜马力。他会用严厉的语气警告他们，如果他们只能步行前进，将完全没办法应对兽魔人的袭击。即使是沐瑞，只要她的白母马走快了几步，也无法躲避岚的责备。这匹清秀的母马名字叫阿蒂卜，在古语中是“西风”之意——带来春雨的风。

不过至今为止，他们还没遭遇到任何追逐或伏击。护法只把侦察到的情况告诉沐瑞，他们两个总是用别人听不到的耳语交谈，然后两仪师把认为该让大家知道的信息讲出来。一开始，兰德在行进中不时会回头观望。他不是惟一紧张的人，佩林时常会用手指摩擦斧刃，麦特一直将箭搭在弓弦上。但他们背后一直没有兽魔人和穿黑斗篷的人追上来，天空中也没再见到人蝠。慢慢地，兰德开始相信他们真的逃脱了。

塔伦河以北像两河一样，寒冬迟迟不去，即使在最茂密的丛林中，也只有松树、冷杉、羽叶木，偶尔一见的胡椒树和月桂树上还残留着一些发黑的叶子，其他树仍然只有光秃秃的干枝。经过一个冬天的积雪覆压，枯草地上很难见到新发的草芽。而那些发芽的草株也都是一些荨麻、蓟、臭味草之类的植物。在裸露的林间土层上，树枝覆盖的阴影中仍然能看到残存的积雪。所有人都用斗篷裹紧身体，白天稀薄的阳光并不能提供任何温暖，夜晚更是伴随着刺骨的寒意。这里的鸟雀像两河一样少，就连乌鸦也很少见。

虽然他们前进速度缓慢，但一点也不悠闲。北方大道几乎是笔直地通往北方（兰德仍然在心中这样称呼这条路，但他怀疑出了两河之后，这条路也许有另一个名字），但岚坚持要众人以蛇形路线前进。往往在硬土路上走一段时间，他们就要钻进树林里再走一段，只要发现村庄或农场，以及其他任何人类的痕迹，他们都要多走段路绕开。幸好一路上这样的地方并不多。在旅程的第一天里，兰德就没见到任何人烟。他觉得即使在他去迷雾山脉山脚下探险时，也不曾觉得自己是如此地深入荒野之地。

所以当他见到旅程中第一个农场时，不由得吃了一惊。那个农场中有个高大的农舍和一座久经日晒雨淋、有着很高的尖脊的畜栏。

“和家乡的一样。”佩林朝着远处的建筑皱起眉头，因为树林的阻隔，他们不太能看得清楚，在农场的院子里有一些人，他们似乎并没注意到这些旅行者。

“当然有差别，”麦特说，“我们只是不能靠得太近，好看个仔细。”

“我告诉你，那没有不一样。”佩林坚持说。

“一定有不一样，我们已经到塔伦河以北了。”

“安静，你们两个。”岚斥责他们。“我们不能被看见，这边走。”他转头向西走去，要从树林中绕过农场。

兰德又回头看了一眼，他觉得佩林是正确的，那座农场看起来和伊蒙村的任何一座农场一模一样。有个小男孩在井边打水，几个更大的孩子在一道栅栏后面照顾羊群。甚至这里的晒烟棚也和两河的一样。但麦特也是对的，**我们已经在塔伦河北边，一切必定都不一样了。**

他们总是在天还亮着的时候就停下来，选择一个背风的斜坡歇宿。他们的营火总是很小，并在周围进行了伪装，以至于在十几步外就看不见了。只要茶一煮好，他们就会将火熄灭，把炭灰用土埋住。

从他们第一次歇宿时起，岚就会借着夕阳的光线教导男孩们如何使用他们携带的武器。护法从长弓开始，看过麦特在百步外将三支箭射在人头大小的靶上后，他又让佩林和兰德试射。佩林取得了和麦特相同的成绩。兰德在脑海中构筑起火焰和虚空，让长弓融入绝对平静的自己，成为自己的一部分，或是让自己成为长弓的一部分。他射出的三支箭几乎都射在一个点上，麦特拍了拍他的肩膀，以示祝贺。

"现在，如果你们都有弓，"护法看着三个满脸笑容的男孩，用冰冷的语气说道，"兽魔人也乖乖站在远离你们的地方……"笑容从三个男孩的脸上消失了。"让我看看能不能教你们一些兽魔人冲上来以后的事情!"

他向佩林示范了一下如何使用那把大斧头，让佩林知道斧头作为与人对抗的武器运用时，和伐木斧或棍棒是不一样的。魁梧的铁匠学徒随后便开始了一系列格挡、闪避和攻击的练习。岚接着又开始训练兰德用剑。关于用剑，兰德能想到的只有用尽全力劈向敌人，但岚教导他要以流畅、连续的动作使用剑，一个动作紧接着一个动作，就像舞蹈一样。

"只是移动剑刃并不够，"岚说，"虽然一些剑士的确有这样的想法。思维是剑术的一部分，或者说，是剑术的大部分。清空你的头脑，牧羊人，不要让它存在憎恨、恐惧，或者其他任何情绪，将一切烧光。你们两个也要听我说。无论是斧头、弓箭、长矛、棍棒，还是徒手搏击，这点都是非常重要的。"

兰德盯着岚，有些惊讶地说，"火焰和虚空，这就是你的意思吗?我父亲曾经这样教过我。"

护法看了他一眼，眼神中流露出兰德无法理解的神色。"像我教你的那样握住剑，牧羊人。我不可能在一个小时内就把一名菜鸟训练成剑技大师，但也许我能让你学会不要砍到自己的脚。"

兰德叹息一声，用双手将剑举在面前。沐瑞看着他们，脸上没有任何表情。但第二天晚上，她要岚继续训练三名男孩。

晚饭和午饭、早饭一样，都是干面包、干酪和干肉，只不过晚饭的食物可以用热茶冲下肚，而不必是凉水。汤姆会在晚餐后表演几个节目。岚不让走唱人演奏竖琴和长笛，护法不希望他们在荒野中发出任何容易被察觉的声音。不过汤姆可以演杂耍和讲故事。"玛拉和三个傻国王”、关于睿智顾问安莱上百个故事中的一个，或者是号角狩猎那样的伟大冒险。汤姆的故事永远都有一个快乐的结尾，故事里的主角一定能回到家乡，和亲人们团聚。

虽然一路上一直平安无事，树林里没有再出现兽魔人，天空中没有再出现人蝠，但兰德却觉得他们时刻都处在紧张的状态里。

有个早晨艾雯醒来，开始将辫子解开，兰德一边整理铺盖卷，一边从眼角望着她。每晚营火熄灭后，大家打开铺盖入睡时，只有艾雯和两仪师还坐在原地。这两个女人总是会避开男人，单独交谈一两个小时，直到其他人陷入沉眠。兰德给飞云上鞍时，艾雯还在梳头，兰德在心里数着她已经梳了一百下。兰德将鞍袋和毯子捆在马鞍后面时，艾雯收起了梳子，将松开的长发拢到身后，戴上了兜帽。

兰德吃了一惊，急忙问：“你在做什么？”艾雯瞥了他一眼，什么话都没说。兰德这才意识到，这是他两天以来第一次跟艾雯说话，但他现在着急的是要艾雯给他一个答案，“你一直都等着能够绑辫子的一天，现在你为什么又把辫子松开了？因为她不绑辫子？”

“两仪师不绑辫子。”艾雯说，“至少，她们没有必须绑辫子的规矩。”

“你不是两仪师，你是伊蒙村的艾雯·艾威尔。如果妇议团看见你现在这样，一定会好好教训你一顿。”

“妇议团与你无关，兰德·亚瑟。我会成为两仪师的，只要我到了塔瓦隆。”

兰德哼了一声：“只要你到了塔瓦隆？为什么？光明啊，告诉我。你可不是暗黑之友！”

“你认为两仪师沐瑞是暗黑之友吗？是吗？”她紧握双拳，转过头盯着兰德。兰德几乎以为艾雯要打他了。“难道你没看见她拯救了村子？还救了你父亲？”

“我不知道她是什么人，而且其他两仪师不一定就会和她一样。故事里……”

“成熟点，兰德！忘记那些故事，用你自己的眼睛好好看一看。”

“我的眼睛看见她弄沉了渡船！那一点能否认吗？只要你决定了，

即使别人说什么，你也绝不会改主意。如果你不是被光明照瞎的傻瓜，你就应该能看出来……”

“傻瓜，是吗？让我告诉你一两件事吧，兰德·亚瑟！你是最顽固、最羊毛脑袋……”

“你们两个要把十里内的所有人都吵醒吗？”护法问。

兰德硬生生地把到嘴边的话咽了回去。他大张着嘴，这才意识到自己正在大喊大叫——他们两个都是。

艾雯的脸立刻变得通红。她转过身去，但嘴里又嘀咕了一声，“男人！”兰德觉得这一声似乎是同时针对他也针对护法。

兰德小心地朝营地周围环视一圈。不只是护法，所有人都在看着他。麦特和佩林的脸都白了。汤姆紧张的样子仿佛已经准备好要逃跑或进行战斗。只有沐瑞的脸上毫无表情，但她的目光似乎是一把钻穿兰德脑袋的锥子。兰德绝望地想要逐字逐句地回忆，自己到底说了些什么关于两仪师和暗黑之友的话。

“该是出发的时候了。”沐瑞说道。她转身向阿蒂卜走去。兰德哆嗦了一下，仿佛刚刚被从一个陷阱里放出来，也许他刚才真的已经掉进陷阱了。

又过了两个晚上，在低微的火光中，麦特舔净手指上最后一点干酪渣以后说道：“要知道，我想，我们已经彻底甩掉它们了。”岚又消失在夜色中，他在进行最后一次巡逻。沐瑞和艾雯又开始她们的单独谈话。汤姆正叼着烟斗打瞌睡。只有三名年轻男人围坐在营火旁。

佩林懒洋洋地用一根树枝翻动着火堆，回答道：“如果我们已经甩掉了它们，为什么岚还在不停地巡逻？”昏昏欲睡的兰德翻了个身，背朝着营火。

“我们已经把它们丢在塔伦渡口。”麦特将双手抱在头后，仰望着天空中的一轮满月。“也许它们已经放弃了。”

“你认为人蝠追我们是因为喜欢我们吗？”佩林问。

“要我说，不用再担心兽魔人了，”麦特仿佛根本没听见佩林在说话，只是自顾自地说下去，“我们应该想想在我们前面的世界。我们要去那些故事里讲述的地方。你们觉得一座真正的都市会是什么样子？”

“我们要去巴尔伦。”兰德迷迷糊糊地应了一句。麦特哼了一声。

“巴尔伦是不错，但我看过艾威尔师傅的古地图。如果我们到达凯姆林以后转向南方，那里的道路一直通往伊利安，甚至更远的地方。”

“伊利安有什么特别的？”佩林打着哈欠问。

“首先，”麦特回答，“伊利安没那么多两仪师……”

他们陷入了沉默。兰德一下子清醒过来。沐瑞比平时更早回来了，艾雯跟在她身边。三个男孩的目光全都集中在两仪师身上。麦特躺在营火旁，嘴巴还张着。沐瑞盯着那堆火，眼睛如同一双抛光的黑色宝石。兰德这才察觉到，两仪师已经回来好一会儿了。

“这些小伙子只是——”汤姆开口道，但沐瑞的声音盖过了他。

“才过了几天，你们就得意忘形了。”她的声音很平静，显得她的目光更加锐利了。“平安了一两天，你们就忘记冬日告别夜的灾难。”

“我们没忘，”佩林说，“只是——”他的声音还在提高，两仪师却已经像对走唱人一样把他压了下去。

“这就是你们的想法？你们全都渴望着逃到伊利安去，忘掉兽魔人、半人和人蝠？”她的目光扫过他们，那种冷冽的目光和平静的声音让兰德非常不舒服。但她并没有给他们回答的机会。“暗帝正在追猎你们三个，如果我任由你们跑去你们想去的地方，暗帝将得到你们。无论他想要的是什么，我都坚决反对他，所以你们好好给我听着，与其让暗帝得到你们，我会先亲手毁掉你们。”

沐瑞的声音让兰德坚信她是认真的，这位两仪师会依照她所说的去做。那一夜，兰德很长时间无法入睡。失眠的不只是他一个人，就连走唱人也在营火熄灭后的很长一段时间里没有发出鼾声。这一次，沐瑞没有来照顾他们。

艾雯和两仪师在晚间的那些谈话让兰德感到难过。她们从众人身边走开时，兰德都会思考她们会说些什么，做些什么。两仪师会对艾雯做什么？

一天晚上，兰德一直等到其他人都已入睡，汤姆打起像是锯橡树根般的鼾声，他悄悄站起来，用毯子裹住身体。用尽自己的每一分灵巧，像兔子般躲在月影中，溜到一株高大的羽叶木下面，躲在密实的硬阔叶下面，开始偷听不远处的沐瑞和艾雯说话，她们坐在一根原木上，用一盏小油灯照明。

“问吧！”说话的是沐瑞，“如果我能告诉你，我会的。不过要清楚，你有太多事情还没准备好。许多技艺需要更深一层的理解，你还无法学习。但你可以随意提问。”

“至上五力，”艾雯缓缓地说，“地、风、火、水和魂，男人拥有的地之力和火之力是最强的。这不公平，为什么他们会拥有至上五力中最强的部分？”

沐瑞笑了，“这就是你想的，孩子？有哪一块岩石能够坚硬到风和水无法将之侵蚀粉碎？有哪一团火能够不被水熄灭，被风吹散？”

艾雯沉默了一段时间，将脚趾抠进泥土中。“他们……就是他们……想要释放暗帝和弃光魔使，是吗？那些男性两仪师？”她深吸一口气，说话的速度也加快了，“那些与女人无关，是男人发了疯，毁灭了世界。”

“你在害怕。”沐瑞严肃地说，“如果你留在伊蒙村，你以后会成为乡贤。这就是奈妮薇的计划，对不对？或者你会成为妇议团的成员，在村议会自以为是的时候实际掌控伊蒙村的事务。但你做了他们无法想象的事。你离开了伊蒙村，离开了两河，想要在这个世界上寻求冒险。你想这样做，同时又害怕。你顽固地拒绝向你的畏惧低头。否则你就不会问我女人该怎样成为两仪师，否则你就不会将两河的习俗与传统抛到脑后。”

“不，”艾雯反对说，“我没有害怕，我真的想成为两仪师。”

“如果你心存畏惧，也许对你会更好些，但我希望你有你所说的信心。在这个时代里，拥有实力开始两仪师学习的女人已经很少了，而拥有这种意愿的人更少。”沐瑞仿佛是在喃喃自语，“一个村子里有两个人有这样的实力，这是绝无仅有的。古老的血脉在两河仍然非常强大。”

兰德在阴影中打了个哆嗦，一根小树枝在他脚下断成两截，他立刻僵在原地，屏住呼吸，冷汗从额头渗了出来。不过那两个女人似乎并没有察觉。

“两个？”艾雯喊道，“另一个是谁？是凯丽吗？凯丽·赛恩？还是拉莱·艾蓝？”

沐瑞气恼地一咋舌，用强硬的语气说道：“你必须忘记我刚才所说的。我害怕她将有另一条道路。关心你自己就好了，你所选择的绝不是一条轻松的道路。”

“我不会回头。”艾雯说。

“但愿如此。但你的内心还是存在疑虑，而我不能给你任何保证，任何你想要的保证。”

“我不明白。”

“你想要确信两仪师是善良纯洁的，是传说中那些邪恶的男人导致了世界崩毁，而不是女人。的确，那是男人做的，但那些男人绝不比其他男人更邪恶。他们是疯狂的，但不是邪恶。你将在塔瓦隆找到的两仪师也只是人类，和你遇到的其他女人没有不同，除了能力有别之外。她们的心灵同样有勇敢和怯懦、强壮和软弱、仁慈和残忍、温暖和冷酷，成为两仪师并不能改变一个人的本性。”

艾雯深吸一口气。“我想，我害怕会这样，害怕会被至上力改变。还有那些兽魔人、隐妖和……两仪师沐瑞，以光明的名义，为什么兽魔人会到伊蒙村来？”

两仪师转过头，盯着兰德藏身的地方。兰德的呼吸一下子冻结在喉咙里。他再一次感受到那种锥子般的目光，似乎浓密的羽叶木枝叶也挡不住。**光明啊，如果她发现我在偷听，她会怎么处置我？**

兰德竭力缩进树丛深处的黑影里。他的眼睛仍然看着那两个女人，脚下却被树根绊了一下。他踉跄着，用尽全力才没有栽倒在铺满地面的枯枝上，使其发出烟火般的噼啪巨响。随后他喘息着，手脚并用地向后爬行。几乎是全凭运气，他才没有发出任何声音。他的心脏剧烈地跳动着，仿佛是要撞破胸腔。**傻瓜！怎么会想到要偷听两仪师说话！**

回到其他人睡觉的地方，兰德努力以最小的声音滑进他们中间。

当他躺到地上，拉起毯子时，岚动了一下。但护法只是叹息一声，又平静了下来——他只是在睡梦中翻了个身。兰德无声地长吁了一口气。

过了一会儿，沐瑞出现在夜色中。她站在能够俯视那些睡梦中的男人们的地方，月光仿佛在她身周形成了一圈光晕。兰德闭着眼睛，呼吸平稳，集中起精神倾听着可能要靠近的脚步声。一直都没有这种声音响起。当他睁开眼睛时，沐瑞已经离开了。

他终于睡了过去，脑子里却闪过一幅幅可怕的画面，仿佛伊蒙村所有的男人都自称是转生真龙，所有女人都在额头上缀了一颗蓝宝石，就像沐瑞那样。此后兰德再没有想过要偷听沐瑞和艾雯的谈话。

到了第六天，缓慢的旅行还在继续。毫无暖意的太阳缓缓地滑向树梢，几片薄云高高地飘浮在北方的天空中，风开始变强。兰德一边用斗篷裹住身体，一边低声地嘟囔着。他不知道他们什么时候才能到达巴尔伦，他们从塔伦河走到这里的距离一定已经比从塔伦渡口到白河的距离更远了，但无论他什么时候问岚，岚却总是说他们只走了很短一段路，甚至根本还称不上是一段路程。这让兰德感到很失落。

岚出现在前方的树林中，他刚刚又完成了一次巡逻。现在他走在沐瑞身边，低头俯身到沐瑞耳边。

兰德紧咬住牙。他没有问任何问题，反正岚也不会回答。

其他人显然已经对护法的行动习以为常，除了兰德之外，只有艾雯对于岚的出现似乎有所反应，而她也在刻意压抑着自己。两仪师也许已经将艾雯当成了这些年轻人的首领，但这并不能让艾雯参与她和护法的交谈。佩林正拿着麦特的弓。他们距离两河愈远，佩林似乎就愈沉浸在自己的思绪里。麦特在缓缓而行的马背上，正根据汤姆·梅里林的指点试图同时抛接三颗小石块。走唱人每晚都会教他们一些技艺，就像岚那样。

岚结束了和沐瑞的谈话。沐瑞在马鞍上转过身，看着其他人，当她的目光扫过兰德时，兰德竭力不让自己有任何紧张的样子。两仪师的目光是否在他身上停留了更长一段时间？他有一种不安的感觉，两仪师知道那晚究竟是谁在偷听。

"嗨，兰德，"麦特喊道，"我能玩四颗石子了！"兰德朝他挥挥手，算是应答。"我早就说过，我能比你更快掌握四个球。我……看！"

他们刚刚登上一座低矮的小山。在前面不到一里的地方，穿过一些零星的树丛，巴尔伦出现在逐渐加深的夜色中。兰德大喘一口气，脸上同时显现出笑容和惊讶的表情。

一堵非常长的原木墙围住了那座城市，墙头有将近二十尺高，沿着墙壁还有一些木制的瞭望塔。在那堵墙里面能看到石板屋顶和倾斜的瓦顶反射着落日的余晖，一缕缕青烟正从烟囱中飘起，那里一定有几百根烟囱。当然，那里也有许多茅草屋顶。城市的东西两侧各连接着一条宽阔的大道，每条大道上至少有十几辆马车和两倍以上的牛车。城市北边分布着许多农场，南边林地中的农场相较而言就很稀少。但兰德从没想过会有这么多人在树林中开辟空地，耕种农田。**这座城市比伊蒙村、望山和戴文骑加在一起还要大，说不定还可以放进一个塔伦渡口呢！**

"真的是一座城市。"麦特一边呼气，一边在马背上向前倾过身子，盯着前方。

佩林只是摇摇头，"怎么可能有这么多人住在同一个地方？"

艾雯一言未发。

汤姆·梅里林瞥了麦特一眼，然后翻起眼睛，吹了一下胡子。"城市！"他又哼了一声。

"你呢，兰德？"沐瑞问，"你是怎么看巴尔伦的？"

"我想，我们已经距离家很远了。"兰德缓缓地说。麦特笑了一声。

"你们还有更远的路要走，"沐瑞说，"更加遥远得多。但你们没有选择，为了活下去，你们只能逃亡，躲藏，再逃亡。人生苦短，当旅程变得艰难时，你们必须记住，你们没有选择。"

兰德与麦特和佩林交换了一个眼神，看他们的表情，他们心中所想的应该和兰德一样。难道他们真的有选择吗？**两仪师已经替我们做了选择。**

沐瑞仿佛没察觉他们的心情，继续说道："危险同样存在于这里。在那堵围墙中一定要小心你们的舌头。最重要的是，不要提起兽魔人、半人或任何这类生物，你们甚至不能想到暗帝。巴尔伦的一些人对两仪师的敌意比伊蒙村人更重，而且那个城镇里有暗黑之友。"艾雯倒抽了一口气。佩林无言地嘟囔着。麦特的脸都白了。但沐瑞还是平静地说道："我们必须尽可能不引起注意。"岚已经换上一件深褐色的、做工精良的普通斗篷。他那件灰绿的变色斗篷被装进了鞍袋里，把袋子撑得鼓鼓的。"我们在这里也不使用本名，"沐瑞继续说，"在这里，我的名字是阿莉丝，岚是安德拉，一定要记住。好了，让我们在夜幕落下前进城吧！巴尔伦的大门在日落后会关上的。"

岚带头走下山丘，穿过稀疏的树林，朝那道原木围墙前进。他们一路上经过了六座农场，那些农场都和他们还有一段距离，做完一日工作的农夫们似乎也没注意到这些旅行者。最后他们来到围墙外用黑铁封箍的沉重木门前，虽然太阳还没落下，但他们已经都用斗篷紧紧裹住了身子。

岚拉了一下门边的一根绳子，墙里响起一阵铃声，一个戴着扁布帽的瘦脸男人带着狐疑的神情从墙头上两根原木间向下望过来。他比他们的头顶足足高了九尺。

"怎么啦？已经太晚啦，不开门啦！我说，太晚啦！去白桥门试试……"沐瑞的白马走到前面，让墙头上的那个人能清楚地看到她。那个男人突然咧开嘴，满是皱纹的脸上堆起一团笑容。他似乎既想和沐瑞说话，又急着要完成自己的工作，因此而犹豫不决。"我不知道是您，夫人。请等一下，我立刻就下来。稍等一下。我来了，我来了。"

那个人从墙头上消失了，但兰德还能听到他在喊着要他们等一下，他马上就过来。随着一阵巨大的吱嘎声，一扇大门被打开，门开到能够让一匹马通过的程度就停下了。那名看门人从门缝里探出脑袋，咧开少了一半牙齿的嘴对他们笑着，又急忙为他们让出路。沐瑞跟随岚走了进去，她的身后紧跟着艾雯。

兰德催赶飞云跟在贝拉后面，进入围墙后，他处身于一条狭窄的街道上，街两侧是高高的木板墙和仓库。那些高大的仓库没有窗户，宽阔的木板门也都紧闭着。沐瑞和岚已经下了马，在和那名满脸皱纹的看门人说话。兰德于是也下了马。

那个小个子男人穿着有不少补丁的斗篷和外衣，他将扁布帽握在手里，每次说话时都会低下头。他向岚和沐瑞身后的众人望了一眼，又摇摇头，笑着说，“乡下人，阿莉丝夫人，为什么您要带着这些头发里还有干草的乡下人？”然后他又看了汤姆·梅里林一眼。“你可不是跟绵羊和农田打交道的人。我记得几天前还曾经让你通过这道门。乡下人对你的技艺没兴趣吗，走唱人？”

“希望你已经忘记曾经给我们开过门，阿文先生，”岚说着将一枚钱币塞进看门人的手里，“同样也忘记这次再让我们进来。”

“不需要这样，安德拉大人，不需要这样。您上次出去时已经给过我许多了，已经够了。”不过那枚钱币转眼间就消失了，阿文的动作几乎和走唱人一样灵巧。“我没有告诉任何人，我不会的。特别是对那些白袍众。”说出这个名字时，他皱紧了眉头，撅起嘴唇仿佛是要吐痰的样子。但他又看了沐瑞一眼，清清喉咙就低下了头。

兰德眨眨眼，但没有说话，其他人也是一样，只是麦特似乎很费力才压抑下自己的冲动。**圣光之子**，兰德感到一阵好奇。卖货郎、商人和商人的保镖们给他讲过许多关于圣光之子的故事。他们之中有的人钦羡圣光之子，也有人对圣光之子痛恨不已，但他们都认为圣光之子对两仪师和暗黑之友都有着深切的憎恨。兰德觉得他们到现在为止已经遇到够多的麻烦了。

“圣光之子到了巴尔伦？”岚问道。

“是的，”看门人不停地点着头，“他们就是在您离开的那一天来的。这里大多数人都不喜欢他们，但也不是没有例外。”

“他们有没有说为什么会到这里来？”沐瑞专注地问。

“他们为什么会来这里？”阿文显得很困惑，甚至忘了点头，“当然，他们说了。哦，我忘记了您这些天一直都在乡下，除了羊叫声，您可能什么消息都听不到了。他们说他们来这里是因为海丹发生的事情，是因为那个龙。您知道，嗯，就是自称为真龙的那个家伙。他们说那个家伙在惹是生非。我想他应该是的。他们来这里是要把那个龙扫平。但他在海丹，而不在这里，所以我想他们只是要找个借口来干涉别人的事务。现在有些人家的门板上已经被画上龙牙了。”这一次，他真的啐了口痰。

“那就是说，他们已经制造了许多麻烦?”岚问。阿文急忙用力地摇头。

“我想他们肯定迫不及待地想要惹麻烦，但这里的长官像我一样不信任他们。他不会让进城的白袍众超过十个。那些白袍众也还没疯狂到要冲杀进来。我听说，他们在北边的某个地方扎了营，现在那里的农夫们一定没有舒心日子可过了。进城来的那些人果然都穿着纯白色的袍子，永远都是从鼻尖上看人。他们总是说‘行在光明中’，仿佛是在对别人下命令。不止一次，他们几乎和马车夫、矿工、铁匠，甚至是卫兵打了起来。但长官希望我们保持和平，所以直到现在一切还算平静。如果他们在猎杀邪恶，那他们为什么不到沙戴亚去？我听说那里才真的出了些麻烦。或者他们到海丹去呀！他们都说那里正进行着一场大战，真正的大战。”

沐瑞缓缓地吸了口气：“我听说两仪师即将前往海丹。”

“是的，她们是的，夫人，”阿文又开始接连不住地点头，“她们已经去了海丹。我听说正因为这样那里才爆发了战争。人们说有一些两仪师死了，也许她们全都死了。我知道有人不支持两仪师，但要我说，除了她们又有谁能阻止伪龙呢？嗯？还有谁会去阻止那些自认为同样能成为两仪师的男人？当然，有人说也许这家伙真的是转生真龙。这不是白袍众说的，也不是我说的，但的确有人这么说。我听说他有特殊的能力，他能使用至上力，追随他的人成千上万。”

“不要说傻话了。”岚厉声说道。阿文立刻一缩身子，脸上露出受伤的表情。

“我只是转述了我听说的事，只是我听说的，安德拉大人。他们都是这么说的。他正让他的军队向东南方进军。他们的目标是提尔。”阿文的声音变得沉重而意味深长，“他们说，他称他的追随者为龙之人众。”

"名称没什么意义，"沐瑞平静地说，看不出这番话对她是否造成了任何影响，"如果你想的话，你也可以称自己的骡子为龙之人众。"

"我应该不会的，夫人，"阿文笑着说，"至少在有白袍众的时候我肯定不会这样做，其他人大概也不会喜欢这样做的人。我明白您的意思，但……哦，不，夫人，当然不能这样叫我的骡子。"

"毫无疑问，你的决定是正确的，"沐瑞说，"现在我们必须走了。"

"不必担心，夫人，"阿文深深低下头，"我什么人都没看见。"他跑到大门前，卖力地将大门关上。"什么人都没看到，什么都没看到。"大门重重地关起来。他拉住连接门闩的绳子，将门闩拉了下来。"实际上，夫人，这道门已经有几天时间没开启过了。"

"光明照耀你，阿文。"沐瑞说。

然后沐瑞就带领众人向城里走去。兰德又回头看了一眼，阿文仍然站在大门前，他用斗篷擦拭着一枚硬币，脸上好像堆满了笑容。

这条街道刚好能让两辆马车并排通过，街上空无一人，只能看见仓库和高木栅。兰德走在走唱人身边。"汤姆，那些龙之人众是怎么回事？他们真的在向提尔进军？提尔不是一座在风暴海沿岸的城市吗？"

"《卡里雅松轮回》。"汤姆只说了这样一句。

兰德眨眨眼。走唱人说的是真龙预言。"在两河，没有人会说……说这些故事，至少在伊蒙村没有。如果有人说这些故事，乡贤会剥了他的皮。"

"我想她会的。"汤姆心不在焉地说。他瞥了前面的岚和沐瑞一眼，确定他们听不到他说话之后，才继续说道，"提尔是风暴海沿岸最大的港口，有一座巨型堡垒守卫着她，那就是提尔之岩。据说提尔之岩是世界崩毁后建成的第一座城堡，虽然有许多军队攻打过它，但它从没被攻陷过。真龙预言中说过，提尔之岩不会陷落，直到龙之人众到来之时；真龙预言中的另一部分则说，只有在真龙舞起禁忌之剑时，提尔之岩才会陷落。"汤姆的表情严峻起来，"提尔之岩的陷落将是真龙转生的明证。但愿直到我化为尘土，提尔之岩仍然固若金汤。"

“禁忌之剑?”

“预言中是这么说的。我不知道它是不是一把剑。不管它是什么,它就在石之心大厅里,那是位于提尔之岩正中心的大厅。除了提尔大君外,没有人能进入那里。那些大君从不对外人提起那里面的情形,至少不会对一名走唱人提起。”

兰德皱起眉,“只有真龙舞起那把剑,提尔之岩才会陷落。但除非那座堡垒已经被攻陷,否则他又怎么能得到那把剑?预言的意思是说,真龙会成为提尔大君?”

“机会不大。”走唱人冷冷地说,“提尔比阿玛多更加痛恨任何与至上力有关的东西。阿玛多是圣光之子的基地。”

“那么预言该怎么实现,”兰德问,“真希望真龙永远都不要转生。不管怎样,无法实现的预言没有什么意义,它听起来倒像是让人们相信真龙永远都不会转生,不是吗?”

“你问了许多问题,男孩,”汤姆说,“容易实现的预言不会有什么价值,不是吗?”突然间,他的语气轻快起来,“我们到目的地了,无论这个目的地是什么地方。”

岚停在一道一人高的木板墙前,将匕首探进两块木板间,突然,他满意地哼了一声,向外一拉,一段木板墙像门一样敞开了。兰德仔细去看,才发现它的确是一道门,但这道门应该从另一侧才能被打开。岚用匕首撬起它在另一侧的门闩。

沐瑞立刻牵着阿蒂卜走了过去,岚示意其他人跟上,自己走在队尾。等众人通过之后,他又将那扇门关上。

兰德发现他们走进一家旅店的马厩院子,这里充斥着旅店厨房中传来的嘈杂噪声。而让兰德吃惊的,是这家旅店的规模,它的面积是酒泉旅店的两倍,而且足足有四层楼。旅店的窗户已经有一半在夜色中亮起了灯光。兰德很想知道这座城市里到底要有多少外来旅客,才能住满这家旅店。

他们刚刚走进院子,马厩宽大的拱形大门前就出现了三名穿着肮脏帆布围裙的男人。其中一个精瘦的男人一边挥舞双臂,一边向他们走过来。另外两个男人手里都拿着粪肥叉,站在后面。

“站住！站住！你们不能这样进来！绕到前面去！”

岚又将手伸进了钱袋。不过立刻又有一名像艾威尔师傅一样胖的男人从旅店里跑了出来，他的耳朵后面有着一簇簇短发。看到他身上一尘不染的白围裙，任何人都会知道他是这家旅店的老板。

“没事，穆克，”那个胖男人说，“没事没事，他们是我正在等待的客人。照顾好他们的马，多用点心。”

那名叫穆克的人表情变得更加阴沉，他挥手示意另外两名马夫来帮忙。兰德他们急忙将鞍袋和行李从马背上搬下来。这时旅店老板已经在和沐瑞说话了。他向沐瑞深深一鞠躬，脸上全是微笑。

“欢迎，阿莉丝夫人，欢迎。真高兴看到您和安德拉大人。太好了，我一直在想念您优雅的言谈。是的，是的，我必须说，您到乡下去让我很担心。这个时候很糟糕，天气很糟糕，我们住在城里的人晚上都能听到狼嗥。”他忽然用两只手拍着大肚子，摇着头。“瞧我，只知道和您说话，都忘记请您进来了。请进，请进，我可以为您提供热饭和暖床，都是巴尔伦最好的，最好的。”

“我相信还会有热水澡吧，菲斯师傅？”沐瑞说。艾雯立刻衷心地迎合：“哦，太好了。”

“热水澡？”旅店老板说，“当然，巴尔伦最好、最热的热水澡，请进。欢迎光临牡鹿和狮子。欢迎光临巴尔伦。”

第14章　牡鹿和狮子

旅店里面，各种喧哗声比外面更热闹十倍。伊蒙村的年轻人跟随菲斯师傅穿过旅店的后门，快速地走过一道川流不息的人潮。这些人都穿着长围裙，高举着放满食物和酒的托盘。当他们挡住别人的路时，会低声致歉，但从不会放慢步伐。菲斯师傅叫住一个人，简捷地向他吩咐了些什么，那个人立刻就跑走了。

“店里快客满了，”旅店老板对沐瑞说，“几乎都要有人睡到屋椽上去了。镇上所有的旅店都一样。大雪封山的情形刚刚过去，矿山和熔炉的工人们就都泛滥——对，说泛滥一点也不为过——到镇上来了。他们全都传说着各种可怕的故事。狼群，还有更可怕的，反正都是窝了一个冬天的男人们能想出来的各种奇闻怪谈。现在既然有这么多人挤在这里，那些工地上大概一个人都没有了。不过不必担心，也许这里会有一些拥挤，但我会尽量让您和安德拉大人住得舒服。当然，还有您的朋友们。”他曾经好奇地朝兰德他们瞥过一两眼。除了汤姆之外，兰德等人的穿着清楚地表明他们乡下人的身份。汤姆的走唱人斗篷则让他在“阿莉丝夫人”和“安德拉大人”身边显得很奇怪。“我会竭尽所能为您服务，您能够舒适地在我这里休息。”

兰德看着在他们身边来回奔忙的人们，竭力不对他们造成阻碍。不过无论他怎样动作，那些人似乎都能迅速地从他身边闪过。兰德则一直在回忆着艾威尔师傅和他的妻子是如何打理酒泉旅店的，只有在很忙碌的时候，他们才会需要艾雯帮忙。

麦特和佩林都伸长脖子，兴致勃勃地朝大厅中望去。那里翻滚着一阵阵欢笑和歌唱的波浪，每当通往旅店后面的宽门被打开时，都会引来许多欢快的喊声。护法低声说了一句要去搜集信息，就表情严峻地走进那道仍然在来回摆动的宽门，消失在嬉闹的人群里。

兰德想要跟着他，但更想好好洗个澡，他很轻易便能和别人笑闹在一起，但如果他能将自己清洁一下，大厅里的人肯定会更欢迎他。麦特和佩林显然也有同样的想法。麦特一直在暗中挠着身体。

“菲斯师傅，”沐瑞说，“我知道巴尔伦有圣光之子。这里会有什么麻烦吗？”

“哦，您完全不必担心他们，阿莉丝夫人，他们只是在忙着施展他们惯常的伎俩，宣称这座城镇里有两仪师。”沐瑞挑起一侧眉弓。旅店老板摊开丰满的手掌说，“不必担心，他们以前就这么做过。巴尔伦没有两仪师，长官很清楚这点。白袍众以为如果他们指控某个女人是两仪师，我们就会让他们全都到城镇里来。嗯，我想有些人是会这么做的，有些人会的，但大多数人知道白袍众的目的是什么。而且我们支持长官，没有人想看到无辜的老妇人遭到伤害，并任由白袍众以此作借口肆意妄为。”

“很高兴听到你这么说。”沐瑞语气平和地说道，她伸手按在旅店老板的手臂上，“明还在这里吗？我想和她说话。”

因为有侍者来请他们去洗澡，所以兰德没有再去听菲斯师傅回答了些什么。沐瑞和艾雯也随着一名面带笑容、手臂上搭满毛巾的妇人走掉。引领走唱人、兰德一帮人的则是一个名叫亚莱的黑发瘦男人。

兰德想问亚莱关于巴尔伦的事，但那家伙除了说兰德的口音很有趣之外，几乎没再多说一个字。等兰德看到浴室时，所有关于说话的念头立刻都从脑子里飞走了。这是一座石砌墙壁的大房间，地板铺着瓷砖，并稍稍向房间中央倾斜。上面呈环形摆放着十二只黄铜高浴盆。每只澡盆后面放着一块折叠整齐的厚毛巾和一大块黄色的肥皂。一面墙壁前排列着黑铁大锅炉，锅炉中盛满了热水，下面烧着旺火。在对面的墙壁中，一座大壁炉里木柴正炽烈地燃烧着，为房间提供了另一重暖意。

“几乎像酒泉旅店一样好。”佩林衷心地说。不过听口气，他似乎并没有太在意这句话是否属实。

汤姆响亮地笑了一声。麦特似乎也在窃笑。“听起来好像我们带来的不是佩林，而是一个科普林家的人，我们却没发觉。”

兰德脱下斗篷和衣服。亚莱则已经趁这个时候将四个澡盆里倒满了水。其他人也紧随着兰德选择了自己的澡盆，把衣服扔到澡盆旁的凳子上。亚莱又分别给他们拿来一个盛满热水的大桶和一个长柄勺，然后就坐到门旁的凳子上，抱起手，背靠墙壁，沉浸在他自己的思绪里。

大家先站在地上，往自己的身上涂抹肥皂，又用长柄勺舀起热水，冲去积累了一个星期的泥垢，这时屋里陷入一片沉默。然后，他们开始躺在浴盆中泡澡。亚莱将水温调得很合适，他们都满意地叹着气，享受这种久违的惬意感。本来温暖的房间现在已经飘起了薄雾，温度也更高了。很长时间里，除了偶尔的吁气声之外，房里一片寂静。紧张的肌肉得以放松，干涩的呼吸变得温润，他们本来以为将永远钉牢在骨髓里的寒冷也被驱散了。

“还需要什么吗？”亚莱突然问道。他其实没什么资格批评别人的口音，他和菲斯师傅一样，说话时嘴里都像是含了碎冰。“毛巾？热水？”

“不需要了。”汤姆用那种特别洪亮的声音答道。他闭着眼睛，懒懒地一挥手。“去享受这个夜晚吧！等一会儿，我会让你的服务得到超规格的报偿。”他在浴盆里躺低身子，直到热水覆盖他全身，除了眼睛和鼻子以外的所有部位。

亚莱的视线落在浴盆后面的凳子上，那里堆积着这些人的衣服和行李，他对那张弓只扫了一眼，对兰德的剑和佩林的斧头却看了更长时间。“乡下也有麻烦了吗？”他突然问道。“在河那边？或是你们所谓的那个什么地方？”

“两河，”麦特刻意一字一顿地说道，“是两河，至于说麻烦……”

“你这话是什么意思？”兰德问，“这里也有麻烦吗？”

全身泡在水里的佩林享受地嘟囔着，“好啊！好啊！”汤姆将身子抬起来一点，睁开了眼睛。

“这里？”亚莱哼了一声，“麻烦？矿工们在街上挥舞拳头算不上是麻烦，否则……”他停下来看了他们一会儿，“我说的是海丹那样的麻烦。不，我想你们那里不会有这种事。乡下只有绵羊，不是吗？我没有冒犯之意，我只是想说，那里是个平静的地方。但这真是个奇怪的冬天，山里发生了许多奇怪的事情。我听说过沙戴亚有兽魔人，但那里是边境国，不是吗？”他停止说话时，嘴还是张着的，他用力将嘴闭上，仿佛很惊讶自己竟然说了这么多话。

兰德听到兽魔人时感到一阵紧张。他将浴巾浸透水，淋在头上，想要掩饰自己的表情。看见亚莱并没有注意到他，他放松下来。但并非所有人都能守口如瓶。

“兽魔人？”麦特得意地笑着。兰德向他泼去一勺水，但麦特只是笑着将脸上的水抹去。“你想让我告诉你兽魔人的事吗？”

自从爬进浴盆后，汤姆第一次开口说道：“为什么你不休息一下？我已经有点懒得听你讲我的故事了。”

“他是走唱人。”佩林说。亚莱轻蔑地瞥了佩林一眼。

“我看见他的斗篷了。你会进行表演吗？”

“等一下，”麦特抗议道，“这番关于我讲汤姆的故事的话是怎么回事？你们都——”

“你讲的没汤姆好。”兰德急忙打断他的话。佩林也说道，“你总是往里面加油添醋，想要让故事变得更精彩，但它们都只是画蛇添足。”

“你把一切都搅成一团，”兰德说，“最好还是让汤姆讲吧！”

他们都在抢着说话，亚莱只能大张着嘴，瞪着他们。麦特也瞪大了眼睛，仿佛其他所有人突然间都疯了。兰德开始思考要怎样用狠狠敲麦特一记以外的方法，才能让他完全闭嘴。

房门突然被推开，岚出现在门口，褐色的斗篷被他拢在肩后。一阵冷风吹散了房里的雾气。

“好了，”护法一边说，一边揉搓着双手，“这是我一直期待的。”

亚莱提起一个桶子，但岚挥手示意他停下。“不必，我自己来。”他将斗篷放到凳子上，回手将亚莱推出房间，丝毫不理会这名沐浴服务员的抗议，然后用力关上房门，又在门边站了一会儿，侧头倾听着。当他转回身面对着屋里的人们时，他的声音像岩石般坚硬，他的目光直指麦特，“我能及时过来是件好事，男孩。你没有听到被叮嘱的事情吗?”

“我什么都没做，”麦特抗议说，“我只是要告诉他兽魔人是什么样子，而不是……”他停了下来，向后靠在浴盆上，仿佛在躲避护法的目光。

“不要谈论兽魔人，”岚严肃地说，“甚至不要去想兽魔人。”他重重地哼了一声，开始往浴盆里倒水。“该死的，你们最好记住，暗帝在你们最想不到的地方也有他的眼睛和耳朵。如果圣光之子听到兽魔人在追踪你们，他们绝对会向你们伸出爪子。对他们而言，你们和兽魔人扯上关系就等于你们是暗黑之友。也许你们不习惯这样，但直到我们到达目的地之前，不要信任‘阿莉丝夫人’之外的任何人，除非我另有叮嘱。”他刻意强调沐瑞现在的假名，麦特哆嗦了一下。

“那家伙向我们隐瞒了一些事，”兰德说，“一些他认为是麻烦的事，但他不说。”

“也许是圣光之子。”岚说着，将更多热水倒进浴盆，“大多数人认为他们是麻烦，但有些人不这么想。他不了解你们，不愿意冒险和你们谈论这种事。也许你们立刻就会跑到白袍众那里去告发他呢?”

兰德摇摇头，这地方听起来比塔伦渡口还糟糕。

“他说在沙戴亚有……兽魔人，是真的吗?”佩林问。

岚将空桶猛然扔到地板上，“你们就是要聊这个是吗? 边境国一直都有兽魔人，铁匠。只是你最好先记住，我们不想让其他人比注意一只田鼠更注意我们。记住这点。沐瑞想把你们全部活着带到塔瓦隆，这也是我的意愿，如果可能的话。但如果你们给她带来任何伤害……”

其余的人在随后的洗浴和穿衣时没有再说任何话。

当他们走出洗浴间时，沐瑞正站在走廊末端。她的面前有一个女孩，身材窈窕，个子并不比沐瑞高多少。至少，兰德觉得那是个女孩。只是她的黑发剪得很短，而且身上穿着男人的衬衫和裤子。沐瑞说了些什么，那个女孩用犀利的目光朝这些男人看了一眼，然后向沐瑞点点头，就匆匆跑开了。

"好了，"沐瑞对走近的男人们说，"我相信一个热水澡会带给你们不错的胃口，菲斯师傅为我们提供了单独的用餐房。"她转过身，带领众人朝客房走去，一边还在漫不经心地聊着他们的房间、城镇里的拥挤和旅店老板希望汤姆在大厅里演奏音乐、讲讲故事。对于刚才跑走的女孩，她只字未提。其实兰德还无法确定那到底是不是个女孩。

旅店老板为他们提供的用餐房里有一张抛光的橡木桌，桌旁环绕着十二把座椅，地板上铺着厚地毯。当他们走进来的时候，艾雯正在壁炉前暖着手，她的头发洁净光亮，整齐地梳拢在背后。听到有声音在门口响起，她立刻转过了身。在刚才浴室的沉寂中，兰德已经有足够的时间进行思考。岚一直在警告不能信任任何人，特别是亚莱那种对他们也心存畏惧的人。这让兰德开始思考他们将变得多么孤独，除了他们自己，他也许不能再信任别人了。而他又不知道对于沐瑞和岚能信任多少。但艾雯仍然是艾雯。沐瑞说艾雯已经碰触到了真源，但艾雯并没有控制它，这不是艾雯的错。艾雯仍然是艾雯。

兰德张口想要向艾雯道歉，但艾雯没等他说出一个字，已经僵硬地转回身。兰德郁闷地看着艾雯的背，将要说的话咽了回去。**那好吧！如果她喜欢这样，我也没办法。**

菲斯师傅这时匆忙地走进来，身后跟随着四名穿白围裙的女人，她们手中的托盘上摆满了银制碟子和陶瓷碟子，里面盛着的烤鸡和其他食物，还有几只用盖碗扣住的碟子。那些女人们飞快地将它们排放在桌子上。旅店老板则向沐瑞鞠躬行礼。

"向您道歉，阿莉丝夫人，让您等了这么久。旅店里人太多，实在很难照顾到所有客人。我也很担心这些料理不合您的口味，只是一些鸡，还有芜菁和豌豆，再加上一点奶酪。真不该拿如此简单的菜色招待您，我真诚地向您道歉。"

“真是丰盛，”沐瑞微笑着说，“在这样祸患四起的时刻，这真的已经很丰盛了，菲斯师傅。”

旅店老板又鞠了个躬，他的脑袋探到身前，双手不停地在身上摸索着，让他鞠躬的样子看起来很可笑，但他欢悦的笑容会让任何人随他一同微笑，而不是嘲笑他。“感谢您，阿莉丝夫人，感谢您。”他站直身子，立刻又皱起眉，用围裙擦去桌角上他想象的污渍。“如果是一年以前，我可不会将这样的饭食摆在您面前。这个冬天，唉，这个冬天啊！我的地窖已经空了，市场上也什么都没有。但又怎么能责备农场上的人呢？怎么能责备他们呢？谁也不知道他们什么时候能收割下一季庄稼。谁也不知道。那些狼把应该摆上餐桌的羊肉和牛肉都抢走了。而且……”

突然间，他似乎意识到现在应该让客人们好好吃饭，而不是和他闲聊。“我这是怎么了，老是在唠叨一些废话，都是些废话而已。玛丽、琴妲，先让客人们吃饭吧！”他不住声地催促着那些女人。等她们将一切收拾好，离开房间后，旅店老板又向沐瑞鞠了个躬。“希望您喜欢这顿饭，阿莉丝夫人，如果您还需要些什么，只要请人来通知一声，我立刻为您效劳。很高兴为您和安德拉大人服务，很高兴。”他又深深鞠了个躬就走出房间，轻轻地关上了门。

当沐瑞和旅店老板寒暄时，岚一直懒懒地靠在墙上，仿佛睡着了一样。而房门关上的一瞬间，他已经跳起身，两步走到门前，将耳朵压在门板上。缓慢地数了三十下之后，他直起身，猛地将门拉开，探头到走廊里。“他们走了。”他说了这样一句便关上门，“现在我们可以安全地说话了。”

“我知道你认为不能相信任何人，”艾雯说，“但如果你连这名旅店老板都怀疑，为什么我们又要住在这里？”

“我并不比怀疑其他人更怀疑他。”岚答道，“但在我们到达塔瓦隆之前，我怀疑所有的人。当我们到了塔瓦隆，我就只怀疑半数的人了。”

兰德想要笑一笑，他相信护法这么说是在开玩笑，但他觉得岚的脸上丝毫没有幽默的痕迹。他真的会怀疑塔瓦隆里面的人？那还有什么地方是安全的？

“他太夸张了，”沐瑞安慰他们说，“菲斯师傅是个好人，诚实，值得信任。但他的确太喜欢说话。虽然他心地善良，却难免会将信息告诉不该知道的人。任何旅店里都有超过半数的女仆喜欢躲在门后偷听客人谈话，用在传闲话上的时间比用在铺床的时间更多，我所经过的旅店无一例外。来吧，先到桌边来坐下，不要等到饭凉了。”

众人坐到了桌边。沐瑞坐在桌首，岚坐在桌尾。一段时间里，所有人都在忙着往盘子里堆食物。也许这不是一场筵席，但在吃了一个星期的干面包和干肉后，这顿饭对他们来说绝对是美味佳肴。

过了一会儿，沐瑞问：“你在大厅里打听到了些什么？”刀叉停顿下来，沉默在房间里持续，所有眼睛都转向了护法。

“没什么好事。”岚答道，“阿文说的话没什么错误。海丹爆发了战争，胜利者是洛根。关于这点的传闻有很多，但大致没有出入。”

洛根？一定就是那个伪龙。这是兰德第一次听到那个男人的名字。岚的口气仿佛那是他的一个熟人。

“两仪师呢？”沐瑞平静地问。岚摇摇头。

“我不知道。有人说她们都被杀了，有些人说不是。”他哼了一声。“甚至有人说她们向洛根投降了。没有多少可靠的讯息，我也不想对此表现出太大的兴趣。”

“是的，”沐瑞说，“没有什么可靠的讯息。”然后她深吸一口气，将注意力转回桌上。“我们所处的环境如何？”

“这方面有些好讯息。没有奇怪的事情发生，没有可能是魔达奥的陌生人出现，更不会有兽魔人。白袍众正忙着给这里的地方官亚丹制造麻烦，因为他不与他们合作。他们不会注意到我们，除非我们自暴身份。”

“很好，”沐瑞说，“这和浴室女仆说的相吻合，闲聊的确是有用的。”她转向房里所有的人。“我们还有很长的路要走，但上个星期确实是很不容易，所以我建议今明两晚都在这里留宿，后天早起上路。”所有年轻人都露出了笑容，毕竟这是他们第一次来到一座城市。沐瑞也在微笑，但她还是说道，“安德拉大人对此有何建议？”

岚冷冷地看着那些欢笑的脸，“很好，如果他们能记住今天我对他们说的话。”

汤姆在胡子下哼了一声，“乡下人进……城了。”他摇摇头，又哼了一声。

他们在这座拥挤的旅店里只得到三间卧房，其中一间住了沐瑞和艾雯，男人们住另外两间。兰德与岚和汤姆住一间，他们的房间位在旅店后半部第四层，紧贴着屋顶垂檐，有一个能俯瞰马厩院子的小窗户。夜幕已经完全垂下，从窗户透出的灯光在外面形成一块块光斑。这个房间有两张窄床，面积不大，为汤姆又加了一张床之后，就显得更加狭窄了。兰德躺在床上时，感觉床板很硬。这肯定不是最好的房间。

汤姆从箱子里取出长笛和竖琴后，就迈着优雅的步伐走出房间。岚跟在他身后。

兰德不舒服地在床上翻着身，心里有些奇怪。一个星期前，如果他能看到走唱人表演，即使那只是个谣言，他也会像石块滚落楼梯般跑下楼去。不过他在这一个星期里每晚都在听汤姆讲故事，明晚汤姆也会和他在一起，以后也是。而且热水澡已经让他的筋骨松弛，让他想永远躺在床上。他在一个星期里吃的第一顿热饭，让他更加享受这种慵懒的感觉。他昏昏欲睡地想着岚是不是真的认识那个叫洛根的伪龙。楼下传来一阵模糊的喊声。大厅里的人们正在为汤姆的出现而欢呼，但兰德已经睡着了。

昏暗的岩石走廊里充满了阴影，他看不到任何人。他不知道那种模糊的光线来自何方，灰色的墙壁上没有蜡烛和油灯，没有任何光源。空气凝滞阴寒，某个看不见的角落里传来了空洞、有节律的滴水声。无论这是什么地方，肯定不是那家旅店。他皱起眉，揉搓着前额。旅店？他感到一阵头痛，很难想起什么事情。一定有什么是关于……一家旅店？那已经不在了，无论那是什么。

他舔舔嘴唇，希望自己能有些喝的，他真的是渴坏了，喉咙像沙子一样干。滴水声让他做出了决定。否则他无法解除这种干渴，他走向那一直不变的“滴答”、“滴答”、“滴答”。

走廊向前伸展，没有任何岔路，外观也没有任何一点改变，只是每走过一段路就能看见走廊两侧相对的位置上各有一扇粗木门。尽管空气湿冷，那些木门板却都干裂得很厉害。阴影一直在他前方后退，和他保持着固定的距离，水滴声也从未有丝毫靠近。过了很长一段时间，他决定试一试走廊侧面的一扇木门。那道门轻易就被打开，他走进一个方形的岩石房间。

房间的一面墙壁上有一道拱门，拱门之后又是一道拱门，在一连串拱门之后，是一个灰色的岩石露台。露台外面是一片他从未见过的天空，云朵呈现出黑色、灰色、红色和橘色，仿佛被暴风推动般迅速地流动、翻滚交错着，如同无尽的江河。没有人见过这样的天空，这是不存在于现实中的天空。

他将视线从露台那里移开，但房间其余的部分并不比那里好多少。奇异的棱角和诡谲的曲线，仿佛这个房间是这个巨大岩块中某部分石头随机熔解后所形成的，房间里的几根圆柱也仿佛是从灰色的石地上长出来的。火焰在壁炉中咆哮，仿佛熔炉中被鼓风机吹旺的烈火，却没有释放出一点热量。壁炉是用许多卵圆形的石块砌成的。虽然有炉火的烘烤，但当他直视这些石块时，它们就像其他岩石一样有种湿黏的感觉。而当他转过头时，却从眼角中瞥见那些石块仿佛是许多张面孔，男人和女人的面孔，全都在极度痛苦中发出无声的狂啸。房间正中央的抛光桌子和高背椅非常普通，却衬托得房间其他部分更加诡异。一面巨大的镜子悬挂在墙上，当他向镜子里望去时，却在本来应该是自己映射的地方看见一团模糊的影子。这里的一切都被真实地映照出来，只有他除外。

一个男人站在火炉前，他刚走进来时并没有注意到这个男人。如果他不是知道那种情况绝不可能，他会认为直到他真正看着那个男人时，那个男人才真正地在那里。那个男人穿着剪裁精良的黑色衣服，年纪正当中年鼎盛之时。兰德觉得会有许多女人倾心于他英俊的外貌。

“我们又一次面对面地站在一起。”那个男人说道，在他张开嘴的一瞬间，他的嘴和眼睛变成了无尽头的火焰隧洞。

兰德惊呼一声，向后跳出房间，猛地撞在走廊另一侧的木门上。门被撞开，他跌了进去。他急忙转过身子，抓住门把手，以免自己摔倒。呈现在他眼前的是一个岩石房间，一连串拱门后，露台外面是一片不可能存在的天空，炉火……

“你不能如此轻易地就逃离我。”那个人说。

兰德转过身，踉跄地跑出那个房间，一边奔跑着，一边竭力稳定住自己的身体。这一次，走廊消失了，他的身体定在距离抛光桌子不远的地方，看着那个壁炉前的人。这总比看那些壁炉上的石块和看那片天空要好得多。

“这是个梦。”兰德站直了身子，他听见身后传来关门的声音。“只是个噩梦。”他闭上眼睛，想要醒过来。当他还是个孩子时，乡贤曾经教过他，只要在噩梦中这么做，噩梦就会离开。……**乡贤？什么？**如果那无数个念头能在脑子里停一下就好了。如果头不那么痛，他就能清楚地思考了。

他再次睁开眼睛。房间里仍然和原来一样，那座露台，那片天空，壁炉前的那个人。

“这是个梦？”那个人说，“这有关系吗？”片刻之间，他的嘴和眼睛又一次变成了深渊的隧道，通向一座没有尽头的熔炉。他的声音没有改变，而他似乎根本没注意到自己有任何变化。

兰德这次受到的惊吓小了一点，他努力让自己没有喊出声。这是个梦，一定只是一个梦。他朝门口退去，眼睛一直盯着那个人，当他的手按在门把上时，门把没有动，门被锁住了。

“你似乎很渴，”那个人说，“喝吧！”

桌子上有一只高脚杯，闪耀着黄金的光泽，镶嵌着红宝石和紫水晶，刚才桌上并没有这个东西。兰德希望自己能不再这么吃惊害怕。这只是个梦。他的嘴里仿佛被塞满了沙子。

“有一点。”兰德说着拿起了高脚杯。那个人专注地向前倾过身子，一只手扶在椅背上，盯着兰德。香料酒的芬芳让兰德明白了自己有多么渴，他一定已经有好几天没喝过一滴水了。**真的吗？**

当酒就要沾上嘴唇时，他停了下来。那个人按住的椅背上，从手指缝里冒出缕缕黑烟，那双眼睛死死地盯着他，火蛇飞快地从那里蹿出蹿入。

兰德舔舔嘴唇，将酒原封不动地放回桌上。“我不像我想象的那么渴。”那个人突然站直身子，脸上毫无表情，但很明显地，他失望了。兰德很想知道那酒里到底有什么，但如果问出这种问题会很愚蠢。这只是个梦。**但为什么这一切不会消失？**“你想要什么？”兰德问，“你是谁？”

火焰在那个人的眼口之中猛烈地升腾，兰德觉得自己能听到那些火焰在咆哮。“有些人称我为巴尔阿煞蒙。”

兰德发现自己正面对着那扇门，双手拼命地拉着门把，所有关于梦的想法已经从他的脑海中消失了。暗帝。门把动也不动，但他仍然在拼命地扭动着它。

“你是他吗？”巴尔阿煞蒙突然问道，“你不可能永远向我隐瞒，即使是你自己也躲不过我。无论你逃到最高的山峰，还是最低的深谷，你最细的寒毛也逃不过我的眼睛。”

兰德转身面对着那个人——巴尔阿煞蒙。他艰难地吞了口口水。噩梦。他向背后伸出手，最后拉了一下那个门把，然后用力将身子站直。

“你想得到荣耀吗？”巴尔阿煞蒙问，“还是权能？她们是否告诉过你，世界之眼将会帮助你？对于一个傀儡，又有什么荣耀和权能可言？拉动你的丝线已经被编织了几个世纪。你的父亲乃是由白塔选择，如同挑选出一匹种马般，套上缰绳牵去配种。你的母亲对她们而言也不过是一匹繁殖用的母马。她们一直计划到了你的死亡。”

兰德的手紧握成拳头，“我父亲是个好人，我母亲同样是好人。不许这样说他们！”

火焰发出笑声。“你毕竟还有一点自己的灵魂。也许你就是他。这对你没什么好处，玉座会利用你，直到你灰飞烟灭。正如同她们利用达维安，利用尤瑞安·石弓，利用桂尔·亚玛拉桑，利用罗林·灭暗者。就像她们利用洛根，利用你，直到你再无可利用。”

“我不知道……”兰德左顾右盼，刚才片刻的清醒已经被怒火淹没。就在他重新想要找回思维时，他已经忘记自己刚才是如何能够思考的。他的思维疯狂地旋转着，他抓住其中一个念头，如同在漩涡中抓住一根稻草，他强迫自己说出话来，他的声音逐渐变得坚定。“……被封印在……煞妖谷，和所有的弃光魔使……已被创世主封印，直到时间的尽头。”

“时间的尽头？”巴尔阿煞蒙发出一阵冷笑，“你活着，就像是一只藏在岩石下面的甲虫，你以为你周围的泥泞就是整个宇宙。时间的死亡所带给我的权能是你梦想不到的，蠕虫。”

“被封印在……”

“愚蠢，我从没被封印过！”火焰从他的脸上猛烈地喷出，逼得兰德后退了一步，伸双手挡住脸。“当路斯·瑟林·弑亲者做出那些事情，那些他因之而得名的事情时，我就站在他身边。是我告诉他，要他亲手杀死自己的妻子、孩子和他所有的血亲、所有爱他和他所爱的人。是我让他有片刻的清醒，知道了他所做的一切。你有没有听到过一个人发出足以释放自己灵魂的嚎叫，蠕虫？那时，他可以攻击我，虽然他不可能取得胜利，但他本来可以试一试。而他只是让他所心爱的至上力轰击在自己身上，让大地裂开，龙山升起，成了他的坟墓。

“一千年后，我派遣兽魔人侵掠南方，它们在世界上横行了三个世纪。塔瓦隆那些瞎眼的傻瓜说我在最后被击败了。但他们的第二个联盟，十国联盟已经被彻底粉碎，再无法恢复。那时又有谁能反对我？我在亚图·鹰翼的耳边低语，两仪师的势力范围就变成一片焦土。我又低语几句，人类的帝王派遣他的军队渡过爱瑞斯洋，渡过世界海，由此造成两个毁灭，他的帝国一统的梦被毁灭了。另一个毁灭则即将到来。在他临死时，我在他身边。那时他的朝臣们向他劝谏，只有两仪师能救他的性命。我的低语，使他将那些朝臣钉在木桩上。我的低语，使得大帝最后喊出的一句话是塔瓦隆必须毁灭。

“当这样的人也无法对抗我的时候，你还能有什么机会？你这只蹲在泥坑里的蛤蟆。你将侍奉我，否则你就要在两仪师丝线的牵引下跳舞，直到死亡。那时你仍然会是我的。死者属于我！”

"不，"兰德低声嘟囔着，"这是梦，这是梦！"

"你以为在梦里就能安全地躲过我？看！"巴尔阿煞蒙命令般地一指，兰德随之转过了头。他并不想转头，他根本没有做这个动作。

桌上的高脚杯消失了，取而代之的是一只蜷伏的大老鼠，在光线中眨着眼，警觉地嗅着四周的空气。巴尔阿煞蒙弯起手指。老鼠吱吱叫着，向后弓起背，前爪举起，笨拙地站了起来。随着巴尔阿煞蒙手指逐渐收拢，老鼠倒在桌上，疯狂地抓挠，凄厉地尖叫，背弯得愈来愈厉害，随着一声折断树枝般的脆响，老鼠剧烈地颤抖一阵，便不再动了，身体几乎被折叠了起来。

兰德吞了口口水。"任何事都有可能在梦里发生。"他低声嘟囔着，看也没看就挥拳捶在了背后的门板上，他感觉到手的疼痛，但他仍然没有醒过来。

"那就去找两仪师吧！去白塔告诉她们，告诉玉座这个……梦。"那个人笑着，兰德感觉到他脸上火焰的灼热。"这是逃避她们的一个办法。如果她们知道我已经找到了你，她们就不会利用你了。但那时她们是否还会让你活着，让你四处传播她们黑幕中的行径？你是否真的愚蠢到会相信她们？许多像你这样的人都已经成为灰烬，被撒在龙山的山麓上。"

"这是个梦。"兰德喘息着说，"这是个梦，我要醒过来。"

"你可以吗？"兰德从眼角瞥见那个男人的指尖正在转向他。"你会吗？"那些手指开始弯曲，兰德的身子向后躬起，他身上的每一块肌肉都在强迫他这么做。"你会醒过来吗？"

兰德痉挛着，在黑暗中猛地坐起，他的双手紧紧抓着一块布，一条床单。淡白色的月亮从房间里惟一的窗户中照进来，让兰德能看见另外两张床的影子。鼾声正从其中一张床上传出，如同一块块帆布被撕裂，那是汤姆·梅里林。壁炉里仍然有几块木炭在闪着微弱的红光。

那么，这的确是个梦，就像立春节时他在酒泉旅店里做的那个噩梦。他的所见所闻和那些古老的故事、无稽的谣言混在了一起。兰德将毯子披在肩膀上，哆嗦着，但并非因为寒冷。他的头也在痛。也许沐瑞能让他不再做这样的梦，她说过她能治疗梦魇。

兰德闷哼一声，躺回床上。这些梦真的已经严重到要他必须向两仪师求助吗？而且，现在他轻举妄动是否会让他更加难以自拔？他已经离开了两河，是跟随一名两仪师离开的。当然，他别无选择。但只是因为这样他就必须毫无保留地信任沐瑞，信任一名两仪师？这让他觉得就像那些梦一样糟糕。他在毯子下蜷起身子，竭力依照谭姆教他的那样在虚空中寻找平静，但一直过了很久，他才重新入睡。

第 15 章 陌生人和朋友

阳光倾泻在兰德的床上，将他从不安的沉眠中唤醒。兰德拉过一个枕头盖在脸上，却无法将阳光挡住，而他实际上也无意重新入睡。昨晚的第一个梦之后，他又有更多的梦，但他只记得第一个梦，他也知道自己再不想有那样的梦了。

叹息一声，他扔掉枕头坐了起来。当他伸懒腰时，不禁哆嗦了一下。他本以为已经溶在洗澡水中的酸痛又都回来了，他的头也还在痛。这并不让他感到奇怪，一个那样的梦足以让任何人头痛。其他梦都已经消失，只留下了那个梦。

其他床都空了。已经离开地平线有一段距离的太阳将房里照得透亮，如果还在农场，他现在一定已经吃过早餐，开始工作了。他一边气恼地嘟囔着，一边匆忙下了床。他要好好看看这座城市，他们却不叫他起来。不过，至少有人在大水罐中倒满了水，而且水还是温的。

兰德用最快的速度洗过脸，穿好衣服，拿起谭姆的剑时，他犹豫了一下。岚和汤姆当然都把鞍囊和铺盖卷留在房间里，但护法的剑并不在。在伊蒙村，即使还没有任何灾祸的预兆出现时，岚也一直随身携带他的剑。兰德觉得自己在这件事上应该学习护法。他告诉自己，这么做并不是因为他一直梦想着能佩戴一把剑阔步走在真正的城市里。他将剑挂在腰带上，又将披风甩在背后。

他一步两阶地跑下楼梯，进了厨房，这里肯定能找点吃的东西，因为在巴尔伦只能逗留一个白天，他不想再浪费时间了。**该死，他们应该叫醒我的。**

菲斯师傅正在厨房里和一名圆胖的妇人说话，那名妇人的双手直到手肘都是面粉，显然是这里的厨师。她正在菲斯师傅的鼻子下摇晃着一根手指。女仆、杂役、侍者和烤肉工都在忙着自己的事情，装作仿佛是没看见这两个人。

“……我的奇力是只好猫，”厨师尖声说道，“我不会听任别人乱说它。你听到我的话了吗？你怎么能因为它非常尽职，完成工作太努力了而责备它呢！”

“抱怨的不是我，”菲斯师傅努力说道，“夫人，有一半的客人……”

“这些我不听，我不听。如果他们想要抱怨我的猫，就让他们来做饭好了。我可怜的老猫，它只是在完成它的工作。再这样的话，我们就离开这里，去找一个能够看到我们优点的地方，你看我们会不会这么做。”她解开围裙，并且做势要把围裙从头顶上脱下来。

“不！”菲斯师傅高喊着伸手阻止她，他们一时缠成一团。厨师努力想要脱下围裙，老板则尽力把她的围裙压回去。“不，塞拉，”他喘着气说，“不需要这样，不需要。听我说！没有你我该怎么办？奇力是好猫，一只好极了的猫，是巴尔伦最好的猫。如果还有人抱怨，我就告诉他们应该为了奇力的工作而感谢它。你绝对不能走。塞拉？塞拉！”

厨师停止了和老板的拉锯战，用力把围裙从老板的手里拉出来。“那好吧，那好吧！”她用两只手抓住围裙，却仍然没有把围裙套回身上。“但如果你还想让我准备午餐的话，你最好现在就出去。也许这是你的旅店，但这是我的厨房。除非你想替我做饭？”她做出了要将围裙交给菲斯的样子。

菲斯师傅摊开双手向后退去。兰德张开嘴，却没有说话，而是转头向周围望去。厨房里的人们仍然都在尽量避免注意他们的厨师和老板，兰德则开始注意自己的口袋。除了沐瑞给他的那枚银币之外，口袋里只有几个铜子儿和几件小东西——他的小刀和磨石、两根弓弦和一个他认为也许会有用的细绳。

“我相信，塞拉，”菲斯师傅小心地说，“一切都会为你恢复成平时最好的状态。”他又怀疑地偷瞥了厨房的助手一眼，之后旅店老板尽可能地保持着尊严，离开了厨房。

塞拉一直等到旅店老板消失，才利落地系上围裙，然后盯着兰德说：“我想，你是在找吃的，嗯？好吧，过来。”她向兰德笑了笑，“我不会咬人，不会的，不要因为刚才那些你不该看到的情景就以为我是个很可怕的人。希尔，给这个小伙子一些面包、干酪和牛奶。现在也只有这些东西了。坐下，小伙子，你的朋友们都已经出去了。据我所知，只有一个小伙子不舒服，没有出去。我想你应该也很想出去吧！”

一名女仆为兰德端来一只托盘。兰德坐到桌边的凳子上。在兰德吃饭时，厨师又开始揉起面团，但她的嘴仍然没有半点停歇。

“不要因为刚才看到的事情就下任何结论。菲斯师傅是个很好的人，虽然你不能保证一个好人在任何时候都会是好人。是那些人的胡言乱语把他逼成这样的，真不知道他们到底在抱怨什么？难道他们更喜欢几十只老鼠活着四处乱窜？奇力不会让这么多老鼠钻进旅店的，它不会的。这是一个干净的地方，这里不应该有这么多麻烦。而且所有的老鼠都被折断了背。”她一边说，一边诧异地摇了摇头。

兰德嘴里的面包和奶酪仿佛变成一堆灰烬。“它们的背都折断了？”

厨师摇晃着一只丰满的手，“想想让人高兴的事吧，这就是我的看法。这里来了走唱人，现在就在大厅里。不过你一直都和他在一起，对不对？你是昨晚和阿莉丝女士一同来这里的人之一，对不对？我想是的。旅店里有这么多客人，我大概不会有什么机会亲眼看到那名走唱人。矿上的那些流氓们都下来了。”她狠狠地压了一下那个面团，“和往常不一样，现在全镇都被他们住满了。但我想，现在的情形总还不会是最糟糕的吧！真是的，这个冬天以前我还不曾见过一名走唱人呢，而且……”

兰德机械似的吃着，尝不出任何味道，也没有再听厨师说些什么。**死老鼠，折断了背。**他匆匆结束早餐，有些结巴地道过谢，就跑出厨房。他必须找人谈一谈。

牡鹿和狮子的大厅与酒泉旅店的大厅除了有相同的功用之外，几乎没有任何其他共同之处。它比酒泉旅店大厅宽一倍，长两倍，布满墙壁的绘画描绘着华丽的建筑、长满高大树木和斑斓花朵的庭院。这里不是只有一个大火炉，而是在每面墙壁上都有一个壁炉在燃烧着熊熊火焰。大厅里摆了几十张桌子，每张椅子、长凳和凳子上都坐满了人。

所有的客人们都叼着烟斗，握着酒杯，目光集中在一个地方：汤姆。他站在大厅正中间的一张桌子上，有许多种颜色的斗篷搭在旁边的一张椅子里，就连菲斯师傅也在看着他，手里拿着一只白银大酒杯和一块抹布，却没有任何动作。

"……腾跃而起，那白银蹄铁和弯曲、修长的脖颈，"汤姆朗声说道，他描述的似乎并不是一匹马，而是一支长长的骑士队列，"丝一般的鬃毛随着扬起的头颅而甩动。上千旗帜组成的彩虹向无尽的天空冲去。一百只黄铜号角令空气颤抖。鼓声轰鸣，如同沉雷，一波接一波，千万观众发出的欢呼翻滚过伊利安的屋顶和高塔。但那千位骑士听不到这些嘈杂的声音，他们的眼和心都已沉浸在他们神圣的任务里。号角大狩猎正在进行。骑士们要去寻找瓦力尔号角，召唤诸纪元的英雄们离开坟墓，为了光明而战……"

走唱人称这样的篇章为平式诵咏。每天晚上在营火边时，他就会为兰德他们做这样的朗诵。他说，讲故事的方式有三种——高等诵咏、平式诵咏和俗调。最后一种方式其实就和街谈巷议没什么两样。汤姆也会用俗调讲故事，但他从不掩饰对这种方式的轻蔑。

兰德没有走进去，而是关上门，颓丧地靠在墙上。他没办法从汤姆那里得到建议了。沐瑞——如果她知道这些，她会怎样做？

兰德察觉到人们在经过他身边时都会看他一眼，也听到自己正在低声地嘟囔。他抚平外衣，站直身体，他必须找人谈一谈。厨师说过，他的同伴中有一个没出去。兰德开始向客房走去，他尽力克制才没有跑起来。

兰德敲了几下麦特和佩林的房门，探头进去，看到只有佩林在屋里，躺在床上，还没换衣服。他在枕头上转过头，看了兰德一眼，然后又闭上眼睛。麦特的弓和箭囊都靠在角落里。

“我听说你人不舒服。”兰德边说边走进房里，坐在麦特的床上。“我只想找人说说话，我……”他发现自己不知道该如何引入正题。“如果你病了，”他半站起身，“也许你应该睡一下。我可以先离开。”

“我不知道是不是还能睡着。”佩林叹了口气，“如果你一定要知道的话，我做了个噩梦，现在没办法再让自己入睡了。麦特本来应该会告诉你的。今天早上，我向他们解释自己太累，没办法跟他们出去时，他还嘲笑我。但他也做了噩梦。他晚上一直在辗转反侧，说梦话，我都听到了。他不可能睡得比我更好。”佩林用他粗壮的手臂盖住眼睛。“光明啊，我真的是累了。也许如果我再躺一两个小时就能有力气起床。如果我因为一个梦而错过了参观巴尔伦，麦特绝对不会放过我的。”

兰德缓慢地坐回到床上，舔舔嘴唇，然后飞快地说：“他是不是杀死了一只老鼠？”

佩林放下手臂，盯着兰德。最后，他只说了一句，“你也是？”看到兰德点头，他才继续说道，“我希望能回家去。他对我说……他说……我们要怎么做？你告诉沐瑞了吗？”

“没有，还没有。也许我不会告诉沐瑞，我不知道。你呢？”

“他说……该死的，兰德，我不知道。”佩林猛地撑起身体，“你认为麦特是不是也做了同样的梦？虽然他在嘲笑我，但笑得很勉强。当我说我因为一个梦而不能睡觉时，他的表情有点怪异。”

“也许他也做了那个梦。”兰德说，他感觉到一阵轻松，毕竟他不是惟一做这个梦的人。“我本来打算去向汤姆寻求些建议，他懂得很多。你……你不认为我们应该告诉沐瑞吧，对不对？”

佩林躺倒在枕头上，“你也听过那些两仪师的故事。你认为我们能信任汤姆吗？如果我们真的能信任某个人就好了。兰德，如果我们在经历过这一切之后还能活下来，如果我们能回家，那时只要你听到我说任何要离开伊蒙村的话，哪怕只是去望山，你都要狠狠敲我一记，好吗?”

“这谁也不知道，”兰德说，他尽可能让自己有个愉快的微笑，“当然，我们会回家。来吧，起床，我们真的到了一座城市，我们有一整天可以瞧瞧她。你的衣服呢?”

“你去吧！我只想在这里躺一会儿，”佩林重新用手臂遮住眼睛，“你先走，我再过一两个小时就追上你。”

“这可是你的损失，”兰德站起身说道，“想想你会错过什么。”他停在门口。“巴尔伦！我们谈论过多少次总有一天见到巴尔伦时的情景?”佩林仍然一动也不动地躺着，也没有再说一个字。过了一会儿，兰德走出房间，将门关上。

他靠在走廊的墙上，脸上的微笑荡然无存。他仍旧感觉到头痛，而且痛得更加厉害了。现在他并不能让自己对巴尔伦有多少热情，他已经对任何事都失去了热情。

一名抱着一大堆床单的客房清洁女工从他身边走过，关心地看了他一眼。但还没等那名女工说话，兰德已经沿着走廊朝另一个方向走去，一边将身体缩进斗篷里。汤姆至少还要在大厅里表演几个小时，也许他应该看看有什么别的事情可做。也许他应该去找麦特，确定一下巴尔阿煞蒙是否真的出现在麦特的梦里。这次，他用比刚才慢得多的速度走下楼梯，一边用双手揉搓着额角。

楼梯在靠近厨房的地方结束了，兰德穿过厨房向旅店外走去。他向塞拉点点头，但是当塞拉仿佛要拾起老话题继续跟他唠叨时，他就急忙跑出了厨房。马厩院子里，穆克一个人站在马厩门口，另一名马夫扛着一只麻袋正往马厩里走。兰德也向穆克点点头，但那个马厩头儿只是狠狠地瞪了他一眼，就走进了马厩。兰德希望这座城市的其他人更像是塞拉，少一点像穆克。做好了观赏一座城市的准备，他迈步向前走去。

在敞开的院门前，他惊讶地停住了脚步。熙来攘往的人们拥挤在街道上，就像圈里的羊群一样，为了抵御寒冷，所有人都用斗篷或外衣裹住了口鼻，只露出双眼，又将帽子拉得很低。他们飞快地迈着步伐，仿佛在被寒风吹着向前走一样。他们在人群中以手肘保持着距离，推挤着前进，连一句话都不说，甚至不看对方一眼。**全都是陌生人，**兰德心想，大家彼此都不认识。

这里的气味也很奇怪，辛辣、酸腐和香甜的气味混合在一起。这种味道让他不由得揉了揉鼻子。即使在伊蒙村的节日里，他也不曾见过这么多人挤在一起。连一半也没有。而这还只是一条街。菲斯师傅和厨师说整座城市全都是人。整座城市……都是这样？

他缓缓地从院门口向后退去，离开那条拥挤的街道。把生病的佩林一个人丢在床上是不对的，而且如果他在城里乱逛时，汤姆已经结束了朗诵呢？走唱人也许会到城里去，而他急需找个人谈一谈。还是等一下比较好。他叹了口气，将背转向那条人来人往的街道。

但他并不急于回到旅店里面，尤其是现在他的头仍然很痛。他坐在旅店后面一只倒扣的桶上，希望屋外的冷风能帮他压抑一下头痛。

穆克偶尔会走到马厩门口瞪他一眼，即使是隔着一个宽大的院子，兰德也能看出那家伙气恼的表情。那家伙不喜欢乡下人吗？还是因为在他想把他们赶走时，菲斯师傅却热情地将他们请进旅店，让他觉得很尴尬？**也许他是个暗黑之友，**兰德心想。他希望能用这个想法让自己心情好一点，但这不是个有趣的想法。兰德抚摸着谭姆的剑柄，现在他想不到什么有趣的东西

"一名牧羊人带着一柄苍鹭徽剑。"一个低低的女人声音说道，"连这样的事都会出现，大概我从此以后不该对任何事抱有怀疑了。你遇到了什么麻烦，乡下男孩？"

兰德惊讶得跳了起来，是那名曾经和沐瑞谈话的短发年轻女子，她仍然穿着男孩的外衣和长裤。兰德觉得她的年龄比自己大一些，一双黑眼睛比艾雯的更大，专注地望着兰德，让兰德感到很奇怪。

"你是兰德，对不对？"她继续说道，"我的名字是明。"

"我没遇上什么麻烦。"兰德说。他不知道沐瑞和这名女子说了些什么，但他记得岚的警告——不要引起任何人注意。"是什么让你认为我有麻烦？两河是个平静的地方，我们都是过着平静生活的人。那里没有麻烦，除非是庄稼和羊群出了什么问题。"

"平静？"明带着微弱的微笑，"我听人们谈论过你们两河人，我

也听过关于木头脑袋的牧羊人的笑话，也听过真正到过你们那里的人对你们的评论。”

“木头脑袋?”兰德皱起了眉，“什么笑话?”

明只是继续说着她的话，仿佛兰德从未开过口一样。“知道你们的人都说你们总是面带微笑，彬彬有礼，像奶油一样柔顺温和，至少在表面上是这样。但他们也说，你们在骨子里像老橡树根一样又硬又韧。他们说你们是硬得怕人的刺。你们是一块块大石头，而且覆盖在石头上的土壤并不多，仿佛已经有一阵风暴把上面的泥土都吹走了。沐瑞并没有把一切都告诉我，不过我自己也能看出一些。”

老橡树根？石头？这听起来不像是那些商人和他们的部属会说的话。而明的最后一句话的确让兰德吓了一跳。

他飞快地向四周望了一眼，院子里没有别人，距离他们最近的窗户都关闭着。“我不知道有谁的名字叫……那又是什么?”

“那么，就是阿莉丝夫人，如果你更希望我这么说。”明饶有兴趣的眼神让兰德的脸颊都红了。“这里没有人在听我们说话。”

“是什么让你以为阿莉丝夫人有另一个名字?”

“因为是她告诉我的。”明耐心地向兰德解释，又让兰德脸红了。“我想，她大概别无选择，我刚遇到她时就看见了她……与众不同的地方。那时她刚刚到这里，正要去乡下。她也知道我，我以前……和她那样的人交谈过。”

“‘看见?’”兰德问。

“嗯，我不认为你会去向圣光之子报告，你们自己一定也在躲着他们。白袍众不喜欢我，就像他们不喜欢沐瑞一样。”

“我不明白。”

“她说我能看见因缘的残片。”明微微笑了一下，摇摇头。“在我听来真是有些太夸张了，我只是在看人时会看到一些东西。有时候我知道那些的含意，有时我看到一个男人和一个女人，就知道他们会结婚；而他们真的结婚了。就是这样。沐瑞想让我看看你，你们全部。”

兰德打了个哆嗦。“你看到了什么?”

“当你们在一起时，会有许多光点在你们周围旋转，成千上万，还有一个巨大的黑影，比午夜更加黑暗。它是那么强大，我几乎要奇怪为什么其他人看不到它。那些光点要填满黑影，而黑影则要将所有光点尽数吞噬。”她耸耸肩，“你们都和某些危险绑在一起，我只能看见这么多了。”

“我们全部?”兰德喃喃地说道，“艾雯也是?但它们并没有追杀……我是说……”

明似乎并没注意到兰德说漏嘴了。“那个女孩……?她也是其中的一部分，还有那名走唱人，你们全部。你爱着她。”兰德抬眼盯着明，“即使看不到那些东西，我也能看出这一点。她也爱你，但她不是你的，你也不是她的。你们的将来和你们两个所想的并不一样。”

“这又是什么意思?”

“我看到她的身上有和……阿莉丝夫人一样的东西。对于另一些，我就不明白了，但我知道那代表着什么；她不会拒绝这个。”

“这太愚蠢了。”兰德不舒服地说。他的头痛已经变得麻木，他觉得自己的脑袋里塞满了羊毛，他想摆脱这个女孩和她所看到的东西，但……“当你看我们其他人时……你看到了什么?”

“很多。”明向他笑着，仿佛知道他真正想问的是什么。“护……嗯……安德拉大人头顶周围有七座倾颓的高塔，一个婴儿躺在摇篮里，却抱着一把剑，还有……”她摇摇头，“像他那样的男人——你明白吧?——身周总是会有许多影像，彼此交迭在一起。在走唱人周围最强的影像是一个男人在耍火，但那个男人不是他，还有就是白塔，但白塔和男人不该有任何关系。在那个鬈发的大汉身上，我看到最强的影像是一头狼，一顶破碎的王冠，许多树在他周围开满了花朵。而另一个男孩的身上有一只红鹰，一只被放在天平秤上的眼睛，一把镶着一颗红宝石的匕首，一支号角和一张大笑的脸。当然，我看到的不只这些，但这样你应该明白我的意思了。对于这些，我分辨不出任何意义。”她闭上嘴，仍然在对他笑着，直到他终于清清嗓子，问道：

“我呢?”

她仿佛要笑出声来一样，但最后还是克制住了。“就像其他人一样，一把不是剑的剑，一顶月桂树叶形状的黄金王冠，一根乞丐的手杖，你向沙子里倒水，一只染血的手和一块白热的铁，三个女人站在一座尸架旁，你在那上面，黑色的岩石浸染着鲜血——”

“好了，”兰德不安地打断了她的话，“你不必把这些一一列出来。”

“最多的，我看见无数闪电环绕着你，有一些是击向你的，有一些是你发出来的。我不知道那意味着什么，但我知道一件事，你和我还会重逢。”她用探询的目光看着他，仿佛她也不明白这意味着什么。

“为什么我们不会再见？”兰德问，“我回家时还会从这里经过的。”

“这倒没错，我想你会的，”她的笑容忽然又回来了，其中带着促狭和神秘。她拍了拍他的脸颊，“但如果我告诉你我看到的一切，你的头发一定会像你的朋友一样卷起来的。”

兰德用最快的速度躲开了她的手，仿佛那是一块热铁。“你这话是什么意思？你有没有看到什么关于老鼠的事情？或者是关于梦的？”

“老鼠！不，没有老鼠。至于说梦，也许你会认为我看见的只是一个梦，但我从不这么认为。”

兰德看着明的笑容，心里有些怀疑她是不是疯了。“我得走了，”他从明的身边绕过去，“我……我要去找我的朋友了。”

“那就去吧！但你逃不过的。”

兰德努力没有让自己跑起来，只是他走的每一步都比前一步更快。

“跑吧，如果你想的话，”明在他身后喊道，“你逃不过我的。”

她的笑声一直追随他穿过院子，来到街道，进入拥挤的人群中。明的最后那句话太像巴尔阿煞蒙对他说过的话了。他在人群中奔跑着，招来许多凶狠的目光和斥骂，但他一直跑过了几条街，都没有减慢速度。

过了一会儿，他开始注意自己所处的环境。他觉得自己的头轻飘飘的，好像一个胀痛的气球，但周围的景物让他既惊讶又兴奋。他相信巴尔伦是一座大城市，虽然也许和汤姆故事中的都市有些不一样。他在宽阔的石板路街道上信步前行，不时又会走进狭窄曲折的街巷。

到处都有引起他兴趣的事情。昨晚下了雨，没有铺石板的街道都被行人踩成一摊烂泥。不过泥泞的街道对他来说不是什么问题，伊蒙村没有一条街道是铺上石板的。

这里肯定没有宫殿，只有几幢比家乡所有建筑都高大许多的房子，但这里大多数的房屋都像酒泉旅店一样有石板或瓦片房顶。兰德觉得在凯姆林也许会有一两幢宫殿。至于旅店，他一共遇到了九家，没有一家比酒泉旅店小，大多数都是像牡鹿与狮子那样的大旅店。这里的街道更是多得目不暇接。

所有街道上都有商店，伸展在商店前面的遮阳棚下摆着一张张堆满货物的桌子。衣物、书籍、陶瓷、靴子……兰德能想到的商品在这里一应俱全，仿佛有上百辆卖货郎马车上的商品都被放在这里。兰德惊讶地盯着这些货摊，以至于不止一次招来摊主怀疑的目光，让他不得不匆匆走开。一开始摊主那样盯着他时，他还不明白是什么意思，等到他明白之后，他先是非常生气，既而又想起自己在这里终究只是一个陌生人。毕竟，他买不了什么。当他看见为了换得一打熟透的苹果或一把枯萎的芜菁需要花费多少铜币时，他着实大吃了一惊。这种东西在两河只能喂马，但这里的人们似乎都很乐于付出这样的价钱。

根据兰德的估计，这里的人肯定是太多了。有一段时间，他觉得自己会被这么大一群人淹没。有些人穿着两河没有的好衣服（几乎像沐瑞的衣服一样好），有不少人穿着镶皮毛边的长外衣，外衣下襟的皮毛镶边几乎碰到他们的脚踝。旅店里所有人都在谈论的那些矿工们个个身材魁梧，一看就像是在山洞里干苦活的样子。但这里的大多数人和兰德的乡民们没什么两样，衣着和面貌都没有差别，兰德本以为他们多少会有些不同的。实际上，这里的许多人与两河人的相貌竟然有那么多相同之处，兰德甚至能想象他们属于伊蒙村的这个或那个家族。一个没牙的灰发老汉耳朵长得像水壶把手，坐在一家旅店外的长凳上，哀伤地看着空掉的大酒杯，兰德差点将他误认为是比力·康加的一名堂亲。一名在自己的店铺前做缝纫的长脸裁缝像极了琼·赛恩的兄弟，他们甚至有同样的秃顶。一名和萨姆·克劳仿佛是双胞胎的人从兰德身边走过。兰德转过一个街角……

他难以置信地盯着一个骨瘦如柴的小个子男人。那个男人有一双长手臂和大鼻子，正推开行人，快步向前走着。他的衣服仿佛已经成了一团烂布，双眼深陷在眼窝里，满是泥土的脸非常憔悴，仿佛他已经连续几天没吃没睡了。但兰德可以发誓……那个衣衫破烂的人这时也看见了他，立刻定在原地，完全不在意被他挡住路的行人。兰德最后的疑虑也完全打消了。

"帕登先生!"他喊道，"我们全都以为你已经……"

眨眼之间，那名卖货郎向远处跑去。兰德一边躲避着行人，一边向他追去，不时还要停下来回头朝被他撞到的人道歉。穿过人群之后，他只是隐约看见帕登钻进一条巷子里，他急忙跟了上去。

在巷子里跑没多远，那名卖货郎停了下来，一道高木墙封死了前方的道路。当兰德也停下来的时候，帕登转身面对着他，警觉地弯下身子，一步步后退，同时还挥舞着肮脏的双手，仿佛要抵挡兰德。他的外衣上有不止一道的裂口，斗篷更是已经破烂得不像样子。

"帕登先生?"兰德犹疑地问道，"出了什么事?是我，伊蒙村的兰德·亚瑟。我们全都以为兽魔人把你掳走了。"

帕登依然蜷缩着身子，用力挥舞双手，朝巷子口踉跄地跑了几步，但他并没有试图从兰德身边越过去，还在距离兰德很远的地方就停了下来。"不要!"他用刺耳的声音喊道，他不停地歪着头，仿佛是要看清兰德背后街上的一切状况。"不要提起……"他的声音变成一阵沙哑的耳语。他将头转开，用闪烁不定的目光瞥着兰德，"……它们，这个城镇有白袍众。"

"他们没理由打扰我们，"兰德说，"和我去牡鹿和狮子旅店吧!我和朋友们住在那里。他们你都认识，他们会很高兴看见你的。我们全都以为你已经死了。"

"死了?"卖货郎愤怒地喝道，"不会是帕登·范。帕登·范知道在何处跳起，在何处落地。"他整了整身上破烂的衣衫，仿佛它们是节日礼服，"一直都是，永远都会是，我会活很久，比……"突然间，他的脸部肌肉绷紧，双手握住外衣的前襟。"它们烧了我的马车，我所有的货物，它们没理由这样做，不是吗?我找不回我的马了，我的马。那个肥胖的旅店老板把它们锁在他的马厩里。我必须快点走，以免喉咙被割断。而我又得到了什么？我现在只剩下身上这些破烂的衣服。这公平吗？”

“你的马正安全地待在艾威尔师傅的马厩里，你任何时候都可以回去带走它们。如果你先和我回旅店去，我相信沐瑞会帮你回到两河的。”

“啊！她是……她是两仪师，对不对？”帕登的脸上出现了戒备的神情。“也许，但……”他停了一下，神经质地舔舔嘴唇。“你会在那个……什么？你叫它什么……那个牡鹿与狮子旅店里待多久？”

“我们明天就走，”兰德说，“但这与你……？”

“你不知道，”帕登哀号般地说道，“你已经填饱了肚子，还在软床上睡了一夜，我从那晚开始就几乎没合过眼。我的靴子全都已经跑烂了，而我吃的……”他的面孔扭曲着，“我不想待在有两仪师的地方，即使在几里之外也不行。”他说出“两仪师”这个词时，仿佛啐痰一样。“但也许我不得不这样。我没有选择，对不对？想到她会看见我，甚至只是知道我在哪里……”他向兰德伸出手，仿佛是要抓住兰德的衣领，但他的手停在半空，不住地颤抖着。他又向后退了一步。“答应我你不会告诉她，她让我害怕。不需要告诉她，没理由让两仪师知道我活着。你必须答应我，答应我！”

“我答应。”兰德安慰他说。“但你不需要害怕她。跟我来吧！至少你能吃一顿热饭。”

“也许，也许。”帕登揉搓着下巴，仿佛在思考什么。“你说是明天？到那时……你不会忘记你的承诺吧？你不会让她……？”

“我不会让她伤害你。”虽然他这么说，实际上兰德却不知道自己该如何阻止一名两仪师去做任何事情。

“她不会伤害我的，”帕登说，“不，她不会的。我不会让她得逞。”如同一道闪电，他穿过兰德身边，钻进人群里。

“帕登先生！”兰德喊道，“等一等！”

兰德冲出巷口，刚好看见那身破烂的衣衫消失在街道的转角处，兰德一边喊着一边追了上去，绕过那个转角，他只来得及看见一个男人的后背，便煞车不及撞了上去，两个人一起倒在路面的泥浆上。

“你就不能看看路吗?”兰德身上传来嘟囔的声音。兰德爬起身，立刻惊呼了一声。

“麦特?”

麦特气呼呼地坐起身，用双手刮去斗篷上的泥巴。“你真的已经变成一个城里的人了，整个早上都在睡觉，现在又毫无顾忌地来撞别人。”他站起身，盯着自己满是泥巴的双手，然后一边嘟囔着一边将它们在斗篷上擦干净。“听着，你绝对猜不到我刚才看到谁了。”

“帕登·范。”兰德说。

“帕登……你怎么知道?”

“我刚才和他说过话，但他逃走了。”

“就是说，兽……”麦特停下来，警觉地看了周围一眼，但他们身边的行人谁也没多理会他们。兰德很高兴他学会了一些谨慎。“那么它们没抓住他。我很奇怪他为什么会离开伊蒙村，甚至连一句话都没留下。也许他在那时逃跑了，但也不至于一直逃到这里。而且为什么他现在还要逃?”

兰德摇摇头，希望帕登能留下来，好好向他们解释清楚，但兰德也觉得这个希望可能最终都无法实现。“我不知道。只是他害怕沐……阿莉丝夫人。”想要一直管住自己的舌头并不是件容易的事。“他不想让阿莉丝夫人知道他在这里。他要我承诺我不会告诉阿莉丝夫人。”

“嗯，我也不会泄露他的秘密，”麦特说，“其实我也不希望阿莉丝夫人知道我在哪里。”

“麦特?”行人仍然在身边川流不息，没有人注意他们，但兰德还是压低声音，靠近麦特。“麦特，你昨晚有没有做噩梦?关于一个男人杀死一只老鼠的?”

麦特盯着兰德，眼睛眨也不眨，最后他问，“你也是?我想，佩林也是一样。今天早晨我几乎要问他了，但……他做的一定也是这个梦。该死的!现在有人在我们的梦里捣乱了。兰德，我希望没有人知道我在哪里。”

“今天早晨，旅店里到处都是死老鼠，”兰德现在觉得自己没有原先那样害怕了，他对一切事情的感觉都变得麻木了，“它们的背都被折断。”他的声音刺激着他自己的耳膜。也许他已经病了，也许他应该去找沐瑞。他惊讶地发现，现在当他想到至上力被使用在自己身上时，已经不再那么反感了。

麦特深吸一口气，用力拉了一下斗篷，眼睛不停地看着周围，仿佛在寻找一个可以去的地方。“我们到底出了什么事，兰德？什么事？”

“我不知道，我要去问问汤姆有什么建议，问问他是否应该告诉……某个人。”

“不！不要告诉她。也许能告诉他，但不要是她。”

麦特急迫的口气让兰德吃了一惊。“那么你相信他？”不需要说出“他”指的是谁，麦特严肃的表情说明他知道。

“不，”麦特缓缓地说，“是机会问题，就是这样。如果他在那个梦里说的都是谎言，那么我们告诉两仪师也许会是安全的，也许。但光是他出现在我们的梦里，也许就足以……我不知道。”他停下来咽了咽口水。“如果我们不告诉她，也许我们会有更多的梦。不管有没有老鼠，梦总好过……还记得在渡口的时候吗？要我说，我们应该保持安静。”

“好，”兰德记得那个渡口，也记得沐瑞的威胁，但那真的似乎已经是很久以前的事情了。“好的。”

“佩林什么都不会说，对吗？”麦特边说边用脚尖踢着地面。“我们必须回去找他。如果佩林跟她说了，我们一定也瞒不过她，我可以跟你打赌。来吧！”他说完便飞快地在人群中跑了起来。

兰德仍然呆立着，直到麦特返回来一把抓住他。他眨眨眼，跟随自己的朋友跑了起来。

“你怎么了？”麦特问，“又要睡着了？”

“我想我有点着凉。”兰德说。他的头像一面鼓似的紧绷着，里面却空空如也。

“我们回旅店之后，你可以喝些鸡汤。”麦特说。当他们在人群中寻路前进时，麦特一直在喋喋不休地说着话。兰德努力想要听清楚麦特在说什么，有时还会附和几句，但想要对一件事保持注意力对现在的他来说实在是很难。他不累，他不想睡觉，他只是觉得自己仿佛飘在半空中。过了一会儿，他发现自己正在和麦特描述明。

“一把镶着红宝石的匕首，哼？”麦特说道，“我喜欢这个。但我不知道那只眼睛是什么。你确定她不是编的？如果她真的是占卜师，那么这些东西的意思她也应该都明白。”

“她没有说她是占卜师，”兰德说，“我相信她真的能看到这些。记住，我们曾经看到沐瑞和她说话。她知道沐瑞是什么人。”

麦特朝兰德皱起眉，“我以为我们不该使用这个名字。”

“不。”兰德低声说道。他用两只手揉着额头，想一直注意某件事真是太困难了。

“我想，也许你真的是病了。”麦特仍然紧皱着眉头。突然间，他拉住兰德的袖子，“看看他们。”

有三个人正从对面朝兰德和麦特走过来。他们披挂着胸甲，戴着圆锥形钢盔，那些盔甲被打磨得如同白银般闪闪发亮，就连他们手臂上的炼甲也同样闪烁着银光。他们纯白色的长斗篷上在左胸的部位绣着一轮金黄色的太阳，太阳周围是同样为金黄色的阳光。斗篷的长度刚好不会碰到这条满是泥泞和水洼的泥土街道。他们的手都按在剑柄上，用厌恶而警觉的眼光看着周围，仿佛他们身边全都是从烂木头下面爬出来的蛆虫。但没有人响应他们挑衅的目光，甚至似乎没有人注意到他们。只是这三个人并不需要像其他人那样推挤着走路，人群在他们面前会自动向两旁分开，在他们周围留下一片空地。

“你觉得他们就是圣光之子吗？”麦特大声问兰德。一名路人严厉地看了麦特一眼，同时加快了迈步的速度。

兰德点点头。圣光之子，白袍众，憎恨两仪师的人。命令其他人该如何生活，如果有人拒绝就制造事端予以打击的人。虽然兰德并不认为烧毁农场和那些更加残忍的行为只是一些“事端”而已。**我应该害怕，**他心想，**或者是感到好奇。**总之他是该有些反应的，但他只是漠然地看着那三个人。

“他们和我想象的不太一样，”麦特说，“不过他们倒真的很自负，不是吗？”

“不要理他们，”兰德说，“回旅店吧！我们必须和佩林谈谈。”

“就像爱华德·康加一样，他也总是把鼻子翘到半空中去。”麦特突然笑了。他的眼睛里闪烁着一道光彩。“还记得他从马车桥上掉下去，一步一摊水地走回家的样子吗？那让他老实了一个月。”

“这跟佩林有什么关系？”

“看见没有？”麦特指着圣光之子前面不远处一条巷子里停着的一辆大车，大车的车辕支在地上，一根棒子挡住堆在车上的十几只木桶。“看着。”他带着笑容溜进左侧的一间刀匠铺。

兰德盯着麦特的背影，知道他又要胡来了，麦特眼光闪烁时，就意味着他心里又有一个恶作剧的念头。但奇怪的是，兰德发现自己很想看看麦特打算做什么。他脑子里的另一个声音告诉他这种想法是错误的，而且非常危险，但他只是站在原地，期待地微笑着。

没多久，麦特出现在那间店铺阁楼的窗户，他朝窗外探出半个身子，手里拿着投石索，而且已经将绳索转了起来。兰德的视线转回那辆大车上，就在转眼间，一阵清脆的碎裂声响起，固定木桶的棒子断掉了，而此时那些白袍众刚好走到巷子口。木桶沿着大车和车辕朝街道滚过来，发出巨大的隆隆声，溅起大片的污水泥浆。人们纷纷向周围逃开，那三名圣光之子的动作也不比其他人慢。他们专横跋扈的神情已经被惊讶慌张所取代。有些人倒在地上，溅起更多的泥水。那三个人的动作很敏捷，轻易就避开滚来的木桶，但他们不可能躲得开所有溅起的泥泞。

一名穿着长围裙、留着胡子的男人从那条巷子里跑出来，一边挥舞手臂，一边气恼地叫喊着。但一看见那三个正徒劳地想将斗篷上的泥水抖掉的白袍众，他立刻又消失在那条巷子里。兰德朝刀匠铺的阁楼瞥了一眼，麦特已经消失了。这样射出一颗石子对于任何两河小伙子来说都不是难事，但效果可说是相当完美。兰德不禁笑了起来，快意的感觉仿佛被包裹在一团羊毛里，但那毕竟让他感到愉快。当他转过身去时，那三名白袍众都在盯着他。

“你觉得很有趣，是吗?”说话的人和他的两名同伙相比站得比较靠前一些，他的眼睛眨也不眨地盯着兰德，里面放射出高傲的光芒，仿佛他知道一些别人不知道的、非常重要的信息。

兰德的笑声立刻中断了，现在这片烂泥和木桶间只剩下他和圣光之子，原先拥挤在这里的人们似乎都发觉有很紧急的事情要去做，纷纷朝街道两端跑走了。

“你是因为害怕圣光而僵住舌头吗?”怒意让那名白袍众的窄脸仿佛被捏得更窄了，他不屑地瞥了一眼兰德斗篷外的剑柄。“也许你应该为此负责，是不是?”和另外两个人不同，他斗篷上的阳光普照图案下有一个金色的结饰。

兰德本想用斗篷将剑盖住，但他实际上反而将斗篷掀到肩后，虽然在脑海深处，他正极度惊讶地怀疑自己想要干什么，但那对他而言只是一个很遥远的念头。“意外是会偶然发生的，”他说，“即使对圣光之子也是一样。”

那个窄脸男人挑起一侧眉弓。“你这么危险吗？年轻人。”他并不比兰德年长多少。

“苍鹭徽记，伯恩哈爵士。”他身后的人在警告他。

那个窄脸男人又瞥了兰德的剑柄一眼——青铜苍鹭纤毫毕现。他的眼睛瞪大了一下，随后他重新端详了一番兰德的面孔，不屑地哼了一声。“他太年轻了。你不是这里的人?”他冷冷地对兰德说，“你是从什么地方来的?”

“我刚到巴尔伦。”一阵针刺般的兴奋感从兰德的四肢涌过，他几乎有了一种温热的感觉。“你们应该刚好有一家好旅店可以推荐，对不对?”

“你在逃避我的问题，”伯恩哈厉声喝道，“是什么邪恶让你不回答我的问题?”他的同伙移动到他身旁，铁青的脸上毫无表情，尽管他们的斗篷上仍然满是污泥，但现在这副场景已经没有任何趣味可言了。

兴奋感充斥在兰德体内，刚才那种温热已经上升到发烧的程度。他想要大笑，这种感觉真是很不错，一个弱小的声音在他脑子里高喊着有些事情不对劲了。但他能想到的只有自己体内充满了力量，几乎要冲破皮肤爆发出来。他微笑着，立定双足，等待着将要发生的一切。而他也依稀在怀疑到底会发生什么事。

领头的那个白袍众表情更加阴沉了。他的一名同伙将佩剑抽出一寸的长度，用因为恼怒而颤抖的声音说，“圣光之子在问问题，你这个灰眼睛的乡巴佬，我们要得到答案，否则……”但窄脸男人伸出手臂挡住了他，让他没能继续说下去。伯恩哈猛地抬起头，望向远处的街道。

城镇卫兵正朝这里跑来——十二名士兵戴着扁圆形钢盔，身穿硬皮短甲，手里拿着铁头棒，而且仿佛是很知道该如何使用这些棒子的模样。他们停在十步之外，一言不发地盯着白袍众和兰德。

“这座城镇已经被圣光遗弃了。”那个半抽出剑的白袍众喊叫着，他用更尖厉的声音对卫兵们嚷道，“巴尔伦是站在暗帝的黑影中的！”伯恩哈又打了个手势，那名白袍众将佩剑摔回鞘内。

伯恩哈将注意力转回兰德身上，他的眼里闪烁着仿佛已经洞悉一切的光芒。“暗黑之友逃不过我们的手心，年轻人，即使在一座暗影笼罩的城镇里也是一样。我们会再见面的，不要怀疑这一点！”

他一说完，转身便走，他的两名同伙紧随在他身后，就好像兰德已经完全不存在了一样。当他们就要走进人群中时，人群又一次在他们面前分开了。卫兵们犹豫着，看着兰德，然后将铁头棒扛在肩上，跟在三名白袍众身后。他们必须在人群中挤出一条路来，还要不停地喊着，“让路！”没有什么人让路，除了被他们撞上的人。

兰德仍然定定地站着，等待着，那种刺激是如此强烈，他几乎要颤抖了。他觉得自己仿佛正在燃烧起来。

麦特从刀匠铺里跑出来，瞪着兰德，过了良久，他才说道，“你不是病了，你是疯了！”

兰德深吸一口气，突然间，那股热情如同被刺破的泡沫一样，全都消失了。他随着刺激的消失而踉跄了一下，才意识到自己刚才都做了些什么。他舔着嘴唇，望向仍然瞪着自己的麦特，用不稳定的声音说：“我想我们最好立刻回旅店去。”

“对，”麦特说，“是的，我想我们最好这样。”

街道上又充满了行人，不止一个人盯着这两个男孩，又彼此窃窃私语一阵。兰德相信关于他的故事很快就会传播开来，一个疯子想要同时挑战三名圣光之子，这的确是个值得一谈的话题。**也许是那个梦把我逼疯了。**

两个伊蒙村的男孩在错综复杂的街道里迷路了好几次，但没多久，他们就撞见了汤姆·梅里林。走唱人一个人仿佛就组成了一支节日的游行队伍。他说他出来是为了活动活动筋骨，呼吸一下新鲜空气，但无论是谁只要看一眼他的彩色斗篷，他就会用充满共鸣感的声音说道，“我在牡鹿和狮子旅店，只有今晚。”

是麦特首先语无伦次地向汤姆讲述了他们的梦，以及是否要告诉沐瑞的疑虑。兰德很快也加入进来，因为他发现麦特关于那个梦的记忆和他的不尽相同。**也许我们每个人的梦都有一点差别**，他心想。但梦的主要部分是一样的。

他们还没讲几句，汤姆已经将全部的注意力集中在他们的讲述上。当兰德提到巴尔阿煞蒙时，走唱人抓住他们两人的肩膀，示意他们闭嘴。然后他踮起脚尖向周围扫视了一圈，又拉着两个男孩一直走到一条死巷的末端。现在他们身边只有几只板条箱和一条蜷缩在这里避寒、瘦得露出肋骨的黄狗。

汤姆盯着巷子外的人群，搜寻着所有可能会停下来听他们说话的人。过了好一段时间，他才转回身看着兰德和麦特。他的蓝眼睛仿佛要盯穿两个男孩的头骨，却又好像随时都要转回去望着巷口。“绝对不要在有陌生人的地方说出那个名字，”他的声音很低，但非常严厉，“即使那些陌生人表面上并没有在听你们说话。这是个非常危险的名字，即使在没有圣光之子的地方，说出它也是危险的。”

麦特哼了一声：“我倒是可以跟你说说圣光之子的事。”他斜眼瞥了一下兰德。

汤姆没理会他，“如果你们之中只有一个人做了这样的梦……”他用力拉了一下自己的胡子。“把你们记得的一切都告诉我，所有细节。”随后他便开始仔细地倾听，眼里闪动着警觉的光芒。

“……他说那些人都是被利用的。”兰德用了很长一段时间才把梦中的一切都讲完，至少他认为是把一切都说出来了，“桂尔·亚玛拉桑、罗林·灭暗者。”

“达维安，”麦特又抢着补充说，“还有尤瑞安·石弓。”

“还有洛根。”兰德最后说道。

“都是危险的名字。”汤姆喃喃地说道，他的目光似乎比刚才更深地钻进了他们的脑袋。“几乎像刚才那个名字一样危险。除了洛根之外，他们都已经死了，有些已经死了很久。罗林·灭暗者是将近两千年前的人物，但也同样危险。即使你们只有一个人时，最好也不要大声说出这些名字。大多数人不知道这些名字，但如果让不该听到的人听到了……”

“但他们到底都是什么人？”兰德问。

“男人，”汤姆仍然用很低的声音说，“曾经撼天动地的男人。”他摇摇头，“没关系，忘记他们吧！他们现在都已经是尘土了。”

“他们……是不是都被利用过？就像他说的那样？”麦特问，“是不是都是被杀死的？”

“你们可以说是白塔杀死了他们，可以这么说。”片刻之间，汤姆绷紧了嘴唇，然后他又摇了摇头。“但利用？不，我不这样认为。只有光明知道玉座都有过什么样的谋略。但我不这么认为。”

麦特打了个哆嗦，“他说了许多事情，非常疯狂的事情。他提到了路斯·瑟林·弑亲者，还有亚图·鹰翼，还有世界之眼。光明在上，那个世界之眼又是什么东西？”

“一个传说，”走唱人缓缓地说，“也许，就像瓦力尔号角史诗那样伟大的传说，至少在边境国是这样。在那里，年轻人都会去寻找世界之眼，就像伊利安人去寻找圣号角一样。但那也许只是个传说。”

“我们该怎样做，汤姆？”兰德说，“我们是不是应该告诉她？我不想再做那样的梦了，也许她能做些什么。”

“也许我们不会喜欢她所做的事情。”麦特皱着眉说道。

汤姆审视着他们两个，用一根手指的指节抚着胡须。“如果是我，就会保持平静。”最后他说道，“不要告诉任何人，至少暂时不要对别人说。如果有必要，你们随时都可以改变主意，但只要你们说出来，就无法挽回了。而你们和……她之间的牵绊也会变得更严重。”突然间，他站直了身子，原先他那种稍稍驼背的样子完全消失了。“另一个小子呢！你们说他也做了同样的梦？他知道该守口如瓶吗？”

“我想他应该知道。”兰德说。麦特也在同时说道，“我们现在就要回旅店去警告他。”

“但愿光明不会让我们太晚！”走唱人的斗篷在脚踝边抖起一圈波浪，无数缀在上面的彩色碎布迎风抖动。他大步走出巷子，一边回头喊着，“怎么啦？你们的脚钉在地上了吗？”

兰德和麦特急忙朝他跑过去，走唱人并没有等他们追上来，这一次，无论是谁注意到他的斗篷也无法让他驻足片刻，甚至那些向他欢呼的人也做不到。他飞快地穿过拥挤的街道，仿佛路面上空无一人，兰德和麦特半跑着跟在他身后。他们很快就回到牡鹿和狮子旅店，比兰德预料的时间快了许多。

当他们往旅店里面走的时候，却迎面碰上佩林快步跑出旅店，一边还在往肩上披着斗篷。他们差点就撞在了一起。“我正要去找你们两个。”他一边勉力站稳身体，一边喘息着说道。

兰德抓住佩林的手臂，“你有没有告诉别人那个梦？”

“快说你没有。”麦特也说道。

“这非常重要。”汤姆说。

佩林困惑地看着他们，“不，我没有，我离开床还不到一个小时。”他的肩膀沉了下去，“我一想起那些就感到头痛，更不要说谈起它了。为什么你们会告诉他？”他对走唱人点点头。

“我们必须找人谈谈，否则我们肯定会疯掉。”兰德说。

“我以后会解释。”汤姆的眼睛盯着在牡鹿与狮子进进出出的人们。

“好。”佩林缓缓地答道，他看起来仍然有些混乱。他忽然拍了一下脑袋，“你们让我差点忘了找你们的原因，奈妮薇来了。”

“该死的！”麦特呻吟道，“她怎么到这里了？沐瑞……渡口……”

佩林哼了一声，“你以为像渡船沉掉这种小事能阻挡住她吗？她找到了高塔。我不知道高塔是怎么回到塔伦河对岸的。奈妮薇说她找到高塔时，高塔正躲在自己的房间里，根本不想靠近河边一步，但奈妮薇还是想办法逼他找到一艘足够大的船，将奈妮薇和她的马一同渡过了河。是高塔自己划桨，奈妮薇给他的时间只够他找到一名船工去划船另一侧的桨。”

“光明啊！”麦特大喘了一口气。

“她来这里做什么？”兰德很想知道答案。麦特和佩林都轻蔑地看了他一眼。

“她是来找我们的，”佩林说，“她现在和……和阿莉丝夫人在一起，现在她们那里大概冷得已经可以下雪了。”

“我们能不能先去别的地方逛一逛？”麦特问，“我爸爸说，只有傻瓜才会把手伸进黄蜂巢里。”

兰德插嘴说：“她不能把我们带回去，冬日告别夜发生的事情应该能让她明白这一点。如果她仍然不明白，我们就必须让她明白。”

麦特的眼眉随着兰德的话愈挑愈高，当兰德结束发言时，他低低地吹了一声口哨。“你有没有试过让奈妮薇明白某件她不想明白的事？我试过。我建议我们在天黑之前都留在外面，等到晚上再悄悄溜进旅店。”

“根据我对那个女孩的观察，”汤姆说，“我不认为她是个会半途而废的人。如果她得不到她想要的结果，也许她会一直努力，直到引起别人不必要的注意。”

汤姆的话让众人都沉默了。他们交换着眼神，深吸着气，迈着大步走进旅店，仿佛是要去与兽魔人战斗。

第16章 乡　贤

佩林走在众人的最前头。兰德只是一心想着该如何应对奈妮薇，所以直到明捉住他的手臂，将他拖到一旁，他才如同梦醒般回过神来。其他人又在走廊里走了几步，看见兰德停下来，他们也停了下来，有些不耐烦地等着兰德，却也有些不情愿往前走。

"我们没时间了，男孩。"汤姆口气生硬地说。

明朝那名白发走唱人瞪了一眼。"去演杂耍吧！"她说了这么一句，又把兰德拉到更远的地方。

"我真的没时间，"兰德对明说，"不要再跟我说什么逃不掉之类的蠢话了。"他想要从明手中挣脱出来，但每次他甩掉明的手，明又会重新将他抓住。

"我也没时间看你做傻事，你能不能安静一下！"她又飞快地看了其他人一眼，然后贴近兰德，压低了声音，"一个年轻女人刚才到了这里，她的个子比我矮，眼睛和头发都是黑色的，她的长辫子一直垂到腰上。她是你们的一部分。"

片刻之间，兰德只是盯着明。奈妮薇？她怎么也被卷进来了？**光明啊，我又是怎么被卷进来的？**"那……不可能。"

"你认识她？"明悄声说。

"是的，她不可能跟……不管你说的是和什么……有关。"

"那些光点，兰德。她进来时恰巧遇到阿莉丝夫人，她们两人的身上都围绕着光点。昨天，你们至少要有三个或四个人聚在一起，我才能看到你们的光点，但今天，那些光点变得更明亮，舞动得更激烈了。”她看着兰德不耐烦的朋友们，哆嗦了一下，才又将头转向兰德。“我几乎以为这家旅店都要因此而燃烧起来了。今天自从她到来之后，你们的处境比昨天更危险了。”

兰德也瞥了朋友们一眼，汤姆紧皱起眉头，仿佛是要催促他赶快结束这次谈话。“她绝对不会伤害我们，”兰德对明说，“现在我必须走了。”他终于抽回了手臂。

兰德不再理会明的抱怨，跟随其他人继续向走廊深处走去。他又回头看了一眼，明正跺着脚，朝他挥舞着拳头。

“她要说什么?”麦特问。

“奈妮薇是这其中的一部分。”兰德想也不想就答道，然后他狠狠地瞪了麦特一眼，让麦特张着嘴却没有说出半个字来，但理解的表情逐渐出现在麦特的脸上。

“什么的一部分?”汤姆轻声问，“那个女孩是不是知道些什么?”

当兰德还在努力思考该如何答复走唱人时，麦特已经说道，“她当然是这其中的一部分。”他的声音里带着十足的火气，“我们从冬日告别夜开始就染上的厄运的一部分。也许乡贤出现对你来说不算什么，但我宁愿到这里找我们的是白袍众。”

“她看见过奈妮薇，”兰德说，“她看到奈妮薇和阿莉丝夫人谈话，她觉得奈妮薇也许和我们有某种关系。”汤姆侧目看了他一眼，用鼻息吹了一下胡子。不过其他人似乎都接受了兰德的解释。兰德不喜欢向朋友隐瞒秘密，况且明的秘密对明自己和对他们都是危险的。

佩林忽然停在一扇门前。虽然他身材魁梧，现在竟也犹豫起来。他深吸一口气，回头看着他的同伴们，然后又吸了一口气，才缓缓地打开门，走了进去。其他人一个接一个地跟在他身后，兰德走在最后，他极不情愿地关上了房门。

这是他们昨晚吃晚餐的那个房间。壁炉里传来噼啪的轻微爆裂声，房间中央的桌子上放着一只抛光的银托盘，托盘里有个光亮的银酒罐和几只银杯。沐瑞和奈妮薇坐在桌子两端相对的位置上，都只是一动也不动地盯着对方，其他的椅子都空着。沐瑞的手放在桌子上，如同她的面容一样平静；奈妮薇的辫子被甩在身前，辫子末梢被握在她的一只拳头里。她不时会微微拉一下辫子，就像她和村议会对抗时一样，一副倔强的样子。佩林是对的，尽管房里生着火，但感觉上仿佛冰窖般寒冷。所有寒气都是桌旁这两个女人发出来的。

岚正靠在壁炉旁边，眼睛看着炉火，双手伸在火苗上取暖。艾雯的背紧贴着墙壁，用斗篷裹住身体，就连兜帽都戴上了。汤姆、麦特和佩林都带着犹疑的表情停在房门附近。

兰德不舒服地打个哆嗦，向桌边走去。**有时候你只能伸手去抓住狼的耳朵，**他这样提醒自己。但他也还记得另一个老谚语：**抓住狼耳朵时，放手也难，抓紧也难。**他感觉到沐瑞和奈妮薇都在看他，不由得脸一阵热，但他还是坐到了桌子一侧靠中间的位置。

片刻之间，房里如同雕塑一样寂静；随后，艾雯和佩林不情愿地坐到兰德身边；最终麦特也加入了。艾雯把兜帽拉得更低，足足遮住她的半张脸。他们全都尽量避免去看彼此。

“嗯，”仍然站在门边的汤姆哼了一声，“至少现在可以开始了。”

“既然所有人都到了，”岚说着离开了壁炉，在一只银杯里倒满葡萄酒，“也许你可以先解解渴。”他将那只杯子送到奈妮薇面前。奈妮薇却只是怀疑地看着杯子。“不需要害怕，”岚耐心地说，“你亲眼看见旅店老板将酒送过来的，我们都没机会在酒里放任何东西，这很安全。”

乡贤听到护法说她害怕时，气愤地抿紧了嘴，但她还是低声说了一句，“谢谢你。”才拿过杯子。

“我很想知道你是如何找到我们的。”岚说。

“我也是。”沐瑞向前倾过身子，“也许你在看到艾雯和这些男孩之后愿意说话了？”

奈妮薇吮了一口酒才回答两仪师的问题。“除了巴尔伦，你们没地方可去。但为了以防万一，我一直在跟踪你们留下的痕迹。你们故意绕了不少路，我想，你大概是不愿意在半路上遇到正派人吧！”

“你……跟随我们留下的痕迹？”岚问道。在兰德的记忆里，这是他第一次看到这名护法露出惊讶的表情，“我一定是太过大意了。”

“你们留下的痕迹非常少，但在两河，追踪能力比我更好的也许只有谭姆·亚瑟而已。”她犹豫一下，又说道，“在我父亲去世之前，他在打猎时总是带着我，将他的技艺教给我，那些技艺本来应该是由他从未有过的儿子继承的。”她挑战般地看着岚。但岚只是赞许地点了点头。

“如果你能跟踪由我努力隐藏的痕迹，那么他对你的教导确实很成功。即使是在边境国，能做到这样的人也很少。”

奈妮薇忽然用喝酒的动作遮住自己的脸，兰德惊讶得连眼睛都睁大了——奈妮薇脸红了。奈妮薇从不曾有过任何一点失态，当然，她会愤怒，而且经常是暴怒，但她绝对不该有这种样子。现在她脸颊上的肯定是两团红晕，不管她如何用酒杯掩饰。

“也许，”沐瑞平静地说，“现在你可以回答我几个问题，我已经给了你许多答案。”

“那些全都是走唱人的故事，”奈妮薇反驳说，“我能看到的事实是，四名年轻人被一名两仪师拐走了，天知道这个两仪师是为了什么。”

“你已经被告知过，有些讯息不能在这个地方随意泄露，”岚厉声说道，“你必须学会管住自己的舌头。”

“为什么我要这样？”奈妮薇问，“为什么我应该帮你们隐瞒身份、掩饰行踪？我来这里是为了带艾雯和男孩们回伊蒙村，而不是帮助你们把他们骗走的——”

汤姆用轻蔑的语气插嘴说，“如果你想让他们和你自己再看见你们的村子，你最好小心一点。巴尔伦有人会杀了她……”他向沐瑞一摆头，“……还有他，只是因为他们特殊的身份。”他又朝岚看了一眼，然后走唱人突然移动到桌子旁边，将双拳杵在桌上，俯视着奈妮薇，他的长胡子和浓眉毛刹那间充满了威胁的气势。

奈妮薇睁大眼睛，向后靠去，但她很快又强硬地挺直身子。汤姆仿佛没注意到她一样，只是充满胁迫感地低声说，“只要一个谣言，一个耳语，他们就会涌进这间旅店，像食人蚁群一样。他们的憎恨是强大的，他们渴望着杀死或捕获任何像这两个人一样的人。到那时，这个女孩呢？这些男孩呢？你呢？对白袍众而言，你们和他们已经是一丘之貉了。你们不会喜欢他们提问的方式，特别是当他们想要从你们的口中掏出关于白塔的信息时。白袍众的裁判者从一开始就为你们定下了罪行，他们对于这样的罪行只有一个判决。他们其实并不在意事实，他们认为事实就在他们的掌握之中，他们使用烙铁和火钳只是为了得到囚犯的供认。你们最好记住，大声说出某些秘密是危险的，即使在你们以为你们知道是谁在听时。”走唱人站直身体，喃喃地说道，“最近我似乎经常这样告诫别人。”

“说得好，走唱人，”岚说道，护法似乎在重新用眼睛估量走唱人，“承蒙你如此关心，我很惊讶。”

汤姆耸耸肩，“我也是跟你们一起到这里的，这谁都知道，我可不想让拿着烙铁的裁判者命令我忏悔罪行，走在光明之中。”

“那么，”奈妮薇突然用强硬的语气说，“我又多了一条带他们回家的理由。明天早晨我们就要出发，或者今天下午，我们愈早离开你们，踏上返回伊蒙村的路愈好。”

“我们不能。”兰德说道，他很高兴听到朋友们和他同时向奈妮薇表示了反对。奈妮薇用严厉的目光瞪着他们，一个都没漏掉。毕竟这些人里是兰德最先开的口，而现在他的朋友们全都在一言不发地看着他。就连沐瑞也坐回椅子里，将十指搭在一起，静静地看着他。兰德费了很大的力气才强迫自己直视乡贤的眼睛，“如果我们回到伊蒙村，兽魔人也会回来，它们在……猎杀我们。我不知道是为什么，但它们就是在这么做。也许我们能在塔瓦隆找出其中的原因，也许我们能找出结束这场灾难的办法。这是我们惟一能做的。”

奈妮薇摊开双手，“你说的话就像谭姆一样。他请人把他抬到村民大会上，竭力要说服每一个人，在那之前，他已经在努力说服村议会了。只有光明知道……阿莉丝夫人……”她用极端不屑的语气说出这个名字，“是怎样让他相信这种鬼话的。比起大多数男人来说，平时谭姆还能有一点理智。不管怎样，尽管村议会在大多数时间里都只是一群傻瓜，但他们还没傻到会相信谭姆的话，甚至其他男人也不会相信，他们一直赞成必须找到你们。那时谭姆又想成为前来寻找你们的人，但他甚至还没办法只依靠自己的力量站起来。你们的家族血脉里一定有一部分是非常愚蠢的。”

麦特清清嗓子，然后悄声说道：“我爸爸呢？他是怎么说的。”

“他担心你会和外地人玩你的那些把戏，而且非常害怕你会因此而被人们追着打。和……阿莉丝夫人相比，他似乎更害怕这一点。当然，他本来也就不比你更聪明。”

麦特似乎不确定该如何接受乡贤的话，该如何回答，他似乎根本不知道是否该回答。

“我想，”佩林犹豫地说道，“我是说，我想卢汉师傅应该也不喜欢我离开村子。”

“你希望他喜欢吗？”奈妮薇厌烦地摇摇头，看着艾雯，“也许我不该因为你们三个的鲁莽和白痴感到惊讶，但我本来以为其他人会更有判断力的。”

艾雯又向后坐了坐，让佩林挡住自己。“我留下纸条了。”她虚弱地说道。她又拉了一下斗篷的兜帽，似乎是要遮住松开的头发。“我已经对一切都做了解释。”奈妮薇的表情更加阴沉了。

兰德叹了口气，乡贤就要用斥责的闪电轰击他们了，而且看起来这将是一场强度最大的雷暴，如果她胸中的怒火已经完全燃烧起来，如果她说要带他们回伊蒙村去，无论任何人再说些什么，那么她将是不可动摇的。兰德于是张开了嘴。

“纸条！”奈妮薇刚刚开口，沐瑞说道：“你和我必须平静地谈话，乡贤。”

兰德希望能阻止自己，但一连串的话语已经脱口而出，仿佛他打开的不是自己的嘴，而是一道泄洪闸。“你说的也许都有道理，但这依然不能改变什么。我们不能回去，我们必须继续。”他说话的速度愈来愈慢，声音也愈来愈低，等他说到最后时，几乎是在耳语了。乡贤和两仪师的目光都转移到他身上，兰德觉得自己仿佛正在妇议团面前为自己的罪行辩白，他坐回椅子里，心中希望自己能在别的什么地方。

“乡贤，”沐瑞说，“你必须相信，他们和我在一起比回到两河更安全。”

“安全！”奈妮薇轻蔑地一摆头，“是你带他们来到这个有白袍众的地方。如果走唱人说的是实话，这里的白袍众会因为你而伤害他们，告诉我他们怎么可能会更安全，两仪师。”

“有许多危险是我无法为他们抵挡的，”沐瑞对奈妮薇的质问表示同意，“比如他们可能被雷劈死。即使他们回到家乡，你也无法阻止这样的危险。但他们现在必须担心的并非闪电，也不是白袍众，而是暗帝，还有他的仆从们。我可以在这方面保护他们。碰触真源、碰触阴极力让我能给予这样的保护。对于每一名两仪师都是这样。”奈妮薇怀疑地抿紧了嘴。

沐瑞也隐隐显出怒意。她还是在继续说着，但她的声音几乎已经到了耐心的边缘。“即使是那些碰触真源的可怜男人，在他们能够使用至上力的短暂时间里，也能获得这样的保护。只是有些时候，他们碰触阳极力的污染让他们变得比常人更加脆弱。但我，或者任何一名两仪师，都能将我们本身的保护扩展到我们周围的人身上，只要他们像现在这样靠近我，隐妖就无法伤害他们。任何兽魔人只要靠近到四分之一里的范围内，它们的邪恶就会被岚察觉。如果他们回到伊蒙村，你能提供一半这样的保护吗？”

“你不过是在误导话题。”奈妮薇说，“我们两河有一句谚语，‘无论是熊咬了狼，还是狼咬了熊，兔子总是输的一方。’带着你的理由到别的地方去吧！不要把伊蒙村的人也卷进来。”

“艾雯，”过了一会儿，沐瑞说道，“带其他人走，让乡贤和我独处一会儿。”她的表情漠然如常。奈妮薇则气势汹汹，仿佛在准备着进行一场全力以赴的争斗。

艾雯立刻跳起脚，她显然想要维持住自己的尊严，但她又非常害怕乡贤会看到她松开的头发。她朝三个男孩扫了一眼，毫无困难地将他们召集起来。麦特和佩林用最快的速度推开椅子站起身，低声地做着礼貌性的道别，竭力压抑着拔腿就跑的冲动。就连岚在看到沐瑞给他的手势之后，也朝门口走去，一只手还拉着汤姆。

兰德跟在他们身后，护法最后关上了房门，守在走廊里。在岚的注视下，其他人走到了和那扇门有一定距离的地方，护法不许他们有任何偷听的机会。当岚认为他们走到合适的位置上后，便靠在墙上，即使没有穿那件变色斗篷，他纹丝不动的状态也很容易让别人忽略掉他，除非直接撞在他身上。

走唱人嘟囔了几句“应该好好利用自己的时间”之类的话，便转身离开了。临走前他又回头对男孩们严厉地叮咛了一句，“记住我说的话”。除了他之外，再没有人打算离开了。

“他是什么意思？”艾雯心不在焉地问，她的眼睛一直盯在挡住沐瑞和奈妮薇的门板上。她不断地玩弄着自己的头发，仿佛正在继续隐藏自己的头发和摘下兜帽之间犹豫不决。

“他给了我们一些建议。”麦特说。

佩林瞪了麦特一眼：“他说过，在我们确定要说什么之前不要开口。”

“这听起来是个好建议。”艾雯说。但她现在对此并没有什么兴趣。

兰德则陷在自己的思绪里。奈妮薇怎么可能是这其中的一部分？他们怎么会和兽魔人、隐妖搅在一起？巴尔阿煞蒙怎么会出现在他们的梦中？这太疯狂了。他想知道明是否已经将她对奈妮薇的观察告诉了沐瑞。她们在房里到底说了些什么？

当房门终于打开的时候，兰德不知道自己已经在门口站了多久。奈妮薇走了出来，看到岚的时候，她愣了一下。护法低声说了些什么，让她气愤地扬起头，随后护法便擦过她的身边，走进房里。

奈妮薇转向兰德，而兰德在此时刚发现，其他人都已经悄无声息地消失了。他不想单独面对乡贤，但他也不能在乡贤的目光中就这样溜走。乡贤现在的眼神似乎正在搜索着什么。他困惑地想着，她们说了些什么？当奈妮薇一步步走近时，他努力站直身子。

奈妮薇指着谭姆的剑，“这看起来很适合你，但如果它和你不配的话，我会更高兴。你已经长大了，兰德。”

“在一个星期里？”兰德笑着说，只是他的笑声听起来很勉强。奈妮薇摇摇头，仿佛兰德完全不理解她的苦心。“她说服你了？”兰德继续问道，“我们真的只有这条路。”他停了一下，想了想明所说的光点，“你要跟我们一起走吗？”

奈妮薇的眼睛立刻睁大了：“跟你们一起！为什么我要这么做？我不在时，玛夫拉·马伦会从戴文骑来村里照顾一切，但她很快就会想要回去的。我仍然希望能让你们看清事实，跟我一起回家。”

“我们不能。”兰德觉得有什么东西在仍然开着的门口处动了一下，但走廊里确实只有他们这几个人。

“你这样对我说，她也这样说，”奈妮薇皱起眉，“如果这跟她没关系……两仪师是不能信任的，兰德。”

“听你说话的语气，你其实已经开始相信我们了，”他缓缓地说，“村民大会上出了什么事？”

奈妮薇在回答之前回头看了那扇门一眼，现在那里已经没有任何动静了。“那时真是一场混乱，但不需要让她知道我们如何处理我们自己的事。我只相信一件事：你们和她在一起就是处在危险之中。”

“肯定有事情发生了，”兰德坚持说，“为什么你这么坚决地想要我们回去？难道你完全不考虑一下我们哪怕有一分一毫的可能性是对的？而为什么来找我们的是乡贤，却不是村长？”

“你已经长大了。”奈妮薇露出微笑，而乡贤愉快的表情却让兰德不由得挪动了一下脚步。“我知道，总有一天，当你选择该去什么地方，该做什么的时候，不会再征求我的建议。也许就是一个星期之前的那一天。”

兰德清了清喉咙，倔强地昂起头。“这些话没有用，为什么你会来这里？”

奈妮薇又瞥了一眼空无一人的门口，然后抓住兰德的手臂，“我们边走边谈。”兰德被奈妮薇牵着，当他们走到距离那扇门很远的地方时，奈妮薇才重新说道，“就像我说过的那样，村民大会完全是一团混乱，所有人都同意必须派人来找你们，但村民们分裂成两派。其中一派想要援救你们，但他们一直在争论该如何对你们进行援救，毕竟你们和……她在一起。”

兰德很高兴奈妮薇记得要注意自己所说的话。他问道："其他人相信谭姆？"

"严格来说算不上，但他们也认为不该把你们留给陌生人，特别是还有一个她那样的人。不管怎样，几乎所有人都想要亲自来找你们。谭姆，有一堆火烧眉毛的事情要处理的布朗·艾威尔，哈兰·卢汉直到被奥波特按在座位上才安静下来，就连森布也要来。愿光明将我从这些只会用胸毛思考的男人中间拯救出来吧！男人根本就不是能拥有大脑的生物。"她重重地啧了一声，用责难的眼神瞥着兰德。"不管怎样，我看得出他们要到第二天才能得出结论，也许还要拖得更久，而且……而且我们绝对不能耽搁那么久。所以我召集妇议团，告诉她们有什么是必须做的。我不能说她们喜欢这样，但她们明白我是对的，所以我在这里，因为伊蒙村的男人们都是些顽固的羊毛脑袋。我留下了信，告诉他们我会处理好一切，但他们也许还在争论该派谁过来。"

奈妮薇解释了她为什么会在这里，但这并不能让兰德满意，她仍然决定带他们回去。

"她和你说了些什么？"兰德问。沐瑞能够平息任何一种激烈的争论，但兰德想知道她和奈妮薇之间是否会出现例外的状况。

"还是那些话，"奈妮薇答道，"不过她想对你们这些男孩有更多的了解，她想要查清楚为什么你们……会引起……她所说的那种注意。"她停了一下，从眼角看着兰德。"她最想知道的一件事是你们之中是否有人出生于两河之外，但她一直在极力隐瞒对这一点的关注。"

兰德的脸突然像鼓皮一样绷紧了，他努力用沙哑的声音笑了笑："她的确有些古怪的想法，你应该让她知道我们都是出生在伊蒙村的吧？"

"当然。"奈妮薇答道。乡贤在说话前有一个极为短暂的停顿，如果兰德不是在集中精神注意乡贤的反应，他肯定会忽略掉这个停顿。

兰德竭力想要找个话题来，但他觉得自己的舌头仿佛变成了一块皮革。奈妮薇知道。奈妮薇是乡贤，乡贤应该知道村里所有人的每件事。如果奈妮薇知道，那就不是高烧中的梦魇。**哦，光明拯救我，**

爸爸！

“你还好吗？”奈妮薇问。

“他说……说我……是他的儿子。那时他发了高烧……神志不清。他说他找到了我。我本以为那只是……”兰德的喉咙仿佛火烧般干涩，他不得不停下来。

“哦，兰德。”奈妮薇用双手捧起兰德的脸，她必须踮起脚尖才能做到这样。“任何人在发烧时都会说出奇怪的话，不正常的话，不真实的话。听我说，谭姆·亚瑟在比你还小的时候就跑出去寻求冒险。我第一次看见他是他回到伊蒙村的时候，那时他已经是一名成年人，带着一位红头发的外地妻子和一个仍然在襁褓中的婴儿。我记得凯丽·亚瑟将那个小宝宝抱在她的怀里，像所有其他母亲一样，全身散发着爱与喜悦的光辉。兰德，你是她的孩子。现在，你要坚强起来，停止那种愚蠢的想法。”

“当然，”兰德说，**我是在两河外面出生的。**“当然，”也许谭姆是做了一个高烧的昏梦，也许他真的在战场上找到了一个婴儿，“为什么你不告诉她？”

“这与外人无关。”

“还有其他人是出生在外地的吗？”这个问题一出口，兰德立刻摇了摇头。“不，不要回答，这与我无关。”但如果沐瑞只是对他有兴趣，而不是对他们所有的人，应该会更好一些。真的是这样吗？

“这确实与你无关，”奈妮薇表示同意，“这也许没有任何意义。她可能只是在盲目地想要找到一个理由，以便解释为什么你们会出这样的事。这绝不只是你一个人的事情。”

兰德努力地笑了笑：“那么你真的相信它们是在追杀我们了。”

奈妮薇带着挖苦的神情摇摇头：“你在遇到她之后的确是学会如何曲解他人的意思了。”

“你打算怎么做。”兰德问。

奈妮薇审视着兰德，兰德坚定地看着她的眼睛。“今天，我要洗个澡，至于其他事情，我们再说，好吗？”

第17章 哨兵和猎手

和乡贤分别后，兰德朝大堂走去。他需要听听人们的笑声，忘记奈妮薇的话和她有可能会制造的麻烦。

大堂里塞满了人，所有的椅子和长凳都坐满了，人们一个挨一个地靠墙站着，但没有人发出笑声。汤姆又在表演了。他站在一张靠墙的桌子上，洪亮的声音清晰地传到大厅的任何一个角落。又是“寻猎号角史诗”。当然，不会有人不满意。无数号角狩猎者有无数的精彩故事，每一个故事都是完全不同的。如果要连续讲完这些故事，即使是一个星期的时间也不够用。大厅里除了走唱人的朗诵声和竖琴声外，能听到的只有壁炉火焰的噼啪声了。

“……猎手们策马奔向世界的八个极点，撑起天空的八根立柱。时间之风永不停息，所有人都逃不过命运的掌握，无论是强大还是渺小。现在，最强大的猎手是陶穆尔的罗格斯，鹰眼罗格斯。帝王的宫廷中传颂着他的威名，煞妖谷的山麓里充满了对他的恐惧……”号角狩猎者们全都是伟大的英雄，永远都是。

兰德找到了他的两个朋友，佩林为他让出一条长凳的末端，他一屁股坐了下去。厨房的香气飘进大厅里，让兰德想起自己有多饿，但就算是那些面前摆着食物的人们也都没有拿起刀叉的意思。本来应该端酒送饭的女仆们都站在大厅入口处，双手抓着围裙，看着走唱人。完全没有人在意他们的失职，听故事比吃饭重要，无论那是多么好的饭菜。

“……从布丽丝出生那天起，暗帝便盯上她，要得到她。但布丽丝不会让他得逞。她不是暗黑之友，她是玛杜辛的布丽丝！强壮如同站立的椤木，轻柔如同柳树的细枝，美丽如同盛放的玫瑰。金发的布丽丝，宁折不弯的烈女子。听啊！这座城市的巨塔上回荡着号角的奏鸣，清澈又洪亮。布丽丝的使者宣布，英雄已经来到她的王廷。大鼓和铜钹的敲击如同雷鸣！鹰眼罗格斯前来致礼……”

“鹰眼罗格斯的契约”到了结束的时候。但汤姆只是停下来，用淡啤酒润润喉咙，就又开始了“莲的坚守”。随后他又朗诵了“亚莱斯罗瑞之殇”、“加达·森的利剑”和“阿拜恩的布华德最后的驰骋”。随着夜色渐浓，走唱人朗诵之间的停顿也逐渐加长。当汤姆放下竖琴，拿起长笛时，所有人都知道，今晚的故事已接近尾声。另外一名鼓手和响板琴手坐在被当成舞台的桌子旁，为汤姆伴奏。

当“摇撼柳枝的风”旋律响起时，伊蒙村的三名年轻人开始鼓掌。当然，鼓掌的并不只有他们三个人。两河人喜欢的曲子，巴尔伦人显然同样喜欢，而且还会有观众和着曲子与走唱人一同歌唱，也唱得相当不错。

我的爱已去，随风远走，
随着那摇撼柳枝的风。
这个世界已破碎支离，
屈服于吹拂柳枝的风。
但在我的心中，在我最珍惜的记忆里，
她须臾不曾与我分离。
她的力量使我的灵魂坚强，
她的深情温暖了我的心房，
我将站在我们曾经歌唱的地方，
虽然那摇撼柳枝的风仍刺骨猖狂。

第二首歌“只有一桶水”就没有什么哀伤的意味了，实际上，它听起来比平时显得更加愉快，也许这是走唱人有意而为的。人们纷纷跳起身，将桌子抬到墙边，在大厅里清出一片舞池。大家踏出各种热情的舞步，直到四周的墙壁似乎都开始不住地颤抖。第一个舞结束后，舞者们欢笑着离开舞池，立刻有人取代了他们的位置。

汤姆演奏着广为人知的“扑打翅膀的野鹅”，然后停了一下，好让人们做好起舞的准备。

“我想我要跳上几步。”兰德说着站起了身，佩林紧跟着他站了起来。麦特想起来的时候，却发现自己只能留在原地，看守他们的斗篷、兰德的剑和佩林的斧头了。

“记得我也要一轮!”麦特在他们身后喊道。

舞者在大厅正中组成了面对面的两排，男人在一排，女人在另一排。先是鼓声响起，响板琴随后，所有舞者同时弯曲膝盖。兰德对面的女孩将黑色长发绑成辫子，让兰德想起了家乡。她羞赧地向兰德微微一笑，然后又毫不羞涩地向兰德一眨眼。汤姆的长笛跃入旋律之中，兰德向前移步，和黑发女孩舞在一起。女孩围绕兰德旋转着，仰头发出愉快的笑声，然后向兰德身后舞去，到了下一名男子身边。

大厅里的所有人都在欢笑——兰德一边这样想着，一边在下一名舞伴身边转过身。这是一名女侍，她一边旋转，一边高高地扬起她的围裙。这时他看见一个没有笑容的人，那个男人缩在一座壁炉旁，一道伤疤从他的额角斜穿过整张脸，直到他的下巴，让他的鼻子断为两截，也将他的嘴角拉了下去。那个男人发觉兰德在看他，脸上露出怒容。兰德急忙困窘地将视线转向一旁，也许是因为那道疤，所以那个男人根本不能笑。

兰德捉住正在转身的下一名舞伴，让她围绕自己旋转了一圈。随着乐曲节奏的加快，他又经过了三名舞伴，重新与第一名黑发女孩会合在一起，完成了一整个循环。那个女孩仍然在笑着，又朝他抛来一个媚眼。

那名疤脸男人仍然在瞪着兰德。兰德的舞步有些乱，脸颊也在发热。他并不想羞辱那个人，他真的没想过要用那种眼光去看那个人。他转身去迎接自己的下一名舞伴，那个疤脸男立刻被他忘到九霄云外——被他迎入怀中的舞伴是奈妮薇。

兰德踉跄了一下，差点踩到奈妮薇的脚，而奈妮薇则用流畅灵巧的动作掩饰了他的笨拙，还给了他一个微笑。

“我记得你跳舞不是这么糟糕的。”奈妮薇在和他分开时笑着对他说。

兰德在下一个舞伴面前终于重整了自己的舞步。当他再次改换舞伴时，他看到与他连臂而舞的是沐瑞。他在乡贤面前还能感觉到自己的笨拙，而他在这位两仪师面前已经没有任何感觉了。沐瑞的舞姿轻盈优雅，长裙的裙摆随着她的舞步翩然飘飞，兰德却有两次几乎栽倒在地上。沐瑞向他报以同情的微笑，却只是让兰德的感觉更糟。直到又一次更换舞伴后，兰德才松了口气，虽然他的新舞伴是艾雯。

不管怎样，兰德现在的状态好多了。数年以来，一直都是他和艾雯一同跳舞。艾雯仍然没有绑辫子，但她用一根红色的发带将头发挽在背后。**也许她不知道是该讨沐瑞的喜欢，还是该让奈妮薇满意，**兰德有些郁闷地想着。艾雯的嘴唇张开了，她似乎有话要对他说，但她还是没说出口。兰德也不打算先开口。刚才他们在那间用餐房里的时候，她不是已经拒绝和他对话了吗？他们气闷地看着彼此，一言未发便分开了。

当这场跌跌撞撞的舞蹈结束时，兰德很高兴自己能回到长凳上。新的舞曲开始了，这次是快步舞。麦特急忙跑向舞池。当他离开时，佩林坐到凳子上。

“你看到她了吗？”佩林还没有坐好就问道，“看到了吗？”

“谁？”兰德问，“乡贤？还是阿莉丝夫人？我和她们两个都跳过舞。”

“还有两……阿莉丝夫人？”佩林惊呼道，“我和奈妮薇跳过舞了，我甚至不知道她还会跳舞。在家乡的时候，她从没跳过舞。”

“我倒想知道，”兰德若有所思地说，“妇议团如果知道乡贤跳舞会说些什么？也许这就是她不跳舞的原因。”

这时，音乐声、鼓掌声和歌声已经充满整个大厅，再继续交谈已经很不方便了。兰德和佩林加入鼓掌的观众人群中，有几次，他察觉到那个疤脸男人还在盯着他。那个人当然有权发火。而兰德现在觉得无论他做什么，只会让情况更糟糕，他将注意力集中在音乐上，尽量避免去看那个男人。

舞蹈和歌唱一直持续到深夜。女侍们终于记起她们的职责，兰德很高兴地吞下一些热炖肉和面包，所有人都在他们或坐或站的位置上吃着东西。在此之前，兰德又跳了三个舞，当他再次面对奈妮薇和沐瑞时，舞步也变得平稳了许多。结果乡贤和两仪师都称赞了他的舞步，而他只是结结巴巴地不知该如何响应。他也和艾雯又跳过了舞，艾雯只是望着他，神色忧郁，仿佛非常想说话的样子，但她还是没开口。兰德也和她一样沉默。只是他相信自己肯定没有表情阴沉地瞪着她，虽然当他回到长凳上时，麦特是这么说他的。

沐瑞直到午夜才离开。艾雯匆忙地看了两仪师一眼，又看了奈妮薇一眼，便跟着两仪师走了。乡贤带着不可捉摸的表情看着她们两人离开，然后故意又跳了一个舞才走，那时她的样子就如同赢了两仪师一局。

没多久，汤姆将长笛放进匣子里，虽然有许多人仍然希望他能再留下一段时间，但都被他婉言谢绝了。岚走过来叫起兰德、麦特和佩林。

“我们必须提前出发，”护法在嘈杂的噪声中靠近他们说道，“我们需要争取到一切可能的时间。”

“有个家伙一直在盯着我，”麦特说，“一个脸上有道伤疤的男人。你不会认为……他是你警告过我们要小心的那些朋友之中的一个吧?”

“是这样吗?”兰德说着，用手指斜过鼻子到嘴角比划了一下。“他也在盯着我。”他朝周围看了一圈。人们正在纷纷离开，剩下的大多数人都簇拥在汤姆周围。“他已经不在这里了。”

“我看见了那个人，”岚说，“菲斯师傅说他是白袍众的间谍，他不是我们需要担心的。”也许那个人不是，但兰德看得出护法在这件事上并没有十足的把握。

兰德瞥了麦特一眼，麦特的表情很僵硬，他只有在心里藏着事情时会这样。**一名白袍众的间谍。伯恩哈那么想要报复我们吗?**“我们要提前到什么时候离开?”他问道，也许他们可以抢在发生状况之前离开。

“出现第一缕曙光时。”护法说。

当他们离开大厅时，麦特低声哼着歌曲，佩林不时停下来，试一试他新学的舞步。汤姆兴致勃勃地加入他们之中。岚的面孔则一直没有表情。

“奈妮薇睡哪儿?”麦特问，“菲斯师傅说我们租下的是最后几间房了。”

“她有一张床，”汤姆不在意地说，“就在阿莉丝夫人和那个女孩的房间里。”

佩林从齿缝里吹出一声口哨，麦特也低声嘟囔着，“该死的！即使把凯姆林的黄金都给我，我也绝不会和艾雯换床。”

这已经不是第一次兰德希望麦特能对一件事认真思考两分钟以上了。不要说艾雯，现在他们自己的处境已经很不妙了。“我想去喝些牛奶。”他说道。也许这会有助于他的睡眠。**也许今晚我不会做梦。**

岚用犀利的目光看了他一眼。“今晚有些不对劲，不要走得太远。记住，我们到时候一定会出发，即使你在马鞍上坐不稳，我们也可以把你绑在上面。”

护法迈步走上台阶，其他人跟在他身后，他们的兴致开始减弱了。兰德一个人站在走廊里，和刚刚那种欢腾的气氛相比，现在他实在是很孤单。

兰德跑向厨房，那里还有一名厨娘在工作。她从一只大瓦罐里为兰德倒了一杯牛奶。

兰德一边喝着，一边走出厨房。一个阴沉的黑色身影从走廊另一端朝他走来。随着他们距离的靠近，那个黑影伸出两只惨白的手，掀起遮住他面孔的兜帽，他的斗篷并没有随着他的动作而有丝毫移动。那张脸……一张人的面孔，但呈现出病态的白色，就好像蛆虫的颜色一样。上面没有眼睛。在油黑的头发中间，是一张如同蛋壳般圆滑的面孔。兰德被呛了一口，杯中的牛奶也洒了出去。

“你是他们之中的一个，男孩。”隐妖说道，那沙哑的耳语声如同锉刀缓缓摩擦骨骼的声音。

兰德丢下杯子，向后退去。他想要逃走，但他每次只能踉跄地迈出一步。他无法让自己的视线离开那张没有眼睛的脸，他的眼睛和肠子仿佛都已经被这怪物紧紧地抓住了。他想要喊“救命”，想要尖叫，但他的喉咙仿佛变成一块石头，吸进的空气如同沙子般让他感到疼痛。

隐妖又缓缓靠近了一些，它的步态蜿蜒摇摆，如同毒蛇致命的游动，一直覆盖到它胸口的黑色甲叶也如同蛇鳞般。没有血色的薄嘴唇弯曲成一抹残酷的笑容，而没有眼睛的苍白面孔让这种笑容只是显得虚伪。与它的声音相比，伯恩哈的声音也显得温暖而柔和。“其他人在哪里？我知道他们在这里。说话啊，男孩，我会让你活下去的。”

兰德的背撞到一片木头，他无法让自己回头去看那是墙还是门。他的脚停了下来，他也没办法让自己的双脚再离开地面。他颤抖着，看着魔达奥一点点靠近，他的颤抖也愈加剧烈。

“说吧，否则……”

从上方传来一阵快速的脚步声。魔达奥猛地转过身，而黑色的斗篷仍然一动也不动地挂在它背后。片刻之间，隐妖侧过头，仿佛它无眼的凝视能够刺穿木墙。一把剑出现在它死白色的手中，剑刃如同它的斗篷一样漆黑。走廊里的光线也仿佛因为那把剑的出现而变暗了。靴子击地的声音愈来愈响。隐妖又转向兰德。随着它仿佛没有骨骼的动作，黑刃举了起来。那两片薄嘴唇上下分开，仿佛隐妖正在发出凄厉的嚎叫。

兰德全身无力地颤抖着，他知道自己就要死了。黑色的锋刃扑向他的头顶……却在中途停住了。

“你是属于至尊暗主的，”带着喘息的说话声如同指甲刮过石板，“你是他的。”

隐妖如同一团黑色的污渍，向走廊远程冲去，那里的阴影扩展开来，将它融入其中。它就这样消失了。

岚跳下最后几级台阶，手中握着佩剑。

兰德挣扎着张开口。“隐妖，”他大声喘息着，“是……”突然间，他记起自己腰中的剑。在面对魔达奥时，他从没想过用这把剑。他急忙用力抽出苍鹭徽剑，完全不去想现在是否还需要这么做。“它朝那个方向逃走了！”

岚不在意地点点头，他似乎正在倾听另外某些声音。“是的，它走了，隐遁了。现在没时间去追它，我们要离开了，牧羊人。”

更多的脚步声从楼梯上传来，麦特、佩林和汤姆都拿着铺盖卷和鞍囊。麦特还在系紧他的铺盖，长弓被他笨拙地夹在手臂下面。

“这就离开？”兰德问。他收起剑，从汤姆那里接过自己的行李，“现在？在晚上？”

“你想要等半人回来吗，牧羊人？”护法问，“一次五六个？它已经知道我们的位置了。快！”

“我会继续和你们一同赶路，”汤姆对护法说，“如果你们不是很反对的话。有太多人看见我是和你们一起来的，我害怕不到明天，和你们是朋友的人就都要倒霉了。”

“你可以跟我们一起走，直到煞妖谷也没关系，走唱人。”岚铮的一声将剑推回鞘内。

一名马夫从他们身边跑过，出了旅店的后门，他的后面是沐瑞和菲斯师傅，然后是抱着行李的艾雯，还有同样拿着行李的奈妮薇。艾雯看起来害怕得都要哭出来了，但乡贤的脸上只有冰冷的怒意。

“你必须认真听我的话，”沐瑞对旅店老板说，“明天你这里肯定会有麻烦，也许是暗黑之友，也许是更可怕的。当有人来找我们的时候，立刻清楚表明我们已经离开，不要进行任何反抗。只要让来找我们的人知道我们趁夜离开了，他们应该不会继续打扰你，他们要的是我们。”

“您不必担心任何麻烦，”菲斯师傅热情地回答，“绝对不必。只要有人想来找我客人的麻烦……嗯，我和我的小伙子们立刻就会让他们后悔的，他们立刻就会后悔。他们绝对不会知道你们去了哪里，是什么时候离开的。他们甚至不会知道你们曾经到过这里。我不是那种人，关于您的事，我不会说一个字，一个字也不会说！”

“但……”

“阿莉丝夫人，如果你们要平安离开，现在我必须去准备你们的马匹了。”他拉开沐瑞抓住他袖子的手，朝马厩的方向小跑而去。

沐瑞焦急地叹了口气：“顽固，顽固的男人，他不会听我的。”

“你认为兽魔人会到这里来猎杀我们?”麦特问。

“兽魔人!”沐瑞怒叱一声，“当然不会！我们要害怕的东西还有许多，绝不仅仅是我们见过的那些。”她没理会气恼的麦特，只是继续说道，“隐妖不会以为我们可能继续留在这里，但菲斯师傅太轻视暗黑之友了。他以为他们只是躲藏在阴影中的卑鄙小人。但所有城镇的街道和店铺里都能找到暗黑之友，即使在当权者之中也不鲜见。魔达奥也许会派遣他们来刺探我们的计划。”她说完便走出了旅店。岚紧随在她身后。

当他们向马厩院子走去时，兰德走到奈妮薇身边：“那么你也要跟我们一起走了?”明是对的。

“这里真有些什么吗?”奈妮薇低声问道，“她说的……”她突然停下来，看着兰德。

“一名隐妖，”兰德答道，他很惊诧自己竟然能如此平静地说出这些话，“它在走廊里找上了我，然后岚来了。”

奈妮薇用斗篷挡住院子里吹来的寒风。“也许是有些什么在追踪你们。我要保证你们全都平安地回到伊蒙村，你们所有人。在任务完成之前，我不会离开。我不会让你们单独和她那种人在一起。”马厩里有灯光晃动，马夫们正在为马匹备鞍。

“穆克!”旅店老板在马厩门口高喊着。沐瑞正站在他身边。“把你的骨头活动起来!”他又转身面向沐瑞，仿佛是在安慰两仪师，而不是听从两仪师的吩咐，但他的确显出很谦恭的模样，不停地向沐瑞鞠躬，并时不时朝马厩里吆喝两声。

众人的坐骑很快就被牵了出来，马夫们一边还在低声抱怨着时候太晚，对他们催得太急。兰德接过艾雯的包裹，等艾雯在贝拉的背上坐稳后，便替艾雯将它们在马鞍后面绑好。艾雯睁着一双楚楚可怜的大眼睛回头看着他。**至少她现在不再认为这只是一场冒险了。**

兰德立刻就为自己的这个想法感到惭愧，正是因为他们三个，艾雯才会身处险境，即使让艾雯单独返回伊蒙村，也会比让她继续跟着他们更安全。“艾雯，我……”

要说的话最终被他咽了回去。艾雯是个顽固的女孩，她已经说了要去塔瓦隆，绝不可能就这样回头，而且明也看到了，艾雯也是这其中的一部分。**光明啊，到底是什么的一部分？**

“艾雯，”最后兰德说道，“我很抱歉，我的思绪似乎不像以前那么清晰了。”

艾雯俯下身，用力抓住兰德的手，借着马厩里透出的灯光，兰德能清楚地看见她的脸。她看起来不像刚才那样害怕了。

所有人都上马之后，菲斯师傅坚持要为他们领路一直到大门口。马夫们举着灯为他们照明，圆肚子的旅店老板鞠躬为他们送行，并保证一定会替他们保守秘密，又邀请他们再来做客。穆克表情阴沉地看着他们离开，就像看着他们到来时一样。

这个家伙，兰德心想，**他的心思绝不会和他的老板一样。**穆克会把他们的行踪告诉任何一个向他询问的人，而且会把他认为与他们有关的信息和盘托出。在街道上走出不远，兰德回头望去，还有一个人站在那里，高举油灯，看着他们。兰德不需要看到那个人的脸，就知道他是穆克。

巴尔伦的街道在深夜的这个时候已经看不见任何行人了。只有几点微弱的灯光偶尔会从紧闭的百叶窗里透出来，缺了一块的月亮常常被风推动的云团遮住，不时有一只狗在巷子里朝他们吠叫。除此之外，他们在沉静的夜幕中只能听见马蹄声和风吹过屋顶的声音。马背上的人们都保持着沉默，用斗篷紧裹住身体，深陷在自己的思绪中。

像往常一样，护法走在最前面，沐瑞和艾雯紧随其后，奈妮薇在靠近艾雯的位置上，其他人在队尾紧紧挤成一团。岚一直让坐骑以相当快的步伐走着。

兰德警觉地观察着他们周围的街道，他注意到朋友们也在做着同样的事情。移动的月影让他想起旅店走廊末端的那片影子，那时它仿佛是一个活物，向外扩展，吞没了隐妖。任何从远处传来的声响，比如桶子翻倒的声音，或者是狗叫声，都会让兰德猛转过头。随着他们在黑漆漆的街道上行进，所有人都不自觉地更靠近岚的黑战马和沐瑞的白马。

在通往凯姆林的镇门前，岚下了马，用拳头敲打墙边的一座方形石砌小屋。一名面带倦容的卫兵从小屋里走出来，一边还揉搓着惺忪的睡眼。当岚说话的时候，他的睡意立刻完全消失了。他的视线则越过护法，落在其他人身上。

“你们想要出镇?”他喊道，“现在？这么晚？你们一定是疯了!”

“除非地方长官有命令禁止我们离开。”沐瑞说道。她也下了马，只是没走到卫兵面前，让卫兵无法在昏暗的灯光中看清她的面容。

“倒不是这样，夫人。”卫兵皱起眉，努力想要看清沐瑞的脸。“但镇门从日落到日出都是关闭的，没有人能在天黑之后进镇，这是命令。而且，镇外面有狼，上个星期已经有十几头母牛被它们杀死了，它们也会杀人的。”

“没有人能进来，但并没有禁止出镇。”沐瑞以不容置疑的口气说道，“你明白吗？我们并没有要求你违反长官的命令。”

岚将一些东西塞进卫兵的手里，“给你添麻烦了。”

“我想，”卫兵说话的速度变慢了，他向手中瞥了一眼，看到金光一闪，便急忙将手塞进口袋里。“我想，长官的命令里的确没禁止出镇，等一会儿。”他将头探进小屋里。“埃林！戴尔！出来帮我把门打开，有人想要出镇。别跟我争论，快给我出来。”

又有两名卫兵从里面走了出来。他们睁着惺忪的睡眼，吃惊地望着这支八个人的队伍。在第一名卫兵的催促下，他们慢吞吞地转动起提升镇门门闩的大轮子，然后用力推开镇门，提升门闩的齿轮在转动时发出一连串声响，不过认真上过油的镇门门轴在镇门被推开时没有发出任何声音。但还没等镇门打开四分之一，一个冰冷的声音在黑暗中响起。

“怎么了，不是有命令，镇门直到日出时才能开启吗?”

五名穿着白斗篷的男人走到卫兵室的灯光下，他们都戴着兜帽，遮住了他们的面孔，但每个人的手都放在剑柄上，他们斗篷左胸部位的金色太阳图案表明了他们的身份。麦特低声嘟囔了一句。卫兵们则停止动作，交换着不安的眼神。

“这和你们无关。”第一名卫兵气势汹汹地说道。五个戴白色兜帽的人一齐转头望着他，他的声音立时弱了许多：“圣光之子在这里没有权力。长官……”

“圣光之子，”刚才那名说话的白袍众又说道，“有权力在任何地方管理行于光明中的人，只有暗帝黑影笼罩的地方才会遭到圣光之子的弃绝，不是吗?”他向岚转了一下头，立刻又以更加警觉的神情看了护法第二眼。

护法没有任何动作，完全是一副安闲自在的样子，但能够如此轻松地看着圣光之子的人其实并不多。有一张石头脸的岚，现在的样子却仿佛是在看着一名擦鞋童。当那名白袍众再次说话时，他的语气里已经充满了怀疑。

“在这种时候，什么样的人会想要在深夜离开城镇?现在外面的荒野中只有恶狼，以及在空中窥伺人类的暗帝造物。”他看了一眼横过岚的前额，将岚的长发系住的皮绳。“你是北方人，对不对?”

兰德在马鞍上伏低了些。人蝠，白袍众所说的暗帝造物一定是那个。如果牡鹿与狮子旅店中出现了隐妖，那么有人蝠在附近活动也不令人惊讶。但在这个时候，兰德所想的并不是这个。他觉得自己认识这个白袍众的声音。

“我们是旅行者，”岚平静地回答，“你们不会对我们的事情感兴趣。”

“所有人都是圣光之子可能感兴趣的。”

岚微一摇头，“你们是不是要给地方长官找更多的麻烦?他限制你们进入城镇的数量，甚至派人监视你们，如果他发现你们在他的家门口骚扰诚实的公民，他会怎样做?”岚转向卫兵，“为什么你们停下来了?”卫兵们犹豫着，将手放回镇门上，但白袍众的话又让他们停了下来。

“地方长官不知道他的鼻子底下出了什么事，这里有他看不到、嗅不到的邪恶，但圣光之子能看到。”卫兵们彼此看着，他们的手不停地张合，仿佛是在后悔不该把长矛留在卫兵室里。“圣光之子知道邪恶在什么地方，”那名白袍众的目光转到马背上，“我们知道邪恶的所在，会将它连根拔除，无论它要逃到什么地方。”

兰德竭力想让自己不那么显眼，但他的动作反而引起那个人的注意。

“这是什么？有人想要躲着我们？你？哈！”那个人掀起白斗篷的兜帽，而兰德已经知道那会是谁了。伯恩哈点着头，脸上满意的表情显而易见。“很显然，卫兵们，我从一场巨大的灾祸中拯救了你们，你们正在帮助的人其实是一些正要逃离光明的暗黑之友，你们的这种行为应该报告给你们的长官，以进行惩戒。或者也许应该把你们交给裁判者，以发掘你们今晚真实的企图。”他停了一下，瞥了一眼那些恐惧的卫兵，而对于卫兵的任何反应，他显然都无动于衷。“你们不会希望这样的，对不对？我要押解这些恶棍去我们的营地，他们应该接受圣光的审判，或者你们愿意代替他们？”

“你们要带我去你们的营地，白袍众？”沐瑞的声音突然同时从所有方向传来。圣光之子刚刚出现时，她就退回到夜幕中。“你们要审判我？”她向前迈出一步，阴影在她身周盘旋，她仿佛变得更加高大了。“你们要挡我的路？”

她又迈出一步。兰德惊讶地张大了嘴。她真的变高了，她的头顶已经和骑在马背上的兰德等高，黑影聚集在她的脸上，如同浓重的雷暴云。

“两仪师！”伯恩哈喊叫着，五名白袍众的佩剑瞬间从他们的鞘中蹦了出来。“去死吧！”其他人还在犹豫时，伯恩哈已经冲上前，挥剑劈向了沐瑞。

沐瑞举起手杖，迎向白袍众的剑刃。兰德不禁失声惊呼，那根雕工精细的木杖不可能挡得住钢剑的全力一击。剑与杖撞击在一起，火星四射，伯恩哈一声厉吼，被弹回自己的同伙中间。五名白袍众摔成一堆。伯恩哈的剑落在他身边的地面上，剑刃弯成了一个直角，弯折的那一点几乎要熔断了，一缕缕青烟还从那里飘起。

“你竟敢攻击我！”沐瑞的声音如同飓风的咆哮，盘旋在她身周的阴影如同为她罩上一层黑色的斗篷，现在她已经和镇墙上的瞭望塔一样高了。她低头对那些白袍众怒目而视，如同一位巨人盯着几条白色的蛆虫。

“走!”岚喊道，他以闪电般的动作抓住沐瑞的白马，纵身跃上曼塔。“快!”他命令道。曼塔如同飞出的投石器的石块，穿过刚打开一道窄缝的镇门。护法在穿过镇门的一瞬间用肩膀将两扇镇门彻底撞开来。

片刻之间，兰德仍然只是一动也不动地盯着眼前发生的一切。现在沐瑞的头和肩膀都越过了镇墙，卫兵和圣光之子们都拥在一起，后背紧贴卫兵室，远远地躲避着她。两仪师的面孔在夜色中已经看不清了，但她的眼睛如同两轮满月，现在那双眼睛正看着兰德，向外释放出不耐烦和气恼的光芒。兰德费力地吞了口口水，一踢飞云的肋骨，紧随其他人跑出了镇门。

离开镇墙五十步，岚止住了众人。兰德回头望去，沐瑞黑影盘旋的身体远远高过了木墙，头和肩膀都深入到夜空之中，被藏在云层中的月亮染上了一层银色的光晕。在兰德惊讶的注视中，两仪师迈步跨过了镇墙，镇门开始快速地闭合起来。当沐瑞的双脚踏在镇外的地面上时，她一下子就回复到正常的体形。

“打开大门!”一个急迫的喊声在镇内响起，兰德觉得那是伯恩哈的声音。“我们必须追击他们，捉拿他们!”但卫兵们显然没有放慢关门的速度。大门猛地撞合在一起，门内随之响起门闩落下的声音，也许其他白袍众并不像伯恩哈那样渴望与两仪师作战。

沐瑞快步向阿蒂卜走来，伸手抚摸着白马的鼻子，一边将手杖挂在它的肚带上。兰德不需要去看，就知道那根手杖上不会多出任何伤痕。

“你比巨人还要高。”艾雯在贝拉的背上挪动着身体，喘息着说。其他人没有说话，但麦特和佩林都让坐骑朝远离两仪师的地方闪了闪。

“我?”沐瑞一边不经意地说着，一边坐上马鞍。

“我亲眼看见的。”艾雯坚持说。

“在夜晚影响思想的小把戏。眼睛看见的不一定就是真实的。”

“现在不是玩游戏的时候——”奈妮薇气愤地说。但沐瑞打断了她的话。

“确实不是玩游戏的时候。我们在牡鹿与狮子赢得的，也许会在这里全部失去。”她回身看了一眼镇门，摇摇头。“如果人蝠当时刚好在地上就好了。”她哼了一声，似乎觉得这个念头很愚蠢。“我还不如希望魔达奥真的没看见刚才的插曲。没关系，它们知道我们一定会走的路，但如果运气好的话，我们可以抢先它们一步。岚!”

护法向东走上了通往凯姆林的大道。其他人紧随在他身后，马蹄有节律地敲击在硬土路面上。

他们让马匹保持着快速行走的步伐，这样即使没有两仪师的帮助，马也能前进数个小时不需要休息。但他们赶路还不到一个小时，麦特突然高声喊着，伸手指向他们刚刚过来的地方。

“看!”

所有人全都拉住缰绳，回头望去。

火焰照亮了巴尔伦上方的夜空，仿佛有人在那里点燃了一座足有房子那么大的火堆，空中云团的下层都被映成了红色，火星随风一直扬上了半空。

“我警告过他，”沐瑞说，“但他没有认真听我的话。”阿蒂卜踢踏着地面，它感应到两仪师的懊恼。“他就是不认真听我的话。”

“那间旅店?”佩林说，“牡鹿与狮子？你怎么能确定?”

“那么你还以为会有什么样的巧合?”汤姆问，“是地方长官的房子？不会。那也不是仓库，或者是哪一家的厨房，或者是你外祖母的干草堆。”

“也许今晚还是有一点光明照耀着我们。”岚说道，艾雯生气地转头瞪着他。

“你怎么能这样说？可怜的菲斯师傅失去了他的旅店！而且还可能有人受伤甚至丧命!”

“如果他们攻击了旅店，”沐瑞说，“也许我们离开城镇和我的……表演并没有受到注意。”

“也有可能是魔达奥希望我们这么想。”岚说道。

沐瑞在黑暗中点点头。“也许，不管怎样，我们必须前进。今晚对任何人来说都不会有多少休息时间。”

“你说得轻描淡写，沐瑞。”奈妮薇喊道。“旅店里的那些人呢？他们一定会受伤的，而旅店老板失掉了谋生的依靠，这全都是因为你！你口口声声说自己走在光明里，却丝毫不为那个旅店老板设想。他的灾祸全都是因为你！”

“因为他们三个，”岚气愤地说，“这场火，人们的伤亡，还有将来的……全都是因为这三个人。付出的代价只能证明这代价是值得付出的。暗帝想要你的这些男孩，他不顾一切地想要他们。所以我们一定要阻止他，或者你宁愿将他们丢给隐妖？”

“放轻松，岚，”沐瑞说，“放轻松。乡贤，你认为我能帮助菲斯师傅和旅店里的那些人吗？嗯，你是对的。”奈妮薇想要说些什么，但沐瑞挥手阻止了她，又继续说道，“我可以自己回去，给他们一些帮助，当然，我能提供的帮助不算多，但我的帮助会引起另一些人的注意。他们不会因为这样被注意而感谢我的，特别是当那座城镇里有圣光之子的时候，而那样就只剩下岚可以保护你们。他非常优秀，但如果一名魔达奥，或是一群兽魔人找到你们，他也难以保护你们全部的人。当然，我们可以一同回去，但我怀疑我是否有能力将我们所有人重新带进巴尔伦，却不引起任何注意。那样就会让你们暴露在点起那把火的东西面前，更不要说白袍众了。如果你是我，你会如何选择，乡贤？”

“我一定会做些什么的。”奈妮薇不情愿地嘟囔着。

“不惜让暗帝取得胜利？”沐瑞问道，“记住那是什么，他想要什么。我们是在一场战争中，就像海丹正在进行的那些战争一样，惟一的区别只有在那里战斗的人成千上万，而在这里只有我们八个。我会派人给菲斯师傅送去黄金，足够让他重建牡鹿与狮子，没有人会发觉那些黄金与塔瓦隆有关。我也会派人去帮助在那场火灾中受伤的人，比这更多的帮助只会让他们遭遇危险。你要明白，这并不容易。岚？”护法转过马头，继续沿大路走去。

兰德不时还会回头看上一眼，最后，他只能看见云层中的亮光，直到那些亮光也消失在黑暗中。他希望明是正确的。

当护法最终带领他们离开硬土大道，下马准备休息时，兰德估计距离日出已经不超过两个小时了。他们绑住马匹，但没有给马匹卸鞍，也没有生起篝火。

“一个小时。”岚对着正在用毯子裹住身体的众人说，他要为他们站岗。“一个小时之后，我们必须上路。”很快地，寂静便吞没了众人。

过了几分钟，麦特用只能被兰德听到的耳语说：“我想知道戴维对那只獾怎样了。”兰德一言不发地摇摇头。麦特犹豫着，终于，他又说道：“你知道，兰德，我本来以为我们安全了。自从我们渡过塔伦河以后，我们还没有遇到任何状况。而且我们进入了一座城市，有城墙保护着我们。我以为我们安全了。但那个梦，还有隐妖。我们还会再有安全的生活吗?”

“在我们到塔瓦隆之前应该是没有了，”兰德说，“这是她告诉我们的。”

“我们那时会安全吗?”佩林轻声问。他们三个不约而同地望向睡梦中的两仪师。岚已经消失在黑暗里，他可能出现在任何地方。

兰德忽然打了个哈欠，另外两个人都被他的声音吓了一跳。“我想我们最好还是睡觉吧!”兰德说，“这样醒着回答不了任何问题。”

佩林低声说：“她真的应该做些什么的。”

没有人回答。

兰德挪了挪身子，躲开顶住他后背的一条树根，然后又从一块石头和另一条树根上翻过身。这个地方不是个好宿营地，实际上，护法一直以来还没有为他们挑选过如此糟糕的宿营地。兰德昏昏睡去时还在怀疑那些压在他肋骨上的树根是否会让他做梦。但很快地，岚就摇了摇他的肩膀唤醒了他。兰德揉着疼痛的肋骨，心中却在庆幸自己完全不知道这次睡着的时候到底有没有做梦。

东方还看不到丝毫曙光。所有人将行李在马鞍后面系好后，岚立刻率领他们继续向东前进。当太阳升起时，他们一边骑马，一边昏昏沉沉地将一些面包、干酪和清水塞进肚子里，一边还要用斗篷挡住寒风。只有岚例外，他也在吃东西，但他没有一点迷糊的样子。他已经穿回那件变色斗篷，那件斗篷在他身后摆动着，不停地变幻成灰色或绿色。岚只是注意着不让它挂在右手的手臂上。他的脸上依然没有表情，但他的眼睛不停地在搜索周围，仿佛他们随时都会遭遇伏击。

第18章　凯姆林大道

凯姆林大道和穿越两河的北方大道没什么不同，当然，它很宽阔，到处都能看到因为频繁使用而留下的磨损痕迹，但它仍然只是一条硬土路。道路两旁的树木远不如两河的茁壮，特别是在这个只有常绿乔木才残存着一些叶片的地方。

等到了中午的时候，地形也发生了变化，他们周围出现愈来愈多的低矮丘陵。连续两天时间，他们都在丘陵区行进着，有时候道路会直接切穿一座过于宽大的丘陵。随着每天太阳的角度一点点变化，兰德能判断出这条看起来是笔直朝东的大道实际上正逐渐弯向南方。兰德以前总是喜欢看着艾威尔师傅的旧地图做白日梦，伊蒙村有一半以上的男孩都曾经看着它做白日梦。他记得在地图上，这条大道要绕过一个叫埃布舍丘陵的地方，才会到达白桥。

岚不时会让他们在某座山丘顶端下马，他在那里能有良好的视野观察大道和周围的荒野，其他人则可以趁着护法进行观察时放松一下双腿，或者在树下吃些东西。

“我以前很喜欢吃干酪的。”离开巴尔伦第三天的一次小憩中，艾雯这么说道。她背靠一棵树干坐着，对着手里的晚餐皱起眉头。这几天以来，他们的早午晚三餐吃的都是这些。“没机会喝一次茶，温热的好茶。”她拉紧斗篷，围绕树干转着身子，徒劳地躲避着冷风。

“平根茶和安地莱根，”奈妮薇正在对沐瑞说话，“是医治疲劳的良方，它们可以清晰头脑，消除肌肉的酸痛。”

“我相信它们有这样的功能。”两仪师喃喃地说着，一边侧目看了奈妮薇一眼。

奈妮薇的下巴绷紧了，但她还是以同样的语调继续说道：“如果你一定得牺牲睡眠……”

“不能泡茶!”岚厉声对艾雯说道，“不能生火！我们现在还看不到那些东西，但它们就埋伏在这里的某处。隐妖和兽魔人，它们知道我们走的是这条路。不需要那么快就让它们知道我们的位置。”

“我不是在要求，”艾雯在斗篷里嘟囔着，“我只是觉得可惜而已。”

“如果它们知道我们在这条路上，”佩林问，“为什么我们不穿越荒野，直接朝白桥前进?”

“即使是岚也不可能在荒野中比在路上走得更快，”沐瑞在正要说话的奈妮薇之前说道，“而且埃布舍丘陵更是特别难以穿越的地方。”乡贤恼怒地叹了口气。兰德很好奇奈妮薇的心里是怎么想的。离开巴尔伦的第一天，奈妮薇将两仪师彻底当成了透明人，而在随后的两天里，她一直在和沐瑞谈论各种草药。这时沐瑞一边说话，一边从奈妮薇身边移开。“你们有没有想过为什么大道会特别绕过这片丘陵？而且我们最终还是要回到这条路上。那时我们也许会发现它们正等在我们前面，而不是在我们身后追赶。”

兰德怀疑地看着两仪师。麦特则嘟囔着，“绕的路真是够远的。”

“今天你们有没有看见一座农场?”岚问，“或者是烟囱中冒出的一缕烟？没有，因为从巴尔伦到白桥之间完全没有人烟，我们必须在白桥渡过亚林河，那是沙戴亚的马兰登以南惟一跨过亚林河的桥梁。”

汤姆吹了一下胡子：“如果已经有人等在白桥，那又该如何阻止他们?”

从西方传来了哀号般的号角声，岚猛地回头盯着他们身后，兰德全身感到一阵恶寒，但他脑子里的一部分还是能冷静地进行思考——不会超过十里。

“没办法阻止他们，走唱人，”护法说道，“我们只能信任光明和运气。但现在，我们可以确定兽魔人从后面来了。”

沐瑞掸了掸双手：“该是继续赶路的时候了。”两仪师说完便上了马。

众人也纷纷朝自己的坐骑跑去，第二阵号角声更加快了他们的速度。这一次又有另一种声音响应了兽魔人的号角——西方的天空中传来一阵凄厉的叫声。兰德准备让飞云以最快的速度奔驰。其他人也都抖开了马缰，只有岚和沐瑞除外。护法和两仪师彼此对视了良久。

“带他们前进，两仪师沐瑞，”岚说道，“我会尽快赶回来。如果我失败了，你会知道的。”他用一只手按住曼塔的马鞍，伏在黑战马的背上，朝西方飞驰下山丘。号角声再次响起。

“光明与你同在，七塔最后的主人。”沐瑞的声音很轻。兰德几乎没听到。两仪师深吸一口气，让阿蒂卜转向东方。“我们必须出发了。”说完，她便催赶阿蒂卜以稳定的慢步跑了起来。其他人排成紧密的队形跟在她身后。

兰德又在马上转过身望了岚一眼。但护法已经完全消失在山丘和枯树林之中。七塔最后的主人，沐瑞这样称呼岚，兰德想知道这是什么意思。他本来以为除了自己之外，别人都没听见沐瑞的这句话，但汤姆嚼着胡梢，皱起眉头，脸上的表情显得很奇怪。这位走唱人似乎知道许多事情。

号角声和厉嚎声在他们身后再次彼此呼应。兰德在马鞍上挪动了一下身子，他确信，那些声音和他们之间的距离更近了。**八里，也许是七里。**麦特和艾雯都在回头张望。佩林弓着身子，仿佛预感到自己的后背将要遭到重击。奈妮薇则一边纵马快跑，一边在和沐瑞说话。

“我们不能跑得更快一些吗？那些号角距离我们愈来愈近了。”

两仪师摇摇头，“为什么它们要让我们知道它们在哪里？也许那样我们就会全速前进，而不会考虑前面会有什么在等着我们。”

他们一直保持这种稳定的步伐。号角声每隔一段时间就会在他们身后响起，每次距离他们都更近一些。兰德竭力不去想他们之间到底只剩下多少距离，但当厉嚎声传来的时候，这种想法就会不由自主地冲进他的脑海。**五里。**他正在被自己的焦虑困扰时，岚突然绕过他们背后的山丘，疾驰而来。

他跑到沐瑞身边，勒紧缰绳。“至少有三队兽魔人，每队都由一名半人率领。也许还有另外两队。”

“如果你接近到能看见它们的地方，”艾雯担忧地说，“它们也能看到你，它们可能会紧追在你身后。”

“他不会被看到，”奈妮薇挺起身子，对望向她的众人说，“记住，我跟踪过他。”

“安静!”沐瑞发出命令，“岚的侦察说明我们身后也许有五百名兽魔人。”众人陷入了沉默。岚这时又说道：

“它们正在靠近那个山口。一个小时或更短时间，它们就能追上我们。”

两仪师半是自言自语地说道：“如果它们之前也有这么多，为什么不全力围剿伊蒙村？否则，它们又从何而来?”

“它们一边追逐我们，一边将队伍散开。”岚说道，“在主队前面又派出几支各有二三十名兽魔人的小队。”

“要将我们赶向哪里?”沐瑞沉思着。仿佛是对她的疑问做出回答，一阵号角声在西方远处响起，随后又是一声长长的嘶嚎，同样在他们前方。沐瑞止住阿蒂卜，其他人也都停下马。汤姆和伊蒙村的年轻人用畏惧的眼神朝四处观望。号角声同时在他们前后响起，兰德觉得其中透露着胜利的气息。

“我们现在怎么办?”奈妮薇恼怒地问，“我们该去哪里?”

“现在能选择的只有南方和北方。”沐瑞的语气更像是在思考，而不是在回答乡贤。“南方是埃布舍丘陵，经过贫瘠枯萎之地可以到达提尔，其间没有通往其他地方的道路，也无船可乘。向北方，我们能在午夜之前赶到亚林河，如果马兰登的冰已经融解，在亚林河边就有可能找到渡船。”

“有一个地方是兽魔人也不会去的。”岚说道。沐瑞猛地转过了头。

“不!”她向护法一招手。护法贴近到她身边，好让他们的对话不会被别人听到。

号角还在响着，兰德的马紧张地踏着步子。

“它们要吓唬我们。”汤姆气恼地说。他正努力稳定着自己的坐骑，而他的语气仿佛是在承认兽魔人成功了。“它们要将我们吓得落荒而逃，那时我们就是它们的囊中之物了。”

艾雯每次听到号角声都会立刻朝声音传来的方向转过头，似乎是在寻找第一批即将出现的兽魔人。兰德也有同样的举动，但他一直努力控制着自己，他让飞云跑在艾雯身边。

这时沐瑞高声说道：“我们向北走。”

当他们离开大道，跑进山丘时，号角声也随之变得尖厉起来。

这里的山丘都很低矮，但无数丘陵挤在一起，导致地面起伏不断，没有一处是平整的。许多枝干光秃的树木和一片片枯干的灌木丛为他们增添了更多的障碍。马匹刚刚费力地爬上一片山坡，立刻又要控制力道从对面的斜坡走下去。岚用力地催赶着曼塔，跑得比刚才在大道上时还要快。

树枝老藤不停地扫过兰德的脸和胸口，缠住他的手臂，有时还将他的脚从马镫里拉出来。刺耳的号角声愈来愈近，也响得更加频繁了。

虽然岚一直在努力催赶，但他们的速度并不是很快。每前进一尺，他们都要上下两尺的距离，而号角声前进的速度比他们要快。兰德相信现在兽魔人和他们只差两里路程了，也许更少。

又过了一段时间，岚开始向远处眺望，兰德觉得护法严峻的面容中显露出了担忧。护法踩着马镫站起身，回头朝他们过来的方向望去，而兰德能看见的只有一片片树林。

兰德和麦特对视了一眼。麦特的眼睛里闪烁着疑问的神色，但他没有和兰德说话，只是皱起眉头看着护法的后背，无能为力地耸耸肩。

这时岚回头对他们说道：“兽魔人已经到了附近。”他们又上到一座山丘顶端，向山下瞭望。“应该是它们的先遣队。如果我们遇到它们，一定要靠紧我，依照我所做的去做。我们绝对不能被它们拦下来。”

“该死的！”汤姆嘟囔着。奈妮薇在叮嘱艾雯一定要靠紧。

兰德竭力想透过那些常绿树的树丛，观察到远方的状况，只是他的想象力总让他将眼角瞥到的树干当成兽魔人。号角声在靠近，几乎就紧随在他们背后。

他们跑到另一座小山顶端。

在他们面前，兽魔人正从山下攀爬而上，手中拿着顶端装设绳圈或铁钩的长杆。它们排成长长的战线，横列两端都消失在黑夜里。在战线的中心，正对着岚的位置上，一名隐妖正策马而来。

看到有人类出现在山顶上，魔达奥似乎是犹豫了一下，但在片刻之间，它已经抽出佩剑，高举过头。那种黑色的剑刃兰德记忆犹新，一股恶寒立刻从他心中泛起。兽魔人的战线开始向前推进。

就在魔达奥的坐骑迈出第一步时，岚也持剑在手。“紧跟在我身边！”他大喝一声，曼塔闪电般地冲下山坡，向兽魔人驰去。“为了七塔！”他高声喊道。

兰德猛踢胯下的灰马，全速向前奔驰，众人在护法身后，拉成稍长的队形。他惊讶地发现自己已经抽出谭姆的剑，而他也在高声呼吼着：“曼埃瑟兰！曼埃瑟兰！”

佩林与他一同呼喊起来：“曼埃瑟兰！曼埃瑟兰！”

麦特却高喊着：“Carai an Caldazar! Carai an Ellisande! Al Ellisande!”

正在督促兽魔人的隐妖转头盯住冲向它的人类，黑剑停在它的头顶，罩住无眼头颅的兜帽不停地左右摇晃，表明它正在这群人之中寻找着什么。

而岚已经冲到它的面前，当众人撞进兽魔人群中时，护法的剑刃已经和萨坎魃铸造的黑刃交击在一起。随着金属撞击的鸣响，一阵轰鸣从半空中骤然炸响，成片的蓝色闪电在众人面前横扫而过。

现在，每一名人类面前都簇拥着一群半人半兽、挥舞着套索和钩棍的怪物。但所有这些怪物都躲避着岚和魔达奥。他们周围出现了一圈空地，两匹黑马相对盘旋着，步步紧逼，黑刃和钢剑发出一连串震耳的鸣响，就连空气也在不停地震颤。

飞云翻动着眼睛，厉声嘶鸣，不停地用蹄子踢踹包围它的那些尖牙怪物。但总是有新的怪物冲过来，想要将它挡住。兰德用力踩住马镫，强迫飞云一直前进，一边挥舞着谭姆的长剑，心里拼命想着岚教他的一点方法，像砍柴般猛力劈砍那些怪物的头脸。**艾雯**！他竭尽全力地寻找着她，不知不觉间已经冲进兽魔人群中很长一段距离。

沐瑞的白马随着两仪师对马缰的每一次轻轻抽动而踢跳冲击着。她的表情像岚一样严峻，手杖一次次挥出，随之便有一团团火焰将兽魔人吞没，只留下扭曲的焦尸僵立在原地。奈妮薇和艾雯跟随在两仪师身边，抽出腰带上的小刀，紧握在手中，紧张变形的面孔显得如同兽魔人一样凶狠。兰德竭力想要让飞云转向她们那里，但灰色的烈马踢跳咆叫，无论兰德如何拉紧缰绳，它也只是一路向前猛冲。

兽魔人开始逃避沐瑞的手杖，但火焰仍然咆哮着扑向它们，逼得兽魔人发出一阵阵愤怒的吼叫。护法和魔达奥兵刃的撞击声又压倒了这些吼声，一道道蓝光不停地从半空中刷下。

一根套索甩到兰德的头上，兰德笨拙地挥剑一砍，将套索杆砍成两段，然后一剑砍在握着那根索杆的兽魔人脸上。又有一根铁钩从后面搭住他的肩膀，扯紧他的斗篷，让他猛地向后倒去。兰德在慌乱中差点丢掉自己的剑，他用力抓紧鞍桥，维持着身体的平衡。飞云挣扎着，尖叫着，兰德努力不让自己离开马鞍，不丢掉缰绳，但他能感觉到自己正一寸一寸地被向后面钩去。飞云转动着身体，让兰德瞥到了佩林。铁匠学徒的身子半离开了马鞍，正用斧头挥砍着三名兽魔人，那三名兽魔人抓住他的一只手臂和两条腿。飞云又一转身，兰德的视野中只剩下了兽魔人。

一个兽魔人冲过来，抓住兰德的一条腿，迫使他的脚离开了马镫。兰德喘息着，松开鞍桥挺剑朝它刺去。铁钩立刻将他拖离马鞍，让他坐到飞云的后臀上，他紧紧地抓住马缰，才没让自己落在地上。飞云抬起前蹄，尖声嘶鸣。与此同时，那根铁钩却失去了力量，抓住兰德一条腿的兽魔人也松开了双手，发出阵阵哀号。所有兽魔人都在号叫着，就好像全世界的狗同时疯掉了。

包围众人的兽魔人都抽搐着翻倒在地上，撕扯身上的毛发，抓挠自己的面孔，啃咬地面，漫无目的地踢打着，号叫着，号叫着，号叫着。

这时兰德看见了魔达奥。它仍然直立在那匹疯狂跃动的黑马上，凶狠地挥舞着黑剑，但它的头不见了。

“在夜幕落下之前，它是不会死的。”在一片凄厉的惨叫声中，汤姆必须用喊的才能让兰德听到。“至少我听说是这样的。”

“快跑！”岚生气地喊道，他已经与沐瑞和两名伊蒙村的女子会合了。他们现在正在前方小山的半山上。“它们的数量并不只这些！”实际上，兽魔人的呻吟还没停止，残忍的号角声已经再次响起，正从东方、西方和南方迅速向他们逼近。

整场战斗中只有麦特一人落马，这实在应该算是个奇迹。兰德催马向他跑去。麦特哆嗦着甩掉身上的一根套索，拾起长弓，没有要兰德帮忙便爬上自己的马背，只是还在用一只手揉搓着喉咙。

号角声接连不断，如同一群猎犬嗅到了鹿的气味，正全速朝这里追逐过来。现在岚的速度比刚才更快了一倍。马匹奔上山坡的速度比原先下坡时还快；下坡时更是仿佛要将背上的骑手甩到地上去。但他们仍然无法阻止号角声继续靠近。到后来，每次号角声停歇的时候，他们甚至能听到兽魔人的嗥吼。最后，他们跑到一座山丘顶端，看到兽魔人已经爬上他们身后的山丘。整座小山上全是黑压压的兽魔人，扭曲的兽脸发出震耳欲聋的吼声。它们中间有三名魔达奥。而这两座小山之间只有两百多步。

兰德的心如同一颗干葡萄般皱缩起来。**三名魔达奥！**

三名魔达奥以一致的动作高举起黑剑，兽魔人疯狂地涌下山坡。它们一边奔跑着，一边挥舞起无数根套杆，同时发出得意而狂暴的吼声。

沐瑞下了马，站在地上，镇定地从口袋里拿出一只小包裹，将它打开。兰德看到那是一块颜色发暗的象牙。是那件法器。两仪师一只手握住那件法器，另一只手高举起手杖，立定双足，直视着狂奔而来的兽魔人和隐妖的黑剑，随后她用力将手杖杵在地面上。

大地如同被巨槌敲动的铁钟般震动了起来。隐隐的轰鸣声又迅速退去，片刻间，大地回归平寂，一切声音都随之消失，就连风仿佛也死掉了。兽魔人的吼声同样沉寂下来，它们冲锋的速度逐渐减慢，最终完全停止了。在一次心跳的时间里，一切都静止不动地等待着。渐渐地，大地深处的钟鸣重新响起，转变成一种低缓的隆隆声。这声音愈来愈大，直到整个大地仿佛都在发出呻吟。

飞云蹄下的地面开始震颤。兰德知道，两仪师正在施行只有传说中才会有的奇迹，他希望自己能待在一百里以外的地方。大地的颤抖变成了晃动，周围的树也随之摇撼。飞云蹒跚着，几乎要跌倒在地，就连曼塔和背上空空的阿蒂卜也乱踏着步子，仿佛喝醉了一般。骑在马背上的人不得不紧抓住缰绳、鬃毛和一切能抓住的东西，好让自己不至于跌落马下。

两仪师纹丝不动地站立着，虽然地面在剧烈地震动，她和她的手杖却没有半分动摇。以她的手杖为中心，大地如同水面般泛起一圈圈涟漪，向外扩散开来。愈往外，扬起的波浪就愈大，压过树丛，掀起落叶，波浪变成土石的怒涛，朝兽魔人席卷而去。被裹挟在其中的树干如同小孩手中的木棒一样上下抽打着。而远处山坡上的兽魔人早已在大地一波又一波剧烈的震动中倒在了地上。

但那些魔达奥却仿佛完全没受到这种震动的影响，它们排成一线朝人类冲了过来。三匹黑马的动作整齐划一，不曾踏错一步。兽魔人仍然都在地上翻滚着，拼命想要抓住任何固定的东西，让自己能站起来。魔达奥却已经逐渐接近了人类。

沐瑞又举起手杖，大地平静下来。她的手杖指向两山之间的谷地，火焰从地面上咆哮而起，一直喷涌到二十尺高的半空。两仪师展开手臂，火焰立刻向左向右蔓延到众人的视野之外，形成一堵将人类和兽魔人隔开的火墙。强烈的热力逼得兰德用双手遮住脸。魔达奥的黑色坐骑无论拥有怎样的诡异力量，也都在火墙对面发出阵阵嘶鸣，直立起来，不想再向前踏出一步。但魔达奥狠命地抽打着它们，逼迫它们一定要穿过这片火焰。

“该死的！”麦特虚弱地说。兰德麻木地点点头。

突然间，沐瑞摇晃了一下。如果不是岚跳下马扶住了她，她几乎要跌倒在地。“快走！”岚对其他人说道。他的语气凶狠严厉，但他同时却以常人所不能有的温柔将沐瑞轻轻抱上马鞍。“那片火不会永远烧下去。快点！不要耽搁时间！”

火墙咆哮着，仿佛真的能永远烧下去。但众人没有做任何争辩，他们尽可能以最快的速度向北方疾驰而去。远处的号角声依然尖厉刺耳，却又显出了失望的情绪，仿佛其他兽魔人也已经知道出了什么事。随后，号角声就沉寂了下去。

岚和沐瑞很快就追上了众人。阿蒂卜的缰绳牵在岚的手里，沐瑞只是用双手抓着鞍桥，在马鞍上来回摇晃着。“我很快就会恢复。”她对面露忧色的众人说道。她的语气像是要给众人信心，她的目光仍然像以往一样平静，“地之力和火之力不是我所擅长的。”

两仪师和护法重新走在队伍的最前面，率领众人以极快的步伐前进。兰德觉得只要阿蒂卜再快一点，沐瑞一定会跌下马去。奈妮薇跑到两仪师身边，伸出一只手扶住了她。那两个女人悄声耳语了一阵，然后乡贤从袍子里取出一只小袋子交给沐瑞，沐瑞打开它，将里面的东西吞了下去。奈妮薇又说了些什么，然后就回到其他人的行列中。对于他们疑问的目光，乡贤没有给予任何回答。尽管环境险恶，兰德却觉得奈妮薇的脸上露出一丝满意的神色。

兰德并不真的在意乡贤做了什么。他不停地抚摸着剑柄，而每次当他意识到自己在做什么的时候，他都会惊讶地低头盯着自己的手。**原来战争就是这个样子。**但实际上，他又记不起任何具体的细节。所有事情都涌进他的脑海，他能想到的只有一片毛发丛生的面孔和恐惧，还有灼热，如同仲夏正午阳光一样的灼热。兰德不明白那是什么。而凛冽的寒风却又要将他脸上和身上的汗珠冻成冰粒。

兰德瞥了自己的两名朋友一眼。麦特正在用斗篷从脸上抹去汗水。佩林盯着远处的某个地方，却又仿佛什么都没看见，显然他没感觉到正在额头上闪光的汗珠。

丘陵逐渐变得低矮，平坦的地面也愈来愈多，岚却在这时停了下来。奈妮薇又催马向前走去，仿佛还有话想对沐瑞说。但护法的目光阻止了她，他俯身对两仪师悄声说着什么。从沐瑞的手势来看，他们显然是在争论。奈妮薇和汤姆盯着他们。乡贤担忧地皱起了眉头；走唱人不停地低声叨念着，又不时回头去看他们来的方向。其他人都极力避免去看岚和沐瑞。谁知道两仪师和护法之间的争论会造成什么样的结果？

过了几分钟，艾雯低声对兰德说了几句话，同时用不安的眼神瞥了一眼前面两个仍在争论的人。“你们对兽魔人喊的那些……”她停了下来，仿佛是不知道该如何说下去。

“喊的什么？”兰德问。他觉得有点羞窘——护法当然会发出战吼，但两河人不会做这种事——不管沐瑞向他们讲了什么样的故事。但艾雯说这个是不是要取笑他们？“麦特已经和我们重复那个故事不下十次了。”

“而且重复得很糟糕。”汤姆说。麦特不服气地嘟囔了几声。

“不管麦特把故事讲成什么样子，”兰德说，“我们全都已经对它耳熟能详了。而且，我们必须喊些什么。我是说，在这种情况下就必须这么做。你也听到岚的喊声了。”

“而且我们有这样的权利，”佩林若有所思地说道，“沐瑞说我们全都是古代曼埃瑟兰人的子孙。他们与暗帝作战，我们也在与暗帝作战，所以我们有这样的权利。”

艾雯哼了一声，仿佛是在表示她对此的看法。“我不是在说这个，麦特，你……你喊的是什么？”

麦特不安地耸耸肩：“我不记得了。”他带着自卫的表情盯着他们。“嗯，我就是不记得了。我的记忆一团模糊，我不知道那些话是什么，也不知道它们是从哪里来的，是什么意思，”他自嘲地笑了一声，“我想它大概没有什么意义。”

“我……我想它是有含意的，”艾雯缓缓地说，“当你高喊时，我觉得……只是在那一瞬间里……我觉得我明白你的意思。但现在那种感觉完全消失了。”她叹息一声，摇摇头，“也许你是对的。奇怪的是，你竟然会在那样的时候做白日梦吗？”

“Carai an Caldazar，”沐瑞说道。他们全都将目光转向了她。“Carai an Ellisande. Al Ellisande. 为了红鹰的光荣，为了太阳玫瑰的光荣，太阳的玫瑰。这是古代曼埃瑟兰的战吼，是她最后一位帝王的战吼。艾瑞恩·爱伊莲·爱卡兰被世人称为太阳的玫瑰。”沐瑞向艾雯和麦特露出微笑，不过她的目光停留在麦特身上的时间也许比在艾雯身上更久。“阿拉德的血脉在两河依然强壮，古老的血仍然在那里歌唱。”

麦特和艾雯彼此对望了一眼，其他所有人都在看着他们。艾雯睁大了眼睛，她的嘴角颤抖着仿佛是要笑起来的样子，但总是被她用力压抑下去，似乎她不知道该如何看待沐瑞所说的古老血脉。麦特则皱紧眉头，仿佛他对此已有了确定的看法。

兰德觉得自己知道麦特在想些什么，他也在想着同样的事。如果麦特是曼埃瑟兰一位古代国王的后裔，也许兽魔人的目标就是他一个人，而不是他们三个。这个想法让兰德感到羞愧。兰德的脸颊变红了。他看到佩林也仿佛是心中有愧的样子，他知道，佩林有着同样的想法。

“我一生里应该是没有再经历过能与此相比的事情。”过了一会儿，汤姆说道。他摇摇头，声音清晰起来，“如果是在别的时候，我会将这一天编成一个故事，但现在……你是要在这里度过这一天剩下的时间吗，两仪师?”

“不。”沐瑞一边回答，一边提起了缰绳。

仿佛是在回应两仪师的话，一阵兽魔人的号角在南方响起，更多的号角从东方和西方传来。马匹又开始嘶鸣，紧张地踏着地面。

“它们已经越过了火墙，”岚平静地说道，他转向沐瑞，“你没有强大到那种程度。没有足够的休息，你无法做到你想要做的事。魔达奥和兽魔人都不会进入那个地方。”

沐瑞抬起一只手，仿佛是要打断岚，但她最后叹了口气，又将手垂了下去。“好吧!”她带着困扰的语气说，“我想你是对的，但我宁可还会有别的选择。”她从马肚带下面抽出手杖，“聚到我身边来，所有人都过来，尽量靠近我，再靠近一些。”

兰德让飞云走到两仪师的白马身边，依照沐瑞的坚持，他们紧紧地在她身边围成一圈，每匹马的颈子都靠在另一匹马的臀部或肩胛上。两仪师这才停止了催促，然后，她一言不发地从马镫上站起身，挥动手杖扫过每个人的头顶，确定他们全都在手杖长度的范围之内。

每次手杖扫过头顶时，兰德都不禁要哆嗦一下，手杖让他感到一阵寒意，而他可以从每个人的战栗中感觉到这根手杖正移动到每一个人身上。毫不奇怪，他们之中惟一没受到影响的就是岚。

突然间，沐瑞将手杖指向西方。枯叶旋转着飞上半空，树枝纷乱地抽动着，仿佛一股小型龙卷风，朝两仪师所指的方向狂奔而去。那股旋风消失之后，她叹息一声，坐回到马鞍里。

"对那些兽魔人而言，"她说道，"我们的气息和足迹都会朝那个方向而去，过一段时间，魔达奥会看出其中有诈，不过到那时……"

"到那时，"岚说道，"我们可能已经摆脱它们了。"

"你的手杖真强大。"艾雯说。她的这句话让奈妮薇哼了一声。

沐瑞一咂嘴，"我告诉过你，孩子，物品不拥有力量。至上力从真源而来，只有有生命的意识能够使用它。这甚至不是一件法器，它顶多只是能帮助集中力量而已。"她说完便疲倦地将手杖收回到马肚带里。"岚？"

"跟我来。"护法说道，"保持安静，如果兽魔人听到我们的声音，一切都将前功尽弃。"

他领着众人继续向北前进，速度比之前慢了一些，又回复到他们在凯姆林大道时那种快速行走的步调。大地越发变得平坦，但拦路的树林仍然很多。

他们行进的路线也不像刚才那般笔直了，岚开始绕过过于崎岖的地面、突起的岩石，也不再强迫他们穿过灌木丛。护法不时会走在队伍的最后，专注地观察他们留下的痕迹，如果有任何人咳嗽一声，都会惹来他严厉的瞪视。

奈妮薇走在两仪师身边，脸上既有对这个女人的关心，也充斥着对她的厌恶。而且兰德觉得奈妮薇似乎还流露出某种心情，仿佛这位乡贤看到了某个就在眼前的目标。沐瑞的肩膀沉得很低，她用双手握着缰绳和鞍桥，阿蒂卜每走一步都会让她摇晃一下。显然，刚才的地震、火墙和对他们踪迹的伪装，消耗了两仪师大量的精力，甚至她可能已经再没有可以使用的力量了。

兰德几乎希望号角声能再次响起，至少那样他们能知道兽魔人距离他们有多远，还有那些隐妖。

兰德一直在朝身后张望，却没有太在意前方的状况，而当他看清前面有什么的时候，他的心中立刻被惊讶和困惑充满了。那是一片巨大的、不规则的形体，向左右两侧延伸到他的视线之外，在大多数地方，它就像生长在它上面的树木一样高，其间还有许多更高的尖顶，没有叶片的枯藤盘绕在上面，层层覆叠。一道悬崖？**这些藤蔓能让我们很容易就爬上去，但我们肯定没办法把马弄上去。**

当他们逐渐靠近这道悬崖时，兰德忽然看见一座高塔。那肯定是一座塔，绝对不是岩石，塔顶是一个奇怪的、带尖的圆顶。“一座城市！”他说道。这实际上是城墙，那些突起的尖顶是城墙上的塔楼。兰德的下巴垮了下来。这座城市的规模至少是巴尔伦的十倍，或者是五十倍。

麦特点点头。“一座城市，但一座城市怎么可能出现在这样一片丛林之中？”

“而且没有任何居民。”佩林说道。当他们望向他的时候，他指着那道城墙说道：“什么人会让藤蔓这样覆盖自己的城市？你们知道藤蔓会怎样毁坏墙壁，看看这里吧！”

兰德所看到的让他也确认了这一点。就像佩林说的那样，几乎每一处低矮的地方都有一座被灌木覆盖的小丘，那一定是倒塌的城墙形成的瓦砾堆。而且那些塔楼也都高矮不一。

“我想知道这是哪一座城市，”艾雯思考着说，“我想知道这里发生了什么事。我不记得爸爸的地图上有这样一座城市。”

“这里曾经被称为爱瑞荷，”沐瑞说，“在兽魔人战争时期，她曾经是曼埃瑟兰的盟邦。”两仪师盯着那片高大的墙壁，似乎完全忘记其他人，甚至是扶着她身体的奈妮薇。“后来，爱瑞荷死亡了，这个地方有了另一个名字。”

“什么名字？”麦特问。

“跟我来。”岚说道。他在曾经是一座城门的地方停住马，这座城门足以让五十人肩并肩地走过去。现在，只有依靠两旁破碎的、覆盖着藤蔓的塔楼才能辨识出城门的痕迹。“我们从这里进去。”兽魔人的号角声又在远处响起。岚向南方望去，然后看了看已经落至西方半天的太阳。“它们已经发现了那道足迹是假的。快一点，我们必须在天黑之前找到宿处。”

“什么名字?”麦特又问了一遍。

沐瑞一边向城中走去，一边说道：“煞达罗荀斯，它被称为煞达罗荀斯。”

第19章 暗影的等待

破裂的石板路面在马蹄下不断发出粉碎的声音。在兰德的视线里，这整座城市都是破碎的，就像佩林说的，它已经被遗弃了，连一只鸽子都看不见。从墙壁和石板路的缝隙间长出的杂草都显得枯黄衰败。没有塌落的屋顶所剩无几；倒塌的墙壁在街道上形成一片片碎石破砖。高塔从半截折断，只剩下犬牙交错的边缘。一些瓦砾堆积成的山丘上立着几棵歪斜的矮树，那可能是宫殿或是某个街区的残迹。

但那些仍然屹立的建筑物已经足以让兰德瞠目结舌了。巴尔伦最大的建筑在这里也只能被放在最不起眼的角落里，拥有巨型圆顶的白色大理石宫殿随处可见，每座建筑物至少有一座圆顶，有一些甚至有四五座样式各不相同的圆顶，外面装饰着圆柱走廊的高墙能延伸到数百步长，高塔仿佛碰到了天空。每一个十字路口都立着青铜喷泉、雪花石尖碑，或者是一座立在基座上的雕像。虽然喷泉都已干涸，尖碑倾倒在地，许多雕像破碎残缺，但这些残缺的艺术品仍然让兰德惊叹不已。

我还以为巴尔伦就是城市了！烧了我吧，汤姆一定在偷偷取笑我，还有沐瑞和岚一定也是。

兰德只顾着观看这座城市，当岚突然停下的时候，他甚至还吃了一惊。他们停在一座白色的石砌建筑前，这幢房子以前一定有牡鹿和狮子旅店的两倍大。兰德猜不出这座城市还活着的时候，它是做什么的。也许同样是一座旅店，但现在它的上层只剩下一个空壳，玻璃和木材的部分早已经消失了，透过空空的窗框能够直接看到下午的天空。不过它的最下面一层看起来还算完整。

沐瑞仍然用双手按住鞍桥，抬头审视这幢房子良久，才点点头。“就这里吧！”

岚跃下马鞍，将两仪师从马鞍上抱起，又用命令的口吻说，“把马带进去，在后面找一个房间当成马厩。动起来，男孩们，这里不是你们村里的绿坪。”说完他就抱着两仪师走了进去。

奈妮薇爬下马鞍，快步跟上了岚，她的一只手里紧握着装草药和药膏的袋子，艾雯紧跟在奈妮薇身后。所有马匹都留给仍然骑在马背上的男人们。

“把马带进去。”汤姆嘲讽地把岚的话学了一遍，吹了一下胡子。他僵硬迟缓地爬下马，一边用拳头敲着背，一边长长地叹了口气，才拾起阿蒂卜的缰绳。“嗯？”他朝三个年轻人一挑眉毛。

他们也急忙下了马，很快就把所有马匹都聚拢在一起。这幢房子的门口已经没了任何门板的痕迹，宽阔得足以让两匹马肩并肩地走进去。

一进门是一座大厅，宽度和整幢房子一样。这里的地板上积了一层尘土，墙上还有几片残破的壁挂，都已经褪色成了暗棕色，看起来只要碰一下就会掉落。除此之外，这里什么都没有了。岚已经将他的和沐瑞的斗篷铺在距离门口最近的角落里，将沐瑞放在上面。奈妮薇跪在两仪师身边，一边低声抱怨着这里的尘土，一边在袋子里翻找着。艾雯帮她撑着袋子。

“我是不喜欢她，这是实话，”当兰德牵着贝拉和飞云，在汤姆之后走进大厅时，奈妮薇正在对护法说话，“但我会帮助任何需要我帮助的人，不管我是不是喜欢他们。”

“我没有任何特别的意思，乡贤。我只是说，使用你的草药时请谨慎。”

奈妮薇用眼角瞥着岚：“实际情况是，她需要我的草药，你也是。”她的声音很尖刻，而且愈来愈犀利，“实际情况是，她已经耗尽了全部体力，即使有那个至上力帮忙，她现在能做的事情也只有彻底瘫倒而已。实际情况是，你的剑现在帮不了她，七塔的君主，但我的草药可以。”

沐瑞按住岚的手臂，“放轻松，岚。她没有恶意，她只是不知道而已。”护法冷冷地哼了一声。

奈妮薇停止搜寻袋子的动作，抬起头看着岚，皱起双眉。她看着他，但她的话是针对沐瑞的，“有许多事情我不知道。这次又是什么？”

“首先，”沐瑞答道，“我真正需要的只是休息一下。不过，我也同意你的意见，你的技巧和知识比我所想的更有用。如果你能让我睡上一个小时，醒来后又不会觉得昏沉——”

“用狐尾草和马利辛草沏的淡茶，还有……”

兰德跟随汤姆走进大厅后面的房间，所以没听到后面的对话。这个房间和前面的大厅一样大，显得更加空旷，除了厚厚的尘土外一无所有，尘土表面甚至没有任何鸟雀或小动物留下的足迹。

兰德开始为贝拉和飞云卸鞍。汤姆照顾的是阿蒂卜和他自己的阉马。佩林牵着曼塔。奈妮薇的马在麦特那里。麦特在房间中央松开马缰，就开始四处看了看。除了他们走进来的那个门口之外，这个房间还有另外两个门口。

“是一条巷子，”麦特从一个门口探出头去看了一眼，转过身来说道。其实他们都能透过空荡荡的门口看到外面的情形，另一个门口外面只能看见一片黑色的后墙。麦特缓缓地从那里走出去，又用飞快的速度退了回来，一边还用力地掸扫着头发上的蛛网。“那里什么都没有。”他又朝那条巷子里望去。

“你不打算照顾你的马吗？”佩林问。他已经安置好自己的坐骑，正在为曼塔卸鞍。令人惊讶的是，那匹目光火烈的骏马虽然一直盯着佩林，却很顺从地配合着他。“没有人会替你干活的。”

麦特最后瞄了巷子一眼，叹口气，走回马匹旁边。

当兰德将贝拉的马鞍放在地上时，他注意到麦特阴郁的眼神。麦特似乎正盯着一千里外的某个地方，而他的身子只是在照章行事地完成着工作。

“你还好吗，麦特?”兰德问。麦特从马背上抬起马鞍，就那样站着一动也不动。“麦特?麦特!”

麦特打了个寒战，差点把马鞍掉在地上。“什么?哦。我……我只是在思考。”

“思考?”佩林刚刚取下曼塔的笼头，遮住它的双眼。“你是睡着了。”

麦特皱起眉。“我在想……那到底是怎么回事，就是我说出的那些话……”所有人都转头看着他。他不安地耸耸肩。“嗯，你们也都听到沐瑞的解释了。那种感觉就像是有个死人用我的嘴说话，我不喜欢这样。”佩林偷笑了两声，让麦特的脸色更加难看。

“她说那是亚以蒙的战吼，对不对?也许你是亚以蒙转生。你总觉得伊蒙村是个沉闷无趣的地方，我想，你肯定喜欢成为一位转生的国王和英雄。”

“不要这么说!”汤姆深吸一口气，大家立刻将目光转向他。“这样说既危险又愚蠢。死人能够转生，或者占据活人的躯体，这不是可以随便说的话。”他又吸了一口气，让自己平静下来，才继续说道，“她说，这是古老的血脉，是血脉，而不是死去的人。我听说有时候会发生这种事。听着，虽然我并不真正这么认为……这是你的根，男孩，传承的道路从你上溯到你父亲、祖父，直到曼埃瑟兰，也许还可以追溯到更远。现在你知道自己的家族非常古老，你应该对此感到释然和高兴。大多数人所了解的顶多也只是他的父亲而已。”

我们之中有的人连这点都无法确定，兰德苦涩地想，**也许乡贤是对的。光明啊，我希望她是对的。**

麦特朝走唱人点点头，“我想你是对的，只是……你认为这和我们遇到的这些事有关吗?就是那些兽魔人?我是说……哦，我不知道我是什么意思。”

“我想你应该忘记那件事，专心于该如何平安地离开这里。”汤姆从斗篷里拿出长杆烟斗。“我还想好好抽口烟。”他朝他们晃晃烟斗，就走回到前厅里。

“我们要待在一起，绝不能单独行动。”兰德对麦特说。

麦特朝他摇摇头，干笑一声：“好吧！嗯，说到要待在一起，既然我们已经安置好了马匹，为什么我们不去看一看这座城市。一座真正的城市，而且没有其他人推你的手臂，顶你的肋骨，没有人从鼻尖上看我们。距离天黑还有一个小时，也许还有两个小时呢！”

“你忘记兽魔人了？”佩林说。

麦特轻蔑地摇摇头：“你忘了吗？岚说它们不会进来这里的。你真应该听听别人在说什么。”

“我记得，”佩林说，“而且我一直在听。这座城市……爱瑞荷？……她曾经是曼埃瑟兰的盟友。怎么样？我确实在听他说话。”

“爱瑞荷一定是兽魔人战争时期最大的城市，”兰德说，“所以兽魔人至今仍然害怕这里。它们并不害怕进入两河，而沐瑞说曼埃瑟兰是……她是怎么说的？……暗帝脚底的刺。”

佩林抬起双手：“不要再提牧夜者了，好不好？”

“你还在说什么？”麦特笑着说，“让我们出发吧！”

“我们应该去问一下沐瑞。”佩林说。麦特立刻一甩双手。

“问沐瑞？你以为她会让我们离开她的视线？还有奈妮薇呢？该死的，为何不去问问卢汉大妈？”

佩林不情愿地点点头，麦特笑着转向兰德：“你呢？一座真正的城市，还有宫殿！”他淘气地笑了一声，“而且没有白袍众盯着我们。”

兰德不以为然地瞪了麦特一眼，但他也只是稍微犹豫了一下，这些宫殿和走唱人故事里的简直一模一样。“好吧！”

他们蹑手蹑脚地从那条小巷溜了出去，一直走进房子旁边的一条街里。他们走得很快，当他们走到距离那幢白色石头房子的一个街区外时，麦特忽然跳起舞来。

“自由啦！”他笑着说，“自由！”直到他们又转了一圈，观赏过每一样东西，他的脚步才渐渐慢下来，笑声也停止了。顶端如同锯齿般的黑影已经伸得很长了。正在西沉的太阳将这座废弃的城市染成了金色。“你们做梦时有没有见到过这样的地方？有没有？”

佩林也笑了，但兰德只是不安地耸耸肩，这和他在离开伊蒙村之前梦见到的那座城市并不相同，不过仍然……“如果我们还想要看些什么，我们最好快一点，太阳很快就要落下了。”

看样子，麦特想要把一切尽收眼底，他神采飞扬地拖着两个朋友，爬上落满尘土的巨大喷泉，喷泉的水池里足以站下伊蒙村的每一个人；在他们能找到的最大的建筑物中进进出出。他们能猜出其中一些建筑的用途，对另一些却完全一头雾水。宫殿当然一眼就能看出来，但如果一座巨型建筑物外面只是一座像小山一样的白色圆顶，里面是一座巨大到无以复加的大厅，它又会是做什么的？还有一座石头砌的圆形宫殿，没有屋顶，里面大得足以放下整个伊蒙村，而宫殿内部从高到低排列着一圈一圈的石头座位。这又是做什么的？

但他们能找到的只有灰尘、碎石、一碰就碎的褪色壁挂。麦特渐渐失去了耐心。他们终于发现了几把靠在墙边的木头椅子，当佩林想要将其中一把抬起来时，那把椅子立刻就碎掉了。

那些宫殿都拥有巨大、空旷的大厅，其中一些大厅即使把酒泉旅店放进去仍然绰绰有余。兰德不由得联想到那些曾经在这些宫殿里生活的人。所有的两河人一定能够站在同一座这样的大厅里，而那个全都是一圈圈石砌座位的宫殿……他几乎能想象那些人就站在阴影里，用阴沉的眼睛盯着这三名闯入者。

最后，就连麦特也在这片建筑群中走累了，想起他在前一晚只睡了一个小时。兰德和佩林都比他更早想起这件事。他们打着哈欠，坐在一座高大建筑物石头柱廊外的台阶上，开始争论下一步该怎么做。

“回去，”兰德说，“睡一觉。”他用手捂住嘴。当他能继续说话时，他又说道，“睡觉，现在我想的就是这个。”

“你什么时候都能睡着。”麦特说话的语气仿佛是已经下了某种决心。“看看我们在哪里，一座城市的遗迹，能找到宝藏的地方。”

“宝藏？”佩林打哈欠打得下巴嘎嘎作响，“这里没有宝藏，这里除了灰尘之外什么都没有。”

兰德遮着眼睛朝西方望去，太阳已变成一颗靠近屋顶的红球。“很晚了，麦特，很快就天黑了。”

“这里一定有宝藏，”麦特顽固地坚持着，“不管怎样，我想要爬上一座高塔看看，我要看看它整体的样子。我打赌，你们从这里走上几里路也到不了城边，你们说呢？”

“塔上不安全。”一个男人的声音从他们背后传来。

兰德立刻跳起来，转过身，一只手握住剑柄。麦特和佩林的速度和他一样快。

一个男人站在阶梯顶端，柱廊的阴影里。他向前迈了半步，抬手遮住眼睛，又退了回去。“请原谅，”他用安慰的语气说道，“我在黑暗中已经待了太久，我的眼睛还没办法适应光线。”

“你是谁？”即使有过巴尔伦的经历，兰德仍然觉得这个人的音调很怪。有些发音非常陌生，甚至让兰德有些听不懂他在说些什么。“你在这里做什么？我们还以为这座城市完全没有人。”

“我是魔德斯。”他停了一下，仿佛在等待着这三名闯入者想起这个名字，但看到他们没有任何反应，他悄声嘀咕了些什么，又继续说道，“我也应该向你们提出同样的问题。爱瑞荷已经有很长时间没人来过了，很长很长的时间。我没想到会看见你们这三个年轻人在街道上闲逛。”

“我们正在前往凯姆林的途中，”兰德说，“我们打算今晚在这里歇宿。”

“凯姆林。”魔德斯缓缓地说着，在舌尖玩味这个名字，然后他摇摇头。“你说，在这里歇宿？也许你们可以和我一起过夜。”

“你还没说你在这里做什么。”佩林说。

“怎么，当然是寻找宝物。”

“你找到了吗？”麦特期待地问。

兰德觉得魔德斯的嘴角浮现一抹笑容，但因为他被黑影遮住，所以兰德无法确定。“有，”那个人说道，“比我想象的多得多，我根本带不走那么多财宝。我也从没有想到能遇见三名强壮、健康的年轻男人。如果你们愿意帮我把我能带走的财宝运到我带来的马匹那里，那么剩下的就任由你们拿了。你们竭尽全力也不可能把它们全都拿走。我相信等我离开之后，剩下的宝物肯定会被其他寻宝人拿走，我根本来不及再回来拿它们。”

“我告诉过你们，这种地方一定有宝藏。”麦特喊道。他几步便冲上阶梯。“我们会帮你搬运宝藏，快带我们去吧！”他和魔德斯一同走进柱廊深处的暗影里。

兰德看着佩林，“我们不能就这样丢下他。”佩林瞥了一眼正在下沉的太阳，点了点头。

他们小心地走上台阶，佩林松开箍住斧柄的带扣，兰德握紧剑柄。麦特和魔德斯正等在圆柱中间。魔德斯抱着手，麦特则不耐烦地朝建筑物里面张望着。

“来吧！”魔德斯说，“我带你们去看宝藏。”他快步走进了建筑，麦特跟在他身后。兰德和佩林别无选择，也只有跟了上去。

这栋房子里面阴影重重。魔德斯很快便一转身，沿一道狭窄的阶梯向下面走去。这道螺旋形的阶梯不停地向下延伸，也愈来愈黑，最后三个年轻人不得不在黑暗中摸索着前行。兰德一只手摸着墙壁，用脚尖试着去碰一级级台阶，就连麦特也开始用不安的语气说道：“这里真黑呀！”

“是啊，是啊！”魔德斯答道。这个人似乎完全不受黑暗影响。“下面就有光亮了，来吧！”

螺旋形楼梯突然变成一条走廊，冒着烟的火把零星地插在墙壁的铁架上，放射出昏暗的光线。兰德终于能借助闪动的光影仔细看一看这个魔德斯，而魔德斯却毫不停步地快速向前走去，一边挥手示意他们跟上。

兰德觉得这个人有点怪异，但他又说不清怪在哪里。魔德斯看起来身材圆胖，一副酒食过度的样子，一双低垂的眼皮仿佛是在掩饰着眼睛里的某些东西。虽然个子很矮，而且头顶几乎已经完全秃了，但他走路的样子却仿佛高高在上。他的穿着对兰德而言是完全陌生的：一条黑色紧身长裤，一双红色软皮靴，靴子上缘在脚踝处下翻，一件红色背心上绣着厚重的金丝花纹，雪白色的衬衫有宽松的袖子，袖口的末端几乎垂到了膝盖。这肯定不是在城市废墟中寻找宝藏的人应该穿的衣服。但这也不是让兰德感到怪异的地方。

走廊末端是个有瓷砖墙壁的房间。一到这里，兰德立刻忘记魔德斯的一切怪异，他和朋友们同时发出了一声惊叹。在这里，光线同样只是来自几支冒着烟的火把，一切仿佛都覆盖在不止一重阴影下面，但微弱的火光经过地面上无数宝石和黄金的反射，似乎也明亮了许多。这里有成堆的金币、珠宝、金杯和金盘，镀金并镶嵌宝石的长剑和匕首。它们被散乱地堆放在一起，直到齐腰的高度。

麦特喊了一声，向前奔去，跪倒在第一堆财宝前面。“麻布袋，”他气喘吁吁地说着，一边用手抚过那些金币，“我们需要许多麻布袋才能把这些全运走。”

“我们不可能把它们全都拿走。”兰德说，他无能为力地扫视着这个房间。那些商人们一整年带到伊蒙村的黄金，也不及这里任何一堆财宝的千分之一。“而且现在天就要黑了。”

佩林从一堆宝藏中拉出一把斧头，毫不在意地将缠在上面的金链甩开。光泽闪动的黑色斧柄上镶嵌着各色宝石，在双面斧刃上装饰着纹理细腻的黄金图案。“那么，明天吧！”他一边说，一边笑着掂量起那把斧头。“沐瑞和岚看到这些就能明白了。”

“你们还有同伴？”魔德斯说。他等三名年轻人都跑进房间后，才慢慢地跟进来。“他们是谁？”

麦特已经深深地被成堆的黄金所吸引了，心不在焉地答道，“沐瑞和岚，还有奈妮薇、艾雯，还有汤姆。汤姆是走唱人。我们要去塔瓦隆。”

兰德屏住了呼吸。魔德斯沉默了，他不由得转过头去看着那个人。

憎恨扭曲了魔德斯的面孔，其中还夹杂着恐惧。他龇牙咧嘴地露出牙齿。“塔瓦隆！”他向他们挥舞着拳头。“塔瓦隆！你说过，你们是要去那个……那个……凯姆林的！你对我说了谎！”

“如果你还想要我们帮忙的话，”佩林对魔德斯说，“我们明天会回来的。”他小心地将斧头放回那堆珠宝金器上，“如果你还想要的话。”

“不。这……”魔德斯喘息着，摇晃着脑袋，仿佛无法做出决定。“带走你们想要的吧！只是……只是……”

突然间，兰德觉察到这个人一直让自己感到困扰的怪异地方——从走廊到这里的火把在他们三个人身边都照出了几重影子，但……他惊骇得把自己的想法大声说了出来，“你没有影子。”

一只金杯从麦特手中落下，发出响亮的当啷声。

魔德斯点点头，他赘肉般的眼皮也在这时全部抬起了，他原本丰满的脸颊突然间变得枯瘦。“那么，”他站直身体，显得更高了，“就这样吧！”突然间，魔德斯不再只是看上去仿佛高过他们，他的身体如同气球般膨胀、扭曲，他的头顶到了天花板，肩膀抵住墙壁，整个躯体充塞住房间的一端，彻底阻断了出去的通道。他的脸颊凹陷，牙齿裸露在外，两只足以握住人头的手朝三名年轻人伸来。

兰德大叫一声向后跳去，一根金链绊住他的脚，让他跌倒在地，将肺里的空气都挤了出来。他挣扎着，想要尽量吸进一点空气，也想抽出腰间的长剑，但他的斗篷却裹住了剑柄。朋友的惊呼声充满了这个房间，伴随着一连串金器碰撞的声音，而一声痛苦的尖叫突然撕扯着兰德的耳膜。

兰德几乎流着泪，终于吸进了一口气，也抽出了佩剑。他小心地站起身，心中寻思着是谁发出了那一声尖叫。佩林站在房间对面，睁大眼睛看着兰德。他蜷起身子，高举起斧头，仿佛是打算一斧就砍倒一棵树。麦特靠在一堆财宝旁边，向四周张望着，手中紧握着一把从财宝堆中捡到的匕首。

黑影的最深处有什么东西在移动，他们全都被吓了一跳。那是魔德斯，他将膝盖抵在胸前，正竭尽全力缩进最深的角落里。

“他骗了我们，”麦特喘着气说，“这是个骗局。”

魔德斯仰起头，发出阵阵号叫，灰尘从颤抖的墙壁上掉落下来。“你们全都死定了！”他吼道，“全都死定了！”随后他便跳起身，向他们冲了过来。

兰德的下巴垮了下来，他手上的剑几乎也掉在地上。当魔德斯扑向他们的时候，身体开始伸展，变细，如同一缕烟尘。最后他变得只有手指粗细，落在墙壁的一道缝隙中，消失不见。当他消失时，又发出一声凄厉的嚎叫，萦绕在房间里，迟迟未退。

“你们都死定了！”

“我们快点离开这里。”佩林低声说。他握紧斧柄，同时竭力警戒着所有方向。黄金和宝石的艺术品散落在他脚下，他已经完全不在意了。

“但这些宝贝呢？”麦特反驳说，“我们不能就这样离开。”

“他的东西？我什么都不想要。”佩林一边说，一边扫视着四周。他提高声音向墙壁喊道，“这是你的金子，你听到我说话吗？我们什么都不会拿！”

兰德生气地瞪着麦特：“你想让他追我们吗？或者你要留在这里塞满自己的口袋，直到他带着十个同伙再回来？”

麦特指着所有这些黄金和宝石，但没有等他说话，兰德已经抓住他的一只手臂，佩林抓住了另一只。他们拉着他一直跑出那个房间。麦特则不停地挣扎着，叫唤着要去拿宝藏。

还没等他们在走廊里跑出十步，他们身后原本就昏暗的光线彻底消失了，藏宝室里的火把完全熄灭。麦特停止了喊叫，兰德和佩林加快脚步。藏宝室外面的第一支火把熄灭了，然后是下一支。等到他们跑到螺旋形楼梯时，麦特已经不需要被两个朋友拉着了。他们看着漆黑的楼梯，只是犹豫了一瞬，便全都没命地跑了上去。黑暗在后面紧追着他们，距离愈来愈近。他们全速飞奔着，同时还用最大的力气高声喊叫，仿佛他们要用喊声吓跑等在前方的任何东西，用喊声提醒他们还活着。

他们终于冲进上面的走廊，滑倒在铺满尘土的大理石地面上，又爬起来，跌跌撞撞地跑过柱廊，滚下楼梯，满身青紫地在街上爬成了一堆。

兰德爬起来，又从地面上捡起谭姆的剑，不安地看着周围。屋顶上还能看见不到半个太阳，阴影如同黑色的利爪愈伸愈长，愈来愈暗，几乎要彻底握紧了街道。兰德打了个哆嗦，这些影子看上去就像是要捕捉他们的魔德斯。

“至少我们逃出来了。”麦特从佩林身下爬出来，勉强装作没事的样子，掸去身上的尘土，“而且至少我……”

“我们真的逃出来了吗?”佩林问。

兰德知道现在自己的感觉并非空穴来风，他的后颈感到阵阵刺麻。有些东西正从那些圆柱之间的黑暗里窥视着他们。他转过身，盯着路对面的建筑物，他能感觉到那里也有眼睛在盯着他。他握紧了剑柄，心中却又怀疑这么做有什么用，好像到处都有窥视的眼睛。佩林和麦特也警戒地环视着周围。他知道他们也有同样的感觉。

“我们要留在街道中间，”他嗓音沙哑地说，他们彼此交换着眼神，在对方眼中都看到同样的恐惧。兰德费力地吞了口口水，“我们留在街道中间，尽量不要被影子遮住，快速前进。”

“一定要用非常快的速度。”麦特迫不及待地表示同意。

那些窥伺者在跟着他们，或者这里有无数这样的窥伺者，无数眼睛从几乎所有建筑物里面盯着他们。兰德保持着最高警戒，却看不到任何东西在移动，但他能感觉到那些眼睛，感觉到它们的如饥似渴。他不知道还有什么会更可怕，成千上万只眼睛，或者几只眼睛一直在跟着他们。

在夕阳仍然能够照射到的地方，他们暂时放慢脚步，紧张地觑着仿佛永远都在前方的黑暗。他们不想进去那里面，谁也不知道那里到底有些什么。每当阴影横过街面，挡住他们的去路时，那种被窥视的感觉就变得真切而明显。他们总是大声喊叫着跑过那些影子，兰德觉得自己能听到干裂、细碎的笑声。

最后，随着夕阳最后一缕余光的隐没，他们终于看见那座白色的石头房子，上次他们离开这里仿佛已经是几天前的事情了。突然间，那些黑影中的眼睛离开了，只向前多迈出了一步，那些眼睛已经彻底消失无踪。兰德一言未发便跑了起来，他的朋友们紧跟在他身后，他们像三只兔子般以最快的速度窜进那座建筑物的前门，瘫倒在地上，大口地喘息着。

大厅中央的瓷砖地板上燃烧着一小堆火，烟气从天花板上的一个洞口飘散出去，却让兰德又想起了魔德斯，不由得心中打了个寒战。除了岚之外，其他所有人都聚在火旁，看到三名年轻人跑进来，他们的反应完全不同。艾雯正在火上暖着手。三名年轻人跑进来的时候，她被吓得用双手捂住了胸口。看到跑进来的是谁之后，她似乎是想狠狠地瞪他们一眼，却又不由自主地长吁了一口气。汤姆只是叼着烟斗嘟囔了些什么，兰德只听到他说了声“傻瓜”，而走唱人已经回头去用一根树枝拨弄火堆了。

“你们这些羊毛脑袋的、自以为是的白痴！”乡贤喊道，她从头到脚都散发着凌厉的气势，眼里闪动着电光，双颊喷发着火焰。“光明在上，为什么你们要乱跑？你们出事没有？你们已经失去理智了吗？岚正在外面找你们。等他回来之后，你们最好祈祷他不会把一些理智砸进你们的脑袋里。”

两仪师的面容却平静如常，只是在看到他们的时候，她松开了紧握裙摆的双手，泛白的指节也慢慢恢复了血色。奈妮薇给她的草药显然已经发挥了效用，她能够自己站起来了。“你们不该这么做。”她的声音如同水林的池塘般清澈平静。“这个我们以后再说。你们一定遭遇了什么，否则不会如此狼狈不堪，告诉我。”

“你说这里是安全的。”麦特立刻爬起身，抱怨起来。“你说过，爱瑞荷是曼埃瑟兰的盟友，兽魔人不会进入这座城市，还有……”

沐瑞向前走了一步。麦特虽然还张着嘴，却突然没了声音，正在爬起来的兰德和佩林也停了一下。“兽魔人？你们看到兽魔人进入城墙范围了？”

兰德吞了口口水，“没有兽魔人。”他们三人同时忙不迭地说了起来。

三个人叙述的起点并不一样，麦特一开口就说他们发现了宝藏，听起来就好像那全都是他一个人干的。佩林则开始解释为什么他们没有告知别人就离开了这栋房屋。兰德直接跳到他认为是重要的问题上——他们在柱廊里遇到的那名陌生人。但他们都太过兴奋，以至于完全不在意这些事件的先后次序。无论谁想起什么，都会立刻说出口，不管那些事发生的时间，也不管另外两个人都说了什么。最后，他们都连续不停地描述起那些在暗中窥视他们的眼睛。

这让他们的故事完全变成一团乱，其中惟一能清晰明白的就是他们的恐惧。艾雯开始用不安的眼神朝临街的那些空窗户瞥去，在那外面，落日最后的余晖正迅速褪去，屋里的篝火显得微弱昏暗。汤姆拿下烟斗，认真倾听着，双眉愈皱愈紧。沐瑞的眼中显示出关注，却没有任何慌张的表现，直到……

突然，两仪师吸了口气，紧紧地抓住兰德的手臂。“魔德斯！你确定是这个名字？你们都确定？是魔德斯？”

三人不约而同地低声答道，“是的。”又不约而同地在两仪师的注视下后退了一步。

“他有没有碰你们？”沐瑞问他们，“他有没有给你们什么？或者你们有没有为他做什么？我一定要知道。”

“没有，”兰德说，“都没有，我们什么都没做。”

佩林同意地点点头，又说道，“他想要杀死我们，这还不够吗？他不断地涨大，直到充满半个房间，他喊着我们都要死，然后就消失了。”他一边挥舞双手，模仿着当时的情形。“像烟一样飘走了。”

艾雯尖叫了一声。

麦特的脸上满是责备：“这里是安全的，这是你说的。你一直都在说兽魔人不会到这里来，我们当然会以为没什么好担心的。”

“很显然，你完全没有认真考虑，”沐瑞恢复了冷静的神情，“任何会思考的人，都会对一个兽魔人不敢进入的地方保持完全的警戒。”

“麦特当然会这么做，”奈妮薇用理所当然的语气说道，“他所谈论的永远都只是各种恶作剧，其他人和他在一起时也会丢掉他们与生俱来的一点理智。”

沐瑞点了一下头，目光却一直落在兰德和他的两名朋友身上。“在兽魔人战争末期，一支军队就驻扎在这些废墟中——兽魔人、暗黑之友、魔达奥、惊怖领主。他们的数量成千上万，但他们一直没有再出来。各方势力都朝这里派出哨探，探子们找到了武器、盔甲残片和四溅的血迹。墙壁上留下了一些兽魔人的潦草字迹，恳求暗帝在这最后一刻救助它们。后来再去的人既没有找到血迹，也没有再看见那些字，它们都被彻底抹掉了。但半人和兽魔人仍然记得这些，所以它们没有再踏入过这个地方。”

“所以你选择这里作为我们的藏身之地？”兰德难以置信地说，

"我们就算是在外面被兽魔人追杀也比在这里安全。"

"如果你们没有私自溜走，"沐瑞耐心地说，"你们就会知道，我在这栋房子周围设立了结界，魔达奥完全不会察觉这个结界，因为它要阻拦的完全是另一种邪恶。煞达罗苟斯的力量无法跨越这种结界，甚至无法靠近它。到了早晨，我们就可以安全离开了，那些东西无法抵抗阳光，到时候它们就只能藏在深深的地下。"

"煞达罗苟斯？"艾雯不确定地说，"我还以为你管这座城市叫爱瑞荷的。"

"它曾经被称作爱瑞荷，"沐瑞答道，"也曾是十国之一，建立第二次十国联盟的地方，从世界崩毁后的第一天起就在对抗暗帝的地方。当索林·亚托伦·亚班恩是曼埃瑟兰王时，爱瑞荷王是贝尔文·麦耶——贝尔文·铁手。随着人类在兽魔人战争中陷入绝望，当谎言之父的征服似乎已经无可抗拒时，一个被称作魔德斯的人来到贝尔文的王廷。"

"同一个人？"兰德喊道。麦特说，"不可能的！"沐瑞的一瞥让他们闭上了嘴。除了两仪师的声音外，房间里再没有任何声音。

"在魔德斯久居于这座城市之前，他是贝尔文的耳目，很快地，他就成为地位仅次于国王的人。魔德斯在花言巧语中掺进毒药，灌进贝尔文的耳朵。爱瑞荷开始变了，变得只关心自己，变得冷酷无情。据说那时候有的人宁愿见到兽魔人，也不愿见到爱瑞荷人。'一切只为光明的胜利'，这是魔德斯给爱瑞荷人的战吼，而那些人在这样吼叫时，却背弃了光明。

"这个故事如果要全讲完就太长，也太过严酷，即使在塔瓦隆，也只有一些残片留存下来。索林的儿子卡奥前往爱瑞荷，争取让这个国家重入十国联盟。贝尔文坐在他的王座里，形容枯槁，眼中闪耀着疯狂的光芒。魔德斯在他身旁微笑，他则大笑着称卡奥和他的随从为暗黑之友，要将他们处以死刑。卡奥王子由此成了卡奥·孤手。他逃离爱瑞荷的地牢，只身逃亡至边境国。魔德斯派出非自然的杀手紧追不舍，卡奥在边境国遇到了亚芬，亚芬那时并不知道他的身份。他们结为眷属，也顺着因缘的编织，由亚芬的手导致了卡奥的死亡。亚芬在丈夫的墓前结束了自己的生命，这也导致亚莱斯罗瑞的灭亡。曼埃瑟兰的军队出发为卡奥复仇，却发现爱瑞荷的大门已经碎裂，城墙内再没有任何活物，却潜藏着比死亡更可怕的东西。爱瑞荷再没有敌人，除了它自己之外，怀疑和憎恨产生出某种东西，吞噬了创造出它们的爱瑞荷，这些东西被封锁在这座城市的地基下面。魔煞达仍然等在这里，饥饿难耐。人们不再提起爱瑞荷这个名字，他们称这里为煞达罗荷斯——暗影等待的地方，暗影之城。

“魔德斯自身却没有被魔煞达吞掉，但他被困在其中，所以他也在这座城市里，度过了漫长的岁月。在你们之前还有人见过他，那些人之中有一部分接受了他的礼物，因此意识被扭曲，灵魂被污染。那种污染在那些人体内时隐时现，直到彻底统治他们的躯体……或者是杀死他们。如果他能说服某个人陪同他走到城墙边，走到魔煞达力量的界限处，他就能吞掉那个人的灵魂，然后魔德斯就能占据那个人的身躯，离开这里，而那个人的境遇比被杀死还可怕。魔德斯则可以将他的邪恶重新倾泻在世界上。”

“那些财宝，”佩林喃喃地说道，“他想让我们帮他将那些财宝搬到他的马匹那里。”佩林的脸变得惨淡无光。“我打赌，他一定会说那些马在城外的某个地方。”兰德打了个哆嗦。

“但现在我们安全了，对不对?”麦特问道。“他什么都没有给我们，他也没有碰到我们，我们是安全的，有你的结界保护我们，对不对?”

“我们是安全的，”沐瑞表示同意。“他无法越过结界，盘踞在这里的其他东西也没办法，而且它们见不得阳光，所以到白天我们就能安全离开。现在，睡一下吧！结界会保护我们，直到岚回来。”

“他已经离开很长时间了。”奈妮薇担忧地看着外面，夜幕已经完全垂下，窗外只有一片漆黑。

“岚不会有事的。”沐瑞安慰她说，同时她已经在火边铺开了毯子。“他在离开摇篮前就已经发誓要与暗帝为敌，他还是婴儿时手中就握住了剑柄。而且，如果他死亡，我立刻会知道，并知道他死亡的方式；就像他会知道我的一样。休息吧，奈妮薇，一切都会没事的。”

但当她躺倒在毯子上的时候，她停了一下，目光穿过窗户，落在街道上，似乎她也很希望知道是什么拖住了护法。

兰德觉得自己的手脚已经不听使唤，眼皮也在不由自主地向下垂，但睡眠并没有迅速到来。当他真正睡着的时候，立刻就开始做梦，嘟囔着梦话，踢掉了毯子。当他突然醒来时，先是迷迷糊糊地向四周看了许久，才想起自己在什么地方。

月亮已经升上来了，一弯细窄的月牙放射出的微弱光线，轻易就被黑夜淹没了。其他人都还在睡梦中，但并不是所有人都睡得很熟。艾雯、麦特和佩林不时会扭动身子，以弱不可闻的声音嘟囔几句。汤姆的鼾声难得地相当轻柔，而且经常会被含混的梦话打断。仍然看不到岚的身影。

突然间，兰德觉得沐瑞的结界仿佛完全没有作用，任何东西都有可能突然出现在眼前这片黑暗之中。他责备自己在胡思乱想，然后便向还在缓慢燃烧的几块火炭上加了新柴。火苗已经非常微弱，释放不了多少热量，但至少它能提供一些亮光。

兰德不知道是什么将他从不愉快的梦中惊醒。在那个梦里，他又变成了一个小男孩，拿着谭姆的剑，背上绑了个摇篮。他在空旷的街道上奔跑着，魔德斯紧追在后，一边向他高喊着，只要他的手，还有一个奇怪的男人一直在袖手旁观，并发出疯狂的笑声。

兰德用毯子盖好身体，重新躺下，盯着天花板。他非常非常想睡着，即使睡眠会给他带来那些可怕的梦。但他总是无法让自己闭上眼睛。

突然间，护法悄无声息地跑进了大厅。沐瑞坐起了身。岚张开手，三件小东西掉落在沐瑞面前的瓷砖地面上，三枚形状是长角骷髅的血红色徽章。

“兽魔人进城了，”岚说，“它们再过一个小时就会到达这里，最糟糕的是这队兽魔人属于达瓦部落。”他说完便去唤醒其他人。

沐瑞以平稳的动作叠起毯子。“有多少？它们知道我们在这里吗？”她的语气就仿佛没有任何紧迫的事情发生一样。

“我想它们应该不知道。”岚答道，“数量超过一百，全都紧绷着神经，会杀死任何移动的东西，即使那可能只是它们的同伴。半人不得不强迫它们进来。所以四个半人只能驱使这样一队兽魔人。就连那些魔达奥看样子也只想迅速通过这里，尽快走出去。它们没有散开队形进行搜索，只是一心在前进。如果不是它们的方向正对着我们，我会说我们并不需要为此而担心。”说到这里，他犹豫了一下。

“还有别的状况？”

“我只是在想，”岚缓缓地说，“魔达奥强迫兽魔人进入这里，又是什么在强迫魔达奥？”

所有人都一言不发地听着两仪师和护法的对话，最后，汤姆低声咒骂着。艾雯悄声问，“暗帝？”

“别傻了，女孩。”奈妮薇喝道，“暗帝被创世主封印在煞妖谷。”

“至少现在还是这样。”沐瑞表示同意，“不，谎言之父没离开煞妖谷。我们必须离开了。”

奈妮薇眯起眼睛看着沐瑞：“离开结界的保护，在夜晚穿越煞达罗苟斯？”

“或者留在这里面对兽魔人，”沐瑞说，“阻挡它们需要至上力，而至上力会摧毁结界，并将结界所要阻挡的东西吸引过来。而且，这种讯号对于二十里内的任何半人来说，就好像在一座高塔上点燃了熊熊烈火一样明显。我不愿选择离开，但现在实在没有别的选择。”

“如果城外还有更多兽魔人呢？”麦特问，“我们该怎么办？”

“那我们就采取我原来的计划。”沐瑞说。岚看着她，她却只是抬起一只手，继续说道，“白天的时候，我因为过于疲惫，没办法实行的计划。但我已经休息过了，这要感谢乡贤。我们要向河道前进，在那里，有河水保护我们的侧后方，我可以升起一个小结界，挡住兽魔人和半人，直到我们制造木筏过河。或者运气好的话，我们甚至有可能遇到一艘从沙戴亚顺流而下的贸易船。”

岚注意到，伊蒙村人的表情都很茫然。

“兽魔人和魔达奥都厌恶深水，兽魔人更是对此极端恐惧，它们都不会游泳。魔达奥无法涉入深过腰际的水，特别是流动的水。兽魔人也会极力避免进入水中。”

“所以只要我们过了河，就安全了。”兰德说，护法点了点头。

“魔达奥会发现，让兽魔人建造木筏几乎就像让它们进入煞达罗苟斯一样困难。而如果它们真的要以这种形式过河，那么它们之中有半数会逃走，剩下的大概都会淹死在河里。”

“上马，”沐瑞说，“我们还没过河呢！”

第20章 风中的尘沙

当众人骑着焦躁不安的马匹，离开那幢白石建筑时，凛冽的寒风正一阵阵从屋顶上咆哮而过，将他们的斗篷像旗帜一样卷起，也将一片片薄云吹过银色的月牙。岚打着手势命令众人紧靠在一起，便沿着街道向前走去，马匹迫不及待地向前迈着步子，不断拉着众人手里的缰绳，仿佛都急着离开这里。

兰德警戒地仰望着他们身旁的一栋栋建筑物。它们矗立在街道两旁，黑色的窗户如同空洞的眼窝，俯视着他们，到处都有仿佛在移动的阴影。偶尔有些杂物被风吹落，发出不自然的响声。至少，那些窥视他们的眼睛没有出现。兰德放松了一下，却又立刻开始怀疑。那些眼睛为什么消失了？

汤姆和伊蒙村的同伴都围绕在兰德身边，彼此之间伸手可及。艾雯的肩膀紧缩着，仿佛她正费力地拉着贝拉。兰德甚至不想呼吸，也许呼吸的声音会招来不该有的注意。

兰德忽然意识到他们与两仪师和护法之间逐渐拉开了一段距离，那两个人已经超过他们二十几步，变成两团模糊的影子。

“我们落后了。”他低声说着，催促飞云加快步伐，一缕稀薄的银灰色雾气这时从他前方横飘而过。

“停！”沐瑞发出一声尖锐而急迫的喊声，她压抑着自己的喊声，让它不会传得很远。

兰德犹疑地拉住缰绳。那片薄雾现在已经完全横过街道，而且正逐渐变得浓厚，似乎有更多这样的雾气正从街道两侧的房屋中流泻出来，现在它已经有一个人的手臂那么粗了。飞云嘶鸣着，竭力向后退去，这时后面的人也都跟了上来。他们的马在看到这一股雾气后，都像飞云一样，摆着头，甩动缰绳，不愿太靠近那股雾气。

岚和沐瑞缓缓策马朝这股雾气走来。现在雾气已经变得像大腿一样粗了。他们停在灰雾的另一边，和灰雾保持着相当的距离。两仪师审视着这段分开他们的灰雾。兰德突然感觉到一阵恐惧的寒意从他肩胛之间渗过，让他不由得打了个哆嗦。雾气中包含着一种微光，随着雾气的逐步扩张，这种光也愈来愈强，但也只是稍微比月光亮一点而已。马匹都不安地踏着步子，就连阿蒂卜和曼塔也不例外。

“这是什么?”奈妮薇问。

“煞达罗荀斯的邪恶，”沐瑞答道，“魔煞达。没有视力，没有思想，在城市中漫无目的地游荡，如同在地底盲目掘洞的蠕虫。如果它碰到你，你就会死。”兰德他们立刻让坐骑后退了几步。而在兰德眼里，两仪师的样子就仿佛是平安地坐在家里，而不是身处在一座邪恶环伺的死城中。

“那我们怎么和你们会合?”艾雯问，“你能不能杀掉它……清出一条路来?”

沐瑞苦涩地一笑：“魔煞达是巨大的，女孩，像煞达罗荀斯本身一样巨大。整座白塔都没有能力杀死它。如果我摧毁足够的魔煞达，让你们过来，那样我导引的至上力强度会立刻让半人知道我们的所在，而且魔煞达也会迅速修复我造成的破坏，并且向这里汇聚，也许会将我们完全吞没。”

兰德和艾雯交换了一个眼神，又把艾雯的问题问了一遍。沐瑞叹了口气，才答道：

“我不喜欢这样，但该做的只能去做。这种东西不会到处都是，应该会有它没有侵占的街道。看到那颗星星了吗?”她在马鞍上转过身，指着一颗低垂在东方天际的红色星星。“一直朝那颗星星走，它会指引你们到达河岸，无论出了什么事，一定要向河岸前进，以你们最快的速度。但最重要的是不要发出声音。记住，这里还有兽魔人，以及四个半人。”

“但我们该如何找到你们？”艾雯继续问道。

“我会找到你们，”沐瑞说，“放心，我会找到你们的。现在，出发吧！这东西绝对没有智力，但它能感觉到食物。”

实际上，已经有丝丝缕缕的银灰色雾气从那个主体上离散开来，它们飘浮、摇曳着，如同水林池塘底部百足虫的无数触须。

当兰德从那股已经有树干粗细的灰雾上抬起头来的时候，护法和两仪师已经离开了。他舔舔嘴唇，转头望着同伴，他们全都像他一样紧张。更糟糕的也许是，他们似乎都在等着别人先行动。黑夜和废墟包围着他们，隐妖与兽魔人也许就在转角处，灰雾的触须正逐渐靠近他们，现在已经飘过了一半的距离，也不再四处摇曳，而是径直指向他们，这些触须显然已经确认了猎物。突然间，兰德开始非常想念沐瑞。

所有人仍然都在愣愣地看着，不知该走哪条路。兰德转过飞云，灰马开始小跑起来，一边还在拉着缰绳，想要跑得更快一些，身为第一个采取行动的人，兰德似乎成为这支队伍的领导者，所有人都跟随着他。

没有了沐瑞，如果魔德斯再出现，将不会有人保护他们，还有兽魔人，还有……兰德强迫自己不去想这些事。他要朝那颗红色的星星前进，这才是他要想的事情。

有三次，他们前方的街道被大堆石块瓦砾挡住，让他们不得不折返，另寻出路。兰德能听到其他人的喘气声，短粗而急促，其中流露出对内心恐慌而产生的羞愧。兰德咬紧牙，不让自己发出喘气声。**你至少要让他们认为你没有害怕。你正在完成一个重要的任务，羊毛脑袋！你要让所有人都平安离开这里。**

他们转过下一个街角，一道雾墙凝聚在破碎的石板地面上，如同满月般明亮，一股股如同马身一样粗的雾气正朝他们伸展过来。没有人等待，大家立刻掉转马头，快步跑起来，完全不在意马蹄的声音。

两只兽魔人出现在他们前方的街道上，距离他们不过二十步。

刹那间，人类和兽魔人只是惊讶地互相瞪着。很快又有更多的兽魔人成双地从街角走出来，撞在前面兽魔人的身上，又因为看到人类而吃惊得乱成一团。但这种混乱只不过持续了短短一瞬，粗嘎的嚎叫声开始在建筑物之间回荡。兽魔人蜂拥向前，人类像受惊的鹌鹑般四散逃开。

兰德的灰马只跑出三步便开始全速疾驰。“这里！”他喊道。但他听到同样的喊声也从另外五个喉咙中传出。他在匆忙中回头一瞥，看到同伴们正消失在不同的方向。他们背后都有兽魔人在追逐。

三名兽魔人跑在兰德身后，高高地摇晃着套索杆。兰德看到飞云甩不掉它们，不由得打了个寒战，他低伏在飞云的脖子上，催赶灰马加速向前。吼叫声仍然不停地从背后传来。

前方的街道变窄了，一些破碎的建筑物向街道倾斜，显得摇摇欲坠。慢慢地，街两边的空窗户里被银色的微光充满，一片片雾气流散出来。魔煞达。

兰德冒险又回头瞥了一眼。兽魔人还跑在不到五十步外。借助灰雾的闪光，兰德能清楚看到它们。一名隐妖骑马跑在那些兽魔人后面，兽魔人与其说是在追逐兰德，倒更像是在逃离那个半人。在兰德前方，五六道灰色的雾须正从窗口摇曳而出。转眼间，雾须的数量已经加倍，它们都在空气中摸索着，感觉着。飞云扬起头，长声嘶鸣。但兰德用尽全力猛踢它的肋侧，飞云不顾一切地向前冲去。

兰德低伏在马脖子上，禁止自己去看那些从头顶掠过的触须，而那些触须也在他经过时僵了一下。前面的街道空无一物。**如果有一根触须碰到我……光明啊**！兰德更加用力地踢着飞云。让它冲进前方令人安心的黑影里。在飞奔的马背上，兰德回头看了一眼，此时魔煞达的光亮开始减弱了。

摇动的灰色触须封锁了半条街道，兽魔人都停住脚步。但隐妖从鞍桥后面抽出一根鞭子，在兽魔人的头顶上如同迅雷般抽了一记，脆烈的鞭声撕裂着空气。兽魔人蜷起身，朝兰德直追过去。半人犹豫了一下，用黑色兜帽遮住的头转而审视着魔煞达伸出的触须，最后，它一踢马腹，也向前冲去。

更加浓厚的雾须不确定地摇摆了一阵，随即便像毒蛇般迅速射出，每只兽魔人至少都被两根雾须困住，被浸没在灰色的光线里。兽魔人仰起头想要尖叫，但灰雾纷纷卷进它们张开的口里，吞噬了它们的嗥吼。四根腿一样粗的雾须缠住了隐妖，半人和它的黑色坐骑仿佛舞蹈般抽搐着，兜帽掉落下去，露出那张苍白的、没有眼睛的面孔。隐妖发出尖叫。

如同兽魔人一样，隐妖实际上也没发出任何声音，但一种人耳无法察觉的却具有穿透性的声波从它的喉中激射而出，带着它所能产生的一切恐怖刺进兰德的耳里。飞云全身震颤，跑得比任何时候都更加用力，仿佛它也感受到这个喊声。兰德趴在马鞍上，喘息着，感觉喉咙像沙子一样干燥。

过了一会儿，兰德意识到自己已经听不到隐妖在临死前发出的无声嚎叫了。马蹄的声音仿佛突然间重新充满他的耳朵，他用力拉紧飞云的缰绳，停在一堵残墙旁边。就在这里，两条街道会合在一起，他面前的黑暗中耸立着一座无名的纪念碑。

兰德无力地趴在马鞍上，倾听着，但除了血液冲击耳膜的声音外，他什么都听不见。他的脸上挂满了冷汗，冷风抽打着他的斗篷，让他不停打着哆嗦。

过了许久，他终于坐直身子。星星在天空中闪烁，云层遮住了许多星星，但那颗红色的星星仍然明亮地挂在东方的天空。**别人还能活着看到它吗？**他们有没有逃出来？还是落入兽魔人的手中？**艾雯，光明照瞎我的双眼吧！为什么你不紧跟着我？**如果他们能活着逃出来，他们就会朝那颗星星的方向继续奔跑。但如果不能……这座废墟太大了，他就是搜寻几天也不一定能找到一个人。况且这里还有兽魔人、隐妖，还有魔德斯和魔煞达。他不情愿地决定向河边前进。

兰德拢住缰绳。当他通过街道时，一块石头砸落在另一块石头上，发出尖厉的撞击声。他立刻僵在原地，甚至连呼吸都停止了。他正躲在阴影里，距离街道转角只有一步之遥。他慌乱地想着要后退。但背后又有什么？有什么能够发出声响的东西会放过他？他想不起会有这样的东西。他也害怕让视线离开那个街角。

一个黑影从街角冒了出来，它上面还伸着一根长杆状的影子。套索杆！就在这个想法闪过他脑海的同时，他已经用力踢了飞云的肋骨，并从剑鞘中抽出长剑。一阵无言的喊声伴随着他的冲锋。他用尽全力挥出长剑，但急忙又拼命停止自己的动作。随着一声惊呼，麦特向后倒去，几乎跌落马下，也差点丢掉手里的长弓。

兰德深吸一口气，放下剑，他的手臂还在颤抖着。“你有没有看到其他人？”他勉强开口问道。

麦特费力地吞了口口水，笨拙地在马鞍上坐稳。“我……我……只有兽魔人。”他将一只手放在喉头，又舔了舔嘴唇。“只有兽魔人。你呢？”

兰德摇摇头。“他们一定已经朝河边去了，我们最好尽快赶上。”麦特无声地点点头，仍然在摸着自己的喉咙。他们开始朝那颗红星的方向前进。

还没等他们走出两百步，丧歌般的兽魔人号角声在他们背后的废墟深处响起，从城墙外传来应和的号角声。

兰德打了个哆嗦，但他保持着缓慢前进的步伐，一边警觉地观察着最黑的角落，尽量避开那些地方。当号角停息时，他反倒下意识地抽了一下缰绳，仿佛是要催马疾驰的样子。麦特也做了同样的动作。在那以后，再没有号角响起。他们在一片沉寂中走到藤蔓缠绕的城墙边，一个原本应该是城门的缺口处，现在这里只剩下顶端破碎的塔楼直指黑色的天空。

麦特在城门处犹豫了一下，但兰德轻声说道：“在这里会比在外面更安全吗？”他没有放慢飞云的速度。过了一会儿，麦特一边向四周扫视着，跟随他冲出煞达罗苟斯。兰德缓缓地吁了口气，他感觉嘴巴很干。**我们可以做到。光明啊，我们一定要做到！**

城墙消失在背后，被黑夜和森林吞没了。兰德朝红色星星前进，一边倾听着最轻微的声音。

突然间，汤姆从后面疾驰而来，只是在经过他们身边时稍稍放慢马速，喊了一句，“快跑啊，傻瓜！”片刻之后，猎杀的喊声和灌木折断的声音表明兽魔人追上来了。

兰德猛踢飞云的肋骨，飞云跟随走唱人的阉马飞奔了起来。没有了沐瑞，我们到河边时会怎么样呢？**光明啊，艾雯！**

佩林骑着马，躲在阴影里，看着不远处敞开的城门，一边不经意地用拇指抚摸着斧刃，看起来，已经没有任何东西阻止他离开这座城市了，但他在这里已经停了足足有五分钟时间。冷风拉扯着他的鬈发，一直想将他的斗篷吹开，佩林下意识地用斗篷裹紧身体。

他知道，麦特，还有几乎所有伊蒙村人都认为他是个心思迟缓的人。这是因为他身躯庞大，做任何动作时通常都会很小心。他从小就比自己的同伴魁梧许多，所以他一直都害怕自己会在无意间弄坏东西，伤到别人。如果可以，他的确是喜欢将所有事情都考虑清楚。飞快而轻率的思考总是让麦特一次又一次地陷入困境，而麦特也经常会拉兰德和他一起下油锅。

佩林感到喉咙发紧。**光明啊，不要再想油锅了。**他努力整理自己的思绪。认真思考才是对的。

这座城门里原先是一座广场，广场正中央有一座残缺的大喷泉，许多破碎的雕像立在一座巨大的圆形喷泉池里，喷泉的旁边是宽广的空地。现在他和城门之间还有将近两百步的距离。如果要穿越这段距离，黑夜将是他惟一的掩护。这不是个令人愉快的想法。佩林清楚地记得那些看不见的眼睛。

佩林考虑着刚才在城里响起的号角声，他那时几乎要掉转马头跑回去，他怀疑有人被捉住了。但他终于还是想到，自己一个人不可能救任何人出来。不可能面对岚所说过的，一百名兽魔人和四名隐妖。两仪师沐瑞命令他们要到河边去。

佩林的思绪又回到城门上。认真思考并没有给他太多东西，但他已经做出决定。他从黑影中走了出来。

与此同时，另一匹马出现在方形广场的另一边，并停在那里。佩林也停下来，伸手去摸斧头。这没有给他带来多少信心。如果那个黑影是隐妖……

“兰德？”那边传来一声轻微、犹豫的呼唤。

佩林长长地吁了一口气。“是佩林，艾雯。”他同样压低声音响应道。但他还是觉得喊声在黑暗中显得太响亮了。

两匹马在喷泉附近会合。

“你看到其他人了吗?”他们同时问道，又同时摇摇头，算是回答了对方。

“他们会没事的。”艾雯拍着贝拉的脖子，喃喃地说着，“对不对?”

“两仪师沐瑞和岚会照顾他们。”佩林答道，“等我们到了河边，他们就会照顾我们所有人了。”佩林心中希望会是这样。

走出城门时，佩林在心中重重地松了口气。虽然他知道，树林里也会有兽魔人和隐妖，但他不让自己去想这件事。光秃秃的树枝挡不住那颗红星。现在魔德斯再也抓不到他们了，那个魔影比兽魔人更加让他害怕。

他们很快就能赶到河边，与沐瑞会合。那时沐瑞会让兽魔人也抓不到他们。佩林相信这点，因为他需要相信。风将树枝抓在一起，让常绿树的树叶和针叶发出低沉的啸声，一只夜鹰孤单的叫声在黑暗中飘荡。佩林和艾雯让马匹紧靠在一起，仿佛这样能为他们提供一些温暖。他们实在是太孤单了。

兽魔人的号角再次在他们身后响起，声音迅疾而凶狠，似乎是在催促着猎手们加速前进。随后，粗嘎的、半人半兽的吼声从他们背后不远的地方传来，仿佛在响应号角的催逼。吼声愈来愈高亢，可能是那些兽魔人已经闻到人类的气味。

佩林一边催马快跑，一边喊着，“快啊!”艾雯紧随在他身边，两个人都用力踢着马腹，不去在意任何声音，不去在意打在他们身上的树枝。

当他们差不多是全凭着直觉，在昏黑的月光中跑过树林时，贝拉落后了。佩林回头看过去，艾雯用力踢着贝拉，用缰绳抽打它，但并没有任何效果。根据背后的声音判断，兽魔人正逐步接近他们。佩林减慢马速，让艾雯不至于被丢下。

“快!”佩林喊道，他现在已经能看见兽魔人了。那些巨大的黑色躯体在树林中蹿跃着，吼叫声让人感到血液都凝固了。佩林紧握着斧柄，连指节都握痛了。“快啊，艾雯！快啊！”

突然间，佩林的马嘶鸣一声，佩林跌落马鞍，他的马也栽落下去。佩林伸手护住头，却感觉自己一头栽进冰冷的水中。他从亚林河陡峭的河岸边掉进河里。

冰冷的河水立刻灌进他因为吃惊而张大的嘴里，在他挣扎着游到水面上之前，他喝了不少水。他觉得自己听到另一次水花声。艾雯一定也随着他掉进了水里。佩林大喘着气，奋力地游着，想要浮在水面上并不容易，他的外衣和斗篷都泡了水，靴子里也灌满了水。他转头去看艾雯，却只看见风吹过黑色的水面，掀起一道道闪烁着月光的涟漪。

“艾雯？艾雯！”

一根长矛从他眼前闪过，激起的水花溅在他脸上，又有其他长矛穿入他周围的河水里。河岸上传来粗嘎的争论声，兽魔人的长矛不再落下。但佩林也不能再发出喊声了。

河水将他冲向下游，吼声和嚎叫声沿河岸一直追赶着他。佩林解下斗篷，丢进河里，让自己轻松了一些。然后他顽强地向对岸游去，他希望那里没有兽魔人。

他们在家乡的水林池塘中就是这样游泳的，用双手划水，双脚蹬水，将头抬出水面。至少，他是在竭力让头离开水面，这么做并不容易。虽然没了斗篷，他的外衣和靴子似乎让他的体重增加了两倍。斧头也在他腰侧拖累着他，虽然还没将他拖进水里，却时刻威胁着要让他翻滚过来。佩林不止一次想过要将斧头也放弃掉，那样他一定能轻松许多，至少不会像现在这样让他吃力得连靴子都要被踢掉了。但他不得不考虑在爬上对岸时会遇到等在那里的兽魔人。他无法用一把斧头对抗五六个兽魔人；也许他连一个兽魔人也对抗不了。但有这把斧头总比空着一双手好。

过了一会儿，佩林甚至已经无法确定自己再遇到兽魔人时还能不能举起斧头。他的双臂和双腿愈来愈重，想要移动它们必须花费巨大的力气，每次划水时，他的脸也无法再离开水面很高了，溅进他鼻子里的水让他不住地咳嗽。**在熔炉旁工作一整天也费不了这么多力气，**他疲倦地想。就在这时，他蹬水的脚碰到了什么，他再次踢到那东西时，才意识到那是什么。河底。他终于游到浅滩上。他过河了。

张大嘴吸着空气，他站起身，双腿却几乎失去了力量。他艰难地蹚水来到岸上，在寒风中瑟缩着，从腰间抽出斧头。他没看见任何兽魔人，也没有看见艾雯。河岸边只有几株零散的树木，月光落在水面上，如同缎带一样。

佩林等到可以正常呼吸时，就开始一遍又一遍地呼唤同伴们的名字。河对岸有微弱的喊声在响应他，虽然距离很远，他仍然能分辨出那都是兽魔人的声音。没有朋友们的回应。

强风的咆哮压住兽魔人的声音。佩林打着哆嗦，现在的天气还不至于冷到将他衣服里的水冻成冰，但也差不了多少。佩林觉得一片片寒冰的刀刃切进他的骨头，即使抱紧身子，也无法阻止身体的颤抖。他一个人疲倦地爬上河岸，寻找能够避风的地方。

兰德拍着飞云的脖子悄声安慰着这匹灰马。飞云甩着头，快步向前跑着。兽魔人已经被甩掉了——至少看起来是这样。但飞云显然能清楚地嗅到它们。麦特在长弓上扣住一支箭，时刻警戒着黑夜中出现突发状况。兰德和汤姆则透过树枝盯着那颗红星。那颗星星很明显，即使是纷乱的树枝也挡不住它，只要朝着它赶过去就好了。但这时，又有一队兽魔人在他们前方出现，他们向一侧跑去，两队兽魔人都从后面追赶过来。兽魔人能跑得跟马一样快，但只能坚持百步左右。最后，它们放弃了追赶，只是在后面吼叫着，而三个人在这场躲避和追逐中，已经忘了那颗星星的方向。

"我觉得应该是那里，"麦特指着右手侧说，"我们最后是转向北方，所以东方应该是那里。"

"这里。"汤姆突然说道，他透过树枝的遮蔽，指向他们的左边。红星就在那里。麦特悄声嘟囔了些什么。

兰德从眼角看到一名兽魔人悄无声息地从一棵树后跳了出来，高举起套索杆。兰德猛踢马腹，飞云向前蹿去，而此时又有两个兽魔人从那片黑影中跳了出来，一根套索从兰德颈后扫了过去，让他的脊骨猛一阵战栗。

一支箭射中兰德背后那张兽脸上的眼睛。麦特跑到兰德身边，两个人的坐骑在树丛间飞奔着。兰德相信他们是在向河边跑，但他们并不一定是在跑向安全的地方。兽魔人全速追击着他们，几乎伸手就能抓住飘起的马尾，再靠近半步，它们肯定就能用套索套住兰德和麦特了。

兰德伏在灰马的脖子上，让自己尽量远离背后的套索，麦特几乎把脸埋在马鬃里。兰德心里想着汤姆在哪里。走唱人是否认为既然兽魔人都在追赶他们，所以还是和他们分开比较好？

突然间，汤姆的阉马从黑夜中跃出，紧追在那些兽魔人后面。兽魔人只来得及惊讶地回头去看，只见走唱人挥动双手，月光映出两柄钢刃激射而出。一个兽魔人向前栽倒，翻滚两下便不动了。另一个兽魔人尖叫一声，跪在地上，双手抓着背。第三个兽魔人吼叫着，露出锋利的长牙，但看到同伴都倒在地上，它转身便遁进黑暗之中。汤姆再次扬起手来，那个兽魔人同样发出尖叫。但随着它愈逃愈远，尖叫声也逐渐消失了。

兰德和麦特勒住缰绳，看着走唱人。

“我最好的小刀。”汤姆嘟囔着，但他并没有要下马收回那两把小刀的样子。“那个兽魔人会带其他的回来。我希望河不会太远，希望……”但他没说出希望什么，只是摇摇头，催马快跑起来。兰德和麦特跟在他身后。

他们很快就到达一段低矮的河岸边，这里的树木几乎要直接生长在黑色的水面上，月光映照出风在水面上吹出的片片涟漪。兰德完全看不到河对岸，他也不喜欢在这样的黑暗中乘木筏过河。不过他更不喜欢继续留在河这一边。**如果有必要，我会游过去。**

在远离河道的某个地方，兽魔人的号角又响了起来，急骤、锐利，在黑暗中产生一阵阵急迫感。自从他们离开废墟后，这是他们第一次听到号角声。兰德怀疑这是不是意味着有人被捉住了。

“在这里待一整夜也没用。”汤姆说，“选择一个方向，上游，还是下游？”

“但我们不知道沐瑞和其他人在哪里，”麦特表示反对，“我们选择的方向很可能会和他们背道而驰。”

“确实有可能，”汤姆朝自己的阉马发出两下弹舌的声音，转向了下游，“确实有可能。”兰德看着麦特，麦特耸耸肩，他们也随他转过了马头。

他们走了一段路，没有遇到任何事。河岸时高时低，树林断断续续。黑夜、河面与寒风丝毫未变，到处都是寒冷和黑暗。没有兽魔人，这是惟一让兰德感到高兴的事。

之后，兰德看见前面有一点亮光。随着他们逐渐靠近，他能看见那光点高悬在河面上，仿佛挂在一棵树的树梢。汤姆加快速度，同时低声说了些什么。

最后，他们终于看清楚光的来源——一盏灯挂在一艘大商船的一根桅杆顶端，而商船正停泊在河岸树林中的一片空地旁。这艘船足有八十尺长，用缆绳和岸上的树干拴在一起，在水流中微微摇晃着。缆绳与风和树干发出不同的摩擦声。那盏油灯与月光一同照亮了甲板，但甲板上看不到任何人。

“看样子，”汤姆一边下马，一边说道，“这比两仪师的木筏要好一点，不是吗？”他双手叉腰，即使在黑暗中，兰德还是能看到他得意的模样。“这看起来不像是那些运马的船，我们能够警告船长他所遭遇的危险，而这个船长也许会是个通情达理的人，和他交涉的事完全交给我。别忘了带着你们的毯子和鞍囊。”

兰德爬下马，开始解下马鞍上的行李。“你不是要丢下其他人吧，不是吧？”

汤姆并没有机会说出他的打算，突然有两个兽魔人冲到这片空地上，一边吼叫，一边挥舞着套索杆。它们后面还有另外四个兽魔人，马匹扬起前蹄，拼命地嘶鸣着，远处传来的喊声说明有更多兽魔人正向这里奔来。

“上船！”汤姆喊道，“快！把一切都丢下！跑啊！”他拔腿便向船上跑去，百衲斗篷飘飞起来，乐器匣在他背上一下一下地甩动着。

"船上的!"他高喊着,"起来,傻瓜!兽魔人来了!"

兰德从最后一根松开的皮带上拉下铺盖卷和鞍囊,紧跟在走唱人身后。他将行李扔过船围栏,抬腿跳了上去。他跳在甲板上时,才看到一个人蜷缩在甲板上,仿佛刚刚醒过来一样,慢吞吞地坐起身,而兰德的一只脚正踩在那家伙身上,那人响亮地哼了一声,兰德踉跄了一下,一根套索杆顶端的钩子正搭在他刚刚翻过的船栏上。喊声在船上各处响起。甲板被许多只脚同时敲响了。

满是硬毛的手抓住钩杆旁边的船栏,一只山羊头刚越过船栏,还没有在甲板上掌握好平衡。兰德刚好抽出剑,用力挥过去。那个兽魔人尖叫着翻过甲板。

人们从各个出口跑上甲板,喊叫着,用斧头砍断了一根根系船的缆绳。船倾斜、摇摆着,仿佛渴望离开这里。在船头上,三个人正在和一个兽魔人作战。一个人举着一根长矛刺了过去,但兰德看不见那个人刺在什么地方。一声弓弦响,又是一声。兰德刚才踩到的那个人已经爬起身,看到兰德,他急忙举起双手。

"饶了我!"他喊道,"把你想要的都拿走吧!这艘船是你的,一切都是你的,只要饶了我就行!"

突然间,有什么东西敲在兰德的背上,让他摔倒在甲板上,他手中的剑也摔落了。兰德张大嘴,竭力想要吸进一口气,他伸手去抓剑柄,他的肌肉因为疼痛而变得缓慢,他像一条虫子般翻滚着。那个刚才在喊"饶命"的人害怕却又贪婪地看了那把剑一眼,然后就消失在阴影里了。

兰德痛苦地回头看去,他知道自己的好运气用光了,一个狼头兽魔人就站在船栏上,盯着他,手里拿着一根头部断裂的套索杆。刚才他一定就是被这根套索杆打了一下。兰德挣扎着要抢回自己的剑,要移动,要躲避,但他的手臂和腿还在不住地抽搐着,违抗着他的意愿,摇晃着,向错误的方向移动着。他觉得胸口仿佛被铁条箍住,眼冒金星。他慌乱地想要从这里逃开。当那个兽魔人向他举起断裂的套索杆,如同举起一根长矛时,时间仿佛也变慢了。在兰德眼里,那只怪物仿佛是一个梦,他看着那双粗壮的手臂高抬起来,他已经能感觉到那根破裂的杆子刺穿他的肋骨，感觉身体被撕裂的剧痛。他觉得自己的肺要炸开了。我要死了！**光明救我，我要……**！兽魔人向前冲过来，刺出长杆，兰德肺中的空气只够让他呼喊一声，“不！”

突然间，船猛地歪了一下，一根船桁从阴影中横甩出来，击中那个兽魔人的胸口。随着一阵断骨的声音，那个兽魔人被打出船外。

片刻之间，兰德只能躺在原地，喘息着，盯着那根在他头顶上来回摆动的船桁。**这次我的好运气一定是用光了**，他想道。**不可能再有这样的运气了。**

他颤抖着站起身，捡起长剑，用岚教过他的办法，用双手握紧剑柄（在岚的训练之后，他还是第一次这么做）。不过现在他的剑已经派不上用场了。船和岸之间的黑色水面正在迅速变宽，兽魔人的喊声逐渐消失在远处的黑夜里。

兰德收起剑，无力地靠在船栏上。一名矮壮的男人穿着下襟垂到膝盖的外衣，走上甲板，瞪着他，长头发一直垂到这个男人宽厚的肩膀上。他剃光了上唇，下巴上的胡须和头发连在一起，中间露出一张圆形的脸。圆形，但绝没有任何胖的感觉。船桁又摆动了一次。留胡子的男人转过瞪着兰德的眼睛，抓住船桁。船桁在他宽大的手掌中咯吱响了一声，便停住了。

“佛鲁蓝！”他喊道，“运气啊！你在哪里，佛鲁蓝？”他说话的速度非常快，所有的词汇几乎是同时迸发出来，让兰德很难听懂他在说些什么。“你不能在我的船上就这样躲着我！把佛鲁蓝·盖博给我揪出来！”

一名船员提着一盏牛眼灯出现在甲板上，另外两名船员将一名窄脸的男人拖到牛眼灯照亮的范围内。兰德认得，他就是那个求他饶命，要把整条船送给他的人。那个人的眼睛四处乱瞟，却始终躲避着矮壮男人的目光。兰德觉得这矮子应该是这艘船的船长。佛鲁蓝的额头上有一块瘀伤，那是兰德的靴子踩出来的。

“你难道不该确保这根船桁的安全吗，佛鲁蓝？”船长平静得令人惊讶，但他说话的速度还是很快。

佛鲁蓝则是一副大惊失色的样子。“我真的把它绑住了，绑得可紧了。我承认有时候我做事会慢一点，多蒙船长，但我会把事情做好的。”

“所以你只是速度比较慢？不是因为睡着了，在你应该站岗的时候睡着了？我们有可能被一个人杀死，全是因为你。”

“不，船长，不。是因为他。”佛鲁蓝指着兰德说，“那时我正在站岗，就像我应该做的那样，而他却偷偷摸上船，用棒子打我。”他碰了碰额头上的瘀伤，哆嗦了一下，转头瞪着兰德。“我和他战斗，但那时兽魔人来了。它们和他是一伙的，船长。他是个暗黑之友，是和兽魔人一伙的。”

“还不如说和我的老祖母是一伙的！”多蒙船长吼道，“我上次没有警告过你吗，佛鲁蓝？到了白桥，你就走人！在我把你踢走之前离开我的视线。”佛鲁蓝立刻窜进黑影里。多蒙船长茫然地瞪着前方，揉搓着双手，“那些兽魔人还在跟着我，为什么它们不离开我？为什么？”

兰德向船外望去，惊骇地发现自己已经看不到河岸了。两个男人操纵着船尾的长舵桨，船两侧现在也各伸出了六支长桨，让这艘船如同一只水甲虫般在河道中愈走愈远。

“船长，”兰德说，“我们在那边还有朋友，如果你能回去载他们，我相信他们一定会付给你报酬的。”

船长的圆脸转向兰德，当汤姆和麦特也走过来时，他就同时瞪着他们三个。

“船长，”汤姆在说话前先鞠了个躬，“请允许我……”

“你们下来，”多蒙船长说，“我们可以好好确认一下刚才甲板上都发生了什么事情。来吧！好运气丢下我啊，什么人来顾一下这该死的桁杆！”当船员们急忙跑来接过船桁时，船长大步向船尾走去。汤姆、兰德和麦特跟在他后面。

多蒙船长在船尾有一间相当大的舱室。四个人爬下一小段梯子，来到这里。这里给人的第一印象就是一切物品都井井有条地放在它应在的位置上，即使挂在门后的外衣和斗篷也一丝不乱。舱室的宽度与船宽相当，一边舱壁上靠着一张宽床；相对的另一边是一张沉重的桌子。这里只有一把椅子，有着高椅背和牢固的扶手。船长自己坐进这把椅子，示意其他人可以坐在箱子和长凳上。除了这些之外，舱里就再没有其他家具了。麦特想要坐在床上，却听到多蒙船长重重地哼了一声，便急忙改换了地方。

“现在，”等所有人都坐好之后，船长说道，“我的名字是贝尔·多蒙，喷沫号的船长和船主，就是这艘船。你们是谁？是从哪里掉到我船上来的？为什么在给我带来这么大的麻烦之后，我不该把你们扔到船外去？”

贝尔飞快的语速仍然让兰德难以适应。当他终于弄懂船长最后的两句话时，他不禁惊讶地眨了眨眼。**把我们扔到船外去？**

麦特急忙说道，“我们并不想为你制造任何麻烦。我们正在前往凯姆林的路上，然后——”

“然后随着风四处远游。”汤姆和缓自然地接着说，“这是走唱人的旅行，如同风中的浮尘。你知道，我是一名走唱人，汤姆·梅里林是我的名字。”他举起斗篷，让上面的百衲彩布舞动起来，仿佛船长一直都没看见这件斗篷一样。“这两个乡下小子想要成为我的徒弟，不过我还没确定是否要收下他们。”兰德看着麦特。麦特咧开嘴笑着。

“听起来不错。”多蒙船长不动声色地说，“但我还是什么信息都没得到，甚至比我原来知道的更少了。运气戳戳我吧！这个地方根本没有通向凯姆林的路。”

“那听听我的故事吧！”汤姆一边说，一边详细讲述起来。

根据汤姆的描述，他是在冬天下雪时被困在巴尔伦西方的一座小镇里。他在那里听说了关于兽魔人战争时期一座宝藏的传说，那座宝藏隐藏在被称为爱瑞荷的城市废墟里，而他恰好拥有一份表明了爱瑞荷位置的地图。那份地图是多年前他在伊利安时一个被他救过性命的朋友在临终前送给他的。那位朋友在当时就告诉汤姆可以凭借这张地图得到巨大的财富，而汤姆从未相信过，直到他在这里听到关于爱瑞荷的传说。当积雪融化、道路可以通行时，他就带着几名同伴，包括这两名想向他学艺的年轻人出发。经过一番艰苦的旅行，他们真的找到那座城市废墟。但那座宝藏实际上是属于惊怖领主的，而惊怖领主已经派出兽魔人，要把这座宝藏运回到煞妖谷。结果他们几乎遇到所有人类可能遭遇的危险——兽魔人、魔达奥、人蝠、魔德斯、魔煞达，他们不停地受到这些邪恶生物的攻击。听汤姆的讲述，似乎这些攻击全都是针对他一个人的，全凭他的机敏灵活才躲过一场场大祸。经过许多英勇的搏杀（大多数当然是汤姆干的），他们终于逃了出来。但兽魔人紧追在后，让他们在黑夜中失散了。最后汤姆和两名同伴总算是找到了安全的庇护所——最善良的多蒙船长的船。

当走唱人结束时，兰德发觉自己的下巴已经垮了下来，便急忙用力咬住牙。他转头去看麦特。麦特正睁大眼睛盯着走唱人。

多蒙船长在椅子扶手上敲着手指，“这是一个会让许多人嗤之以鼻的故事。当然，我看到了兽魔人，不是吗？”

“每一个字都是真的。”汤姆温和地说，“是亲身经历过这些事的人说的。”

“你有没有恰巧带出来一些你所说的宝藏？”

汤姆懊丧地摊开双手，“唉，我们只来得及把我们的马带出来，兽魔人出现得太快了。我带在身上的还有我的长笛和竖琴、几枚铜币，还有就是我的衣服了。但相信我，你不会想要那些财宝的，它们都有暗帝的污染，最好还是把它们留给兽魔人吧！”

“那么你们就是没钱付船费了。如果付不起船费，即使是我的兄弟也别想上船，特别是如果他还带来一堆兽魔人，砍断我的船栏和缆绳。为什么我不该让你们游回你们冒出来的地方去，甩掉你们？”

“你不会就这样把我们放到岸上去吧？”麦特问，“现在岸上到处都有兽魔人。”

“谁说要让你们上岸？”贝尔冷冷地答道。他审视了他们一会儿，然后在桌面上摊开双手。“贝尔·多蒙是一个通情达理的人，如果有别的解决办法，我绝不会把你们扔出去。我看见你的一名学徒有一把剑，我需要一把好剑。我是个好人，为了这把剑，我会将你们一直载到白桥。”

汤姆张开嘴，兰德却抢在前面说，“不！”谭姆没有允许他将这把剑卖掉。兰德伸手按住剑柄，感觉着那上面的青铜苍鹭。只要他还有这把剑，谭姆就和他在一起。

贝尔摇摇头，“嗯，如果不行的话，就不行吧！但贝尔·多蒙不会免费搭客，对他自己的妈妈也是一样。”

兰德不情愿地掏着口袋。那里没有什么东西——几枚铜币和沐瑞给他的那一枚银币。他将银币拿出来递给船长。紧接着，麦特也叹了口气，把他的那枚银币交给船长。汤姆的眼里闪过一道犀利的光芒，但微笑立刻回到他的脸上，让兰德甚至无法确定走唱人是不是有过别的表情。

贝尔船长飞快地从男孩们的手中捡起那两枚沉重的银币，又从椅子后面一只铜箍的箱子里拿出一架小天秤和一只叮当作响的袋子。经过仔细地称量之后，他将那两枚银币放进袋子里，又给了兰德和麦特几枚小银币和铜币。“直到白桥。”他说着，在一本皮封账簿上记下了一条。

“这可真是一次昂贵的旅行。”汤姆嘟囔着。

“要加上我的船受到的损坏。”船长公事公办地答道。他将天平秤和钱袋放回到箱子里，带着满意的神情扣上箱盖。“还有一点费用是因为兽魔人的突然出现，让我不得不在黑夜中向下游全速前进。这里有许多浅滩可能让我的船搁浅。”

“其他人呢?”兰德问，“你也会带上他们吗?他们现在应该已经到河边了，或者应该是快到了。他们会看见船桅上的灯光。”

贝尔船长惊讶地提起眉弓：“难道你以为我们一直停在原地，小伙子?运气戳戳我吧，从你们上船直到现在，我们应该已经向下游行驶了三四里了。兽魔人肯定让那些撑桨的家伙们把腿都蹬断了，他们知道兽魔人的厉害，而且还有水流在帮忙。不管怎么样，别有这样的念头，今晚即使是我的老祖母站在岸边，也别想叫我再靠岸了。也许我在到达白桥之前都不会靠岸。今晚之前，我就已经见到有兽魔人跟着我，我可不会和它们打交道。”

汤姆专注地向前倾过身子：“你以前就遇到过兽魔人?最近?”

贝尔犹豫着，盯着汤姆的眼睛眯了起来，但他只是厌烦地答道：“我在沙戴亚过冬，老兄。我本来不想那样，但去年河水结冰很早，今年解冻又晚。他们说，你站在马兰登最高的塔楼上就能看见妖境。我可没心思那么做，以前我就去过那里，那里总是有关于兽魔人袭击农场或其他地方的消息。但在去年冬天，那里每晚都有农场被烧毁，有时甚至是整座村庄，兽魔人甚至会直接攻到城墙下面。更可怕的是，那里的人都说这其中有暗帝作祟，最后之日即将来临。”他打了个哆嗦，又搔了搔头，仿佛这个念头让他感到头皮发痒。“我迫不及待地回到南方，在这里，人们都认为兽魔人只是个传说，那些故事全都是旅行者们瞎编的。”

兰德没有再听下去。他盯着对面的墙壁，想着艾雯和其他人。他平安地待在喷沫号上，他们却仍然深陷险境。这样是不对的。船长的舱室对他来说不像刚才那样舒服了。

这时汤姆站起身，让心系他方的兰德不由得吃了一惊。走唱人将他和麦特朝舱门口的梯子推去，一边回过头为这两名乡下男孩的失礼向贝尔船长道歉。兰德一言不发地爬上梯子。

他们一回到甲板上，汤姆立刻飞快地向周围扫视了一眼，以确定没有人偷听。“如果你们不是那么快就把银币拿出来的话，我本来可以用几首歌和几个故事让他留下我们的。”

“我可没这个信心，”麦特说，“他说要把我们扔出船的时候是很认真的。”

兰德缓步走到船栏边，靠在上面，盯着船尾处被黑夜包裹的河水。除了黑暗，他什么都看不见，甚至连河岸都看不见。过了一会儿，汤姆将一只手放在他的肩膀上，但他仍然那样一动也不动地站着。

“你什么都做不了，小子。而且，他们这时应该已经安全地与沐瑞和岚在一起了。又有什么人比他们两个更有能力照顾好他们?”

“我劝过她不要来的。”兰德说。

“你做了你能做的一切，小子，没有人能要求更多了。”

“我告诉过她，我会照顾好她，我应该更尽力的。”船桨的嘎吱声和风啸声组成了一段阴郁的曲调。“我应该更尽力的。”他低声说道。

第21章 听　风

太阳在亚林河边升起，阳光照进了河岸边不远处树林中的一块凹地，奈妮薇正背靠着一棵小橡树坐在这里，她的悠长呼吸说明她还在熟睡。她的马也在睡觉，叉开四条腿站立着，低垂着头，缰绳被绕在奈妮薇的手腕上。一束阳光照在马的眼皮上，它睁开眼睛，抬起头，拉动了缰绳。奈妮薇惊醒过来。

片刻之间，她只是茫然地望着前方，不知道自己身处何地，但头脑一恢复清醒，她立刻跳了起来。她的身边只有树，还有她的马，还有就是被她用来垫身体的一层干叶子。在最阴暗的角落里，一些去年的树阴蕈在一株断落的原木周围绕成了一圈。

“就让光明保佑你吧！”她一边嘟囔着，又坐了回去。“如果你连保持一个晚上的清醒都做不到的话。”她解开缰绳，按摩着手腕，又站起身，“等你到了兽魔人的锅里就醒不过来了。”

她踩着铺满枯叶的地面，窸窣作响地爬上去，只让一双眼睛高过凹地边缘，向外望去。在她和河面之间只有屈指可数的几棵梣树，那些树的树皮龟裂，枝干光秃，看起来就像是死了一样。更远处，宽阔的蓝绿色水面快速地流淌着，一个人都没有。河两岸是一丛丛零散的常绿树，柳树和冷杉。对岸的树比这里更加稀少。如果沐瑞和那些年轻人还在河边，他们一定都躲起来了。当然，她不会看见他们过河，他们可能分布在上下游二十里的范围内，如果他们活过昨晚的话。

想到其他的可能，奈妮薇不禁怒从心起。她滑回凹地里。虽然经历过了冬日告别夜和到达煞达罗苟斯之前的那些战斗，她仍然无法接受昨晚发生的事情。魔煞达。在疯狂的奔驰中仍然要为了其他人的安全而焦虑欲死，又要担心如果隐妖或兽魔人突然出现该怎么办。她一直听到远处兽魔人的咆哮和叫喊。兽魔人号角的颤音让她感觉到比寒风更加刺骨的冰冷。但在废墟中被打散之后，她只见到过一次兽魔人，而那时她已经出城了。大约十个兽魔人在她前方展开成宽不过六十步的阵形，吼叫着，挥舞着带钩的套索杆，同时向她扑了过来。但当她掉转马头准备逃走时，它们却又都安静下来，纷纷抬起鼻子嗅着空气。她看着它们，吃惊得甚至忘记要逃跑。随后那些兽魔人就转回身，奔进夜色里。这就是奈妮薇最惊险的遭遇。

“它们知道它们的目标是谁，”奈妮薇站在凹地里，对自己的坐骑说，“而那目标不是我。看样子，两仪师是对的，让牧夜者吞掉她吧！”

奈妮薇很快就做出了决定，她牵着马向下游走去。她前进的速度很慢，一路上，她用一半的注意力警觉地观察着身边的树林。兽魔人昨晚丢下了她并不意味着今天它们同样会放过她。她的另一半注意力放在前方的地面上。如果昨晚有人在她行经的位置过了河，她应该能在地上找出一些痕迹。如果坐在马背上，她很可能会错过这些痕迹。她甚至有可能遇到某个人。如果最终她什么都没有找到，沿河而行她一定能到达白桥，那里有通往凯姆林的大道。如果有必要，她会一直走到塔瓦隆。

但这种未来只会让她感到沮丧，在此之前，她在伊蒙村以外到达的范围绝对不会比那些男孩更远。塔伦渡口对她而言就已经是陌生的世界。到巴尔伦的时候，她就开始怀疑自己如此顽固地去找艾雯和其他人是否合适了。但她不允许自己的决心有丝毫削弱，她一定会把艾雯和那些男孩找回来的，或者她至少要让两仪师为发生在他们身上的事做出个答复。这两件事一定要做到一件，这是她的誓言。

她不止一次发现了遗留的踪迹，但她无法确定这些是追踪者的足迹，还是逃亡者的足迹。一些靴印有可能是人类的，也有可能是兽魔人的。另外还有一些像牛或者羊的蹄印，这当然是兽魔人的。但奈妮薇从这些足迹上仍然无法得到任何信息。

奈妮薇就这样走了差不多四里路，忽然闻到风中有一股木头燃烧的烟气，应该是来自不远处的下游。她只犹豫了一瞬，便在远离河岸的地方找了一片茂密的常绿树林，将马系在林中的一株冷杉上。这样从树林外就完全看不到这匹马了。烟气意味着附近可能有兽魔人，但如果要确认这点就只能去亲眼看一下。她竭力不去想兽魔人生火是为了什么。

奈妮薇低伏身躯，从一棵树后潜行到另一棵树后，一边在心中咒骂着不停绊着她双腿的裙子。这身衣装不是为了潜行而设计的。一匹马的嘶鸣声让她放慢了脚步。当她终于从一株栲树后面小心地向目标窥看时，护法正在一片空旷地上从黑马背上下来。两仪师坐在一小堆营火旁的原木上，火堆上吊着一个水罐，罐里的水就快要沸了，两仪师的白马正在她身后稀疏的灌木丛中寻草吃。奈妮薇停住脚步，一动也不动。

"它们全都走了。"岚用冷峻的声音说，"四个半人大约在日出前两个小时向南方出发。这只是我的判断——它们并没有留下太多痕迹。不过兽魔人也完全消失了，甚至连那些尸体都没了。兽魔人并没有带走同伴尸体的习惯，除非它们饿了。"

沐瑞将手中的一些东西扔进沸水里，又将水罐从火上拿下来。"真希望它们在煞达罗苟斯里被吞掉，不过这种奢望显然是过分了。"

沁人心脾的茶香飘进奈妮薇的鼻孔。**光明啊，我的肚子可不要响啊！**

"没找到那些男孩的踪迹，也没有其他人的痕迹。所有的足迹都太过模糊，辨识不出清晰的讯息。"奈妮薇在隐身处偷偷笑着——她失败了，但护法也没成功。"现在我们还要考虑一件重要的事情，沐瑞。"岚紧皱双眉，挥手拒绝了两仪师端过来的茶，开始在营火边来回踱步。他的一只手按在剑柄上，变色斗篷随着他转身的动作不停地改变着颜色。"我能接受兽魔人出现在两河，哪怕是一百个兽魔人。而现在呢？昨天猎杀我们的兽魔人差不多有一千个。"

“搜查煞达罗苟斯的不是所有的兽魔人，这是我们很大的运气。魔达奥一定怀疑我们其实并没有躲在那里，但它们也不敢就这样轻易放掉煞达罗苟斯，即使只有很小的机会可以在那里发现我们。暗帝从不是个宽容的主人。”

“不要回避这件事。你知道我在说什么。如果这里会出现一千个兽魔人，为什么它们没有出现在两河？答案只有一个：在我们渡过塔伦河之后，这些兽魔人才被派遣过来，因为那时幕后的主使者才知道一个魔达奥和一百个兽魔人不足以完成任务。但它们是怎么过来的？如果一千个兽魔人能够如此迅速地到达妖境以南这么远的地方，而且完全没被发现。那么是否会有一万个兽魔人突然出现在沙戴亚、艾拉非或夏纳的中心？那样的话，边境国只需一年时间就会完全被征服。”

“如果我们没有找到那些男孩，全世界要不了五年就会被征服。”沐瑞答道，“这个问题也在困扰着我，但我没有答案。道已经被关闭，自从疯狂之年代后，也没有两仪师能够穿行了。除非有弃光魔使脱离了封印——光明在上，但愿这种事情现在还没发生——但不管怎样，我相信即使是所有弃光魔使的力量联合在一起，也不可能把一千个兽魔人送过来。让我们先着手于眼前的问题吧！其他一切必须先等一等。”

“那些男孩。”岚没有疑问的语气。

“在你离开的时候，我并没有闲着。一名男孩已经过了河，现在还活着。至于其他两个，他们有微弱的痕迹向下游去了，但我找到的时候，那痕迹已经消失。在我开始搜寻前几个小时，和他们的联系就中断了。”

奈妮薇伏在树后，困惑地皱起眉。

岚停住脚步：“你认为是向南方出发的半人俘获了他们？”

“也许。”沐瑞又为自己斟了一杯茶，才继续说道，“但我不会承认他们已死的可能。我不能，我不敢，你知道这意味着什么。我一定要得到那些年轻人。我知道煞妖谷会猎杀他们。白塔内部有人反对我，即使是玉座猊下反对我，我也可以接受。总是有两仪师只相信一个解决办法。但……”突然间，她放下茶杯，坐直身子，表情变得冰冷如霜。“如果你对狼太过注意，就会被老鼠咬到脚踝。”她的目光落在奈妮薇藏身的树后，“爱米拉小姐，现在你可以出来了，如果你愿意的话。”

奈妮薇急忙爬起身，匆匆掸掉裙子上的枯叶。沐瑞移动目光时，岚就已经旋身面对这棵树。不等沐瑞说出奈妮薇的名字，他的手已经抽出了佩剑。现在他用不必要的大得吓人的力气把剑收了回去。他的面孔几乎像平时一样毫无表情，但奈妮薇觉得他的嘴角露出一丝懊恼，这让奈妮薇的心中有些满意。至少，护法没发觉她在这里。

但满意的心情只持续了短短一瞬。奈妮薇盯住沐瑞，故意径直朝她走过去。她想在两仪师面前保持冷漠与镇定，但她的声音还是因愤怒而颤抖着，“你给艾雯和那些男孩设下了什么样的圈套？你要用什么肮脏的两仪师计谋利用他们？”

两仪师端起杯子，平静地啜着茶水。当奈妮薇走近她时，岚伸出手挡住奈妮薇。奈妮薇想要将拦路的手挥到一旁，却惊讶地发现护法的手臂如同橡树般纹丝未动。奈妮薇的力量并不小，但岚的肌肉就像铁打的一样。

“茶？”沐瑞问她。

“不，我不想喝茶，即使我渴死也不会喝你的茶。你不能让任何伊蒙村人陷进你那污秽的两仪师计划里。”

“你没有资格指责我，乡贤。”看沐瑞的样子，她对手中那杯茶的兴趣比对她所说的话还要大，“你自己也在使用至上力，通过某种方式。”

奈妮薇又推了一下岚的手臂，仍然没有动。奈妮薇决定不管它：“为什么你不说我是一个兽魔人？”

沐瑞露出一抹心知肚明的微笑，让奈妮薇非常想要打她。“你认为我会不知道与我面对面站着的女人，有没有碰触真源和导引的能力？即使是你也能感觉到艾雯的潜力。你以为我怎么能知道你在那棵树后头？如果我没分神，当你靠近的那一刻我就应该知道了。你肯定不是兽魔人。我能够感觉到暗帝的邪恶。所以，你觉得我会有什么样的想法，奈妮薇·爱米拉，伊蒙村的乡贤，不自觉的至上力使用者？”

岚用一种奈妮薇不喜欢的方式低头看着她。奈妮薇觉得他表现出惊讶和思索的表情，但实际上，除了眼睛之外，护法的面孔没有一丝纹路变化。艾雯是与众不同的，这点奈妮薇一直都知道。艾雯会成为优秀的乡贤。**他们在密切地合作，**奈妮薇心想，**要让我失去优势。**“我不会再听这种话了。你……”

“你一定要听，”沐瑞坚定地说，“我在伊蒙村已经有了怀疑，甚至在遇到你之前。村民们告诉我，他们的乡贤非常烦恼，因为她没预测到这场严冬和迟来的春天。他们告诉我，她是多么擅长于预测天气和庄稼的生长。他们告诉我她如何医治好各种疾病，有时候她甚至能治愈本来应该造成残疾的重伤，不会留下后遗症，不会有余痛，甚至连伤疤都不会留下。我听到的惟一对于你的诟病是，极少数几个人认为你还太年轻，不足以负起如此重任，而这只是更加深了我的怀疑。那么技艺娴熟，却那么年轻。”

“巴兰大妈对我进行了很好的教育。”奈妮薇竭力看着岚，但岚的眼睛仍然让她感觉不舒服，所以她最后把视线转到沐瑞背后的河面上。那些人怎么敢在外地人面前胡说八道！“谁说我太年轻了？”她问道。

沐瑞微笑着，拒绝转移话题：“与大多数自称有听风能力的女人不同，你真的能做到，在有的时候。哦，这当然与风无关，起作用的是风之力和水之力。这不是什么需要学习的技艺，这是你天生的能力，就如同这是艾雯天生的能力一样。但你已经学会了控制它，而她还需要学习。与你对视两分钟，我就知道了。你是否记得我是怎样突然问你是不是乡贤的？你有没有想过是为什么？你与任何准备参加嘉年华的漂亮女孩没有不同。即使是你们那里的年轻乡贤，我想年纪大概也要超过你一半。”

奈妮薇清楚地记得她和两仪师的第一次见面。这个女人比妇议团中的任何一名成员都更加镇定自若，穿着她从未见过的华美衣裙，把她当成一个孩子看待。那时沐瑞突然眨了眨眼，仿佛有一点惊讶的表情，而且莫名其妙地就问了……

奈妮薇舔了舔突然变得干涩的嘴唇。他们两个全都在看着她。护法的脸如同石雕般看不出任何表情，两仪师的眼神则显得同情而又专注。奈妮薇摇摇头："不！不，这不可能。我会知道的，你只是想要欺骗我，这不会有用的。"

"你当然不知道，"沐瑞安慰地说，"你怎么可能会想到这个？一直以来，你所接触的只有听风。不管怎样，你内心深处会认为在伊蒙村宣布你和至上力、和可怕的两仪师有关系，无异于宣布你自己是暗黑之友。"一丝消遣的神情掠过沐瑞的面容，"不过我可以告诉你这是怎么开始的。"

"我不想再听你的任何谎言了。"奈妮薇说。但两仪师只是继续说了下去。

"也许在八到十年前——这对每个人来说是不一样的，但总是在年轻时发生的——有一些东西变成你在这个世界上最想要的，你所急需的，而你得到了。一根树枝突然落下，让你能够抓住它，将自身拖出池塘而免于被淹死。一位朋友，或者一只宠物，在所有人都认为必死无疑时恢复了健康。

"那时你并没有任何特殊的感觉，但一个星期到十天之后，你有了第一次碰触真源的反应，也许会伴随着突然而来的高热或恶寒，让你躺在床上。这种病症在几个小时后就消失了。各种不同的反应都不会超过几个小时。头痛、麻痹和欣喜混合在一起，你做出各种愚蠢轻率的举动。每次迈步你都难免绊倒或步履蹒跚；每次说话都会把半数的字词吞掉；诸如此类的混乱不胜枚举。你还记得吗？"

奈妮薇重重地坐在地上，她觉得自己的双腿无法撑起自己的身体。她记得，但她还是摇了摇头。这一定都是巧合，或者就是沐瑞在伊蒙村时探听到了比她想象的更详细的信息。这个两仪师一定问了许多问题，一定是这样。岚伸出一只手要搀扶她，但奈妮薇甚至没有去看他一眼。

"我可以再多说一些，"沐瑞继续对保持沉默的奈妮薇说道，"你使用至上力治愈过佩林或艾雯，这让你和他们之间出现了一种联系，你能感觉到被你治愈的人。在巴尔伦，你直接找到了牡鹿和狮子，但那并不是距离镇门最近的旅店。来自伊蒙村的人里，那时只有佩林和艾雯在旅店中。是佩林，还是艾雯？或者是他们两个？”

“艾雯。”奈妮薇低声说道，她一直都想当然地认为她有时候不用眼睛就能知道有谁在靠近她。直到此时她才想到，她所能感觉到的人都是被她奇迹般治愈的人。她也总是知道什么时候药剂的效用会出乎意料的好，总是能感觉到丰收的年景，雨水的早或迟，她一直都认为这些是理所当然的。并非所有乡贤都能听风，但最好的乡贤的确也都有这样的能力。巴兰大妈一直都这么说，她也一直都说奈妮薇会成为最好的乡贤之一。

“艾雯得过一次骨痛热。”奈妮薇嘴里说着，眼睛却只是看着地面。“那时我还是巴兰大妈的学生，她派我去看视艾雯。我很年轻，不知道乡贤已经处理好了一切。那时艾雯看起来很吓人，骨痛热。那孩子简直被汗水浸透了，呻吟着，哆嗦着，直到我突然听不见她的骨节摩擦声了。那时我还什么都不懂。巴兰大妈告诉我，她的高烧会持续到第二天，顶多在第三天就会退烧。但我那时觉得巴兰大妈是在安慰我，我以为艾雯就要死了。我从艾雯刚刚学走路开始就经常帮她妈妈照顾她了。我哭了，因为我要看着她死去，却无能为力。等巴兰大妈在一个小时之后回来时，艾雯的烧却已经退了。巴兰大妈很吃惊，但那时她注意我更多过注意艾雯。我一直都认为她相信我给那孩子吃了什么，却不敢承认。我一直认为她是要安慰我，让我相信我没有伤害艾雯。一个星期之后，我在她的起居室里倒在地板上，浑身抽搐，间断性地发高烧。她将我绑在床上。但到了晚饭的时候，一切症状就都消失了。”

奈妮薇用双手捧住头，结束了自己的陈述。**两仪师选了一个好例子，**她想道，**光明烧了她吧**！像一名两仪师一样使用至上力。一个污秽的、暗黑之友两仪师！

“你很幸运。”沐瑞说。奈妮薇僵直地坐起身。岚向后退了一步，仿佛她们谈论的事情与他无关。他开始整理起曼塔的马鞍，甚至没有再瞥她们一眼。

“幸运！”

“你对至上力做到了粗略的控制，虽然你碰触真源依旧只是出于偶然，如果没有这种控制，你最终会杀死你自己。而如果你阻止了艾雯前往塔瓦隆，她将很可能无法像你一样侥幸活下来。”

“如果我学会控制它……”奈妮薇费力地吞了口口水，这就像完全承认她可以做出两仪师所说的那些事。“如果我学会控制它，那么艾雯也可以，她不需要去塔瓦隆，跟你们这些密谋者混在一起。”

沐瑞缓缓地摇摇头，“两仪师努力地寻找能自发碰触真源的女孩，就像我们寻找能这么做的男人，目的并非是要增加我们的数量——或者至少这不是惟一的目的——也不是因为害怕这样的女子会滥用至上力。如果光明护佑，这样的女子的确能对至上力有很初步的控制，而她们借此能在某些时候使用微弱的至上力，几乎无法造成任何破坏。当然，女人也不会承受那种让男人变得邪恶和扭曲的疯狂。而我们想挽救另一些女子的生命，那些无法对至上力拥有任何控制的女子的生命。”

“我经历过的那种高烧或低温杀不死任何人，”奈妮薇坚持道，“不到三四个小时。我也有过其他症状，但它们同样无法杀死任何人。所有这些症状在一两个月之后就完全消失了。这又该怎么说？”

“这些只是反应，”沐瑞耐心地说，“每一次，这些反应的发生时刻都与碰触真源的时刻更加接近，直到这两种情况几乎在同时发生。那之后，就不会再有任何明显的反应了，但这就如同钟表的簧机被触动。一年，两年。我知道有个女人持续了五年。在所有像你和艾雯一样的女人中，如果我们没有找到并训练她们，每四个人里就会有三个死去。这样的死亡并不像那些男人的死亡那么恐怖，但也绝不是什么美妙的死亡。抽搐和尖叫会持续数天时间，一旦开始，就没有任何办法可以阻止，即使塔瓦隆的两仪师全体在场也无能为力。”

“你在说谎。你在伊蒙村问了许多问题，你早就知道艾雯发烧的事，还有我的发烧发寒。这些全都是你编造的。”

“你知道我没有说谎。”沐瑞温和地说。

奈妮薇不情愿地点了点头，这是她到现在为止一生中所做的最不情愿的事，但顽固地否认明显的事实是不应该的，无论这多么让人扫兴。巴兰大妈的第一名学生就死于这个两仪师所描述的那种病症，那时奈妮薇还在玩布娃娃。就在几年前，戴文骑也有一名女子是这样死的，那时那名女子也已经是乡贤的学生了。她同样有听风的能力。

“我想，你有巨大的潜力，”沐瑞继续说道，“接受训练后，你也许能比艾雯更加强大。我相信她能够成为许多世纪以来最强大的两仪师之一。”

奈妮薇向后退去，仿佛她面前盘踞着一条毒蛇。“不！我绝对不与……”**与什么？与我自己？**她的力气消失了。她的声音也开始变得犹豫，“我求你不要把这件事告诉别人，可以吗？”这种恳求哽在她的喉咙里，几乎将她噎死。她宁可去和兽魔人作战，也不愿被迫向这个女人乞求什么，而沐瑞只是点了点头。奈妮薇也随之恢复了一些精神。“但这些仍然无法解释你要兰德、麦特和佩林做什么？”

“暗帝想要他们，”沐瑞答道，“暗帝想要什么，我就必须阻止他。还有其他更简单，或者是更好的理由吗？”沐瑞从茶杯上抬起眼睛，看着奈妮薇。“岚，我们必须出发了，我想应该是向南。恐怕这名乡贤不会随我们一同行动了。”

两仪师说出“乡贤”这个词时，奈妮薇紧闭起双唇。那种语气就像是在说奈妮薇的鼠目寸光看不到更大的意义所在。**她不想让我跟她走，她要让我回家，把他们全都丢给她。**“哦，当然，我会跟你们一起走。你不能把我排除在外。”

“没有人要把你排除在外。”岚说道。他用水罐中的残茶浇灭了火，再抹平那堆火灰。“因缘的一部分？”他问沐瑞。

“也许是，”沐瑞若有所思地答道，“我那时应该再和明谈一谈的。”

“你明白，奈妮薇，我们欢迎你的加入。”岚在说出奈妮薇的名字时有一丝犹豫，仿佛随着那个名字有一个没有说出口的“两仪师”。

奈妮薇感到一阵恼怒，她觉得岚是在嘲讽她。而两仪师和护法在她面前谈论事情的方式更加让她恼怒——都是一些她一无所知的事，却完全不屑于对她解释一下。当然，她也不会主动提问，这只会满足他们的虚荣心。

护法继续为出发做着准备，他的动作迅速快捷而又有效率。很快地，一切准备工作都结束了，鞍囊和毯子都被固定在曼塔和阿蒂卜的马鞍后面。

"我会把你的马带过来。"他一边系紧固定鞍囊的最后一根皮绳，一边对奈妮薇说。

当岚沿着河岸走回去时，奈妮薇允许自己露出一个小小的微笑。刚才她没让岚发现自己，现在岚要在没有她指引的情况下找到她的马。岚将再一次明白，当她不愿意被别人发现时，就不会留下任何痕迹，看他空着双手回来的样子一定会让人高兴的。

"为什么是南方？"奈妮薇问沐瑞，"我听你说过，有个男孩已经过了河。你是怎么知道的？"

"我给了每个男孩一枚硬币，这样，他们和我之间就建立了一种联系。只要他们还活着，还拥有那枚硬币，我就能找到他们。"奈妮薇的眼睛转向护法离开的方向。沐瑞摇摇头："和那个不一样。这种联系只能让我确认他们是否还活着，并在分开时能找到他们。难道你不认为在现在的情况下，这是一个谨慎的措施吗？"

"我不喜欢你和伊蒙村的任何人有任何联系，"奈妮薇顽固地说，"但如果这样能帮助我们找到他们……"

"会的。我更愿意先找到那个渡河的年轻人，如果我能的话。"片刻之间，两仪师的嗓音中出现了一丝怒意，"只有他和我们之间的距离只有几里，但我没办法承受时间的损失。他应该能平安到达白桥，毕竟兽魔人已经离开了。而前往下游的那两个可能更需要我，他们丢掉了他们的硬币。魔达奥或许是在追逐他们，或者是要赶往白桥阻截我们。"她叹了口气，"我一定要先顾及更需要我的地方。"

"魔达奥可能……可能已经杀死他们了。"奈妮薇说。

沐瑞微微摇头，否定奈妮薇的假设，仿佛那是完全不需要考虑的琐碎小事。奈妮薇绷紧了嘴唇："艾雯在哪里？你完全没提到她。"

"我不知道，"沐瑞承认，"但我希望她是安全的。"

"你不知道？你希望？刚才你还在说什么要带她去塔瓦隆，救她的性命。亏你说了那么多，她现在却可能已经死了！"

"我可以寻找她，留给魔达奥更多的时间去追赶逃往南方的那两个男孩。暗帝想要的是他们，不是艾雯。在真正的猎物没有到手之前，魔达奥不会在意艾雯。”

奈妮薇记起了自己的遭遇，但她拒绝承认沐瑞的道理。“那么你所推测的最好的情况就是她还活着，如果她运气好的话。或者，也许她孤身一人，饱受惊吓，甚至可能受了伤。距离最近的村庄还有数日的路程，而你要这样丢下她。”

“她很可能也像那个过了河的男孩一样安全，或者正在和另外两个男孩一同赶往白桥。不管怎样，这里已经没有兽魔人威胁她了。而且她强壮、聪明，如果有需要，完全有能力找到前往白桥的路。你愿意把机会留给有可能需要帮助的艾雯，还是给那两个我们知道正需要帮助的男孩？你愿意让我留下来寻找艾雯，而把魔达奥正在紧紧追寻的男孩们丢下？奈妮薇，正如同我希望艾雯平安，我也在和暗帝作战，后面这点将确定我的路线。”

沐瑞在叙述这些恐怖的抉择时，没有失去半点平静，奈妮薇却只想尖叫。她靠眨眼压抑着泪水，将脸转向一旁，不让两仪师看到。光明啊，一名乡贤的责任是照顾好村中所有的人。**为什么我要做这样的选择？**

“岚回来了。”沐瑞说着站起身，披好斗篷。

对奈妮薇而言，护法带回她的马已经算不上什么打击了。不过，他把缰绳递给她时，她还是不由得抿紧了嘴唇。即使岚的脸上有一点得意的神情，而不是这种石头样的死人脸，也至少能刺激一下她的精神。不过，在看到奈妮薇的表情时，岚蓦然睁大眼睛。奈妮薇转过身抹去脸颊上的泪水。**他怎么敢嘲笑我的眼泪！**

“你来吗，乡贤？”沐瑞冷静地问。

奈妮薇最后缓缓地看了那片森林一眼，心中想着艾雯是否会在这时走出来，然后才悲伤地骑上马。岚和沐瑞已经在马鞍上坐好，将马头转向南方。奈妮薇跟在后面，僵直地挺着身子，不允许自己回头。她的眼睛死盯着沐瑞。两仪师对自己的力量和计划是如此自信满满，奈妮薇心想，但只要艾雯和男孩们有一个受了伤，或者是没能活下来，那么你的所有力量都不能保护你。你的所有至上力也不行。**我也能使用它，女人！这是你亲口告诉我的。我可以用它来对抗你！**

第22章 选择的道路

在一片小树林中，一堆摸黑砍下来的雪松枝叶下面，佩林一直睡到日出很久之后。雪松的松针刺穿了他仍然潮湿的衣服，最后也刺穿了他沉重的疲倦，那时他正深陷在一个关于伊蒙村的梦里，在卢汉师傅的铸炉旁努力工作。他睁开眼睛，愣了一下，不明白为什么会有这么多树枝铺在脸上，不明白照射进来的一道道阳光。

佩林惊讶地坐起身，脸上和身上的树枝纷纷落下，只有一些细枝仍然挂在肩上和头上，让他仿佛变成了一棵树。伊蒙村消失在记忆深处，而昨晚的经历又跃入他的脑海，仿佛比现在周围的一切更加真实。

佩林慌乱地喘息着，从那堆树枝中抽出斧头，用两只手握紧斧柄，屏住呼吸，警觉地观察着周围。没有任何动静，这个早晨清冷而寂静。如果有兽魔人在亚林河东岸，它们也还没有任何行动，至少还没有靠近他。佩林深吸一口气，让自己平静下来，将斧头放低到膝上，又等待了一会儿，好让自己的心跳缓慢下来。

这一小片围绕他的常绿树是他在昨晚找到的第一个屏障，但他站起身时，这些稀疏的枝叶就无法完全遮蔽他的身体了。佩林拿掉头上和肩膀上的树枝，又掸掉身上其他地方的枝叶，然后手脚并用地爬到树林边缘。他伏身在这里，一边仔细观察着河岸，一边拔掉还在扎着他的松针。

昨晚的强风已经减弱成静静的微风，在水面上吹起淡淡的涟漪，河水平静地流淌着，宽阔而空旷。隐妖肯定无法渡过这么大的河。河对岸无论上游还是下游都是连绵不断的树林，视线中没有任何移动的东西。

佩林不知道自己应该高兴还是难过。即使在河那一边，他也能对付隐妖和兽魔人，虽然肯定不会很轻松。如果两仪师或是护法能出现，他心中的忧虑肯定会少很多，即使只要有一个朋友在，也会比现在这种情况更好。**如果愿望是翅膀，绵羊也能飞了。**这是卢汉师傅挂在嘴边的一句话。

从那道断崖上跳下去之后，佩林就再没有看见他的马，他希望那匹马也能平安地游过河。不管怎样，佩林更习惯于走路，而不是骑马，而且他的靴子很牢固，靴底也很厚实。他的身上没有食物，但他的投石索还系在腰间，这个和他口袋里的捕线应该能为他捉到一只兔子。生火的工具全都在鞍囊里，但这些雪松能为他提供一副不错的火弓和足够的火绒。

当冷风吹进他的藏身之处时，他哆嗦了一下。他的斗篷已经不知道被河水冲到什么地方去，他的一切衣物仍然浸透了河水，湿黏地裹在身上。昨晚他太累了，甚至可以完全不在意这些寒冷与潮湿，但现在他非常清醒，能感觉到每一分寒意。但他还是决定不把衣服脱下来，在树枝上晾干——他不知道这种不包含多少暖意的阳光要过多久才能将衣服晒干。

时间才是问题。他一边想，一边叹了口气。晒干衣服需要时间，捕捉兔子以及烤熟它同样需要时间，他的肚子发出咕噜的响声，他竭力忘记这个，就像忘记身上的湿冷。时间需要被用在更重要的地方。一次做一件事，最重要的最先做。这是他的方式。

佩林的目光追随着流动的亚林河向下游延伸。在游泳方面，他比艾雯更优秀。如果艾雯游过了……不，没有如果。艾雯一定会在下游上岸。他用手指敲击着地面，衡量着，考虑着。

佩林做出了决定，他立刻拿起斧头，向下游走去。

亚林河的这一边缺乏西岸的茂密森林，一丛丛树木零散分布在荒芜的土地上，只有等到春天来临时，这些光秃秃的地面才会被绿草覆盖。一些小树林里，常绿树与没有半片树叶的桦树、桤树和硬胶木混生在一起。愈往下游走，树林的面积愈小，树木也愈稀疏，但如果没有这些可怜的植被，这里就完全是一片荒土了。

佩林伏低身子从一片树林跑进另一片树林，不时匍匐在地上，观察沿河两岸的情况。护法说河流会成为阻挡隐妖和兽魔人的障碍，但他的话会不会有错？也许看到他游过了河，隐妖和兽魔人又会不顾一切地想要过来。所以佩林一直保持着先仔细查看、再快速跑进下一座树林里躲藏起来的前进方式。

他就这样跑过几里路，当他跑向一片柳树林时，突然停住脚步，吃惊地轻呼一声。这里有几片去年残留的枯草，就在一片枯草的正中间，有个清晰的蹄印。他的脸上缓缓地绽出微笑。有些兽魔人也有蹄子，但它们应该不会戴蹄铁，而且留下这个印子的蹄铁上能看见两道交叉的纹路，这是卢汉师傅为了增加蹄铁着地的力量而加上去的。

佩林立刻忘记自己可能被对岸的兽魔人发现的危险，集中全部精神寻找更多这样的蹄印。枯草地上的痕迹很不清晰，但他锐利的眼睛还是很快就找到了线索。模糊的足迹引导他离开河边，径直走进一片茂密的树林里。许多羽叶木和雪松挡住了从外面望向这里的眼睛。一株铁杉伸展出粗壮的树枝，在这片林子中央俯瞰着其他所有树木。

佩林一边笑着，一边拨开挡路的枝丫钻进了树林，丝毫不在乎自己发出多大的声音。不经意间，他走进那株铁杉下面的一小片空地——停下了脚步。在一小堆篝火后面，艾雯蜷缩起身子，背靠着贝拉，脸色铁青，手里握着一根当作棒子用的粗树枝。

“我猜我应该喊一下的。”佩林困窘地耸耸肩。

艾雯丢下棒子，跑过来抱住佩林：“我以为你淹死了。你全身还都是湿的。来，坐到火旁边暖暖身子。你把马弄丢了，是吗？”

佩林任由自己被艾雯推到篝火旁，在火苗上揉搓着双手，为了这点温暖而欣喜不已。艾雯从鞍囊里拿出一只油纸包，递给佩林一些面包和奶酪。这只袋子被密封得很紧，即使经过了水浸，里面的食物仍然是干燥的。**你还在为她担心，她却做得比你要好得多。**

"贝拉驮着我过了河。"艾雯一边说，一边拍了拍那匹卷毛母马，"它从兽魔人那里逃出来，一直把我带到这里。"艾雯停了一下，"我还没有遇到别人，佩林。"

佩林听出艾雯没有说出的询问。他遗憾地看着艾雯正在重新卷好的包裹，从指尖上舔掉最后一点面包屑才说道，"昨晚到现在，我也只看到了你。隐妖和兽魔人也没有再出现过。"

"兰德一定要安然无恙，"艾雯说完这句话，急忙又说道，"他们都一定要安全，一定要。他们也许正在寻找我们，随时都有可能找到我们。沐瑞毕竟是一位两仪师。"

"我一直都记得这个，"佩林说，"烧了我吧，我希望我能忘掉这件事。"

"当她阻止兽魔人抓住我们的时候，我可没听你这样抱怨过。"艾雯的语气相当辛辣。

"我只是希望我们没有她也能渡过难关。"佩林在艾雯目不转睛的注视下耸了耸肩，"不过我想我们不能，我已经考虑过这种可能了。"艾雯挑起眉弓。不过佩林已经习惯于在自己提出一个观点时看到别人惊讶的神情了，即使他的主意像别人一样好，人们记住的也只是他为了一个主意要思考多么久。"我们可以等岚和沐瑞找到我们——"

"当然，"艾雯打断了他的话，"两仪师沐瑞说过，即使我们分开了，她也会找到我们。"

佩林让艾雯说完，才继续说道，"但兽魔人有可能先找到我们，沐瑞可能已经死了，他们全都有死亡的可能。不，艾雯，我很抱歉，但这种可能确实存在。我希望他们全都平安，希望他们走到这堆火焰旁，但希望就像你在溺水时抓住一根稻草，只靠它是无法把我们拉出来的。"

艾雯闭上嘴，盯着佩林，紧咬住牙关。过了很久，她才说道："你想去下游的白桥吗？如果两仪师沐瑞没有在这里找到我们，她也会去那里的。"

"我想，"佩林缓缓地说，"白桥是我们应该去的地方，但隐妖可能也知道那里，它们同样会在那里搜寻。这次没有两仪师和护法保护我们了。”

“我想你是要建议我们逃到某个地方去。这不是麦特才会有的主意吗？藏在一个隐妖和兽魔人找不到我们的地方？或者让两仪师沐瑞也找不到？”

“别以为我没这样考虑过，”佩林低声说，“但每次我们以为我们得到自由时，隐妖和兽魔人都会再次找到我们。我不知道有什么地方能真正让它们找不到。我不喜欢这样，但我们需要沐瑞。”

“那我还是不知道，佩林，我们要去哪里？”

佩林惊讶地眨眨眼。艾雯正在等待他的回答，等待佩林告诉她该怎么做。佩林从没想过艾雯会听从他的指挥，艾雯从不喜欢按照别人的计划行动，从不曾让任何人告诉她该怎么做。也许乡贤算是例外。而佩林觉得艾雯肯定也顶撞过乡贤。他掸了掸身前的尘土，稍微清了一下喉咙。

“如果这里是我们现在所处的位置，这是白桥，”他用手指在地上点了两下，“然后凯姆林大致应该在这里。”他点下第三个点。

佩林停了一下，看着地面上的三个点，他的全部计划都根据艾雯父亲的一张老地图，以及他对这张老地图的记忆。艾威尔师傅说过，这张地图不是很精确，而且他也从没像兰德和麦特那样对那张地图进行过细致入微的研究。但艾雯什么都没说。当他抬头看艾雯时，艾雯还在看着他画出的草图，双手撑在膝盖上。

“凯姆林？”她听起来仿佛很震惊的样子。

“凯姆林。”佩林在地面上的两点之间画了一条线，“离开亚林河，直接越过荒野，没有人会想到我们会这样做。我们在凯姆林等他们。”佩林拍去手上的泥土，等待着。他觉得这是一个好计划，但艾雯现在肯定会反对了。他相信最终做决定的还是艾雯。艾雯原来也经常会逼着他做各种事情，这对他而言再正常不过了。

但是让佩林惊讶的是，艾雯点点头，“这之间一定会有村庄，我们可以向那里的人问路。”

“让我担心的是，”佩林说，“如果两仪师没有在那里找到我们，我们又该怎么办。光明啊，有谁能想到我会为了这种事情而担忧？如果她没有去凯姆林呢？也许她认为我们已经死了。也许她会带着兰德和麦特直接前往塔瓦隆。”

“两仪师沐瑞说她能找到我们，”艾雯坚定地说，“如果她能在这里找到我们，她也就能在凯姆林找到我们，她会的。”

佩林缓缓地点着头，“也许你是对的。但如果她在凯姆林连续几天都没出现，我们就直接去塔瓦隆，把我们的情况直接告诉玉座。”他深吸一口气。**两个星期前，你还从没有见过两仪师，现在你却在谈论玉座了。光明啊！**“根据岚的说法，从凯姆林有状况良好的大道通往塔瓦隆。”他看了一眼艾雯旁边的油纸包，清了清喉咙，“再给我一点面包和干酪好吗？”

“也许我们要靠它支撑很长一段时间，”艾雯说，“除非你在设陷阱上比我昨晚更有运气，至少生火并不难。”她轻轻笑了两声，仿佛刚刚开了个玩笑，然后便将那个包裹塞回鞍囊里。

很显然，艾雯对佩林的领导权威接受程度是有限的。佩林的肚子却还在咕噜叫着。“既然这样，”佩林一边说，一边站了起来，“我们也许现在就应该出发了。”

“但你全身还是湿的。”艾雯表示反对。

“衣服慢慢会干的。”佩林坚持说道，一边抬脚踩灭了火。如果他是领导，现在就是他实现权威的时候。从河面上吹来的风变强了。

第23章　狼兄弟

从一开始，佩林就知道前往凯姆林的旅程不会一帆风顺。而他遇到的第一个麻烦就是，艾雯坚持他们要轮流骑乘贝拉。她说，他们不知道要走多远，但如果只是她一个人骑马，那这段路程他们肯定走不完。艾雯的表情坚定，眼睛眨也不眨地盯着佩林。

“我太重了，没办法骑在贝拉身上。”佩林说，“而且我习惯走路，我更愿意走路。”

“难道我不习惯走路？”艾雯尖锐地问。

“我不……”

“我才是惟一应该忍受坚硬马鞍和一路颠簸的人吗？是吗？等你走出脚伤的时候，又要让我来照顾你。”

“那就这样吧！”佩林吸了口气，对紧盯着他的艾雯说，“不管怎样，你先骑第一段路。”艾雯的表情变得更加顽固，但佩林拒绝让她继续讨价还价。“如果你不自己坐到马鞍上去，我就把你放上去。”

艾雯惊讶地看了他一眼，嘴角露出一个小小的微笑。“既然这样……”她听起来似乎真的是想笑的样子，但她还是顺从地爬上了马背。

佩林自顾自地嘟囔着，转身离开河岸。故事中的领导者可从来都不需要应付这种事情。

艾雯真的坚持要和他轮流骑马。每次当佩林要逃避这件事的时候，她都会把佩林逼到马鞍上去。铁匠的身材远远算不上苗条，贝拉也绝对不是一匹高大的马。每次佩林将脚放进马镫时，这匹卷毛母马都会看着他——佩林相信那种目光一定是在表达责备的心情。也许这只是一件小事，但他们显然都因此受到困扰。以至于每次艾雯说，"现在该你了，佩林"的时候，佩林都会打个哆嗦。

在那些故事里，所有领袖都不会打哆嗦，他们也从来不会被别人呼来喝去。不过佩林相信，那些领袖从来也没有对付过像艾雯这样的人。

他们每餐只能分配到很少的面包和奶酪，但这点食物在他们旅程第一天结束时也全都消耗光了。佩林在可能有兔子跑过的地方设陷阱——那些兔子的足迹看起来是很久以前出现的，但还是值得一试。艾雯则负责生火。将陷阱设好后，佩林决定在天彻底变黑前用投石索试试手气。他们至今还没看见一只活物，但……让他惊讶的是，他几乎是立刻就遇到一只干瘦的兔子从他脚下的一个灌木丛里蹿了出来，差点就在佩林面前跑掉了。但佩林在它就要转到一棵树后的时候击中了它。

当佩林带着那只兔子回到营地时，艾雯已经为篝火准备了许多细枝当柴火。但她现在却只是跪在柴堆旁边，紧闭着双眼。"你在做什么？不可能是要靠祈祷点起火来吧？"

艾雯被佩林的声音吓了一跳。她转头看着佩林，一只手还抚在胸口上。"你……你吓着我了。"

"我的运气不错，"佩林说着举起那只兔子。"把你的燧石和钢片拿出来吧！至少我们今晚能好好吃一顿了。"

"我没有燧石，"艾雯缓慢地说，"它在我的袋子里，我把袋子掉在河里了。"

"那你之前……？"

"在河对岸的时候，两仪师沐瑞向我示范过，那很容易，佩林。我只要伸展出去，然后……"她做了个手势，仿佛是要抓住某样东西，然后她放下双手，叹了口气。"现在我找不到它了。"

佩林不安地舔舔嘴唇，"是……至上力？"艾雯点点头。佩林瞪着艾雯，“你疯了吗？我是说……是至上力！你不能随意去碰那种东西。”

“那很容易，佩林。我能做到，我能导引至上力。”

佩林深吸了一口气：“我要做一只火弓，艾雯。答应我，你不会再试……试……这种东西了。”

“我不会答应的。”艾雯挺着下巴，让佩林只得又叹息了一声。“你不会丢下你的斧头吧，佩林·艾巴亚？你会将一只手绑在背后吗？我不会的！”

“我会做一把火弓。”佩林疲倦地说，“至少，今晚不要再试了吧？好不好？”

艾雯不情愿地同意了。即使当兔子已经在火上油光闪亮，佩林还是觉得艾雯肯定认为她自己能做得更好。那之后的每个晚上，艾雯都不曾放弃尝试，但她能做到的最好的一次只是让木柴升起了一缕转瞬即逝的烟气。艾雯的眼光禁止佩林对此有任何评价，佩林也明智地一直紧闭着嘴。

吃过那顿热饭后，他们在随后几天里能找到的食物只是些野生植物的块茎和一点树枝上的嫩芽。空气中仍然没有半点春天的气息，所以这种食物也很稀少，且味道相当糟糕。两个人没有任何抱怨，但吃饭时难免要叹上两口气。他们全都知道，想要治愈这种叹气的毛病，至少需要一点干酪和面包的气味。他们有天下午在林地中的一片阴影里找到一些蘑菇，其中甚至还有最好的女皇王冠，那对他们而言实在已经是珍馐美味。他们在晚餐时兴奋地大嚼着蘑菇，笑着、讲着伊蒙村的故事，不停地说着，“你还记不记得……”但蘑菇很快就吃光了，欢笑声也没持续多久。饿着肚子是笑不起来的。

他们走路时手里一直拿着投石索，准备向任何突然出现在面前的兔子和松鼠抛去石头，但每次猎捕行动都以失败告终。每晚他们都精心设下陷阱，早上却全都一无所获。他们不敢在一个地方停留一整天，等待陷阱有可能捉住猎物。他们都不知道距离凯姆林还有多远，除非真的到了那里，他们才会感到安全。佩林开始怀疑自己的胃肠是不是已经缩成一团，让肚子变成了一个空腔。

他们一路上没有再遇到任何敌人，佩林知道这已经是他们的幸运了。但随着他们距离亚林河愈来愈远，却仍然没有看见一座村庄，甚至没有一幢可以问路的农舍，他对自己的怀疑也在逐渐加深。艾雯仍然在表面上保持着信心，但佩林相信，她迟早会说即使冒着遭遇兽魔人的风险，也比这样在荒野中浪费掉自己剩余的生命要好。艾雯一直没这么说过，佩林一直在以为她就要说了。

离开河边两天后，他们身边开始出现丛林密生的丘陵。像其他任何地方一样，残冬仍然盘踞在这里，不愿退去。又过了一天，丘陵恢复成平原，茂密的森林间出现愈来愈多方圆超过一里的空地。幽暗的洼地里仍然能看见积雪，清晨的空气相当寒冷，冷风也一直吹个不停。他们看不见任何道路，也没看见耕耘过的田地。远方见不到炊烟，没有任何人类居住的痕迹，这里肯定不是人类的家园。

曾经有一次，他们看见一座小山顶上有一堆曾经是高大的岩石城堡的废墟，一些没有屋顶的石头房子仍然立在坍塌的环形城墙里面。森林早已将它吞没，草木从所有岩石的缝隙中生长出来，苍老的藤蔓如同蛛网般包覆着大块的石壁。还有一次，他们遇到一座石塔，塔顶已经破碎，因为被干枯的苔藓覆盖，塔身变成棕褐色，斜倚在粗大的橡树干上，而正是这些橡树的根脉缓缓将这座塔推倒。但这些地方早已没了人类的气息。对煞达罗荀斯的记忆让他们在见到这些废墟时，总是尽量加快脚步绕过它们，直到他们再次走进可能从来没有过人类涉足的地方。

梦一直在佩林入睡时折磨着他，恐怖的梦。巴尔阿煞蒙出现在那些梦里，在迷宫中追赶他，猎杀他。但在佩林的记忆中，他从不曾面对面地与巴尔阿煞蒙相遇过。他们的旅程本身就足以让人做噩梦了。艾雯也在抱怨她会做关于煞达罗荀斯的噩梦，特别是在他们发现那座城堡废墟，和那座断塔的两个晚上。佩林没有告诉过艾雯他的噩梦，即使他在晚上浑身冷汗地醒过来，在黑暗中不停地颤抖。艾雯指望他将他们两个平安带到凯姆林，而不是要因为他的梦而担惊受怕。

佩林走在贝拉前面，心中想着今晚他们能不能找到一些可吃的东西。这时，他忽然闻到某种气味。很快地，贝拉也抽动着鼻翼，左右摆着头。佩林不待卷毛母马发出嘶鸣，便抓住它的笼头。

“那是烟。”艾雯兴奋地说。她向前倾过身体，深吸一口气。“煮饭的灶火，有人在煮晚餐，是兔肉。”

“也许。”佩林谨慎地说。艾雯期待的微笑也褪去了。佩林收起投石索，抽出半月斧，他的双手在粗斧柄上不确定地一开一合。这是件武器，但无论是他在每天工作后的偷偷练习，还是岚的教导都还没让他准备好把它当武器使用。即使是在进入煞达罗苟斯之前的那场战斗，也已经变得非常模糊，无法给他任何信心。他也从没能掌握兰德和护法谈论过的那种虚空。

阳光斜穿过他们身后的树木，树林中充满各种影子，微弱的烟气弥漫在他们周围的空气里，其中掺杂着一些烤肉的香味。确实有可能是兔肉。他的肠胃开始咕噜作响。**那也可能是别的什么，**他提醒自己。他转头看了艾雯一眼，艾雯也在看着他。这是他作为领导者的责任。

“在这里等着。”佩林低声说道。艾雯皱起眉头，张开嘴，但佩林没有容她说话，“安静！我们还不知道那是什么人。”艾雯点点头，虽然很不情愿，但她的确是点头了。佩林很奇怪为什么当他想要阻止艾雯和他轮流骑马时，艾雯却不会这样听他的话。但他没有再多想这件事，只是深吸一口气，朝烟气飘来的源头找了过去。

佩林不曾像兰德和麦特那样在伊蒙村周围的森林里度过许多时间，但他也从小就在猎捕兔子。他从一株树后悄悄走到另一株树后，连一根细枝也不曾踩断。没多久，他躲到一株高大的橡树后面，繁茂的橡树枝丫一直伸展到地面，又折返上去。佩林绕过橡树，朝前面窥看过去。那里有一堆篝火，一个身材瘦高、脸被晒成棕色的男人，正靠在火旁一根粗大的橡树枝上。

至少他不是兽魔人。但他肯定是佩林见过的最奇怪的人，他的衣服似乎完全是用兽皮缝制的，上面的兽毛都没有去掉，就连他的靴子和他头上那顶古怪的平顶圆帽也是一样。他的斗篷是用兔子和松鼠皮拼合在一起的，裤子是用一块棕白两色的长毛山羊皮制作的。他的灰褐色头发在脖子后面用一根皮绳系在一起，一直垂到腰间，浓密的胡子一直铺展到胸前。他的腰带上系着一把长匕首，几乎可以算是一把剑，一张弓和箭囊斜倚在他触手可及的一根橡树枝上。

这个男人闭着双眼，显然是在睡觉，但佩林并没有在隐身处轻举妄动。六根长树枝斜插在那堆篝火上面，每根树枝上都插着一只兔子。它们都已经被烤成了棕黄色，不时会有一滴油脂落在火上，发出滋滋的声音。闻到烤肉的香气，佩林的口水都快流出来了。

“你流口水了？”那个人睁开一只眼睛，瞄着佩林藏身的地方。“你和你的朋友可以坐下来吃上一餐，我已经连续两天没看见你们吃什么东西了。”

佩林犹豫着，然后缓缓站起身，手中仍然紧紧握着斧柄。“你已经观察我们两天了？”

那个男人在喉咙深处发出咯咯的笑声。“是的，我一直在看着你，还有那个漂亮女孩。她总是像只坏脾气的小母鸡般把你轰来轰去，对不对？你们的声音真不小。只有那匹马是你们之中惟一不会让别人在五里外就听见动静的。你想不想叫她过来，或者你想一个人把这些兔子都吃掉？”

佩林很生气，他知道自己并没有弄出声音。在水林猎兔子时，如果想要用投石索打中一只兔子，就不能发出任何声音。但烤兔子的香气让他想起艾雯也很饿。而且艾雯肯定还在为他们是不是遇到兽魔人而担心着。

佩林将斧头插回到腰带的环扣上，提高声音。“艾雯！这里没事。是兔子！”然后他伸出手，用正常的嗓音说道，“我的名字叫佩林，佩林·艾巴亚。”

那个人先是盯着佩林的手愣了一会儿，然后才有些笨拙地将它握住，仿佛完全不习惯握手。“我的名字是艾莱斯，”他看着佩林说道，“艾莱斯·马奇拉。”

佩林这时却惊讶得差点甩掉艾莱斯的手。这个人的眼睛是黄色的，如同经过抛光的、闪烁的黄金。一些记忆刺激了一下佩林的神经，转眼间又消失了。他现在能想到的只有他见过的兽魔人的眼睛，而它们几乎全都是纯黑色的。

艾雯牵着贝拉走过来，神情充满警戒，她将马缰拴在橡树的一根小枝上。当佩林将她介绍给艾莱斯时，她礼貌地做了应答，但她的眼睛总是不停地瞥着那些兔子。她似乎并没有注意到这个人的眼睛。当艾莱斯示意那些兔子是他们的，她立刻就扑了上去。佩林只犹豫了片刻，也急忙跑到火堆旁。

两人狼吞虎咽时，艾莱斯只是静静地等待着。佩林迫不及待地撕下几片兔肉，却被烫得不得不在两只手中轮流拿了一会儿，才能将它们塞进嘴里。就连艾雯也扔掉端庄淑女的仪态，任凭肉汁像小溪般沿着她的下巴流下来。当他们放慢咀嚼的速度时，黄昏的暮色已经笼罩了一切，没有月光的昏暗逐渐压迫着篝火的光亮。这时，艾莱斯说话了。

“你们在这里做什么？从这里朝任何一个方向走五十里都不会看到一幢房子。”

“我们要去凯姆林，”艾雯说，“也许你能……”艾莱斯仰起头，发出咆哮般的大笑。艾雯冷冷地挑起眼眉。佩林手中拿着一只兔子腿，盯着艾莱斯。

“凯姆林？”艾莱斯笑了很久才喘着气说，“如果继续按照你们过去两天的方向走，你们会一直走到凯姆林以北几百里的地方去。”

“我们一直想要找人问路，”艾雯辩解道，“但我们一直没遇到村庄或农场。”

“你们以后也不会遇到。”艾莱斯仍然在笑着，“依照你们前进的方向，你们即使一路走到世界之脊也有可能遇不到一个人。当然，如果你们爬过世界之脊——那座山在有些地方还是能越过的——你们能在艾伊尔荒漠找到人，但你们不会喜欢那里的。在那里，你们白天会被烤熟，晚上又会被冻僵，最后会被渴死。只有艾伊尔人能在荒漠中找到水，但他们并不喜欢陌生人。相信我好了。”他又开始更为狂野的大笑。这一次，他甚至笑得在地上打起滚来。“他们不会喜欢你们的。”他又喘着气说。

佩林不安地动了动身子。**我们是在接受一个疯子的招待吗？**

艾雯皱起眉，但她静静地等待着，直到艾莱斯的笑声弱了一些，她才说道：“也许你能告诉我们该怎么走，你似乎比我们对地理更了解。”

艾莱斯停住笑声，重新戴好掉在地上的扁圆帽子，从压低的眉毛下面觑着艾雯。“我不太喜欢人群，”他用冷冷的声音说，“城市里塞满了人。我通常不会靠近村庄和农场，村民和农夫不喜欢我的朋友。如果你们不是那么无助和无辜，就像新生的幼兽，我甚至也不会帮助你们。”

“但至少你能告诉我们该怎么走，”艾雯坚持道，“请你告诉我们最近的村庄在哪里，即使那是在五十里外。那里的人肯定可以告诉我们如何才能走到凯姆林。”

“安静，”艾莱斯说，“我的朋友们要来了。”

贝拉忽然发出畏惧的嘶声，并且用力拉着缰绳。佩林半站起身。这时许多黑影出现在周围黑暗的丛林里，贝拉不停地高扬起前蹄，发出一阵阵尖声嘶鸣。

“让那匹马安静下来，”艾莱斯说，“它们不会伤害它，也不会伤害你们，如果你们不轻举妄动。”

四匹狼走进火光的范围，它们足有一个人的腰那么高，长着浓密的毛发，有力的双颚能一口咬断人腿。它们走到火旁，躺在人类之间，仿佛这些人类完全不存在一样。在黑暗的树林里，火光映照出许多双狼的眼睛，完全包围住他们。

黄色的眼睛，佩林心想。就像艾莱斯的眼睛一样。这就是刚才在他脑海中一闪而过的记忆。他谨慎地看着这些狼，手朝斧柄伸去。

“如果是我就不会那么做，”艾莱斯说，“如果它们认为你要伤害它，它们就不会如此友善了。”

佩林发现，火旁的四匹狼都在盯着他。他有一种感觉，树林里所有的狼也全都在盯着他，这让他感到皮肤发麻。他又小心地将手从斧柄旁移开。在他的想象中，那些狼与他之间的紧张气氛也松懈了下来。他缓缓地坐了回去，但双手仍然不住地颤抖，直到他抓紧了膝盖。艾雯也全身僵硬，几乎就要剧烈地颤抖起来。一匹全身黑毛、脸上有一块灰斑的狼就躺在她身边。

贝拉已经停止嘶鸣和挣扎，只是站在原地颤抖着，尽量不去看那些狼，偶尔会踢一下蹄子，让那些狼明白它也不是好惹的。而那些狼似乎完全忽略掉它和这些人。它们都将舌头垂在嘴外，安闲地等待着。

“嗯，”艾莱斯说，“这样就好多了。”

“它们都已经被驯服了吗?”艾雯满怀希望地低声问道，“它们是……宠物?”

艾莱斯哼了一声，“狼不会被驯服，女孩，就像人不会被驯服一样。它们是我的朋友，我们将彼此视为同伴，一同狩猎交谈。就像所有朋友一样，对不对，斑纹?”一匹身上有十几道灰色、黑色和浅灰色斑纹交错在一起的狼转过头看着他们。

“你和它们说话?”佩林大吃了一惊。

“确切而言不是说话，”艾莱斯缓缓地回答，“我们交流的不是言辞。它的名字也不是斑纹，它的名字应该是——仲冬黄昏时森林池塘上倒映着奇异的树影，微风吹皱了池塘表面，水碰到舌头，传递出冰的味道，雪的气息从夜色渐深的空气中渗透出来。但即使这样描述也不确切。没有人能用言辞把它表达出来，那只是一种感觉。这就是狼交谈的方式。其他三个是燃烧、飞跳和风。”燃烧肩头的一道老伤疤解释了它的名字，但佩林看不出另外两匹狼身上有任何特征与它们的名字有关。

虽然艾莱斯口气显得有些粗鲁，但佩林觉得他很高兴能和其他人类交谈，至少他对此非常有兴致。佩林看了一眼在火光中闪动的那些狼牙，觉得让艾莱斯继续说话也许是个好主意。“你……你是如何学会与狼交谈的，艾莱斯?”

“是它们找到的方法，”艾莱斯答道，“不是我。我知道它们一直在使用这个方法。是狼找到你，而不是你找到狼。一些人认为我被暗帝碰触了，因为狼开始出现在所有我去的地方。有一段时间，我也开始这样认为，大多数正派人都开始躲避我，另外一些人则为了一些我不想知道的目的来找我。然后我注意到有几次狼似乎知道我在想什么，并且在我的脑海中做出回应。这是真正的开始。它们对我感到好奇。狼总是能感觉到人，但不是这种感觉。它们很高兴能找到我，它们说和人一同狩猎已经是很久以前的事情，它们说了很长一段时间之后，我感觉到仿佛有一阵冷风从创世日一直吹过我的躯体。”

“我从没听过人和狼一同狩猎的事。”艾雯说，她的声音并不很稳定。但那些狼只是躺在身边而没有别的动作，这似乎反而让她更坚强了起来。

艾莱斯却完全没有理会艾雯。“狼所记住的与人类的不同，”他奇怪的眼睛望着遥远的地方，仿佛正漂流在记忆的河流中，“每一匹狼都记得所有狼的历史，或者说，历史的样子。就像我说的那样，这不是用言辞能形容的。它们记得与人类肩并肩追赶猎物，古老的时代就如同影子中的影子。”

“这很有趣。”艾雯说。艾莱斯瞪着她，目光犀利。“不，我是认真的，真的。”艾雯舔了舔嘴唇，“你……啊……你能不能教我们和它们交谈?”

艾莱斯又哼了一声，“这是不能被教会的。有人能学，有人不能。它们说他能。”他指着佩林。

佩林看着艾莱斯指向自己的手指，仿佛那是一把刀子。他真的是个疯子。狼群再一次将目光转向他。他只能不安地动着身体。

“你说你们要去凯姆林，”艾莱斯说，“但这仍然不能解释你们为什么会跑到这里来，还这样走了两天时间。”他铺开毛皮斗篷，躺在上面，用一只手撑起头，等待着。

佩林瞥了艾雯一眼。他们在之前编造过一个故事，以便当他们找到本地居民时解释他们为何会来到此地，避免发生麻烦。在那个故事里，他们不会让别人知道他们真正来自何方，要去哪里。谁知道一些轻易表露的信息会不会传进隐妖的耳朵?他们每天都在讨论这个故事，找出其中的纰漏，让它显得更真实完整。而且他们确定由艾雯来讲这个故事，艾雯的表达能力比佩林好。艾雯说佩林的每一个谎言都会明显地挂在他的脸上。

艾雯立刻开始流畅地讲起这个故事。他们来自北方沙戴亚一个小村子的农场，在此之前，他们都没有走出过家乡以外二十里的范围。

但他们听过走唱人的故事，还有商人带来的传说。他们想看看世界上其他的地方，凯姆林，还有伊利安、风暴海，甚至那些传说中的海民岛屿。

佩林满意地听着，就算是汤姆·梅里林如果只有两河人对外面世界的那一点了解，也不可能编出更好、更适合他们现在所需的故事。

“从沙戴亚，嗯?”艾莱斯问。

佩林点点头，“是的。我们想要先去马兰登，我很想去看一下南方大国的国王，但首都是我们的父辈最想去的地方。”

这是要由他说出来的一部分，以表明他们从没去过马兰登，这样，就没有人会认为他们对那座城市有所了解了。这是为了预防他们真的遇到某个去过那里的人。伊蒙村在冬日告别夜所发生的事情距离这里已经非常遥远了，听到这个故事的人绝不会想到他们与塔瓦隆或两仪师有什么关系。

“不错的故事，”艾莱斯点点头，“是的，不错的故事，其中只有很少的错误。不过斑纹说这所有的全都是谎言，每一个字都是。”

“谎言!”艾雯喊道，“为什么我们要说谎?”

那四匹狼没有任何动作，但它们仿佛已经不再只是躺在火堆周围了。实际上，它们蜷起了身体，黄色的眼睛眨也不眨地看着两个伊蒙村人。

佩林什么都没说，但他的手又开始向斧柄移动。四匹狼眨眼间便站了起来。他的手僵住了。它们没有发出声音，但它们颈项间的粗毛都立了起来。一匹狼跑回树下，朝夜空中发出一阵长啸，立刻有更多的啸声随之而起，五个、十个、二十个，如同在黑暗中掀起一阵阵浪涛向外扩散。突然间，它们全都停了下来。冷汗刺激着佩林的脸。

“如果你们认为……”艾雯停下来吞了口口水。尽管天气寒冷，她的脸上也渗出了汗水。“如果你认为我们在说谎，那么你也许更愿意今晚我们另宿别处，和你们分开。”

“通常我会的，女孩，但现在我想知道那些兽魔人，还有半人。”佩林努力想要让表情保持冷漠，他希望自己能比艾雯做得更好一些。艾莱斯继续用聊天般的语调说：“斑纹说在你们讲述那个愚蠢的故事时，它从你们的脑海里嗅到了半人和兽魔人，它们全都嗅到了。你们与兽魔人和无眼者搅在了一起。狼恨兽魔人和半人，比对野火更恨，比对任何事情更恨，我也一样。

“燃烧想要干掉你们，当它还小的时候，是兽魔人给了它那个伤疤。它说最近猎物短缺，你们又比它几个月以来看到的任何一头鹿都更肥。我们应该干掉你们，不过燃烧总是缺乏耐心。为什么你们不跟我说说？我希望你们不是暗黑之友，我不喜欢在把人喂饱之后再杀死他们。记住，它们知道你是不是在说谎，就连斑纹也几乎像燃烧一样感到困扰了。”他那双像狼一般的黄眼睛也像它们一样丝毫不眨一下。佩林觉得，那真的是一双狼的眼睛。

佩林意识到艾雯正在看着他，等待他决定他们应该怎么做。**光明啊，我怎么又变成首领了。**他们早就决定不能冒险将他们的真实经历告诉任何人，但佩林知道，如果不说，他们将别无出路，即使他能抢先把斧头抽出来……

斑纹从喉咙深处发出吼声，火堆旁的另外三匹狼应和着，然后是黑暗中所有的狼。威胁性的低吼声充满了夜空。

“好，”佩林急忙说，“好的！”吼声戛然而止。艾雯用力松开紧握的双手，点点头。“那是从冬日告别夜之前几天开始的。”佩林说道，“那时我们的朋友麦特看见一个穿黑斗篷的人……”

艾莱斯既没有改变表情，也没有改变躺卧的姿势，但他侧着头，认真听的样子仿佛又和原先不同了。四匹狼随着佩林的讲述坐了回去。佩林觉得它们也在倾听着。这个故事很长，佩林几乎没有漏掉任何细节，不过他没说出他和另外两个朋友做过的那些梦。他以为这个冗长的故事会让狼感到不耐烦，但它们只是看着他。斑纹看起来很友善，燃烧则很愤怒。佩林讲完的时候，它哑着嗓子吼了一声。

“……如果她没有在凯姆林找到我们，我们就去塔瓦隆。除了得到两仪师的帮助，我们没有别的办法。”

“兽魔人和半人在这么远的南方，”艾莱斯沉思着，“这的确是需要思考的问题。”他在身后摸了摸，扔给佩林一只皮水袋，但他并没有去看佩林，他显然还在思考。等到佩林喝过水，重新塞好塞子之后，他才又说道，“我不喜欢两仪师，不喜欢她们的红宗，那些人热衷于猎捕与至上力有关联的男人。她们曾经想驯御我。我当着她们的面对她们说，她们是黑宗，是侍奉暗帝的人，所以她们也很不喜欢我。但只要我在森林里，她们就抓不到我。虽然她们试过，是的，她们试过。所以我怀疑是否还会有两仪师能和善地对我。我当时不得不杀了两名护法。那很糟糕，杀死护法。我不喜欢那样。”

“与狼交谈，”佩林不安地说，“这……这一定与至上力有关吧？”

“当然无关，”艾莱斯提高了声音，“驯御对我没有意义，但这会让我发疯。这种交谈非常古老，男孩，比两仪师更古老，比任何使用至上力的人更古老，如同人类本身一样古老，如同狼一样古老。两仪师不喜欢这个，但古老的事情已经回到这个世界上了。我不是惟一的一个，还有其他人，也还有其他事情。这些让两仪师紧张，她们嘀咕着古代的屏障在削弱。她们说，破裂已经开始，她们害怕暗帝被释放出来。你如果看到她们是怎么看待我的，大概会觉得我是始作俑者。不只是红宗，另外一些也是一样。玉座……哈！我尽量避开她们，也避开两仪师的朋友。如果你们聪明，你们也应该避开她们。”

“我非常愿意待在没有两仪师的地方。”佩林说。

艾雯严厉地瞪了佩林一眼。佩林却希望她不会脱口说出她正想成为一名两仪师。不过艾雯什么都没说，只是绷紧双唇。佩林继续说道：

“但似乎我们没有其他选择。兽魔人和隐妖在追杀我们，甚至还有人蝠，只差暗黑之友我们还没遇到。我们不能躲起来，我们也没有能力孤身作战。除了两仪师，还有谁会帮助我们？还有谁有这样的力量？”

艾莱斯沉默了一段时间。他看着那些狼，目光大多集中在斑纹和燃烧身上。佩林紧张地挪动着身体，尽量不去看它们，看见它们的时候，他就会有一种感觉，仿佛他能听见艾莱斯正在和那些狼们说话。即使这与至上力无关，他也不想和这样的事扯上关系。**他一定是开了个疯狂的玩笑，我不可能和狼说话。**一匹狼（佩林记得它的名字是飞跳）看着他，仿佛是在笑的样子。佩林很奇怪自己怎么会想到它的名字。

“你们可以留在我身边，”艾莱斯最后说道，“和我们在一起。”艾雯的眉弓扬了起来，佩林惊讶地张大了嘴。“怎样还能更安全？”艾莱斯挑衅般地说，“兽魔人绝不会放过任何机会杀死落单的狼，但它们宁愿多走几里路绕过狼群。你们也不必担心两仪师，她们并不经常进入这些树林。”

“我不知道。”佩林的视线躲避着身边的狼，但他能感觉到斑纹的眼睛在看着他。“我们现在面临的问题并不只有兽魔人。”

艾莱斯冷笑一声，“我也见过一群狼咬死了一只无眼。那些狼有半数都死了，但它们只要嗅到无眼者的气味就绝不会放弃。兽魔人、魔达奥，它们对于狼而言都是一样的。它们真正想要的是你，男孩。它们听说过还有别人能够与狼交谈，但你是除了我之外它们遇到的第一个，它们也会接受你成为朋友。你们在这里会比在任何城市更加安全，城市里有暗黑之友。”

“听我说，”佩林急迫地说，“我希望你不要再说这个。我不可能做到……你所做的事，就是你所说的那件事。”

“随你便，男孩。如果你愿意，你也可以跟山羊混在一起。但你不是想要安全吗？”

“我不会欺骗自己，我不需要欺骗自己。我们只想……”

“我们要去凯姆林，”艾雯坚定地说，“然后去塔瓦隆。”

佩林闭上嘴，生气地看着艾雯，也看到艾雯气恼的目光。艾雯至少可以让他为自己做出答复吧！“你呢，佩林？”佩林自问自答地说道，“我？嗯，让我想想。是的，是的，我想我会继续下去。”他给了艾雯一个温和的笑容。“好吧，艾雯，这件事是关于我们两个的，我猜我要和你一起去，能在做出决定之前谈论一下这些事很好，不是吗？”艾雯脸红了，但她紧绷的下巴没有丝毫放松。

艾莱斯哼了一声。“斑纹说这就是你的决定。它说那个女孩牢固地根植于人类世界，而你……”他朝佩林点点头，“站在边缘上。既然事已至此，我想我们最好和你们一同前往南方，否则你们也许会饿死，或者迷路，或者……”

燃烧突然站了起来，艾莱斯转过头去看着那匹大狼。转瞬间，斑纹也站起身。它走到艾莱斯身边，同样看着燃烧。这种情形持续了好一会儿，随后燃烧风一样地转过身，消失在夜色里。斑纹动了一下身体，躺回原来的位置上，仿佛什么事都没有发生一样。

艾莱斯望着一脸疑惑的佩林，“斑纹率领这个狼群。一些雄狼如果向它挑战，是能够击败它的，但它比它们之中的任何一个都聪明。这点它们全都知道。它不止一次救了狼群。但燃烧认为狼群正在你们身上浪费时间。它只是痛恨兽魔人，如果有兽魔人出现在这么远的南方，它只想杀死它们。”

“我们明白。”艾雯语气中有一种放松的感觉，“我们可以自己找到路……当然，我们需要一些指引，只要你愿意协助我们。”

艾莱斯挥挥手，“我说过，这群狼的首领是斑纹。到了早晨，我会和你们一同前往南方，它们也是。”艾雯看起来仿佛觉得这并不是她听到的最好的讯息。

佩林一言不发地坐着。他能感觉到燃烧的离开。离开的雄性并不只是它一个，所有年轻的雄性都追随在它身后。佩林想要相信这是艾莱斯在玩弄想象的把戏，但他无法相信。就在那些离去的狼消失在他的意识中时，他感觉到一个来自燃烧的意念。他懂得这个意念——清澈、犀利，如同是他自己的。痛恨，痛恨和血的味道。

第24章 顺流而下

水从遥远的地方滴下，发出空洞的回音，永远失去了它们的源头。到处都是石桥和没有尽头的坡道，全都发源于高大的石砌平顶高塔。这些高塔全都经过了抛光，平滑圆润，上面有红色和金色的条纹。一层又一层，这座迷宫在黑暗中上下起伏，看不到起点和尽头。桥、坡道和高塔连结在一起，无论兰德朝哪个方向望去，在他视力所及之地，远近上下都是一样的景色。这里没有足够的光线能让他看得清楚，而他几乎要为此感到高兴。一些坡道就在另一些坡道的正上方。兰德看不到它们的地基在哪里。他努力地寻觅着，寻觅自由，却心知那只是幻象。一切都是幻象。

他知道这个幻象。他已经不知道自己有多少次跟随这个幻象。无论他走得多远，向下、向上，或者是朝向其他任何方向，只有这些闪亮的石头，石头。但深沉的黑暗如同新翻开的泥土般弥漫在空气中，伴随着令人恶心的、腐败的甜味。这是坟墓的气息。他竭力不去呼吸，但这股气息充塞了他的鼻腔，黏附在他的皮肤上，如同臭油。

他的眼睛捕捉到一丝闪动。他立刻停住脚步，弯下身子靠在一座高塔顶端光滑的围墙上。这不是一个好的藏身之所，周围有一千个地方能轻易就看到这里。到处都是影子，但没有任何一片影子能够完全遮住他。这里的光线不是来自油灯或火把。它就存在这里，如同从空气中渗出来的一样。足以看见，足以被看见。但一动也不动总还是让人觉得有了一点保护。

移动又出现了。这一次兰德看清楚了。一个人正大步走上远处的一条坡道，丝毫不在意两侧完全没有栏杆保护，只要一失足就会跌下无尽的深渊。那个人的斗篷随着他的动作在他背后掀动着，他向四处转着头，搜寻着。他们之间的距离太远，兰德在黑暗中只能看见他模糊的身形。但兰德不需要靠近就能知道，他的斗篷是血红色的，那双搜寻的眼睛里正燃烧着炽烈的火焰。

兰德竭力想要看清楚这座迷宫，好弄清楚巴尔阿煞蒙在找到他之前还需要走过多少坡道和桥梁的接点，但他很快就放弃了。直线距离在这里是具有欺骗性的，这是他学到的另一件事，看起来很远的位置可能再转过一弯就能到达，仿佛近在眼前的地方却又怎么也走不到。从开始到现在，惟一能做的就是保持移动。保持移动，不去思考。思考是危险的——他知道这点。

当他转过身，不再去看远处的巴尔阿煞蒙时，他不禁想起麦特。麦特也在这座迷宫里吗？**或者会有两座迷宫，两个巴尔阿煞蒙？**这个念头在他的脑海中刚一出现就被他强压了下去。思考这种事情实在太令人害怕了。**这个梦就像是在巴尔伦做的那个梦吗？那为什么他找不到我？**这总算是要好一点，让人感到稍微舒服一点。**舒服？该死的，这有什么舒服可言？**

有两三次，他依稀记得他已经这样逃了很长很长的时间，他不知道有多长，而巴尔阿煞蒙也一直在徒劳地追逐他。这是他在巴尔伦做过的那种梦？或者只是个噩梦，就像其他人都会有的噩梦一样？

片刻之间（只是在呼吸一次的时间里），他知道为什么思考是危险的，知道思考什么是危险的。仿佛如同以前一样，每次当他允许自己认为环绕在他周围的只是一个梦时，空气都会闪烁起来，遮住他的眼睛，仿佛变成一种胶体，将他凝固住。只是在片刻之间。

焦热刺激着他的皮肤，他的喉咙早已没有一丝水汽。他正在这座被荆棘围绕的迷宫中奔跑着，已经有多久了？他的汗水在聚成汗珠之前就蒸发了。他的眼睛感到烧灼的疼痛。在头顶上不远处，怒涛般的云团在黑暗中沸腾，但这座迷宫中却没有一点风。片刻之间，他觉得这座迷宫曾有过变化，但这个想法很快就在高热中蒸发了。他在这里已经很长时间了。思考是危险的，他知道。

圆形的白色石块铺成的道路，半埋在骨白色的干土下，即使以最小的力量迈出一步，也会扬起一团灰尘。灰尘刺激着他的鼻子，但只要打一个喷嚏，他就有可能暴露自己。他开始用嘴呼吸，但灰尘很快塞满他的喉咙，引得他一阵阵干咳。

这是个危险的地方，这点他也知道。在前面，他能看见高大的荆棘墙壁上有三个缺口，更前面的道路弯曲到他看不见的地方。巴尔阿煞蒙可能在任何一个拐弯处出现，他们已经在这里有过两三次遭遇。但除了遭遇过巴尔阿煞蒙，后来又逃掉之外……他什么都不记得了。有太多想法是危险的。

在酷热中喘息着，他停下来检查迷宫的墙壁。黑褐色的荆棘藤蔓厚密地缠绕在一起，看起来仿佛已经死了，可怕的黑色针刺如同一寸长的钩针。墙壁非常高，不可能越过去看到后面；墙壁非常厚，也不可能让视线从中透过。他小心翼翼地碰了一下那面墙，立刻倒抽了一口气，尽管他的力道很轻，但还是有一根荆刺刺穿了他的手指，如同烧红的钢针，让他感到灼热的疼痛。他踉跄着后退了一步，脚跟绊在石头上，为了保持平衡，他用力一挥手，大滴血液泼洒出来。灼痛感开始减退，但他的整只手都能感觉到血管的脉动。

突然间，他忘了疼痛。他的脚跟踢翻了一块铺路石，那块石头落在地面的干灰上。他盯着这块石头，回视他的是一双空空的眼窝。一具骷髅，一个人类的骷髅头。他看着这条平坦的道路，全都是一样的石头。他急忙抬起脚，但他只要他落下脚，就只能踩在骷髅上。他心想，这一切也许并不是看上去的那样，但他毫不犹豫地压下了这个念头。思考在这里是危险的。

他勉强控制住自己，虽然浑身仍然不禁微微颤抖。停留在一个地方也是危险的。他模糊地知道这点，但他对此非常确定。他指尖的流血逐渐减缓，那个伤口几乎已经消失了。他吮着指尖，盯着那条他恰巧选择的路，在这里，一条路和另一条路不会有什么差别。

现在他回忆起自己曾听说过，一个人只要在迷宫中一直朝一侧拐弯，最终就能走出迷宫。在荆棘墙壁的第一个开口处，他转向右边，然后再向右转——却发现自己正与巴尔阿煞蒙面对面地站着。

惊讶的神情掠过巴尔阿煞蒙的面孔。他的血红色斗篷随着他蓦然停步而落了下来，火焰在他眼中咆哮。只是在迷宫的高热中，兰德几乎感觉不到那火焰。

“你以为你可以躲我多久，男孩？你以为你可以逃开自己的命运多久？你是我的！”

兰德踉跄着向后退去，心中怀疑自己为什么要在腰带中摸索，难道是要找一把剑。“光明助我，”他喃喃地说着，“光明拯救我。”他记不得这句话是什么意思了。

“光明救不了你，男孩，世界之眼也不会为你所用。你是我的猎犬，如果你不听从我的命令，我会用时间巨蛇的尸体将你勒死！”

巴尔阿煞蒙伸出手。突然间，兰德知道一条逃跑的路，一条存在于他的记忆中，被迷雾笼罩，充满了危险的路，但绝不可能比暗帝的碰触更加危险。

“一个梦！”兰德叫喊着，“这是一个梦！”

巴尔阿煞蒙睁大眼睛，也许是因为惊讶，也许是因为恼怒。随后，空气开始晃动，巴尔阿煞蒙的影像逐渐变得模糊，最终消失了。

兰德又转过一个拐角，吓呆了。他盯着自己的映射，一千个，一万个。上面是黑暗，下面也是黑暗，但在他周围全都是镜子，镜子从每一个角度映照着他，从身前到视野的最远程，全都是镜子。他在镜子里弯着身子，来回转动着，睁大一双充满恐惧的眼睛向四处望着。

一道红色的影子在镜子里闪过。兰德急转过身，想要看清那道影子，但在每一面镜子里，它都是从兰德身后一闪便消失了。随后那个影子又回来了，但已经不仅仅是一道影子。巴尔阿煞蒙站在镜子对面，一万个巴尔阿煞蒙，在银镜中来回搜寻着。

兰德发现自己正在盯着自己面孔的倒影——苍白、颤抖，被刀刃般的严寒切割着。巴尔阿煞蒙在他背后逐渐浮现，瞪视着他，虽然并没有看见他，但还是在瞪着他。在每一面镜子里，巴尔阿煞蒙的火焰面孔在他的身后咆哮、扩张、吞没、融合。他想要尖叫，但他的喉咙已经僵硬。这片没有尽头的镜海中只剩下一张脸，他自己的脸，巴尔阿煞蒙的脸。一张脸。

兰德颤抖着睁开眼睛。黑暗，只有极为暗淡的光。兰德几乎停止了呼吸，除了眼睛，他的全身丝毫没有移动。一条粗羊毛毯子盖住他的身体，直到肩膀。他的头枕在弓起的手臂上。他的手能感觉到平滑的木板，是甲板。索具在夜色中发出轻微的摩擦声。兰德吁了口气，他正在喷沫号上。结束了……至少又一个夜晚结束了。

他下意识地将手指放进嘴里，尝到上面的血腥味，他一下子停止了呼吸。缓缓地，他将手放到眼前，借助朦胧的月光，他能看见指尖正渗出血珠，是荆棘刺出的血。

喷沫号在亚林河的推动下全速前进，不过实际上它的速度绝对不算快。多蒙船长一再命令桨手全力划桨，只是船速并没有因此而加快多少。船员们从日出到日落一直在划桨，但一阵阵强风却总是迎头吹来，仿佛要将船推回上游一样。到了晚上还要继续行船，会有一个人在船头借助灯光用水砣测量水深，并将测到的资料不断报告给舵手。在亚林河上不必害怕礁石，但这里有许多浅滩和沙洲。船只如果搁浅，就只能等待其他船只的救援，如果在这时遇上强盗，就连逃也逃不掉了。

他们无论是白天还是晚上都不靠岸。贝尔·多蒙一边凶狠地催促着船员，一边咒骂着可恨的风和缓慢的船速，每个在桨位上偷懒的水手都会被他痛揍几下，每个出错的船员也会被他骂上一顿。他不停地用低沉、凶狠的声音描述着十尺高的兽魔人站在甲板上，把船员们的脑袋一一折断的情景。最开始两天里，所有船员都很害怕，很乐于听从他的命令，但兽魔人攻击造成的恐慌很快就开始消退了，开始有人嘟囔着想上岸去蹓跶一个小时，活动一下手脚。也有人抱怨这样没日没夜地向下游行船实在太危险了。

不过船员们只敢用最低的声音说出这些抱怨，而且还不停地用眼角觑着周围，以免贝尔船长就在旁边。但贝尔船长好像能听到船上的每一句话，每次一有船员开始抱怨，他就会拿出那次兽魔人丢下的镰刀一样的巨剑和弯钩战斧，把它们挂在桅杆上一个小时，那些受伤的船员立刻会用手指抚摸着身上的绷带，各种怨言也自然就平息了。船员们会保持安静至少一天的时间，直到另一名船员觉得兽魔人应该已经被甩掉了，这个情况又会重新开始。

兰德注意到汤姆·梅里林在船员们皱起双眉交头接耳时都会远远地躲开。但平时他总是和船员们混在一起，讲笑话给他们听，和他们开玩笑，让每名正在艰苦工作的船员都笑逐颜开。汤姆每次都用机警的眼光观察那些窃窃私语的船员，表面上却只是在专心地摆弄着自己的长柄烟斗，为竖琴调弦，或者是做着其他的杂事，兰德不明白这是为什么。船员们并没有责备这三个被兽魔人追上船的人，但佛鲁蓝·盖博除外。

从第一天开始，佛鲁蓝那个枯瘦的身子几乎总是在其他船员身边晃荡，告诉他们那晚兰德的“强盗行径”。他时而怒气冲冲，时而又痛哭流涕。看着汤姆和麦特，尤其是看着兰德的时候，他的嘴角就会垂下来，仿佛和他们有什么深仇大恨一样。

“他们是陌生人。”佛鲁蓝总是一边急切地低声说着，一边还在用一只眼睛搜寻着船长是不是在附近，“我们对他们有什么了解？兽魔人是和他们一起来的。我们只知道这个。他们是一伙的。”

“运气啊，佛鲁蓝，住嘴吧！”一个人朝佛鲁蓝喊道。这个人将头发编成一根辫子，在脸颊上刺着一颗蓝色的小星，他正在用光脚趾卷起甲板上的一根缆绳。虽然天气寒冷，但所有水手都赤着脚，靴子很容易在湿甲板上打滑。“如果任你信口胡说，你会说你妈妈也是暗黑之友。从我面前滚开！”他朝佛鲁蓝脚下吐了口痰，又继续去整理他的缆绳了。

所有船员都记得佛鲁蓝在站岗时玩忽职守的事，那个梳辫子的男人对他的态度已经算和善的，现在根本已经没有人想要和他一同工作，佛鲁蓝只能做一些单人完成，往往肮脏不堪的工作，比如刷洗厨房里油腻的碗盘，或是匍匐着爬进舱底，在陈年堆积的霉斑与泥泞中寻找船壳的漏洞。大多数时间里，他总是防御般地缩着肩膀，委屈地沉默着。人们愈注意他，他就愈表现出委屈的样子，虽然这并没有让他得到任何一点同情。但当他的目光落在兰德、麦特和汤姆身上的时候，他有着长鼻子的脸上总会闪过一丝阴冷的杀机。

兰德和麦特聊天时，提到佛鲁蓝早晚会给他们制造麻烦。麦特向周围看了看，说道："我们能信任这些人中的哪一个?"然后就另外找了一个地方单独待着。虽然这艘船从头到尾不过三十尺，但麦特一直都尽量避开其他人。兰德觉得从离开煞达罗苟斯之后，他就是这样。

汤姆说，"麻烦不会来自佛鲁蓝，男孩，至少现在还不会。船员们不听他的，他也没有胆量单独做任何事。但还有其他人……贝尔现在似乎还认为兽魔人在追赶他，但其他人已经开始认为危险过去了，或者是认为他们已经受够了，他们已经被逼到了极限。"他拉了拉百衲斗篷。兰德有一种感觉，走唱人是在检查藏在斗篷里的小刀——他的第二好的小刀。"如果他们发动叛变，男孩，他们是不会留下船客把他们的行径流传出去的。女王的法律也许在如此远离的凯姆林难以实行，但即使是一名村长也会对叛变水手有所作为的。"这以后，兰德在看那些水手时也开始尽量不惹人注意了。

汤姆尽量将水手们的思绪从叛变的可能中引开。他不停讲述各种精彩的故事，其间还会演唱水手们提出的任何一首歌曲，为了证明兰德和麦特是他的学徒，他每天都会给他们上课，这同样能娱乐船员们。当然，汤姆从不让兰德和麦特碰他的竖琴。他们在学习长笛时，至少一开始是非常难堪的，即使他们捂住耳朵，也没办法挡住船员们的笑声。

汤姆也向两个男孩传授一些通俗故事、简单的杂耍和戏法。麦特抱怨汤姆对他们要求太多，汤姆也总是向麦特吹胡子瞪眼地说，"我不知道该怎么一边玩一边教，男孩。我或者要教你一样东西，或者不教。开始吧！就连乡巴佬也应该能做个简单的倒立，快点。"

没在工作的船员们总是会聚集在他们三人周围，有人甚至会在汤姆教课时也学上两手，即使失手了也很开心。只有佛鲁蓝站在一旁表情阴沉地看着，痛恨着所有这些人。

兰德每天都用大量的时间靠在船栏上，盯着岸边，他并不真的以为能看到艾雯或其他同伴突然出现。但这艘船的速度并不快，所以他心中也不是完全没有这样的希望。艾雯他们如果骑马，用不着太快就能追上这艘船。如果他们逃脱了，如果他们还活着。

河水汩汩流淌，除了这艘船之外，没有任何其他船只，也看不到任何活物，但这并不代表沿途没有值得观看和惊奇的事物。在他们行船的第一天中午，有一段半长的河道两岸都是高耸的断崖，而这两片断崖的石壁上雕满了百尺高的男女人像，它们全都戴着王冠，显示着它们君主的身份。它们的年龄既有弱冠，也有耄耋，面貌也各不相同。风雨将北段的雕塑侵蚀得几乎看不出原貌；愈往南，雕像的条纹形质就变得愈清晰。河水拍打着雕像的脚部，已经将脚趾磨蚀殆尽。兰德想象着它们已经在这里站立了多久，才会被腐蚀到这种程度。那些船员却全都忙着自己的工作，根本懒得抬头看一眼这番景色。他们已经见过这些古代雕像太多次了。

又过了几天，河东岸变成平坦的草原，只是偶尔能看见一丛树木。太阳照在远处的某件东西上，映出了点点光芒。“那是什么?”兰德问，“看起来像是金属。”

贝尔船长正走过兰德身边。他停下脚步，朝那闪光瞄了一眼。“那就是金属。”他的话还没有说完，兰德也渐渐看清楚了。“一座金属的塔，我曾在近处见过它。我知道。河上的商人都把它当作地标。以现在的速度，我们还需要十天才能到达白桥。”

“一座金属塔?”兰德惊异地说。麦特正盘着双腿，背靠一个桶坐着，这时也投过来关注的眼神。

船长点点头，“是，看起来像是完全用钢铸的，但闪闪发光，通体没有一点锈迹。它足有两百尺高，最底部有一幢房子那么大，上面像镜子一样光滑，没有一丝纹路，更找不到出入的孔道。”

“我打赌里面一定有财宝，”麦特说，他已经站起身，盯着与喷沫号逐渐远离的那座塔，“这么一座建筑一定保护着什么贵重的东西。”

“也许吧，小子。”船长喃喃地说道，“不过这个世界上还有比这更奇怪的东西。在索马金，那是一座海民岛，那上面的一座小山上立着一只五十尺高的石手，那只手里握着一枚像这艘船一样大的水晶球。如果世界上真的有宝藏，肯定会在那座山底下，但那座岛上的人却从不想挖掘那里。海民们一心只想驾船前往各方，寻找克拉莫，他们的被选中的圣者。”

“是我的话就会挖开那里。”麦特说，“那个……索马金离这里有多远?”那座闪光的高塔已经被一丛树木挡住了，但麦特仍然盯着那个方向，仿佛还能看见它一样。

贝尔船长摇摇头，“不，小子，这个世界上值得一看的并非是那些财宝。如果你找到一堆金子，或者是某个古代国王的珠宝，那当然好，但真正会让你想去地平线那里看看的，是各种梦幻般的奇景。在坦其克，那是通向爱瑞斯洋的一座港口，据说那里的帕那克宫有一部分还是在传说纪元之前建成的，那座宫殿的墙边展示着一些现在的人从没见过的动物。”

“任何小孩都能画一头没人见过的动物。”兰德说。船长呵呵地笑了起来。

“是，小子，他们能画出来，但一个小孩能做出动物的骨骼肌理吗？坦其克的那些动物骨骼都被拼装成原来的样子，放在宫殿里让每个人都可以参观。世界崩毁也为我们留下了千百个奇观。在那之前，世界上出现过好几个帝国，有些甚至能与亚图·鹰翼的帝国匹敌，每一个帝国都有遗迹和遗物可循。光杖、利刃缎带和心石。一整座岛屿被水晶栅栏覆盖，当月亮升起时，那片水晶就会嗡嗡作响。山脉中有一座碗形的巨谷，在谷地正中央立着一根百幅高的银针，任何靠近它一里内的人都会死。布满锈蚀的废墟、破碎的残片、被海水冲上来的奇异物品，即使是最古老的书籍中也没有记载关于它们的信息。我自己也收集了一些这样的物品，你们做梦也想不到的东西，你们就算用十辈子的时间也走不完那些东西原来所在的地方。那才是最吸引人的。”

“我们经常在沙砾丘挖掘到动物的骨头，”兰德缓缓地说，“奇怪的骨头。我们还在那里见过一条鱼的骨头——我觉得那是鱼——足足有这条船那么大。有些人说在那些沙丘中挖掘会带来厄运。”

船长瞥了他一眼：“你已经在想家了，小子，你才离开家不久呢！这个世界会将一只钓钩放在你嘴里。你会习惯于追逐落日，期待、观赏……如果你回去，你的村子将变得非常狭窄，再也留不住你。”

“不！”兰德打了个冷战。上次他想家，想伊蒙村是在什么时候？他想谭姆是在什么时候？一定是几天前了，那种感觉就好像是几个月之前。“总有一天，我会回家的，当我能回家的时候。我会养几只小羊，就像……就像我父亲一样，我也再不会离开了。对不对，麦特？只要可以，我们就会回家去，忘掉所有这一切。”

麦特显然是费了些力气才将目光从那座已经消失的高塔上移开。“什么？哦，是的，当然，我们会回家去，当然。”当他转身打算走开时，兰德听见他低声嘀咕着，“我打赌他只是不想让其他人去找那些财宝。”他似乎并没察觉自己把心里想的都说了出来。

在河上的第四天，兰德出现在桅杆顶端，他坐在杆顶的平台上，双腿抱紧桅杆。喷沫号只是在河上轻微地颠簸着，但到了五十尺高的地方，就变成大幅度地前后晃动。兰德高扬起头，在迎面吹来的风中大声笑着。

水手们正在划桨。从桅杆顶向下望去，这艘船就像是一只有十二条腿的甲虫正在沿亚林河向前爬行。以前他在两河时也曾爬上过五十尺高的大树，而这次周围并没有树枝阻挡他的视线，甲板上的一切都尽收眼底。水手们跪着用光滑的石头磨洗甲板，整理着缆绳和覆盖舱口盖的帆布，从上面望下去，他们的样子显得很奇怪。兰德看着他们，笑了足有一个小时。

虽然还会不时向下看一眼，笑两声，但兰德现在已经将注意力转移到河岸上。那种感觉就好像他是固定的（如果不考虑这种前后的晃动），而河两岸正从他身边缓缓地向后移动。树和山丘排列在两岸，整个世界都在向他背后挪动。

突然间，一阵剧烈的晃动让兰德放开了盘在桅杆上的双腿，不得不撑开四肢，以保持平衡。而晃动又突然消失了，兰德继续摆动着双臂和双腿，向前倒了过去。他急忙趁机抓住了桅索，但双腿仍然悬在桅杆两旁，让他无法固定住身体。但他还是在笑着，大口呼吸着新鲜冷冽的空气，愉快地大笑着。

“小子，”汤姆沙哑的声音从下方传来，“小子，即使你想摔断你那根蠢脖子，也不要摔下来砸到我身上。”

兰德向下看去。汤姆就在他的正下方，紧抓着绳梯，抬头瞪着他们之间最后的几尺距离。像兰德一样，走唱人把斗篷放在下面。“汤姆，”兰德轻快地说，“汤姆，你什么时候上来的?”

“在你根本不听底下的人向你喊什么的时候。烧了我吧，男孩，你让所有人都以为你疯了。”

兰德向甲板上望去，惊讶地发现所有人都在盯着他，除了麦特还盘腿坐在船头，背对着桅杆，就连那些划桨的人也都仰起了头，只是依照习惯还在一下一下地推着桨，但并没有人指责这些桨手。兰德转头从手臂下面望向船尾，贝尔船长站在舵桨旁边，槌子般的拳头杵在腰间，同样在瞪着他。他转过头对汤姆笑着，“那你想让我下来?”

汤姆用力一点头，“我会很感激你这么做。”

“好的。”兰德松开桅索，从桅顶平台上一跃而下。当他再一次凭借双手挂在桅索上的时候，他听见汤姆一句脏话说了一半又闭上嘴。走唱人对他皱起双眉，伸出一只手想要抓住他。他又朝汤姆一笑，“我这就下去了。”

他用一条腿勾住通向船头的主缆，又将臂弯挂在上面，就松开了双手。他向下滑去，开始速度很慢，但愈来愈快。快到船头的时候，他松开腿臂，刚好跳在麦特面前。他迈出一步，维持住平衡，立刻又转过身，面对全船张开了手臂，就像汤姆每次表演完杂技那样。

船员中传来稀稀落落的掌声，但兰德只是惊讶地看着麦特，看着麦特紧握在手中，用身体遮住的东西。那是一把弯曲的匕首，黄金刀鞘上雕刻着奇怪的花纹，匕首柄上缠绕着细金丝，在柄端镶着一颗足有兰德拇指指甲那么大的红宝石。它的护手是两条露出毒牙的金鳞毒蛇。

麦特不停地将匕首从鞘中抽出，又送回鞘里。当他慢慢抬起头来时，手里仍然在把玩着这把匕首，他的眼睛只是茫然地看着远方。突然，他的目光聚焦在兰德身上。他愣了一下，将匕首收回外衣下。

兰德蹲下来，双臂抱住膝盖：“你是从哪里得到它的?”麦特什么都没说，只是飞快地向四周张望着。令人有些惊讶的是，周围并没有人在注意他们。“它不是从煞达罗苟斯被拿出来的吧？”

麦特盯着他：“这是你的错，你和佩林的错。你们两个把我从那座宝藏中拖走，那时我正把它拿在手里。这不是魔德斯给我的，是我自己拿的。沐瑞只是警告我们不要接受他的礼物，这个不算。你不会告诉其他人吧，兰德。他们也许会想要偷走它。”

“我不会告诉任何人，”兰德说，“我认为贝尔船长是个诚实的人，但我没办法信任其他人，尤其是佛鲁蓝。”

“不要告诉任何人。”麦特坚持着，“贝尔不行，汤姆不行，任何人都不行。伊蒙村的人只有我们两个了，兰德。我们不能信任其他人。”

“他们还活着，麦特，艾雯和佩林，我知道他们活着。”兰德觉得麦特看起来很羞愧，“我会保守你的秘密，只有我们两个知道。至少我们现在不必担心钱的问题。只要把它卖掉，我们就能像国王一样一直旅行到塔瓦隆。”

沉默了片刻，麦特说道，“当然，如果我们必须这样的话。但在我同意之前，不能告诉任何人。”

“我说过，我不会的。自从我们上船以来，你还做过梦吗？这还是我第一次有机会单独问你这个，而不需要被另外六个人听到。”

麦特将头转到一旁，瞥了兰德一眼，“也许。”

“什么意思？也许？是有还是没有做？”

“好吧，好吧，有。我不想谈这个，我甚至不想去想到它。它没有任何意义。”

他们的谈话没有继续下去。汤姆大步走到他们身边。走唱人将斗篷搭在手臂上，风吹动着他的白发，他的长胡子仿佛都炸了开来。“我终于让船长相信你还没疯，”他大声说道，“我告诉他这只是你接受训练的一部分。”他抓住前桅索，用力摇晃着，“你从这根绳子上滑下来的愚蠢行为让他相信了我的说辞，但你没有跌断脖子还真是要感谢你的好运了。”

兰德看着前桅索，视线沿着它一直走到桅杆的顶端。他的下巴垮了下来。他竟然从这根绳子上滑了下来，而且刚才他一直坐在……

突然间，他仿佛看见自己还坐在那里，四肢都向外伸展着。他重重地坐了下去，差点就跌在船板上。汤姆若有所思地看着他。

“我还不知道你有这么好的平衡感，小子。也许我们能在伊利安、艾博达，甚至是提尔表演一些精彩的节目。南方大城市里的人们都喜欢看走钢索或空中飞人之类的演出。”

“我们要去……”那个词即将说出口时，兰德终于记起来要看看周围有没有人能听到他说话。有几名船员正在看着他们，其中也包括佛鲁蓝，他像往常一样瞪着他们，不过没有人靠近到能听见他们的说话声。“去塔瓦隆。”麦特耸了一下肩，仿佛去哪里对他都一样。

“现在是这样，小子。”汤姆说着坐到他们身旁，“但明天……又有谁知道？走唱人的生活就是这样。”他从宽袖子里摸出几颗彩球。“既然我已经让你下来了，我们就练习一下三交叉吧！”

兰德的目光再次飘向桅杆顶端。他哆嗦了一下。**我出了什么事？光明啊，怎么了？**他必须弄清楚。**他必须在真正发疯之前到达塔瓦隆。**

第25章 旅 族

贝拉在清冷的阳光下稳稳地走着，仿佛在远处慢跑的三匹狼只是乡村的牧羊犬，不过它还是会不时翻起眼珠看着它们。艾雯骑在马背上，感觉同样糟糕。她一直用眼角看着那些狼，有时还会转过身回头看一眼。佩林相信，她是想知道狼群的其他成员都在哪里。不过当他这样问艾雯的时候，得到的只是艾雯粗暴的否认，否认她害怕这些狼，否认她担心那些躲起来的狼想要做什么。艾雯一边否认着，一边继续用紧张的目光扫视着，不停地舔着嘴唇。

佩林可以告诉她，其他狼都在很远的地方。**即使她相信我，又有什么意义？甚至还不如她不相信我。**佩林并不知道自己是如何打开这只盛满毒蛇的篮子，他也不想去知道。那个满身皮毛的人正在他们前方大步慢跑着，有时佩林几乎觉得那人就是一匹狼。当斑纹、飞跳和风出现时，佩林不用看也知道。

伊蒙村人在第一天早晨醒来时，发现艾莱斯已经烤好更多的兔子，正在看着他们，满是胡须的脸上看不出有什么表情。除了斑纹、飞跳和风之外，其他狼都不见踪影。在暗淡的晨曦中，大橡树仍然在地面上铺下了浓重的影子，赤裸的树枝如同许多只剩下骨骼的手指。

艾雯问艾莱斯其他狼去了哪里，艾莱斯答道，“它们就在周围，如果有需要，它们随时可以来帮助我们，同时又和我们保持着适当的距离，以免我们在遭遇人类时发生麻烦。虽然只要有两个人类在一起就迟早要发生麻烦。如果我们有需要，它们会来的。”

当佩林撕下一块烤兔肉时，脑海中仿佛突然出现了某种触动。那是一种模糊的方向感。**当然！它们就在**……嘴里暖热的肉汁突然失去了所有味道。佩林拿起一块艾莱斯在炭上烘烤的植物块茎，很像是芜菁的味道。但他已经没有任何食欲了。

当他们出发时，艾雯坚持所有人都要轮流骑马。佩林一句反对的话都没说。

“你先骑。”佩林对艾雯说。

艾雯点点头，“然后是你，艾莱斯。”

“我的两条腿已经很好了。”艾莱斯说。他看着贝拉。卷毛马转动着眼珠，仿佛也将艾莱斯看成是一匹狼。“而且，我不认为它愿意让我骑在它背上。”

“真是胡说，”艾雯坚定地说道，“坚持这个是没意义的，每个人都应该骑一段时间。你说过，我们还有很长的路要走。”

“我说了，不用，女孩。”

艾雯深吸一口气。佩林很想知道艾雯能否用对他的那套办法让艾莱斯也听她的。但他只看见艾雯站在那里，张着嘴巴，却说不出一个字。艾莱斯看着她，只是看着她，用那双狼一样的黄色眼睛。艾雯在这个棱角分明的男人面前后退了一步，舔舔嘴唇，又后退了一步。在艾莱斯转身之前，她已经退到贝拉身边，利落地爬上马背。当艾莱斯带领他们朝南方走去时，佩林觉得他的笑容和那些狼的笑容很像。

他们就这样走了三天，每日骑马或步行向南前进，直到黄昏时才停下。艾莱斯似乎很蔑视城市人类的匆忙，但他也不认为任务在身时可以浪费时间。

那三匹狼实际上很少待在他们身边，往往是在人们不经意时蓦然出现，转瞬间又消失了踪影。不过每晚它们都会在篝火旁待上一段时间。佩林知道它们就在附近，甚至知道它们的具体位置。他知道它们何时在前方侦察，何时在后面掩护。他知道它们在什么时候离开了这支狼群的传统狩猎地。那时斑纹命令狼群留在狩猎地等它回来。有时候，那三匹狼的影子也会从他的脑海中消失。但佩林知道它们很快就会回来。即使当树林被灌木丛和大片枯草取代时，狼仍然能像幽灵一样，轻易便隐藏起来。但佩林可以在任何时候指出它们的位置。佩林不明白自己是怎么知道的。他竭力说服自己这全都只是他的想象，但这没什么用。就像艾莱斯知道一样，他也知道。

佩林竭力不去想那些狼，但无论怎样，它们都会进入他的意识。自从遇到艾莱斯和狼之后，他就再没有做过关于巴尔阿煞蒙的梦。现在他能记得的只是普通的梦，就像他在家乡……在巴尔伦，在冬日告别夜之前做的那些梦一样。普通的梦，但只有一点不同。无论是他从卢汉师傅的铸炉前站起身，抹掉脸上的汗水；或者在草原上与共舞的女孩分开后转过脸；在炉火前从书本中抬起头，无论他的头顶上是蓝天还是屋檐，都会有一匹狼在他旁边。狼是为他而来的，他一直都知道。在梦里，这仿佛是很平常的事情，即使它就出现在奥波特・卢汉的晚餐桌旁边。狼的黄眼睛正在守望着将要到来的，提防着将要到来的。只有当他醒来时，他才会感觉到这梦的奇异。

他们一同旅行了三天，斑纹、飞跳和风一直给他们带来兔子和松鼠。艾莱斯会在沿途挑出可以食用的植物，这些植物佩林几乎都不认得。曾经有一次，一只兔子几乎就在贝拉的蹄子下面跳了出来。没等佩林在投石索中装好石块，艾莱斯已经用一把长匕首在二十步外射中了它。另一次，艾莱斯用弓箭射下一只肥雉鸡。佩林和艾雯吃得比以前好多了，但佩林宁可像原先那样忍受饥饿，也不愿意有这样的同伴。只是他不知道艾雯是怎么想的。就这样一直到了第三天的下午。

他们前方出现了一片树林，比他们见过的大多数树林都要大，方圆足有四里。太阳距离西方的地平线已经不远了，在他们身边投下长长的影子，风逐渐强了起来。佩林感觉到狼在他们身后，正在向前追赶他们，但并不是很匆忙。它们没嗅到，也没看见任何危险。艾雯正骑在贝拉的背上，该是寻找宿营地的时候了，那片树林就很合适。

当他们靠近那片树林时，三条大狗从树丛中蹿了出来，这些双颚宽大的狗跟狼一样高，甚至比狼要壮硕。它们露出牙齿，发出巨大、低沉的吠叫。它们就停在树林边，没有继续前进，但和三个人的距离已经不到三十尺了。它们的眼睛里闪动着杀戮的光芒。

已经因为狼而绷紧神经的贝拉惊惶地嘶鸣着，差点把艾雯掀下马鞍。佩林在头顶抡起投石索。对付狗不需要用斧头，甩一颗石头到它们的肋骨上，再凶恶的狗也会逃走。

艾莱斯盯着那些蹬直了四条腿的狗，朝佩林挥挥手，“嘘！停下！”

佩林困惑地朝艾莱斯皱起眉头，但还是让投石索慢了下来。艾雯努力控制住贝拉，她和马都警觉地看着那三条狗。

那些大狗都竖起了颈毛，耳朵紧贴脑后，低沉的咆哮声如同地震的前奏。突然间，艾莱斯将一根手指抬到齐肩高的地方，并吹出一阵尖利的呼哨，呼哨声愈来愈高，似乎永无休止。咆哮声戛然而止，三条狗一步步后退，呜咽着，不停转头向后张望，仿佛它们想要逃走，却被什么束缚在这里。它们的眼睛全都盯着艾莱斯的那根手指。

艾莱斯缓缓地放下手，呼哨声也随之降低，狗们跟随着他的动作，平趴在地面上，吐出舌头，三条尾巴不停摇晃着。

“看！”艾莱斯说着向那些狗走去，“不需要武器。”那些大狗舔着他的手，他抓了抓它们的大头，搔弄了几下狗耳朵。“它们并不像看上去的那么厉害。它们是要把我们吓走，除非我们要走进树林，否则它们不会咬我们。不管怎样，现在不需要担心它们了，我们可以在天黑前再找一片树林。”

佩林看了艾雯一眼，发现艾雯正大张着嘴。佩林急忙用力闭上了自己的嘴。

艾莱斯一边拍着那些狗，一边审视着这片树林。“这里有图亚桑，旅族。”佩林和艾雯茫然地看着他，他又加了一句，“匠民。”

“匠民？”佩林惊呼一声，“我一直想要看看匠民。他们有时会经过塔伦渡口，但我记得他们从没进入过两河。我不知道是为什么。”

艾雯哼了一声：“也许是因为塔伦渡口的人跟匠民一样都是贼，他们肯定会互相把彼此偷个精光。艾莱斯，如果这里真的有匠民，为什么我们不离开？我可不想贝拉被偷走，还有……嗯，我们也没有别的什么了。但所有人都知道，匠民会把一切都偷走。”

“包括婴儿？”艾莱斯冷冷地问，“绑架孩子，诸如此类的故事？”

他吐了口口水。艾雯的脸红了。那些婴儿被偷走的故事所有人都知道，但只有森布或康加和科普林家的人总是对此津津乐道。“有时匠民让我感到恶心，但他们偷的东西并不比普通人更多。我知道有不少人比他们更坏呢。”

“很快天就要黑了，艾莱斯，”佩林说，“我们必须找地方扎营。为什么不和他们宿在一处呢？也许他们会收留我们。”卢汉大妈有一口匠民修过的锅子，她说那口锅比新的还要好。每次她这样称赞那口锅的时候，都会惹来卢汉师傅不高兴，而佩林只想了解匠民修理的手艺。但艾莱斯显然不愿意和匠民打交道，虽然佩林不知道是为什么。“有什么我们不该留在这里的原因吗？”

艾莱斯摇摇头，但他紧绷着的肩膀和嘴角还是明显表现出不悦的神情。“还好吧，但不要理会他们的话，一群傻瓜。旅族在大多数时候都很随和，但他们有时候又有很多规矩，到时候我做什么你们就做什么。不要向他们泄露秘密，不需要让整个世界都知道你们的一切。”

狗走在他们身边，摇晃着尾巴，艾莱斯领头走进了树林。佩林感觉到狼的速度慢了下来，他知道它们不会进入树林了，它们不怕狗，但它们蔑视狗，蔑视那些为了能睡在火边而放弃自由的亲属。而且它们要避开那些人。

艾莱斯步履平稳地向前走着，仿佛他知道路一样。在靠近树林中心的地方，他们看见匠民的马车停靠在橡树和梣树中间。

和所有伊蒙村人一样，佩林没见过匠民，却听说过许多关于匠民的故事。而这座营地就和故事中描述的一样，匠民的马车就像轮子上的小房屋，或者是高大的木匣子，被漆成各种鲜亮的颜色，其中有些颜色甚至佩林根本说不出名字。旅族们正在为每天最平凡的工作而忙碌着，烹饪、织补、照顾小孩、修理马具，但他们的衣服甚至比他们的马车更加鲜艳，看起来杂乱无章，仿佛在野花间飞舞的蝴蝶，让佩林觉得眼都花了。

营地周围不同的地方站着五六个人，他们演奏着小提琴和长笛，有几个人随着乐曲跳着轻快的舞蹈，就好像彩虹蜂鸟一样。孩子们和狗儿一同在篝火堆间嬉戏，那些狗和刚才恐吓佩林他们的那三条猛犬是同一种狗，但孩子们毫无顾忌地拉着它们的耳朵和尾巴，爬上它们的背，那些大狗全都温顺地接受着孩子们的玩弄。而那三条猛犬走在艾莱斯身边，不停地吐着舌头，看着这个满脸胡子的男人，仿佛他是它们最好的朋友。佩林摇摇头。这些狗如果想要咬住一个人的喉咙，几乎都不用将前腿抬离地面。

音乐突然停住了，佩林发现所有匠民都在看着他们，就连孩子和狗也停下来，眼神中满是警戒，仿佛立刻就要拔脚逃掉。

在一片沉默之中，一个身材瘦削、矮个子的灰发男人走上前来，严肃地向艾莱斯鞠了个躬。他穿着高领红外衣、宽松的亮绿色裤子，裤脚被塞进齐膝的靴子里。“欢迎你们与我们分享篝火。你们知道那首歌吗?”

艾莱斯以同样的方式鞠了个躬，双手按在胸前。“你们的欢迎温暖了我们的灵魂，玛笛，就像你们的篝火温暖了我们的身体，但我不知道那首歌。”

“那么我们就继续寻求。”灰发男人以吟咏般的语调说，“过去如此，将来如此，我们必须回忆，寻求，最终找到。”他微笑着向火焰伸出手，他的嗓音中流露出愉快的情绪。“饭差不多准备好了，请和我们分享吧!”

似乎这是一个讯号，音乐声立刻又响了起来，孩子们重新发出笑声，和狗玩在一起。营地里的每个人都返回工作岗位，仿佛这三名新来的人已经是他们的老友了。

但灰发男人又犹豫了一下，他看着艾莱斯，“你的……其他朋友呢？它们会留在外面吗？它们把这些可怜的狗吓坏了。”

“它们会留在外面，林。”艾莱斯摇着头，目光里闪过一点轻蔑，“你应该知道的。”

灰发男人摊开双手，仿佛在说没什么事是一定的。当他转身领着他们走进营地时，艾雯跳下马，走到艾莱斯身边。“你们两个是朋友?”一名面带微笑的匠民要接过贝拉，艾雯不情愿地放开了缰绳。看着艾雯的表情，艾莱斯喷了一下鼻息，简单地答了一句：

“我们彼此认识。”

“他的名字是玛笛？”佩林问。

艾莱斯仿佛是压低声音咆哮了一下，“他的名字是林，玛笛是他的称号，意思是寻觅者。他是这支队伍的首领。如果觉得玛笛这个词奇怪，你可以称呼他寻觅者，他不会介意的。”

“那首歌是什么？”艾雯问。

“那是他们旅行的原因，”艾莱斯说，“他们是这么说的。他们在寻找一首歌，所以他们的首领被称为玛笛。他们说他们在世界崩毁时丢失了那首歌，如果他们能重新找到它，传说纪元的天堂就会回来。”他将营地扫视一圈，哼了一声。“他们甚至不知道那首歌是什么，他们说他们找到它的时候就会知道了。他们也不知道怎么能让天堂回归，但自从世界崩毁以来，他们已经寻找了将近三千年。我想他们会一直找到时光之轮停止转动。”

他们一直走到营地中央，林的篝火所在处。这位寻觅者的马车被漆成黄色，装饰着红边，高马车轮被漆成红色，轮辐则是红色和黄色相间。一名身材丰满的妇人从马车里走出来，她像林一样已是满头灰发，不过脸上并没有多少皱纹。她站在马车门外的第一级台阶上，仍然在整理着肩上一条蓝色流苏的披肩。她穿着亮黄色的外衫和亮红色的裙子，鲜艳的色彩让佩林不由得眨了眨眼睛，艾雯则从喉咙里发出了一个窒息般的怪声。

她微笑着看着林和林带来的客人们。她的名字叫霭拉，是林的妻子，她比丈夫高出一个头。没多久，佩林就忘记霭拉的彩色衣服让他感到的不适，她让佩林想起艾威尔太太。她的微笑让佩林有种温暖的感觉。

霭拉像老朋友一样和艾莱斯打着招呼，但和艾莱斯保持着距离，这让林显得很尴尬。艾莱斯朝她干笑了一下，点点头。佩林和艾雯做了自我介绍，霭拉将他们的手握在自己的两只手中，甚至还抱了艾雯一下，比对待艾莱斯热情多了。

“你真可爱，孩子。”她将艾雯的下巴捧在手中，微笑着，“冻坏了吧！坐到火边上来，艾雯。全都坐下来，晚饭就要好了。”

篝火边放了一些原木当作长凳，艾莱斯甚至连这样一点文明的痕迹也不接受，而是直接坐在地上。火上用铁三脚架吊着两只小锅，火炭边上放着烤架。霭拉在照看着它们。

佩林他们坐下之后，一名身材细瘦的年轻男子穿着绿色条纹的衣服走到火旁，他和林拥抱了一下，吻了一下霭拉，对艾莱斯和伊蒙村人只是冷冷地瞥了一眼。他和佩林年纪差不多，看他的动作，仿佛他再走出一步就要踏起舞步了。

"亚蓝，"霭拉宠爱地向他微笑着，"今天你要和你的祖父祖母们一起吃饭了，对吗?"她弯下腰去搅拌锅里的料理，带着笑意瞥向艾雯。"真奇怪啊，是为什么呢?"

亚蓝轻松地坐在火旁，双臂环抱着膝盖，正对着艾雯。"我是亚蓝，"他的声音不大，但显得很有自信，现在这里仿佛只剩下他和艾雯两个人。"我一直在等待春天的第一朵玫瑰，现在我在外祖父的篝火旁找到她了。"

佩林等着艾雯发出不屑的笑声，却看见她只是和亚蓝四目对视。佩林不由得又看了那名匠民一眼，他承认，亚蓝比他英俊多了。又过了一会儿，他才明白这个亚蓝让他想起了谁——维尔·亚兴。那个小伙子每次从戴文骑来到伊蒙村时，都会吸引住所有女孩的眼光和她们讨论的兴致。维尔总是向每一个他见到的女孩献殷勤，并让每一个女孩都相信，他对待其他所有女孩的态度只是出于礼貌而已。

"你们的那些狗，"佩林震耳的声音让艾雯回过神来，"看起来像熊那么大。看到你们让小孩子跟它们一起玩真是让我感到吃惊。"

亚蓝的微笑消失了，不过当他看着佩林时，脸上又露出微笑，而且那微笑显得比刚才更真实。"它们不会伤害你。它们那样只是为了将危险吓退，并警告我们。但它们是依照叶之道进行训练的。"

"叶之道?"艾雯说，"那是什么?"

亚蓝指了指周围的树，他的眼睛一直看着艾雯，"树叶只度过自己注定的生活，它们不会与带走它们的风对抗。最终它们会用自己滋养新的树叶，所以它能和所有人共处。"艾雯也看着他，脸上出现一层淡淡的红晕。

"但这又是什么意思?"佩林问。亚蓝生气地瞥了他一眼。做出回答的是林。

“这意味着没有人应该伤害其他人，无论是出于什么原因。”寻觅者的目光向艾莱斯闪了一下，“没有任何理由施行暴力，没有，永远都没有。”

“如果有人攻击你们呢？”佩林问，“如果有人打你呢？或者是要抢劫你，要杀你？”

林叹了口气，这是为了让自己耐心点，仿佛是遗憾佩林怎么会看不出如此显而易见的道理。“如果一个人打我，我会问他为什么要这么做。如果他还是想打我，我会逃走；如果他要抢劫我或杀我也是一样。即使让他夺走我的所有，甚至是我的生命，也要比我施行暴力好得多。我会希望他没有因此而受到太严重的伤害。”

“但你说过，你不会伤害他的。”佩林说。

“我不会，但暴力在伤害承受者的同时，也会伤害施暴者。”佩林露出怀疑的神色，“你用斧头砍倒一棵树，”林说，“斧头对树施行了暴力，你认为它本身不会受到伤害吗？木头和钢比起来是软的，但锋利的钢刃也会因为砍伐它而变钝，树木的汁液会让它生锈。强大的斧头对无力的树施以暴力，它同样会因此受伤。人也是这样，只是人受的伤在精神上。”

“但——”

“够了！”艾莱斯吼了一声，打断了佩林要说的话。“林，你光是用这番胡话去拐走村里的年轻人已经很糟糕了。这几乎让你们在所有地方都遇到麻烦，不是吗？我带他们到这里来不是为了让你去感化他们。停止吧！”

“然后把他们丢给你？”霭拉在手掌中将香草磨碎，撒进锅里，她的声音很平静，但她的手很用力。“用你的方式去教育他们，去杀戮和死亡？指引他们接受你为自己寻找的那种命运——死在荒野，只有乌鸦和……和你的朋友们来糟践你的躯体？”

“平静，霭拉。”林温和地说，仿佛这种争论他已经听过不下一百次。“我们欢迎他到我们的火边来，妻子。”

霭拉沉默了。但佩林注意到她并没有道歉，她只是看着艾莱斯，哀伤地摇摇头，然后掸掸双手，开始从马车旁一只红色的箱子里拿出勺子和陶碗。

林转头看着艾莱斯，“我的老朋友，我要告诉你多少次，我们不想误导引诱任何人。当村里的人们对我们的道路感到好奇时，我们会回答他们的问题。确实，向我们提问的大多是年轻人，偶尔他们会在我们启程时加入我们，但那完全是出于他们自己的意愿。”

“你把这话去和那些儿子或女儿跟随匠民跑掉的主妇们说啊！”艾莱斯嘲讽地说道，“所以就连大一点的城镇都不会让你们靠近宿营，村庄会容忍你们是因为你们的修理手艺，但城镇不需要这个，他们也不喜欢你们拐走他们的年轻人。”

“我不知道城市里允许什么，不允许什么。”林的耐心似乎耗尽了，但他肯定没有表现出任何一点怒意。“城市里总是有人滥用暴力。不管怎么样，我不认为能在城市里找到那首歌。”

“我不是要冒犯你，寻觅者。”佩林缓缓地说，“但……嗯，我不是在寻求暴力，我已经有好几年没有和人打过架了；当然，节日里的摔跤游戏除外。但如果有人打我，我会打回来的。如果我不这样，我就是让他以为他可以随便打我。有些人认为他们可以占别人的便宜，如果你不让他们知道他们不可以这样，他们就会肆意欺凌压迫比他们弱小的人。”

“有些人，”亚蓝带着沉痛的语调说，“从来都无法克服自己的本能。”他的眼睛看着佩林，清楚地表明他所谈论的并不是佩林所说的那些欺凌与压迫。

“我打赌你已经逃走了很多次。”佩林说，那名年轻匠民的面孔立刻绷紧了，看起来丝毫没有叶之道的样子。

“我想这很有趣，”艾雯一边说一边瞪了佩林一眼，“相信自己的肌肉并不能解决所有问题。”

亚蓝的好兴致又回来了。他站起身，微笑着向艾雯伸出手，“让我带你看看我们的营地，我们正在跳舞。”

“我很乐意。”艾雯也向他报以微笑。

霭拉从小铁炉中拿出面包。“但晚餐已经准备好了，亚蓝。”

“我会和妈妈一起吃。”亚蓝一边回头说着，一边拉着艾雯的手从马车旁走开了。“我们两个和妈妈一起吃。”他抛给佩林一个胜利的微笑。艾雯则一边笑着，一边跟着他跑走了。

佩林站起身，又停下来。艾雯应该不会受到伤害，如果这里的人都像林说的那样遵从叶之道。他看看林和霭拉，两位老人都还在沮丧地望着外孙。佩林说，“我很抱歉，我是客人，不该……”

“没关系，”霭拉安慰地说，“这是他的错，不是你的。坐下来吃饭吧！”

“亚蓝是个困惑的年轻人。”林哀伤地说，“他是个好男孩，但有时我觉得他很难适应叶之道，恐怕有人是这样的。和我们坐在一起吧，我们的火也是你的，请。”

佩林缓缓地坐了回去，但心里仍然觉得尴尬。“不能遵循叶之道的人会怎么样？”他问道，“我是说，如果匠民中出现了这样的人呢？”

林和霭拉担忧地对视了一眼。林说，“他们会离开我们，迷失的人会居住在村庄里。”

霭拉凝视着外孙离去的方向，“迷失的人不会快乐的。”她叹了口气，但她在分发碗和勺子的时候，表情又恢复了平和。

佩林盯着地面，只希望自己刚才没说话。当霭拉将盛着蔬菜浓汤的碗和厚片的硬壳面包分给众人时，他们没有再说话。吃饭时也没有人开口说什么。汤很好喝，佩林一连喝了三碗。艾莱斯笑着喝光了四碗。

饭后，林装满烟斗。艾莱斯拿出自己的烟斗，也从林的油布袋里捏出一撮烟叶。一切准备就绪之后，他们安静地在原木上重新坐好，霭拉拿出一件未完工的毛衣织了起来。太阳在西方的树梢上只剩下了一抹红线，营地做好了过夜的准备，但喧闹声并未减弱，只是改变了方式。刚才一直在演奏的乐手们由另一些人替换下来，更多的人开始在火光旁跳舞，他们的影子在马车上不停地跃动，一阵男声合唱传来。佩林滑到地上，背靠原木，很快就感觉到睡意。

过了一段时间，林说，“上个春天你和我们道别之后，你有没有拜访过其他图亚桑，艾莱斯？”

佩林睁了一下眼睛，又半垂下眼皮。

“没有。”艾莱斯叼着烟斗答道，“我不喜欢身边有太多的人。”

林笑了一下。“特别是生活方式与你截然不同的人。不，老友，不要担心。我在多年前就已经放弃了让你走上叶之道的希望。但在我们最后一次相逢之后，我听说了一个故事，也许它会让你感兴趣。每次我们遇到其他人时，都会听到这个故事，也都会引起我的兴趣。”

“我在听。”

“它是在两年前的春天发生的，一群人正在从北方穿越荒漠。”

佩林猛地睁开眼睛。“荒漠？艾伊尔荒漠？他们穿越艾伊尔荒漠？”

“艾伊尔人不会阻止某些人进入荒漠。”艾莱斯说，“走唱人、诚实的卖货郎，图亚桑一直在荒漠中行走。以前凯瑞安的商人也能进入荒漠，在艾伊尔战争之前，那棵树还在的时候。”

“艾伊尔人总是躲避我们，”林哀伤地说，“虽然我们之中有许多人想与他们交流，他们从远处监视我们，但他们从不靠近我们，也不让我们靠近他们。有时我担心也许知道那首歌的正是他们，但我想这应该不可能。要知道，在艾伊尔人之中，男人根本不唱歌。这不是很奇怪吗？艾伊尔男人从孩提时代就只会唱战歌，以及为被杀死的人唱挽歌。我听过他们在死者面前唱歌，甚至那些人就是他们亲手杀死的。那是能够让岩石落泪的歌。”在旁边织毛线的霭拉一边听，一边点头。

佩林的脑海中盘旋着许多念头。他本来以为匠民们都是一些胆小的人，遇到任何事都只知道逃跑，但没有任何胆小的人敢妄想穿越艾伊尔荒漠。他还没听说哪个心智健全的人敢进入那片荒漠。

“如果这是关于一首歌的故事。”艾莱斯开口道。但林只是摇了摇头。

“不，老友，不是歌。我还不确定它到底是关于什么的。”他将注意力转回佩林身上。“年轻的艾伊尔人经常进入妖境，有人会孤身进入那里，一些理由让他们认为自己受到召唤，要去杀死暗帝。不过大多数人都是结成小队，去猎杀兽魔人。”林哀伤地摇着头，当他继续说下去时，他的声音沉重许多。“两年前，一支匠民走到妖境以南大约一百里的荒漠中，发现一队这样的艾伊尔年轻人——”

“年轻女人，”霭拉插嘴道，她和她的丈夫一样哀伤，“都还只是女孩。”

佩林惊呼了一声。艾莱斯表情冷漠地朝他一笑。

“艾伊尔女孩不必照顾家室，烹饪三餐，只要她们不想这么做，男孩。想要成为战士的女孩都会加入到她们的艾伊尔战士团里，她们称她们的战士团为法达瑞斯麦——枪姬众，这个战士团和其他男性战士团一同在战场上搏杀。”

佩林摇摇头。艾莱斯看着他的表情，笑了几声。

林继续他的故事，他的声音中掺杂着不悦和困惑。“那些年轻女子中只有一个活了下来，而她也已经命不长久。她爬进匠民的马车队里，她知道他们是图亚桑，她的厌恶明显超过她的痛苦，但她有一个她认为是极为重要的讯息，必须在死前告诉某个人，即使是我们这样的人。这支匠民沿着她的血迹找到了她的同伴，想要看看是否还能挽救一些生命。但她们全死了，她们的身边躺着三倍于她们数量的兽魔人。”

艾莱斯坐起身，烟斗几乎从他齿间掉下来。“进入荒漠一百里？不可能！敌维克卡沙，这是兽魔人对荒漠的称谓，意思是死亡之地。即使妖境里所有的魔达奥聚在一起，也不可能将兽魔人赶进荒漠。”

“你对兽魔人知道的很多，艾莱斯。”佩林说。

“继续你的故事吧！”艾莱斯粗着嗓音对林说道。

“根据这些艾伊尔人的战利品判断，她们显然是从妖境回来的，兽魔人一直在追杀她们。根据留下来的足迹，在杀死这些艾伊尔人之后，只有极少数的兽魔人回去了。那名艾伊尔女孩不让任何人碰她，甚至不许照料她的伤势。她只是紧握着寻觅者的外衣。这是她的遗言，一字不差，‘迷失之人，腐叶者要刺瞎世界之眼。他要杀死巨蛇。警告匠民，迷失之人。灼目者来了。告诉他们准备好迎接随黎明而来之人。告诉他们……’然后她就死了。腐叶者和灼目者，这是艾伊尔人对暗帝的称呼。但我不明白她为什么要提到匠民。她认为这个讯息极为重要，必须把它传递出去，哪怕是通过被她厌恶的人。但要把讯息传递给谁？我们自称为匠民，但我不认为她说的是我们。是艾伊尔人吗？即使我们想，他们也不会和我们打任何交道的。”他重重地叹了口气，“她称我们为迷失之人。我以前并不知道他们是如此厌恶我们。”霭拉将毛衣放在膝上，温柔地摸了摸林的头。

“是她们在妖境中获取的信息，”艾莱斯喃喃地说道，“但这话听起来没什么意义。杀死巨蛇？难道他要杀死时间本身？还要刺瞎世界之眼？还不如说他要饿死一块石头。也许那女孩只是在胡说，林。她受了重伤，濒临死亡，可能已经失去对事实的把握，也许她甚至不知道那些图亚桑到底是什么人。”

“她知道她在说什么，是在对什么人说，有些事情对她而言比她的生命更重要，这是我们无法理解的。当我看见你们走进我们的营地时，我觉得也许我们终于能知道答案了，你曾经……”艾莱斯快速地一挥手。林改变了说法，“你是我的朋友，知道许多奇怪的事情。”

“但对这方面一无所知。”艾莱斯以不愿再谈的语气说道。篝火旁重新陷入了沉默，只有音乐和笑声不断从营地里别的地方传来。

佩林靠在原木上，竭力思索着这名艾伊尔女子的讯息。他当然不可能比林或艾莱斯对这句话有更多的了解。世界之眼。它曾经不止一次，出现在佩林的梦里，但佩林不愿去想到那些梦。而艾莱斯为什么会有那样的反应？林本来打算对这个满脸胡子的人说什么。为什么艾莱斯要打断他的话？佩林觉得自己大概也没有运气知道这件事了。他开始竭力想象艾伊尔女孩是什么样子——进入妖境。佩林以前听过的故事里只有护法会进入那个地方，与兽魔人作战。过了许久，他听到艾雯回来了，口里还哼着歌。

佩林站起身走到火光边缘迎接艾雯。艾雯停住脚步，歪头看着佩林，在黑暗中，佩林看不清她的脸。

“你已经离开很长的时间，”佩林说，“玩得很高兴吗？”

“我们和他母亲一起吃了饭，”艾雯答道，“然后我们跳舞……欢笑。我几乎已经忘记上次跳舞是什么时候了。”

“他让我想起维尔·亚兴。你一直都有足够的理智，不曾让维尔把你装进口袋的。”

“亚蓝是个温柔的男孩，跟他在一起很有趣。”艾雯的声音渐渐绷紧了，“他让我笑个不停。”

佩林叹了口气：“我很抱歉。很高兴你跳了一场快乐的舞蹈。”

艾雯突然伸出双臂紧紧抱住佩林，泪水涟涟地把脸压在他的衬衫上。佩林笨拙地拍着她的头。**兰德就知道该怎么安慰她，**他心想。兰德总是能轻松地应付女孩，他却从来不知道该说些什么，或是做些什么。“我真的很抱歉，艾雯。我真的很高兴你在这里能愉快地跳舞，真的。”

“告诉我他们还活着。”艾雯伏在他胸前低声说道。

“什么?”

艾雯将佩林推开，双手仍然紧抓着他的手臂，一双眼睛紧盯着他，在黑暗中灼灼放光。“兰德和麦特，还有其他人，告诉我他们还活着。”

佩林深吸一口气，不确定地向周围看了一眼，说道：“他们还活着。”

“好吧!”艾雯飞快地抹了两下脸颊，“这是我想听到的。晚安，佩林，祝你一夜好眠。”她踮起脚尖，轻轻吻了一下佩林的脸颊，没等佩林再说出一个字，她便快步跑走了。

佩林转身去看她，霭拉正站起身迎向她，然后那两个女人就低声交谈着走进了马车。**兰德也许能明白，**佩林心想，**但我不行。**

在远方的夜色里，狼群朝向刚刚浮现在地平线的银色新月嗥叫着。佩林不禁哆嗦了一下。**明天还有足够的时间可以担心那些狼。**他错了。它们正等在他的梦境中向他问候。

第26章 白 桥

“摇撼柳枝的风”的最后一段旋律颤抖着，几乎已经无法分辨，但总算是仁慈地结束了。麦特放下汤姆的金银长笛，兰德也从耳朵上放下双手。他们身旁，一名在甲板上整理缆绳的水手重重地吁了口气。片刻之间，这里只剩下波浪拍击船壳的声音，船桨有节律的嘎吱声和偶尔风吹过紧绷的索具时发出的嗡嗡声。劲风一直从喷沫号的船头吹来，无用的船帆都已经被卷起来了。

“我想我应该谢谢你。”汤姆·梅里林喃喃地说道，“你让我知道那句老话是多么真实——不管你怎么教，猪永远不会吹长笛。”那名水手大笑起来，麦特举起长笛，仿佛要把它丢向汤姆，汤姆灵巧地将那件乐器从麦特的手上拿下来，放进硬皮匣里。“我本来以为所有牧羊人和羊群在一起时都会吹吹长笛或短笛，现在我还知道了耳听为虚，眼见为实。”

“兰德才是牧羊人，”麦特嘟囔着，“吹短笛的是他，不是我。”

“是的，不错，他是有一些天赋。也许我们最好还是在杂耍上努力些，男孩，至少你在这方面表现出了一些天分。”

“汤姆，”兰德说，“我不知道你为什么要这么努力教我们。”他瞥了那名水手一眼，压低声音，“毕竟我们并不真的想要成为走唱人，这么做只是为了我们在找到沐瑞和其他人之前掩饰身份。”

汤姆拉了一下胡梢，似乎在端详膝上长笛匣平滑的深棕色皮纹，

“如果你们找不到他们呢，男孩？没有任何证据证明他们还活着。”

“他们还活着。”兰德坚定地说，他转头看着麦特寻求支持，但麦特的眼眉几乎和鼻梁拧在了一起，嘴唇抿成一道细线，眼睛紧盯着甲板。“好了，说吧！”兰德对麦特说，“只是吹不了长笛不会把你逼成这样，我也还吹不好。再说你以前从没想要吹过长笛。”

麦特抬起头，仍然紧皱着双眉。“如果他们都死了呢？”他轻声说，“我们必须接受事实，对不对？”

就在这时候，船头的瞭望员喊道，“白桥！白桥就在前面！”

过了好一会儿，兰德仍然不愿相信麦特会如此轻易说出这样的话。兰德在一群为了准备靠岸而忙碌的水手中盯着自己的朋友。麦特也在瞪着他，同时紧缩肩膀。有太多话兰德想说，但他不知道该如何把它们组织成辞句。他们一定要相信其他人还活着。一定要。为什么？一个声音在他脑海深处响起。**难道这真的会像汤姆讲的那些故事一样吗？英雄们找到宝藏，击败恶棍，继续快乐地生活着？汤姆的故事并不全都是这样结尾的。有时候甚至英雄也会死。你是个英雄吗，兰德·亚瑟？你是英雄吗，牧羊人？**

突然间，麦特红着脸将目光转向一旁。兰德甩掉这些想法，跳起身，挤过喧闹的人群向船栏走去。麦特缓步跟在他身后，甚至没注意躲开不小心和他撞在一起的船员。

人们在船上奔忙着，无数光脚板拍击着甲板，他们拉起缆绳，系紧一些绳索，解开另一些。许多人从船舱里抬出好几只大油布袋，里面的羊毛几乎要把这些袋子撑破了，另一些人抬上来一卷卷像兰德手腕一样粗的缆绳。尽管每个人的行动都很迅速，但甲板上的一切工作都显得有条不紊，似乎他们已经这样做过上千次了。多蒙船长来回巡视着，不停大声喊出命令，并责骂着那些他认为速度不够快的人。

兰德一直望着船头的方向。他们绕过亚林河上的一个小弯角，白桥清晰地呈现在他眼前。他以前在歌曲、故事和卖货郎们的传说中就听说过这座桥，现在他真的能亲眼见到这个奇迹了。

白桥呈拱形高耸在宽阔的水面上，比喷沫号的主桅高出一倍多，它在阳光中通体闪烁着乳白色的光彩，仿佛它本身就是能发光的光源。细长的桥墩立在急流中，显得那样脆弱，根本不可能支撑起如此宏伟沉重的桥梁。它看起来是完整的一体，没有任何接缝，仿佛是一个巨人用一整块巨岩雕刻、打磨出这座桥。宽阔的桥梁以轻盈优雅的姿态跨过河面，让欣赏它的人甚至会忘记它的巨大。而坐落在河东岸桥头的白桥镇与之相比显得矮小乏味——虽然白桥镇实际上比伊蒙村要大上许多。那些砖石结构的房子就像塔伦渡口的那么高大，木板码头如同手指般伸在河面上，小艇密布在亚林河的河面上，渔夫们不时将渔网拉起。白桥屹立于这一切之上，熠熠生辉。

"它看起来就像是玻璃做的。"兰德自言自语地说。

贝尔船长停在他身后，将拇指插在皮带里，"不是，小子。不管它是什么，它并不是玻璃。无论下多大的雨，走在上面也不会打滑。即使是最强壮的手臂和最锋利的凿子也无法在上面弄出一道刻痕。"

"一座传说纪元的遗迹，"汤姆说，"我一直都是这样认为的。"

船长沉着脸哼了一声，"也许吧！但现在还很有用，也许是其他什么人建造了它。运气啊，它不一定是两仪师的作品，它也不一定有那么古老。认真点，你这个该死的傻瓜！"他说完就匆匆走下了甲板。

兰德用更加好奇的眼光望着那座桥。**传说纪元的遗迹。**也许真的是两仪师建造的，所以贝尔船长对这座桥才会有那样的感觉，虽然他总是对世界上的各种奇迹和异象津津乐道。两仪师的作品。听说是一回事，亲眼看见、亲手触摸到则是另一回事。**你知道的，不是吗？**刹那间，兰德觉得仿佛有一片影子漫过这座乳白色的建筑。他将视线移开，望向那些愈来愈近的码头，但那座桥仍然从他视野的角落中浮现出来。

"我们成功了，汤姆。"他强迫自己笑了笑，"没有发生哗变。"

走唱人只是用鼻息吹了一下胡子。旁边两名正在整理缆绳的水手用犀利的目光瞥了兰德一眼，然后又飞快地弯下腰继续去工作了。兰德止住笑，在继续靠近白桥的过程中竭力不再去看那两名水手。

喷沫号以一个平滑的曲线靠在第一座码头旁，这座码头是用原木在涂满柏油的桩基上铺成的。桨手们最后将桨叶倒推向船头，让船停了下来。当船桨被抽回时，水手们把缆绳扔给码头上的工人，他们立刻卖力地将缆绳系紧在码头上。另一些水手纷纷将塞满羊毛的油布袋垂到船侧，以免船壳在码头的桩基上撞伤。

还没等这艘船在码头上停稳，几辆马车已经出现在码头末端，高大的马车漆成闪亮的黑色，每辆马车的车门上都用金色或红色漆着由大写字母组成的名字。步桥搭好之后，坐在马车里的人立刻就走了上来。他们都是些脸蛋光滑的人，穿着天鹅绒长外衣、丝绸镶边的斗篷和软布鞋。他们的身后都跟着一名衣着普通的仆人，为他们提着铁箍的钱箱。

他们朝贝尔船长走来，而船长的一声大吼把他们挂在脸上的微笑都吹走了。“你!”他用一根粗大的手指指着那些人的背后——佛鲁蓝·盖博正鬼鬼祟祟地躲在船的另一头。佛鲁蓝前额上被兰德踩出来的瘀伤已经褪掉了，但他仍然会不时摸一下那里，好像是在提醒自己不要忘记这个仇怨。“别想在我的船上继续一边站岗一边睡觉了！如果我有办法，我不会让你在任何一艘船上再这么做！现在选择吧——或者是码头，或者是河水，但现在从我的船上滚出去!”

佛鲁蓝蜷起身子，但他的眼睛对兰德和他的朋友闪烁着恨意，瞪着兰德时，那双眼睛里更是充满了怨毒。这个枯瘦的男人在甲板上望了一圈，想要寻求支持，但他显然没看到什么希望。船员们逐一从工作的地方站起身，冷冷地回瞪着他。佛鲁蓝的身子仿佛是小了一圈，但很快地，他用更加狠毒的目光回瞪着所有人，一边低声咒骂着，一边朝甲板下的船舱走去。贝尔派了两个人盯着他，防止他搞鬼，最后又骂了一句，就把这个人抛在脑后了。随后船长又转向那些乘马车来的商人，那些商人们立刻重拾起笑容，向船长鞠躬行礼，仿佛刚才的事完全没发生过一样。

汤姆说了句话，麦特和兰德开始收拾行李，实际上，他们除了身上的衣服之外，也没太多东西。兰德背起毯子卷和鞍囊，他将父亲的剑在手中握了一会儿，思念之情刺痛了他的眼睛。他怀疑自己可能再也见不到谭姆了。还有家乡呢？家乡。**还是在逃亡中度过你的余生吧！逃亡并畏惧着你的梦。**兰德颤抖着叹息一声，将剑带挂在外衣外面的腰上。

佛鲁蓝回到甲板上，后面还跟着那两名监视他的水手。他的眼睛直瞪着前方，但兰德仍然能感觉到他的恨意。佛鲁蓝挺直了后背，阴沉着脸，双腿僵硬地走下步桥，粗暴地推开码头上挡路的行人。没过多久，他就消失在那些商人马车的后面。

码头上有许多人，从衣着上看来，他们之中有工人、织网的渔夫，还有一些镇民来看今年第一艘从沙戴亚到这里靠岸的船只。那些女孩之中并没有艾雯的身影，也没有任何长得像沐瑞、岚，或者是其他兰德想见到的人。

“也许他们没有到码头上来。”兰德说。

“也许，”汤姆答了一句，他将音乐匣小心地拴在背上，“你们两个要小心佛鲁蓝，如果有机会，他会制造麻烦的。我们要悄无声息地经过白桥，最好在我们离开五分钟后，这里就没人记得我们了。”

他们拉着不断被风吹起的斗篷，向步桥走去。麦特将弓挂在胸前，虽然已经在船上度过了好几天，仍然有一些水手用好奇的眼光看着他。他们的弓比两河长弓要短得多。

贝尔船长离开那些商人，走到就要踏上步桥的汤姆面前。

“你要离开我们了？走唱人。我还是没办法说服你在我的船上继续旅程吗？我会一直行船到伊利安，那里的人对走唱人有相当正面的评价，世界上再没有其他地方能比那里更适合你展示技艺了。我可以让你在瑟分节之前到达那里。你知道那时在伊利安举行的走唱人大赛，朗诵狩猎号角史诗的胜利者能得到一百枚金币的奖赏。”

“是一笔很大的奖金，船长，”汤姆一边回答，一边优雅地鞠了个躬，用多彩斗篷舞出一个花式。“竞赛也很盛大，全世界的走唱人都会被吸引过去。但，”他话锋一转，“恐怕我们无法承受你所要求的船费。”

“啊，嗯，这个……”船长从外衣里掏出一只皮袋子，将它扔给汤姆，汤姆抓住它时，发出一阵叮当声响。“你们的费用都还给你们了，还多了一点，造成的损坏不像我预料的那么严重，而且你一路上也不断地在讲故事、弹竖琴。如果你留在船上一直到风暴海，我还会再给你这么多钱。我会让你在伊利安上岸，一名优秀的走唱人在那里能挣很多钱，即使那里还有不少竞争对手。”

汤姆犹豫着，掂量着那只钱袋，但兰德说道，“我们要在这里和朋友会面，船长，然后我们要一起去凯姆林。我们只能之后再去伊利安了。”

汤姆撇撇嘴，吹了一下长胡子，将钱袋塞进口袋里。“如果我们要找的人不在这里，也许可以再商量吧，船长。”

“好吧！”贝尔不高兴地说，“你可以再考虑一下。我没办法留下佛鲁蓝，好让其他船员能把火气发泄在他身上，这有点糟糕，但我是言而有信的人。我想现在我不能那样逼船员了，也许这要让我到达伊利安的时间延长两倍。嗯，也许那些兽魔人的目标真的是你们三个。”

兰德眨眨眼，但保持着沉默。麦特却没有这样谨慎。

“它们怎么可能不是在追我们?”麦特问，“它们在和我们寻找同一个宝藏。”

“也许吧！”船长嘟囔着，听口气，他并没有完全相信汤姆的故事。他用粗指头搔了搔胡子，然后指着汤姆放进衣袋里的钱袋说，“如果你回来继续为船员们疏解压力，我就给你这么多钱的两倍，考虑一下，我会在明天第一缕曙光出现的时候启航。”他转身朝商人们走过去，伸开双手，为了他的耽搁而向那些人道歉。

汤姆仍然在犹豫，但兰德不容分说便推着他走下甲板，走唱人则只是任由兰德推着。码头上的一些人看见汤姆的百衲斗篷后纷纷凑了过来，还有人高喊着问他会在哪里演出。**还说什么悄无声息，不惹人注意**！兰德不赞同地想。到日落时，全白桥镇的人都会知道来了名走唱人。他只是推着汤姆快步前行，汤姆则闷声不吭地随他走着，甚至一直没有要走慢一步，朝关注他的人群还一个礼。

马车夫们都坐在高高的马车位上，兴致勃勃地看着汤姆，但显然他们所在的位置让他们不能大喊大叫。兰德并不知道应该去哪里。他转上了从桥底穿过的沿河街道。

“我们需要找到沐瑞和其他人。”他说，“要快！我们应该想到要让汤姆换一件斗篷的。”

汤姆突然甩脱兰德，停住脚步。“一名旅店老板会知道他们是否在这里，或者是否从这里经过，只要他愿意告诉我们。旅店老板能听到各种闲话，如果他们不在这里……”他看着兰德和麦特，“我们必须谈谈，我们三个。”他将斗篷在脚踝处甩出个花式，离开河岸朝城里走去。兰德和麦特只能快步跟上。

那座让白桥镇因之而得名的乳白色大桥，无论是近看还是远观，都凌驾在这座城镇之上。但兰德走在这座城镇的街道中时，才发现这座城镇绝不比巴尔伦小，只是这里没有挤着那么多人。街上能看见几辆大车，拖车的有马、牛、驴子和人，载人的马车则完全看不到。可能只有商人们有足够的钱坐马车，而现在他们都到码头上去了。

街道两旁排列着各种各样的店铺，许多商贩坐在店铺外的货摊后面，招牌在风中来回摇摆。他们走过一名锔碗匠；一名裁缝正从店里抱出成捆的布料给他的客人挑选；一名鞋匠坐在店铺门口，敲打着一只靴子的后跟；一名磨刀匠在当街叫卖；小贩们捧着他们的托盘，托盘里放着为数不多的水果和蔬菜。但没有多少行人对他们有兴趣。出售食品的商店也只能摆出一些寒酸的货色。兰德记得在巴尔伦时就是这样，甚至就连鱼贩也只有几条小鱼可卖，这显然与河面上那么多渔船不成比例。现在的情况还算不上是饥荒，但所有人都明白，如果天气再没有什么变化，将来的日子会是怎样的情形。人们不是一脸忧愁，就仿佛是盯着远方某个看不见的东西，某个无法让人高兴的东西。

白桥一直通到城镇中心的方形大广场上，广场上的铺路石板已经因为许多世代的人踩车辗而严重磨损了。广场周围环绕着旅店和商铺，还有一些高大的红砖房屋上挂着招牌，画在招牌上的名字兰德在河边的那些马车上已经看见过了。汤姆似乎是随便选了一家旅店就走进去，挂在旅店门上的招牌在风中摆动着，上面的图案分为左右两半，一半画了一个背着包袱、大步前行的人，另一半画的是同一个人睡在枕头上。旅店的名字是“旅人宿处”。

大厅里，肥胖的旅店老板正从酒桶中倒啤酒出来，两名穿着粗布工人装的男人坐在靠里面的一张桌子旁，沉闷地盯着他们的酒杯。一行三人走进门时，只有旅店老板抬起了头。一堵齐肩高的墙将大厅分为前后两半，每一半都摆着桌子，并有一个噼啪作响的壁炉。兰德很想知道是不是每一名旅店老板都是这种胖嘟嘟又秃顶的样子。

汤姆愉快地揉搓着双手，和老板聊起了耽搁不去的寒冬，又要了香料葡萄酒，然后他低声说："有什么地方能让我和我的朋友不受打扰？"

旅店老板朝那堵矮墙点了点头，"那后面就不错，或者你想租个房间？从船上下来的水手们总是喜欢和别的水手打架，所以我会把他们分开。"他说话时一直在看汤姆的斗篷。这时他歪过头，眼睛里闪过一丝狡黠的光芒，"你会留在这里吗？我们这里已经有一段时间没走唱人来过了，如果能有些什么东西让我们暂时忘记眼前的这些事，我们绝不会亏待你。我甚至可以减少一些你们的住宿费和餐费。"

真是不惹人注意。兰德闷闷不乐地想着。

"你真是太好了！"汤姆边说边鞠了个躬，"也许我会接受你的好意，但现在，还请先让我们在比较私人的地方待一会儿。"

"我会给你拿酒来。我们这里会付给走唱人一个好价钱。"

靠墙的桌子全都空着，但汤姆选了个正中间的位置。"这样我们能看见所有可能在偷听我们说话的人。"他解释道，"你们听见那家伙说的是什么？他会减少我们的食宿费用，我怀疑他肚子里到底是怎么盘算的，任何诚实的旅店老板都会为走唱人免费提供房间、舞台和其他许多东西。"

这些空桌子没有太干净的，地板也好像有许多天没打扫了，兰德向周围扫了一眼，不禁皱起眉。艾威尔师傅即使生病卧床也绝不会让自己的旅店这么脏。"我们来这里不是只为了搜集信息吗？"

"为什么要选这里？"麦特问， "我们可以去找一家更干净的旅店。"

"就在这座大桥前面，"汤姆说，"是通往凯姆林的大道，任何经过白桥的人都会从这座广场上走过，除非他们一定要坐船过河。我们知道你们的朋友不会坐船。如果这里没有他们的讯息，他们就确实没来过。让我们进行谈话吧！一定要小心行事。"

就在这时，旅店老板出现了，他一手握着三只有凹痕损伤的锡镴酒杯，另一只手拿着毛巾在桌面上抹了抹，就把酒杯放下了，然后他接过汤姆的钱。“如果你们留在这里，你们就不必付酒钱了。这里的葡萄酒很好的。”

汤姆动动嘴角，算是一个微笑。“我会考虑的，老板，这里有什么讯息吗？我们前段时间一直在很偏僻的地方，很少听到什么讯息。”

“有大讯息，大讯息。”

旅店老板将毛巾搭在肩头，拉过一把椅子，将双臂撑在桌上，长长地吁了口气，开始感叹能坐下来是件多么舒服的事。他的名字是巴汀。一开始，他只是不停唠叨自己的两只脚，逐一数落它们的鸡眼和囊肿，抱怨每天要站那么长的时间，几乎让他都感觉不到这两只脚了。直到汤姆提到他刚才所说的大讯息，他几乎是毫无停顿地立刻又把话题转移到这上面。

巴汀所说的果然是大讯息。伪龙洛根从海丹向提尔进军，结果在卢加德附近的一场大战中被俘虏了。旅店老板问走唱人是否知道预言？汤姆点点头，老板便继续说了下去。南方的大路上挤满了行人，成千上万的人背着仅剩的一点财产，逃往各个方向。

“当然！”巴汀冷笑了两声，“没有人支持洛根。哦，不，现在你找不到几个人会承认他们追随过洛根了，他们只是寻找安全的庇护所、躲避灾祸的难民。”

两仪师当然参与了捉拿洛根的行动，巴汀在说到这个的时候向地板上啐了一口。当他说到两仪师们已经将那个伪龙带往北方的塔瓦隆时，又啐了一口。他说他自己是个正直的、受人尊敬的人，那些两仪师不该和他待在同一个世界里。她们应该返回生出她们的妖境去，把她们的塔瓦隆也一同带走。如果他有办法，他就绝不会靠近距离两仪师不到一千里的地方。他听说那些两仪师会在每一个村子和城镇停留，展示她们俘获的洛根，让人们知道伪龙已经被捉获，世界重新获得了安全。如果这样的展示来到白桥镇，他倒是很想去看看，即使这意味着要靠近两仪师。他甚至有点想要去凯姆林，因为那里会有一场盛大的凯旋式。

“她们要把他带到那里去，摩格丝女王会亲自迎接。”旅店老板恭敬地碰了碰额头，“我从没见过女王呢！人们都应该去看看他们的女王，你说是不是？”

洛根能做“那种事”。巴汀说到这里，不停地转动眼珠，舔着嘴唇，明白地表现出他所说的“那种事”是什么。两年前，他曾经见过上一个伪龙，那时那个伪龙正在乡间各处展示，但那只是个想借此而聚众称王的家伙，当时不需要两仪师插手那个伪龙就被抓住了，士兵们用铁链把他绑在一辆马车上。那是个面色阴沉的家伙，他一直在车厢中呻吟着，每当人们用石头丢他，或者是用棒子戳他时，他就会用双手抱住头。用各种方法戏弄他的人很多，但只要不危及他的生命，士兵们就不会阻止。他做不了“那种事”，而这个洛根好像是有这种能力。巴汀相信他可以把洛根的故事讲给他的孙子听，只是这家旅店让他脱不开身。

兰德专心倾听着，他的兴趣不是装出来的，而是真真切切的。当帕登·范告诉伊蒙村人能使用至上力的伪龙出现在世上时，那是数年来传入两河最重要的讯息。那之后发生的事情已经将这件事挤出兰德的脑海，但这的确是人们会谈论许多年，并讲给自己孙子听的故事。而不管事实怎样，巴汀也许都会告诉他的孙子，他亲眼见过洛根。没有人会认为两河乡巴佬身上会发生什么值得谈论的事情，除非是两河人自己。

“这样啊！”汤姆说道，“这的确是个好故事，一个能讲述一千年的故事。真希望那时我在那里。”他仿佛是在陈述一个简单的事实。兰德认为他说的全是真的。“我也很想看他一眼。你还没说两仪师是从哪条路线走的，也许这里还有别的旅行者？他们也许知道那些两仪师的路线。”

巴汀不屑地挥了一下脏手。“北边。这里所有的人都知道。你想看他的话，就去凯姆林吧！我就知道这些，白桥镇上没有人比我知道得更多。”

“当然，”汤姆安慰地说，“我想，这里经过的陌生人一定很多。我从白桥的桥头那里一眼就看见了你的招牌。”

“到这里来的不只是西边的人。两天前来了个伊利安人，满口说着什么修补封印和束缚之类的话。他就在广场上大声宣布这些事，还说要一直宣布这些事情，直到迷雾山脉，如果道路通畅，他甚至会去爱瑞斯洋沿岸。他说他们派出许多人前往世界各地宣布这些。”旅店老板摇摇头，“迷雾山脉。我听说那里整年都是浓雾笼罩，那些雾中藏着怪物，会把你的肉从骨头上撕下来，你根本来不及逃跑。”麦特偷笑一声，惹得巴汀瞪了他一眼。

汤姆专注地向前倾过身，“他到底宣布了什么?”

“什么，当然是狩猎号角，”巴汀高声道，“我没说过吗？伊利安人正在号召所有人去伊利安发誓狩猎号角。你能想象吗？发誓把自己的一生扔在一个传说上？我想他们终究还是能找到一些傻瓜的。到处都有傻瓜。那个家伙说世界末日就要到来了，人类要和暗帝进行最后一场战争。”他干笑了两声，但显得没什么力气，就像是一个人为了让自己相信某件事是可笑的而笑。“我猜他们是相信瓦力尔号角必须在末日来临前找到。那么，你们是怎么想的?”他咬着指节沉思了一会儿。“当然，经过这样的冬天，我不知道该怎么反驳他。这样的冬天，还有洛根这种人，他之前还有另外两个。为什么过去几年有这么多人自称为龙？还有这样的冬天，这一定意味着什么事情。你们是怎样想的?”

汤姆仿佛没听见他的提问，走唱人开始用一种轻柔的嗓音朗诵起来：

这最后的、孤寂的战斗，
对抗长夜的降临，
山岳坚守，
死亡被阻挡，
坟墓无法阻挡我的召唤。

“就是这个。”巴汀露出笑容，仿佛他已经看见拥挤的人群掏出钱来，只为了听汤姆的一段朗诵。“就是这个，‘寻猎号角史诗’，你光是唱这首，就会让这里的人爬到屋梁上听你的朗诵。所有人都已经听过那个伊利安人宣布的事情了。”

汤姆仍然是一副神游天外的样子。兰德于是说道，“我们在寻找几名应该来到这里的朋友，他们是从西边过来的，过去一两个星期里是不是有许多人从这里经过？”

“是有些人，”巴汀缓缓地说，“这里一直都有陌生人，有的从西边来，有的从东边来。”他轮流看着这三个人，忽然变得警觉起来。“他们看起来是什么样子？你们的那些朋友？”

兰德张开口，但汤姆突然仿佛是回过神来一样，用严厉的目光示意兰德安静。“两男三女，”他不情愿地说，“他们也许在一起，也许是分开的。”他各用几句话描述了他们的外貌，足以让任何人认出他们，又不至于泄露他们的身份。

巴汀用一只手揉搓着头顶，弄乱了他稀疏的头发，然后他缓缓站起身。“忘记在这里的表演吧！走唱人。实际上，如果你们喝完酒就走人，我会很高兴。如果你们聪明的话，最好离开白桥。”

“有别人在打听他们？”汤姆喝了一口酒，仿佛这个答案是他在世界上最不关心的事情，然后他朝旅店老板挑起一侧的眼眉，“会是什么人？”

巴汀继续搔着头发，仿佛是拔腿就要离开的样子，然后他自顾自地点点头。“我记得，大约一个星期前，一个长得像黄鼠狼一样的家伙过了桥。所有人都认为他是疯子，他总是自言自语，甚至在站着的时候也从没停止过动作。他也询问过你的朋友……询问过他们之中的几个。他有时显得非常重视这些人，有时却又仿佛根本不关心答案是什么。在一半时间里，他一直在说他必须留在这里等这些人；而在另一半时间里，他又说必须尽快离开，说时间紧迫。他刚刚还在抱怨、乞求，一转眼却又像国王一样发号施令。人们不止一次差一点痛揍他一顿，不管他是不是个疯子。为了他自己的安全起见，镇上的卫兵几乎要把他关起来。但他很快就向凯姆林去了。那时他还在一边自言自语，一边痛哭流涕。就像我说的，他是个疯子。”

兰德带着疑问的神情看着汤姆和麦特。他们全都摇摇头。也许这个黄鼠狼一样的人是在找他们，但他们绝对不认识这个人。

“你确定他要找的也是这些人？”兰德问。

“他们之中的几个，那个战士一样的男人，那个穿丝绸的女人。但他关心的并不是这两个人，他关心的是三个乡下男孩。”旅店老板的目光飞快地划过兰德和麦特，让兰德甚至无法确定他是真的瞥了他们一眼，抑或只是自己的想象。“他在拼命地寻找他们。但就像我说的，他是个疯子。”

兰德打了个哆嗦，心中疑惑那个疯子到底是谁，为什么要找他们。**是暗黑之友吗？巴尔阿煞蒙会用一个疯子吗？**

“他是疯子，而另一个……”巴汀的眼睛不安地闪烁着，他的舌头舔着嘴唇，仿佛找不到足够的湿气去润泽它们。“他离开后的第二天……另一个人第一次出现了。”他说完便陷入沉寂。

“另一个人？”汤姆终于发问了。

巴汀向周围看了一圈，这个隔间里仍然只有他们三个，他甚至踮起脚向矮墙外看了一眼，当他终于重新开口时，声音几乎压低成耳语。

“他穿着一身黑，总是用斗篷的兜帽遮住脸，让你看不见他是什么样子。但你能感觉到他在看你，感觉到仿佛有一根冰柱插进你的脊骨。他……他和我说过话。”巴汀打了个寒战，咬着嘴唇停了一下才继续说道，“那声音就像是毒蛇爬过枯死的树叶，我的肠子都快冻成冰了。每次他来的时候，他都会问相同的问题，就是那个疯子问过的问题。没有人看见他是怎样出现的。他突然就出现在这里，无论白天还是黑夜，他都会让你僵在原地。从那时起，人们开始不停地回头张望。最可怕的是，守门人说从没见过他从城镇上的任何一道门走过，无论是来还是去。”

兰德努力让自己的表情保持平静，但他还是紧咬住了牙，直到下巴都咬痛了。麦特皱起眉头。汤姆只是盯着自己的酒杯。心照不宣的那个名字仿佛就悬在他们面前——魔达奥。

“我想如果我遇到那样的人，一定不会忘记的。”过了一会儿，汤姆说道。

巴汀用力地点着头。“烧了我吧！你绝对不会忘记的。光明在上，你绝对不会忘记。他……他想要的和那个疯子一样，只是他还说到了一个女孩。还有……”他瞥了汤姆一眼，“……一个白头发的走唱人。”

汤姆的眉毛立了起来，兰德相信这不是他装的。“一个白头发的走唱人？嗯，看来我不是这个世界上惟一有些年纪的走唱人。我向你保证，我不认识这家伙。他没理由找我。”

“但愿如此。”巴汀沉着脸说，“他没有说太多。但我相信，如果有人想要帮助那些人，或者是把那些人藏起来，他会非常不高兴。不管怎样，我会把告诉他的话再告诉你。我从没见过那些人，也没听说过他们，这是实话。我没见过他们之中的任何一个人。”他的话似乎意有所指。突然间，他将汤姆的钱拍到桌子上。“喝完酒就走吧！好吧？好吗？”然后他就转身用最快的速度离开了。一边走还一边回头张望。

“隐妖。”旅店老板离开后，麦特喘息着说，“我应该知道，它们会在这里寻找我们。”

“它会回来的。”汤姆说着，将身子探过桌面，压低声音。“我认为我们应该溜回那艘船上，接受贝尔船长的邀请。隐妖的猎杀一定会集中在前往凯姆林的大道上，那时我们却已经在前往伊利安的路上了。那里距离魔达奥等着我们的地方足有上千里。”

“不，”兰德坚定地说，“我们在白桥等待沐瑞和其他人，或者我们去凯姆林。只能这样，汤姆，这是我的决定。”

“这太疯狂了，孩子，情况已经改变，你听我的，不管旅店老板说什么，当一名魔达奥盯着他时候，他会把我们的一切都说出去，从我们喝了什么到我们的靴子上有多少泥巴。”兰德想起隐妖无眼的凝视，不由得打了个哆嗦。“至于凯姆林……你们以为半人不知道你们想去塔瓦隆？我们应该乘船南下才是。”

“不，汤姆。”兰德想着能够躲到距离隐妖千里之外的地方去，立刻觉得很难把该说的话说出口，但他还是深吸了一口气，强迫自己说道：“不。”

“认真想一下，男孩，伊利安！地面上最华丽的城市。还有号角狩猎！到现在已经有将近四百年没有过号角狩猎了，那里有许多新的故事等待人们去创造。想一想吧！那是你做梦也想不到的。等到魔达奥弄清楚我们去了哪里，你肯定已经白了头发，厌烦了照顾孙子的工作，即使是它们找到你，你也不在乎了。”

兰德的表情变得坚决起来。“我必须说多少次‘不’？无论我们去什么地方，它们都会找到我们。在伊利安也会出现隐妖。我们又怎能逃避那些梦？我想知道我出了什么事，汤姆，还有为什么。我要去塔瓦隆。如果可以，就和沐瑞一起去。即使没有她，我一样要去，我要知道这一切。”

“但想想伊利安，男孩！它们在东边找你，你却顺流而下，这样才是安全的办法。该死的，梦又不会有什么危险。”

兰德保持着沉默。**梦不会有危险吗？梦中的荆刺会刺出真的血吗？**他几乎希望自己已经和汤姆谈论过那个梦。**你敢将这个梦告诉别人吗？巴尔阿煞蒙在你的梦里。但梦和清醒之间的又是什么？你被暗帝碰触了，但你又敢告诉谁？**

汤姆似乎明白了，走唱人的表情缓和下来，“就算是有那些梦，小子。那些仍然只是梦而已，不是吗？光明的救赎啊，麦特，跟他谈谈吧！我知道，至少你是不想去塔瓦隆。”

麦特的脸红了，半是因为困窘，半是因为气恼。他避开兰德的目光，皱起眉看着汤姆。“为什么你要这样大惊小怪的？你想回到船上去？那就回去啊！我们会照顾好我们自己的。”

走唱人无声地笑了起来，连肩膀都开始微微抖动，但他的声音里还是出现了一丝怒意，“你们以为你们对魔达奥的了解已经够多了，可以独自逃开它们，是吗？你们准备孤身进入塔瓦隆，将你们自己交给玉座？你们甚至连不同的宗派还分不清楚。你们能吗？光明烧了我吧，男孩。如果你们以为你们可以仅凭自己的力量到达塔瓦隆，你们就让我走好了。”

“那就走吧！”麦特一边吼着，一边将一只手伸进斗篷下面。兰德吃惊地察觉到，麦特正抓着那把出自煞达罗苟斯的匕首。他甚至可能已经准备好要使用它。

矮墙的另一边传来沙哑的笑声，一个人用轻蔑的语气大声说道。

“兽魔人？穿上走唱人的斗篷算了，老兄！呸！你喝醉了！兽魔人！那都是边境国的故事！”

这番话如同一罐冷水浇熄了三个人的怒意，就连麦特也半转过身，睁大眼睛向墙对面望去。

兰德站起到刚好可以让视线越过墙头的高度，然后又急忙坐了下去。佛鲁蓝·盖博正在墙对面，和刚才他们进门时看到的那个人坐在同一张桌旁。那两个人朝他笑着，但也在听他说话。巴汀在旁边擦着一张已经相当干净的桌子，没有去看佛鲁蓝和那两个人，但肯定也在听。他手中的抹布在一个地方来回抹着，身子一直朝佛鲁蓝那里靠过去，看起来几乎都要跌倒了。

“是佛鲁蓝。”兰德坐回到椅子里，悄声说道。另外两个人也立刻紧张起来。汤姆飞快地将大厅的这一半环视了一圈。

矮墙外，另一个男人的声音响了起来：“不，不，这里是曾经有过兽魔人，但它们在兽魔人战争时都被杀死了。”

“边境国的谎言！”第一个声音重复道。

“是真的，我告诉你们。”佛鲁蓝大声地反驳着，“我曾经去过边境国，我曾经见过兽魔人。我肯定它们是兽魔人，就像我肯定我坐在这里一样。那三个人声称兽魔人在追逐他们，但我知道他们的底细，所以我没办法留在喷沫号上。我也怀疑过贝尔·多蒙，但这三个肯定是暗黑之友。我告诉你们……”笑声和粗鄙的嘲弄声都停息下来，那些人显然是要听佛鲁蓝还会说些什么。

兰德不知道再过多久，旅店老板就会听到佛鲁蓝对“那三个暗黑之友”的描述，而这里惟一的出口只能让他们走到佛鲁蓝的桌前。

“也许回船上不是什么坏主意。”麦特嘀咕着，但汤姆摇了摇头。

“不行了。”走唱人压低声音快速说道。他拿出多蒙船长给他的皮袋子，用最快的速度将钱分成三份。“佛鲁蓝的话在一个小时之内会传遍全镇，不管有没有人相信他，半人很快就会听到讯息。贝尔要到明天早晨才会启航，兽魔人肯定会把他的船当成目标。他如果能平安到达伊利安就算不错了。他是对的，危险还没有离开他。但不管他怎么做，都与我们无关了，我们现在只能逃跑，尽全力逃跑。”

麦特很快将汤姆推到他面前的那堆钱币塞进口袋。兰德的速度比麦特慢了许多。沐瑞给他的钱币不在其中，贝尔还了他们一枚同等重量的银币，但不知为什么，兰德希望他能拿回两仪师给他的那枚银币。他将钱放进口袋，带着疑问的神情看着走唱人。

“为了防备我们中途分开，”汤姆向两个人解释，“我们也许一路都能在一起，但如果有万一……嗯，你们两个能照顾好自己。你们是很好的小伙子。但为了你们的安全着想，离两仪师远一点。”

“我还以为你会一直和我们在一起。”兰德说。

“我会的，男孩，我会的。但它们现在距离我们还有多远，大概只有光明才知道。没关系，应该还不会有事。”汤姆停了一下，看着麦特，冷冷地说，“我希望你不会再介意我留在你们身边。”

麦特耸耸肩，他分别看了汤姆和兰德一眼，又耸了耸肩。“我只是感到紧张。我觉得我们永远也摆脱不掉它们了，每次我们停下来歇口气，它们就会追过来。我总是觉得有人在背后盯着我。我们要怎么做?”

墙对面爆出笑声，又被佛鲁蓝打断了。他大声地朝那两个人叫喊着，说他讲的一切都是事实，迟早巴汀会把佛鲁蓝描述的那三个人和他们三个凑在一起。兰德一直在想着他们还剩下多少时间。

汤姆推开椅子站了起来，但他弯着腰，继续让矮墙完全挡住自己的身形。他示意两名年轻人跟着他，一边悄声说道，“保持绝对安静。”

壁炉旁的窗户外面是一条巷子。汤姆小心地在一扇窗前观察了许久，才将窗户打开一道够让他们出来的缝隙。他几乎没发出任何声音，墙那边正在叫嚣大笑的人什么都不可能听见。

到了巷子里，麦特沿着街道跑了起来，但汤姆抓住他的手臂，“别这么快，先让我们确定我们在做什么。”汤姆轻轻放下窗户，转身开始查看这条巷子。

兰德跟随着汤姆的视线。旅店墙边放着六只接雨桶，紧邻旅店的是一家裁缝铺。巷子里空无一人，干燥的硬土路面上满是尘土。

“为什么你要这么做?”麦特又问道，“你离开我们就安全了，为什么你要跟我们在一起？”

汤姆盯着他，过了一段时间才说道，“我曾经有一个侄子，他叫欧文。”他疲倦地说着，耸了耸肩。他一边说，一边将行李束在一起，小心地把乐器匣放在最上面。“那是我弟弟惟一的儿子，我在世上最后一个亲人，那时他和两仪师有了麻烦，但我有太多事要做，太多……别的事。我不知道我能做什么，但当我开始努力的时候，已经太迟了。欧文在几年后死了，你可以认为是两仪师杀死了他。”他站直身体，没有再看两个男孩。他的声音一直很平静，但兰德瞥见他在转过头时眼中的泪光。“如果我能让你们两个躲开塔瓦隆，也许我就能不再去想欧文了。等在这里。”他头也不回地朝巷口走去，到巷口附近，他放慢脚步，快速观察了一下，他谨慎地走出巷口，从兰德和麦特的视线中消失了。

麦特半站起身跟了上去，没走几步又折返回来。“他不会丢下这个的。”他说着碰了一下皮制的乐器匣，“你相信他的故事吗？”

兰德蹲到接雨桶旁：“你怎么了，麦特？你原来不是这样的，我已经几天没听到你的笑声了。”

“我不喜欢像兔子一样被追猎。”麦特厉声说道，他叹息一声，仰头靠在旅店的砖墙上。即使这样，他看起来仍然是紧张得要命，他的眼珠不停地朝各个方向转动着。“抱歉，这场逃亡，所有这些陌生人，还有……还有这一切，它们勒紧了我的神经。我看着某个人，心中就不禁怀疑他会不会向隐妖告发我们，或者是欺骗我们，抢劫我们。或者……光明啊，兰德，这难道不会让你紧张吗？”

兰德笑了，笑声却好像是闷在嗓子里的一阵干咳。“我太害怕，都不知道要紧张了。”

“你觉得两仪师对他的侄子做了些什么？”

“我不知道。”兰德不安地说。他所知道的男人和两仪师之间发生的麻烦只有一种。“我想，他应该跟我们不一样。”

“不一样。”

片刻之间，他们只是靠墙坐着，没有再说话。兰德不确定他们等了多久，也许只有几分钟，但感觉上却像过了一个小时。等待汤姆回来，等待巴汀和佛鲁蓝打开窗子，指控他们是暗黑之友。这时，一个人影从巷口转了进来。那是个高大的男人，兜帽完全遮住了面孔，身上的斗篷在昏暗的光线中如同夜一样黑。

兰德爬起身，一只手紧握住谭姆的剑柄，连指节都捏痛了，他感觉口中发干，无论吞下多少口水也不管用。麦特也站了起来，微弯着腰，一只手还放在斗篷下面。

那个男人愈走愈近，兰德的喉咙随着他迈出的每一步而绷紧。突然间，那个男人站定脚步，掀起兜帽，兰德的膝盖差点弯了下来。原来是汤姆。

“好了，如果你们没认出我……”走唱人露出笑容，“我猜我们走出镇门时也不会被认出来了。”

汤姆推开他们，开始将百衲斗篷里的物品转移到新斗篷里，速度之快让兰德甚至无法看清他都拿出又放进了什么。这时兰德才看清汤姆的这件新斗篷是深褐色的。兰德颤抖着深吸一口气，他仍然觉得喉咙好像被掐住了一样。是褐色，不是黑色。麦特的手还放在斗篷中，他盯着汤姆的背，仿佛正在考虑是否应该使用藏在那里的匕首。

汤姆抬头瞥了他们一眼，目光变得严厉起来，“现在没时间胡思乱想了。”他迅速地将百衲斗篷包住乐器匣，打成一个包裹，斗篷的衬里被翻到外面，多彩碎布被藏在里面。“我们每次一个人从这里走出去，只要能看见彼此就行。你不能把肩膀垂下来，弯弯腰吗？”他又对兰德说，“你的高个子就像一面旗子那么醒目。”他将包裹搭在背上，站起身，又戴起兜帽，现在他看起来根本不像是个白发走唱人，只不过是一名普通的旅者，一个买不起马或马车的穷汉。“我们走吧！已经浪费太多时间了。”

兰德衷心赞成汤姆的命令，但当他要离开巷子，走进广场时，还是不禁犹豫了一下。广场上稀少的行人并没有多看他一眼，但他感觉肩膀上的肌肉仿佛揪在了一起，也许会有暗黑之友高呼一声，这些人就会变成一群杀人的暴徒。他不停地向周围扫视着，盯着那些忙碌着日常事务的人们，当他将视线转回来时，看到一名魔达奥出现在广场中心附近，正朝他们走来。

兰德没有去猜测隐妖怎么来到这里，只是直直地看着它那缓慢而致命的步伐，如同一头食肉兽慢慢靠近它的猎物。人们在这个披黑色斗篷的形体前纷纷闪退，一边将视线转向一旁，仿佛想到什么紧急的事情一样，匆忙离开广场。很快地，广场就变得空空荡荡。

藏在那个黑色兜帽后面的东西让兰德僵在原地。兰德想要建立虚空，却像是在烟雾中摸索，隐妖的凝视刮削着他的骨骼，让他的骨髓变成了冰块。

“不要看它的脸。”汤姆低声说道，他的声音充满震撼的魅力，就如同他用尽力气将每一个字射进兰德的耳膜，“光明烧了你吧，别看它的脸！”

兰德用力将头别开，他几乎呻吟起来，那种感觉就像是将水蛭从脸上撕掉。但即使只是盯着石头广场，他仍然能看到魔达奥在靠近。如同一只猫在玩弄老鼠，看着他徒劳地拼命想要逃跑，等待着最后一爪拍掉他的性命。隐妖和他的距离已经缩短了一半。“我们只是站在这里吗？”兰德喃喃地说道，“我们必须逃……离开。”但他就是无法移动自己的双足。

麦特终于抽出那把嵌着红宝石的匕首。他的手在颤抖，两排牙齿露在唇外，面孔在疯狂和恐惧中扭曲着。

“你们认为……”汤姆停下来吞了口口水，继续用沙哑的声音说，“你们认为自己可以跑赢它，孩子？”他低声说了些什么，兰德只听到了“欧文”这个词。突然间，汤姆吼了一声，“真不该和你们搅在一起，孩子，真不应该。”他放下背上用走唱人斗篷打的包裹，将它塞进兰德的怀里。“照顾好它。我说跑的时候，你就拼命跑，在到达凯姆林之前都不要停下。在那里找一家旅店，名字是‘王后之祝福’。记住它，万一……一定要记住。”

“我不明白。”兰德说。魔达奥距离他已经不到二十步。他的脚被愈来愈大的力量牵住了。

“记住就对了！”汤姆吼道，“‘王后之祝福’。现在，跑！”

汤姆伸出双手按在兰德和麦特的肩头，猛地向前一推。兰德踉跄着向前跑去，麦特紧随在他身边。

“跑!”汤姆也开始了动作。随着一声长啸，他冲向魔达奥，他的双手一颤，两把匕首骤然显出。兰德停下脚步，但麦特拖着他继续向前跑去。

隐妖吃了一惊，它从容不迫的步伐一下子乱掉了。它伸手向腰间的黑剑剑柄摸去，但走唱人以更快的速度缩短了他们之间的距离。黑剑刚刚从鞘中抽出一半，汤姆已经撞在魔达奥身上，他们两个一同跌倒在地。广场上最后几个行人全都跑掉了。

“跑!”广场上闪过一道刺目的蓝光。汤姆尖叫起来，但他仍然努力喊出了一声，“跑!”

兰德照做了。走唱人的尖叫声紧追着他。

紧紧地将汤姆的包裹抱在胸前，兰德拼尽全力向前跑着，慌乱从广场向全镇扩散，他和麦特就跑在这片乱流的最前锋。他们跑过的地方，店铺老板丢掉摊子上的商品；临街的百叶窗一扇扇关闭；一张张面带惊恐的脸出现在窗前，又以最快的速度消失；人们狂乱地在街道上奔跑，彼此相撞，倒在地上的人如果没有马上爬起来，又会将别人绊倒。白桥如同被踢开的蚁丘一样沸腾了。

当兰德和麦特冲向镇门时，兰德突然想起汤姆说过他个子太高了。他继续拼命地向前迈着步子，一边尽量缩起了身子，很快兰德就发现自己是多虑了。用铁条箍住的厚木镇门敞开着，两名看门的士兵戴着钢帽，穿着炼甲上衣和质料低劣的白领红外衣，站在门外，一边摩挲着手中的长戟，一边不安地朝镇里张望着。有一名士兵瞥了兰德和麦特一眼，但此时跑出镇门的并不只他们两个人。人群不断地涌向镇门，气喘吁吁的男人拉着妻子；哭哭啼啼的妇人抱着婴儿，拖着大哭不停的孩子；面色惨白的工匠们来不及脱掉围裙，手里甚至还握着他们的工具。

没有人知道要跑到哪里去。兰德一边跑，一边感到阵阵晕眩。**汤姆。哦，光明救我，汤姆。**

麦特在他旁边踉跄着，努力保持着平衡。他们一直向前狂奔，直到周围再没有别人，直到白桥和那座城镇都消失在他们身后的视线里。

最后，兰德跪倒在地上，颤抖着，用干涩的喉咙大口地吸进空气。身后的大路上看不见一个人，直到它消失在枯树林中。麦特在用力拉扯着他。

“不要停，不要停。”麦特一边喘气一边说着，汗水和灰尘在他的脸上混合成一道道泥印，他看起来随时都可能一头栽倒在地。“我们必须继续跑。”

“汤姆。”兰德说，他的双臂仍然紧抱着汤姆的斗篷，坚硬的乐器匣撑在其中。“汤姆。”

“他死了，你看见了，你听到了。光明啊，兰德，他死了！”

“你认为艾雯、沐瑞和其他所有人都死了，如果他们死了，为什么魔达奥仍然在追逐他们？回答我！”

麦特也跪倒在他旁边，“好吧！也许他们还活着。但汤姆……你亲眼看见了！该死的，兰德，同样的事情也会发生在我们身上。”

兰德缓缓地点着头，他们身后的路还空着，他心中还在期盼着能看到汤姆出现，大步向他们走过来，一边吹着胡子，告诉他们现在惹了多大的麻烦。凯姆林的“王后之祝福”旅店。他挣扎着站起身，将汤姆的包裹和行李一起搭在背上。麦特抬起头盯着他，眯起的眼睛里闪烁着警觉的光芒。

“我们走。”兰德朝凯姆林的方向走去。他听见麦特在嘀咕。过了一会儿，麦特追了上来。

他们在满是尘土的路上前进着，低垂着头，一言不发。在风中生成的尘柱旋转着，如同幽灵般掠过他们行经的道路。有时兰德会回头看一眼，但身后只有空荡荡的路面。